PETER
BUWALDA
**OTMARS
SÖHNE**
ROMAN

Aus dem Niederländischen
von Gregor Seferens

Rowohlt

Die Originalausgabe erschien 2019 unter dem Titel
«Otmars zonen» im Verlag De Bezige Bij, Amsterdam, und ist
der erste Teil des auf drei Teile hin angelegten Romans «111».

Die Veröffentlichung dieses Buches wurde freundlicherweise
gefördert vom Nederlands Letterenfonds, Amsterdam.

**N ederlands
letterenfonds**
dutch foundation
for literature

Deutsche Erstausgabe
Veröffentlicht im Rowohlt Verlag, Hamburg, Februar 2021
Copyright © 2021 by Rowohlt Verlag GmbH, Hamburg
«Otmars zonen» Copyright © 2019 by Peter Buwalda
Satz aus der DTL Haarlemmer SD
bei Pinkuin Satz und Datentechnik, Berlin
Druck und Bindung CPI books GmbH, Leck, Germany
ISBN 978-3-498-00175-9

Für Mike

«Glaubt Er, daß ich an seine elende Geige denke,
wenn der Geist zu mir spricht?»
Ludwig van Beethoven

«Die Symbole des Terrors sind alltäglich und absolut
vertraut: die Faust, die Pistole, das Messer, die Bombe
und so weiter. Von noch größerer Bedeutung ist das
versteckte Symbol des Terrors: der Penis.»
Andrea Dworkin

ÜBER DEN KORALLEN

111 Mit dem, was Psychiater für ein stattliches Honorar Vatersuche nennen, hat es nichts zu tun; Dolf sucht nichts, und er vermisst auch nichts, als in ihrer Wohnung in der Geresstraat ein Mann auftaucht, zu dem er noch im selben Jahr «Papa» sagt, obwohl er doch bereits ein zehnjähriger Junge ist. Der Mann, der Otmar Smit heißt, dirigiert in der Musikschule im Ortskern von Blerick den Chor, in dem Dolfs Mutter singt. Er ist klein und gedrungen, raucht Belinda durch eine elfenbeinerne Zigarettenspitze und hat so breite Füße, dass man unter seine nussbraunen Budapester Hufeisen nageln könnte.

«Sie haben aber runde Füße», rutscht es Dolf heraus, als der Mann wieder einmal ihr schnell noch gestaubsaugtes Wohnzimmer betritt. Der Mann erwidert, er könne ruhig «du» zu ihm sagen und ob er wisse, dass Ronald Koeman und Luciano Pavarotti ebenfalls runde Füße hätten. Dann ergreift er blitzartig seine Hand, schaut ihn wie der Gott des Gewitters unter wuchernden Augenbrauen hervor an und sagt: «Drück zu, fester – noch fester», woraufhin Dolf die trockene Hand so kräftig wie möglich drückt, erst mit einer Hand und dann mit beiden. Otmar zwinkert Dolfs adrett gekleideter Mutter zu und fragt, die freie Hand locker in der Hosentasche, ob er, wenn ihr Sohn fertig mit Drücken sei, in der Küche helfen könne, irgendwas schälen, einen Topf Kartoffeln abgießen oder so was.

Wahrscheinlich spürt Dolf zum ersten Mal, was Väterlichkeit ist, auch wenn er diese Art von Wörtern nie verwendet. Es sind sich dehnende und sich zusammenziehende Monate, in denen ihn dieser freundliche, anteilnehmende Mann in seinen roten oder grünen Hosen und den gediegenen Fischgrätjacketts mit Wildlederflicken an den Ellenbogen gleichsam einlullt; Otmars joviale Lebhaftigkeit, sein handfester Optimismus – davon geht eine Kraft aus, mit der er nicht gerechnet hatte. Bis dahin war er mit seiner Mutter allein gewesen, ein etwas düsterer, einsamer Start für einen Jungen, wird ihm, sich damit abfindend, bewusst. Auch ohne Vater, ohne Geld für einen Sportverein, ohne Campingurlaube in Frankreich ist er zufrieden. Seine Mutter und er bilden eine Zweieinigkeit, als verliefe irgendwo in der Abgeschlossenheit ihrer Wohnung, unter den durchgetretenen Teppichen oder hinter den Tapeten, auf denen die Filzstiftrunen seiner Kleinkindzeit zu sehen sind, noch immer eine Nabelschnur.

In De Klimop, seiner Grundschule, ist die Vaterlosigkeit nicht unbedingt ein Nachteil. Bei den Raufbolden und Sitzengebliebenen in seiner Klasse erzwingt er damit Furcht; sie glauben, dass diese Lücke in seinem Leben ihn härter gemacht hat, zäher. Manche Mädchen wollen ihn trösten, wenn sie hinter seinem Rücken erfahren, dass sich sein Vater davongemacht hat, noch bevor er auf die Welt gekommen ist. Sie laden ihn als einzigen Jungen zu ihrer Geburtstagsparty ein, bei der ihre Mütter vor unausgesprochenem Mitleid sanft werden, was er durchaus bemerkt und sich schweigend gefallen lässt.

Doch dann ist da Otmar Smit aus Venlo. Wenn er Dolfs Mutter abholt, um mit ihr in den neuen James Bond zu gehen oder eine Kabarettvorstellung in der Maaspoort zu besuchen, hat er immer ein Geschenk für ihn dabei, meistens einen Bausatz, der genau ins Schwarze trifft – das richtige Flugzeug, richtiger Maßstab, richtiger Weltkrieg. Einmal bleibt er einen ganzen Sonntagnachmittag bei ihnen in der Wohnung, um Dolf am mit Zeitungen abgedeckten Esstisch zu zeigen, wie man einen Vickers-Doppeldecker lackiert. Die Farbe kommt aus begehrenswerten Minibüchsen, die Otmar in einem Venloer Geschäft kauft, von dessen Existenz seine Mutter nicht einmal etwas ahnt. Sie führen ernste Gespräche darüber, welcher Klebstoff der beste ist, der aus einer Tube oder der aus einem Tiegel, und auch über die Flugzeuge reden sie, ob die Bordwaffe der schiefen und krummen Vickers schon zwischen den Blättern des Propellers hindurchschoss, ob die Sopwith Camel, die an einer Angelleine über seinem Schreibtisch hängt, einigermaßen wendig war – Dinge, für die man einen Vater braucht, erkennt er.

Zweifellos hat seine Mutter auch schon vorher Verehrer gehabt. Der Honigwaffelverkäufer auf dem Markt schneidet die oberste Waffel in ihrer Tüte immer in Herzform. Der Musiklehrer, ein Mann mit einem Glasauge, möchte, dass er ihr Grüße ausrichtet. Auf dem Schulhof umherirrende Väter scherzen mit ihr, was Dolf verwundert, denn sonderlich freundlich ist sie nicht. Allerdings ist sie anders als andere Mütter. Da ist zunächst mal ihr komischer Name, Ulrike Eulenpesch – «warum heißt ihr Eulenpisse», fragt ein Mitschüler, auf den Dolf sogleich losgeht –, und außerdem spricht sie seltsam, so wie die hübsche Schwester von Prinz Claus, sagt Otmar. In deutschen Versandhäusern bestellt sie blumige Seidenblusen und taillenhohe Hosen, zu denen sie offene Schuhe mit goldenen Riemchen anzieht, selbst bei Regen. Wenn er im Klassenraum sitzt, sieht er sie aus dem Augenwinkel den Schulhof betreten, ihr aschblondes Haar, das sie mit großen Haarspraywolken in Form bringt. «Mist, wieso ist das Elnett denn schon wieder alle?», ruft sie aus der Dusche, sodass sie am Nachmittag zusammen mit dem Bus nach Venlo fahren, über die Maasbrücke, und Hand in Hand durch die Vleesstraat zum Nolensplein gehen, um bei «Die 2 Brüder von Venlo» neue bronzene Dosen zu kaufen und auch noch Kaffee und Zigaretten und Krustenbrote; die liebt seine Mutter, ebenso wie Gold und «geschulten Gesang». Beim Bettenbeziehen singt sie deutsche Arien. «Deine Mutter war in Wuppertal bei der Operette», sagt Otmar, wenn Dolf freche Bemerkungen macht. «Sei also ein bisschen lieb zu ihr.»

Er tut, was er kann. Auch wenn er, als sie noch zu zweit waren, nicht in solchen Begriffen über seine Mutter dachte, als wäre sie jemand, zu dem man besonders lieb sein müsste; ihr Charakter eignet sich nicht für Mitleid, sie ist eine Frau, die, wenn sie traurig ist, wütend wird oder anfängt zu putzen. Die einzigen Frauen, die ihr ähnlich sind, sieht er im deutschen Fernsehen in der Werbung für Schwarzkopf-Shampoo, doch die wohnen in großen Häusern und sind fröhlich.

«Wann kommt Otmar wieder», fragt er, als es ihm zu lange dauert. Sobald der koboldhafte Mann da ist, schleppt Dolf ihn zur Heimorgel, die sie von Opa Ludwig bekommen haben und die Otmar «Steinway mit Ohrwärmern» nennt. Er zieht den Kopfhörer heraus, lässt erst mal all seine Fingerknöchel knacken, woraufhin etwas Beeindruckendes aus den staubigen Lautsprechern zu seinen Füßen dringt, ein wilder Strom von Tönen, die Dolf weniger schön als vielmehr gut oder gekonnt findet, oder wie sagt man das. «Liszt, Ferenc, ‹Fränzchens List› – so mein Vater, der schon unter der Erde ist», sagt Otmar oder: «Ludwig Bethosen, stocktaub, aber dennoch kein Hörgerät, Mensch – auf keinen Fall benutzen, einfach so tun, als wenn nichts wäre.» Altmodische Witzchen, wenn er jetzt daran zurückdenkt, die aber seine Mutter silberhell auflachen lassen, was an und für sich schon ein Ereignis ist. Durch Otmar wird ihm bewusst, dass sie eigentlich immer mürrisch war. «Mach mich nicht griesgrämig, Junge», warnt sie ihn oft zu spät. Vielleicht ist «verbittert» ein besserer Ausdruck, wie die bittere, schwarze Schokolade, die sie schimpfend durchs Klo spült, wenn sie die von Leuten geschenkt bekommen hat, «die mich mästen wollen, mein Schatz».

In gewisser Weise versteht Dolf ihre Verdrießlichkeit ja, mehr noch, ihn selbst plagt so was auch. Wenn er nach der Schule bei einem Freund zum Spielen ist, wo es nach Blumenkohl und Bratwurst riecht, und ein Vater den Gartenweg betritt, dann überfällt ihn eine Trauer, die an Wut grenzt, weniger aus Eifersucht, sondern vielmehr, weil ein solcher Mann, der seine Tasche abstellt und seiner Frau einen Kuss gibt, ihn daran erinnert, dass irgendwo ein Mann herumläuft, der seiner Mutter und ihm etwas vorenthält. Bei ihnen ist es Ulrike selbst, die am Nachmittag gerädert heimkommt, um Jahre gealtert nach einem Tag in der Venloer Gärtnerei, in der «ich des Liebesschicksals wegen arbeiten muss, mein Schatz», das T-Shirt steif von der Wundflüssigkeit der Gerberastiele, die sie in tropischer Hitze abgeschnitten hat – «*kriechend*, sie lassen deine Mutter auf den Knien kriechen». Oft ohne ihm einen Kuss gegeben zu haben, schließt sie sich im Bad mit dem zu kurzen Duschvorhang ein, was zur Folge hat, dass sie jeden Abend ein durch und durch nasses Handtuch auswringen muss, und kommt erst nach einer Dreiviertelstunde wieder heraus, nach Elnett riechend und erstaunlich gut renoviert, woraufhin sie am Küchentisch, das Kleingeld aus ihrem Portemonnaie wie Schrot um sich herum, einen Einkaufszettel schreibt.

Er ist nicht gut angesehen in der Geresstraat, der Mann, von dem Dolf nicht zu reden wagt. Ein vertracktes Tabu umgibt seinen «Erzeuger», wie seine Mutter ihn nennt. Einerseits will sie nicht, dass von ihm gesprochen wird, andererseits spricht sie fortwährend von ihm, ein Alleinrecht, das sie aufgrund einer Vergangenheit, zu der Dolf gerade eben *nicht* gehört, für sich Anspruch nimmt. Es sind immer dieselben vier, fünf Geschichten, die sie erzählt, über Ereignisse oder Eigenschaften, aus denen hervorgeht, dass sein «Erzeuger» ein unangenehmer Mensch war – «ein großer Fehler deiner Mutter, Junge». Ein Mann, der zu Opa Ludwig gesagt hat, er könne kein Gespräch mit ihm führen, weil dieser nicht studiert habe; ein Mann, der sich innerhalb von fünf Minuten ins Bett verkriechen konnte, Fenster und Vorhänge dicht geschlossen, Thermometer unter der Zunge, einzig und allein weil man behauptet hat, er sehe blass aus. Der, obwohl er seinen Grundwehrdienst leistete, mit Geld nur so um sich warf und sie jede Woche zum Chinesen in der Pepijnstraat einlud, aber, als sie einmal seine Eltern in Eindhoven besuchten, sehr sorgenvoll über seine Finanzen sprach und sich einen Umschlag mit zweihundert Gulden in die Hand drücken ließ, weshalb er auf dem Rückweg triumphierte. Der solche Schweißfüße hatte, dass Ulrike seine herumliegenden Armeesocken nur anfasste, wenn sie zuvor eine Butterbrottüte über ihre Hand gestülpt hatte, die sie dann, auf links gedreht, an den Rand ihres Wäschekorbs knotete.

ALS KIND VERBLÜFFTE ihn natürlich vor allem die Butterbrottüte; jetzt, mit vierunddreißig, fällt ihm die durchschlagende Wirkung von Ulrikes Bombenteppich auf, die Art, wie sie den Mann mit einem tödlichen Cocktail von Bewertungen niedermachte: Wer will schon von einem Wichtigtuer ohne Rückgrat oder Ehrgefühl, von einem eingebildeten Snob, der sich einfach so auf seinen Schweißfüßen aus dem Staub gemacht hat, gezeugt worden sein.

Kein Wunder, dass Dolf Alain so gut verstehen konnte, einen Jungen aus der Wohnwagensiedlung, der im letzten Grundschuljahr sein bester Freund geworden war. Sie saßen in der Klasse hinten in der Ecke und waren unzertrennlich. Oft mussten sie albern lachen, zu oft, fand Herr Hendricks, doch das war mit einem Mal vorbei, als Alains Vater bei de Pope, der Kabelfabrik an der Bahnlinie, wo er als Zeitarbeiter beschäftigt war, einen Stromschlag abbekommen hatte. Zack, mehr als vierhundert Volt in seine Nervenbahnen, erzählte sein neuer Freund eines Morgens, was seiner Meinung nach auf mehr als zwei Steckdosen zugleich hinauslief. Man hatte seinen Vater mit aufheulender Sirene auf die Intensivstation gebracht, wo er dann ein paar Wochen bleiben musste.

Infolgedessen war der schmächtige und trotz seiner schweren schwarzen Treter wieselflinke Alain schnell erschöpft und brauchte, wie er fand, «bei gewissen Dingen Hilfe», und dieser Ansicht war Dolf auch. Er hatte Verständnis dafür, er erledigte gern Dinge für seinen Freund. «Eben weil du keinen Vater hast», erklärte Alain ihm, «weißt du, wie ich mich fühle, und darum sind wir beste Freunde.»

Obwohl Alain nur langsam wuchs, hatte er einen Schnurrbart, oder zumindest einen Hauch davon, der ihm in der Klasse großes Ansehen verlieh. Außerdem besaß er ein Springmesser, und er war rotzfrech: Wenn Dolfs Freund es für nötig hielt, beschimpfte er jeden aufs unflätigste, auch Lehrer und Lehrerinnen. Es war eine Ehre, neben Alain zu sitzen, dessen Cousins «Bekannte» der Polizei waren, was Dolf so an seine Mutter weitergab, die ihm daraufhin bestätigte, ja, es handele sich um eine «Art von Freunden».

Er selbst sei auch nicht untätig, erklärte Alain ihm, im Haushalt, um genau zu sein, was Dolf bemerkenswert fand. Er erledige alle Einkäufe, und er koche das Essen, weil seine Mutter notgedrungen einen Job als Putzfrau in einer Schule angenommen habe. Also ging Dolf nicht mehr zu Fuß zur Schule, sondern fuhr auf Ulrikes altem Fahrrad, weil er fortan in aller Frühe erst einmal ein ordentliches Stück in die andere Richtung musste, bis ganz nach Vossener, um Alain in der Wohnwagensiedlung abzuholen, die noch jenseits des Schwimmbads lag.

Sollte Dolf irgendwann einmal in Probleme geraten, versicherte Alain seinem Freund, in richtige Probleme, meine er, dann wären seine Cousins für ihn da. Dies zu wissen gab Dolf in der ersten Zeit ein gutes Gefühl. Möglicherweise füllten Alain und dessen Cousins ja eine unbewusste Leere, die er zu Hause allmählich empfand; in der Geresstraat sprachen sie nie über tiefergelegte Mercedes-Karossen oder über Familienehre, und außerdem gab sein Freund, der anderthalb Jahre älter war (aber merkwürdigerweise keinen Geburtstag hatte) ihm am Tag öfter gute Ratschläge als seine Mutter in einem Jahr.

Nach ein paar Wochen verlangte Alain, dass Dolf ihm morgens Butterbrote machte, damit er selbst, so erklärte er ihm, genügend Zeit habe, um seinen Schwestern Brote zu machen. Dummerweise hatte Dolf nur eine Brotdose, und man konnte die Stullen auch nicht endlos reinstopfen, vor allem dann nicht, wenn sie mit Spekulatius belegt waren, und den wollte Alain schon sehr bald unbedingt auf seinen Broten haben. «Meine Mutter hat kein Geld, um so viel Spekulatius zu kaufen», sagte Dolf, worauf Alain erwiderte, dass er dann eben darum betteln müsse, denn Dolfs Mutter habe bestimmt viel Geld, das sehe man ja an ihrem Pelzmantel.

«He, Mann», sagte Dolf, «auch ich hab keinen Vater», eine Bemerkung, die seinen Freund schrecklich sauer werden ließ, so richtig, richtig sauer. «Auch?», schrie er. «Auch? Mein Vater ist noch nicht tot, du Idiot, nicht einmal *dein* Vater ist tot – warum übertreibst du dann so? Dein Vater könnte sogar noch zurückkommen, wenn deine Mutter nicht so eine Schlunze wäre.»

Alain trat ihm mit aller Kraft in die Eier, beleidigt, woraufhin Dolf mit tränenden Augen auf ihn losging, zu mehr war er nicht imstande. Sie rollten sich ringend auf dem Schulhof, bis Alain sein Springmesser zog und es flach auf Dolfs Kehle drückte – dasselbe Zigeunermesser von seinem Vater, mit dem sie in den

Herbstferien, auf der Baustelle am Klingerberg, Blutsbrüder geworden waren.

Danach, als er, zitternd und mit lauter Schrammen, Alain nach Hause brachte, verlangte der, dass er ihm – um es wiedergutzumachen, wie er erklärte – den Fokker-Dreidecker überließ, den Dolf zum Geburtstag geschenkt bekommen hatte.

DIE ERINNERUNG entlockt Ludwig einen Seufzer. Er schaut durch das Seitenfenster des ansonsten leeren Taxis, ohne irgendetwas von der Umgebung wahrzunehmen. Melancholie erfasst ihn – er hat zu viel Zeit, an Blerick zu denken –, aber auch Ungeduld. Bereits seit gut zehn Minuten wartet er auf einen Amerikaner, der wie er zum Flughafen von Juschno-Sachalinsk muss. Mein Gott, braucht der lange. Er hat den Taxifahrer in das Bürogebäude von Sakhalin Energy geschickt, um nachzufragen, doch das war nun auch schon vor fünf Minuten. Er versucht, sich nicht zu ärgern. Wenn er sich ein wenig vorbeugt, das Kinn zwischen Fahrer- und Beifahrersitz, dann kann er das Ziffernblatt einer Kirchturmuhr sehen, so ein russisch-orthodoxes Teil mit vergoldetem Zwiebelturm. Fast halb fünf. Mach hinne, du Sack. Noch zwei Minuten, nimmt er sich vor, dann suche ich mir ein anderes Taxi. Ich steige aus und fahre mit einem anderen.

Währenddessen steht ihm der Flug entsetzlich bevor, er hasst Fliegen, ein Flugticket ist eine Rubbellosniete. Die absurde Beschleunigung, das Surreale des Abhebens, das Knacken und Beben – ungeachtet der hundert Modellflugzeuge, die er als Kind zusammengeleimt hat, steht er Todesängste aus. Und er muss so oft fliegen. Als handele es sich um eine subtil ausgetüftelte Strafe, schickt Shell ihn über alle Kontinente und Ozeane – wenn nicht, was immer wieder vorkommt, in zusammengeflickten Maschinen mit hier und da einem Propeller, dann in einer abgekupferten Sowjet-Boeing. Kündige den Job doch, so äußert Juliette regelmäßig ihr Mitgefühl. Während der seltenen Male, die sie zusammen fliegen, lächerlich kurze Strecken zu Orten, die sie auswählen, um ihre Beziehung aufzufrischen, Korfu, Wien und neulich erst Prag, zerquetscht er beim Start und bei der Landung ihre Fingerknöchel zu Brei. «Lass dich doch mal krankschreiben», sagte sie, als er ihr einmal erzählte, dass die Verbindung Moskau – Juschno-Sachalinsk der längste Inlandsflug der Welt sei. Tatsächlich kann sie es einfach nicht glauben, dass er sich traut, ohne sie zu fliegen, dass er es ohne sie überlebt, also muss er wohl in Gesellschaft von jemand anderem reisen – einer Frau, mit der er ein Doppelleben führt.

In einem kann er Juliette jedoch nicht widersprechen: Für jemanden mit Flugangst hat er einen merkwürdigen Job. Ständig die langen, nervenzehrenden Flugreisen für ein paar Meetings, und das schon seit – er zählt die Jahre an den Handschuhfingern ab – fünf Jahren; seit 2008 besucht er als Vertreter für menschengemachte Erdbeben die örtlichen Niederlassungen von Shell, um sie zu *4d-seismic surveys* zu überreden. Das *4d*, wie es in seiner Abteilung in Rijswijk genannt wird, ist eine gesalzen teure Technik, mit der sich, durch seismische Wellen, Ölfelder vermessen lassen. Ich bin der Betriebsradiologe, sagt er, wenn man beim Bier zusammensitzt, und dann und wann müssen Aufnahmen gemacht werden. Die Entscheidung fällt nicht leicht, aber anschließend wissen wir genau, wie viel Öl noch da ist, wo sich das Zeug versteckt, wo es Versackungen gibt. Das Unternehmen ist zeitraubend, kompliziert, mühsam. Man braucht Boote dafür, mit kilometerlangen, auf dem Wasser treibenden Schläuchen, an denen Unterwasserkanonen voller Dynamit hängen. Und zugegeben, die Investitionen sind durchaus hoch, rechnen Sie mit fünfzig Millionen, gaukelt er den jeweiligen CEOs vor. Er meint achtzig Millionen.

Natürlich ist er auf Ablehnung und Skepsis gefasst, für mit Grußkarten versehene Blumensträuße hat er den falschen Job. Die Männer, die die Fässer füllen müssen, könnten ihn zum Mond schießen – vor allem auf Sachalin. Überall, wo er seinen Fuß in die Tür stellt, Norwegen, Brunei, im Golf von Mexiko, gibt es neu hinzukommende Umweltprobleme, doch Sachalin ist ein Fall für sich. Eine bedrohte Bartenwalart hält sich in der Umgebung der Bohrinseln auf, der Westpazifische Grauwal, ein Tier, das sich ausgerechnet im Ochotskischen Meer paart, exakt auf den Quadratkilometern, die Sakhalin Energy im Auge hat. Daher sind Wale, anti-fossile Brennstoffe, die Linke aktionsbereit. Insgesamt gibt es noch siebenundachtzig Wale – «bedroht» ist milde ausgedrückt, fast gänzlich ausradiert trifft es besser. NGOs mit Namen wie Friends of the Ocean und Sakhalin's Black Tears prozessieren wegen jedes submarinen Furzes, den Big Oil fahren lässt. Und dann kommt Ludwig Smit aus Rijswijk mit seinem Dynamit. Guten Tag, ich werd dann jetzt mal den Kreißsaal in die Luft sprengen.

Es könnte Abend sein, so bewölkt ist es. Er schaut erneut zum Kirchturm; die zwei Minuten sind um – doch er tut nichts. Er tut selten etwas. Eigentlich ist er für seinen Job ungeeignet, er ist zu abwartend dafür, zu gehemmt, um Streit anzufangen. Er landet wie ein Elefant in der Jahresbilanz, ein interner Störenfried, der unerwünschte Scherereien mit sich bringt und schon auf dem Hinweg «sorry» murmelt. Ach, Junge, würde Ulrike sagen, das hast du von dem Kerl geerbt, der ist auch immer weggelaufen, wenn ihm der Boden zu heiß wurde.

LANGE KANNTE ER den Namen nicht. Sie nannte ihn «Ha», er also auch. Ein merkwürdiger Name, doch an merkwürdige Namen gewöhnt man sich selbst dann, wenn sie zu merkwürdigen Männern gehören. Es verging noch eine ganze Weile, bis er dahinterkam, dass Has Nachname «Tromp» und «Ha» eine Abkürzung war. Seine Mutter meinte damit den Buchstaben «H», so wie man «K» für Krebs sage, erläuterte sie ihm auf die direkte Art, die in ihm manchmal die Frage aufwarf, ob ihr Inneres wohl ihrem aufgetakelten Äußeren entsprach, das chic und damenhaft war. Das K für Krebs war zudem ein Euphemismus – das H seiner Mutter keineswegs, es war eine gereizte Maßnahme, das Maximum, das sie für seinen Erzeuger erübrigen konnte, der schlicht Hans hieß und in den sie sich bei einem eisigen Karneval in Venlo verliebt hatte. Dort, während des Umzugs, trieb er sich mit ein paar Kameraden herum, als Soldat verkleidet, was Dolf zum Lächeln brachte, doch laut seiner Mutter ein typisches Beispiel für Has Bequemlichkeit war. Ein paarmal tranken sie zusammen etwas in «De Paerdskoel», woraufhin sie anderthalb Jahre lang eine ernsthafte Beziehung führten. Dachte sie jedenfalls. Bald nachdem sie festgestellt hatte, dass sie im vierten Monat schwanger war, quittierte er den Dienst in der Blericker Kaserne unten an der Maas, aber auch in ihrem Leben.

«Den Dienst quittieren.»

«Die Platte putzen.»

Otmar: «Deine Mutter meint, sich auf und davon machen.» Es war ein windstiller warmer Samstagnachmittag auf ihrem Balkon, er saß auf Ulrikes Schoß, wobei seine nackten Zehen gerade so den lauwarmen Beton berührten. Otmar hatte Wurstbrötchen mitgebracht.

«Aber wieso denn?»

«Weiß ich nicht, mein Junge. Keine Lust mehr, denke ich.»

«Aber ihr habt doch ein Kind bekommen?»

«Ich hab ein Kind bekommen. Er nicht. Dein Erzeuger hat mich nur geschwängert, und danach ist er abgehauen. Nein, das war alles nicht besonders schön.»

«Wollte er denn nicht Vater werden?»

«Offenbar nicht, nein.» An Otmar gewandt: «Er ist immer vor dem Singen raus aus der Kirche. Das kann nicht gutgehen.» Nicht lange danach schlug er in Otmars Sprichwörter- und Redensartenlexikon den Ausdruck «vor dem Singen raus aus der Kirche» nach; irgendwas mit dem Sperma und einem Koitus interruptus – auch daraus wurde er nicht schlau.

«Aber was hat er dann gemacht?»

«Er hatte eine curriculare Verpflichtung» – mehr wusste seine Mutter auch nicht. Es bedeutete letztendlich, dass Ha, um sein unterbrochenes Ingenieurstudium abzuschließen, ein Praktikum bei der Niederländischen Erdölgesellschaft in Assen machte, sodass sich die Turteltäubchen nur noch am Wochenende sehen konnten. Der schnelle Beginn eines schnellen Endes, sagte Ulrike, die schwanger in der Geresstraat hockte und die Wochentage abzählte.

«Und dann?», fragte Dolf mit vollem Mund.

«Und dann nichts. Nach einer Weile ist er nicht mehr gekommen.» Wenn sie in Assen anrief, ging Ha nicht ran. «Er hat uns einfach sitzenlassen, mein Schatz. Dich ebenfalls, auch wenn du noch in meinem Bauch warst.»

«Na, na», beschwichtigte Otmar, und er blinzelte Dolf zu. Er war an diesem Nachmittag extra seinetwegen gekommen, um das Resultat der Eignungsprüfung für die weiterführende Schule zu feiern. Das hatte man jedenfalls vorgehabt, doch das Ergebnis war so schlecht – nach dem Test zu urteilen, hatte er bei weitem nicht das Zeug, aufs Gymnasium zu gehen –, dass es eher eine Trauerfeier war. Seine Mutter war weniger enttäuscht als wütend; sie hatte gesagt, so könne er nicht Arzt werden. «Ich hätte nie gedacht», sagte sie, «dass du ein Realschüler werden würdest.»

Wovon Dolf nicht erzählt hatte, war die schwere Operation, die Alains Vater bevorstand. Jeden Moment, bei jedem Schlag, könne sein Herz versagen, hatte Alain ihm erklärt. Sein Vater liege schon seit Monaten im Wohnwagen flach. Der elektrische Strom habe Löcher in sein Herz gefressen, sagte er, man könne damit einen Weihnachtsbaum eine Woche lang beleuchten, so viel sei hindurchgebrettert. Luft und Blut leckten heraus, sodass Alain sich kaum auf die Eignungsprüfung hatte vorbereiten können, was Dolf auch nachvollziehen konnte. Darum müssten sie nun eben zusammen auf die Realschule gehen, denn es sei doch Unsinn, ihre Blutsbrüderschaft wegen der weiterführenden Schule zerbrechen zu lassen.

Dieser Ansicht hatte Dolf zugestimmt, auch wenn es ihm nicht schlimm vorkam, von einem Moment zum nächsten von seinem besten Freund erlöst zu sein, weit weg auf einer Schule in Venlo zum Beispiel, ohne Realschulzweig – doch während der Eignungsprüfung stieß Alain ihn ständig an, stupste ihn gegen Schulter und Hinterkopf, blinzelte ihm beruhigend zu, mit seinen ruinösen Zähnen grinsend, sodass Dolf schließlich doch, um seinen Freund nicht zu verärgern, das Ganze in den Sand gesetzt hatte.

«Komm mal kurz mit», sagte Otmar. Dolfs Mutter stellte eine Schale mit wiederaufgewärmten Hot Dogs auf den Esstisch. Otmar hatte eine Plastiktüte dabei, aus der er eine eingepackte Schachtel nahm – Geschenkpapier vom Kaufhaus Geerlings, wie Dolf sogleich sah. Ein seltsamer Gedanke schoss ihm durch den Kopf. Wenn es mal bloß kein Modellbausatz ist, dachte er.

Es war einer, ein sehr guter sogar, natürlich im richtigen Maßstab und aus dem richtigen Weltkrieg, und zudem noch das allerbeste Flugzeug, das er sich hätte wünschen können, eine Sopwith Baby, die man nur in England kaufen konnte; solange er Otmar kannte, sprachen sie bereits darüber. Es war ein *seaplane*, ein Doppeldecker mit großen Schwimmern am Fahrgestell, sodass die Piloten damit auf dem Wasser landen konnten. Achtundzwanzig Kilo Bombenlast. Die Maschine erinnerte an einen Geier mit Puschelbeinen.

«Warum weinst du?», fragte Otmar.

Dolf zuckte mit den Achseln.

«Freust du dich denn nicht? Mach die Schachtel ruhig auf, dann leimen wir sie gemeinsam zusammen. Das würde mir großen Spaß machen.»

«Morgen», schluchzte er.

«Morgen», sagte Otmar und blinzelte Ulrike zu. «Morgen …» Er nahm die Zigarettenspitze aus dem Mund. «In Ordnung. Für wann sollen wir uns verabreden?»

Dolf schaute auf den Rand des Tisches, unter dem sich seine nackten Füße verbargen; er versuchte, nicht zu weinen, doch seine Schultern zuckten.

«Oder», sagte Otmar, «ist das Modell morgen bereits wieder verschwunden, so wie die letzten beiden Male?» Er packte Dolf an der sich wie von selbst bewegenden Schulter und rieb sie.

«Du kleiner Taugenichts», sagte er.

110 Nicht einmal eine Woche später, sie standen auf dem Balkon und hängten Wäsche auf, erzählte ihm seine Mutter, dass Otmar ihr einen Heiratsantrag gemacht habe, und wollte wissen, was seine Antwort darauf wäre.

Den verbissenen Knirps, der keinen Vater haben wollte, der fanatisch seine heroische Verwaisung verteidigte, sein Anderssein in der Schule, den gab es nicht mehr, das spürte er sofort. Der Dolf von damals erinnert ihn an Schuljungen, die vor Entrüstung in die Luft gehen, wenn man sie fragt, ob sie verliebt seien – wir? Niemals, und das wird auch nie passieren –, bis sie sich an einer Eiche wiederfinden, in die sie, Zunge zwischen den Zähnen, den Namen eines Mädchens kerben.

Also war seine Antwort darauf «Ja», er wolle unbedingt, dass sie und Otmar heirateten. Eine Zeitlang war er sogar davon überzeugt, dass Otmars Erscheinen eine Art Belohnung für die Prüfungen war, die er und seine Mutter hatten bestehen müssen. Wenn er abends im Bett darüber nachdachte, fragte er sich, ob Otmar dann sein Vater werden würde. Er hoffte es, aber ganz sicher war er sich nicht.

Sein möglicher Vater war nämlich Witwer, was Dolf nicht wusste – nun ja, Otmars vorige Frau war gestorben, das hatte er schon mitbekommen, klar. Jedenfalls kümmerte er sich um zwei Kinder, ein Mädchen mit schwarzem Pferdeschwanz, gut zwei Jahre älter als Dolf, und einen Jungen, einen Kopf kleiner als er und etwas jünger, die Otmar eines Nachmittags in seinem palmgrünen Volvo Kombi mit in die Geresstraat brachte, um sie vorzustellen. Die Tochter hieß Tosca und sagte liebenswürdige Dinge zu seiner Mutter, nippte aber an der Orangenlimonade, als handelte es sich um Muschelwasser. Der Sohn, der wie seine Schwester besonders musikalisch zu sein schien und zu Dolfs Bestürzung ebenfalls Dolf hieß («da finden wir eine Lösung, Jungs», sagte Otmar, «wenn's nur das ist ... das kriegen wir hin»), weigerte sich nachdrücklich, auf ihrer Heimorgel zu spielen. Obwohl er noch nicht einmal elf war, redete er wie der Bürgermeister von Venlo. «Der Schnitt Ihrer Wohnung ist sehr praktisch», sagte er zu Ulrike, «und vielleicht tröstet es Sie zu wissen, dass die Familie Mozart beengter lebte.» Dabei zupfte er zwanghaft an den schneeweißen Manschetten, die aus den Ärmeln seines Jacketts ragten. Den Kopf bedeckte zurückgekämmtes, sich hochwölbendes hellblondes Haar. Was für ein komischer Kerl, dachte Dolf die ganze Zeit. «Er hat mit einem Orchester Chopin gespielt», sagte seine Mutter, als die drei gegangen waren. «Er ist genial. Aber oft sind so welche auch ein bisschen *crazy*» – sie tippte sich mit einem Finger an die Stirn.

Was er nicht bedacht hatte, war, dass sie nach Venlo umziehen mussten. «Das gehört zum Heiraten», sagte Ulrike. Das monumentale Eckhaus, in dem Otmar und seine Kinder wohnten, stand im alten Zentrum an dem Platz, den seine Mutter und er immer überquerten, wenn sie zu «Die zwei Brüder von Venlo» gingen. Unter der Wohnung befand sich der Free Record Shop, «daher beim Gehen bitte kräftig stampfen», sagte Otmar, als sie ihre Jacken aufhängten. Von einem riesigen, mit Samt bezogenen Sofa aus, auf dem seine Mutter wie eine deutsche Baronesse und er selber wie ihr Schoßhund aussah, blickte er durch die hohen Fenster auf das mittelalterliche Rathaus, das am Rande des Marktes emporragte und auf dessen Freitreppe soeben ein Brautpaar herabgeschritten kam. Otmar stellte heiße Chocomelbecher mit Sahne hin, mit der auch die Zimmerdecke besprit zu sein schien; da gab es weiße Profilleisten und Ranken und Trauben. Auf den Holzfußböden lagen Teppiche, auf denen Körbe mit Zeitungen und Zeitschriften standen. Das weiß lackierte Bücherregal, zu dem sein Blick fortwährend hingezogen wurde, war voller als der Bibliobus vor seiner Schule, wo er sich jeden Donnerstag vier Bände «Adlerauge» auslieh.

«Die stehen dreireihig», sagte Otmars Sohn, als er Dolfs verstohlene Blicke bemerkte.

«Zweireihig», sagte sein Vater, «nicht übertreiben.»

«Manchmal dreireihig», insistierte der Junge.

Es war die mit Abstand schönste Wohnung, in der Dolf jemals gewesen war, und auch die größte. Es gab Nischen und kleine Treppen, überall hingen echte Gemälde, die Zimmer rochen nach Papier, Firnis und gehobeltem Holz. Auf den Treppenabsätzen sah er gerahmte Schwarzweißfotos von einem jüngeren Otmar in Gesellschaft von Menschen, die berühmt aussahen; er meinte Prinz Claus und Bill Cosby zu erkennen, aber das konnte er eigentlich nicht glauben. Während der ersten Stunde in der Wohnung machte er sich ernstlich Sorgen darüber, was diese Tosca und ihr komischer Bruder so alles gedacht haben könnten, als sie in der Geresstraat zu Besuch gewesen und durch den Uringeruch im Treppenhaus zu ihrem Volvo zurückgegangen waren; ob sie sich über die schlichten, todlangweiligen Zimmer in ihrer Wohnung lustig gemacht hatten, in denen es überall zog und tropfte und klapperte oder alles einfach nur hässlich war – wollen die zwei uns überhaupt, dachte er, will Otmar meine Mutter noch, nachdem er das alles gesehen hat?

Erst beim Rundgang wurde ihm bewusst, dass Otmar seine eigene Wohnung natürlich jeden Tag sah. Überall, wo sie hinkamen, standen Vitrinen voller wunderbar gebastelter Modellschiffe, Kreuzfahrtschiffe, Flugzeugträger, Fregatten, Containerschiffe, es waren unglaublich viele, an allen hohen Wänden oder auf kleinen Tischchen: Vitrinen aus «entspiegeltem Glas», sagte Otmar, «denn sonst sieht man sowieso nichts». Boote in der kühlen Küche, wo normale Menschen Borde für Töpfe und Pfannen anbringen würden, auf einem leicht abschüssigen Treppenabsatz, in den Arbeits- und Schlafzimmern und sogar auf der Toilette – «meine maritime Liebhaberei», erwiderte Otmar, als Dolf sich zur Sicherheit erkundigt hatte, wer das alles gebastelt habe, «manchmal muss ich etwas machen, das nichts mit Musik zu tun hat, mein Junge, denn sonst ermorde ich eines Tages ein Kind, wirklich, ungelogen. So kommen wir zu uns selbst. Ein Stündchen lang nichts als Otmar und der Leimpinsel. Auch wenn ich», und dabei blinzelte er Dolf zu, «durchaus einen erfahrenen Assistenten beim Basteln gebrauchen könnte.»

Damit war noch nichts gesagt über die, wie drückt man es freundlich aus, «Musikaliensammlung», über die Dolf in den folgenden Jahren hinwegstieg und manchmal auch -stolperte und die seine Mutter erst nach Otmars Tod als «elenden Trödel» zu bezeichnen wagte, bevor sie sie schon bald nach dem Begräbnis für möglichst viel verkaufte: die Partituren- und Notenstapel, in seiner Erinnerung auf jeder Sitzgelegenheit, auf jeder Treppenstufe, auf jeder ebenen Fläche, außer wenn es eine Vitrine war; Hunderte Schallplatten, Musikkassetten und die damals noch seltenen CDs; die Büsten von Komponisten, die Dolf eine Zeitlang für Abgüsse von Otmar selbst hielt; die Celli, die Geigen in ihren Kindersärgen, die haarenden Streichbögen, die losen Gliedmaßen von Cembalos und Fortepianos, ungeschmirgelt und geschmirgelt oder zwischen Leimklemmen fixiert; bündelweise Saiten, klauenartige Hämmerchen, Hälse, Pedale, Schnörkelfüße, Seitenteile, komplette Klaviaturen, die wie künstliche Gebisse auf einen Flügel warteten, der zuschnappte – alles, was man sich nur denken konnte, lag herum. Otmars Wohnung ächzte unter einem musikalischen Sediment, das emporwuchs, als würde sich das Geklimper und Gefiedel, mit dem seine Kinder am Tag die Luft in Schwingungen versetzten, nachts ablagern. Bescheuert? Auf jeden Fall anders als Ulrikes Sammlung leerer Parfümflakons.

Zu dritt – der hellblonde Namensvetter war vor ihnen die Treppe hinaufgeflitzt und ließ sich nicht mehr blicken – folgten sie Otmar und der Spur seiner Zigarette durch eine Tür, hinter der ein großes Zimmer verborgen, vielmehr versunken war: Sie mussten drei Stufen hinabgehen, ehe sie auf dem Holzfußboden standen. Auch hier schmale hohe Fenster, vor denen man volvogrüne Läden schließen konnte, Dolf sah Glocken- und Treppengiebel überraschend nah. Außer drei Vitrinen mit Schiffen, auf der mittleren drei hohe Plattenstapel in abgegriffenen beigen Hüllen («das Schellack-Archiv», sagte Otmar), stand in dem Zimmer nur noch ein kleines schlumpfblaues Klavier.

«Ist das ein Spielzeugklavier?», fragte Dolf.

«Spielzeug?», polterte Otmar fröhlich, «das ist ein Juwel. Ich wünschte, Dolf – Entschuldigung, der andere Dolf – würde darauf seine Haydn-Sonaten üben. Leider ist er ein Steinway-Adept, was am Alter liegen könnte. Er isst ja auch lieber Marshmallows als Pilze zu seinen Nudeln.»

GEKLAPPER, das ihm erst allmählich bewusst wird als etwas, das von seinen Kiefern herrührt. Es ist gnadenlos kalt im Lada. Sachalin, die Bekanntschaft war kurz und tiefgekühlt. Ob die Menschen hier, im hintersten Winkel Sibiriens, ihren Platz auf Erden für den Mittelpunkt der Welt halten, um den herum sich der gesamte Kosmos angeordnet hat? Oder ist das typisch für New York? Oder für Overveen? Wer Sachalin sagt, sagt Tschechow; immer, wenn er auch nur einen Absatz über die Insel gelesen hat, wurde auch Tschechow erwähnt, und das nur, weil er vor einem

Jahrhundert einmal kurz hier gewesen war. Es hat etwas Erbärmliches – eine Insel, die größer ist als Skandinavien und von einem einzigen flüchtigen Besucher zehrt, der festgehalten hat, wie hässlich, desolat und menschenunwürdig er es dort fand.

Wie anders der große, stille, leere Raum, in dem Dolf stand und sich umsah und in dem es genauso roch wie im Gästezimmer von Opa Ludwig in Wuppertal, ein Geruch, den er mochte. Unter den Fenstern war ein Podest, auf das ein Doppelbett passte, auf dem aber nichts stand.

«Das hier wird dein Zimmer», sagte Tosca, die bis dahin kaum ein Wort von sich gegeben hatte. In der Geresstraat hatte er sie gar nicht richtig wahrgenommen. Erst jetzt, als ihr herausgeputzter Bruder seine Aufmerksamkeit nicht mehr stahl, fiel ihm auf, dass sie robust wirkte, ein wenig plump sogar. Ihre schmalen Schultern hingen herab, wodurch sie die Form einer Konifere hatte. «Und Papa wird jetzt gleich sagen», fuhr sie fort, «dass er die Schiffe aus den Vitrinen rausnehmen wird, damit du deine Modelle reinstellen kannst. Du hast doch jede Menge Flugzeuge?»

Er nickte. Toscas sahniges Gesicht befand sich hinter einer schwarzen Brille mit konvexen Gläsern, die ihre grünbraunen Augen größer aussehen ließen. Erst später, als Otmar ihr Kontaktlinsen erlaubte, sollte er bemerken, dass sie freundlich waren, dass ein nüchternes, aber erbarmungsvolles Licht von ihnen ausging.

«So ist es tatsächlich geplant, Dolf», sagte Otmar, «ich räume die Vitrinen –»

«Und du wirst außerdem sagen, dass es nicht sein *muss*, sondern *freiwillig* ist», unterbrach Tosca ihn. «Während ich zum Beispiel nicht ins ‹De Splinter› darf.»

«Tosca nimmt anderen Menschen gern das Wort aus dem Mund», sagte Otmar zu ihm und Ulrike. «Sie hat nicht gerade viel Geduld, wenn man bedenkt, dass sie erst dreizehn ist. Was viel zu jung ist für eine Kneipe in der Stadt.»

«Es ist blöd, dass ich nicht hindarf. Aber das mit Dolfs Zimmer, das ist doch richtig?»

Jetzt war es Dolf, dem sie das Wort aus dem Mund nahm. Stimmte das? Sollte dieses riesige Zimmer wirklich seins werden? Die Aussicht war überwältigend. Am liebsten hätte er sich an einem Regenfallrohr heruntergelassen und wäre zwischen den vorüberschlendernden Menschenmassen so schnell wie möglich über die Maasbrücke gesprintet, um in Blerick seine Fokkers und Vickers zu holen, aber er blieb einfach nur stehen, zehenringend in seinen zweigestreiften Adidas-Schuhen, und ihm war ganz flau vor Hoffnung, dass das Mädchen die Wahrheit sagte.

«Ich *muss* Geige spielen», sagte Tosca, «aber Dolf *darf* Modelle bauen. So wird es sein, das weiß ich jetzt schon. Bastle du nur ruhig deine Flugzeuge, Junge. Geh du nur ruhig mit deinen Freunden in den Filmclub.» Sie sprach mit verstellter, nasaler Stimme, doch ihr Gesicht hatte einen derart sanften Ausdruck, dass Dolf sich nicht vorstellen konnte, dass sie Otmar persiflierte, aber Ulrike hatte es auch gehört und stieß ihr schrilles Lachen aus.

«Tosca», sagte Otmar, «Modellbau hat nichts mit deiner Geige zu tun. Und ein Filmclub noch weniger. Deine Geige ist kein Bausatz und erst recht kein Hobby.» Er stand neben dem blauen Zwergpiano und ließ seine breite Hand über die Klaviatur gleiten, die sonst weißen Tasten waren schwarz und andersherum. Mit dem Siegelringfinger schlug er die Taste ganz links an, kräftig – der Ton schnarrte tief und metallisch.

«Ich hasse Geigespielen.»

«Du liebst Geigespielen.»

Es geschah etwas Seltsames, sie wiederholten die beiden

Sätze mindestens dreimal schnell nacheinander, bis Otmar sie anherrschte: «Die Geige ist das Wichtigste in deinem Leben. Die Geige ist deine Bestimmung. Das weißt du genauso gut wie ich.»

«Ich weiß nichts genauso gut wie du, Papa. Du weißt alles besser. Du bist ein Hellseher. Du kennst schon jetzt mein Leben. Ich nicht, denn ich bin ganz gewöhnlich.»

«Du bist nicht gewöhnlich», sagte Otmar, «du bist vorlaut.»

«Ich sage nur, dass Dolf schöne Sachen machen darf.»

«Du machst andere schöne Dinge.» Otmar wackelte mit seiner Nase wie Sateetje, das Meerschweinchen in Dolfs Klasse. Er werde es, sagte Herr Hendricks, zu Weihnachten mit Saté-Sauce essen. Alain wollte das Tier vorher befreien. «Und außerdem macht Dolf nicht nur schöne –»

«Ich meine den neuen Dolf. Das weißt du genau!»

«Den meine ich auch», sagte Otmar und packte ihn kurz bei der Schulter. «Dieser Dolf muss jeden Morgen in die Schule, um nur einen Unterschied zu nennen.»

«Nein.»

«Doch.»

«Nicht jeden Morgen.»

Otmar holte tief Luft, sagte aber nichts.

«Ich würde auch gern zur Schule gehen», sagte Tosca, eine Bemerkung, die Dolf in Erstaunen versetzte. Was meinte sie damit? «Eigentlich sind wir eine kriminelle Vereinigung», hörte er seinen Stiefvater später zu Gästen sagen, meistens reichen Venloer Bürgern, denen er mit einer Mischung aus Charme und emotionaler Erpressung Spenden abschwatzte, «obwohl wir Wohltaten begehen und keine Missetaten.» Auf sein Geheiß hin entzogen sich Tosca und Dolf der Schulpflicht, weil sie Wunderkinder waren, ein Wort, das zu Hause nie ausgesprochen wurde. Es kam in Interviews vor, und er hörte es im Radio oder Fernsehen.

«Du solltest froh sein, dass du zu Frau Verhey gehen darfst.»

«Das ist für mich keine Schule, zweimal im Monat nach Utrecht für ein paar Stunden Geigenunterricht.»

«Willst du in Zukunft lieber zu Hause bleiben?», fragte Otmar. «Ich brauche sie nur anzurufen.»

Tosca schüttelte den Kopf.

«Verhalte dich wie dein neuer Bruder», sagte Otmar, «der hört wenigstens auf seine Mutter, wenn sie ihm etwas sagt. Und du hörst auf mich.»

«Ich gehorche dir. Das ist etwas ganz anderes.»

«Du widersprichst mir. *Das* ist etwas ganz anderes.»

Tosca seufzte auf eine gedehnte Weise, die Dolf so patzig vorkam, dass seine Achseln dabei zwickten. Das würde Ohrfeigen geben, dachte er, seine Mutter hätte schon längst hingelangt.

«Und gerade», sagte Tosca kopfschüttelnd nur zu ihm, «habe ich ihm noch das Wort aus dem Mund genommen. Kannst du dem noch folgen?»

BIS HIERHIN kann Ludwig seinem Gedächtnis ganz hervorragend folgen. Es erscheint ihm vollkommen plausibel, dass sein erster Besuch in Otmars Wohnung ungefähr so verlaufen ist. Was die Entgleisung angeht, ist er sich weniger sicher. Es kommt ihm unwahrscheinlich vor, dass Tosca und Otmar sich in diesem frühen Stadium haben gehenlassen. Erst nach der Hochzeit, als er und seine Mutter offiziell «Mitglieder der Familie» waren, merkte er mit der Zeit, dass in Venlo ordentlich die Fetzen fliegen konnten. Während der fünf oder sechs Jahre, die sie so zusammenlebten, war er regelmäßig Zeuge von Streitereien und Meinungsverschiedenheiten, wenn er nicht sogar selbst daran beteiligt war. Die Spannung hing mindestens einmal pro Tag wie zum Schneiden in der Luft, vor allem die Unterrichtspausen am Küchentisch stehen ihm deutlich vor Augen, Ulrike, die Essen machte für ihn und Otmar und seine beiden – ja, was waren sie eigentlich? Schüler? Angestellte? Projekte? Zirkusbären? –, und an den Schritten auf der langen Treppe konnte man bereits hören, wie die Stimmung war. Entweder stürmte Dölfchen in die Küche und wünschte schnaubend, sein Vater wäre tot, oder Tosca schlich aus dem Wintergarten herein, tonlos und tränenüberströmt und mit gequälter Miene schweigend, wenn seine Mutter sie der Form halber fragte, was ihr fehle, oder es war Otmar selbst, der sich knurrig und mit zischender Lunte am Schädel an den Tisch setzte.

Jeden zweiten Tag erteilte sein Stiefvater Tosca oder Dölfchen am Vormittag Unterricht, auch an den Wochenenden, und dann waren die laut werdenden Stimmen, das gelegentliche Türenschlagen zu hören, und während des Mittagessens schreckte Otmar nicht davor zurück, seiner Tochter oder seinem Sohn die Wahrheit zu sagen, «schlecht gearbeitet, Tosca, sehr, sehr schlecht – so fliegst du beim Wettbewerb schon in der ersten Runde raus, gleich einpacken, basta, nichts wie weg». Oder er spielte Bruder und Schwester gnadenlos gegeneinander aus. «Was für eine Wohltat, Junge», sagte er mit vollem Mund, «die Konzentration, mit der deine Schwester die Franck-Sonate spielt, so fließend, so fehlerlos … Ich hoffe, du gibst ihr gleich Contra. Was du gestern zu Gehör gebracht hast, war beschissen, ich weiß kein anderes Wort. Beschissen. Guten Appetit.»

Eine Schulklasse zieht am Lada vorbei, eine Prozession aus dick eingepackten Mondmännlein, etwa so alt wie Noa. Während er die Kinder beobachtet, stellt er sich vor, dass er Noa auf dem Arm hat, ein duftendes Bärchen, das er ins Bett trägt. Schon seit Jahren schläft seine Stieftochter vier Nächte in der Woche bei ihnen in Overveen, und jeden Abend legen Juliette und er sie in ihrem Doppelbett schlafen – weil sie es sich so wünscht. Stunden später, wenn sie selbst zu Bett gehen, ist es seine Aufgabe,

Noa aus der warmen Deckenmatrize zu heben und sie ruhigen Schritts in ihr eigenes Zimmer neben der Treppe zu tragen, eine Aktion, die bei ihnen «Luftpost» heißt. Die Beinchen um seine Hüften, die Arme um den Nacken, in einer der kleinen Fäuste das halb verschlissene Stoffschwein, das sie konsequent «Schäfchen» nennt und das sie auch im Halbschlaf nie vergisst mitzunehmen. Das dunkelbraune, weiche, krause Haar an seinem Kinn, das Blut, das warm und hastig durch ihren kleinen Körper strömt. Wie ein routinierter Scout huscht Juliette ihm voraus, schaltet neben Noas Bett ein barbapapaförmiges Lämpchen an und schlägt die Decke zurück.

Ein paar Schnäuzchen spähen in den Wagen, er lächelt ihnen zu. Vor der Kolonne latscht eine kommandierende Lehrerin. Der Bürgersteig ist spiegelglatt, er ist von einer Art schwarzem Permafrost bedeckt. Sie werden also wie ein Hase nach Hause schlurfen, nachher.

Wenn er selber aus der Schule heimkam, hörte er bereits unten an der Treppe die Geige oder das Klavier, und Otmars Kinder hatten dann oft noch Stunden vor sich, während ihr Vater wie ein Feldwächter zwischen Mansarde und Wintergarten hin- und herging. Er erinnert sich an das Geräusch, das Otmar machte, wenn er die lange Treppe herunterrauschte oder sie keuchend hinaufstieg, wobei sein wie eine Radioantenne ausziehbarer Kugelschreiber, mit dem er Fingersätze und Akzente in die Noten schrieb oder auch gegen die Notenständer schlug, über die Stufen schleifte – «stopp, aufhören, absolut lausig, von vorne».

Streit, Verzicht, harte Kritik, sie gehörten zum Erziehungskonzept, der Einsatz war hoch, das Ziel klar umrissen. Otmar glaubte, dass seine Kinder mit mehr Talent ausgestattet waren als er selbst, und was drinsteckte, so lautete sein Credo, musste man herausholen, das waren sie der Musik schuldig. «Ja, natürlich», antwortete er Journalisten, die ihn während der standardisierten, jovialen Führung fragten, ob so viel Druck für Kinder denn gesund sei – «sehr gesund, danke der Nachfrage. Solange man seine Papierschiffchen in geschlossenen Vitrinen aufbewahrt, kann der Druck nicht hoch genug sein. Sie wissen, wie man aus Steinkohle Diamanten macht?»

Otmars eigene Erziehung war erheblich rigoroser gewesen, Tosca und Dölfchen wurden zumindest noch zu Hause unterrichtet, Mathematik, Sprache, Geschichte auf Realschulniveau, behauptete er. Ihn selbst hatte sein Vater jeden Mittag aus der Volksschule geholt, er durfte nur vormittags hingehen, weiterführende Schulen kannte er nur vom Hörensagen. «Dafür bin ich eurem Opa immer noch dankbar», sagte er bei Tisch. «Er wäre selbst unheimlich gern Geiger geworden, aber wisst ihr, was dann passierte? Es stellte sich heraus, dass er sehr liebe Eltern hatte.»

JA, LUDWIG IST SICH SICHER: Seine Erinnerung trübt den ersten Besuch mit einem Scharmützel, das sich erst Monate später ereignet hat, wahrscheinlich sogar Jahre, denn was Otmar danach sagte, bezog sich auf Jascha Heifetz und war auch grimmiger: «Schon die Vorstellung», sagte er zu seiner Tochter, «dass ich Heifetz gegenüber derart ausfallend geworden wäre. Du enttäuschst mich, Tosca.»

«Mein Gott», rief sie. «Was hat dieser blöde Scheiß-Heifetz damit zu tun?»

Dolf hob die Hände, abwehrend, wollte sie auf die Ohren pressen. Scheiß-Heifetz? In diesem Venloer Haus wurden allerhand Götter und Halbgötter verehrt, in erster Linie die großen Komponisten, in angemessener Distanz ein ganzer Haufen Geiger und Pianisten, Rubinstein, Shlomo Mintz, Martha Argerich, Perlman – doch Jascha Heifetz schlug sie alle.

Otmar hatte den Mund bereits geöffnet – und es kamen Klaviertöne heraus: Über ihren Köpfen setzte ein dumpfer, aber durchdringender Notenschlagregen ein. Er und Ulrike wussten nicht, wohin sie gucken sollten, zur meterhohen Zimmerdecke, über der Dölfchen offenbar zu üben begonnen hatte, oder zu dem Mädchen, dem die Blasphemie entfahren war.

Anfang der siebziger Jahre war Otmar mit seinem Geigenkoffer im Handgepäck nach Los Angeles geflogen, um Scheiß-Heifetz, der lebenden Legende, die in Bel Air wohnte, vorzuspielen. Viele hielten Jascha Heifetz für den besten Geiger des zwanzigsten Jahrhunderts, Otmar hielt ihn für den besten aller Zeiten. Zu seiner grenzenlosen Freude wurde er als Schüler angenommen, er durfte bleiben. Während seiner Venloer Jahre sollte Dolf dahinterkommen, dass sein Stiefvater unter Heifetz' strengem Blick seinen Lebensplan entworfen hatte; in Los Angeles hatte er seine Kinder mit der Frau gezeugt, die er dort auch wieder verlor, der Schwedin Selma Appelqvist, die Tosca und Dölfchen immerhin einen Künstlernamen zum Reinbeißen hinterlassen hatte. Sie war Zeichnerin gewesen, in Venlo lag noch eine Handvoll sogenannter Graphic Novels herum, biographische Comicgeschichten, darunter eine über Heifetz.

Otmar schob den Ärmel seines Jacketts nach oben und tippte auf die Uhr. «Höchste Zeit, du freches Gör», sagte er mit sonderbar entblößten Zähnen. «Dein Bruder hat bereits angefangen. Los. In den Wintergarten. Du hättest mal erleben sollen, was Heifetz mit faulen Geigern gemacht hat.»

«Du bist aber nicht Heifetz.»

«Ich zähle bis drei.»

Tosca schüttelte den Kopf, ihre Brillengläser blitzten. «Wenn Heifetz so genau wusste, wie man mit faulen Geigern umgeht, warum bist du dann nicht Sologeiger geworden?»

«Eins!», brüllte Otmar.

«Selbst mit Heifetz' Hilfe –»

«Tosca», mischte sich seine Mutter hastig ein, «du kannst das so unglaublich gut. Das ist doch die Hauptsache, oder?» Durch ihre Sorge klang eine Bewunderung hindurch, die Dolf neu war.

«Warum also sollte ich den ganzen Tag üben», sagte Tosca, «wenn am Ende möglicherweise doch alles schiefgeht?»

War irgendwas schiefgegangen, ging es Dolf wie ein Blitz durch den Kopf. Mit Otmar? Und was hatte Heifetz damit zu tun? Der Name wurde jeden Tag mindestens ein Mal erwähnt, manchmal weil Otmar eine der Schellackplatten auflegte, dicke schwarze Scheiben, die er als Junge, lange bevor er in Heifetz' Klasse gekommen war, sie sich vom Mund absparend gesammelt hatte – meistens aber, weil Otmar irgendetwas aus seiner Zeit in Amerika einfiel, eine Situation oder etwas, das sein Lehrer gesagt hatte. Dann hingen sie alle vier an seinen Lippen, vor allem, weil Otmar Heifetz sehr lustig nachmachen konnte, er zog dann seine Oberlippe hoch wie ein Esel und schnauzte kurz angebunden irgendwas in einem Warschauer-Pakt-Englisch, aber auch, weil es nicht nur zum Lachen, sondern immer etwas Gemeines war. Dieser Heifetz sei ein schwieriger Mann gewesen, hart, unfreundlich, gab Otmar zu. Dennoch war er weiterhin begeistert von ihm, und zwar, wie er gerne erklärte, weil Heifetz so unerhört gut Geige spielen konnte, und das machte alles wieder wett. *Alles.*

«Du Schlange», brüllte er, das Abzählen nicht beendend; die elfenbeinfarbene Zigarettenspitze mit der Belinda hüpfte in seinem Mundwinkel auf und ab, bis die Zigarette in einem Bogen herausfiel. «Antworte gefälligst, wenn Ulrike dir ein Kompliment macht.»

«Warum hat Heifetz dir denn nie ein Kompliment gemacht, Papa?»

Ein metallischer Schlag dröhnte durchs Zimmer, viele Male

lauter als das Klavierspiel über ihnen. Otmar hatte die Klappe des kleinen Klaviers – ein echtes Walter, kein Nachbau und ganz bestimmt kein Spielzeug – mit explosionsartiger Kraft zugeknallt. Mit zwei Schritten stand er neben Tosca und zog sie am Ohr hinter sich her zur Tür. «Mitkommen», brüllte er.

«Beruhige dich, Liebling», rief seine Mutter, «sie meint es nicht böse» – doch Otmar hörte nicht auf sie, er schleifte die sich widersetzende Tosca die kleine Treppe hinauf und schob sie über die Schwelle. Mit einem Knall zog er die Tür hinter ihnen beiden zu; Handgreiflichkeiten waren zu hören und dass Tosca weinte.

Mit hochrotem Kopf starrte Dolf auf die Belinda, die auf den Dielen weiterglimmte.

«Es ist nicht leicht, Sologeiger zu werden», sagte seine Mutter. Dann schwiegen sie.

Er erinnert sich daran, dass er, während Otmars laute Stimme zu hören war, über den grenzenlosen Fanatismus nachdachte, den sein Stiefvater an den Tag legte und dessen Zielscheibe er selbst bis dahin noch nie gewesen war, wohl aber sein Stiefbruder und seine Stiefschwester, und das ununterbrochen. War das nun gut oder schlecht? Woher kam das nur? Noch in der Geresstraat hatte Ulrike ihm erzählt, dass die Mutter von Dölfchen und Tosca in Amerika plötzlich gestorben war, sie hatte einen Herzstillstand erlitten, nicht so etwas wie das Getue von Alains Vater also, sondern einen echten. Otmar musste plötzlich für alles allein sorgen, viel zu beschäftigt, um Abend für Abend mit seiner Geige aufzutreten; seine eigene Karriere löste sich vor seinen Augen in Rauch auf. Ganz sicher war er kein Schinder, auch wenn es manchmal ein wenig danach aussah. Er versuchte nur, etwas aus der Situation zu machen. Er versuchte mit aller Macht, Heifetz' heiligen Geist über seinen Kindern *auszugießen*, es war jeden Tag Pfingsten in Venlo: auf den beiden Scheiteln die meterhohen Flammen des heiligen Feuers, in das er selbst jahrelang gestarrt hatte – für «den sonnigen Arsch», wie er selbst sagen würde.

Nach einigen Minuten kam Otmar wieder zurück. «So», sagte er und schloss mit gespitzten Lippen die schlecht eingehängte Tür, vorsichtig, was wohl glauben machen sollte, dass er Tosca gerade zu Bett gebracht und ihr eine Geschichte vorgelesen hatte. Lächelnd ging er die abgetretenen Stufen hinunter. «Das Mädchen», sagte er und löschte die Zigarette mit seinen Elefantenschuhen, «kann verdammt noch mal froh sein, dass ich nicht Heifetz bin.»

109 Du Sack. Komm raus.
Die Drehtür bewegt sich nicht, in den spiegelnden Bürofenstern darüber ballt sich eine hohe, gelbliche Wolkendecke zusammen. Um nicht an die Uhrzeit zu denken, betrachtet er das Gebäude von Sakhalin Energy, einem Erdölkonsortium, das Milliarden in die Förderung von Bodenschätzen vor der Küste Sibiriens investiert, doch ganz offensichtlich nicht in die eigene Fassade. Nackt und billig, so sehen die weißen Kunststoffplatten und das Spiegelglas aus; Reste vom Kleber wurden entfernt und die Nieten verdeckt, aber das ist auch schon so ziemlich alles. Es dürfte nicht leicht sein, auf dieser Erdhalbkugel ein Bürogebäude zu finden, in dem mehr Dollar zirkulieren. Von außen ein Grab aus Plastik, drinnen ein Edelwarenhaus an einem Samstag. Er beißt in den hochstehenden Reißverschlusskragen seiner Skijacke. Ihm ist sehr kalt.

Aus der obersten Etage macht sich einer der beiden Aufzüge auf den Weg nach unten; er heftet seinen Blick auf die Kabine, und als befände sich sein Bewusstsein darin, sinken auch seine Gedanken immer tiefer in sein Gedächtnis hinab, bis er schließlich wieder in Venlo ist, langgestreckt auf den Dielen seines Zimmers, wann immer er trüber Stimmung war, ein Ohr am Holz, in der Nähe des Brandflecks von Otmars Belinda, groß wie ein *manhole*.

Der Fußboden kühlte nie ganz ab, weil sein Stiefvater wegen der Geigen und Klaviere auch nachts die Heizung anließ, manchmal sogar im Sommer. So langgestreckt daliegend, wuchs er, und es brach die Zeit seiner Namensänderung an. Eine Weile hatten sie seinen Stiefbruder Dölfchen genannt, was dem kleinen Virtuosen nicht gefiel, wahrscheinlich weil ihm selbst bewusst wurde, dass er im Vergleich zu seinem Namensvetter ein Winzling war, vor allem aber wollte er «einmalig» sein und «keine Ableitung von jemand anderem, Papa, von keinem, nie».

«Das ist doch nur eine vorläufige Lösung, Junge», beruhigte Otmar ihn nochmals, «ich kümmere mich darum. Vielleicht ist Rigoletto ja ein Name für dich.» Er stand auf, stellte sich unten an die Treppe und rief, die Hände wie einen Trichter am Mund: «RIGOLEETTOOO! EEEESSEN!»

Am Ende wurde es Ludwig. Doch nicht sein Stiefbruder wurde zu Ludwig, sondern er. In dem Jahr, als er in der Schule die Orientierungsklasse besuchte, tauften sie ihn mit Maaswasser aus einem Puddingbecher Ludwig, und er trug fortan den Namen seines deutschen Opas, eines Grubenarbeiters, der eine unvollendete, inzwischen verlorengegangene Symphonie hinterlassen hatte, sagte Otmar während der sogenannten feierlichen Familienzusammenkunft; ein Scherz, den er vielleicht machte, um Ludwig-ehemals-Dolf zu trösten. Seine eigenen Kinder waren anders, sehr anders. Oder Dolf-fortan-Ludwig war anders, je nachdem, wie man es betrachtete, und die Frage, die ihm leise auf den Nägeln brannte, war die, ob Beethovens Vorname, worüber niemand ein Wort verlor, nicht vielleicht Perlen vor die Säue war. Das Schweigen hierüber fand er ein wenig seltsam, denn gerade von diesem Beethoven hingen überall im Haus Porträts.

Als wäre in Venlo etwas normal gewesen. Laut und deutlich stieg in ihm die Erinnerung an lechzende, gierige Belagerer auf, die sich nachdrücklich nicht auf ihn stürzten, sondern ihn im Gegenteil aus dem Bild schieben wollten, wenn wieder einmal

Kameras in die vollgestopften Räumlichkeiten über dem Free Record Shop eindrangen; wie sich zeigte, war er nun der Stiefbruder von Kindern, über die ganze Fernsehdokumentationen gedreht wurden. Otmars Zucht funktionierte, Tosca und Dölfchen waren Kinder mit einer Karriere, die bereits ordentlich glänzte; alle naslang stiegen sie zu Otmar oder seiner Mutter in den Volvo, um irgendwo in Deutschland oder den Beneluxländern ein Konzert zu geben, Tosca in einem Abendkleid, in dem man auch einen Edison hätte abholen können, Dölfchen in einem knitterfreien Smoking von Wiplala. Zu Hochzeiten standen sie als Solisten vor immer besseren Orchestern, Dölfchen damals schon ein wenig häufiger als seine Schwester, und sie erreichten das Finale von Wettbewerben, spielten zusammen im Fernsehen vor der Königin.

Man müsse kein Dr. Spock sein, um sich zu fragen, was das mit dem einen mache, der nicht vor der Königin auftrete, sagte ein Studentenpsychologe, als Ludwig mit zweiundzwanzig in dessen Sprechstunde kam – wegen etwas vollkommen anderem übrigens. «Haben Sie unter diesem, äh … was Sie gerade so passend als … Talentschraubstock bezeichnet haben, gelitten?», wollte der Mann wissen.

Schraubzwinge. Und, tja … was heißt gelitten? Jedes Kind will etwas Besonderes sein, darin gab ihm der Psychologe recht, doch nicht jedes Kind ist etwas Besonderes. Die meisten Kinder sind nicht besonders. Durchschnittliche Kinder sind vollkommen unwissend, niveaulos, nicht talentiert, strohdumm sogar – so sah er sich in der neuen Konstellation jedenfalls mehr und mehr, vor allem an Tagen, an denen am Küchentisch nicht gestritten, sondern *diskutiert* wurde. In der Geresstraat hatten er und seine Mutter schweigend dagesessen und dem Transistorradio auf der langen Anrichte gelauscht. Nun wurde er überschwemmt vom Redeschwall seiner Stiefgeschwister, mit denen er unmöglich mithalten konnte, wenn sie mit ihrem Vater, meist beim Abendessen, über Musik sprachen; sie wirkten dann plötzlich dreimal so schlau wie er. Noch vor den Töpfen kamen Musikstücke auf den Tisch, das Violinkonzert, das Tosca gerade einstudierte, aber öfter noch Dölfchens Klaviersonate, vielleicht weil er eigensinniger war als seine Schwester, vielleicht aber auch, weil Dolf und Otmar im Allgemeinen unterschiedlicher Meinung darüber waren, wie man spielen musste, mit viel oder wenig Rubato, mit Pedal oder nicht, die Melodiebögen singend oder doch parlando, «nicht so romantisch, Stümper», «nein, Papa, nicht so *clean*», kurzum: eine nicht endende Zahl von Variationen zu Themen, deren Tonart wechselte, von hitzig und kämpferisch bis hin zu erschreckend gelehrt, von beinahe philosophisch bis hin zu unangenehm emotional oder ekstatisch, was bewirkte, dass er Otmar und dessen Kinder wie Käse in einem Fonduetopf zu einem einzigen klebrigen, hochgestimmten Klumpen verschmelzen sah, Fäden ziehend vor Glück.

Er war das fünfte Rad am Wagen. Was noch durch seine Mutter verstärkt wurde, die, vielleicht weil sie unter der Dusche hin und wieder eine Operettenarie schmetterte, zu verstehen schien, worüber in ihrer neuen Familie gesprochen wurde, und manchmal etwas sagte, auf das die anderen zu seiner Überraschung ernsthaft eingingen. Überprüfen konnte er es nicht, doch ihm schienen es manchmal dämliche Bemerkungen zu sein, oft negativ und nicht unbedingt schwierig zu machen – doch ihm selbst fielen sie nicht ein. Sie sagte zum Beispiel, sie halte Liszt für einen Wichtigtuer, er «brauche zu viele Noten, um auf den Punkt zu kommen», oder dass Beethoven ihr wie «eine quadratische Figur» vorkomme, «jedenfalls was das Temperament anlangt, oder wie sagt man das – ein Viereck».

Die Beethovenporträts in den Zimmern und auf den Treppenabsätzen hatte Selma Appelqvist gemalt, und sie waren für eine Graphic Novel bestimmt gewesen. Die Jahre vor ihrem Tod hatte Toscas und Dölfchens Mutter an einem sozusagen seriösen Comic über Ludwig van Beethoven gearbeitet – kein heiteres Buch, so Ludwigs Eindruck. Vor allem anfangs fand er die düsteren Bilder gruselig, er träumte immer wieder davon; lange verfolgte ihn ein Albtraum, in dem Otmars verstorbene Frau in seinem Zimmer arbeitete, das wieder leergeräumt war. Auf dem Podest am Fenster fabrizierte sie in einem höllischen Tempo ein Beethovenbild nach dem anderen und schaute ihn mit lidlosen Glubschaugen dabei an; sie hatte auch keine Lippen, sodass er die Zahnhälse sehen konnte. Die Bilder sind für einen Comic gedacht, sagte er sich wieder und wieder, wenn er auf dem Weg zur Toilette daran vorbeimusste. Manchmal strich er auf dem Rückweg mit dem Finger über die Farbe, die sich gerieffelt anfühlte, wie nicht ganz trocken sogar – als hätte Selmas Geist noch etwas an dem Bild verändert, während er pinkeln war. Vierzehn der siebzig Bilder hatte Otmar aus L.A. mitgebracht und rahmen lassen – eins hing über dem Tisch im nach vorne gelegenen Zimmer, wo sie abends aßen. Beethoven war darauf leicht vornübergebeugt dargestellt, eine Hand auf dem Kopf seines Neffen Karl, um den er sich zeit seines Lebens zu kümmern versucht habe, erklärte Otmar, was aber fehlgeschlagen sei. Auch das war Ludwig nicht wirklich geheuer, denn ausgerechnet auf diesem Bild über dem Esstisch war der Mann, so im Profil und mit der grauweißen Mähne, Otmar wie aus dem Gesicht geschnitten, und weil die Haare des Neffen unter, ja genau, Otmars Hand fast vollständig verschwanden, konnte er nicht sagen, wer der Junge war, Dölfchen oder er selbst. Und was war denn fehlgeschlagen?

«Beethoven scheint mir eher rational zu sein, Liebling», sagte Otmar zu Ulrike, «das Fundament seiner wunderbaren Musik jedenfalls, und die ist ja nicht gerade viereckig» – die Art von Antwort, die Dölfchen garantiert dazu bringen würde, tiefschürfende Betrachtungen auf sie alle loszulassen, die, wie Ludwig später deutlich wurde, humorige, frühreife Referate waren, versetzt mit verhaspelten, feststehenden Wendungen, falsch benutzten Wörtern und Spuren des Englischen aus seiner Kinderzeit in L. A., über die die anderen sich ein bisschen amüsierten, nicht zuletzt, um ein gewisses Unbehagen zu vertreiben, denn außer lustig war Dölfchens Theoretisieren beängstigend intelligent, das Rätselhafte war ja vor allem, dass ein zwölfjähriger Junge mit dem Mund voller Bratkartoffeln solche Tiefsinnigkeiten äußerte.

Besonders Letzteres fiel Ludwig auf – die Ausdrucksfehler entgingen ihm. Sein Stiefbruder dachte, wie er fand, sowieso zu intensiv über all die Noten nach, die er spielen musste, und ganz bestimmt las er auch zu viele Bücher darüber. Die Regale im Wohnzimmer seien zugige Ruinen, klagte Otmar; Biographien, Musikenzyklopädien, sein Stiefbruder nahm alles, was nicht niet- und nagelfest war, mit in sein Zimmer, wo er sich Notizen in ein beigefarbenes Poesiealbum für Jungen machte, bevor er das kleine Hängeschloss mit gezierter Miene zudrückte, als müsste er mal. Wenn Ludwig zum Nikolaustag ein Asterix-Heft bekam, hielt Dölfchen strahlend *Chopin the Composer: His Structural Art and Its Influence on Contemporaneous Music* in die Höhe.

«Van Beethoven rational?», sagte Dölfchen. «Papa, das ist selten dümmlich.» Es gab ein Radiointerview mit ihm und Tosca aus jener Zeit, über das sie sich, als Otmar die Aufzeichnung Jahre später auf einem Kassettenrekorder abspielte, halbtot gelacht hatten; man hörte, wie Dölfchen gleich nach der ersten Frage in einen Monolog über Robert Schumann verfiel, der von den Monty Python's hätte stammen können und vermuten ließ, dass er das Tischgespräch über Beethoven wie folgt fortgesetzt hatte: «Fundament, das ist der reinste Mumpitz, Papa. Wer so etwas sagt, den nehme ich mit einem Körnchen Salz – auch wenn es evident durchaus so ist, dass die Ratio eines der Stockwerke einer jeden Komposition ist.»

Worauf Tosca möglicherweise erwiderte: «Eine Sonate ist kein Parkhaus, du.»

«Ich meine so etwas wie einen *wedding cake*. Schichten.» An Otmar gewandt: «Du wischst van Beethovens phänomenale Intuition beiseite und auch seine unübertroffen intime Gefühlswelt.»

He, was war das? Ludwig spitzte die Ohren: Beethovens intime Gefühlswelt? Was war damit? Und war damit gemeint, was er vermutete? Wenn ja, dann hatte er selbst auch eine, seit er aufs Thomas College ging. Ein riesiges hölzernes Pferd, wahrscheinlich die Pubertät, war in seine Systeme hereingerollt: Wenn er schlief, kletterten die Hormone schweigend hinaus. In seinem Gesicht entwickelte sich etwas, das Otmar zu seinem Schrecken «Pickel» nannte und dann, auf Toscas geflüsterte Bitte hin, «Akne». Außerdem stand er allmorgendlich ein paar Zentimeter größer und breiter auf, wodurch der Größenunterschied zu Dölfchen fast etwas Witziges bekam – als hätte sein Stiefbruder eine Rückfahrkarte in die Kindheit gekauft. Sehr bald schon war Ludwig baumlang und sehnig wie ein Schwimmer, ohne dass er dafür auch nur eine Bahn hätte schwimmen müssen.

Doch das war nicht wichtig; wichtig war, dass er offenbar über eine telepathische Kraft zu verfügen schien, die er während solcher Tischgespräche aus Selbstmitleid und Langeweile einzusetzen begann. Wenn er oben Französisch oder Mathe machte, konnte er sich, indem er an gewisse Dinge dachte, «einen wichsen», wie Berden und Sjeng in seiner Klasse es nannten – obwohl es ja gerade *kein* Wichsen war, sondern etwas Höherstehendes, versuchte er, sich zu beruhigen, denn legal konnten seine Tagträume, jetzt auch schon bei Tisch, bestimmt nicht sein; es war ebenso beschämend wie spektakulär, mit welcher

Sensibilität sein *Schwanz*, wie Ulrike die Schniedel in der Familie nannte, auf alles reagierte, was er, die weiße Serviette auf dem Schoß und mit halbem Ohr Dölfchens Geschwätz lauschend, zusammenphantasierte.

«Denk doch mal an die späten Klaviersonaten, Papa, wie van Beethoven *dort* das Chaos einzügelt, wie er seine Themen und Durchführungen darüber hinwegbaut, wie ein römisches Viadukt, das hat danach nie wieder jemand nachversucht, nicht einmal Schubert.»

Otmar nickte. «Und wie ist das eigentlich mit den Impromptus?»

«Warte.» Ein gutes Beispiel war nach Ansicht von Dölfchen die Hammerklaviersonate. «Wie van Beethoven es versteht, in den äußeren der vier Sätze die Ordnung aufrechtzu–»

«Langsam, Junge. Dann auch vollständig. Opus Nummer?»

«Ich bin noch nicht fertig», sagte Dölfchen. «Du redest immer dazwischen. Was ich schon die ganze Zeit sagen will, ist, dass man ein Meisterwerk *ausdrücken* muss, nicht analysieren, *ausdrücken.*»

«Sehr gut. Aber los, komm, Hammerklavier, Opus …? Wie reden wir hier am Tisch über Musik?»

«Opus … 102.»

«Falsch», sagte Tosca. «Opus 102 sind Cellosonaten.»

Schwer atmend starrte Dölfchen auf seinen Teller, wo in einem Teich aus Apfelmus Bratwurststücke trieben. «Ich meine natürlich Opus 106», sagte er dann, «Klaviersonate in B-Dur.» Er steckte sich ein Stück Wurst in den Mund und fügte schmatzend hinzu: «Opus 106 vertont van Beethovens schwere, traurige Lebenswandelung, es ist ein Exempulus für seinen späten Stil. Wie er überaus gepeinigt seinem Ende entgegenging, das hört man zum Beispiel darin, dass er vollkommen allein war, ohne Mutter oder … Kinder.»

Fing der kleine Virtuose etwa an zu weinen? Nicht doch?
«Die Hammerklaviersonate», sagte Dölfchen mit zitternder Unterlippe, «ist von Gefühlen regelrecht durchregnet.»
«Durchregnet?», fragte Tosca spöttisch. Sie streckte die offene Handfläche aus und sah zur Decke. Otmar und Ulrike lachten.

UNUNTERBROCHEN betreten und verlassen Menschen das Gebäude von Sakhalin Energy. Einen Moment lang meint Ludwig den Amerikaner zu sehen, auf den er wie ein Backfisch wartet, doch leider: Der Kerl geht vornübergebeugt am Lada vorbei, unter dem Arm einen Regenschirm, der ganz und gar nicht an das Beethovenbild erinnert, das er damals, lange nach Otmars Tod, mit dem Zug nach Enschede gebracht hat. Getreulich hat er das Ding seitdem bei jedem Umzug mitgenommen; zurzeit hängt es in Overveen neben dem Spiegel an der Garderobe – Juliette möchte das Bild nicht im Wohnzimmer haben, das findet sie dafür zu modern, zu heiter. Sie braucht über dem Sofa keinen Musiker des neunzehnten Jahrhunderts mit einem Trichter am Ohr, zu ernst, zu wichtigtuerisch, was durchaus stimmt, natürlich. Das Bild passte auf jeden Fall besser zu Venlo, insbesondere zu den Tischgesprächen, die er oft als ernst und angeberisch empfand.

Darum achtete er auch nicht so sehr auf Dölfchens *highbrow*-Geschwätz, dafür umso mehr auf Tosca, die in einem Nu die Pubertät hinter sich gebracht zu haben schien; eine körperliche Entfaltung, die sie noch immer nicht zum «Dessert der Woche» machte, wie Otmar die Tabletten gegen Lampenfieber nannte, mit denen er seine Wunderkinder versorgte, aber sie war schon «komplett» oder so ähnlich. Sie hatte zwei gewaltige Brüste bekommen. Melonen, wie Berden und Sjeng sagen würden, über die man nicht hinwegsehen konnte, ob man wollte oder nicht.

Aber nicht so, dass es auffiel. Ludwig hütete sich, während des Essens lange und vor allem auch scheu auf Toscas «Holz vor der Hütte» zu schauen – ein Ausdruck, den Otmar benutzte, nachdem sie im Kino *Flodder – Eine Familie zum Knutschen* gesehen hatten. *Wenn* er sie also betrachtete, dann auf eine mittellange, beiläufige Weise, neutral, wie zufällig. An sie denken sollte er vermutlich auch nicht. Aber das merkte ja niemand.

«Und trotzdem, Papa, wenn ein Musiker von einem gewissen Kaliber versucht, seine Haltung zu den Meisterwerken zu bestimmen, ich meine die großen Meisterwerke aller Zeiten, zu denen eine Handvoll von Mozarts Klaviersonaten zweifellos gehört, wenn er sich diese unbegreiflichen Schöpfungen vorknöpft, sie immer besser zu ergründen sucht – wie sie funktionieren, atmen, denken –, dann möchte man, dass die Sonorität, das *Timbre*, man könnte auch sagen: die Stimme deines Instruments dazu ihren vollen Beitrag leistet, und daher –»

«Weiterpieseln, jetzt», sagte Tosca.

«Pass lieber gut auf, du.» Sein Stiefbruder hielt einen Moment inne. «Und daher verstehst du doch sicher, Papa, dass ich Mozart nicht auf einem Backstein spiele? Auf einem Walter von 1784? *Je t'en prie.*»

Wenn etwas noch schneller reifte als Toscas Melonen, dann war es Dolfs Eloquenz. Auch er entwickelte sich rasend schnell, allerdings vollzog sich sein Wachstumssprint in der Hirnrinde. Sein Kopf war dicker geworden, feist, er bekam bereits Grübchen. Im Nachhinein wurde deutlich, dass er von einem Gesetz profitierte, das in keinem psychologischen Handbuch beschrieben ist: dem Gesetz des katapultierenden Rückstands. Dank seines bereits in jungen Jahren begonnenen Fachliteraturstudiums gab er als Vierzehnjähriger fix und fertige Musikessays von sich. Und vielleicht gerade noch zur rechten Zeit, denn es wurde immer nachdrücklicher, nota bene von seinem Vater, an den Beinen seines geliebten Steinways gesägt. Otmar stellte in Gegenwart aller das Wichtigste in Dolfs Leben zur Diskussion, seinen schwarz glänzenden, modernen Spitzenflügel – «Papa, das ist ein Rolls-Royce. Eine *Rakete*. Und ich bin ein verbriefter Steinway-Künstler. Ich bin der jüngste lebende Steinway-Künstler, der jüngste aller Zeiten überhaupt. Überall auf der Welt brauche ich nur mit den Fingern zu schnippen, und man rollt mir eine solche schwarz lackierte Rakete unter die Hände.»

Jaja, das wusste Otmar. Dennoch versuchte er in seinem letzten Lebensjahr, Dolf dazu zu bringen, auf dem Walter zu spielen, den er restaurierte, eine Kursänderung, die mit dem üblichen Druck einherging. Mehr noch, Steinway oder Walter – bis zu Otmars Tod war dies das beherrschende Thema am Esstisch, an dem, abgesehen von Ulrikes Kochkünsten, alles reifte, nicht zuletzt Otmars Ansichten zur Musik. Immer monomaner stürzte er sich auf die «historische Aufführungspraxis», was sich auch für Ludwig, der liebend gern mit Otmar einer Meinung war, fürchterlich langweilig anhörte. Vielleicht weil sich sein Stiefvater hin und wieder mal mit Toon Koopmans traf, war er mehr und mehr von dem Gedanken besessen, Musik müsse so klingen, wie der Komponist sie einst gehört und daher auch, behauptete er, während Dolf den Kopf schüttelte, *gemeint* hatte. «Wir müssen Mozart auf dem Klavier spielen, das Mozart zu Hause hatte, Junge. Bach, Scarlatti, Chopin: dito. Erst dann klingst du so, wie die Giganten selbst geklungen haben.»

«Warst du denn dabei, Papa?»

«Ja», sagte Otmar.

Dolf legte seine versicherten Fingerspitzen aneinander. «Von manchen Sonaten weiß man nicht einmal, ob sie von Haydn stammen oder vom Briefträger. Doch Otmar Smit aus Venlo weiß genau, wie sie geklungen haben.» Es war die Zeit angebrochen, in der Faust junior selber glaubte, er gebe fix und fertige Musikessays von sich; anders als seine Schwester – die wochenlang neben sich stehen konnte wegen irgendeines kleinen, abfälligen Zeitungsartikels, den es, seitdem es sich herumgesprochen hatte, dass sie Wunderkinder waren, hin und wieder gab – glaubte Dolf unerschütterlich an seine eigene Genialität. Nicht nur spielte er Bach und Brahms und Bartók, ohne mit den Augen zu blinzeln; er erklärte erwachsenen Kollegen auch, ohne mit den Augen zu blinzeln, wie *sie* die Stücke spielen mussten. Er konnte zum Spaß die Beatles auseinandernehmen, musikalisch und charakterologisch. Also nahm er die Beatles zum Spaß auf Radio 4 auseinander. Die Beatles seien faule, mittelmäßige Liedchenschreiber, sie Komponisten zu nennen schien ihm zu viel der Ehre. Mit der Zeit waren die Leute von Dolf Appelqvist eingeschüchtert und verhaspelten sich, wenn sie sich überhaupt trauten, ihm eine Frage zu stellen.

Er wisse verdammt genau, was er meine, warnte Otmar ihn gequält. John Eliot Gardiner? Der große Nicolaus Harnoncourt? Sagten die Namen ihm was? Giganten, die die Handschriften von Bach und Monteverdi durchgeackert hätten, worauf Dolf bloß erwiderte, der große Harnoncourt sei ein Idiot.

«Nicht so, Bürschchen, nicht so. Harnoncourt beschäftigt sich locker ein halbes Jahr mit Mozarts Noten.»

«Was du nicht sagst, Papa.»

«Für uns ist Mozarts Wille Gesetz», sagte Otmar und tat, als hätte er seine Tochter überhört. «Das Walter ist eine Zeitmaschine.»

Ludwig reiste unterdessen bereits wieder durch Zeit und Raum nach Quadris, dem Planeten von Matthew Star aus *Der Junge vom anderen Stern*, einer Fernsehserie, die sie sich dienstagsabends ansahen, wenn er, vom Radfahren außer Atem, vom Tennis nach Hause gekommen war. Matthew konnte mit seinem starren Blick Gegenstände hochheben und bewegen:

volle Cola-Flaschen, Autos, sogar Felsbrocken. Dolf probierte es erfolglos die ganze Zeit mit Otmars Papierschiffchen; immer noch zu schwer. Ludwig hingegen machte Fortschritte, er kam immer leichter telepathisch zum Orgasmus, einmal als er auf dem Rückweg von einem Tennisturnier im Auto mit dem Oberschenkel Berdens Schwester berührte, ein anderes Mal als er im Warenhaus eine Frau verfolgte, drei Rolltreppen hintereinander hatte er ihr Parfüm in seine Lungen gesogen – und natürlich regelmäßig beim Abendessen. Lediglich Funkkontakt mit seinem Schwanz war vonnöten, auch wenn er beim Herumträumen manchmal sanft auf den Reißverschluss seiner Hose drückte, doch das war nur ein unauffälliges Tupfen mit den Fingerspitzen, eine Art Morsezeichen. Wenn es «passierte», hielt er sich an das strenge Protokoll, das er in seinem Zimmer eingeübt hatte: sich mit erhobenen Armen strecken und den Mund aufreißen, als müsste er gähnen, aber nicht stöhnen.

«Für dich ist Mozarts Wille Gesetz, Papa. Für dich und deinen Freund Harnoncourt. Nicht aber für mich und Daniel Barenboim. Und so könnte ich dir noch hundert weitere Steinway-Löwen nennen.»

«Hör zu, Schurke. Genau darum musst du etwas anderes machen. Da ist kein Platz für noch einen Steinway-Löwen. Mit Steinway-Löwen kannst du die Straßen pflastern.»

«Ich sorge schon dafür, dass ich der größte Steinway-Löwe werde.»

«Der König der Löwen», pflichtete Ulrike auf Deutsch bei, in dem feierlichen Ton, den Ludwig verabscheute. Sie stellte den Jungen auf einen Sockel, ständig. «Missgönnst du Dolf vielleicht das Scheinwerferlicht?», fragte sie. «So ein mickriges Klavier kann man im Concertgebouw hinten nicht einmal hören.»

«Danke, *Mutti*.» Dolf wollte den Rest seines Lebens die Treppen der großen Konzertsäle hinunterschreiten, im Frack, unter stehenden Ovationen. Vladimir Horowitz, Alfred Brendel, Martha Argerich, Dolf Appelqvist! «Papa! Denk doch mal nach! Du verstehst doch bestimmt, dass ich in der Carnegie Hall spielen will? Und nicht auf Abfallholz in irgendeiner Scheißkirche?»

«Auf dem Walter kannst du mit deinen Fingern ergründen, was Mozart gedacht hat», sagte Otmar. «Näher kannst du seinem Genie nicht kommen.»

«Seinen Grenzen. Bringst du uns denn in ein modernes Krankenhaus, wenn wir die Schwindsucht haben?»

«Das ist etwas anderes, mein Lieber.»

«Keineswegs, mein Lieber», sagte Dolf. «Wolfgang Amadé Mozart ist an seiner Zeit gestorben. Die Aderlasser haben uns tausend brillante Kompositionen gestohlen. Exakt tausend.»

Wie in jeder Diskussion, die Ludwig miterlebte, schlug er sich auf Otmars Seite. Das hatte nichts mit dem Walter zu tun – einmal hatte er darauf «Alle meine Entchen» gespielt, und es hatte sich angehört, als wäre das Ding kaputt –, aber sehr viel mit Sympathie. Er fand Otmar nun einmal netter als die Übrigen im Haus, und Dolf mochte er am allerwenigsten. Das Mundwerk wie eine Klaviersaite, der speckige Kopf mit allem, was darin war. Seine kaum zu zügelnde Arroganz. Sie hatten gerade erfahren, dass Tosca an der Juilliard School angenommen worden war und am Ende des Sommers nach New York gehen würde. Ludwig sah ihrer Abreise mit Sorge entgegen, sie brauchten sie, sie war der Puffer zwischen ihm und Dolf, sanft und freundlich zwischen ihnen beiden, buchstäblich – abends auf dem Sofa vor dem Fernseher, hinten im Volvo, wenn sie irgendwohin fuhren.

Ulrike stellte eiskalte Schalen mit Dr.-Oetker-Pudding auf den Tisch. Auch sie hatte sich verändert, eigentlich schon, seitdem sie nicht mehr in der Geresstraat wohnten. Seine Mutter beachtete ihn kaum noch, sie schien vollkommen in Dolfs Bann zu stehen, für den sie ständig Fliegen und Westen bei Neckermann bestellte, sogar nachdem Otmar es ihr verboten hatte. Sie ergriff jede Gelegenheit, die sich ihr bot, Tosca und Dolf zu begleiten, am liebsten zu weit entfernten Auftritten, was Ludwig an sich gut fand, denn dann nahm Otmar sich die Zeit, um mit ihm am großen Tisch Kartonmodelle zu basteln.

Während die anderen die vertane Chance auf tausend weitere Mozart-Kompositionen erörterten, driftete Ludwig wieder ab, sich auf das konzentrierend, wo er mit seinen Gedanken stehengeblieben war: den oberen Rand von Toscas rosafarbenem BH. Er dachte an den Moment, in dem sie das Ding am Abend in ihrem Zimmer aufmachte, sodass ihre nackten Titten zum Vorschein kommen würden. Er stellte sich vor, wie Tosca sie in die Hände nahm, nein, halt, wie *er* sie in die Hände nahm – ja, genau, er stellte sich vor, dass er hinter Tosca stand und fühlte, wie ihre Melonen in seinen Händen lagen. Während er auf Beethoven und dessen Neffen über den heftig diskutierenden Köpfen starrte, vage registrierend, was sein Stiefvater über Mozart sagte, ob der auch weiterhin innovativ geblieben wäre et cetera, bretterte er auf sein Ziel zu. Kurz presste er sein Gesicht zwischen Toscas Titten, ganz kurz nur, noch einen Moment …

Die Woge des Genusses, die er mit aller Macht verinnerlichen musste: Anstatt sich mit einem vorgetäuschten Gähnen zu strecken, schob er sich einen vollen Löffel Pudding in den Mund und nuckelte kräftig an dem gewölbten Metall – was für ein herrlicher Pudding da drauf war, sowohl der Steinway als auch das Walter konnten ihm gestohlen bleiben!

Sobald das unglaubliche Gefühl, das sich von Kopf bis Fuß auffächerte, weggeebbt war und die warme Flut anfing, sich in seiner Unterhose zu verbreiten, musste er zusehen, dass er den Tisch verließ, denn sonst leckte es durch. «Darf ich mal kurz zur Toilette?»

DIE BRAUNE DREHTÜR auf der gegenüberliegenden Seite schiebt einen Mann auf die Straße. Es ist sein Fahrer, ein kleiner, breiter Asiate, komplett in Rentierfell verpackt: Mantel, Mütze, Handschuhe, Stiefel bis zu den Leisten – es fehlt nur das Geweih. Zu Ludwigs Verärgerung ist der Kerl allein; ohne nach links und rechts zu schauen, überquert er die Straße, öffnet die Tür des Lada und kriecht hustend hinter das Lenkrad.

«Is he coming?»

«He busy.»

«Why didn't you bring him?»

«He busy.»

Ludwig lässt sich auf der durchgesessenen Rückbank nach hinten fallen, legt den Nacken auf den pseudoledernen Rand. Seit drei Nächten schläft er miserabel. Es waren irrsinnige Tage. Seine Lider saugen sich an seinen Augäpfeln fest, doch was er sieht, hat nichts mit Sachalin zu tun – sofort steht da das Walter, ein fünfbeiniges Insekt, er kann darum herumgehen. Es war tatsächlich ein wenig seltsam, was Otmar vorschlug. Natürlich wollte Dolf den Steinway, das verstand doch sogar er. Warum wollte Otmar dann so gern, dass er auf dem Schlumpfding spielte, fragte er sich, hütete sich aber, das Walter so zu nennen, als er Otmar an einem Samstagmorgen half, das Instrument aus dem Atelier ins Hinterzimmer zu schaffen, die Art von Arbeit, bei der Otmar nie Dolf um Hilfe bat, sondern immer ihn – und hierfür erst recht, natürlich. Die Beine hatte Otmar abmontiert, sodass sie den länglichen, harfenförmigen Kasten mit Tasten und Saiten bequemer die schmale Treppe hinuntertragen konnten, die Belinda wippend in seinem Mundwinkel, höher, links sacken lassen, Junge, pass auf – beim geringsten Rempler eine metallische Kakophonie.

Während sie in einem Streifen Sonnenlicht die Beine mit fummligen Flügelmuttern wieder anschraubten, erzählte Otmar ihm, er wolle Wohnzimmerkonzerte organisieren, das erste bereits im kommenden Monat. Erst als sie ganz fertig waren und das Walter wie jahrhundertealter kostbarer Spaltpilz aus dem Boden aufschoss, stellte Ludwig seine Frage.

«Weil ich glaube, dass alte Instrumente die Zukunft sind», antwortete Otmar munter. Er saß keuchend auf dem breiten Klavierhocker und putzte mit einem Tuch die schmalen, schwarzen Tasten. «In den großen Konzertsälen kriegt man keinen Fuß in die Tür, Junge. Dolf hat ein riesiges Talent und einen bemerkenswerten Willen. Aber reicht das?» Obwohl es kein warmer Tag war, schwitzte er stark.

«Aber das weiß man doch noch nicht?»

«Das stimmt», gab Otmar zu, und er sah ihn forschend an, als wäge er etwas ab. In den Tiefen des Hauses konnte man sowohl Tosca als auch Dolf üben hören. Aus dem Free Record Shop stieg ein monotones, dumpfes Dröhnen nach oben.

«Aber warum sollte er es dann nicht einfach versuchen? Auf dem Steinway, meine ich.»

«Wirklich nett von dir, dass du dich für Dolf ins Zeug legst», sagte Otmar. «Es freut mich, das zu hören. Besonders dicke Freunde seid ihr noch nicht, glaube ich.»

Wie diplomatisch das ausgedrückt war. «Warum komponierst du nicht selbst mal eine Klaviersonate?», hatte Ludwig neulich erst Dolf bei einem der seltenen sonntäglichen Waldspaziergänge gefragt. «Immer nur dieses ewige Nachspielen derselben Stücke.» Darauf war Dolf ausnahmsweise keine Antwort eingefallen, also hatte er Ludwig auf die Jeansjacke gespuckt.

«Aber warum dann nicht auf dem Steinway, wenn wir es noch nicht wissen?», fragte er vielleicht ein wenig zu insistierend.

«Wo ist deine Mutter eigentlich?»

Ludwig zuckte mit den Achseln. Otmar erhob sich, ging zur Tür beim Treppenpodest, öffnete sie etwas mehr, lauschte, ging zurück und setzte sich wieder auf den Klavierhocker – diesmal aber nicht mittendrauf. Er schaute auf seine Uhr. Hinter dem Walter ging etwas Märchenparkhaftes von ihm aus. «Setz dich kurz zu mir», sagte er. «Einmal musst du es doch erfahren.»

Leicht angespannt nahm Ludwig Platz, ihm plötzlich ganz nah, er roch Otmars Rasierwasser, eine Flasche, die er ihm zusammen mit Tosca und Dolf zum Geburtstag gekauft hatte.

Zunächst erzählte Otmar ihm Sachen, die er bereits wusste: dass Dolf und Tosca unter Hochdruck arbeiteten, dass sie genau genommen schon das Leben von erwachsenen Künstlern führten. Vor allem Dolf reagiere empfindlich auf Stress, sagte er. «Eigentlich kann er nicht damit umgehen, mit dem Druck, dem ganzen Trubel um ihn herum – auch wenn er noch so sehr den starken Mann markiert. Reicht nicht, könnte man sagen.»

Kurz sahen sie einander aus unmittelbarer Nähe an, ein merkwürdiger Moment; Ludwig bemerkte Unebenheiten auf dem Gesicht seines Stiefvaters, kleine Dingelchen an den Lidern, eine vertikale Furche, die seine runde Stirn in zwei Teile schnitt.

«Dass Dolf so ... schlau ist und so, wie soll ich sagen ... dass er so, nun ja, genial ist, ja, vielleicht ist genial einfach das beste Wort, denn das ist er natürlich ein bisschen ... das hat leider auch eine Kehrseite.» Otmars Apfelwangen waren zwei Fleischkügelchen oberhalb seiner echten Wangen.

Ludwig nickte – er wusste nicht, warum. Sein T-Shirt kitzelte in den Achseln. Otmar sah ihn wie ein tieftrauriger Zwerg an, alt wirkte er oder sehr müde.

«Alles in seinem Kopf vollzieht sich schneller und unvorhersagbarer als bei normalen Jungen», fuhr er fort. «Wie du vielleicht schon mal bemerkt hast, muss er spezielle Medikamente nehmen. Um sich stark zu fühlen. Und gelassen.»

«Nein», sagte Ludwig.

«Okay, tja ... das muss er also. Tabletten, die gewisse Dinge unterdrücken, wenn er nachdenkt. Als er klein war und wir noch in Amerika wohnten, eigentlich kurz nachdem seine Mutter gestorben war – da ging es ihm eine Weile nicht gut. Ganz und gar nicht gut sogar.»

Ludwig machte ein erstauntes Gesicht. Er traute sich nicht zu erzählen, dass Ulrike sich vor langer Zeit hin und wieder an die Stirn getippt hatte, wenn es um Dolf gegangen war.

«Doch um auf das Walter zurückzukommen», sagte Otmar. «Eigentlich denke ich, Dolf sollte kein Klavier mehr spielen. Nie wieder. Das wäre das Allerbeste.»

«Wirklich?»

«Ja, wirklich.» Otmars Atem roch so, wie bestimmte Teile des Fußbodens in Ludwigs Zimmer manchmal rochen, ein paar Wochen dauerte das. Dann lag irgendwo eine tote Maus, meinte seine Mutter. Unten steckte jemand den Schlüssel ins Schloss, die Haustür öffnete sich. Sie schwiegen, bis die Tür mit einem lauten Knall wieder zufiel und leise tickende Schritte auf der Treppe zu hören waren. Ulrike, unverkennbar.

Otmar legte die Hand auf Ludwigs Oberschenkel und drückte ihn. «Mach dir deswegen keinen Kopf, Junge. Wie sich das alles genau verhält, erzähle ich dir bei Gelegenheit.» Er stand auf, zog seine Jacke zurecht.

«Ist er denn, äh ...» Verrückt, wollte er sagen. Doch da betrat seine Mutter das Zimmer.

108 Noa hat morgen eine Ballettvorstellung. Er würde wirklich gern sein Flugzeug erreichen. Am liebsten ginge er selbst in das Bürogebäude, doch irgendwas hält ihn zurück: die Nerven, er hat Angst, dem CEO in die Arme zu laufen. Das unheimliche Gefühl, dieser Mann könnte jetzt, in diesem Moment, am Fenster seines Direktionszimmers stehen und ihm, durch das Dach des Lada hindurch, auf den Kopf schauen.

Ludwig beugt sich ein wenig nach vorn und sucht, durch die matte Frontscheibe spähend, noch einmal nach der Kirchturmuhr. In knapp anderthalb Stunden heben sie ab. Er könnte den Taxifahrer einfach losfahren lassen, *ohne* den Amerikaner, auch wenn das in die Rubrik «unkollegial» fallen würde.

Er kennt den ja nicht mal, so wie er nie jemanden kennt. Vor allem aber kannte er den Herrn CEO nicht, natürlich nicht, obwohl das auch für den *technical director* galt – in den Wochen vor Sachalin hatte er von Rijswijk aus mit dem sogenannten *chief geophysicist* über die Bohrung gemailt, einem Niederländer, der einen vielversprechenden, begeisterten Ton anschlug. Von Ludwigs Schreibtisch aus war ihm die *4d* wie eine praktisch beschlossene Sache vorgekommen, doch gestern Morgen hatte er gleich gemerkt, dass er sich auf einen Unter-Untergebenen verlassen hatte, die rechte Hand einer rechten Hand der rechten Hand, einen viel zu netten nerdigen Fachidioten, der am liebsten den ganzen Tag Erdbeben erzeugen wollte – was ganz offensichtlich nicht für seinen Chef galt, besagten Technical Director, einen ungesund aussehenden, mürrischen Russen, in dessen gläsernem Büro sich der Nerd schüchtern zu ihnen gesetzt hatte. Der aschgraue Technical Director leitete eine Etage mit lauter Ingenieuren – rund fünfzig *drilling* und *well engineers, petrophysicists, surface engineers, reservoir* und *completion specialists* –, die aus jedem Winkel des Großraumbüros sehen konnten, wie ihr Chef (kommunistisch gestählt, das konnte man sich an fünf Fingern ausrechnen) seine Befehle erteilte – *sehen*, nicht hören, was nervenaufreibender sein musste. Ihn mit schuppigen, tiefliegenden Augen musternd, ließ der Mann Ludwig zunächst über seine seismischen Pläne zu Ende reden, schwieg einen Moment und fragte dann: «Und was ist mit den Grauwalen?»

«Die werden davon kaum etwas bemerken», erwiderte er, bereit, die Lösung für das Walfischproblem darzulegen, an der er schon seit Monaten arbeitete, doch der Russe schüttelte seinen dürren Reptilienkopf und gab die gesamten Unterlagen ungelesen weiter, zu politisch, die Grauwale lägen über seinem *pay grade*. Der CEO, das hatte er bereits eingefädelt, wolle ihn, Ludwig, gern persönlich sprechen, mehr noch – und er deutete nickend auf einen fernen Punkt außerhalb des Terrariums –, er werde abgeholt.

Quer durchs Großraumbüro kam eine junge Frau im Slalom um Schreibtische und Pflanzenkübel herum auf sie zu, die Augen, so schien es, starr auf Ludwig gerichtet. Sowohl der Russe als auch der Nerd setzten sich gerade hin. Das dunkelrote Kostüm trat, ohne anzuklopfen, ein, nickte den beiden Männern herablassend zu und stellte sich Ludwig in genuscheltem Englisch vor: Natalja Andropo-Irgendwas, Assistentin des CEO, ein Mädchen, das auf billige Art hübsch war und offenbar Autorität besaß: In der Landessprache wechselte sie in unfreundlichem Ton ein paar Sätze mit dem Russen, der strenge kleine Mund knapp über dem Kleiderbügel ihres Jochbeins.

Ludwig stand auf. «Wir sehen uns später noch?», sagte der Russe im Befehlston und zog eine Grimasse. Meinetwegen, du Lakai, dachte er, folgte jedoch wortlos der Parfümspur der jungen Frau. Was kam nun auf ihn zu? Erst hatte der Nerd ihm den Mund wässerig gemacht, dann das Bremsen des mundtoten Apparatschiks und jetzt der Schlag in den Nacken vom CEO? Eine Dreistufenrakete, um ihn von der Insel zu schießen?

Natalja trug zu hohe Absätze fürs Büro, eigentlich für überall, obwohl er geneigt war, bei einer Chromstange ein Auge zuzudrücken – während er hinter ihr herging, versuchte er, von ihr ein Dia zu machen, für den mentalen Projektor, den er anwerfen würde, wenn er heute Nacht wach im Bett lag, aber woran er dachte, war dieser Mann. Der konnte ihm sagen, was er wollte, so oder so würden sie Erdbeben erzeugen. Er hatte verdammt noch mal die Wal-NGOs so weit, dass sie nicht protestierten.

«I presume you've met mister Trump before?», fragte Natalja ihn, während sie ihm die Tür aufhielt.

«No, never.» Trump?

Sie betraten den Aufzug, ihr hyperschwerer Duft stieg in Richtung Decke, er prognostizierte dicke Parfümtropfen. Nataljas Pony war wie ein offener Saum. Alle Farben auf ihrer russischen Haut – himbeerroter Lippenstift, nachgezogene Augenbrauenbögen, grellblauer Lidschatten – konnten mit Alkohol und einem Wattebausch entfernt werden. Um gegen die Stille anzugehen, fragte er, wie lange das Gespräch wohl dauern werde.

«Er hat es immer eilig», sagte sie. Der Aufzug hielt mit einem schäbigen, Shell-unwürdigen Rums, sie stiegen aus und gingen durch einen engen Büroflur zu einer Tür, die in Augenhöhe mit einem Namensschild versehen war: «J. R. Tromp, CEO Sakhalin Energy».

EIN FEUERZEUG, das saugende Knistern einer sich entzündenden Zigarette. Ein paar Sekunden später wabert unterm Dach des Lada eine scharfe, tabakgeschwängerte Wolke auf Ludwig zu. Er grinst. Wo hat der Kerl in den letzten Jahren gelebt? Auf einer Insel noch hinter Sibirien? Er vertreibt den Rauch mit einem Handschuh. Eine seltsame Vorstellung, wie normal das früher war, rauchen, während sie zu dritt auf der Rückbank saßen, unterwegs nach Salzburg oder Wien, Tosca natürlich in der Mitte, und Otmar und seine Mutter inhalierten, als würde der Volvo mit Tabak betrieben.

Der Elch macht eine Vierteldrehung, hält Ludwig das Päckchen unter die Nase. Kopfschüttelnd bedankt er sich. Schon auf dem Luzac College hatte er dem Rauchen, das er nur des Kiffens wegen praktizierte, abgeschworen, weil er sich Otmars letzte Lebensweisheit zu Herzen genommen hatte.

«Warum hat dieser Mann so viel geraucht, warum so *viel*», jammerte seine Mutter, als Otmars Leidensweg schon begonnen hatte. Erst als es zu spät war, klagte sie über seine tägliche Schachtel. Solange es ihm noch gutging, spottete sie über seine Belindas mit Filter, die in ihren Augen keine richtigen Zigaretten waren, aber sie waren es offenbar doch. Zehntausende Belindas hätten sein Inneres in einen Kanonenofen verwandelt, sagte er tapfer selbst, «die Einäscherung hat eigentlich schon stattgefunden, Lausejunge». Da lag er, mit einem Mal todkrank, in der ersten Woche noch in einem Krankenhausbett am Fenster über der Gasthuisstraat, doch sehr bald schon, weil er weder das Tageslicht noch die Drehorgel ertragen konnte, im verdunkelten, ehelichen Schlafzimmer.

Man habe ihren Mann sofort «aufgegeben», hörte Ludwig seine Mutter am Telefon zu Bekannten sagen. «Es ist natürlich sehr schade», sagte Otmar zu jedem, der ihn besuchte, «dass ich nicht mehr miterleben werde, wie diese Streberchen ausfliegen» – seine glanzlose Stimme zu leise, um von den hohen, früher so beseelten stuckverzierten Decken zurückgeworfen zu werden, die einst Ludwig sein neues Leben verheißen hatten. Alles, was an Otmar rund war, sein Kopf, sein Bauch, die Hände, wurde von Stunde zu Stunde schmaler, eine Auszehrung, die Ludwig kaum mitansehen konnte; die Tränen schossen ihm in die Augen, so beschissen fand er es für seinen Stiefvater, der es wahrscheinlich nicht einmal bis zu seinem fünfzigsten Geburtstag schaffen würde.

Gleichzeitig machte er sich Sorgen über die Zukunft ohne ihn. Seit sein Stiefvater sich dem täglichen Geschehen im Haus entzog und Tosca mit einem Kloß im Hals in New York studierte, fühlte er sich von seiner Mutter und von Dolf in die Enge getrieben. Die jetzt noch unterdrückten Streitigkeiten drehten sich um alles mögliche, vor allem aber um sein Gekiffe, denn er kiffte nicht nur während der Schulpausen, sondern auch in seinem Zimmer. Dolf beklagte sich über die betäubenden Dämpfe, die durch die Dielenbretter in seine Mansarde aufstiegen, und er behauptete steif und fest, eine Samstagsmatinee im Concertgebouw verpfuscht zu haben, weil er «von Ludwigs widerlichen Drogen benebelt» gewesen sei und nicht gewusst habe, ob er nun Schuman oder Clayderman spiele, was absoluter Bullshit war, ein Bullshit allerdings, den seine Mutter für bare Münze nahm. In Gegenwart von Dolf nannte sie Ludwig «eine Gefahr für dessen Karriere».

Otmars Krankenlager dauerte schändlich kurz. Angeleint mit Schläuchen, die aus Beuteln an Ständern in seine Arme führten, sah er ängstlich aus. Jeder im plötzlich still gewordenen Haus sah ängstlich aus. Dolf übte wochenlang nicht, schaute Cartoon Network im Fernsehen, warf wütend sein Metronom in Stücke. Sein Vater verging wie eine fleckige Banane in einem glühend heißen Sommer. Der Mann, auf den sie sich alle gestützt hatten, äußerte pflichtschuldig etwas Optimismus, nichts sei unmöglich, doch als Tosca, aus New York angereist, mit der Geige am Kinn an seinem erhöhten Bett stand, blies er, noch bevor sie anfangen konnte, seinen letzten Atem aus – was sehr gut gewesen wäre, doch dieser Schnaufer erwies sich als der Beginn eines wochenlangen Komas.

KEIN WUNDER, dass er in der Nacht davon geträumt hatte. Er, Tosca, Dolf und seltsamerweise nicht Ulrike, sondern Juliette, eine ordentlich gekleidete Delegation, klopfte an das Direktionszimmer von J. R. Tromp, der drinnen in Otmars erhöhtem Krankenhausbett lag. Er hatte Geburtstag, sie gingen, «Lang soll er leben» singend, auf ihn zu, sie hatten Tennisschuhe für ihn gekauft, billige, hässliche, man konnte die Kleberänder sehen. Als Ludwig ihn in der Tiefe seines Kopfkissens liegen sah, sah er sich selbst, sie alle beide, und ausgerechnet heute hatten sie eine unreine Haut – genau das, wovor Ulrike ihn früher schon gewarnt hatte, wie er sich sogar in seinem Albtraum erinnern konnte. Damals, in der Wirklichkeit, als er eines Morgens das Badezimmer mit Beschlag belegt hatte, herrschte sie ihn ungeduldig an und sagte, seine Pusteln habe er von Ha geerbt, der, «ich drücke es mal unfreundlich aus, ein Gesicht wie ein Golfball hatte».

Flucht war das, was er üblicherweise ergriff, wenn irgendwo ein Tromp alarmierenden Alters auftauchte, und wenn diese Natalja ihn nicht bei ihrem Chef abgeliefert hätte, dann hätte er bestimmt auch diesmal die Flucht ergriffen – zumindest zur Toilette. «J. R. Tromp, J. R. Tromp», faselte seine innere Stimme, während er in ihrem Kielwasser das Zimmer betrat, «hat nichts zu sagen, gar nichts, auf der Welt wimmelt es vor J. R. Tromps, wie vielen bist du begegnet, die dich dann doch nicht gezeugt haben? Fünf? Zehn?»

Fünf – nicht übertreiben. Und hatte Otmar nicht irgendwann einmal gesagt, Ha arbeite für BP?

Unter einem quadratischen Fenster saß der CEO von Sakhalin Energy an einem riesigen schwarzen Schreibtisch voller Zimmerpflanzen und schaute auf einen Plasmabildschirm.

«Nein», sagte er.

«Nein?», echote Ludwig.

«Nein», sagte J. R. Tromp, der die Lesebrille abnahm, seine Nackenwirbel sortierte und aufstand. «Wir werden Ihre *seismic survey* nicht anwenden. Damit das schon mal klar ist.» Aha, schau an, der Boxkampf hatte bereits begonnen, noch vor dem Wiegen wurde ihm zugerufen, dass sein Knockout bevorstand, sehr aggressiv und einschüchternd. Der ins Auge springende Unterschied zwischen Unter-Untergebenem und Chef: pure Schlagkraft.

An seinem Hosenbund ziehend, glitt der Mann hinter seiner Festung hervor und kam auf Ludwig zu, träge, unwillig, ein Endfünfziger in später, herbstlicher Blüte. Anderes Blut, das war Ludwig sofort klar. Bei jedem Treffen verfuhr er gleich: zuerst die Haut beurteilen, eine Obsession, die ihm aus Venlo geblieben war, von Dölfchens Terror, dem subtilen Getrieze wegen jedes einzelnen Pickels. Seine Augen sogen sich wie zwei Kühlschrankmagnete an zwei glattrasierten Wangen fest, die ihm signalisierten: *Ich bin nicht dein Vater.* Unversehrt, grübchenlos, weder Narben noch Dellen. Kein Golfball, Mutter – er kann es schlichtweg nicht sein.

Der CEO streckte eine lange Hand aus, an deren Fingern große Ringe funkelten; der dünn behaarte Handrücken war nach oben gewandt, sodass Ludwig seine geöffnete Handfläche wie ein Bettler darunterschieben musste – er spürte abwärts gerichteten tyrannischen Druck, aber vor allem: Erleichterung.

«Hans Tromp.»

Ludwig seufzte wie ein Mädchen. Die Wirkung dieser Kombination war physisch. «Hans» und «Tromp», beides erreichte ihn nicht über die Ohren, sondern über die Musikknochen in seinen Ellenbogen, «Hans» links und «Tromp» rechts, woraufhin sie wie zwei sonore Projektile in sein Hirn schossen, elektrisch, schneidend, und kaum waren sie dort angekommen, begannen sie, umeinander herumzuschwirren, pfeifende Schwärmer, ein rotierender Doppelstern, immer schneller, bis «Hans» und «Tromp» mit einem lauten Knall zerplatzten.

Er schloss den Mund. Er war an der Reihe, sich vorzustellen – doch ihm fehlte der Atem, ein erstickender Kloß saß in seiner Kehle, Blut stieg ihm in den Kopf, Tränenflüssigkeit. *Jetzt nicht weinen.* Immer noch Hand in Hand mit dem Mann, machte er einen Schritt nach hinten, Raum schaffend, um sich stöhnend vornüberbeugen zu können, tief, als hätte er einen Stoß in den Magen bekommen. «Aahoh», murmelte er, «meine Kontaktlinse», und er fing an, mit der freien Hand das linke Auge zu reiben.

«Geht's?», hörte er die sonore Stimme sagen. «Meine Assistentin hat Linsenflüssigkeit.»

«Ein Härchen», nuschelte er, das bloße Auge weiterhin reibend: Er trug keine Kontaktlinsen, wohl aber Juliette, er kannte das ständige Gemurkse.

«Sie sollten sich lasern lassen. Am Ende des Flurs ist eine Toilette.»

«Geht schon», erwiderte er zu seinem blöden Bedauern. Tromp ließ seine Hand los, endlich. Aus den feuchten Augenwinkeln sah er, dass Tromp mit kurzem Rucken seine Hosenbeine lupfte und sich hinsetzte.

War er es, oder war er es nicht?

Im Augenblick war das scheißegal, in beiden Fällen musste er vermeiden, eine jämmerliche Figur abzugeben. Was also machte sein Gehirn, dieses tragbare Weltall, in dem Freuden und Ängste ihre elliptischen Bahnen ziehen? Es vertagte die Frage auf später. Es kürzte beide Schlussfolgerungen gegeneinander. Er wusste es verdammt noch mal nicht.

Plump, als stürzte er sich von einer Brücke, ließ er sich in einen engen, cognacfarbenen Schalensessel fallen und sah den Mann erneut an; Hans Tromp hatte ein längliches, charaktervolles Gesicht, gefurcht wie die Linolschnitte, die sie in der Grundschule mit einer rasiermesserscharfen kleinen Stichwaffe hatten schnitzen müssen. Ein Fragezeichen war darauf zu sehen. «Ach ja», murmelte Ludwig, «ich habe ganz vergessen, mich vorzustellen. Ludwig Smit. Ich komme aus Rijswijk.»

Zu seinem Erstaunen flackerte nichts auf in dem Gesicht, kein Zeichen des Wiedererkennens: Sein Name rief nichts hervor, kein Vermuten, nicht die Vermutung eines Vermutens. Während der CEO das soziale Geschwätz pflichtschuldig hinter sich brachte, flott, gekonnt, die künstlich erzeugten Erdbeben mit voller, melodiöser Stimme vorerst noch umschiffend – so machte man das, zunächst ein leichter Schlag auf die Nase, dann umschmeicheln, menschlich, kurz, und schließlich die Guillotine –, und Ludwig ihn auf Autopilot mit Antworten versah, drang das *Warum* bis zu ihm durch: Er hatte einen Bastardnamen, einen Allerweltsnamen, so veränderlich wie der eines Balkanlandes, einen Namen, der damals, gemäß eines zugrundeliegenden Plans, gewählt worden war, um den, der gekniffen hatte, *auszuschließen*.

Es konnte sein, dass Ha, wo auch immer er sich befinden mochte, wusste, dass ein gewisser Otmar Smit der Stiefvater seines Sohnes geworden war, und möglicherweise hatte er auch erfahren, dass der Junge irgendwann den Namen Dolf Smit angenommen hatte – aber *Ludwig* Smit?

Sein Name war eine Theatermaske, venezianisch, *shake-*

spearesch, würde Juliette daraus machen. Er saß hier in einer Theatervermummung aus dem siebzehnten Jahrhundert.

Leider bedeutete seine Unkenntlichkeit auch, dass der Mann keinen Grund hatte, seine Vaterschaft offenzulegen, was wiederum bedeutete: Er konnte immer noch sein Vater sein – eine Ungewissheit, die Ludwig leicht schwindelig werden ließ. Die Viertelstunden, die folgten, erlebte er in einem Zustand der An- und Abwesenheit. Auge in Auge mit dem Mann, der über die «Kampfflieger von Aeroflot» und über Sachalin als «vergessene Nordpolinsel» sprach, hatte er das Gefühl von Surrealität; ein Traumzustand, der zweifellos durch seine schlechte Jetlagnacht verstärkt wurde, und wenn nicht dadurch, dann weil ihm auffiel, dass das Büro des CEO kafkaeske Proportionen hatte: Das L-förmige Zimmerchen wirkte wie eine Parodie auf die luxuriösen Direktionsbüros, die er anderswo gesehen hatte, knapp bemessen wie K.s Gerichtsgebäude, die Decke auffallend niedrig.

«Aber haben wir überhaupt noch etwas zu besprechen?», fragte Tromp.

«Ich werde Sie umstimmen. Ich habe Zoologen, Ozeanographen und Seismologen zusammengetrommelt, die die gesamte Population für erdbebensicher erklären werden. Das Problem ist nicht Eschrichtius robustus.»

«Ist das der Fisch?»

«So heißt das Tier offiziell, ja. Ich rede viel mit Biologen.»

Erst jetzt fielen ihm andere Merkmale auf; der Mann hatte braune, unversöhnliche Augen, die auf eine schnelle Abrechnung aus zu sein schienen. Sein schwarzes, glattes Haar war mit Grau durchschossen und recht lang. Der Nacken sehnig und gereift – nicht alt. Eine platte und zugleich lange Nase, Ohren, die aussahen, als wären sie mit diesem Bug auf Rammkurs mitgewachsen. Der Oberkörper breit, lang und flach, darin ausreichend Platz für alle Eingeweide. Ein maskuliner, kräftiger

Körperbau, den er offenbar durch Push-ups, Sit-ups und allerlei Hantieren mit Gewichten unterstützte.

«Ich glaube, Sie sind ein Experte.»

«Ich kenne alle 87 Exemplare persönlich.»

Während sie über die beteiligten Wissenschaftler und die Mühe sprachen, die Shell sich machte, um den NGOs die Waffen aus den Händen zu schlagen, bemerkte er, dass Tromp sich anders kleidete als ein Shell-Boss – besser vielleicht, aber vor allem: exorbitanter. Der eng sitzende Anzug war schwelend braun, genauso wie das Hemd, das zweifellos aus Seide war, mit wenig geschäftsmäßigen langen Kragenspitzen, die in zwei westernartigen Zinneckchen endeten. Keine Krawatte. Ludwig hatte in der Ölindustrie noch nie einen Topmanager ohne Krawatte gesehen, und auch nicht in einem Anzug mit einer anderen Farbe als Dunkelblau oder Anthrazit. Er fragte sich, wie Hans Tromp es so weit hatte bringen können, dank oder trotz seiner Exzentrizität? Er sah aus wie ein Medientycoon. Wie der Direktor eines Theaterensembles. Wie ein Zuhälter, wenn man seinen Gedanken freien Lauf ließ. Doch selbst wenn man das tat, der Mann sah ihm nicht ähnlich.

«Mein lieber Schreibtischfuchser», sagte er. «Sie wissen ja, dass ich meine Gaspipeline um zwanzig Kilometer verlege? Um das Schlafzimmer der Fische herum? Sind Sie mal mit dem Rad über Schiphol von Haarlem nach Amsterdam gefahren? Genau derselbe Umweg, aber eben auf dem Meeresboden.»

«Sie sind», sagte Ludwig, «eher geradeheraus.» Es kann zusammengefegte Ranküne gewesen sein, die ganze Geresstraat auf einer Kehrichtschaufel, Erregung, die er aus Mangel an Gewissheit nicht auf den Mann loslassen konnte, sondern auf die Erdbeben projizierte, doch es kam eine unerwartete, traumähnliche Kraft über ihn, als könnte er losdüsen und aufsteigen wie eine Sopwith Baby.

«Der Spaß kostet uns 275 Millionen Dollar zusätzlich», sagte Tromp. «Schlappe drei Millionen pro Walfisch.»

«Höchste Zeit, dass die Tiere auch einmal was für Shell tun.»

Obwohl er minutenlang genau die richtigen Dinge sagte, war das Gespräch, das sich entspann, merkwürdig und heftig. Der Mann reagierte auf die Pontons und Unterwasserkanonen, die ihm in Aussicht gestellt wurden, auf der Stelle gereizt, Ludwig sah, wie es passierte, der Lude war genervt, in seine Antworten schlich sich Verbissenheit; er gelobte feierlich, keinen weiteren Dollar wegen der Tiere auszugeben.

«Wir können mit einer verantwortungsvoll durchgeführten *seismic survey* einen guten Eindruck machen», sagte Ludwig. «Wir werden Umweltpreise dafür bekommen.»

Tromp lachte ihn träge aus. «Ich muss halb Asien in den kommenden zwanzig Jahren mit Flüssiggas versorgen. Die Verträge sind unterschrieben. Jede Verzögerung, jede Stockung –»

«Kostet Shell ein paar Millionen Dollar pro Stunde», sagte Ludwig.

«Zehn Millionen Dollar pro Tag. Übertreibung ist der kleine Bruder der Lüge. Die Wahrheit reicht aus für ein Magengeschwür.»

«Zwanzig Jahre, das ist eine lange Zeit. Wenn wir wie vorgeschlagen vorgehen, können Sie Ihre asiatischen Freunde in fünf Jahren sehr viel effizienter beliefern.»

«Effizienz ab sofort – die interessiert mich. Und es sind keine Freunde. Hören Sie. Tatsache ist, dass ich mir keine Verzögerung mehr leisten kann. Der Kreml hat uns jahrelang Steine in den Weg gelegt, eine Umweltschutzkontrolle nach der anderen. Jeder vergossene Öltropfen war ein Problem, jeder Frosch, der nicht hüpfen konnte, wie er wollte. Die Schikanen wegen Lachsen und Mohnblumen haben zu Milliardenverlusten geführt – zum Haareausraufen. Verzögern, Verschleppen, Querschießen, und alles nur, um mich wahnsinnig zu machen. Sehen Sie das hier?» Der Mann führte seine Mittelfinger an die ergrauenden Schläfen und rieb darüber, als wollte er Elektrizität erzeugen. «Für jeden Grauwal ein schneeweißes Haar.»

GLITZERN, BEWEGUNG, AKTIVITÄT; eine westliche Gestalt verlässt das Sakhalin-Energy-Gebäude – der Amerikaner, hofft er. Ludwig sieht, es ist ein Mann in einem langen Lammfellmantel, der sich umschaut und seinen Schal besser um den Hals schlingt, ein langwieriger Prozess von einigen Sekunden. Dann zieht er seinen Rollkoffer zum Bürgersteig, wo er erst einen Lastwagen abwarten muss, dessen Auspuff sich, wie bei einem Dampfschiff, auf dem Dach befindet. Aus der Distanz wirkt er auf ihn wohlgenährt, potent, für Polarexpeditionen geeignet.

Der Fahrer löscht seine Zigarette und steigt aus. Kälte, deren Beschaffenheit Ludwig erstaunt hat, sie ist von ernster, gediegener Art. An allen drei Tagen grimmiger Frost, Elfstedentocht-Wetter, weit unter null, obwohl es Anfang April ist. Laut der Klimatabelle herrscht auf Sachalin zehn Monate Winter, zwei Monate lang ist es Herbst und Frühling und an einem Tag Sommer, aber an dem regnet es.

Die Wagentür geht auf, sein Mitreisender schiebt sich auf das federnde, quietschende Pseudoleder, drückt mit seinem massiven Knie Ludwigs Bein beiseite. Das blecherne Rumsen des Kofferraumdeckels übertönt ihre Begrüßung. Ohne einen zweiten Anlauf zu ermöglichen, wartet der Amerikaner vornübergebeugt auf den Fahrer. Ein explosiver Geruch von Waschmittel erobert Ludwigs Nebenhöhlen, ein Bouquet aus Gesundheit und sorgfältiger Körperpflege, das den Zigarettenrauch überlagert. Was ist das Geheimnis, wie schaffen es gewisse Männer, immer nach an einer Wäscheleine sich wölbenden Laken zu riechen? Zweimal am Tag das Oberhemd wechseln? Waschmaschinen aus dem oberen Preissegment?

In anmaßend vereinfachtem Englisch trägt der Amerikaner dem Elch auf, zuerst zurück zum Gagarin zu fahren, dem Hotel, aus dem Ludwig gerade herkommt. «Wir haben es aber etwas eilig», wirft der unangenehm überrascht ein, das Englisch von ihm hat einen südniederländischen Akzent: Sobald er aufkommende Wut zu unterdrücken versucht, wird sein antrainiertes hochsprachliches G weich, und er fängt an zu singen. Was auch immer passiert, scheppert es in seinem Kopf, wir fahren nicht wieder zum Hotel. Sonst steige ich aus.

«Sie müssen doch auch zum Flughafen?», fragt der Amerikaner verwundert.

«Die Maschine geht in einer Stunde.»

Der Mann sieht ihn an, zum ersten Mal richtig. Er ist ein Jungspund, eigentlich. Gesunde, rötliche Haut, auf der fleischigen linken Wange ein kleiner roter Fleck, hoffentlich ein sich entwickelnder Pickel. Die Augen Delfter Blau, durchschossen mit schwarzen Granatsplittern; sie stehen ein wenig zu eng beieinander, was ihn weniger intelligent aussehen lässt, als er zweifellos ist.

«Wir fliegen doch mit derselben Maschine? Moskau?» Sein Akzent ist mahlend, breit, strahlt aber Macht aus; er klingt so, wie man in überschätzten HBO-Serien Wahlmänner aus dem tiefen Süden der USA reden lässt.

«Wir brauchen bestimmt zwanzig Minuten», sagt Ludwig.

«Das schaffen wir locker, mein Lieber. Keine Sorge. Das Flugzeug startet nicht ohne uns.»

«Da wäre ich mir nicht so sicher.»

«Sind Sie zum ersten Mal hier? Ich komme aus Houston, und ich versichere Ihnen, in Houston den Bus zu nehmen ist komplizierter.» Unter seinem offenen Präriemantel trägt er einen dunkelblauen Businessanzug, im Webmuster funkelt ein protzig glänzender Faden. Er ist nicht älter als dreißig. Ivy League? Bestimmt. Trotz des Frostes trägt er keine Handschuhe an den kräftigen Händen, die er aneinanderreibt.

«Nun ja, den Flug zu verpassen ist für mich jedenfalls keine Option.»

«Eine Viertelstunde vor dem Start ist mehr als früh genug», sagt der Mann aus Texas.

«Der nächste geht erst morgen Abend.»

Der Jungspund betrachtet ihn wie ein Tier im Zoo. Ja, denkt Ludwig, stimmt, ich benehme mich wie eine Zimperliese, aber ich hasse es, wieder zurück zum Gagarin zu müssen, das *will* ich nicht.

«Ich habe meine Ladegeräte im Hotelzimmer vergessen», sagt der Texaner. «Sie stecken wahrscheinlich noch in der Steckdose. Mehr noch, ich sehe sie dort stecken.» Der Lada fährt sanft los.

«Wenn man viel reist», sagt Ludwig, «dann achtet man auf so was.» Sofort greift er sich an die Gesäßtasche, und zum Glück, das Taschentuchpäckchen, in das er seine beiden letzten Ohrstöpsel getan hat, ist darin. Er will im Flugzeug unbedingt schlafen.

«Die Russen verstecken die Steckdosen hinter Betten und Schränken. Putin will uns lahmlegen, indem er unsere Ladegeräte stiehlt.»

Ludwig lacht nicht. Solange der sich nicht zu einer ordentlichen Entschuldigung herablässt, wird nicht gelacht. «Wir haben es eilig», sagt er zum Fahrer, der den Lada jäh, aber geschickt wendet und ihn auf der entgegengesetzten Fahrbahn sofort mit mechanisch tickendem Blinker einordnet – rechts ab, mit Vollgas in die Stadt. Endlich unterwegs, wenn auch in die falsche Richtung.

Sie schweigen. Lust zu reden hat Ludwig nicht, trotzdem stört ihn die Stille. Er fragt den Jungspund, was ihn nach Sachalin geführt habe.

«Ich lebe hier», erwidert er. Der Texaner arbeitet, wie sich herausstellt, für die *liquefied natural gas*-Anlage an der Südspitze der Insel, ein Komplex, an dem «fünfzehn Jahre gebaut» wurde, doziert er, als hätte Ludwig in der Vergangenheit unter einem Stein gelegen. Der Jungspund – der sich übrigens in einen Jungen verwandelt, sobald er den Mund aufmacht, er klingt studentenhaft, zufrieden, verspielt – berichtet ohne wahrnehmbaren Stolz, er sei Teil eines Sales-Teams, das Verträge über Flüssiggaslieferungen mit Abnehmern in Japan und Südkorea ausgehandelt hat.

Ludwig nickt. Gerade die trockene Beiläufigkeit, das absichtliche Nicht-Prahlen betonen, wie gut der Jungspund auf Kurs ist. Er bekleidet offenbar eine entscheidende Position in einem der ehrgeizigsten Projekte von Shell. Bloß nichts sagen, in dem Faszination mitschwingt oder auch nur Bewunderung. «Was glauben Sie», fragt er deshalb, «schaffen wir es, die Limonadenfabrik rentabel zu machen?»

Der Texaner sieht ihn stirnrunzelnd an. «Halb Asien, aber auch die Westküste der USA legt mit Tankern an und wieder ab», sagt er in einem Ton, als mache er das Gas in seinen Lungen flüssig. «Die Mengen sind gewaltig. Unsere Aktivitäten auf Sachalin bedeuten den endgültigen Durchbruch für LNG. Am Ende wird Flüssiggas wichtiger sein als Öl.»

Ludwig zuckt die Achseln. Der Texaner holt ein vibrierendes, piepsendes, aufleuchtendes iPhone hervor, eine Nachricht, er betrachtet sie kopfschüttelnd. «Wenn wir nicht aufpassen, stehe ich gleich wieder am Schreibtisch dieses Phrasendreschers.» Vermutlich meint er den CEO, doch Ludwig denkt nicht daran nachzufragen.

«Ein riesiges Feuer wütet an der Pipeline», fährt der Jungspund von sich aus fort.

«Ein Leck?»

«Wahrscheinlich, ja. Es hat eine gigantische Explosion gegeben.»

«*In* der LNG-Anlage?»

«Ganz in der Nähe.»

Ludwig macht ein besorgtes Gesicht. Doch zu seiner eigenen Überraschung gilt seine anschließende Frage nicht der gigantischen Explosion, sondern er fragt den Texaner, warum Tromp seiner Ansicht nach ein Phrasendrescher ist.

«Wer sagt, dass ich Tromp gemeint habe?»

«Ich.»

Der Texaner lächelt. «Das Problem mit Tromp ist», sagt er, «dass er ein Rüpel ist. Er glaubt, Shell ist eine Kriegsmacht. Er hält das hier für West Point. Er meint, Kadavergehorsam ist eine ganz normale Kompetenz.»

«Ich fand ihn überaus freundlich», sagt Ludwig.

«Ist er auch. Auf jeden Fall in der ersten Dreiviertelstunde.» Während sie in die Komsomolskaya Ulitsa einbiegen, die unendliche lange Straße, an der das Gagarin liegt, erzählt der Texaner, er habe im vergangenen Jahr einen Familienurlaub in Miami abbrechen müssen, weil Tromp ihn für etwas gebraucht habe, das sich bereits wieder erledigt hatte, als er sechzehn Stunden später an seine Bürotür klopfte, die Zunge über der Schulter, Flipflops in der Laptoptasche. Gehört dazu – mehr habe der Rüpel dazu nicht gesagt. «Aber im Ernst, Johan kann knallhart sein, grob, ungeduldig, genau das, was wir hier auf der Insel brauchen, jetzt, da der Russe infiltriert.»

Johan? Sagen wir jetzt auch schon Johan? Warum genau, weiß er nicht, aber mit einem Mal ärgert es ihn maßlos, dass der Jungspund so viel über Tromp zu erzählen weiß. Gleichzeitig will er kein Wort verpassen. «Ich glaube, Sie fürchten sich ein wenig vor Johan», sagt er, ostentativ nach draußen schauend, wo durch fahles Gelb bleierne Wolken wie Grauwale vorbeitreiben.

«Im Gegenteil», erwidert der Jungspund. «Außerhalb der Arbeitszeit ist er liebenswürdig und witzig. Er gibt Partys in seinem *mansion*. Und Essen, wenn er findet, du hast was auf dem Kasten.»

«Ach ja?»

«Ja», sagt der Texaner. «Das sind hinreißende Abende, ungefähr fünfzehn Leute, sehr gutes Essen, er kocht manchmal selbst, doch meistens ist da ein Koch. Und gute Weine, mein Gott. Hin und wieder zuerst ein kleines Streichkonzert, da muss man durch, das organisiert seine Frau. Er weiß, was er von seinem Team verlangt: Lass dich auf dem Mond nieder und bohr ein Loch. Also bietet er auch was, schafft für die Leute, mit denen er etwas auf die Beine stellt, eine Art Familiengefühl.»

Ludwig atmet tief aus und sieht es vor sich, ein luxuriös eingerichtetes, komfortables *mansion*, um das Wort auch zu verwenden, wobei er sich ein englisches Landhaus vorstellt, umgeben von endlosen Rasenflächen und Teichen mit Springbrunnen, innen Salons, mehrere Wohnzimmer, ein Raucherzimmer mit Billardtisch, eine Bibliothek und überall bequeme Sessel, weichlederne Sitzkissen und breite Sofas, um einem ganzen Hofstaat die Illusion zu geben, dass jeder Einzelne besonders ist, wichtig, auserkoren aus Tausenden von Arbeitnehmern. Wie groß mag der Rest sein, der sich ebenfalls abrackert, aber den Steuermann niemals zu Gesicht bekommt, in bequemer Cordhose und Lambswoolpullover, Scherze machend und sich mit den größten Streithähnen aus seinem Haufen spielerisch balgend? 9985 Leute?

Er empfand es als unangenehm, als Günstlingswirtschaft, er sah diese Natalja auf ihren Stelzen die Arschkriecherbande betreuen, für besondere Dinner Tischordnungen festlegen, Skipässe besorgen, neue Talente mit der geheimen Bitte anrufen, sich dann und dann im *mansion* einzufinden, nein, leider ohne Partner, und ziehen Sie sich ruhig *casual* an, am besten etwas, in dem Sie sich gerne zeigen, und dann sprach sie in Bezug auf Jungspunde, bei denen ihr Chef sich zu irren drohte, ihr Veto aus. Er kennt das vom Tennisverein in Venlo, wo man Auswahlspieler war oder Freizeitsportler, so wie er, ein Unterschied, der größer war als die übliche Klassentrennung und groß genug, um einen bei jedem Ball, den man schlug, in Scham versinken zu lassen.

«Na, das hört sich doch nett an», sagt Ludwig. Es verschaffte dem Texaner einen Vorsprung, noch viel mehr als die vielen anderen Privilegien in seinem Leben, die er zweifellos genoss; für den Rest seines Shell-Lebens würde er über ein Netzwerk verfügen, nach dem andere sich die Finger leckten.

«Ja, klar», erwidert der Jungspund und schweigt einen Moment. «Außerdem ist er überaus großzügig.»

«Großzügig?» Ludwig spürt, wie ihm vom Fahren übel wird.

«Überaus.»

«Inwiefern?»

Der Texaner sieht ihn an. «Kennen Sie Tromp ein bisschen?»

107 Wann kippte das Ganze? Als sie über die Pferdekopfpumpe sprachen, den «Nicker». Die Atmosphäre, die war bereits gekippt; Tromp schien inzwischen erkannt zu haben, dass er mit einem Experten verhandelte, mit jemandem, der das Für und Wider von künstlichen Erdbeben im Ochotskischen Meer öfter und gründlicher abgewogen hatte als er selbst. Ludwig entlockte ihm ein paar Das-ist-bestimmt-richtig und «Wie Sie wollen, Herr Smit, ein bisschen ist es ja auch Ihr Öl» – es klang eher bewundernd als spöttisch, der finstere Blick öffnete sich, und Tromp sah ihn mit Augen an, die abwechselnd amüsiert und interessiert wirkten. Oder warfen diese schwarzen Spiegel nur zurück, wie er selber aufgelegt war?

Kurz *vor* – oder eigentlich schon während – des Gesprächs über die Pferdekopfpumpe schmückte Tromp «die Geschichte zwecks besseren Verständnisses» ein wenig aus und erzählte von Putins schmählichem Buy-out von Shell aus «der Mutter aller Investitionen», wie man das Projekt in London und Den Haag jahrelang genannt hatte. Sein Vorgänger, Sir Allan McAllan, hatte den Laden quasi umsonst verkauft.

«Ich kenne McAllan», sagte Ludwig, «ich habe mich in Sankt Petersburg mit ihm unterhalten, auf einem Grauwal-Kongress. Das war einer, der sich morgens, wenn er in den Frühstücksraum kam, mit einem Tablett in der Hand umsah, als hätte er im Kaufhaus seinen Enkel verloren», eine Beschreibung, die Tromp ein Lächeln abluchste, das erste kurze Grinsen, das dazu führte, dass Ludwig, aus einer kurzen Verlegenheit heraus, seinen Blick durchs Büro schweifen ließ. Ruhig bleiben – es läuft gut. An einem metallbeschichteten Ständer mit drei gereinigten Anzügen in Plastikfolie lehnte ein Paar Ski; an den Wänden hingen beliebige, pseudoabstrakte Bilder ein und desselben Malers. Er fragte sich, ob es Tromp störte, ein so wenig präsentables Kabuff, oder ob er darüber lachen konnte.

«Sir Allan war am Ende, als ich den Scherbenhaufen übernommen habe», hörte er Tromp sagen. «Er sprach immerzu von Nelsons verlorener Schlacht im Ochotskischen Meer – wen meinst du wohl mit Nelson, dachte ich. Er hatte sich vollkommen in die Enge treiben lassen von unseren Friends of the Ocean. Sie wissen, von wem ich spreche, denke ich.»

«Und ob», erwiderte Ludwig, während er ein auf Spanplatte geklebtes Schwarzweißfoto betrachtete. «Das ist eine besondere Schlacht, für die ich aufrichtige Bewunderung empfinde. Leider nur ist die nicht wechselseitig.» Das Foto hing mehr oder weniger über Tromps Kopf, man sah den Pferdekopf einer Tiefpumpe, kunstvoll gerahmt. Grobkörnig vor einem streifigen Himmel. «Ich habe die Gruppe von Wissenschaftlern richtig gegen die aufgebracht. Schon seit einer Weile hab ich da meine Finger drin.»

«Wie weiland Hänschen Brinker», sagte Tromp; auch er wandte den Kopf der Pferdekopfpumpe zu. «Apropos, das Foto, das Sie dort sehen, ist eine kleine Erinnerung an die Niederlande.»

«Drenthe, wenn ich nicht irre?» Im Nachhinein ist es schwer zu sagen, ob er die Frage arglos stellte oder bereits gezielt.

«Stimmt», sagte die braune Stimme. «Schoonebeek.» Der Mann, der ihn schon seit einer halben Stunde darüber nachgrübeln ließ, ob er sein Erzeuger war, erzählte, dass er das Foto an seinem ersten Arbeitstag bei der NAM, der Niederländischen Erdölgesellschaft, gemacht habe. «Eigentlich war ich noch nicht mal richtig eingestellt. Ich war noch halb beim Militär.»

Ludwigs Körper reagierte sonderbar, er dehnte sich aus und schrumpfte wieder. Seine Zellen juckten. Einen Moment lang war es still. «Aber zurück zum Meeresboden», nahm Tromp den Faden wieder auf.

«Waren Sie in Venlo?» Woher er den Mut nahm, weiß er nicht; es geschah ganz impulsiv. War wie ein luzider Traum.

«Venlo?»

«In der Kaserne, meine ich.»

«Sie meinen, in Blerick.» Tromp erzählte ihm, er sei ungefähr ein Jahr lang «in Blerick bei Venlo» stationiert gewesen, einem südniederländischen Kaff mit einer vollkommen eigenen Sprache. Das alles sei lange her.

Hatte er noch die Kontrolle? Oder bewegte sein Adamsapfel sich von selbst? Seine Stimmbänder fragten: «Wie lange genau?»

«Die NAM ...», antwortete Tromp, die Augen wieder auf die Pferdekopfpumpe gerichtet, «wann war das ... 1978?»

Die Gewissheit nahm von ihm Besitz wie eine Hand; er selbst war ein zu enger Handschuh. Es schmerzte. Er sperrte den Mund auf. Bloß nichts tun. Wie taub starrte er weiter auf den vergrößerten Nicker. Es einfach geschehen lassen. Auf und nieder ging der große stählerne Kopf, mechanisch das fruchtbare Land koitierend, auf und nieder, auf und nieder. So war dieser Kerl in der Geresstraat zugange gewesen, auf und nieder, Hans Tromp, fünfunddreißig Jahre jünger, mit braunerem Haar, geschmeidigerer Stimme, auf Ulrike Eulenpesch aus Wuppertal nach Leben pumpend.

«Prähistorie», hörte er Ha sagen. «Farbfotos gab es noch nicht, wie Sie sehen.»

Er hatte das Foto, das heute über ihren Köpfen hing, vor Ewigkeiten auf Spanplatte geklebt und all die Jahre über aufbewahrt. Der Mann war selbst ein Nicker – *ja*, nickt er, *ich bin dein Vater*. Er hatte das Stück Holz mit dem Foto darauf durch glühend heiße und durch arktische Ölregionen mitgeschleppt, damit der Nicker eines Tages, in einer fernen, eiskalten Zukunft, in der Ludwig ihm die alles entscheidende Frage stellen würde, wie ein grobkörniges Orakel nicken konnte.

SOBALD SICH DIE GELEGENHEIT dazu ergibt, kriecht der Fahrer, die undeutlich gewordene, durchgezogene Linie ignorierend, in die Mitte der bröckeligen, schlecht instand gehaltenen zweispurigen Straße, aus deren Rissen Unkraut sprießt. Ungefähr so, denkt er, wie Juliette in einem Doppelbett liegt; manchmal, wenn er aufsteht, weil er zur Toilette muss, passt er bei seiner Rückkehr nicht mehr rein.

Ihm ist, als hinge die Wolkendecke jetzt tiefer, sie bewegt sich sichtlich und hat dieselbe zementgraue Farbe wie die Wohnblöcke, an denen sie vorüberfahren, unergründliche Einheiten ohne Balkons, aus denen Rauch aufsteigt, der wild verweht. Die Seitenstraßen, in die er hineinsehen kann, ähneln einander, ausgefranste, heruntergekommene Betonstreifen. Hier und da wackelt ein Vordach in verblichenen Grundfarben, Blau und Rot, Akzente, die das Ganze verfallener anstatt fröhlicher aussehen lassen.

Als der Lada eine ampellose Kreuzung überquert hat, stellt Ludwig die Frage, die er auf keinen Fall stellen möchte; er fragt den Jungspund, was Johan Tromp denn so großzügig macht.

Ein zweifelnder Zug erscheint im Gesicht des Texaners. «Ich selbst habe davon angefangen, oder? Die Sache ist ziemlich privat. Anderseits verdient der Mann es, dass darüber gesprochen wird.»

«Sie müssen es mir nicht erzählen», ermuntert Ludwig ihn.

«Obwohl es Johan lieber wäre, wenn wir es nicht täten, haben Abigail und ich beschlossen, es überall herumzuposaunen – aus Dankbarkeit.» Er holt seine Brieftasche hervor, klappt sie auf und hält sie Ludwig unter die Nase. Ein etwas mageres Baby hinter Kunststoff. «Das ist Zane, unser Sohn. Ein Jahr alt. Herzkrank.»

«O nein», sagt Ludwig.

«Tja», sagt der Texaner und steckt seufzend die Brieftasche wieder ein. Ludwig betrachtet ihn genauer. Das Kinn, das wie ein Fjord aus dem Pelzkragen ragt, ist bäuerlich, doch auch aristokratisch; texanischer Adel, schätzt er, Republikaner, gottesfürchtig, karnivor. Ein Plutokrat, dessen *family tree* in Rohöl wurzelt und für den das Bohren nach Öl ebenso logisch ist wie das Spargelstechen für einen Limburger. «Geburtsfehler. Der kleine Kerl lief immerzu blau an.»

«Ach. Wie kann so was denn sein?»

Der Texaner fragt sich überraschend ernst, wie es sein kann, dass überhaupt *nichts* schiefgeht, ein Kinderherz so groß wie eine Kiwi, er und seine Frau hätten sich im letzten Jahr intensiv damit beschäftigt. «Technisch gesehen ist das alles um einiges komplexer als eine Bohrinsel, kann ich Ihnen sagen. Gott hat unseren Sohn mit einer sogenannten Fallot-Tetralogie in die Welt gesetzt.»

«Klingt nicht gerade nach einer Erkältung.» Der Elch verschaltet sich, Ludwig schaut auf die Straße.

«Das sind Herzen mit nicht nur einem, sondern vier verschiedenen Konstruktionsfehlern. Klappen nicht in Ordnung, Herzkammern auch nicht, Zwischenwände und Aorta ebenfalls. Die Defekte kommen in Formation, so wie die Reiter der Apokalypse.» Der Texaner lacht, als würde man sein Herz in Frittierfett tauchen. «Der Vergleich stammt von meinem Schwiegervater, der Prediger ist. Meine liebe Abigail hat das Ganze total fertiggemacht. Und sie hatte es sowieso schon schwer hier; sie ist texanischer, als sie möchte.»

Und was ist mit Johan?

«Sie kennen das bestimmt, die Spannungen, die entstehen,

wenn man mit einer Frau in die Pampa zieht; und dann bekommt sie auch noch ein todkrankes Kind.»

«Klingt in der Tat nicht gut», sagt Ludwig. Er versucht, es sich vorzustellen, mit Juliette in der Pampa – doch noch vor dem Kofferpacken bricht er den Gedanken ab.

«Und ich musste mich die ganze Zeit für diesen Rüpel abrackern», sagt der Texaner. «Wie das eben so ist.»

Der Lada bremst plötzlich wegen eines großen, traktorartigen Fahrzeugs, das quer auf der Straße steht und wenden will. Es handelt sich nicht um einen Traktor, sondern um einen Schneeräumer. Sie schauen beide mit langgereckten Hälsen nach draußen. «Für heute Nacht ist ein Schneesturm vorhergesagt», sagt der Jungspund. «Aber dann fliegen Sie und ich gerade mit einem Wodka-Orange über den Roten Platz.»

«Und dann?» Es missfällt Ludwig, dass er unbedingt wissen will, warum Tromp so großzügig ist.

«Drei Wochen später saßen wir mit einem kurzatmigen Kind in einem Krankenhaus in Kyoto. Natürlich kein Japaner zu finden, der in verständlichem Englisch erklären konnte, was Sache war.»

Mein Papa, denkt er – na komm schon, was hat mein Papa damit zu tun? Doch leider ist der da einer von den Schwätzern, die, wenn man sie fragt, wo die Toilette ist, erst einmal in aller Ruhe darlegen, wie das Porzellan entdeckt wurde, wie Marco Polo die ersten Pissbecken auf seinem Elefanten nach Europa brachte und dass sich dann die berühmte Firma Sphinx tausend Jahre später eifrig auf die Herstellung stürzte. Und währenddessen steht man da und macht sich in die Hose.

«Und Tromp?»

«Phantastisch.» Schwärmerisch, dröhnend, als wäre es ein Kinotrailer, zieht der Texaner die Geschichte mit einer Beschreibung der Arbeitsatmosphäre in Tromps Verkaufsteam in die Länge, in dem er in der Zeit von Abigails Entbindung die bereits früher erwähnten Gasverträge mit Japan und Südkorea ausgehandelt hat, fünfzehn Stunden pro Tag. «Die Cessna war unser Büro, wissen Sie. Das gesamte Team flog zwischen Tokio und Seoul hin und her, es war der Wahnsinn.»

«Aber was macht ihn so großzügig?» Ludwig schaut ein paar quälende Sekunden hinaus. Es dauert eine Ewigkeit, bis der qualmende, orangefarbenes Signallicht werfende Schneeräumer weg ist. Auf beiden Straßenhälften hat sich ein Stau gebildet.

«Wir saßen auf dem Flughafen von Tokio in einer Sushibar», übergeht der Texaner sein Drängen, «und da erzähle ich dem Rüpel von den Problemen mit unserem Kind. Unter Tränen – das gebe ich ehrlich zu. Er hatte neben mir gestanden, als ich mit Abigails Vater telefonierte, der verlangte …» Der Texaner verstummt abrupt, entweder weil der Wagen wieder anfährt oder weil er seinen Gedanken nachhängt.

«Was verlangte Abigails Vater?»

«Ach, der Mann ist Pastor in Fort Worth, er sprach von Exorzismus, aber das wollen Sie lieber gar nicht wissen. Nett, aber komplett verrückt. Tromp hört mir also zu und sagt dann: Warten Sie mal. Zehn Minuten später nennt er mir den hier.» Er holt seine Brieftasche wieder hervor, zieht eine Visitenkarte heraus und gibt sie Ludwig.

Boston Children's Hospital, liest er – er schaut kurz auf, damit ihm beim Fahren nicht übel wird. *Arand Hovakimian, MD. Chairman, Department of Cardiovascular Surgery. Professor of Child Surgery. Harvard Medical School.*

«Garantiert der beste Arzt der Welt», sagt der Texaner, «wenn es um blaue Babys geht.»

«Und Tromp hatte diese Visitenkarte dabei?»

Der Jungspund sieht ihn spöttisch an. «Nein, natürlich nicht. Die Karte habe ich von Dr. Hovakimian persönlich bekommen.

Nein, Tromp hat mich umgehend zum Boston Children's Hospital geschickt, dem besten Kinderkrankenhaus der Welt. Verstehen Sie? Hovakimian ist der beste Kinderkardiologe der Welt, ein Zauberer mit einem ganzen Schuppen voller Teddybären und Stoffherzen.»

Ludwig starrt auf das blau-weiße Kärtchen. «Der Vater eines Freundes hat ein neues Herz bekommen, vor langer Zeit.»

Der Texaner nickt irritiert. «Wie dem auch sei, Tromp hat die Behandlung bezahlt. Ein teurer Spaß; wie teuer genau, sage ich nicht, aber stellen Sie sich eine Zahl mit fünf Nullen vor.»

Rede über Geld, denkt Ludwig, oder lass es besser bleiben. Trotzdem stülpt er brav die Unterlippe vor und nickt.

«Während ich drei Wochen mit Zane in Boston war, haben Tromp und seine Frau Abigail zu sich ins Haus genommen, in ihr prächtiges *plantation home* – so konnte sie wieder ein wenig zu Kräften kommen. Sie war einem Nervenzusammenbruch nahe.»

Ludwig gibt die Visitenkarte zurück.

SIE FAHREN WIEDER. Wie an den anderen Tagen stehen an den Straßenecken dick eingepackte Frauen mit Pelzstiefeln, vor sich Kartons, aus denen sie tiefgefrorene Fische nehmen. Dolche zum Zustechen, glitzernd in der Wintersonne. Ob sie das Flugzeug noch bekommen oder nicht, ist ihm inzwischen ziemlich egal. Er ist gerührt – nicht wegen des blauen Zane und auch nicht wegen Sankt Johan mit dem Mantel. Keine Ahnung, was er von dieser Sage halten soll, sie geht ihm jedenfalls aus den falschen Gründen durch Mark und Bein. Der barmherzige Ha, der sein Hab und Gut mit kranken Säuglingen teilt – verflucht noch mal. Ist das Kompensation? Kauft er Ablasszettel? Seufzend betrachtet Ludwig den Hinterkopf des Elchs. Es lässt dich vollkommen kalt, hämmert er sich ein, sorg dafür, dass es dich kaltlässt. Wie würde Ulrike reagieren, wenn sie von Has Wohltäterschaft erführe? Auf eine eigentümliche, leicht sadistische Weise fände er es interessant, ihr Gesicht zu sehen, während sie diese irrsinnige Tatsache sacken lässt.

Nach einer letzten, schweigend zurückgelegten Kurve kommt das Gagarin in Sicht, relativ *high end*, an einem recht hübschen Stadtpark gelegen, eines der beiden Hotels, in denen Shell im Normalfall seine Mitarbeiter unterbringt. Genau daneben liegt Club Night, ein Bordell, in dem Ludwig, wenn er einen Blister Dapoxetin dabeigehabt hätte, geheime Prämien hätte auf den Kopf hauen können.

Der Texaner hat seine Tür bereits geöffnet, eine theatralische Geste, die in Anbetracht des auffrischenden Windes nicht sonderlich schlau ist. Der Lada macht eine Kehre und stoppt vor der Fassade, hinter der er zwei Nächte lang wach gelegen hat, die erste Nacht wegen der siebenundachtzig Grauwale, die zweite wegen eines einzigen allegorischen weißen Wals – oder irrte er sich und Ha war Ahab mit dem künstlichen Bein aus Walknochen?

Der Jungspund windet sich aus dem Auto; er sei gleich wieder da. Die Tür wirft er zu, als hätten sie Streit, und dann geht er mit ruhigen, selbstbewussten Schritten zum Eingang. Darüber erhebt sich auf einem einzigen Pfeiler ein Gestell aus Eisenrohren, ein Ungetüm, das – gewollt oder nicht – an das Gerüst denken lässt, in dem vor langer Zeit Juri Gagarins Rakete zum Start bereitstand.

Der Texaner hat bestimmt ein kolossal gutes *current estimated potential*, man sieht es an seinem Pfauengang: Wenn ich mich selbst nicht überschätze, wer sollte es dann tun? Der Herr Jesus? Er kennt so welche: junge Leute, die jeden Abend beim Zähneputzen Karriereschritte planen und sich mit dem Formulieren von Verbesserungsvorschlägen in den Schlaf wiegen. Ärgerlich und erniedrigend, wie diese verfluchten Potenzialprognosen Ludwig immer wieder Steine in den Weg legen, an jedem Arbeitstag, schon seit Jahren. Seit ein *prick* aus dem Fußvolk ihm bei der Einstellung ein mäßiges CEP angeheftet hat (und danach alle zwei Jahre wieder – das muss er zugeben), glaubt er, alle Altersgenossen, denen er begegnet, seien «potenter» als er. Man gibt seiner Firma das Beste von sich, und was bekommt man dafür zurück? Eine Ohrmarke mit den Maßen deines Schwanzes. Hast du den Durchblick? Kannst du mit Unsicherheit umgehen? Bist du ehrgeizig? Willst du lernen? Es hilft, dass er schon sein Leben lang von Überfliegern, Angebern und Strebern umgeben war, denn sonst hätte er längst den Beruf gewechselt. Chemielehrer an einer Realschule in Haarlem. Wie Noas Vater Shishalounges in Paramaribo betreiben. Manchmal sehnt er sich danach.

Der Motor des Lada geht aus, eine seelenlose Stille setzt ein. Der Elch starrt vor sich hin, sitzt vollkommen unbeweglich da, als wäre er ausgestopft. Ludwig verschränkt die Arme und lässt langsam seine Lungen leerströmen. Er hat sich überrollen lassen, was ihn nicht nur ärgert, sondern auch seine Stimmung trübt. Warum schiebt der sich seine Ladegeräte nicht in den Arsch? Und warum *sagt* er ihm nicht einfach, dass er sich seine Ladegeräte in den Arsch schieben soll? Kauf dir zu Hause eben neue – das wäre das Mindeste gewesen. Stattdessen sitzt er hier und wartet zum zweiten Mal auf denselben Workaholic.

SMS von Juliette. «Wann geht deine Maschine». Am Fehlen von Satzzeichen und Kuss erkennt er, dass sie im Stress ist. Mit steifen Fingern tippt er etwas Sachdienliches ein: «Take-off in 45 Minuten» – was im Übrigen schon sehr bald ist, verdammt. Anstatt die Nachricht zu senden, ruft er Juliette aus Versehen an. Er unterbricht die Verbindung sogleich wieder, aber zu spät: Zehn Sekunden später leuchtet sein Telefon auf.

«He», sagt er. Der Elch schreckt auf; Ludwigs Stimme klingt trocken, kompakt und in dem kleinen Auto überraschend intim.
«Hast du mich angerufen?», fragt sie.
«Ja, aus Versehen. Entschuldige. Ich wollte dir eine SMS schicken, aber meine Finger sind tiefgefroren. Ich fliege um zwanzig nach sechs.» Ohne darüber nachgedacht zu haben, beschließt er, ihr vorläufig nicht von Tromp zu erzählen.
«Schön, dich kurz zu hören, Liebster. Finde ich immer schön. Obwohl ich gerade –»
«Noa wegbringen wolltest.»
«Nein, das nicht. Ich wollte in der Schule anrufen. Wir schauen nachher schnell mal beim Hausarzt vorbei, sie hustet ganz fürchterlich, und schlecht ist ihr auch.»
«Ach», sagt er. Obwohl sie Tausende von Kilometern entfernt ist, klingt sie nah, er sieht ihren fast lippenlosen, angespannten Mund vor sich, und er weiß auch genau, wie sie jetzt dasteht, in ihrem noch dämmrigen Wohnzimmer, das von einer Schiebetür unterteilt ist, es ist frisch und noch früh in Overveen; die Rollgardinen aus Stoff, die noch von den vorigen Bewohnern stammen, hat sie bereits hochgezogen, das ist morgens immer das Erste, was er sie tun hört, wenn er noch oben im Bett liegt und döst.
«Wenn sie mal bloß keine Grippe bekommt», sagt Juliette. «Sie will morgen natürlich unbedingt zum Ballett.» Ihr halblanges Haar ist noch feucht vom Duschen und wirkt daher kohlrabenschwarz, er sieht vor sich, wie sie das Telefon zwischen ihr Kinn und die hochgezogene schmale Schulter klemmt. Sie kramt wahrscheinlich in den Zeitungsausschnitten, die sie in ihrer eichhörnchenartigen Sammelwut aufbewahrt und an allen möglichen und unmöglichen Stellen stapelt, auf Fußbänkchen, auf Stühlen und auf Beistelltischen. Irgendwann, bei einem vorherbestimmten Streit, wird sie ihm das Wissen, das darin lagert, um die Ohren hauen.

«Wir können auch auflegen», sagt er ein wenig zu begierig.
«Nein, hab ich nicht selber angerufen? Ich finde es schön, dich zu hören, das habe ich doch eben schon gesagt. Wie ist es gelaufen? Deine Besprechung heute Vormittag.»
«Gestern Vormittag.»
«Du sagtest *heute* Vormittag. Hättest du dann nicht bereits gestern zurückfliegen können? Was hast du die ganze Zeit gemacht?»
«Die ganze Zeit, die ganze Zeit. Nichts, ein bisschen rumspaziert.»
«Den ganzen Tag?»
«Ja. Das Stadtzentrum angeschaut. Gesprächsnotizen in einer Art Café gemacht.» Tatsächlich war er wie eine Gletschermumie durch immer dieselben spiegelglatten Straßen von Juschno getigert, in irgendein Geschäft rein, aus irgendeinem Geschäft raus, über die Begegnung nachdenkend, unsicher, ob er nicht noch einmal zu Tromp gehen sollte, um sich zu erkennen zu geben. Zweimal war er kurz davor, sich beim Empfang zu melden, Besuch für J. R. Tromp. Doch was sollte er ihm erzählen? Erst als seine Zehen praktisch abgetrennt in seinen Moonboots lagen, war er in das Café gegangen, eine riesige, fast wienerisch anmutende Gaststätte. War es nicht feige, einfach so zu verschwinden? Was wollte er von dem Mann überhaupt? Zweifel über Zweifel, von denen er nicht einen einzigen mit Juliette besprechen wird, jetzt.

«Deine Mutter hat übrigens angerufen», sagt sie.
«Aha. Und, hat Dolf noch irgendwo einem Scheich die Hand geschüttelt?» Etwa sechsmal im Jahr ruft Ulrike bei ihnen an, zum Glück immer auf dem Festnetz, sodass er Juliette ans Telefon schicken kann, der sie dann eine halbe Stunde oder länger von Dolfs Triumphzug berichtet, bevor sie die Bestellung aufgibt. Was da abläuft, weiß er nicht genau, aber Juliette besorgt seit ein paar Jahren Medikamente für Dolf, Betablocker, Ta-

bletten gegen Angststörungen, Schlafmittel. Das Ganze ist höchst dubios, aber nein sagen möchte Juliette nicht, dafür fühlt sie sich zu sehr geschmeichelt und ist von seinem Stiefbruder zu stark beeindruckt, außerdem geschehe es ja auf Rezept, wie sie behauptet, auch wenn sie nicht sagen kann, von welchem angeblichen Arzt die Verordnungen stammen. Wenn das erledigt ist, übernimmt Ludwig noch für ein paar Minuten den Hörer, doch manchmal entfällt auch das, weil ihre Grüße eigentlich schon ausreichend sind.

«Es war nett, mit ihr zu sprechen, *darling*. Wirklich, deine Mutter ist eine besondere Frau.»

«Ich freue mich, dass du das so siehst.»

«Du könntest sie durchaus ein bisschen mehr wertschätzen. Sie hat allerhand erreicht. Allein, was sie mir heute wieder erzählt hat.»

«Dolf hat allerhand erreicht.»

«Ulrike auch. Wirklich. Und es ist und bleibt nun einmal eine faszinierende Welt, in der die beiden da unterwegs sind.»

Zwanghaft auf das Gagarin starrend – das Getrödel des Texaners kann er inzwischen kaum noch ertragen –, hört er Juliette zu, die ihm von Beethoven-Handschriften erzählt, auf die Dolf angeblich gestoßen ist. Ulrike hat die Geschichte gegen Ende des Gesprächs erwähnt, doch erst nachdem Juliette ihr absolute Geheimhaltung zugesichert hatte. Sie und Dolf seien in den Besitz einer beträchtlichen Menge unbekannter Handschriften von Ludwig «von» Beethoven gelangt – so nennt sie ihn tatsächlich, immer noch, nach all den Jahren.

«*Van* Beethoven. Und woher haben sie die?»

«Von einem österreichischen Klavierstimmer, glaube ich. Lauter Sachen, die in keinem Archiv und in keiner Beethoven-Biographie zu finden sind, sagte sie.»

«Tja, das hoffe ich doch sehr.»

«Und quasi umsonst.»
«Das bedeutet?»
«Hat sie nicht gesagt.»
«Tja, schön für die beiden. Ich muss gleich auflegen, Darling.»
«Sicher, schön für sie. Es war etwas dabei, sagte deine Mutter, das sehr nach dem verlorenen Teil einer Sonate ausgesehen hat – sagt man das so?»
«Ja, durchaus. Hast du gehört, was ich gerade gesagt habe?»
«Shell bezahlt doch. Es soll sich um den fehlenden Teil von Beethovens berühmtester Sonate handeln.»
Er schaut während des Redens auf die Uhr – noch 42 Minuten. «Es gibt keine berühmteste Sonate. Das können dann eine ganze Menge sein.» Er gähnt ausgiebig. «Entschuldige, ich bin fix und fertig. Ich will nach Hause. Aber war es der Anfang oder der Schluss? Hat sie das gesagt?»
«Nein, ein Mittelteil.»
«War es eine frühe oder eine späte Klaviersonate von Beethoven?», fragt er mit erhobener Stimme.
«He, jetzt sei doch nicht gleich wieder so gereizt. Wir wollten doch nicht mehr laut werden. Hast du dein Geschenk schon ausgepackt?»
Nein, nicht einmal mehr daran gedacht. Vor jeder Auslandsreise, die er unternimmt, kauft Juliette etwas für ihn, was er erst im Flugzeug auspacken darf. Wirklich erfreut ist er über diese Tradition nicht, denn sie verpflichtet ihn auf eine zwingende Weise dazu, nie mit leeren Händen nach Hause zu kommen. Er muss, wenn er in Domodedovo umsteigt, unbedingt noch etwas Passendes besorgen, für sie *und* für Noa. «Nein», gibt er zu, «das wollte ich im Flugzeug machen, aber das Geschenk war im Koffer, und danach bin ich nicht mehr dazu gekommen.» Obwohl ich einen ganzen Tag verbummelt habe, fügt er in Gedanken hinzu, ja, ich weiß, bestraf mich ruhig.

«Nicht schlimm», sagt sie auffallend milde. «Du hast ja noch den Rückflug. Es ist ein Buch – ein wichtiges Buch.»

«Der Koran?»

«Wichtig für uns, Ludwig. Ich wünsche mir wirklich sehr, dass du es liest. Versprichst du mir das?»

«Versprochen.»

«Für nachher, im Flugzeug.»

«Das sagtest du schon.»

«Es ist nämlich sehr inspirierend.»

«Jaja. Sagte ich nicht, dass ich es lesen werde?»

Sie schweigen ein paar Sekunden lang. Er schaut zum Eingang des Gagarin hinüber. «Mann, ich warte jetzt schon eine halbe Stunde auf einen gottesfürchtigen Texaner, der mitfahren will. Es ist schrecklich.»

«Sonst noch irgendwas passiert in den letzten Tagen?»

«Nein», lügt er, «nichts Besonderes, eigentlich.» Vielleicht sollte er mit einem Lasso ins Hotel gehen.

«Nichts Besonderes, eigentlich. Das schreiben wir auf deinen Grabstein.»

Anstatt müde, säuerlich zu lachen, was auf diplomatische Weise zum Ausdruck bringen würde, dass er ihre Bemerkung nicht lustig findet, beschließt er, sie zu verblüffen. Soll sie doch sehen, wie sie damit klarkommt.»Dieser Tromp ist übrigens sehr speziell», sagt er.

«Schuhe an und zumachen. Los.» Dann zu ihm: «Entschuldige, Noa soll sich fertig machen. Tromp? Wer ist Tromp?»

Er atmet tief ein, der bittersüße Zigarettenrauch des Elchs füllt seine Lungen. «Tromp ist der CEO, mit dem ich die *surveys* besprochen habe», sagt er. «Ich glaube, er ist mein Vater.»

106 Juliette und er sind sich nur in wenigen Dingen einig, und daher auch nicht in Bezug auf den Mann, der ihn gezeugt hat. Seit Ludwig mit ihr zusammen ist, will sie nichts lieber, als dass er Kontakt zu ihm sucht, obwohl er ihr schon unzählige Male gesagt hat, er sei daran, euphemistisch ausgedrückt, «nicht interessiert». Sie selbst sieht ihre Eltern fast jede Woche, sie wohnen in einem Bungalow in Oegstgeest, von wo aus ihre Mutter alle zwei Tage anruft. Es sind nette, anständige Leute, die, wie man hört, eine gute Ehe führen. Juliettes pensionierter Vater, bis vor kurzem war er Konrektor einer Gesamtschule, kocht für seine Frau, die halbtags als Mensendieck-Therapeutin arbeitet. Regelmäßig hüten sie Noa, in Oegstgeest und, wenn es sein muss, auch in Overveen – Besuche, die ihr Vater nutzt, um im Garten zu arbeiten oder kleinere Reparaturen im Haus zu machen.

Juliette gründet ihre platonischen Vorstellungen von Glück auf diese Menschen, was umso peinlicher ist, weil ihr das beträchtliche Talent ihrer Eltern für ein harmonisches Zusammenleben nun einmal fehlt. Dafür, um es positiv zu formulieren, streitet sie viel zu viel herum. Jetzt, mit ganz Russland zwischen ihnen, rührt es ihn beinahe, Juliettes Unvermögen, den Frieden zu wahren, auf der Arbeit, im Umgang mit Noas Vater und vor allem mit ihm, obgleich Frieden doch ihr höchstes Streben ist, ein liebevolles Verhältnis, das sie beide «erfüllt», wie sie es, während des Fallouts, mit einem Seufzen häufig sagt.

Wo zwei tagelang schweigen, haben zwei tagelang Schuld – stimmt, so ist das. Seit den ersten Monaten ihrer Beziehung kämpfen Juliette und er mit Explosionsgefahr, er kann sich nicht daran erinnern, was zuerst da war, Streit oder Sex. Sie hatten einander noch nicht ihre Hassliebe gestanden, da flogen bereits die Fetzen, sie stritten sich wegen alles Möglichem, die Palette war erstaunlich breit. Das fand er, das fand Juliette, und das fanden die Fensterscheiben, die Möbel und die Fußleisten, die sie nach einem heftigen Zwist über kurz- oder langhaarige Pinsel eierschalenweiß gestrichen hatten.

«Moment mal», sagt sie jetzt. «Du erkennst deinen Vater, aber anstatt zu sagen: Ich bin dein Sohn, wir sollten einander kennenlernen, sagst du nichts?» Gerade eben klang sie noch, als hätte er die Jahresendauslosung gewonnen, doch die Stimmung ist umgeschlagen.

«Korrekt.»

«Und jetzt fliegst du einfach nach Hause? Ich weiß, es geht mich nichts an, aber ich finde das ziemlich merkwürdig, Ludwig. Ich finde das fürchterlich ...»

«Beherrscht?»

«Infantil», sagt sie. «Infantil, mir fällt kein besseres Wort ein. Du hast diesem Mann gegenübergesessen. Du hättest nur den Mund aufmachen müssen.» Schon seit Jahren führt Juliette alles, was an ihm nicht stimmt, auf seine «Vaterlosigkeit» zurück, worauf er unermüdlich dieselbe Antwort gibt, nämlich dass er nicht vaterlos geblieben, sondern nur am Anfang vaterlos gewesen ist – aber nein, Otmar zähle nicht, sosehr er ihn auch in den höchsten Tönen lobt. Nein, nach Juliettes Ansicht sind die ersten vier, fünf Lebensjahre die entscheidenden, was sie wahrscheinlich in irgendeinem Hochglanzmagazin gelesen hat, vielleicht hat man ihr es aber auch in der Ausbildung zur Pharmazeutin beigebracht. Für sie ist er eine Art Rasmus ohne Landstreicher, ein Oliver

Twist, ein Remi ohne Hund; solange er seinen Vater nicht kennengelernt hat, wird er nicht *gesunden*. Es muss der Geist dieser Schule sein, dieser schlecht vermittelte und schlecht verarbeitete Freud'sche Unsinn, den sie ohne jede Scham über ihn ergießt.

«Manchmal ist es klug, nicht sofort – rums – mit der Tür ins Haus zu fallen», sagt er ruhig. «So wie du es oft tust. Jetzt zum Beispiel. Du gibst mir nicht einmal die Chance, meine Geschichte zu Ende zu erzählen, Darling. Ich wusste nicht gleich, ob er es ist oder nicht, verstehst du. Eine halbe Stunde lang war ich im Zweifel.»

«Aber du kannst doch Holländisch?»

«Ich frage doch einen Wildfremden nicht, ob er zufällig mein Vater ist?»

«Wer sagt, dass er nicht wusste, wer du bist?»

Der Elch zündet sich wieder eine Zigarette an. Ohne wirklich etwas zu sehen, schaut Ludwig zum Gagarin hinüber. «Ich», sagt er. «Es war mehr als offensichtlich, dass er keinen Schimmer hatte.» Was übrigens beinahe noch ins Auge gegangen wäre. Ob er das richtig heraushöre, fragte Tromp, nachdem sie über seine Militärzeit in Blerick gesprochen hatten, habe Ludwig auch ein weiches G? Stimmt, ja, ich habe auch ein weiches G, hatte er wortlos genickt, denn seine Stimmbänder verklebten augenblicklich. Im Normalfall wäre es willkommen gewesen, ein Ort wie Blerick, um das Eis zu brechen. Aber er traute sich nicht, die Eisdecke musste geschlossen bleiben, ein ungewollt gegebener Hinweis, und sie wären krachend und knackend bei der Wahrheit gelandet. Was sollte er stattdessen sagen? Ich komme aus Weert? Aus Roermond? Brabant? Oder war es bereits zu spät? Eigentlich wusste er in diesem Moment ganz genau, dass er und sein Gegenüber *gleichzeitig* begriffen, wie es sich verhielt. Doch nein, Tromp redete einfach weiter, seine Frage war Dekoration gewesen, Garnierung, man musste sie nicht mitessen.

«Mein Gott», sagt Juliette auflachend, «ihr habt über Blerick im Jahr 1978 gesprochen, Ludwig. Also quasi über deine Zeugung. Schwach, finde ich das. Kläglich.»

«Man kann es auch stark finden. Kaltblütig.» Warum war er so abweisend gewesen? Das hatte er sich, als er mit schwitzigen Handflächen dasaß, gefragt. Warum so fest entschlossen, alles beim Alten zu lassen? Aus Groll? Aus Loyalität gegenüber Otmar? Oder hatte er einfach nur Schiss gehabt?

«Was für eine verpasste Gelegenheit. Es wäre so gut für dich gewesen. Für deine innere Ruhe, für dein Selbstbild.»

«Für mein Chakra?»

«Ich meine das alles sehr ernst, Ludwig.»

«Ich auch, Juliette. Aber nochmals, es besteht die Möglichkeit, dass er es gar nicht ist. Es wimmelt nur so von Hans Tromps, wie du dich vielleicht erinnerst.» Vor Jahren hatte Juliette auf einer Webseite ein Schwarzweißfoto gefunden, auf dem ein Zug Wehrpflichtiger abgebildet war. Einer der Rekruten, Einberufungsjahrgang 1977, hieß Hans Tromp. Ohne Ludwig zu informieren – er ahnte nicht einmal etwas von ihren übergriffigen Recherchen –, schickte sie dem für die Webseite Verantwortlichen eine Mail und fragte, ob das Foto zufällig in Blerick aufgenommen worden sei und ob er die Mailadresse des Herrn Tromp habe. Ob in Blerick, das wusste er nicht, doch die Mailadresse hatte er, mehr noch, er hatte ihre Mail gleich an Hans Tromp weitergeleitet – ja hallo, schnaubte Ludwig, was hast du denn erwartet? Natürlich leite der ihre Mail weiter. Und tatsächlich, Hans Tromp, Einberufungsjahrgang 1977, schrieb zurück. «Verflucht, das kommt davon», tobte Ludwig, «wieso mischst du dich überhaupt ein?»

«Komm mal runter», erwiderte sie, «beruhige dich, lass mich kurz ausreden. Er schreibt nur sehr höflich und nett, dass er der falsche Hans Tromp ist.»

«Darum geht es nicht», schnauzte er sie erleichtert an, «es geht darum, dass dich das nicht zu interessieren hat. Es geht darum, dass der echte Hans Tromp ein Schuft ist. Es geht darum, dass ich dir schon eine Million Mal gesagt habe, dass er ein Schuft ist.»

Um möglichst doch Gewissheit zu erlangen, fragt sie: «Hattet ihr denn ein angenehmes Gespräch?» Sie klingt spöttisch, doch die Ironie ist ironisch, sie brennt darauf, alles zu erfahren. Wenn er zugibt, dass sein Erzeuger ihm gefallen hat, wird sie ihn anrufen. Guten Tag, Sie sprechen mit Ihrer Schwiegertochter. O ja, das traut er ihr zu. «Ich meine», sagt sie, «ist er sympathisch, dein Vater?»

«Er ist verdammt noch mal nicht mein *Vater*, Juliette. Könntest du mir einen Gefallen tun und den Mann nie wieder meinen *Vater* nennen?» Und noch was, such dir ein Hobby, etwas nach außen Gewandtes, eine Beschäftigung, bei der du deine Psyche, und inzwischen auch meine, vergessen kannst.

IN DER PEINLICHEN STILLE, die sie entstehen lässt, geht ihm ein Gespräch durch den Kopf, das sie immer mal wieder führen, die sogenannte Hilfreiche Beratung, bei der er ihr sein Rezept für ein ruhiges, ausgeglichenes Innenleben präsentiert. Sich über seine große Begeisterung für Fernsehübertragungen von Fußballländerspielen und Tennis, für Bücher und Websites mit Songlisten, für Dokumentationen über Waffen aus dem Ersten Weltkrieg wundernd, gestand sie ihm eines Tages, dass es eigentlich nichts gebe, was *sie* besonders interessiere, zumindest nicht in dem Sinn, dass sie sich darin verlieren könne, so wie er sich in seinen «Passionen» verliere, woraufhin er ihr sogleich vorhielt, das Wort «Passionen» finde er kitschig, schwärmerisch und außerdem selbstgenügsam – als wäre es ein Verdienst, sich für irgendwas zu interessieren –, er würde das P-Wort niemals in den Mund nehmen. (Dabei hielt er es sehr wohl für ein Verdienst, dieses monomane Sich-Vertiefen, und er lobte daher auch jeden wortreich und übertrieben, der über ein enzyklopädisches Wissen auf welchem Gebiet auch immer verfügt.)

Nun ja, ihr ging es vor allem darum zu sagen, dass sie es gelegentlich schade finde, sich nichts merken zu können, nicht die Namen von Schriftstellern oder Tour-de-France-Siegern, nicht die Titel von Platten, nicht einmal die der Alben von David Bowie oder Miles Davis, von dem Erscheinungsjahr oder den Produzenten ganz zu schweigen – Wissenslücken, die er ihr übelnehme, glaubte sie. Ja, das tue ich, stimmte er ihr in Gedanken zu, doch sein Mund verschonte sie. «Ach, na ja, übelnehmen, was heißt schon übelnehmen», sagte er; «ich nehme es dir nicht übel, dass ich dir schon mindestens viermal erzählen musste, welche Saxophon-Genies auf dem *Milestones*-Album zu hören sind.» Und er ließ ein herausforderndes Schweigen folgen.

«Monk?»

«Der spielt Trompete.»

«Oh.»

Er finde es bedauerlich, dass so wenig von ihr selber komme – bedauerlich für sie, wohlgemerkt, und dass sie ihre ganze Verstandeskraft darauf verwende, darüber nachzugrübeln, wer sie sei. Und was sie in den Augen anderer falsch mache und was umgekehrt andere falsch machten.

Wenn er recht hatte, schwieg sie, doch höchstwahrscheinlich würde sie ihm eine Stunde später «Sexismus» vorwerfen, und dann musste er versuchen, ihr klarzumachen, dass er nicht von «Frauen» gesprochen hatte, sondern von ihr.

«Dass du keinerlei Interessen hast, ist Humbug, das ist nicht so sehr das Problem», fuhr er nachdenklich fort, als wären sie gemeinsam etwas Wichtigem auf der Spur. «Das Problem ist, du richtest deine Interessen nach innen, du bist ein … Auto ohne

Auspuff, die Gase, die deine Interessen erzeugen, sammeln sich in dir drin.» Von dem hinkenden Vergleich einmal abgesehen – Poesie gehörte offensichtlich nicht zu seinen Passionen –, sei dies eine ausgesprochen negative, bösartige Metapher, meinte Juliette. «Na ja», erwiderte er, «deine Interessen sind, und jetzt sei mir bitte nicht böse, ziemlich ... selbstbezogen, ‹angespannte Beziehungen› und ‹Unsicherheit›, darum dreht es sich, wenn ich dich mit deinen Freundinnen telefonieren höre. Nicht darum, ob Kanye West noch Hiphop ist oder warum Sneijder und van der Vaart hervorragend im Mittelfeld zusammenspielen.»

«Das ist auch um einiges unwichtiger, Ludwig. Was interessiert es uns, was dein Monk spielt oder nicht spielt.»

«Klavier. Darüber denke ich übrigens ernsthaft nach: Warum lernst du nicht ein Instrument? Das muss man Dolf lassen: Es ist das Beste, was man tun kann, um Nabelschau zu vermeiden, auf jeden Fall das Beste, um zu vergessen, dass es noch andere Menschen gibt.»

Sein Vorschlag war in gewisser Weise aufrichtig; er gönnte ihr wirklich ein Hobby, das nichts mit psychologischem Grübeln zu tun hatte, aber das Blöde war: Es war nicht ihr Ding. Dinge interessierten einen, oder sie interessierten einen nicht. Man konnte das nicht lernen oder einüben. Wahrscheinlich fehlten ihr einfach deeskalierende, beruhigende Substanzen unter der Schädeldecke, die bei ihr nicht umsonst die Form eines deutschen Stahlhelms hatte.

Sein Mitfahrer kommt aus dem Gagarin. «Lass uns auflegen», sagt er, «der Amerikaner steigt jetzt ein.»

«Antworte erst auf meine Frage», sagt sie.

«Ich habe jede Minute gehasst», lügt er. «Es hat mich völlig überwältigt. Vor lauter Elend hätte ich mich beinahe übergeben.»

«Und was dann?»

«Dann habe ich einen Schluck Wasser getrunken.»

«Und was jetzt, meine ich.»

Auch der Jungspund hat es inzwischen eilig – wunderbar anzuschauen. Er reißt die Tür auf, wirft zuerst seine Ladegeräte auf den Sitz und steigt dann ein. Sogleich beginnt er zu schnüffeln, als würde irgendwo *cattle* verwesen. «Zigarette weg», sagt er zu dem Elch, «sonst steigen wir aus.» Ludwig blinzelt ihm zu, deutet auf das Telefon und sagt zu Juliette: «Tja, jetzt weiß Johan Tromp, dass Sakhalin Energy so oder so eine *seismic survey* durchführen muss. Auch wenn es ihn noch so ärgert.»

Er kann hören, wie sie einatmet, tief und langsam. «Wirklich … Das ist so … Die Haare bürsten. Auch hinten.»

«So …?»

«Fang schon mal an, mein Schatz. Mama hilft dir sofort.»

«Beende deinen Satz mal», sagt er, ebenso auf Zoff aus wie ihn fürchtend. «So …?»

«Du wärst natürlich lieber einem schrecklichen Typen begegnet. Das verstehe ich sehr gut, du mit deinen verdrehten Vorstellungen von Familie.»

«Du meinst einen Typen wie Radjesh?» Der Elch fährt mit einem Ruck los, Ludwig hält sich an der Kopfstütze fest. «Entspann dich», blökt der Texaner ihm ins Ohr. «Zum Flughafen geht es immer geradeaus, und dann …» Mit der Hand macht er ein startendes Flugzeug nach.

«Radjesh kommt jedenfalls seinen Verpflichtungen nach, Ludwig.»

«Genau das meine ich, Juliette.»

Sie schweigt.

Weil sie nicht wieder das Wort ergreift, sagt er: «Ich ruf dich an, wenn ich gelandet bin.» Er muss husten – er hustet ins Telefon und drückt sie weg.

VOR DEM CLUB NIGHT stehen Leute, lauter junge Frauen – mit sich mitdrehenden Köpfen schauen sie dem davonfahrenden Lada hinterher. Juschno-Sachalinsk gleitet nun wie eine Kulisse vorüber. Hier und da gehen bemützte Figuren auf den Bürgersteigen, ob Mann oder Frau, lässt sich nicht sagen; mit prall gefüllten Einkaufstrolleys ziehen sie ihre Schneckenspur. Als er sich in Gedanken in das grüne, gepflegte Overveen zurückversetzt, wo die kleine Noa gerade ein Bild für ihn malt, findet er es irgendwie erbarmungslos, diese Menschen in ihrem kargen Oblast zurückzulassen.

Hat er das verdient? Seit gestern quält ihn ein hartnäckiger Selbstekel, eine dumpfe, bohrende Abwertung seiner selbst, die gleich nach der Begegnung einsetzte. Es muss etwas mit dem unangenehmen, zwiespältigen Gefühl zu tun haben, dass es «klick» gemacht hatte. Er wollte kein «klick».

«Ich finde, Sie wissen viel», hatte Tromp irgendwann mitten im Gespräch gesagt – und ihn dabei berührt, kein Schulterklopfen oder Antippen, sondern zu Ludwigs Schrecken kniff er ihm in die Kniescheibe, kurz, aber vertraut; Tromp schloss Zeigefinger und Daumen durch den Stoff seiner Hose hindurch um sein Knie – wie die Klemme eines Starthilfekabels. «Sie wissen, wovon Sie sprechen», sagte er, «und das mag ich. Sie haben sich die Materie gründlich angeeignet. Wie mir scheint, sind Sie jemand, der sich in eine Sache verbeißt und nicht mehr loslässt.» Ludwig zuckte ob der Elektrode an seinem Knie, das Kompliment prickelte an seinem Rückgrat entlang nach oben in sein Belohnungszentrum, ein offenbar korrupter Lappen tief in seinem Hirn. Dieses Sich-Verbeißen hat mich Otmar Smit gelehrt, Freundchen, der Mann, der sich an deiner statt um meine Erziehung gekümmert hat – das hatte er sagen wollen. Und wenn nicht, dann hätte er es wenigstens denken wollen. Otmar hat mir beigebracht, was Wissen für einen Jungen bedeuten kann. Von dir habe ich nur gelernt, dass ich meine Augen lasern lassen sollte. Aber all das sagte er nicht, und er dachte es nicht einmal, so beschäftigt war er damit, sich geschmeichelt zu fühlen.

Mehr noch, er musste aufpassen, nicht auch noch zum Streber zu werden. Während Tromp über Putin und Gazprom sprach, als handelte es sich um Nachbarn mit einem über die Grundstücksgrenze ragenden, klebrigen Baum, erfüllte ihn mehr und mehr … Geltungsdrang? War das der richtige Ausdruck? Gefallsucht? Wollte er gut ankommen? Seine Strategie, das Ganze zu überstehen, war so oder so beschämend. Er hatte noch eine Schippe obendrauf gepackt und sich die allergrößte Mühe gegeben, aber was er verspürte, war ein unerwarteter, enttäuschender, unbestimmter Stolz. Dass ebendieser Mann offenbar sein Vater war. Es ließ sich nicht leugnen, Ulrikes Ha war ein regelrechter Spitzenmann.

Den restlichen Tag über fühlte er sich wie besudelt. Er war ein Schleimer, ein Verräter, ein Überläufer, und dann hatte er an früher gedacht, beinahe obsessiv; an die Geresstraat, an die ärmlichen Jahre mit seiner Mutter, an das Wiederaufleben bei Otmar in Venlo – ein kaum bewusst wahrgenommenes Gegengift gegen Johan Tromp, gegen dessen zweifellos vorhandenen Charme, gegen die unerwartete Anziehungskraft, die von ihm ausging. Er dachte an Otmar, um sich zu reinigen, um kein Interesse mehr zu spüren. Um sein eigenes heiliges Dekret in Bezug auf Blutsbande nicht über Bord werfen zu müssen. Er hatte sich, halb schockiert durch Juschno schleichend, zur Ordnung rufen müssen: Du wirst dich doch nicht aufgrund von praktisch nichts von einem Mann einwickeln lassen, über den du dein Leben lang hergezogen bist.

Stunden später ging er in das Pseudo-Wiener Café. Es gab dort keine Kuchendame, keine Zeitungen in Haltern, keinen Glühwein, wohl aber Wodka, und mit dem Alkohol hatte sich eine beschämende Sentimentalität in ihm breitgemacht; irgendwo zwischen Verbissen- und Niedergeschlagenheit hatte er darüber nachgedacht, was ihm Otmar sonst noch mitgegeben hatte: die Musik, die er ihm während ihrer Bastelabende vorgespielt hatte, «Kostproben» von Papa Haydn und Mozart, «nette Kinderstücke» von Bartók und Prokofjew, Getröte und Geklimper, bei dem er zunächst auf Durchzug schaltete, das er aber dennoch immer öfter wiedererkannte und zu seiner Beruhigung mit der Zeit immer schöner fand. Manchmal durfte auch er eine Platte auflegen, *Skunk* von der Band Doe Maar zum Beispiel, die sich Otmar anhörte, ohne eine Miene zu verziehen, und die er als «harmonietechnisch gar nicht mal so übel» und «gut gesungen» bezeichnete. Der typische Bastel- und Redemodus, in den Otmar geriet, wenn er konzentriert eine papierene Bordkanone oder einen Schornstein auf einem Kriegsschiff anbrachte. «Du musst nicht unbedingt Musik *machen*, Ludwig, du kannst sie dir auch einfach nur *anhören*. Mehr noch, Musik ist dazu gedacht, angehört zu werden. Das könnte man in diesem Irrenhaus fast vergessen, aber wir machen all die Musik nur, damit man sie sich *anhören* kann. Und nicht andersherum. Ich denke daher also» – die helle Lampe tauchte sein rundes Gesicht in ein Clairobscur –, «du könntest doch ein geübter *Zuhörer* werden? Ich könnte mir vorstellen, das ist was für dich … Was sollten wir ohne geübte Zuhörer machen? Nichts, mein Lieber.»

Mehr Wodka – genug Wodka, um auf dem Schulhof seines Sentiments zu landen, in der steinernen Arena, in der Otmar aufgetaucht war, um ihn zu befreien, so konnte man das wohl nennen; was noch etwas ganz anderes war als ein Daumen und ein Zeigefinger um die Kniescheibe. Es geschah kurz nach der Eignungsprüfung, in der kleinen Pause, in der er Alain oft huckepack herumtrug. Während er sich daran erinnerte, konnte er den zunehmenden, unausweichlichen Druck, den der Junge auf seine Schultern ausübte, immer noch fühlen; die Freundschaft war zu einer ziemlich schweren, beklemmenden Last geworden, buchstäblich: Er war jetzt Alains Pferdchen. Jeden Moment könne sein Vater einen Anruf kriegen, um in Utrecht ein neues Herz zu bekommen, erklärte ihm sein Freund, die vom Hagebuttenknabbern orangen, klebrigen Lippen dicht an Ludwigs Ohr; er kniff ihm in die Schultern, wenn er nach links oder rechts getragen werden wollte. Ob ihm das klar sei? Schon seit langem stehe sein Vater auf der Warteliste für ein Spenderherz.

«Von einem Toten?», fragte Dolf.

«Nein, von einem Lebenden natürlich, red keinen Scheiß. Was kann mein Vater mit einem toten Herzen anfangen?»

«Wenig», gab Dolf zu.

«Wenig?»

«Nichts, meine ich.»

Eine Explosion: Alain spuckte knapp an Dolfs Ohr vorbei auf den Boden. «Aber danach», flüsterte er, «wenn das Herz raus ist, dann stirbt der andere schon, denke ich. Es sei denn, man gibt dem auch ein Herz von jemand anderem.»

Sein Vater sei sich unsicher, bereits zweimal habe er sich von der Warteliste streichen lassen, weil er eigentlich das Herz eines Zigeuners haben wolle, erklärte Alain, doch so eins gebe es in Utrecht nicht, da Zigeuner ihr Herz lieber selbst behielten. Manchmal gerate sein Vater mitten in der Nacht in Panik und schlage dann brüllend um sich; neulich erst habe er sich das Nachtschränkchen gepackt und es durch das Fenster der Zwischenwand geworfen, klirr, ins Wohnzimmer rein. Fast jede Nacht werde er wegen so was wach, sodass er in der Schule zu müde sei, um selbst zu gehen.

Anfangs fanden ihre Klassenkameraden es bloß seltsam, dass Dolf seinen Freund herumschleppte, doch sobald ihn jemand auslachte oder «hopp, hopp, hopp, Pferdchen, lauf Galopp!»

sang, beschimpfte Alain ihn aufs übelste oder glitt von Dolfs Rücken herunter und schickte ihn auf den Missetäter los. Außerdem bestand Alain darauf, dass Dolf ihm beim Austragen von Zeitungen half; an Mittwochnachmittagen verteilten sie zusammen *De Trompetter*, ein kostenloses Reklameblatt, womit sein Freund zwischen 8 Gulden und 35 Cent und, ein einziges Mal, 14 Gulden und 85 Cent verdiente; die Höhe des Betrags hing von der Anzahl der Werbeprospekte ab, die Dolf im Wohnwagenlager in die Zeitungen einlegte – kein angenehmer Aufenthaltsort, wie er inzwischen fand. Große Hunde liefen dort herum, und die Kleider stanken später nach verbranntem Gummi. Seit er wusste, wen er vor sich hatte, fand er Alains Cousins gefährlich, zwischen jedem «Wichser»- und «Arschloch»-Ausruf spuckten sie auf den Boden, und manchmal warfen sie bereits zusammengelegte Zeitungsstapel in ihre Feuerkörbe, wobei sie Dolf wie jemanden ansahen, der ganz offensichtlich kein Zigeuner war. «Sie können dich nicht leiden», erklärte sein Freund ihm, «sie wissen nicht, dass wir Blutsbrüder sind.» Während er draußen arbeitete, saß Alain im Wohnwagen und checkte auf Teletext, ob es demnächst regnen würde.

Das Austragen erledigten sie mit Ulrikes Fahrrad; Alain fuhr, und Dolf trabte neben ihm her. Einmal, auf dem Weg zum am weitesten entfernten, freistehenden Haus, ganz hinten in Boekend, musste er dringend pinkeln, doch Alain hielt das für Quatsch. Ohne dessen Zustimmung war er dennoch stehen geblieben, und als er sich an einem Baum erleichterte, da stieß ihn Alain, ohne dass er etwas ahnte, mit einem kräftigen Schubs in die Brennnesseln.

Seit er Otmar gestanden hatte, was mit seinen Bausätzen passiert war, und Alain merkte, dass er keine mehr bekam, schien sich etwas verändert zu haben, sowohl zu Hause als auch mit ihrer Blutsbrüderschaft. Otmar fragte ihn immer wieder nach «deinem Kumpan da». Alain sei in seinen Augen kein guter Freund, meinte er.

Dolf selbst zweifelte auch daran, heimlich. Wenn er morgens im Wohnwagenlager ankam, war er angespannt – wegen der Cousins, wegen des Schultags, der vor ihm lag, auch wegen Alains Vater: Angenommen, der war eines Tages tot, was würde dann passieren? «Tja», fragte Otmar ihn eines Abends, «was meinst du denn, was dann passiert?» Unter Tränen hatte er seinem zukünftigen Stiefvater gebeichtet, er glaube, dass er dann ins Lager ziehen müsse. «Ach, Junge», hatte Otmar gerufen, «natürlich nicht, was ist das denn für ein Unsinn.» Aber Dolf war nicht beruhigt; er hatte an einem Mittwochnachmittag auch schon mal die Hundezwinger mit einem Läusemittel schrubben müssen.

Nun denn, eines Tages standen sie in der kleinen Pause am Murmelberg und unterhielten sich mit ein paar Jungs, die auch Angst vor Alain hatten, als Otmar plötzlich auftauchte. Er schien aus dem kreisenden Seil einer Gruppe von Mädchen herauszusteigen, so als wäre er dort während der ganzen Pause mitgesprungen. Er war fast nicht wiederzuerkennen, derart böse schaute er drein, seine Zigarettenspitze wies nach unten, seine Hände fuhren, ohne dass er zuvor «Hallo» gesagt hätte, blitzartig unter Alains Achseln und hoben ihn von Dolfs Rücken. Einen Moment lang hielt er den Jungen mit gestreckten Armen über sich, wollte ihn offenbar genau betrachten, und dann warf er ihn runter. Alains Fersen berührten kurz den Boden, er machte ein paar unkontrollierte Schritte nach hinten, bevor er unsanft auf den kleinen Hintern fiel. Mit zwei Schritten stand Otmar über ihm und zog ihn an einem Ohr hoch. So gingen sie zum Schulhofrand, wo Dolf den Volvo stehen sah.

Es folgte eine lange Gardinenpredigt, von der Dolf nur die lautesten Passagen mitbekam; er konnte ja unmöglich zu den beiden hingehen, meinte er. Sein Stiefvater schimpfte wüst auf Alain ein. Mehr noch, Dolf saß schon wieder im Klassenraum, als er durchs Fenster sah, dass Otmar seinen Blutsbruder endlich losließ. Er wischte sich kopfschüttelnd die Hände am Taschentuch ab und stieg ins Auto.

DER LADA FÄHRT über den breiten, kahlen Prospekt, an dem rechts wieder das Sakhalin-Energy-Gebäude auftaucht. Der Texaner gähnt wie ein Tier und streckt die Hand aus. «Jetzt, da wir über Leben und Tod gesprochen haben», sagt er, «will ich mich kurz vorstellen. Ich heiße Zachary. Zack Knox Polk.»
Ludwig drückt die knallrote Hand – die Fingerspitzen sind gelb, wie beim Raketenwassereis. «Ludwig», sagt er.
«Ludwig, Ludwig», wiederholt der Texaner, der also Zack heißt, aha, sieh mal einer an. Du Sack, Sack Pork – er wusste es. «Ich wechsle hin und wieder E-Mails mit einem Ludwig in Aberdeen. Ludwig ... von Klumm. Bist du das?»
«Ein anderer Ludwig», sagt er, «ich bin Ludwig van Beethoven.» Vielleicht weil Knox Polk nur zahnlos lächelt, anstatt sich danach zu erkundigen, wie er denn tatsächlich mit Nachnamen heißt, auf jeden Fall aber wegen des Wortes *Aberdeen* fühlt er sich unwohler, als ihm eh schon war. Aberdeen ruft augenblicklich Bedauern hervor, ja sogar Scham.
«Aberdeen ist phantastisch», sagt Zack Knox Polk. «Ich war vier Jahre dort.»
Ludwig hätte auch hingehen können, vor langer Zeit, er war Berufsanfänger, es winkte eine Stelle im Ausland als zweiter Job – der perfekte *move* für jemanden, der bei Shell weiterkommen will. Aber er ist nicht nach Aberdeen gegangen. Er wollte nicht, war zu verliebt, um nach Aberdeen zu wollen.
«Ich hab da unglaublich viel gelernt», sagt Zack.
«Um einiges schöner als Sachalin», murmelt Ludwig.

«Wenn du gerne Snowboard fährst, so wie meine Frau, ist es hier besser.» Zack kratzt sich hinterm Ohr. «Aberdeen ist vor allem toll, wenn du Single bist und es jedes Wochenende ordentlich krachen lassen willst.» Er lacht leise. «Ich bin dort über die Theke geschwommen.»

«Was bist du?»

«Ich bin dort über die Theke geschwommen.»

Ludwig schweigt. Wenn du es sagst.

«Wann warst du da?», fragt der Texaner.

«Nein», erwidert er rasch, fast wie ertappt, «nein, ich bin da nie gewesen. Hab ich das behauptet? Obwohl nicht viel gefehlt hat, übrigens. Eigentlich hatte ich für den Job schon eine Zusage.» Es klingt resigniert. Tja, er spricht am liebsten überhaupt nicht darüber, über keins der fremden Länder, in denen er nie gearbeitet hat. Er ist nicht nach Aberdeen gegangen. Das war vor sieben Jahren, und in Wahrheit befindet er sich auf einem Abstellgleis. Von der behaglichen Beamtenstadt Rijswijk aus wegen Grauwalen ein Theater zu machen ist lächerlich. *Stick to the oil*, würde Zack sagen, Karriere macht man bei Shell quer durch die Mitte – je näher an der Aorta, umso besser. Wer jung und ambitioniert ist, pflanzt seinen Hintern sofort auf die schwarz sprudelnde Quelle, der lässt sich mit Kusshand in ein Fördergebiet schicken – Ludwig weiß das, er weiß das alles sehr genau, und trotzdem hat er seine Chancen auf einen schnellen Aufstieg, auf etwas, das den Eindruck einer Karriere erweckt hätte, zunichtege…zögert? Nein, zögern ist nicht das richtige Wort.

«Und warum bist du nicht nach Aberdeen gegangen?» Aus Zacks Stimme klingt Verwunderung, vor allem aber Widerwille.

«Aberdeen ist mit Abstand der beste Einstiegsposten – ein *must* fast», sagt er nölig. «Dreißig Offshore-Felder, eine Stadt, in der man normal leben kann, hervorragende Graduate-Programme.

Und lauter Freunde, Hunderte von Freunden aus allen Teilen der Welt.»

Eine Sekunde lang spielt Ludwig mit dem Gedanken, Juliette und Noa die Schuld zu geben. Weil Juliette möchte, dass Radjesh an der Erziehung seiner Tochter beteiligt bleibt, können wir nicht weg, verstehst du, das Mädchen darf nicht ohne ihren Papa aufwachsen. So ist das mit zerbrochenen Familien – als Stiefvater ist man derjenige, der Opfer bringen muss? Nein, das wäre eine allzu feige Geschichte. Er war einfach verliebt gewesen. «Ich war verliebt», sagt er deshalb also. «Verliebt in eine Frau, die ich erst seit sechs Wochen kannte, verstehst du? Ich war –»

«*He stayed home for effing a jane*», sagt Zack. Er schlägt ihm freundschaftlich auf den Oberschenkel und schaut kopfschüttelnd in einen imaginären Saal. «Verständlich. Aber dumm. Früher oder später bedauerst du es. Hab ich recht?»

Der Typ nervt ihn. Blaues Baby hin oder her. «Natürlich tut es mir nicht leid», sagt er. Und er ist auch nicht zu Hause geblieben, um sie zu effen, Arschloch.

105 Sie schweigen wie ein Grab. Verärgert und auf unterschiedlichen Ebenen beleidigt, starrt Ludwig nach draußen. Juschnos allmählich spärlich werdende Bebauung geht schließlich doch noch recht abrupt in einen sich rasch verdichtenden Kiefernwald über, und die zweispurige Straße wird von breiten, hohen Bäumen flankiert, die daran erinnern, wer hier das Sagen hat: die Erdkruste. Natürlich bedauert er die Sache mit Aberdeen. Zu Hause zu bleiben wegen einer jungen Frau, die man ein paarmal im Bus gesehen hat, klug war das nicht. Es ging nicht darum, dass er im letzten Moment eine Party abgesagt hatte und in den Tagen darauf mit Fotos von dieser Party fertig werden musste, es ging um eine Weggabelung in seinem Arbeitsleben – auch wenn von einer Infrastruktur in einem Vulkan wie Shell kaum die Rede sein konnte. Er und Sack Pork und Tausende andere Streber blubberten herum im rot-gelben Magma des Königlichen Shell-Konzerns, hinabsinkend, aufsteigend, sich um die eigene Achse drehend, einander wegtretend beim Hangeln an die Spitze. Sogar jetzt, während einer dämlichen Taxifahrt, versuchte der Texaner, ihn unterzutauchen.

Der Riss in seiner Karriere vollzog sich in einem Linienbus zwischen Leiden und Rijswijk, in den, es war sein zweites oder drittes Jahr bei Shell, an Werktagen am Rand von Voorschoten eine etwas biedere, aber attraktive junge Frau einstieg. Lange, vornehm lackierte Nägel in einer gediegenen Farbe, mit denen sie, nachdem sie sich hingesetzt hatte, ein Spiegeletui aufklappte. Zusammen betrachteten sie, er heimlich, ihr zartes Gesicht und den blassen Hals, um den eine glitzernde Kette hing. Der Finger, mit dem sie über ihre Augenbrauen strich, war klein und rot vor Herbstkälte. Wenn sie ihren mobilen Frisiertisch zuklappte, schaute sie ihn oft gleich an und lächelte.

Das war Juliette.

Als wäre es gestern gewesen: die stockenden Dialoge, die sie führten und die schon bald, zumindest in seinem Fall, in ein Flirten übergingen («Unvorstellbar, dass du erst vor einer Stunde aufgestanden bist, mit all den Knöpfen und Bändern und Riemchen, oder hast du zu Hause einen Butler?») und in überraschend persönliche Groschenheftgespräche mündeten («Ich denke, man passt den Tonfall und vielleicht sogar die Art, wie man Witze macht, an die Umgebung an. Ich tu's zumindest.» «Aber dann müsste man als Mensch unterschiedliche Arten von Humor haben. Ich gebe mir dir gegenüber zum Beispiel deutlich mehr Mühe als sonst»), die sich in tiefer schürfenden E-Mails fortsetzten, die sie im Lauf des Tages von ihren jeweiligen Bürocomputern abschickten («Ludwig, ich habe noch einmal darüber nachgedacht, was du über maßlosen Ehrgeiz und die Frage, ob er der kürzeste Weg ins Unglück ist, gesagt hast. Du warst so ehrlich in diesem Punkt. Und so, wie soll ich sagen … – ich weiß nicht, ob ein so männlicher Mann wie du das hören will, aber neulich erst habe ich gedacht, du könntest problemlos auf einer Bohrinsel arbeiten, wusstest du das … – na ja: so sensibel. Ich bin noch nie einem Mann begegnet, der so … ehrlich zu sagen wagt, was ihn bewegt – wirklich nicht!»).

Sie hatte etwas … Todernstes.

Der Bürocomputer, den Juliette benutzte, stand in einer psychiatrischen Klinik; sie hatte Pharmazie gelernt, eine Ausbildung, von der er noch nie gehört hatte. Oder war es ein Studium? Ja, natürlich sei es ein Studium, erwiderte sie pikiert, oder meine er ein Universitätsstudium? Es sei ein Fachhochschulstudium – eine bewusste Entscheidung, sie hielt sich für einen praktischen Menschen, dem die Geduld für «uferloses Spekulieren» fehlt, womit sie, als er nachfragte, die philosophische Logik ihrer Zwillingsschwester zu meinen schien. Sie erzählte, ihre Schwester Flavie habe eine Examensarbeit mit dem Titel *Vagueness* geschrieben, nicht lachen, *A logic for non-precise models*, die sie einen «Weltrekordversuch in Sachen Vagheit» nannte, weil die erste Hälfte des Dings ganze 87 Seiten lang den imaginären Leser mit der Frage nervte, ob man etwas als «groß» oder als «klein» oder als «hoch» bezeichnen kann – ja, fand Juliette, kann man sehr wohl. Die zweite Hälfte beschäftigte sich mit der Frage, ob man, wenn man um den Mount Everest herumgeht, auch noch das letzte Sandkorn bestimmen kann, das zu ihm gehört – nein, das wäre schwierig, schätzte sie. Kurzum, unter anderem deswegen war sie froh, eine Ausbildung gewählt zu haben, in der man zum Beispiel lernte, den kompletten Medikamentenbedarf eines mittelgroßen psychiatrischen Krankenhauses zu ermitteln und dann dafür zu sorgen, dass alles Nötige vorrätig war, so wie sie es seit einigen Jahren machte, um ihren Lebensunterhalt zu verdienen, eine Arbeit, die sie in die Lage versetzte, als alleinstehende Mutter ihre einjährige Tochter aufzuziehen, eine schöne Wohnung zu haben, ohne dass ihr die Eltern oder ein Mann unter die Arme greifen mussten, und jeden Abend eine Mahlzeit zu kochen, ohne dafür Päckchen von Knorr oder Maggi zu verwenden, sondern ungespritztes Gemüse, das sie bei einem Bauern in Overveen kaufte. Erfrischend fand er ihren eigenwilligen Nonkonformismus, er konnte darin nichts Unsympathisches entdecken.

Der fast schwarze Nadelwald, den sie durchqueren, ist in heftigem Aufruhr, als wären alle Nadeln kleine Wesen mit einem eigenen Terminkalender. Kräftige Windböen zerren am Lada, der Elch muss ständig gegensteuern, Ludwig kriegt das sehr wohl mit. Er versucht, nicht an den bevorstehenden Flug zu denken. Und auch nicht an die Aerodynamik beim Start einer Tupolew bei Windstärke zwölf. Nein, heute ist ein Festtag, wo ist das Geschenk – er holt das noch eingepackte, wichtige Buch aus seiner Tasche. Daheim in Overveen, bevor sie sich auf den Weg zum Flughafen Schiphol machten, hatte Juliette es ihm in die Hände gedrückt, «weil ich dich unendlich liebe, Ludwig», hatte sie noch hinzugefügt; dann hatte sie Noa das Zeichen gegeben, auf sie beide zuzulaufen und ihre Arme um seine und Juliettes Oberschenkel zu schlingen, das Lockenköpfchen zwischen ihren Hüften. Auf dem Geschenkpapier ist mit einem Stück Klebestreifen und dem Sticker der Buchhandlung eine Ansichtskarte mit einem Bild von Martin Luther King befestigt. Nur zu, warum auch tiefstapeln. Sie hat es bei Athenaeum in Haarlem gekauft, das Geschenkpapier ist solide, vornehm, dezent dunkelblau und dunkelrot, ungefähr so wie der Eindruck, den sie selbst damals auf ihn gemacht hat, sodass er neugierig auf das Innere geworden ist. Er lässt das Ding unausgepackt auf dem Schoß liegen – allein schon vom Anblick wird er reisekrank.

Nie zuvor hatte er sich so lange mit einer jungen Frau unterhalten, dem Busunternehmen Connexxion in der Region Haaglanden sei Dank: Sie konnten ja nirgendwo anders hin, ungefähr achtmal in der Woche saßen sie auf ihrem festen Platz gleich hinter der mittleren Tür. Sie bombardierte ihn mit Fragen. Und er beantwortete sie alle, nicht ahnend, dass sie ihn aushorchte und dass fast alles, was er in seiner naiven Begeisterung von sich gab, Jahre danach gegen ihn verwandt werden würde. Sie stieg eine Haltestelle nach ihm aus. Während seines Tags bei Shell klackerten dann ihre langen, kaffeebraun lackierten Nägel in seinem Kopf, der verführerische Rhythmus, der erklang, wenn sie etwas in ihrer Tasche suchte, sich in Kurven an einer Stange festhielt oder mechanisch mit ihrer Halskette spielte. Hey, vielleicht war er ja tatsächlich verliebt. Und natürlich ging er nicht nach Aberdeen.

DU BIST VERRÜCKT, sagte Tosca. Die Bestürzung auf ihrem vergnügten Gesicht, als er ihr erzählte, er habe vor, die Stelle in Aberdeen abzulehnen – er hatte damit gerechnet. Sie trafen sich in jener Zeit alle drei, vier Wochen zum Essen in Den Haag, meistens bei demselben Inder an der Zeekant. Das mache sie ganz verrückt, behauptete Tosca, so eine Riesenchance; sie kenne Shell gut genug, um zu wissen, dass er sie ergreifen müsse. Was halte ihn in Gottes Namen davon ab, fragte sie, mit großen Naanbrotstücken durch die kupfernen Currypfännchen wischend, enttäuscht, aber gierig wie immer. Shell habe im Concertgebouw praktisch eine eigene Loge, und sie wolle «bestimmt nichts dagegen sagen», aber die Leute, mit denen sie dort im Laufe der Jahre gesprochen habe, die seien *alle* in Aberdeen gewesen – was ihm unmöglich zu sein schien, vielleicht sogar eine Lüge. «Im Ausland, meinst du.» Nein, sie meine in Aberdeen.

Im Concertgebouw trat seine Stiefschwester vorläufig nicht mehr auf, auch sie hatte eine neue Stelle, sie war nun Konzertmeisterin beim Residentie-Orchester in Den Haag oder fing demnächst damit an. Auf jeden Fall schien sie von Aberdeen deutlich mehr angetan zu sein als von ihrer eigenen neuen Aufgabe in dem Orchester. Zu jener Zeit zeichnete sich bereits ab, dass sie trotz ihres Juilliard-Glücksgriffs die großen Erwartungen nicht erfüllen würde. Ihre gemeinsamen Auftritte mit Dolf waren Vergangenheit, weil sie das Tempo, das ihr Bruder beim Einstudieren neuer Stücke vorlegte, nicht halten konnte, so zumindest sagte es Ulrike. Der wahre Grund war, wie Ludwig schien, dass alles, was Dolf spielte, funkelnder, virtuoser, freier klang, als man es gemeinhin, nein, als man es weltweit kannte; sein stürmischer Aufstieg hatte Tosca zu einer verdienstvollen Violinistin degradiert – so war es.

Sie wollte wissen, was ihn abhielt. «Findest du es unheimlich, dass du dann Geld wie Heu verdienst? Oder hast du insgeheim etwas gegen die Förderung von Öl?» Er beantwortete ihre schnippischen Fragen mit Ausreden, die er aus ihrem formlosen Gewand schüttelte, einen Ärmel konnte er nicht erkennen; obwohl sie sich vor kurzem die Brüste hatte verkleinern lassen, sah sie dick aus. Sie sollte einfach glauben, dass er seinen jetzigen Bürojob spannend fand (dann würde er insgeheim versuchen, es auch noch mal so zu sehen), dass er auf ein besseres Auslandsangebot warten wollte und dass er Schottland noch nie hatte leiden können. «Immer dieses Schwärmen von Loch Ness, dabei schüttet es dort wie aus Eimern», sagte er.

«Trotzdem solltest du hingehen, dafür hast du doch all die Jahre studiert, mehr noch, dafür habe ich dich ins Luzac College geschleppt.» «Ah», erwiderte er, «*deshalb* habe ich diese Schule besucht, *deinetwegen*», was ihr ganz offensichtlich nicht gefiel, tja, und offensichtlich gefiel es ihm nicht, dass sie sich einmischte, und so wurde die Atmosphäre immer gereizter und ließ sich von einem Streit kaum noch unterscheiden, vor allem nachdem sie gesagt hatte, sie müsse nach all den Jahren feststellen, dass er schlichtweg keine «Eier in der Hose» habe, ihm der Mumm fehle, etwas zu riskieren, etwas anzugehen, etwas zu *tun*.

Das beleidigte ihn, sogar jetzt noch, wenn er sich daran erinnert, was darauf hinweisen könnte, dass Tosca recht hatte. Er legt den Kopf schräg und betrachtet im Seitenfenster sein sich schwach spiegelndes Gesicht: das vertraute, willenlose Kinn, verzagt, trotz Stoppelbart und feiner Furche in der Mitte. Er hat tatsächlich keine Eier in der Hose. Er ist einfach nicht so konstruiert wie der Streber neben ihm. Ob das Öl in der Erde bleibt oder herauskommt, in den entscheidenden Momenten ist ihm das ziemlich egal. Nicht engagiert genug, eher faul und desinteressiert. Ist das schlimm? Er hebt das Kinn ein wenig und schaut sich am Pier seiner Nase entlang an. Ja, wenn du es schaffst, genau hier zu landen, am Spieß eines börsennotierten multinationalen Konzerns, zusammen mit tausend Zack Knox Polks, dann ist das durchaus schlimm, ja.

«Ich habe zwei wunderbar funktionierende Eier», sagte er auf der sonnigen Terrasse. «Und ich werde sie für das verwenden, wofür ich sie habe. Das machen normale Menschen, Tosca, ins Bett gehen mit anderen normalen Menschen. Ich habe mich nämlich verliebt, ich sag es dir jetzt einfach, ich habe mich schrecklich und für immer in eine Frau verliebt, neben die ich mich im Bus, mit dem ich zu Shell fahre, sooft wie möglich setze.»

«*Verliebt*? Süßer, was hat das denn damit zu tun?» Sie starrte ihn an, ihre stumpfen Augenwinkel liefen in zwei erstaunlich harten Krähenfüßen aus. Einem früheren Wunderkind wie Tosca, das im Alter von fünf Jahren mit einem saitenbespannten Stück Holz zwangsverheiratet worden war, brauchte man nicht mit Rosenschein und Mondduft zu kommen. Unbewusst muss sie im Laufe der Jahre die Trugvorstellung verinnerlicht haben, dass Liebe zwischen Menschen unbedeutend ist, jedenfalls im Vergleich zu der Liebe, die sie der Musik entgegenzubringen hatte. Manchmal erinnerte sie ihn an eine Nonne, jetzt lebte sie mit ihren Sonaten und Concertos im Ehestand. Wenn Üben Toscas Gebetspflicht war, die täglichen, zwanghaften Stunden auf der Geige, dann kamen die Bräute Christi in ihren Klöstern gnädig davon.

«Das hat sehr wohl etwas damit zu», sagte er. Die laue Abendluft, die sie auf dem schmalen Terrassenstreifen vor dem indischen Restaurant umgab, roch salzig, die Stadt hinter seinem berauschten Kopf fächerte sich zu einem Delta aus Gras und

Straßenbahnschienen auf, in dem man, mit einer rosa Brille auf der Nase, bereits Scheveningen erkennen konnte. Zunächst versuchte er, sie eifersüchtig zu machen, er erzählte, wie aufregend es war, in diesem Bus, wie überwältigend. Und noch ganz frisch, genau.

«Du willst mir doch nicht etwa sagen, dass du nicht weißt, ob deine Gefühle erwidert werden?»

«Natürlich weiß ich das.»

«Hat sie es gesagt?»

«Nein – ist das nötig?»

«Ludwig! Bevor man eine Stelle im *Ausland* ablehnt, schon, ja!»

«Moment, halt. Mischt du dich jetzt auch noch in mein Liebesleben ein? Solltest du dich, was das angeht, nicht besser um dich selber kümmern?» Ihre gehässige Bemerkung über seine fehlenden Eier hatte etwas ans Ende gelangen lassen, seine Geduld, sein Einsteckenkönnen, seine Bevormundungstoleranz. Unfreundlich wollte er sein, gemein. «Wie steht es eigentlich mit dir, Tos?», fragte er. «Mit Tante Tosca und den Spinnweben? Bräuchtest du nicht einmal einen Mann? Jemanden, für den du dann schön sorgen kannst? Gib ein Inserat auf, häng irgendwo einen Zettel auf, tu was. Und wenn du dann schon mal dabei bist, lass dich bitte schwängern, damit du nach Herzenslust Fläschchen für ein *richtiges* Kind zubereiten kannst.» Sie betastete ihr einst volles langes Haar, das sie hatte kurzschneiden lassen, strähnig, so wie Frauen jenseits des gebärfähigen Alters es oft haben, wahrscheinlich herrlich luftig bei Hitzewallungen, wie sie jetzt eine zu bekommen schien. Er konnte ihre Frisur nicht ausstehen. «Du bist noch keine dreißig und schreibst bereits am 10. Dezember Weihnachtskarten. Das ist spießig. Bist du in der Menopause oder was?»

Vor Schreck knetete sie ihr Teiggesicht, drauf und dran, etwas zu entgegnen, doch er hob wie ein Dirigent die Hand, *Silentium*, die Sache verhalte sich nämlich noch ein wenig anders. Ohne die Frau im Bus würde er gar nicht mehr für den Mistladen arbeiten, ohne Juliette hätte er sich in aller Ruhe nach etwas Besserem umgesehen, etwas Ruhigerem. Er hasse diesen Klüngel von korporierten Hähnen, die einander den lieben langen Tagen auf die Scheitel picken. Bevor Juliette ihm einen echten Grund gegeben habe, frühmorgens aufzustehen, habe er jeden Arbeitstag gehasst, jeden Morgen habe er, mit den Nerven schon halb am Ende, aus dem Busfenster in den bleischweren Himmel über dem Land gestarrt und sich, wie er es nannte, «Aufhörphantasien» hingegeben. Während der Bus über Voorschoten und Leidschendam nach Rijswijk gekurvt sei, habe er sich vorgestellt, dass er nach seiner Ankunft nicht in sein Büro auf der zweiten Etage, sondern in den gläsernen Korridor zur Personalabteilung gehen würde, um hinter der erstbesten Tür ohne Angabe von Gründen seine Kündigung einzureichen. Ich höre auf, ihr könnt mir mit eurem Scheißöl gestohlen bleiben.

Neben ihm blätterte Knox Polk in Unterlagen, Stirnrunzeln, Schnauben, interessant, interessant, ach, ich bin ja so wichtig. Den Jungspund imitierend, ergreift Ludwig schließlich doch das eingepackte Buch auf seinem Schoß. Er knibbelt die Martin-Luther-King-Karte an einer Seite los und klappt sie nach hinten. «Für im Flugzeug», steht dort in Juliettes kompakter und vernünftig aussehender Handschrift, die geeignet ist, sämtliche Erkenntnisse der Graphologie über den Haufen zu werfen. «Lieber Darling, ich habe über dieses Buch sehr gute Dinge gehört. Lass uns darüber reden, wenn Du wieder zu Hause bist! (Ich habe für mich natürlich auch eins gekauft.) X»

Er sieht sie vor sich, an ihrem mit Kunstlicht beleuchteten Esstisch, Noa im Bett, bereit für die Lektüre eines ebenfalls noch eingepackten Exemplars in ihren Händen. Juliette liebt es, sich selbst zu beschenken. Er reißt das Einpackpapier herunter. Zum Vorschein kommt ein sachlich gestaltetes blaues Taschenbuch, das an einen Steuerratgeber erinnert. Der Titel, *Gewaltfreie Kommunikation*, ist in serifenlosen knallrosa Buchstaben aufgedruckt. Im Untertitel steht «entwaffnend und zielführend», und dazu gibt es Lobendes von Deepak Chopra, John Gray und jemandem, der Gandhi heißt, aber nicht der echte Gandhi ist. Alle drei behaupten, viel von dem Buch gelernt zu haben. Der Autor ist ein gewisser Marshall B. Rosenberg, der pseudopräsidiale Zwischenbuchstabe lässt vermuten, dass er aus dem Mittleren Westen der USA stammt und wahrscheinlich irgendein Professor ist, der seit Jahr und Tag in irgendeinem Institut arbeitet, das er selbst gegründet hat.

Damit ihm nicht übel wird, schaut Ludwig ein paar Sekunden geradeaus, erneut an Tosca denkend. Sie würde es wahrscheinlich für eine gute Idee halten, dieses Buch. Lies es dir mal gründlich durch, Ludwig. Er war zu weit gegangen, damals in Den Haag, hatte zu tief ausgeteilt.

Noch ehe er mit seiner Tirade fertig war, hatte Tosca wie eine beschmuddelte Wachspuppe dagesessen. Perlendes Gesicht, über ihrem zusammengekniffenen Mund ein Schweißschnauzer, den sie alle paar Minuten mit der Zungenspitze trockenlegte. Er hatte gerade so noch die Kurve gekriegt und ihr erbärmliches Aussehen nicht erwähnt. Beinahe hätte er gesagt, sie sehe ungepflegt aus, früh gealtert: wie eine ausgebrannte Vierzigjährige, jemand, der aufgrund von Rückschlägen und Mangel an wirklichem Talent den Mut zu früh verloren hat.

Der Abschied war peinlich gewesen – ein Abschied für immer, so schien es, ohne die übliche Umarmung, ohne den unverkennbaren Geruch von adipösem Fett und Usambaraveilchen, er bekam auf dem Gehsteig vor dem indisches Restaurant nicht einmal ein feuchtes Wursthändchen gereicht.

«Weißt du was», sagte er, während sie ihr Fahrrad suchte, «ich habe darüber nachgedacht. Ich verdiene genug, um dir das Luzac-Geld zurückzuzahlen. Ich gebe dir die dreißigtausend wieder. Das ist für alle am besten.»

Sie sah ihn an, traurig, an ihrem Mundwinkel klebte ein getrockneter Klecks Curry. Verflogen war die Zeit, in der ihre kräftige Statur einen faszinierenden Kontrast zur Zartheit ihres Instruments darstellte und möglicherweise verführerisch war. Ohne Geige bist du vor allem dick, dachte er, während sie vornübergebeugt ihr Fahrrad aufschloss. Sie bekam allmählich einen richtig fetten Hintern. Als sie noch ein Kind war, kaufte Otmar Geigen, die mit ihr mitwuchsen, zuerst eine halbe, dann ein 3/4 und sogar noch eine 7/8 Geige. Inzwischen brauchte Mutter Teresa einen Kontrabass. Und mehr noch, jetzt, da Versprechen und Erfolg mangels Scheinwerferlicht verblassten, blieb jemand übrig, der sich mit empörendem Nachdruck darauf konzentrierte, anderen Menschen zu helfen, mit anpackte, sich hintansetzte, sich aufopferte – ein gängelndes Martyrium, das sie nicht attraktiver machte.

«Wenn du es wagst, mir auch nur *einen* Cent zu überweisen», sagte sie, «dann will ich dich nie mehr wiedersehen.» Woraufhin sie in die Den Haager Nacht radelte, ihre speckigen Waden abwechselnd aufblitzend im Laternenlicht.

«Du bist hässlich», flüsterte er.

ER HATTE TATSÄCHLICH Gewalt angewandt, er war gemein gewesen – und auch undankbar. Wenn sich jemand gleich nach Otmars plötzlichem Tod um ihn gekümmert hatte, dann war es Tosca gewesen. Ohne sie wäre es anders mit ihm ausgegangen, das stand fest. Noch vor der Beerdigung stürzte seine Mutter sich auf Dolfs explodierende Karriere, und Dolf stürzte sich auf sich selbst. Tosca nicht, Tosca hatte sich von dem Moment an, als sie aus New York wiederkam, so verhalten, als wäre *sie* seine Mutter. Sie hatte sofort gespürt, dass während ihrer Abwesenheit in Venlo irgendetwas nicht ganz richtig gelaufen war; sie musste sich sehr erschreckt haben, als sie feststellte, dass er schon seit Monaten nicht mehr in dem von gebastelten Booten und beschädigten Instrumenten gesäuberten Obergeschoss wohnte, sondern «*irgendwo* in Eindhoven, bei Studenten», wie Ulrike es laut Tosca ausgedrückt hatte.

Nicht einmal eine Woche später legte sie ihren verhornten Finger auf die Türklingel eines Hauses mitten in Woensel, wo er mit ein paar Pseudostudenten, drei Auszubildenden und Fachhochschulstudenten, die er vom Tennis her kannte, wohnen durfte, damit es nicht besetzt wurde. «Was machst du denn hier?», fragte sie ihn, als er achselkratzend in der Türöffnung erschien – eigentlich sein Text, könnte man meinen. «Warum bist du nicht in der Schule? Und was riecht hier so komisch.» «Möchtest du saure Milch?», fragte er in der Küche, die seine Mitbewohner – dialektredende Gemüsebauernsöhne aus Maasbree, die graue Javelin-Sweater und Jeans der Marke Edwin trugen – von den Fußleisten bis zur Decke mit *beavershots* tapeziert hatten, genau wie den Rest des Reihenhauses. Kartonweise hatten sie die aus etlichen *Playboy*-, *Penthouse*- und *Hustler*-Jahrgängen geschnitten; unzählige Pornobilder, mit Pattex an der Wand. Nicht hier und da eine Möse, nein: überall Mösen, in allen Räumen, wo man auch hinsah. Und er – kiffen und hinsehen, kiffen und hinsehen. «Ich möchte, dass du aufs Luzac College gehst», sagte sie, und zu seinem großen Erstaunen hatte sie das Finanzielle schon geregelt.

Tosca nahm ihn mit zum Luzac in Roermond, wo er, stoned, ein Formular ausfüllte, das seine Stiefschwester unterschrieb; *sie hatte dreißig Riesen organisiert* – wie, das spiele keine Rolle, sagte sie, alles in Ordnung, sie kenne Mittel und Wege im Subventionsland. Und dabei beließ sie es nicht; bereits während der intensiven, sauteuren und um ein ganzes Jahr verkürzten Oberstufe an dieser Eliteschule für Reiche-Leute-Kinder schleppte sie ihn zum Tag der offenen Tür der Universitäten in Delft und Enschede, und als er nach dem Abitur mit dem Gedanken spielte, ein Jahr mit dem Rucksack rumzureisen, fragte sie ihn, ob er wieder gekifft oder andere Drogen genommen habe.

Er antwortete, sie hätten doch gerade ein Jahr eingespart.

Nein, mitkommen, und sie führte ihn wie einen Esel zum Campus der Tubantia University; «das kleine Enschede mit seiner übersichtlichen Gesellschaftsstruktur», las sie aus dem Studienführer vor, sei wie geschaffen für solche wie ihn. Hinter dem Schlagbaum der Universität angekommen, überredete sie ihn mit begeistertem Ton in der Stimme, Chemietechnik zu studieren, danach würde ihm die Welt zu Füßen liegen, und mangels besserer Ideen hatte er das dann eben gemacht.

Und ob man es glaubt oder nicht, fünf Jahre später schleifte sie ihn am Ohr zu Shell – war das nett? War das fürsorglich?

Ja. Durchaus. Sie hatte ihn jahrelang jede Woche angerufen, zahllose Telefongespräche, über die er sich gefreut hatte, vor allem zu Anfang, als er noch nicht lange auf dem Campus wohnte; sie konnten über vieles reden, übers Studieren im Vergleich zu einem Musikerdasein, über frühere Zeiten in Venlo, über Dolf und Ulrike. Auch Tosca war entwurzelt, auch sie vermisste ihren Vater, auch sie hatte das Nachsehen, jetzt, da Ulrike und Dolf zehn Monate im Jahr um die Welt reisen. Aber vielleicht weil Tosca nie einen Freund hatte oder zu haben schien, vielleicht weil sie einander aus den unbefleckten Jahren kannten, vielleicht aber auch nur, weil sie beide so prüde waren wie die Pflastersteine auf dem Nolensplein, sprachen sie nie über das, was ihn am meisten umtrieb.

Meine Eier, Tosca.

Gerade seine Eier hatten ihm keinerlei Dienste erwiesen, weder in Roermond noch in Enschede. Auf dem Luzac war er inmitten von reichen, wilden, zügellosen Mädchen gelandet, durchgefütterten, trotz all der Privatschulgeldkoffer immer noch nichtsnutzigen Partygirls, die ihn ausnahmslos sehr nett zu finden schienen – das war die gute Nachricht, offenbar hatte er Honig am Hintern; den habe Ha gehabt, sagte seine Mutter, wenn Ludwig sie fragte, warum sie mit seinem Vater zusammen gewesen sei, obwohl sie ihn so blöd gefunden habe.

«Manche Männer haben eben Honig am Arsch, mein Schatz. Aus unerfindlichen Gründen laufen ihnen ständig Mädchen hinterher.»

Leider grübelte er in jenem Luzac-Jahr recht häufig über eine andere Redensart nach, die er mit seinem Erzeuger in Verbindung brachte: «vor dem Singen raus aus der Kirche», jene Sexualtechnik, die Ha angeblich praktiziert hatte, wohlgemerkt der Ursprung von Ludwigs Existenz, und über deren Etymologie er vor so langer Zeit in Otmars Sprichwörterlexikon nachgeforscht hatte. Die Frage, die ihn neuerdings quälte, war die, wie es sich mit dieser Methode im Vergleich zu seinem eigenen ... *Gemurkse* wohl verhielt. Schon während der Einführungswoche am Luzac, sie waren in einer Gruppe von fünfzig Leuten eine Woche zum Wandern, Klettern, Abseilen, Mountainbiken, Singen, Quatschen, Necken und Flirten in den Ardennen, musste er sich diese peinliche Frage stellen.

Nach einem endlosen *hike* legte sich eines Abends am Lagerfeuer das blondeste und wildeste Partygirl der drei Klassen quer auf seinen Schoß. Xan hieß sie. Xan war die fleischgewordene Keckheit, erfahren und gefährlich zugleich. Eigentlich hatte sie etwas mit Floris Jan Bovelander, einem, wie Ludwig erfuhr, bekannten Hockeyspieler, von dem er zum Glück nie zuvor gehört hatte. «Was wird Bum-Bum hierzu sagen?», fragte eine ihrer

Freundinnen. Was für ein unheilverkündender Spitzname, Bum-Bum, auch für sie selbst, doch Xan ließ das vollkommen kalt – «Floppie ist in Pakistan», erwiderte sie, was ihn sofort beruhigte, nicht zuletzt wegen des völlig anders gearteten Spitznamens.

Doch was ihm im Anschluss *wirklich* Sorgen machte, war das: Sie hatten einander noch nicht einmal geküsst, und doch war er allein vom Gewicht ihres Rückens auf seinem Schoß, von dem herrlichen Duft, der von Xans Angorapullover und ihrem Hals aufstieg, von dem blonden Hinterkopf, der intim und schwer in seiner Handfläche ruhte, Zeigefinger und Daumen wie ein zweites Gummiband um ihren Pferdeschwanz, umgeben von singenden und Gitarre spielenden Mitschülern gekommen.

Im Jahr darauf, in Enschede, trat er dem Tennisclub TC Ludica bei und blieb nach den Spielen lange genug im Clubhaus hängen, um schon nach ein paar Monaten gebeten zu werden, dem Festausschuss beizutreten, als Vorsitzender, wie er Tosca stolz am Telefon erzählte. Populärer als in seinem zweiten Jahr an der Tubantia University ist er nie mehr irgendwo gewesen; alle naslang hielt er, Füße auf der Theke, einem haselnussbraun lackierten Podium, Kopf knapp unter der Decke, vor dem kompletten Verein eine Rede, was ihm die unverschnittene Liebe aller Tennisröckchen einbrachte. Es wird wohl von alleine besser werden, dachte er da oben auf der Theke, doch leider wurde es von alleine schlechter. Er kam nicht einmal richtig *rein* in die Kirche. Obwohl er nach zwanzig Bieren durchaus zum Eindringen in der Lage war, fing er sogar im volltrunkenen Zustand nach drei, vier beklommenen Stößen lauthals an zu psalmodieren – Gott, wie hasste er diese Bildersprache, wie hasste er sein ganzes Leben zu jener Zeit. Er erinnert sich an ein Tennisröckchen, das während eines Turniers zu ihm ins Zelt kroch und mitten in der Nacht feststellte, vielmehr schrie, dass er sich in die Hose gepisst habe. Er hatte sie in dem Glauben gelassen.

Er nimmt das Geschenk in die Hand. Am Anfang ihrer Beziehung hatte Juliette ihm einen anderen Ratgeber geschenkt, und darüber war er im Nachhinein doch froh gewesen. Nach einigen Monaten wechselseitigen Herumgestümpers zwischen den Laken gab sie ihm etwas zum Auspacken, das, ungelogen, *Human Sexual Inadequacy* hieß. Das Buch steckte in ebenso vornehmem Geschenkpapier, diesmal von de Vries in Haarlem – es sei ein Geschenk für sie beide, beeilte sie sich zu sagen. Dennoch war er pikiert, denn sie trampelte ihm mit einem Buch, das den Titel *Human Sexual Inadequacy* hatte, auf der Seele herum; war das in ihren Augen kein dämliches Geschenk, ein Buch für sexuell Gehandicapte?

Kurz schaut er zu Sack Pork hinüber, dann wieder nach draußen. Harte, ins Schwarze treffende Schläge waren es, die One-Night-Stands in seiner Tubantiazeit, Hammerschläge, die das Selbstwertgefühl des Jungen vom anderen Stern wie einen Zelthering in den Campusboden trieben. Er stammte wirklich vom Planeten Quadris, er hatte Testikel, die für die Erde zu empfindsam waren. Zweiundzwanzig Jahre alt und Angst vor Sex, Angst, verführt zu werden, Angst, dass in allen Studentinnen-Debattierclubs, die es an der Tubantia gab, bekannt werden würde, dass Ludwig Smit schneller zum Orgasmus kommen konnte als sein Schatten.

104 Dann wollen wir uns mal mit offenem Visier der *Gewaltfreien Kommunikation* zuwenden. Zack schaut stirnrunzelnd auf Ludwigs Schoß, noch ehe dieser zu blättern beginnt. Der Texaner scheint ihm nicht der Typ für Selbsthilfebücher zu sein, weder über Kommunikation noch über Orgasmen in Lichtgeschwindigkeit; Zack scheint zum Typ *mens sana in corpore sano* zu gehören, ausgeruht und von empörend einnehmendem Wesen, für das sowohl *college deans* als auch Schwiegerväter und Baseballtrainer empfänglich sind, genauso wie die sechzig bis siebzig jungen und weniger jungen Frauen, denen er es nach allen Regeln der Kunst besorgt hat, übrigens ohne großes Aufhebens darum zu machen, im Gegenteil: Zack ist zugleich ein Gentleman, der ein indigniertes Hüsteln von sich gibt, wenn auf einer Geburtstagsparty offen über Sex geredet wird.

Im Innenteil sieht *Gewaltfreie Kommunikation* wie ein Lehrbuch aus: kurze, nummerierte Abschnitte, schraffierte Kästchen, die vorläufige Schlussfolgerungen enthalten, Aufzählungen mit Blickfangpunkten. Am Schluss eines jeden Kapitels eine Zusammenfassung. Danach: Übungsmaterial, um selbst zu lernen, wie man gewaltfrei kommuniziert. Er liest: «Unterscheide zwischen einem Geben, das von Herzen geschieht, und einem Geben aus einem Schuldgefühl heraus.» Und: «Mitleid: Uns ganz leer machen und mit unserem ganzen Wesen lauschen.» «Die Ursache für unsere Wut besteht in unserem verurteilenden und beschuldigenden Denken.» «Bitte den anderen, in seinen eigenen Worten wiederzugeben, was wir gesagt haben, damit wir sicher sein können, dass unsere Botschaft richtig angekommen ist.»

Er späht eine Weile dem Elch über die Schulter, dann klappt er das tiefblaue Taschenbuch zu, dreht es um und liest ein paar Sätze aus einem werbenden Zitat: «Dieses Buch ist wichtig für alle, die den fruchtlos sich im Kreise drehenden Streitereien in ihrer Beziehung ein Ende bereiten wollen. Marshall B. Rosenberg zeigt eine radikale Alternative –»

An der Tür des Lada befindet sich eine altmodische Kurbel, sehr schnell dreht Ludwig das Seitenfenster vierzig Zentimeter nach unten. Mit einem kräftigen Schwung wirft er das Buch hinaus, der stürmische Wirbel erfasst es und spreizt die Buchdeckel auseinander; bevor *Gewaltfreie Kommunikation* in der Böschung aufschlägt, ist es für einen Moment ein Vogel.

Knox Polk starrt ihn erstaunt an. «Hast du da gerade das Buch aus dem Fenster geworfen?», fragt er mit weit aufgerissenen Augen.

«Ja», sagt Ludwig und kurbelt das Fenster rasch wieder hoch.

«Warum?»

«Ich hatte Lust dazu.»

Der Texaner nickt stirnrunzelnd.

Der Gegenverkehr auf der linken Fahrbahn rauscht gefährlich nahe vorüber – er spürt den Sog am Taxi. Zack schaut ihn weiterhin mit bohrendem Blick an, als hätte er ein Recht auf eine nähere Erklärung, doch die bekommt er nicht.

Das letzte Stück fahren sie als siebentes Auto in einer Kolonne hinter einem Sattelzug, dessen Planen flattern. Heftige Böen zerren am Lada, ein endloses Pfeifen, das Zack als «Winterburan» bezeichnet. Selten hat Ludwig das Wetter so schnell umschlagen sehen.

Eine durchgezogene gelbe Linie teilt den löchrigen Asphalt

in zwei Fahrbahnen, trotzdem versuchen die vorderen Wagen zu überholen. Ein paar Sekunden Geisterfahrt, auf eine Gelegenheit lauernd, dann wieder einscheren in die Kolonne wie ein geprügelter Hund. Das Ganze kommt Ludwig vor wie eine Metapher für die Knute, unter der er bei Juliette steht. Eine Situation, an der er selbst schuld ist, das gibt er zu. Immer schön ehrlich sein.

Dir liegt etwas an ihren dezidierten Ansichten, sagte er zu sich selbst in der Aberdeen-Zeit, ihr hartnäckiges Nachfragen ist dir wichtig, ihr Interesse für Arthousefilme und das Wandern in der Natur, ihre Selbständigkeit, kurzum: ihre feinen Charakterzüge. So besonders hübsch fand er sie nämlich gar nicht. Sie mochte sich kleiden wie die Baroness von Aersch zu Fuchsbau, aber ohne ihre Ketten, Schals und Bustiers sah sie nicht sonderlich schön aus – das bemerkte er erst, als sie krebsrot aus seiner Dusche kam: spitze Öhrchen, ein bemerkenswert schlanker, schmaler Oberkörper, ein winziger Busen, den man nur bei klarem Wetter sehen konnte, das ein wenig magere Gesicht beleidigt, wenn es im Ruhezustand war. Die Wahrheit ist, dass sein starker Wunsch, sie zu erobern, sich einer einzigen beiläufigen Bemerkung verdankte, die sie im Bus gemacht hatte. Wie es sich genau zugetragen hat, weiß er nicht mehr, doch kurz bevor sie in Voorschoten aussteigen musste, hatte sie gesagt: «Wenn ich ehrlich bin, dann mache ich mir nicht viel aus Sex.»

In den Tagen danach karambolierten die Worte durch seinen Kopf, *wenn ich ehrlich bin, dann mache ich mir nicht viel aus Sex, wenn ich ehrlich bin, dann mache ich mir nicht viel aus Sex* – während er in der Firmenkantine sein Butterbrot mit Kalbfleischkrokette aß, abends bei der Talkshow *Barend & Van Dorp* und ganz besonders, während er den Human-Resources-Leuten gegenübersaß und darüber faselte, was er hier und da über Shell in Aberdeen gehört hatte: dass die Oil Capital of Europe die besten Tage hinter sich habe, dass ein ambitionierter junger Mann besser nach Oman oder nach Brunei gehen sollte und dass er das Angebot darum lieber ausschlage – halbherziges Geschwätz, das vom Fußvolk mit bedächtigem Nicken kommentiert wurde.

Wenn ich ehrlich bin, mache ich mir nicht viel aus Sex.

Er hatte gar keine Wahl: Juliette Stutvoet war genau die Frau, die er brauchte. Eine Verlobte, auf deren Beipackzettel stand, dass sie nicht unbedingt sexuelle Lust verspürte. Eine Verlobte, die das Gewese um Durchschnittswerte nicht recht verstand, der das grobschlächtige Schwitzen und Stöhnen auf ihrem erstarrten nackten Körper eigentlich immer zu lange dauerte, eine Verlobte, die über seine transpirierende Schulter hinweg auf dem Radiowecker die Minuten zählte. Eine Verlobte, der er, wenn sie an ihrem Spinnrad saß, Brennnesseltee mit einem Keks brachte und versprechen konnte, dass alles schon werden würde, es habe keine Eile, wir nehmen uns eben ein bisschen Zeit, und denk einfach daran, dass ich selbst auch nicht Sir Lance A Lot bin, dein Ritter vom runden Küchentisch – Letzteres sagte er natürlich nicht, er hatte nicht vor, das Thema anzuschneiden, sogar Juliette gegenüber spielte er in der ersten Zeit heile Welt. Er bekam sie einfach nicht über die Lippen, die beiden lateinischen Wörter, die in der medizinischen Literatur seine sexuelle Superkraft bezeichnen und die er eines verfluchten Morgens, lange bevor er Wikipedia entdeckte, im feuchtkalten Winkel der Universitätsbibliothek gefunden hatte, wo die medizinischen Enzyklopädien standen. Ja, ich will dich – *das* sagte er zu Juliette, und hätte sie von Radjesh auch ein siamesisches Zwillingspaar gehabt.

DIE SCHNECKE MIT DEM AUFLIEGER biegt ab, sie fahren eine langgezogene Kurve in westliche Richtung (allerdings denkt er das immer, wenn es nach links geht). Auf beiden Seiten wird der

Baumbestand dünner; beinahe im selben Moment taucht der kleine Flughafen von Juschno-Sachalinsk auf. Zu ihrer Linken erstreckt sich eine gelbliche Heidelandschaft, über die sich haushohe Windhosen schieben, die schmalen Zufahrtswege werden von beweglichem, ionisierendem Schneestaub okkupiert.

«Prächtiges Flugwetter», sagt Zack.

Der Elch reißt das Lenkrad unerwartet herum und fährt auf den Parkplatz vor dem Hauptgebäude, einem schuppenartigen Schuhkarton, in dem man nicht das logistische Herz mit den Terminals vermuten würde, sondern eine bis zur Decke aufgeschüttete Kartoffelernte oder so was. Lange, bodennahe Böen treiben Unrat vor sich her – Zweige, Plastiktüten, Müll.

Sie steigen aus; der Elch eilt um seinen Lada herum und hebt ihr Gepäck aus dem Kofferraum. Vor der Abflughalle herrscht ein ziemlicher Betrieb, Autotüren schwingen auf und werden zugeworfen, lautes Rufen und das Geräusch von Kofferrollen, dick eingepackte Reisende gehen durch die beiden Drehtüren ins Gebäude, andere verlassen es aber auch. Mit hochgezogenen Schultern, das Kinn so tief wie möglich im Kragen versteckt, abgetaucht vor dem eiskalten Wind, der seine Wangen und Stirn schmirgelt, steht Ludwig mit seinem Gepäck bereit – und wartet, genau gesagt. Er muss dringend pinkeln gehen, wegen der Kälte, wegen der aufkommenden Flugangst. Gerade als er losgehen will, ruft Knox Polk, er solle ihm folgen, und stiefelt mit großen Schritten in Richtung des nächstgelegenen Eingangs, den Rollkoffer holpernd hinter sich her ziehend. Langsam, mein Freund, oder hast du es etwa eilig.

Für einen Flughafen ist der nur spärlich eingerichtete Schuppen klein und niedrig, schlichter noch, als er es von seiner Ankunft her in Erinnerung hat; erst jetzt fällt ihm auf, dass Abflug und Ankunft im gleichen Raum stattfinden. Die Anatomie des Flughafens von Juschno ist die eines einzelligen Organismus, zwischen Eingang und Ausgang gibt es fast nichts, keinen Duty-free-Bereich, keine U-Bahn- oder Straßenbahnstation; wer von der zur Stadt hin gelegenen Seite über die Schwelle tritt, darf sofort seinen Gürtel und das Schlüsselbund aufs Band legen.

Kann er sich vorher irgendwo erleichtern? Er sucht die Wände ab, rechts, hinter zwei Gepäckbändern, auf denen Koffer wiedergeboren werden, entdeckt er Toiletten. Ohne Zack Bescheid zu sagen, biegt er ab, den breiten Rücken des Texaners in den Augenwinkeln; zusammen mit einer Handvoll Passagiere drängelt der sich um einen Mützenmann in gurkengrüner Uniform. «Auf Nimmerwiedersehen», flüstert Ludwig.

An den Gepäckbändern sammeln sich Reisende, die durch eine breite, industriell wirkende Tür aus verbeultem Stahl in die Halle strömen, manchmal geht sie von alleine auf. Um zu den Toiletten zu gelangen, muss er um die an den Bändern wartenden Menschen einen Bogen machen, größtenteils Roughnecks, die, wie er vermutet, den Nachtzug zu den im Norden gelegenen Bohrinseln nehmen werden. Ein laut tönender Lautsprecher macht Ansagen in einem schwerfälligen Russisch-Englisch. Sein Blick bleibt an einem asiatischen Frauengesicht hängen, das von einer pelzgefütterten Kapuze eingerahmt ist. Die Frau steht auf der gegenüberliegenden Seite, gleich bei der Koffermündung, etwa zehn Meter von ihm entfernt. Dennoch erkennt er sie sofort, tief in seinen Handschuhen werden seine Hände klamm. Isabelle – sie ist es. Isabelle … Isabelle …

Absinth.

Vor lauter Bestürzung kommt er nicht auf ihren Nachnamen. Er macht ein paar Schritte und schaut noch einmal kurz in ihre Richtung, nun mehr *en face* – ja, sie ist es auch von vorne, mehr noch als vorhin sogar: Trotz des dicken Mantels und der Uggs stimmen ihre Proportionen mit denen in seiner Erinnerung überein: klein, kompakt, aber nicht gedrungen, eher federleicht und wendig. Das symmetrische Gesicht, aus dem nichts zu viel herausragt – selbst umhüllt von einer Kapuze ist es leicht zu erkennen. *Was macht sie hier?*

Zu seiner Erleichterung sieht sie ihn nicht, sie richtet ihre asiatischen Augen auf die rotierenden Gummischuppen. Den Blick gesenkt, auf den weiß gestrichenen Beton unter seinen Füßen starrend, geht er weiter, fest entschlossen, sie nicht zu grüßen. Vielleicht danach? Wenn er sich auf der Toilette etwas erholt hat? Bestimmt steht sie da noch eine Weile. Unglaublich, die Grüne Fee, ausgerechnet hier. Nach all den Jahren.

Die beiden Toilettenkabinen sind besetzt. Isabelle … denkt er beim Entleeren seiner Blase, Isabelle, mein Gott, wie hieß sie nur weiter? Irgendwas mit vielen Vokalen … Und wann hat er sie das letzte Mal gesehen? Enschede, vor zehn, zwölf Jahren: an dem Wintermorgen, an dem sie mit dem babyblauen Twingo ihrer Mutter ihre Sachen abtransportiert hat. Wie oft hatte er danach, wenn er in Enschede über den Campus zum Seminar ging, auf der Terrasse vor dem Vrijhof ein Bier trank, am Oude Markt Saté mit Krabbenbrot aß, Ausschau nach ihr gehalten, eher ängstlich als hoffnungsvoll? Wohl hatte er sich nie wieder gefühlt, nachdem sie ihren Krempel gepackt hatte.

Orthel.

Natürlich, so hieß sie. Es muss am Schreck liegen. Isabelle Orthel, monatelang beherrschte der Name sein Denken, so präsent war sie in seinem Leben. Ausgeschlossen, dass sie für Shell arbeitet – sie wird hier sein, um darüber zu schreiben, sie ist Journalistin, Journalisten bohren nach anderen Dingen. Nach den Strapazen seines Stiefbruders etwa. Einmal noch hatte sie ihn angerufen, inzwischen auch schon Jahre her, er wohnte bereits in Leiden. Auch sie hatte ihr Studium abgeschlossen, in recht kurzer Zeit, sie arbeite für das *NRC Handelsblad*, sagte sie, und schreibe an einem Artikel über den unglaublichen Erfolg von Dolf Appelqvist. Sie habe seinen Bruder – «Stiefbruder», korrigierte er – nach Ludwigs Erzählungen in Enschede weiter im Auge behalten, er werde ja immer berühmter und bemerkenswerter, und nun halte sie die Zeit für reif für «ein großes Porträt in einer guten Zeitung» – buchstäblich in diesem Wortlaut und in dem munteren, kristallklaren Ton, mit dem sie schon des Öfteren Risse in sein Selbstvertrauen gesungen hatte. Ob er ihr Appelqvists Adresse geben könne? Und auch die seines Managers? «Du meinst, meiner Mutter.» «Ja, bitte.»

Informationen zu seinem Flug nach Moskau werden ausgerufen. Beginnt das Boarding?

Was für ein gruseliger Zufall, dass sie genau jetzt hier ist – auch wenn sie einander nicht wirklich begegnen. Die Vorstellung, sie anzusprechen, macht ihn sofort nervös. Der Zusammenhang ist im Übrigen logisch, fällt ihm ein: Sie arbeitet inzwischen an englischsprachigen Büchern mit und schreibt Reportagen für den *Guardian* und die *Financial Times*, von Moskau aus, wie er meint, sich zu erinnern. Artikel über Armut und Reichtum in Russland, über Tschetschenien, über die neuen Oligarchen, über Gazprom, über Roman Abramowitsch. Mannomann, hatte er damals gedacht. Diese Isabelle. Verkehrt in der Gesellschaft von Ölmilliardären. Schreibt für die besten Zeitungen der Welt. Was früher bereits in Enschede passiert war, wenn er über sie nachgedacht hatte, passierte erneut: In seinem Bewusstsein tat sich eine klaffende Weite auf, und für einen Moment verließ er die Sumpfböden seines eigenen Lebens und sah sich über Isabelles farbenprächtige Korallen schwimmen.

Das Wasser aus dem Hahn müsste eiskalt sein, aber es fühlt sich an seinen Händen lauwarm an: Sie sind unterkühlt, trotz der Handschuhe. Über seinen etwas zu dichten Stoppelbart reibend, betrachtet er sich, natürlich mit Isabelles Augen. In Enschede rasierte er sich noch; er sieht besser aus als damals, findet er. Ausgerechnet Absinthchen hatte ihn auf den Bart gebracht. Doch das weiß sie nicht.

Er trödelt noch eine zusätzliche Minute, bevor er sich traut, die Tür zu öffnen. Als er seinen Rollkoffer in die laute Halle zieht, suchen seine Augen nach Isabelles kleiner Gestalt. Sie ist verschwunden, stellt er fest – und sieht dann zu seinem Schrecken, dass sie um das Gepäckband herumgegangen ist und nur zwei Meter von ihm entfernt einen kleinen Koffer vom Band nimmt. Er dreht sich um, einhundertachtzig Grad um die eigene Achse, das Gesicht zur blinden Mauer hin. Geräusche dringen an sein Ohr, die darauf hindeuten, dass sie den Koffer auf die Räder stellt und damit weggeht. Er zählt bis fünf, ehe er sich vorsichtig umdreht. Leb wohl, denkt er erleichtert, während sie sich von ihm wegbewegt. Zugleich empfindet er Bedauern. Er hätte sie ansprechen sollen, welch eine Gelegenheit, aber anstatt ihr doch noch hinterherzulaufen, wartet er feige, bis sie ein Stück gegangen und er in sicherer Entfernung ist, und macht sich erst dann auf zum Check-in-Bereich.

Auch über die Interviews mit Dolf und Ulrike hatten sie nie wieder gesprochen, was eigentlich schade und nicht ganz fair von ihr war. Er war es ja gewesen, der sie auf Dolf aufmerksam gemacht hatte. Auf dem Campus hatten sie sich immer wieder über die Familie unterhalten, in der er aufgewachsen war, darüber, wie er sie erlebt hatte, seine Jugend inmitten von Kinderstars. Obwohl sie immerhin zusammen in einer Wohngemeinschaft gelebt hatten, ja obwohl es immerhin seine Familie war, traute er sich nicht, sie anzurufen. Vor den Eincheckschaltern stehen lange, ungeordnete Reihen. Zack kann er in der Eile nirgendwo entdecken, worüber er froh ist.

Den ersten Artikel, den im *NRC*, hatte er gleich gelesen, eigentlich kein Interview, sondern ein Porträt: Dolf Appelqvist, der aufsässige, extravagante Weltstar, der sich immer mehr Feinde machte. Der Klaviervirtuose, der immer widerspenstiger wurde und nicht nur auf der Bühne launisch war, der zu spät oder gar nicht zu Konzerten erschien, der angekündigte Stücke spontan durch andere ersetzte, der aber erstaunlicherweise weiterhin zur Weltspitze gehörte und von Kennern in *Gramophone* Jahr für Jahr zum besten Pianisten seiner Generation gekürt wurde. Verständlich, dass Isabelle ihren Artikel aus beschönigenden *und* gnadenlos kritischen Statements von Stars der klassischen Musik über Dolfs Wesensart montiert hatte – Leute wie Chailly und Lorin Maazel kamen zu Wort, Dolfs Rivale Jewgeni Kissin, Bernard Haitink, auch an Maarten 't Hart meint er sich zu erinnern. Leute aus Dolfs unmittelbarer Umgebung: sein Lehrer Jan Wijn, Tosca, ein Mitschüler aus der Zeit am Konservatorium sowie Martha Argerich, mit der Dolf gerade Mozarts Doppelkonzerte auf CD eingespielt hatte, worüber Ulrike pausenlos schwärmte – wen hatte Isabelle eigentlich nicht interviewt?

Ihn. Was ihn geärgert hatte, ja. Er hatte ihr verdammt noch mal die Kontaktdaten gegeben. Wenn jemand die kleine Qualle durch und durch kannte, dann er. Er hätte ihr allerlei Anekdoten erzählen können, Details, die sie ihm in Enschede nicht hatte entlocken können. Die einzige Erklärung, die ihm einfiel, war, dass sie ihn noch immer verachtete, was er an sich verstand, aber warum hatte sie ihn dann um die Kontaktdaten gebeten? Wahrscheinlich aus demselben Grund.

Vom zweiten Artikel las er nur den Anfang, den er erst Monate nach der Veröffentlichung hinter der Paywall einer englischen Zeitung auftauchen sah, des *Telegraph* möglicherweise oder der *Financial Times*. Der Ton war anders, skeptischer, implizit spöttisch – sie hatte Dolf in Bonn besucht und an einem der berühmten Essen auf dem Dachboden des Beethoven-Hauses teilgenommen, zu denen Juliette und er noch nie eingeladen worden waren. Eine seltsame Vorstellung, dass Isabelle mit am

Tisch gesessen hatte. Es muss ein guter Artikel gewesen sein: Seine Mutter hatte darüber kein Wort verloren.

DER FLUGBETRIEB ist eingestellt worden. Schneesturm, *blizzard*, das Wort tönt durch die Halle, als stünde die Pest vor der Tür. Zu starten wäre unverantwortlich, wie er den Durchsagen entnimmt. Der Form halber ist er verärgert und enttäuscht, doch schon bald nimmt seine Flugangst es dankbar hin. Gute Entscheidung, vollkommen unrussisch, obwohl so viel Vorsicht natürlich auch bedeutet, dass es schnell zu erreichende Untergrenzen in Bezug auf die Sicherheit der Flotte gibt. Eine Schneeflocke, und die Tupolews bleiben mit blasser Nase am Boden.

Läuft es nun auf stundenlanges Warten in diesem Kartoffelschuppen hinaus? Oder auf doch noch was mit Isabelle? Anscheinend nicht, die Schlangen vor den Schaltern zerfallen wie Schmorfleisch, alle streben jetzt in die gleiche Richtung wie sie: nach draußen, raus aus der Halle, rein in ein Auto. Er sieht, wie Bodenpersonal in dicken Mänteln Sackkarren mit bereits aufgegebenem Gepäck durch breite Kunststofflamellen in die Halle schieben; Reisende eilen dorthin wie Enten zum Brot.

«Wenn wir schlau sind, teilen wir uns ein Taxi», hört er jemanden sagen. Zack, natürlich, er hat sich ihm auf leisen Sohlen von hinten genähert, sein Fjord auf Spuckdistanz von Ludwigs Ohr. «Gleich gibt es ein Riesengedränge, ich habe keine Lust, lange zu warten. Wir werden um ein Hotelzimmer kämpfen müssen. Los, komm.» Der Jungspund gleitet an ihm vorüber, sein Rollhündchen folgt ihm artig. Ludwig bleibt stehen: Auf halbem Weg hockt, wie er mit erhöhtem Herzschlag bemerkt, Isabelle in der Halle und verstaut etwas in ihrem Koffer.

Langsam geht er auf den Ausgang zu, eine Drehtür, die ebenso gut die eines Warenhauses sein könnte. Ein lautes Heulen dringt an sein Ohr, Flugzeuglärm, denkt er zunächst, aber es ist der Wind, der an der Halle zerrt. Aus dem linken Augenwinkel beobachtet er Isabelle, die aufgestanden ist und nun zwischen ihm und Zack der Drehtür zustrebt. Er behält sie weiterhin im Auge, verlangsamt seine Schritte noch mehr. Absinthchen bei der Chasse patate. Wie lange hatte er Zugang zu ihr im Entstehen begriffenen Korallen? Ein halbes Jahr, höchstens, mehr kann es nicht gewesen sein. Monatelang hatten sie etwa zweimal die Woche zusammen gegessen, am Tisch in der kleinen Küche, die sie sich teilten.

Isabelle schließt sich der Menschentraube vor dem Ausgang an, steht in der Nähe von Knox Polk. Der betrachtet sie vom Scheitel bis zur Sohle, wie Ludwig bemerkt. Auschecken, so nennt man das in Texas.

So unvergesslich Isabelle für ihn ist, so vergessenswert muss er für sie gewesen sein. Zu jener Zeit, als er sie kennenlernte, war er ihr nicht gewachsen. Aus dem Nichts landete sie als Untermieterin im Zimmer neben ihm, auf der obersten Wohnetage der Campuspyramide, die er sich mit Marco teilte, ihrem hochgelehrten Physikcousin, einem ziemlich langweiligen, maulfaulen Typ, der ein Stipendium am CERN in Genf erhalten hatte und ihm kurz vor seiner Abreise in die Schweiz mitteilte, dass seine Cousine, die im zweiten Jahr Betriebswirtschaft studierte, dringend eine Wohnung suchte. Beim Begräbnis des Großvaters hatte Marco ihr das Zimmer bereits angeboten, mehr oder weniger. Ob das ein Problem sei?

Mein Beileid. Und nein, nicht unbedingt. Wenn er sich recht erinnerte, kam Isabelle noch in derselben Woche in dem Studentenkomplex zwischen den Bäumen bei ihnen vorbei, Marcos überraschende Cousine. Marco war ein nicht gerade entgegenkommender, audiophiler Nerd aus Zeeland, um einiges rotblonder und grobknochiger als Ludwig, mit einem permanent säuerlichen Hiobsgesicht. Auf jeden Fall stellte Ludwig sich unter einer Frau aus demselben Genpool etwas vollkommen anderes vor, etwas Sommersprossiges und Schwerbusiges mit dickem, widerspenstigem Haar. Doch was mit einem eleganten Hüpfer auf der Arbeitsplatte an der Spüle Platz nahm, hätte evolutionär nicht weiter von Marco entfernt sein können: eine perfekt proportionierte, strahlende thailändische Adoptivcousine, die unter anderem deswegen einen so überwältigenden Eindruck auf Ludwig machte, weil ihr fernöstliches Aussehen mit etwas ausgesprochen Westlichem einherging; Marcos Cousine hatte nicht nur einen ausgeprägten urholländischen Akzent, sondern er hatte auch sofort den Eindruck, dass sie umfassender und eigenständiger über die Welt nachdachte als der durchschnittliche Campusbewohner. Schon in jener ersten Stunde, in der sie sich vor allem an ihn wandte und kaum an Marco, gab sie alle möglichen Meinungen zum Besten: darüber, dass die Bombardements der NATO im Kosovo längst nicht so übel seien, wie alle meinten, über den dämlichen Isolationismus der Schweizer, mit dem Marco es demnächst zu tun bekommen werde, über die etwas verschlafene Studentenstadt Enschede, deren Charakter man schon daran erkenne, dass alle Studentenverbindungen in einem einzigen Gebäude untergebracht seien, was in den großen, klassischen Universitätsstädten «vollkommen undenkbar» wäre, und darüber, dass sie, wenn ihre Mutter nicht vor Urzeiten am Institut für Chemietechnik gearbeitet hätte, nie auf die Idee gekommen wäre, sich an der Tubantia einzuschreiben. «Du studierst doch auch Chemietechnik, äh …»

«Ludwig.»

«Cooler Name.»

«Danke. Und du hast einen coolen Anhänger.»

Sie schaute schweigend an sich herunter, auf das ungewöhnliche Schmuckstück, das zwischen ihren bescheidenen Brüsten hing: ein bronzenes Blatt, dessen Adern kunstvoll ausgespart waren und dessen Stiel sich wie eine Girlande um die schwarzlederne Halsschnur wand.

Ebendieses Mädchen, inzwischen eine junge Frau, schiebt sich aus der Ankunftshalle, er folgt ihr vier Rücken dahinter, doch sobald er in den Sturm tritt, hat er sie aus den Augen verloren. Dafür sieht er Zack, leider; der brüllt aus zehn Metern Entfernung seinen Vornamen, immer noch mit der Absicht, sich mit Ludwig ein Taxi zu teilen. Eine Atmosphäre umgibt sie, die definitiv zu wüten begonnen hat, Sturmböen bürsten die Erdkruste, alles ist in Bewegung, die Kälte ist gewaltig, die Stimmung panisch. Von in einer Reihe stehenden Taxis kann keine Rede sein, es gibt nur eine zufällig herbeigeeilte Horde knurrender Motoren und schlagender Türen. Er hat Lust, einfach an Knox Polk vorbeizugehen und sich in den erstbesten Wagen zu setzen. Dennoch geht er, vor Kälte aufstöhnend, die Stufen hinunter zu dem Texaner, der verrückterweise schon wieder telefoniert.

«Organisier uns so einen SUV, ja?»

«Okay», brüllt Ludwig diensteifrig. Wo ist Isabelle? Er verspürt ein nervöses Bedürfnis, einen kurzen Blick auf sie zu werfen – und zugleich fürchtet er sich davor, von ihr entdeckt zu werden. *Er will sehen, dass sie ihn nicht entdeckt hat.*

«Es ist nicht das, was wir wollen», hört er Zack ins Telefon rufen. Vor ihrer Nase kapern vier Roughnecks ein Taxi. Auch das ist nicht das, was Zack will: Plötzlich sind alle SUVs in ihrer Nähe besetzt. Mit einem irritierten Gesichtsausdruck winkt der Texaner einem Kleinwagen, der beunruhigend schnell angefahren kommt; die Fahrertür öffnet sich sogleich. Ein Mann in einer dünnen Trainingsjacke von Spartak Moskau steigt aus und nimmt ihre Koffer. Ludwig zwängt sich auf den Rücksitz, sodass Zack vorne sitzen kann. Kurz schaut er auf den leeren Platz neben sich. Warum sitzt Isabelle nicht hier? Warum hast du nicht hallo gesagt? Warum bist du so feige?

103 Isabelle wohnte bereits eine Weile in Marcos Zimmer, als Ludwig jemanden aus dem Tennisverein Ludica zu Besuch hatte, einen lautstarken Corpsstudenten, mit dem er, weil sie gemeinsam eine Silvesterparty organisieren sollten, am kleinen Küchentisch hockte und Eier mit Speck aß. Isabelle kam, bereits im Mantel, aus ihrem Zimmer und fing hinter ihrem Rücken damit an, in dem fleischfressenden Sperrmüllsessel nach ihren Handschuhen zu suchen. Nach einem wenig geschmeidigen Small Talk, bestraft mit einem verhaltenen «Tschühüs» und dem Knall, mit dem sie die feuersichere Wohnungstür hinter sich zuzog, bevor sie, Abenteuern entgegen, die größer waren, als sie beide sie jemals erleben würden, die Treppe hinunterging, reagierte der Corpsstudent auf eine Weise, die Ludwig typisch fand für eine technische Universität, an der es vor Kerlen mit Samenstau nur so wimmelte: Er gab ein lippenleckendes Schlürfen von sich, sagte, «Mann, so ein rattenscharfes Gerät», die «China», wie heiße die eigentlich? Und ob Ludwig bemerkt habe, wie diese «Isabelle» zu ihm hinübergespäht habe? Er beglückwünschte ihn, er habe gar nicht gewusst, dass es in Asien derartige Chinas gebe, er gehe davon aus, dass er zumindest schon mit ihr geknutscht habe? «Na? Idiot?»

Ich sollte ihn umbringen, jetzt – mit Messer und Gabel. «Nein, noch nicht», erwiderte Ludwig dämlich, eingeschüchtert von den großmäuligen Corpsklischees, auf die er neidisch war und die er deshalb hasste. Sofort wurde ihm kondoliert; es sei betrüblich für Ludwig, ein solches «Klasseweib» hinter der Rigipswand zu haben, wenn es sonst nichts zu bumsen gebe, und ob er denn schon, fürs Wichsen, Guck- und Lauschlöcher gebohrt habe?

Lauter unlösbare Probleme; zunächst einmal war der Widerling viel zu hässlich für die Art von Witzen, die er machte, während Isabelle hübsch genug war, um ihretwegen zum Baumarkt zu radeln und eine Bohrmaschine zu kaufen. *Zu* hübsch? Nein, das nicht. Äußerlich stand er ihr in nichts nach, das hatte das Ekel eigentlich ganz richtig bemerkt. Hätte jemand Isabelle und ihn einander gegenübersitzen sehen, ein gefaltetes Stück Zeitung unter einem Tischbein, etwa wenn sie etwas vom Chinesen aßen, dann hätte derjenige denken können, dass sie ein Paar waren, das zusammenwohnte. In der Hinsicht verstand er den Corpsstudenten, von außen sah es tatsächlich so aus, als hätte Marco, gewollt oder ungewollt, Speck vor die Katze geworfen. Aber während der ersten Stunden, der ersten Tage, vielleicht auch noch während der ersten Wochen konnte man nicht sagen, wer der Speck und wer die Katze war. So fühlte es sich an, wenn sie sich unterhielten. Was er in solchen Momenten tief in sich einsog – Isabelle, auf einem Stuhl stehend, nackte Füße, Frotteeturnhose, «darf ich die Gläser hier hinstellen?» –, war ein betörendes, mohnartiges Sexualpheromon, und was er sah, waren schlanke Knöchel und die leicht gespreizten kleinen Zehen, auf denen sie stand und die die anderen Campustrottel nicht zu sehen bekamen. O ja, sie blieb seelenruhig in einem Hemdchen mit Spaghettiträgern und in French Knickers mit Spitzen vor der Badezimmertür stehen und wartete, wenn er vor dem Schlafengehen seine Zähne putzte. Und wenn er rauskam, erzählte sie ihm, gegen die Spüle gelehnt, sie habe in den kommenden Tagen sowohl Prüfungen als auch die Einführungswoche in ihrem Debattierclub, also mehr oder weniger gleichzeitig, und außerdem müsse sie am Wochenende noch zu einem Familientreffen – *fuck*, wo solle sie bloß die Zeit hernehmen? Oder etwas Schlüpfrigeres, etwa über eines ihrer Dates, mit Typen, die sie ihm mit einem Fingernagelticken auf Partyfotos zeigte, die sie mit Reißnägeln an ihrer gemeinsamen Pinnwand befestigt hatte, eine ziemlich verstörende Ansammlung von Jungs aus Delft und vom studentischen Ruderverein Euros, von denen er manche, wie er sich zu erinnern meinte, morgens flüchtig an ihrem Küchentisch gesehen hatte. Für einen neutralen Betrachter sahen die nicht besser aus als er, fand Ludwig.

Immer noch kein Schnee. Fetzen von Knox Polks Telefongespräch dringen zu ihm durch, der Ton ist aufgeregt, er spricht von «Zielgerichtetheit» und «eventuellem Vorsatz» und flucht ein paarmal. Während sie losfahren, lässt Ludwig den Blick über den Parkplatz schweifen in der Hoffnung, Isabelle doch noch hinter dem Fenster eines Taxis sitzen zu sehen.

«Wieder ins Gagarin?», fragt Zack, nach hinten schauend, die Hand auf dem Handy.

Ludwig nickt, unsicher, ob er über den gecancelten Flug froh oder enttäuscht sein soll. Er hatte wenig Lust, Juliette zu sehen, doch für Noa galt das Gegenteil. Der Texaner trägt dem Fahrer auf, zuerst Ludwig abzuliefern und anschließend zum Bahnhof zu fahren, wo er offenbar unbedingt hinmuss – «ich denke, dass es noch hinhauen könnte», hört er den Jungspund ins Telefon sagen. «Ich werde es auf jeden Fall versuchen.» Du schaffst das schon, Zack.

Die Kurve der schmalen, zweispurigen Straße liegt schon hinter ihnen, und sie fahren wieder durch die hohen, ruhelosen Nadelwälder von vorhin, nur ist jetzt die Dunkelheit bedrohlicher, radikaler. Auf geraden Strecken schaltet Spartak Moskau, der über dem Lenkrad hängt, als würde er die Straßenlage verbessern wollen, das Fernlicht ein. Besonders wohl fühlt Ludwig sich nicht, er muss sich beherrschen, damit er sich nicht einmischt.

«Pass doch auf!», ruft er, als der Fahrer ein Hinterrad rumpelnd über den Grünstreifen zieht; das Gepolter ist furchteinflößend, und erst nach heftigem Schlingern gelangt es zurück auf die Straße. Isabelle, schießt es ihm durch den Kopf. Säßest du doch bloß neben mir, wenn wir sowieso sterben müssen. Knox Polk schaut sich kurz um, breit grinsend. Ludwigs Angst beim Autofahren geht nach und nach in eine gar nicht mal so andersartige Verkrampftheit über, wie ein Schlitten gleitet er auf das Unbehagen von vor langer Zeit zu, in ihrer Campuspyramide, es sind verschiedene Ausformungen derselben Angst, die sich reimen, ein gemeinsamer Binnenreim erklingt. Es war nicht nur zäh gewesen, ihr Zusammenwohnen, es hatte sich auch eine deprimierende, absteigende Linie abgezeichnet. Offenbar konnte man sich von jemandem *entwöhnen*, sosehr Gewöhnung auch das Naheliegende war. Aug in Aug mit Isabelle war es ihm immer schwerer gefallen, an sein lakonisches Selbst heranzukommen. Wenn sie beide in ihren Zimmern gewesen waren, hatte er sie ständig auf dem Radar gehabt, ein roter Alarmpunkt, und er hatte eine leichte, Stress auslösende Furcht verspürt, diesem Punkt zu begegnen, vielleicht weil sie ihn anfangs offenbar ganz nett gefunden hatte.

Er fand sie verstörend. Und immer schöner – je tiefer er in seiner Unbeholfenheit versank, umso attraktiver schien sie zu werden, zugleich aber auch spöttischer und dadurch nur noch schärfer; ohne dabei übrigens das Geheimnisvolle zu verlieren, dafür war sie zu exotisch. Was er über das zeigefingergroße Ding an ihrem Hals dachte, dieses rätselhafte, gefiederähnlich verästelte bronzene Blatt, das sie keine Sekunde abnahm, genau das dachte er auch über sie. In der Küche hing über dem Tisch eine «Scoville-Skala»; der staubtrockene Marco hatte sie mitgebracht, ein paar Tage nach einer tragischen Pfanne Chili con Carne, in die sie eine Habanero-Schote geschnippelt hatten, die man ohne Sondergenehmigung im Supermarkt kaufen konnte: eine einzige gelbe Zwergpaprika zu den Bohnen, und sie konnten den gesamten Inhalt der Pfanne mit tränenden Augen und heftig schwitzend in den Mülleimer kippen. Auf dem Poster war eine riesige, graphisch gestaltete Paprika zu sehen, die wie ein Thermometer Sorten und Saucen nach Schärfegraden auflistete, ganz unten, an der grasgrünen Spitze der Paprika, ein gutmütiges, zahnloses Exemplar der Gemüsepaprika: eine Null auf der Skala, und von da an stieg das Quecksilber über mindestens dreißig Chiliarten exponentiell an, es ging Schlag auf Schlag, und die obersten Sorten namens Naga Viper und Carolina Reaper waren dreitausendmal so scharf wie das Sambal in den Tütchen, die man in dem Take-away «Jumbo» in der Maanstraat den Bestellungen beilegte. Neben die Skala hatten Marco und er Frauenköpfe geklebt, Cindy Crawford, Sascha de Boer, alle Spice Girls, Heidi Klum und ganz oben, an die Stelle, an die Isabelle Orthel gehörte, die Baywatch-Drillinge.

Eigentlich hatte er sie vom Moment eins an gewollt, natürlich, doch genau wie in den Momenten null und zwei passte es gerade besonders schlecht. Es lief beschissen mit den Eiern. Er hatte inzwischen solche Angst vor körperlicher Intimität, dass er auch bei normalem Small Talk innerhalb kürzester Zeit Rost ansetzte, und er wurde mit jeder Woche schneller rostig, ja im Prinzip war er bereits ein komplett oxidiertes Wrack, als er eine große Entscheidung traf, seinen höchstpersönlichen *one giant leap for mankind*: Er ging zum Campuspsychologen.

Und der nickte verständnisvoll. Ohne jede Spur von Hohn. Und überwies ihn zum Campusarzt, und auch der Campusarzt lachte nicht, obwohl er Ludwig fragte, ob dessen Orgasmen «paff» oder «wrrruuummm» machten, was Ludwig für eine merkwürdige Frage hielt, woraufhin der Arzt ungerührt erzählte, er selbst könne stundenlang Sex haben, ohne jemals zum Orgasmus zu kommen, und dazu machte er ein Gesicht, als wäre das auch ziemlich schlimm.

Disastrous.

Ludwig vernimmt das Wort dreimal. «*Contractors* sind schreckliche Menschen», hört er den Texaner sagen. «Mit Höchstgeschwindigkeit? Und einem Schwimmbad voller Rohöl in den Tanks? Was für ein Arschloch. … Wie viele Opfer?» Opfer – das Wort ergreift kurz vom Fahrgastraum Besitz, Zack schaut nach hinten –, ertappt, so hat es den Anschein, das Näschen dünkelhaft in die Höhe. Der wichtige Zack wird von irgendeinem Wichtigen über etwas Wichtiges informiert. Zehn zu eins, dass du gerade mit meinem Vater sprichst, du Cowboy. Während er weiterhin aufmerksam zuhört – es geht jetzt um eine *finance*-Delegation, die einen «namhaften Vertragspartner» aufsuchen soll, Zack scheint seine Worte absichtlich zu codieren, sie unterhalten sich über Datum und Zeitpunkt, zu dem die Delegation spätestens irgendwohin abreisen muss –, wird er sich bewusst, wie unüblich es bei Shell ist, strategisches Wissen mit Kollegen zu teilen, ein kontraproduktives Teile-und-herrsche-Prinzip, das, so hat er es irgendwo gelesen, die meisten multinationalen Konzerne im Würgegriff hat und Milliarden kostet, ein halbgares Wissen, das er seitdem gern bei einem Umtrunk zum Besten gibt. «Betriebe, in denen man einander systematisch über alles informiert», sagt er dann, ohne jemals selbst danach zu handeln oder auch nur zu wissen, ob es stimmt, «ja in denen wechselseitige Transparenz *belohnt* wird, sind erfolgreicher.»

Mit einem Mal ist die Luft weiß, Njord oder Thor schüttelt seinen Ranzen aus, das sofortige Prasseln auf dem dünnen Sowjetblech klingt im ersten Augenblick wie Hagel, doch es sind aufgepeitschte Schneeflocken. Bereits nach einer halben Minute verstummt das Reifenrauschen, die Welt rund um den Kleinwagen wird wattiert, er und der Texaner schauen schweigend hinaus. Sobald Zack den Mund hält, kann Ludwig sich durch den pfeifenden Wind hindurch atmen hören, ein leicht holperndes Geräusch. Da fahren sie nun.

Aus einer höheren Form von Ergebenheit heraus lässt er Schneesturm und Telefongespräch sein, was sie sind, und schließt die Augen. Seine erschöpften Sinnesorgane entspannen sich, seine Brust füllt sich mit kalter Luft und macht daraus lauen Atem, den er langsam in den Fahrgastraum bläst. Schuldbewusst erinnert er sich an ein Assessment, das er bei Shell absolvieren musste, nachdem er sich dort beworben hatte; sowohl aus dem Rollenspiel als auch aus dem psychologischen Test ging hervor, dass er «lethargisch» ist, ein Teammitglied, das unter großem Druck erlahmt und die Führung bereitwillig abgibt. Eine schmerzliche Wahrheit.

Wie im Traum gibt sein visuelles Gedächtnis die Bildarchive frei – und selbst mit den kleinen Klappen vor den Linsen geht die Vorstellung einfach weiter, auch wenn er sich mit Reprisen aus der Tubantiazeit begnügen muss: Er steigt mit gespitzten Ohren die von Jacken und Post fast verdeckte Treppe zur Wohnungstür hinauf, hinter der er Stimmen hört, heisere, ausgelassen lachende Mädchenstimmen, die das Zeug dazu haben, ihn zu erschrecken. Ein kurzes Mutsammeln, dann betritt er die konfiszierte Küche, wo sieben neugierige Mädchenaugenpaare ihn anstarren. Sie sitzen an seinem Küchentisch und essen thailändische Wraps, Mädchen, die wie Isabelle Mitglied der Grünen Fee werden wollen, des berüchtigten Damendebattierclubs, dem auch, das weiß er nur allzu gut, zwei Tennisröckchen in höheren Semestern angehören, Studentinnen, mit denen er insgesamt rund vier Sekunden Geschlechtsverkehr hatte. Natürlich wissen diese Studienanfängerinnen das nicht, sagt er sich in seinem Zimmer, wo er am Fenster nach Luft schnappt und verzweifelt auf die Baumkronen starrt – sollte er sich spontan und locker mit einem Fläschchen Bier zu ihnen setzen? Oder sich zuerst eincremen?

Der Campusarzt hatte ihn mit einem Rezept für eine betäubende Salbe losgeschickt, eine lokale Maßnahme, die sein Sexualleben zu einer Sache von Minuten machen sollte. Die Apothekerin in der Beltstraat war eine blonde, gepflegte Frau, die ihn an Linda Evans aus *Der Denver-Clan* erinnerte. Zu seiner Überraschung führte sie ihn in ihr Apothekerbüro, und dort erklärte sie ihm nicht nur in freundlichem, ruhigem Ton, wann und wie er seinen Penis eincremen musste, sondern sie nahm auch noch ein englisches Buch aus einem kleinen Bücherregal – möglicherweise genau dieses *Human Sexual Inadequacy*, das Juliette später anschleppen sollte –, blätterte ein wenig darin und las ihm eine Passage vor, in der eine *Squeeze*-Technik empfohlen wurde, die er, so Linda Evans, gut üben sollte, wenn er masturbierte. «Sie müssen oft masturbieren», sagte sie, «das ist wichtig, und kurz bevor es passiert, müssen Sie unterhalb der Eichel in den Schaft kneifen. Versprechen Sie mir das?»

Er versprach Linda, oft zu masturbieren. Verdattert war er zum Campus zurückgeradelt. Geile Ratschläge, fand er, in gewisser Weise mütterlich und medizinisch, so musste man es wahrscheinlich betrachten, obwohl es ihn kaum verwundert hätte, wenn die Frau ihn auf ihren Schoß gezogen hätte, um gemeinsam zu üben, eine Szene, die er sich in den Tagen danach während des Selbststudiums vor Augen führte: auf dem Schoß von Linda Evans, der weiße Kittel offen, über dem goldblonden Pony ein Schwesternhäubchen, während sie ihm pädagogisch und sorgsam einen runterholte und, kurz bevor er kam, ihm streng zublinzelnd, den Schwanz «squeezte».

«Doch noch vom Schneesturm eingeholt», brüllt eine Stimme in sein Gesicht: Sack Pork. «Sachalin bleibt *the pain in the ass* der Meteorologie.»

«Du hattest ein wichtiges Gespräch?» Ludwig reibt sich mit dem Handschuh das Gesicht. Er war fast eingeschlafen.

«Bist du ein Wein…» Lautes Brausen, kombiniert mit Schneesalven, übertönen Zacks Stimme. Der Mann am Steuer verringert die Geschwindigkeit drastisch, sie fahren nun beinahe im Schritttempo.

«Ob du ein Weinkenner bist.»

Ob du ein wichtiges Gespräch hattest. Ehe Ludwig etwas Obligates erwidern kann, erzählt Zack, dass er hier auf Sachalin einen Franzosen im Team hatte, den Sohn eines berühmten Winzers, aufgewachsen auf dem Château de Silling. «Sehr gute, blutrote Weine, manche Grand Cru, er hat einige Flaschen nach Sima schicken lassen, so was hab ich nicht oft getrunken. Nach weniger als einem Jahr ist er zurück nach Vaucluse gegangen, mit einer ernsthaften Depression. Kalter Schädel, kalte Drüsen – das ganze Dopamin eingefroren, verstehst du.»

«Hast du mit Tromp telefoniert?»

Zack antwortet nicht. Sie schauen beide einen Moment lang durch die Frontscheibe, das Heulen und Brausen um das Auto herum ist beeindruckend, die Kraft des Windes fühlt sich gewaltig an. Die Außenwelt hat sich in einen wirbelnden weißen Schleier verwandelt, die Sichtweite beträgt weniger als einen halben Meter. Sie könnten ebenso gut über das zugefrorene Ochotskische Meer fahren. Spartak sagt etwas Unverständliches.

«Was ich gerade erzählen wollte», sagt der Texaner in trägem, beschwörendem Ton, «ist das: Dieses fucking Weingut liegt auf exakt demselben Breitengrad wie dieses fucking Juschno-Sachalinsk. Da, in Südfrankreich, erntet man jedes Jahr fünfzig Millionen Flaschen Châteauneuf-du-Pape. Hier nicht ein einziges Glas, verstehst du.»

Er unterbricht seine Vorlesung, um ausgiebig nach draußen zu schauen.

«*What the fuck*», flüstert er. Dann, halb rufend: «Dieser Franzose arbeitet jetzt bei Total in Paris. Wenn sie in seinem Geburtsort im Oktober mit nackten Füßen Trauben auspressen, sind hier minus zwanzig Grad. Derselbe Wein gefriert in der Flasche. Wie kann das sein? Was geht hier vor?»

Der Wagen dreht sich abrupt um die eigene Achse, sie rutschen einfach so quer über die Straße; die Drehzahl des Motors schießt in die Höhe, Spartak Moskau kurbelt am Steuer seines Wagens und gibt Gas, während der Wagen seitlich wegschlittert und hinter einem Hubbel auf dem Grünstreifen zum Stehen kommt. Der Motor geht aus.

Stille.

«Okay», sagt Knox Polk. «Und jetzt?»

Spartak startet, schaltet, gibt kräftig Gas. Einen Moment lang scheinen die Hinterräder durchzudrehen, doch dann haben sie wieder Bodenhaftung, und der Wagen schießt nach vorne. Die Karosserie ratscht über irgendetwas Hartes, es hört sich nicht gut an – aber sie fahren. Zack hat das Armaturenbrett aus Kunststoff gepackt und wendet sich mit einem Ruck zur Seite, ganz offensichtlich in der Absicht, Spartak eine Standpauke zu halten – doch erneut klingelt sein Telefon.

«Nein, nein, natürlich nicht … ich höre.» Das Umschalten von Verärgerung zu voller Aufmerksamkeit vollzieht sich augenblicklich, von der einen auf die andere Silbe klingt das *Southern* Geschmatze zuvorkommend, um nicht zu sagen: schleimig. Ludwig und der Texaner schauen sich im Rückspiegel an. Ein unsichtbarer Gürtel um Zacks Schläfen zieht seine Augen noch ein bisschen näher zueinander. «Die Japaner? Nein. Keinem Argument zugänglich. … Wie viele Tage? Schätzungsweise. Verstehe ich … aber was ist Ihre Meinung dazu?»

Er redet mit jemand anderem als vorhin. Diesmal ist es Tromp – Ludwig ist davon überzeugt. Ha wird per Satellit in ihren Faraday'schen Käfig gesendet. Was bedeutet es, dass ich noch auf seiner Insel bin? Dass ich nicht sicher durch den Luftraum schwebe, weg von diesem Mann?

«Ich halte mich bereit – natürlich. Aber es sieht schlecht aus, da draußen. … Genau. … Eigentlich will ich jetzt gleich noch nach Prigorodnoye. … Nein. In Ordnung. Die Toten machen das Ganze nicht einfacher. Hallo? … Sind Sie noch da?» Zack schaut auf sein Telefon wie auf ein Hörnchen, von dem die Eiskugel heruntergefallen ist.

«Das hörte sich nicht gut an», sagt Ludwig sofort. «Tote und Verletzte?»

«Was ist das bloß für ein Scheißapparat, Mann.»

«Ich habe jetzt sowieso schon die Hälfte gehört. Und außerdem werden wir gleich Hand in Hand sterben.»

«Man könnte meinen, du wärst meine Abigail», sagt Zack mit einem Lächeln. «Die will auch immer alles wissen und glaubt, dass wir bald sterben.»

«Und?»

«Die Explosion vorhin, wir wissen jetzt, dass ein großer Tankwagen mit Auflieger in die Zufuhrröhre gecrasht ist.»

«Bei der Limonadenfabrik?»

«Nein, in der Nähe der LNG-Anlage – einfach so, bam, mitten rein. Unbegreiflich, wie der Fahrer das geschafft hat. Zuerst über einen erhöhten Randstreifen rüber und dann noch durch eine Art Leitplanke. Sturzbetrunken, das kann nicht anders sein.»

«Und Tote – Mehrzahl?»

«Drei. *Contractors*, die ausgerechnet dort zu tun hatten.»

«Tja.»

«Genau», sagt Zack. «Hier sterben fünfundzwanzig dieser Heinis pro Jahr. Aber das tatsächliche Problem ist, dass wir die Schiffe nicht rechtzeitig beladen können.»

«Was Millionen pro Tag kostet.»

«Pro Stunde.»

Du könntest auch einfach «stimmt» sagen, Zack – man könnte meinen, du wärst *meine* Frau. Ludwig hält sich am Sitz vor ihm fest, der Wagen bleibt mit einem Ruck stehen, hustend wie ein Hund; dahinter taucht eine weiße Wand auf: Autoscheinwerfer im dichten Schnee. Es wird gehupt. Spartak schaltet krachend, einen Moment lang geschieht nichts, dann beschleunigt der Wagen doch wieder.

«Das ist überhaupt nicht gut», sagt Zack.

«Aber wie hörte er sich an?», fragt Ludwig.

«Wer?»

«Tromp! Der war doch am Telefon?»

«Nein, das war Barack Obama.» Der Texaner lacht lautlos. Sie geraten erneut ins Schleudern. Der Lada rattert wie ein Stabmixer, die Hinterräder drehen durch.

«Buddy», brüllt Zack Spartak an, «alles okay?»

Der Motor geht aus, ihr Fahrer versucht vergeblich, ihn wieder zu starten – und gibt nach drei Versuchen auf. Sofort richtet sich die Wahrnehmung auf die Außenwelt, auf Sachalin, auf den heulenden Sturm, der sie umgibt und in dem jetzt auch das Peitschen und Brechen von Ästen zu hören ist. Zugleich wirkt alles gedämpfter; die Scheibenwischer bewegen sich nicht mehr, der Schneefall ist kompakter geworden. In kürzester Zeit bedeckt eine verdunkelnde Schneeschicht die Scheiben.

«Schieben?», schlägt Ludwig halbherzig vor. Er hat schon jetzt gar kein Gefühl mehr in den Füßen.

Der Texaner schaut auf sein Handy. «Hast du Empfang? Jetzt haben wir ein echtes Problem.»

«Wenn wir hierbleiben, erfrieren wir.»

«Gibst du mir mal dein Telefon?»

«Der Akku ist fast leer.»

«Gib schon.» Sack Pork streckt eine befehlende Hand aus.
«Ach, lass nur. Ich wüsste sowieso nicht, wen ich anrufen sollte.»

«Die 112 gibt es hier wahrscheinlich nicht», sagt Ludwig dumpf.

Zack schaut schweigend über seine Schulter. «Bleib sitzen», sagt er dann. «Ich bin spätestens in einer Stunde wieder da.»

Er gibt dem Taxifahrer ein paar rudimentäre Instruktionen und steigt aus. Die Kälte, die ins Wageninnere dringt, ist hart wie ein Gegenstand. Fröstelnd gesteht Ludwig sich seinen Mangel an Führungsstärke ein; warum steigt er nicht aus dem Auto aus? Weil er draußen erfriert. Warum erfriert er? Weil er sein niederländisches Wintermäntelchen anhat. Knox Polk genießt währenddessen seine Überlegenheit. Später, wenn er wieder in Texas ist, wird er seiner Frau vergnügt von dem Schneesturm berichten, eine Erfahrung, aus der er Arbeitsfreude schöpfen wird, die ihn für einen Moment den blauen Zane vergessen lässt.

Er steckt die Hände mit den Handschuhen in die Manteltaschen. Stell dich deinem niedrigen *current estimated potential*, das geschieht dir recht. Der Wind hebt den Wagen beinahe aus der Federung. Er und der Fahrer hängen ihren jeweiligen Gedanken nach. Wahrscheinlich sitzt auch Isabelle Orthel nicht weit von hier fest, eine Vorstellung, die ihn mit Geruhsamkeit erfüllt, ihn ruhig macht, beruhigt. Bedecke uns doch mit Schnee, denkt er – begrabe uns. Das Rätsel, dass Sachalin auch sie zueinandergebracht hat, die Unwahrscheinlichkeit dieser unwirklichen, geteilten Isolation: zwei auf demselben Fleck eingeschneite alte Bekannte, nur ein paar hundert Meter voneinander entfernt und doch, wie in Enschede, unüberbrückbar getrennt.

Allein und nicht allein, traurig und hoffnungsvoll – die Abende mit Isabelle, die er in seiner Erinnerung als «Eincreme-Abende» abgespeichert hat, waren enttäuschend. Sie holten sich gemeinsam Essen beim Chinesen in der Maanstraat, strampelten gemeinsam die Hengelosestraat entlang, und wenn sie wieder oben in der Wohnung waren und Isabelle schon mal die Teller mit Babi Pangang und Chop Suey auf den Tisch stellte, ging er noch kurz «pinkeln». Vor dem Klo stehend, cremte er aufgeregt seinen halbsteifen Schwanz ein. Dieses Gemurkse auf der Toilette, es spiegelte Venlo auf eine traurige Weise wider. Ja, so weit war es gekommen mit den Kräften vom Jungen vom anderen Stern. Und natürlich war es ein Rückzugsgefecht: Welcher Mann mit erotischen Absichten setzte sich mit einem betäubten Pimmel zu einer Frau an den Tisch?

Und noch verunsicherter als sonst, lag der Junge vom anderen Stern mit dem, was er sagte, immer knapp daneben, er hörte es selbst, doch er merkte es auch Isabelle an, merkte es an ihren nonverbalen Reaktionen. Er las etwas in ihren Augen, das irgendwo zwischen Langeweile und wachsendem Mitleid lag. Es war vorbei mit Katze und Speck. Seine geheimen Vorbereitungen auf Ereignisse, die dem gesunden Menschenverstand zufolge gar nicht mehr zu erwarten waren, ließen sein Eroberblut gerinnen. Was übrig blieb, war Stümperhaftigkeit.

Die Tür wird aufgezogen, Ludwig erschrickt, als wäre es doch noch Isabelle. Schnee wirbelt durch die Öffnung herein, Flocken treffen sein Gesicht wie Funken eines Winkelschleifers. Der energische Zack ist schon wieder da, mit ein paar kräftigen Bewegungen zerrt er die Tür durch eine weiße Düne. Mit einem Plumps setzt er sich hin. Er stöhnt langgedehnt, schüttelt seine roten Hände, als hätte man ihm mit einem Hammer daraufgeschlagen. Schnee bedeckt ihn, sogar sein Gesicht. Sein Grummeln lässt vermuten, dass seine Mission gescheitert ist, er dreht sein nasses Gesicht über die Schulter Ludwig zu. «In ungefähr einem Kilometer gibt es ein Hotel», sagt er. «Gib mir zwei Minuten, um wieder zu Atem zu kommen.»

Während Spartak und er schon mal aktiv werden, Sicherheitsgurte los, Schals fester ziehen, wird ihm Isabelles Härte bewusst, ihre subtile Grausamkeit. Sie ließ ihn einfach zappeln. Es fiel ihr sehr wohl auf, seine Bedrängnis, wenn er ohne Appetit seine Frühlingsrolle verdrückte, doch sie unternahm nichts, um ihn zu beruhigen. Mehr noch, sie unterhielt sich einfach weiter mit ihm und schaute ihn an. Ja, es hatte etwas Hochnäsiges und Gefühlloses, wie sie ihn untergehen ließ. Als hätte sie ihr Herz mit seiner Penissalbe eingecremt.

102 Juliette reagierte übertrieben freundlich. Sie versicherte ihm, Noa werde es ganz bestimmt verstehen, dass er ihre Vorstellung verpasse, und noch viel erstaunlicher: Sie verlor kein Wort über Tromp, zu dem er, dem Schneesturm sei Dank, morgen noch einmal würde gehen können – ein Gedanke, der, insbesondere nach ihrem Streit von vorhin, so naheliegt, dass sie ihre Zunge mit Salz und Pfeffer hat fressen müssen, um ihn nicht zu äußern. Es knackt in der Leitung, sie wartet einen Moment und sagt dann: «Ich werde jetzt allerdings Radjesh zu Noas Ballettaufführung einladen. Dafür hast du doch hoffentlich Verständnis?»

Aha, siehe da, doch eine Strafe, eine Repressalie auf dem Rücken ihres Töchterchens. Und wieso? Weil er einen Schneesturm entfesselt hat. «Wie du meinst, Darling. Ich wünsche euch viel Spaß. Sobald Radjesh herausfindet, dass du ihn als Ersatzmann holst, rappelt es im Karton, vergiss das nicht. Entgegen allen Vereinbarungen hast du ihn nicht informiert.» Er sitzt auf dem Rand des Bettes und starrt auf die Badezimmertür, hinter der immer noch geduscht wird. Wenn er sich streckt, kann er die Jogginghose berühren, die am Fußende liegt.

«*Wir*, Ludwig. *Wir* haben ihn nicht informiert. Du wolltest unbedingt mitgehen, und deshalb hast du es für eine gute Idee gehalten, ihm nichts von der Aufführung zu sagen.» Im Hintergrund hört er Stimmen, sie ist im Büro.

«Natürlich wollte ich mitgehen», sagt er in verbindlichem Ton, «erstens, weil ich Noas Ballett wichtig finde, und zweitens, weil ich Noas Ballett» – die Dusche wird abgedreht, seine Stimme klingt hart, aber er kann nicht mehr zurück – «bezahle.» Er lässt sich zur Seite fallen, ergreift, ohne den Blick von der Badezimmertür abzuwenden, die Jogginghose und riecht kräftig daran.

«Wenn ich mich nicht irre, wird der Betrag vom gemeinsamen Konto abgebucht, Ludwig.»

Er legt die Jogginghose rasch zurück und sagt etwas leiser: «Wird er nicht. Ich überweise jeden Monat pünktlich 28,75 Euro.» Zuerst im exakt falschen Moment zurückrufen und dann mit Radjesh Bissesar drohen. Vorhin, als er einen Teller Fischsuppe aß, hat er sie fünfmal angerufen, und sie ist fünfmal nicht drangegangen. Obwohl er sich nach einer warmen Dusche und trockenen Kleidern sehnte, hat er extra langsam gegessen, aber zurückrufen: Vergiss es. Dann lies es halt auf Teletext, hatte er sich gedacht.

«Eine Rippe aus deinem Körper, ich verstehe», sagt sie.

«Anderes Thema. Der Weg vom Taxi hierher, das war bizarr.»

«Du hast vom Geld angefangen.»

Während er weiterhin auf die Badezimmertür starrt, erzählt er ihr, wie sie vierzig Minuten lang durch ein Pandämonium gestapft sind, blind, vor Kälte schreiend, schon bald bis zu den Knien im Schnee, Millionen Eisenflocken trotzend, die mit einhundert Stundenkilometern in ihre Gesichter peitschten. Unser Mann aus dem Deep South voran, Ludwig hinterher, einen Arm vor der Stirn, in seinem Kielwasser Spartak, der, in eine Pferdedecke gewickelt, so freundlich war, beim Tragen seines Koffers an der Unterseite mitanzupacken.

«Du hättest einen Tag früher zurückfliegen sollen», sagt Juliette.

Die Tür wird aufgeschlossen, Isabelle kommt ins Zimmer,

eher, als er gehofft hatte. «Oder der Urknall hätte sich einen Tag später ereignen sollen», sagt er mit einem freundlichen Gesichtsausdruck, «eins von beidem.» Da sieht man's, er wäre besser nicht ans Telefon gegangen. Sie hat einen schwarzen BH an, bemerkt er, um ihre schmalen Hüften trägt sie ein Hotelhandtuch. Auf den Zehenspitzen trippelt sie zum Bett und beginnt, ohne zu ihm hinüberzusehen, in ihrem Rollkoffer zu kramen.

«Wann fliegst du denn jetzt?»

«Darling, keine Ahnung – das kann jetzt noch niemand vorhersagen.» Für sie beide ist es beinahe zur zweiten Natur geworden: zanken, ohne dass die Umgebung etwas davon mitbekommt. Sie sind in der Lage, nach einem heftigen Streit, den sie auf der Autofahrt zu ihren Eltern in Oegstgeest geführt haben, den Nikolausabend mit Geschenken und Gedichten zu feiern, ohne dass jemand bemerkt, dass sie einander die ganze Zeit weder berühren noch ansehen.

Isabelle zieht fröstelnd eine Strumpfhose an und darüber ein paar lange, dicke Socken, bevor sie mit einer schnellen Bewegung in die Jogginghose schlüpft. Das plötzliche Ausmaß der Intimität ist groß – offenbar auch für sie. Er findet es fast gruselerregend und nicht viel unwirklicher als das Treffen mit Tromp. Der Maßstab ist anders, kleiner, im Prinzip weniger wichtig, aber zugleich: verrückter. Er und Isabelle nach dem Fiasko in Enschede in *einem* Schlafzimmer, das sind die Ingredienzien für einen sündigen Traum.

Sie stand am rosafarbenen Schalter und führte ein Gespräch, als sie ins Hotel kamen – Ludwig bemerkte sie sofort, sein Reflex: sich wegducken hinter Zack und Spartak. Als sich herausstellte, dass sie sich zu sechst, darunter zwei typische russische Rig Pigs, drei Einzelzimmer teilen mussten, drehte Isabelle sich um. «Ludwig. Wie geht's dir? Ich hab dich vorhin schon gesehen, am Taxistand des Flughafens. Vielleicht wäre es *relaxed*, wenn wir uns ein Zimmer teilen würden?» Direkt, selbstsicher, das Ruder in die Hand nehmend – es war wieder gestern. (Auch in Enschede hatte sie Aufträge erteilt, erinnert er sich, Altpapier oder leere Flaschen wegbringen, die Toilette putzen; ein paarmal hatte er unter ihrer Aufsicht kriechend den Küchenfußboden gewischt.)

Um bei ihrem Ausdruck zu bleiben: Ihm erschien es ausgesprochen un-*relaxed*, mit ihr ein Zimmer zu teilen, er fand es sogar fürchterlich, auch wenn er nicht übel Lust hatte, sie von Zack fernzuhalten. «Ja, klar, natürlich» – ein Entschluss, der ihn eine Zeitlang seiner Denkkraft beraubte, sodass er sich kaum an Einzelheiten des Höflichkeitsgesprächs erinnern kann, das sie miteinander geführt haben. Während er ihr in das Zimmer folgte, das in einem Nu ihr Zimmer geworden war, präsentierte er ihr eine viel zu kurze, unverständliche Version seiner Grauwalgeschichte … Ach, sagte sie, dann besuche ich wahrscheinlich denselben Mann, den du auch gesehen hast, lass mich raten, Johan Tromp? Wie klein die Welt doch ist. Sie hatte extra ausgiebig zu Mittag gegessen, er auch, doch er behauptete das Gegenteil, damit er gleich wieder würde gehen können, nach unten, um Adrenalin abzubauen.

«Ach übrigens, Noa, was ziemlich lustig war –»

«Moment», sagt er, «schlechter Empfang hier, deine Stimme hallt» – beides nicht wahr. «Ich geh kurz mal woandershin.» Mit einem geschlossenen Auge, ein permanentes Zwinkern in Richtung Isabelle, gleitet er zwischen Bett und Schreibtischstuhl durch, auf die Zimmertür deutend. Drauf und dran, sich ein Shirt anzuziehen, tritt sie beiseite. Die Brüste in ihrem BH, er schaut darauf, nicht einmal lange; das Resultat ist, dass er ihr auf die Füße tritt.

«Au.»

«Entschuldige», sagt er geradewegs ins Telefon.

«Entschuldige?», schnappt Juliette. «Mit wem sprichst du? Bist du etwa nicht allein?»

«Doch.» Siehst du, genau darum wollte *ich* dich anrufen. Vom Speisesaal aus.

«Bei wem entschuldigst du dich dann?»

«Bei niemandem.» In der Urzeit, möglicherweise sogar noch im Bus nach Rijswijk, hat er ihr die Isabelle-Orthel-Geschichte erzählt, vielleicht ein wenig geschönt, aber dennoch zu offen, wodurch es, Schneesturm hin oder her, höchst unklug wäre, ihr mitzuteilen, mit wem er nachher in einem Bett liegen würde.

«Augenblick», sagt er. Eine Lüge ausbrütend, geht er über die Türschwelle und betritt den bonbonrosafarbenen Teppich des Flurs. «Im Zimmer wird sauber gemacht», murmelt er nach ein paar langen Schritten in der Hoffnung, dass Isabelle es nicht mehr hört. «Hier herrscht ein unvorstellbares Chaos, alles steht kopf.»

«Ludwig? Jetzt verstehe ich dich kaum … Hallo? Hörst du mich noch?»

«Ich höre dich», sagt er und biegt auf der Suche nach einem Lift um eine Ecke.

«Ich dachte, du bist allein in deinem Zimmer.» Und wieder nervenzermürbend, aber auch hochentwickelt: Juliette riecht andere Frauen in seiner Nähe – wie dieser Leutnant Harry Jongen mit seinem Suchstock, «Harry die Nase», der eine Leiche riechen kann, die in fünf Metern Tiefe verwest; seine Freundin ist auch gut, sie riecht Rivalinnen über eine Satellitenverbindung.

«Ich bin auch allein, Darling. Und ich sagte, dass hier natürlich ein fürchterliches Chaos herrscht. Du musst dir vorstellen, ein kleines Hotel, in dem ein kompletter Flughafen gestrandet ist. Unten sind zwei Männer ununterbrochen dabei, den Schnee aus der Drehtür zu schaufeln, so stark schneit es.» Hotel Mithos, ein deprimierender Eisklumpen, der, wie sich zeigte, von innen wie eine Fondanttorte aussieht, so viel Rosa und Gold – es war Knox Polks Verdienst, dass sie hier überhaupt angekommen waren, zwischen kreuz und quer abgestellten SUVs hindurch hatte er sich einen Weg gebahnt. Ludwig kann nirgendwo einen Aufzug entdecken, wahrscheinlich weil es keinen gibt.

«Ich bin jedenfalls froh, dass ihr nicht gestartet seid», sagt Juliette.

«Was wolltest du mir Lustiges über Noa erzählen?», fragt er, die Tür zum Treppenhaus öffnend. Beißende Kunstlichtkälte schlägt ihm entgegen.

«Oh», sagt Juliette, «ich habe ihr heute Morgen im Auto von deinem Treffen erzählt.»

«Tja, mein Fehler. Ich hätte dir verbieten müssen, mit ihr darüber zu reden.»

«Sie war wahnsinnig mitgenommen», seinen Sarkasmus ignoriert sie. «Sie wollte sofort alles wissen. Kinder sind so schlau, Ludwig. Sofort stellte sie eine kindlich kluge Frage und wollte wissen, ob du deinem Vater ähnlich siehst. Sie selbst sieht ja auch aus wie ihr Vater, exakt so drückte sie sich aus.»

Es steckt viel treffsichere, gut dosierte Falschheit in dem, was sie sagt – es ist beinahe meisterlich. «Ich sehe dem Mann überhaupt nicht ähnlich», erwidert er zähneklappernd. Mit schnellen seitlichen Schritten geht er die Treppe hinunter.

«Ob man seinem Vater oder seiner Mutter ähnlich ist, sieht man selbst meistens gar nicht. Ähnlichkeit kann es auch in der Körpersprache geben – wie jemand geht, in seinen Gesten.»

«Wir haben die ganze Zeit gesessen. Juliette. Warum willst du unbedingt, dass ich ihm ähnele?» Seine Worte hallen von den tiefgefrorenen Flächen und Winkeln wider.

«Darling», sagt Juliette mit plötzlich ermüdeter Stimme, «ich will überhaupt nichts. Ich zeige nur Anteilnahme. Du bist mir wichtig, verstehst du?» In ihrer Beziehung hat das Wort «Darling» eine andere Bedeutung als im Wörterbuch.

«Das ist schön – ich bin ja auch wichtig, Darling.» Nach Jahren der Inflation ist das Wort eine Zeitlang absolut bedeutungslos gewesen, Wert null, Gehalt neutral, und dann wurde es langsam, aber sicher negativer, um am Ende seinen kompletten semantischen Zusammenbruch zu erleben. Inzwischen klingt es aggressiv. «Und weil ich wichtig bin, gehe ich jetzt gleich wieder nach oben – ins Bett, auftanken, Stunden schinden.»

«Aber was soll ich Noa sagen? Wie sah dein genaues Gegenstück denn aus?»

«Zweihundert Kilo und ein Bart mit Zöpfchen», sagt er. Der Übergang vom kalten Beton zum Versailles-Kitsch der Lobby ist schroff. Es hat ein bisschen gedauert, aber das Rokoko hat Sachalin dann doch erreicht. Ludwig setzt sich auf ein glänzendes, goldgrün gestreiftes Schnörkelsofa in einer Nische gegenüber dem Empfang. Aus den Schwaden des Speisesaals, in dem er vor einer halben Stunde Suppe gelöffelt hat, kommt Stimmengewirr, das sich mit dem Tosen von draußen vermischt.

«Tatsächlich bist du deiner Mutter in einem Maße ähnlich», sagt Juliette fast so, als würde sie es ihm übelnehmen, «dass man eine Ähnlichkeit mit deinem Vater kaum erwarten kann. Die breite Stirn, die dreieckige Nase, die grünen, weit auseinanderstehenden Augen … du bist eine Kopie dieser Frau.»

«Vielen Dank», sagt Ludwig. «Hoffen wir, dass sich diese Übereinstimmungen nicht auch noch in meinem Charakter niederschlagen.»

«Sei nicht so kindisch. Ein bisschen von Ulrikes Ehrgeiz würde dir gut zu Gesicht stehen. Außerdem verdient deine Mutter besser. Ehrlich.» Seit seine Mutter im Foyer eines Konzertsaals zu Juliette gesagt hat, «was hast du nur für einen tollen, ausgefallenen Kleidungsstil», kann sie kaum noch etwas falsch machen.

Auf Trivialitäten wie diese gründen sich ihre Sympathien, obwohl sie auch empfänglich dafür ist, dass Ulrike und Dolf sie um medizinische Hilfe bitten, und dasselbe gilt auch für die Freikarten, die seine Mutter ihnen ein paarmal im Jahr schicken lässt, als Dank für all die *prescription drugs*, wobei Juliette sich nicht klarmacht, dass es Ulrikes Art ist, mit Freikarten um sich zu schmeißen, sie wirbeln aus ihren Rockschößen, in ihrem Büro muss eine Rotationspresse stehen. Manchmal, wenn Dolf im Concertgebouw spielt, dürfen sie auch dahin, doch meistens finden die Konzerte in verfallenen Sowjetrepubliken statt, und die Flugtickets dürfen sie selber kaufen, was sie selbstverständlich nicht tun.

«Wie viel verdient meine Mutter? Sag's mir.»

«Moment», sagt sie. Sie redet mit jemandem, er hört sie sagen, «die Frau von Johnson & Johnson» habe angerufen. Die Person, mit der sie spricht, kommt nicht zur Sache, sie hat eine tiefe Männerstimme, es klingt, als deckte Juliette das Telefon mit der Hand ab.

Natürlich ist er nicht sonderlich erpicht auf diese Diskussion, ihm ist kalt, er möchte duschen, doch wirklich Lust, nach oben zu gehen, hat er nicht. Vor allem jetzt, mit Harrys schnuppernder Nase im Nacken, fragt er sich, warum er Isabelles Vorschlag zugestimmt hat. Er verspürt ein beinahe wissenschaftliches Interesse für seine Triebfedern – hofft er, seine Ehre wiederherzustellen? Hofft er auf Vergebung? Oder insgeheim, in einer naiven Hirnzelle, auf etwas Geiles? Oder hat er es dafür zu gründlich verbockt, in Enschede?

Es war ein sorgfältig vorbereitetes Verbocken gewesen. Wenn er ehrlich ist, hatte es bereits angefangen, bevor Isabelle sich hochnäsig benahm. Ja, schon in der ersten Woche, die sie in Marcos Zimmer wohnte, noch *vor* dem Widerling mit seinen Gucklöchern – schon damals hatte er aus der Krimskramsschublade in der Küchenzeile Marcos Reserveschlüssel genommen und ins Kleingeldfach seines Portemonnaies getan. Es war ein prickelnder Besitz, dieser violettfarbene Schlüssel zwischen den Münzen. Fast jedes Wochenende war sie weg – in Delft, wo ihre Eltern wohnten, in Utrecht oder Groningen bei einer Feier, irgendwo mit den Grünen Feen, zu denen sie gehören wollte. Bei der erstbesten Gelegenheit, als er sich sicher war, dass sie nicht unerwartet nach Hause kommen würde, ging er in ihr Zimmer.

Warum? Um zunächst einmal hektisch darin rumzuschnüffeln. Mitten in Marcos Jungsbude lag ein aufgeklappter Hartschalenkoffer, aus dem Mädchenblütenstaub waberte, der von der fadenscheinigen Dürre drum herum Besitz ergriff: Überall sprossen Isabellesachen empor, weggeschleuderte Schuhe, Klamotten, BWL-Reader, eine *Vrij Nederland*, eine Batterie Tiegel, Tuben und Parfümflacons, auf einem von Marcos Highend-Lautsprechern ein Stapel schiefgelesener Bücher (an *Wie Gott verschwand aus Jorwerd* kann er sich erinnern, außerdem ein Buch von Primo Levi und eins darüber, warum Männer fremdgehen), zwei Flaschen Wein, die aus dem Koffer ragten wie Bordkanonen. Buntes Bettzeug, ganz offensichtlich nicht von Marco, vor dem er sich hinhockte, um seine Nase reinzudrücken – sauber, aber auch etwas Körperliches. Dinge in die Hand zu nehmen wagte er nicht; die Hände auf dem Rücken, so betrachtete er ihre Habseligkeiten, ein Tourist im Drienerloer Isabelle-Orthel-Museum der Düfte und Hemdchen.

In den Wochen danach zog das Verbotene ihres Zimmers ihn weiterhin an, es war wie Schokolade, er konnte sich nicht dagegen wehren. Vor allem als er in die Sackgasse geriet und Isabelles Interesse schwand; sie ließ eine herbstliche Abneigung erkennen, so rau und kühl, dass er seine Knochen, wie er zugeben muss, nur noch mit Bosheit wärmen konnte. Er betrachtete es als Genugtuung. Nach einem weiteren Besuch, und noch einem, wurde es zu einem Ritual, dass er an den Wochenenden, in denen er fast immer allein in der Pyramide war, den Abend und zweimal sogar die ganze Nacht in ihrem Zimmer verbrachte, ein Vergehen, dessen Heimlichkeitsgrad ihm schon Stunden zuvor Schauder der Erregung durch den Körper jagte. Es wurden keine Löcher gebohrt; der ideale Ort, um an seinen Linda-Evens-Masturbationsskills zu arbeiten, war ihr Bett. Das hatte sie nun davon.

Oft begannen seine Vorbereitungen bereits am Freitagabend, wenn sie mit ihrer Reisetasche über der Schulter und einem Kleidersack am schlanken Finger ihre Zimmertür abschloss und ihm ein schönes Wochenende wünschte. Sich der *top floor*-Lage ihrer Wohnung zwischen den Baumkronen, des Zwitscherns in den bereits wieder entlaubten Zweigen, der kochenden und trinkenden Studenten in den Stockwerken unter ihm nur zu bewusst, aß er eine Fertigmahlzeit und verschloss gleich anschließend die schwere Brandschutztür zu ihrem Etagenflur. In der engen Duschzelle seifte er sich mit ihrer Waschlotion ab, in der Hoffnung, so seinen Körpergeruch zu überdecken. Geladen wie ein Zitteraal, ging er nackt über den klebrigen Küchenteppich zu ihrer Zimmertür. Er schlüpfte hinein, schloss die Tür hinter sich zu und merkte sich mit der Klinke in der Hand die Anordnung ihrer Sachen. Der Koffer blieb während der ganzen Monate an exakt derselben Stelle liegen. Isabelle machte es sich nicht gemütlich; vielleicht war sie zu beschäftigt, doch sonderlich wichtig schien ihr das geteilte Heim nicht zu sein. Auch das schmerzte ihn.

Erst wenn er genau wusste, welche Jeans auf welchem Stuhl lag, welches Hockeyshirt auf welchem Paar Sneakers, ob ihr Bett ein Durcheinander war oder eben nicht, ging er mit einem bereits gefährlich Steifen zum Fenster, zog die Vorhänge zu, schaltete die Stehlampe neben ihrem Bett an und kroch, vor Erregung schlotternd, unter ihre Decke.

«Weißt du übrigens, mit wem ich vor einer Stunde gesprochen habe?», nimmt Juliette übergangslos ihr Gespräch wieder auf.

«Radjesh?»

«Dolf.»

«Soso. Kann er das, von sich aus jemanden anrufen? Bestimmt brauchte er noch geheimere Tabletten.»

Als sie mit Noa vom Hausarzt wiederkam, habe sie jemand mit unterdrückter Nummer angerufen – Dolf eben, der halb in Panik drauflosgeplappert habe, seine «Mutti» habe ihr irrtümlich von dem Beethovenschatz erzählt; das sei überhaupt nicht beabsichtigt gewesen, Entschuldigung, sie solle es nicht persönlich nehmen, aber das Ganze sei ein absolutes Atomgeheimnis, dieses Wort habe er benutzt. «Und was ich dann wieder witzig finde: Er ruft mich in heller Aufregung an, um den Schaden zu begrenzen, doch am Ende hat er nur noch mehr ausgeplaudert. Ehe ich auch nur eine einzige Frage stellen konnte, hat er mir alles Mögliche enthüllt.»

Er wartet ab, doch offenbar will sie, dass er nachfragt. «Inwiefern?»

«Oh, äh ... dass zum Beispiel auch Briefe darunter waren, und Tagebuchblätter.»

«Briefe an wen?»

«Briefe von ... Liszt an Beethoven und von Beethoven an ... Haydn. Kann das sein?»

«Theoretisch schon.»

«Und sogar ein handgeschriebener Brief von Mozart.»

«Ein getippter Brief von Mozart – das wäre interessant.»

«Willst du noch mehr hören?»

Er schweigt, was sie als Ermunterung auffasst. «Ich habe nämlich auch gefragt, um welche Sonate es sich handelt, extra für dich. Es geht um die Sonate 111.»

«Klaviersonate Nummer 32, Opus 111», sagt er laut.

«Tatsächlich geht es um einen dritten Satz dieser Sonate. Er hat ausführlich davon erzählt. So süß, der Eifer, mit dem er über Musik spricht. Ich war beinahe gerührt.»

«Was gibt es denn darüber groß zu erzählen?», fragt er übertrieben nölig.

«Interessante Dinge, Ludwig. Schon seit Wochen steht er jeden Morgen um sieben auf und macht sich daran, die Sonate zu entschlüsseln. Er hat es eingescannt, Beethovens Gekrakel, und er vergrößert die Blätter auf einem sauteuren iMac, den er extra dafür angeschafft hat. Mindestens fünftausend winzig kleine Noten, die er in Notensysteme einträgt. Das dauert bestimmt noch sechs Wochen, hat er gesagt, danach will er das Stück einstudieren. Er nimmt an, dass es sich um den mittleren Satz handelt.»

Klingt durchaus glaubhaft, muss er zugeben. «Okay», sagt er, «das hört sich vielversprechend an. Wenn es stimmt, dann halten sie etwas Besonderes in Händen. Doch kurz was anderes. Ich nehme doch an, du hast den beiden nichts von Tromp erzählt?»

Sie lacht ein erstauntes Lachen. «Muss ich darauf ernsthaft antworten?»

«Ja, so ernsthaft wie möglich.»

«Nein, natürlich nicht. Was für eine dumme Frage.»

«So dumm ist die Frage gar nicht. Du hast es doch auch Noa erzählt. Ich denke, ich werde die *Prawda* mal anrufen und ihr von einem Beethoven-Autograph berichten. Nur so zum Beispiel.»

Die *Prawda* wäre hocherfreut über einen solchen Anruf, behauptet sie und fängt an, die ganze Sache noch einmal umständlich zu promoten. Ulrike sei «hinter den Kulissen» schon dabei, eine Welturaufführung zu organisieren, während sie gleichzeitig, unterstützt von einem «berühmten *intellectual property*-Anwalt», mit der Deutschen Grammophon verhandelt.

Sie will Dolfs Sonatenzyklus neues Leben einhauchen. Tja, denkt er, schon peinlich: Der Zyklus wurde mittendrin gecancelt, eine empfindliche Niederlage für die Firma Appelqvist. Sie hatten, erst oder schon, achtzehn der zweiunddreißig Sonaten aufgenommen, die exklusive CD-Box, die es geben sollte, zur Hälfte gefüllt – eine Höllenarbeit, letztendlich umsonst.

«Ja», gibt er erneut zu, «angenommen, das alles stimmt, dann könnte ich mir das vorstellen, ja. Auf jeden Fall wäre es aufsehenerregend. Ein vollständiger Beethoven-Zyklus und als Sahnebonbon Opus 111 mit einem bisher unbekannten Satz.» Und um seine eigene aufkommende Begeisterung zu mäßigen: «Fast zu schön, um wahr zu sein.»

«Genau das meine ich», sagt sie, taub für seinen Vorbehalt. «Und es ist deine Mutter, Ludwig, die in der Münchner Kanzlei verhandelt.»

«Leugnet das jemand?»

«Du leugnest ja immer, dass sie im Leben etwas erreicht hat.»

«Sonderlich gut läuft es mit Dolfs Karriere allerdings nicht.»

«Darling, du hast einen Bruder, der in Beethovens Geburtshaus Beethovens weltberühmten Sonatenzyklus auf Beethovens eigenem Klavier aufnimmt.»

«Auf einem nachgebauten Klavier, wolltest du sagen.»

«Nein.»

«Doch. Und sie werden bestimmt ganz normal ins Studio gehen, glaub mir, so pathetisch sind sie nun auch wieder nicht.»

«Wie du meinst, Ludwig.»

«Ich finde sein Umschwenken auf dieses Ding sowieso verdächtig», sagt er. «Es ist aus der Not geboren, keine musikalische Überzeugung.»

«Na, er selbst klang aber sehr wohl überzeugt. Er konnte die Tränen kaum zurückhalten.»

«Er versucht schlicht zu bemänteln, dass die großen Veranstalter ihn abgeschrieben haben. Seine Steinway-Karriere ist vorbei, die hat er verbockt.»

«Nach Ansicht deiner Mutter wird er mit dieser Sonate Geschichte schreiben.»

Er schweigt. Ulrike ist schrecklich. Noch bevor Otmar starb, sorgte sie ausgesprochen raffiniert dafür, dass der Steinway erhalten blieb. Sie kannte Otmars Sorgen im Hinblick auf Dolfs psychische Verfassung nur allzu gut. Und jetzt, da die Kuh leergemolken ist, kommen die Leichen im Keller zum Vorschein. Es ist eine Unverschämtheit.

«Geld», sagt er.

«Geld?»

«Geld und Ansehen, darum geht es im Leben von Ulrike Eulenpesch.»

Aggressiv: «Mann, sei nicht so negativ. Das hört sich ja fast an, als wärst du frustriert, weißt du das? Gib doch einfach zu, dass sie –»

«Nein.»

«Ich sagte, gib doch einfach zu, dass sie sehr erfolgreich ist für eine ehemalige alleinerziehende Sozialhilfeempfängerin.»

«Dolf ausbeuten? Sehr gut. In den ersten Jahren nach Otmars Tod warst du nicht dabei. Sie hat ihn durch jedes Ostblockland geschleppt, in dem sie schwarz bezahlt wurden. Moldawien, Kirgisien, Rumänien.»

«Deine Mutter hat ihn groß gemacht, Ludwig, so sieht's aus.»

«Das Monopoly-Geld ist nur so aus ihrem Nachtschränkchen gequollen.»

«Übertreib nicht so.»

«Ich habe es selbst gesehen.»

«Sie hat an das Kind von jemand anderem geglaubt. Genau so, wie dein ewiger Otmar an dich geglaubt hat, du erinnerst dich? Du würdest dich doch auch um Noa kümmern, wenn ich sterbe?»

Er schaut in die Lobby. Langsam bis zehn zählen.

«Und auch wenn bei dem Ganzen ein wenig Eigeninteresse mitspielt», fährt Juliette fort, «so hat deine Mutter doch auch ein eigenes Leben.»

Er will etwas erwidern über Ulrikes eigenes Leben, über ihr teures Apartment in Bonn, über ihre Nerzmäntel und Juwelen, die Fünf-Sterne-Hotels in New York und Tokio. Doch dann hat er zum Reden keine Lust mehr.

Eine Weile ist es still, dann sagt sie: «Jetzt, wo du morgen da sowieso nichts mehr zu tun hast, könntest du die Gelegenheit doch wunderbar nutzen, um –»

«Wehe. Ich rate dir, gut nachzudenken, bevor du weitersprichst.»

«Um ein wenig in deinem Geschenk zu lesen. Hast du schon angefangen?»

Er atmet tief aus. «Liegt bereit», sagt er. «Ich geh jetzt gleich nach oben. Müde bin ich. Werde ich davon.» Das Blut unter seinen Nägeln. Die Geschwindigkeit, mit der sie es darunter hervorholt. Man müsste es in ein Reagenzglas tun, Korken drauf, und ihrem Marshall B. Rosenberg schicken.

«Ist gut, Darling. Gute Nacht. Ich hoffe, du kannst ein bisschen schlafen bei dem Sturm.»

101 Von allem, was sie nur schlecht gemeinsam tun können – gemeinsam Verwandte besuchen, gemeinsam kochen, sich gemeinsam eine HBO-Serie ansehen, ein Buch lesen, streiten –, können sie am allerschlechtesten in demselben Bett schlafen. Bedauerlicherweise legt Juliette aber Wert auf dieses Konzept, für sie ist das Teilen einer Matratze das Gütezeichen für wahre Liebe, ein Paar, das nicht in einem Bett schlafen kann, ist in ihren Augen kein Paar, und deshalb beginnen sie schon seit Ewigkeiten allabendlich gemeinsam die Nacht, mehr oder weniger optimistisch, obwohl eigentlich schon das ein Fehler ist, wie er weiß: Der Schlaf darf nichts mit Hoffnung oder Furcht zu tun haben; wenn es gut ist, steigt die Bewusstlosigkeit am ehelichen Firmament auf wie ein blasser Mond.

Aber es ist nicht gut. Wirklich dramatisch wurde es erst, nachdem er angefangen hatte, Anti-Ejakulations-Tabletten zu nehmen, die Juliette für ihn aus Schweden hatte kommen lassen. Die Bilanz ließ sich leicht ziehen: Den fünf bis sechs Minuten innigster Verschmelzung, die die Pharmazie für sie in petto hatte, standen grob gesagt fünf Stunden mindestens ebenso intensiver chemischer Wachsamkeit gegenüber. Ihr ganzer Rhythmus ging zum Teufel. Seit er Dapoxetin nahm, war das Bett, in dem ihre Monde aufsteigen sollten, sowieso kein Ort, an dem er sich gerne aufhielt. Jede Nacht dieselbe Tortur, das zunehmende Wühlen und Knarren, das Seufzen, das immer genervter und vorwurfsvoller klingt; die Decke, die mit immer grimmigerem Rucken zurechtgezogen wird; kleine Leselampen, die wie freundliche Erdmännchen auf Bücher geklemmt werden können, aber mitten in der Nacht aufleuchten wie Suchscheinwerfer der Polizei. Juliettes empfindliches Gehör registriert das Umschlagen von Seiten, sie vernimmt das friedliche Geraschel dieses Vorgangs durch ihre Ohrstöpsel hindurch, gelbes, von der NASA entwickeltes Schaumgummi, das Ludwig ein paarmal so tief in seine Ohren gedrückt hat, dass Juliette es am nächsten Morgen mit einer Pinzette herausprokeln musste.

Wenn er glaubt, sie schläft, nimmt er, als würde er eine Bombe entschärfen, ein paar Schlucke aus der Weinflasche, die er auf seiner Seite des Bettes deponiert hat, weil er hofft, sich so zu betäuben. «Ist das deine Flasche?» Auch Juliette ist noch wach. «Was sagst du?» Ohrstöpsel raus. «Ob das deine Flasche ist – du hast schon gehört, was ich gesagt habe.» «Nein, sie stand auf der Anrichte.» Licht an – «Idiot, das ist der Merlot, den ich von meinen Eltern bekommen habe, wie oft habe ich dich bereits freundlich gebeten …», woraufhin sie um halb drei nachts zum soundsovielten Mal darüber streiten, was wichtiger ist, seine Nachtruhe oder eine Flasche Fusel von Gall & Gall, sodass das Kriegsadrenalin innerhalb kürzester Zeit auf beiden Seiten aus dem hölzernen Bettkasten schwappt und Versuch Numero zweitausendundsoundsoviel offiziell für gescheitert erklärt werden kann. Ole Augenzu kommt nicht mehr. Ole Augenzu? Ole *Augenauf* heißt der Kobold. Ole *Immeraugenauf.*

Es gibt zwei Notlösungen. Die eine ist Sex. Der schlechte Schlaf hat ihnen zumindest geschenkt, dass sie dazu übergegangen sind, das stets etwas länger dauernde Gevögel medizinisch einzusetzen, im Trümmerhaufen der Nacht erwies sich eine zweite Runde als angenehm genug, um im Innersten von Juliette einen Liebhaber zu erschaffen; die Schlaftherapie wurde immer mehr zur Sextherapie und er ihr Guru – schließlich doch noch.

Die andere Notlösung: der Klügere sein und mit dem Kissen unter dem Arm ins Bügelzimmer umziehen, zwei Stunden nachdem er genau das vorgeschlagen hat. Dort liegt auf der Matratze, die er bereits in Enschede benutzt hat, ein Schlafsack bereit, ein Ausweichquartier, das einen unvorhergesehenen Aspekt hat, einen Vorteil: Der kleine Raum liegt genau gegenüber von Noas Zimmer, und Noa wacht, wenn sie bei ihnen ist, gegen sechs Uhr morgens auf, geht ganz leise auf die andere Flurseite und legt sich zu ihm, den warmen Heuschreckenkörper an seinen geschmiegt, süße Sachen murmelnd. Manchmal reden sie eine Weile über das, was sie beschäftigt, neulich erst über das ausgesprochen fiese Verhalten Yukis, ihrer allseits beliebten Schulfreundin, die in den zwei Wochen vor Nikolaus so oft «da kommt Knecht Ruprecht mit der Rute» gesungen hat, dass Noa in Tränen ausgebrochen ist, woraufhin er sie getröstet hat und über seine eigene Schulzeit erzählte, etwa dass auch er gemeine Freunde hatte, Gespräche, mit denen er und das Mädchen eine Legierung aus Kupfer oder Bronze geschmiedet haben. Es sind Inseln im frühen Morgen, weil Noa irgendwann erneut einschläft, und dann stopft er sich, so wie jetzt gleich, die Ohrstöpsel eben wieder rein.

Wo sind sie? Im Badezimmer knarzt und pfeift es. Das Gespenst Sachalin zwängt sich durch ein rostiges Gitter und das einfach verglaste Fensterchen ins Innere. Er kramt in seinem feuchten Kulturbeutel, seine Finger tasten den Boden ab, das Seitenfach, noch ein Fach. Er zieht das Ding weit auf, späht hinein mit dem Blick Philip Marlowes. Hektisch nimmt er die Sachen heraus, Zahnpasta, Zahnbürste, Handcreme, Kontaktlinsenbehälter, Reinigungsflüssigkeiten, Zahnstocher. Keine Ohrstöpsel. Er hatte noch ein Paar übrig, das Ersatzpaar, für alle Fälle, prima, stabil. Hat er sie im Gagarin liegenlassen? Nicht jetzt, bitte. Leichte Panik strahlt von seiner Brust in den Magen hinab; das kann nicht sein, unmöglich, eher noch verlässt er ein Gebäude ohne Schuhe.

Gerade als er überlegt, einen Blick in Isabelles Kulturbeutel zu werfen – allein schon der Gedanke lässt seine Handflächen schwitzen –, fällt ihm ein, dass sie schon auf dem Nachttisch liegen. Sein Gedächtnis schiebt das Bild vor seine Netzhaut: Ja, da liegen sie, ein wenig verfärbt und nicht mehr ganz symmetrisch. Scham steigt wie kochender Milchschaum auf: Wer legt in Gesellschaft einer begehrenswerten Frau offensichtlich gebrauchte Ohrstöpsel bereit?

Er kann sich nicht einmal daran erinnern, dass er sie dort hingelegt hat, so angespannt ist er aus der Hotelhalle wiedergekommen. Isabelle schlief bereits, sein Gepolter störte sie. Knurrend wie ein kleines, haufenförmiges Fabrikarbeiterchen, das früh aus den Federn muss, verkroch sie sich tiefer unter die Decke. Sie tat, als wäre es nicht erst halb neun, sondern schon fünf Uhr morgens. Nun ja, beschließt er, es ist ihm vollkommen wurst, was Isabelle darüber denkt; wichtig ist, dass er die Ohrstöpsel noch hat. Außerdem weiß sie ja noch viel hässlichere Dinge über ihn.

Noch vor der Flasche schändete er die Tagebücher. Beides gehörte zusammen, kausal: Die Tagebücher zogen die Flasche nach sich, so sah es aus. Drei Hefte mit festen roten Einbänden, die er in einem Schuhkarton ohne Deckel unter dem Bett fand, ein spektakulärer Beifang, wie man behaupten durfte. «Tagebuch 2000», «Tagebuch 1998–1999», «Tagebuch 1997». Keine Schlösser, nur breite Gummibänder. Sieh an, wer schreibt, der bleibt. Obwohl er geil wie ein korporierter Blausack in ihr Zimmer gegangen war, gelang es ihm, so einfach sein Auftrag auch war, nur in Maßen, sich auf seine Hausaufgaben zu konzentrieren. (Viel mehr, als unter ihrer Decke auf dem Rücken zu liegen, musste er nicht tun, atmen, sich umschauen, Beine anspannen und dabei das Isabelle-Aroma in seine Lungen saugen, den Geruch ihres Schlafshirts, ihres Kopfkissens, des Parfüms, das wie Feinstaub im Zimmer hing. Und immer, wenn es kurz davor war, dass es passierte, folgte er Linda Evans' Anweisungen, und er schickte seinen Zeigefinger los, um wie 007 seinen Schwanz zu würgen. Bis dahin war er dadurch nur umso heftiger gekommen – in dieser Hinsicht war sein Auftrag überhaupt nicht einfach; anfangs erschien ihm das Squeezen aussichtslos, was ihn tiefer denn je in eine postejakulative Niedergeschlagenheit versinken ließ, die sich in Isabelles Zimmer noch deprimierender anfühlte. Da lag er also, im Bett eines Mädchens, das nichts von ihm wissen wollte. Das irgendwo in Utrecht mit Korpsstudenten Party machte.)

Die Tagebücher vergrößerten seine stumpfsinnige Lust; er wollte Isabelles Kopf. Womit er in den vergangenen Jahren so wenig erfolgreich gewesen war, nämlich sich auf eine befriedigende Weise Zugang zum anderen Geschlecht zu verschaffen, Besitz von ihm zu ergreifen, von einem Körper, von dem Mädchen, das sich darin verbarg, das würde ihm jetzt doch noch gelingen, auf eine zwar tragische, aber möglicherweise auch intimere Weise.

Zunächst hatte er die dichtbeschriebenen Seiten nur flüchtig durchgeblättert; das Ganze begann in der elften Klasse ihres Delfter Gymnasiums. Mindestens vier Eintragungen hatte sie jede Woche gemacht, in Länge und Tiefgang unterschiedlich, aber ausgesprochen aufrichtig und geradlinig und, wie er fand, typische Isabelle-Themen behandelnd. Hochtrabende Gedanken über Politik zum Beispiel; statt Klatsch und Tratsch über ihre Freunde in der Jugendorganisation der linksliberalen D66 (die sie «langweiliger, aber intelligenter» fand als die «Vietcong der sozialistischen Partei»), schrieb sie über politische Perspektiven und ob Spitzenpolitiker wie Winnie Sorgdrager und Thom de Graaf die wohl aufzeigen würden. Er las Rumphilosophiertes über ihre Adoption und wie die sie in ihrem Leben «abhärten» konnte, eine stahlwollene Abhandlung, der er entnahm, dass sie «sich selbst gemacht» hatte. Drei todernste Seiten über Clara Schumann und Fanny Mendelssohn (sie hatte eigentlich aufs Konservatorium gehen wollen) und die Gründe, warum deren Musik nicht a priori minderwertiger war als die von Schumann und Mendelssohn. Warum interessierten sich alle, denen er begegnete, für klassische Musik?

Ausgestreckt auf der Matratze, auf der sie am nächsten Tag wieder schlafen würde, fand Ludwig allein schon das Lesen erregend, das bloße Wegschlürfen der nicht gerade mädchenhaften Beinahe-Druckbuchstaben, auf denen Isabelles Stimme und Gedanken wie Champagnerperlen zu schäumen begannen; sein erschöpfter Schwanz wurde hart vor lauter Unanständigkeit, vor lauter heimlicher Nähe – und das erst recht, als er an eine Passage gelangte, in der detailliert eine «Eierlikörstaffel» beschrieben wurde, die sie mit denselben sechs «Fähen» absolvieren musste, die nicht lange davor ihre Küche in Beschlag genommen hatten. Schon das ganze Semester waren sie damit beschäftigt gewesen, erniedrigende Aufträge zu erfüllen, blöde Schnitzeljagden durch Enschede, eine Spendensammlung im Clownskostüm für die Klinik-Clowns, hundert Trinkspielchen, und zwar in der Hoffnung, es von der «Fähe zur Fee» zu bringen – so wie jeder, der nicht Mitglied einer Verbindung war, konnte er dem nichts abgewinnen. Den Bericht über dieses spezielle Initiationsritual las er hingegen mit außergewöhnlichem Interesse. Sie hatten sich zu siebt in einer Reihe aufstellen müssen, woraufhin die Nummer eins, Isabelle, eine Flasche Eierlikör in die Hand gedrückt bekam. Nun ging es darum, immer wieder einen Schluck aus der Flasche zu nehmen und den dann, ohne zu kleckern, per Zungenkuss – denn darauf lief es hinaus – in den Mund der Nachbarin zu befördern, einer gewissen Judith, die den Eierlikör an ihre andere Nachbarin weiterspuckte, und dann immer so weiter, bis zur letzten in der Reihe, einer nicht zu beneidenden Nicolette, die den Glibber, der inzwischen aus mehr Speichel als Eierlikör bestand, in einen gläsernen Bierkrug spuckte. Der sollte am Ende ganz voll sein und die Eierlikörflasche ganz leer. Als Erste in der Reihe sei sie noch gut weggekommen, räumte Isabelle in ihrem Tagebuch ein, worüber sie mit ihrer «schon fast krankhaften Angst vor Ansteckung» froh gewesen sei. Judith schien es hingegen «überhaupt nicht schlimm» gefunden zu haben, mit ihr «rumzuknutschen», sie steckte Isabelle die Zunge immer tiefer in den Mund, es seien eigentlich «Zungenküsse» gewesen, Informationen, in deren Folge Ludwig eine Weile meditierend den Bettzeugduft einsog, bis er erneut squeezen musste.

Als der Krug bis zum Rand vollgespuckt war, wurde Isabelle von ihren Peinigern nach vorne gerufen. Drei Feen machten sie gleichzeitig fertig: Sie habe ihre Kommilitoninnen «hängenlassen», sie sei ein «Drückeberger», sie habe «versagt» – wie man das beheben könne? Keine Ahnung. Macht nichts, Schlampe, wir haben an alles gedacht. Du wirst, während wir zuschauen, den Halbliterkrug ganz austrinken. Also hatte sie, nach der Hälfte heftig würgend – «in den Krug, Fähe, du kotzt gottverdammtnochmal in den Krug» –, das gelbe Zeug in zwei Etappen ausgetrunken. Er kam.

Danach las er den Bericht über eine vor kurzem stattgefundene Studienfahrt nach Tschechien mit Analysen der Charaktereigenschaften, oder besser: der Charakter*fehler* der Mitstudenten, die mit ihr ein Konzentrationslager besucht hatten; wer wäre Kapo geworden, wer Henker, wer der Häftling, der Brot stiehlt oder, umgekehrt, verschenkt. Sie hatte an fast allen etwas auszusetzen: an ihren Arbeitskollegen in der Pianobar, an den Dozenten, an ihrem Großvater, der unlängst beerdigt worden war – strenge, knallharte Urteile, wie ihm auffiel. Ihm wurde mulmig davon, ja er wollte nicht darüber nachdenken, was sie wohl über ihn schreiben würde, wenn sie wüsste, wie er da lag, in ihrem Bett, mit ihren Tagebüchern, seinem nachtropfenden Schwanz in einem Taschentuch.

Tatsache war, dass er in ihrem Tagebuch kaum vorkam. Sie schien verflucht noch mal nur an dem interessiert zu sein, was er über Dolf und Tosca erzählen konnte. Außer der Bemerkung «Ludwig hat einen brillanten Stiefbruder und eine brillante Stiefschwester, ihn einmal dazu befragen», fand er nichts über sich. Nicht einmal an dem Tag, als sie bei ihm eingezogen war, eine Enttäuschung, die er mit Schmerzhafterem vertrieb: Sex, zu guter Letzt, leider, endlich. Natürlich war er scharf auf Geschichten über Sex, Geschichten über Affären mit Jungs und Männern – vielen Jungs und Männern, stellte er, bis in die Nervenenden gepeinigt, fest.

Es muss an der Mischung aus brennender Eifersucht, Sturheit und dem Wunsch, etwas zu zerstören, gelegen haben, dass er beschloss, die Flasche zu nehmen, die auf Marcos Plattenspieler stand. Und an dem schlichten Verlangen nach einem Schnaps nach der Lektüre ihrer sexuellen Eskapaden, Textpassagen, denen er wie ein Minenräumer entgegentrat. Ja, wie so ein behelmter Stratego-Soldat entschärfte er bis tief in die Nacht erotische Landminen. Als zum zweiten oder dritten Mal eine explodiert war («… nachdem wir also das Wijnhaven verlassen hatten und bei ihm zu Hause angekommen waren, fing Richard gegen Ende des Rumvögelns wieder davon an, dass er unbedingt *da* rein wollte, ich sollte die Vaseline holen, und dann habe ich sie eben geholt – wirklich, ich kann nichts anderes sagen, als dass es angenehm war, es tat fast gar nicht weh, eigentlich war es nur wahnsinnig schön, als er …»), stieg er aus dem Bett, ging zu der Resopalkommode, auf der Marcos ganzer Stolz stand, sein

Linn-Sondek-LP12-Plattenspieler, und nahm die Flasche von der Kunststoffhaube.

ER HÖRT DAS BETT im Zimmer knarren. Dreht sie sich um? Ist sie wach? Verzweifelt betrachtet er sein Spiegelbild. Das Licht ist gnadenlos, es verleiht seinem Gesicht etwas Affenartiges, was auch am Schlafmangel liegt, sein Neandertalerbruder kommt zum Vorschein. Der Bart, den er auf ihren Rat hin trägt, müsste mal wieder getrimmt werden. Er hat so heiß wie möglich geduscht, doch die oberen Hautschichten kühlen bereits wieder ab; ein heftiger Schauder durchfährt ihn, er schüttelt sich – nicht vor Kälte, sondern vor alter, tiefsitzender Scham, weil er sich an die Flasche erinnert, er kann das Ding in seiner ausgestreckten Hand fühlen, das schlanke, aufwendig geformte Glas, schwer und kühl, versehen mit einem Art-nouveau-ähnlichen Etikett, auf dem die Zeichnung einer wollüstigen Frau zu sehen ist.

Er schraubte den Deckel ab. Mit einer Stimmung, die so grün war wie die Flüssigkeit in der Flasche, setzte er den Hals an seinen Mund und trank brennende Schlucke, anisartiges Zeugs, saustark, sehr gut, es würde ihn müde machen, schläfrig, hoffte er, gelassen – das vor allem. Bevor Marco aus Genf wiederkam, würde er eine neue Flasche kaufen … Was war darin?

Absinth.

Als er am nächsten Morgen mit rasenden Kopfschmerzen aus einem drögen, wirren Traum aufschreckte, verkatert, zu früh, mit einem leichten Geschmack von Erbrochenem im Mund, sah er da sofort die Flasche stehen. Das Tagebuch, in dem er im Liegen gelesen hatte, lag aufgeschlagen unter seinem Bein. Ihm wurde bewusst, wie dumm er gewesen war. Wie deprimierend unvorsichtig. Zunächst einmal bezweifelte er plötzlich, dass der Absinth überhaupt Marco gehörte – der trank ausschließlich Bier, und das auch nur selten. Absinth schien ihm eher ein

Frauengetränk zu sein. Außerdem würde Marco niemals eine Flasche auf die Abdeckhaube seines Plattenspielers stellen, ein sündhaft teures «Stück Technik», auf das man ihn besser nicht ansprach, wenn man an dem Tag noch etwas vorhatte. Der Pegel in der Flasche war um mindestens zehn Zentimeter gesunken, es war nur noch etwas mehr als die Hälfte darin – hatte er wirklich so viel getrunken? Wenn der Absinth tatsächlich Isabelle gehörte, dann würde sie das sehr schnell bemerken, wahrscheinlich sofort, wenn sie nach Hause kam.

Unter der Dusche hatte er oft gute Ideen, doch das Einzige, was ihm diesmal einfiel, war das: Es ist Sonntag, alle Spirituosenhändler haben geschlossen. Verdammt. Noch halb nass ging er über Krümel und Rosinen zur Spüle und nahm die Spülmittelflasche, die dort stand, mit in Isabelles Zimmer. Der Absinth war etwas moosgrüner als das Dreft in der Plastikflasche, weniger chemisch, komplexer wahrscheinlich, trotzdem lagen die Farbtöne erstaunlich nah beieinander.

Eine Viertelstunde lang tat er nichts. Dann füllte er mit angehaltenem Atem die Absinthflasche bis zum Hals mit Spülmittel, das heißt: Das Dreft sank, zum Glück ohne zu schäumen, langsam in Richtung Flaschenboden. Fast perfekt, dachte er, wenn man von einer merkwürdigen Blase absah, die in kleine Bläschen zerfiel, als er die Flasche vorsichtig schüttelte. Man sah den Unterschied nur, wenn man genau hinschaute. Noch immer niedergeschlagen vor Selbstverachtung, zog er sich an und nahm aus seinem Zimmer einen Prittstift mit. Die Flasche hatte einen Schraubverschluss mit einem Siegel an der Vorderseite, das er am Abend zuvor rücksichtslos zerrissen hatte – wie dumm konnte man sein! So glatt und nahtlos wie möglich klebte er den durchtrennten Papierstreifen wieder auf den Flaschenhals und färbte mit einem schwarzen Filzstift aus Marcos Stiftebecher auf dem Schreibtisch den Riss nach. Er stellte die

Flasche zurück auf den Plattenspieler, zuerst mit dem Siegel nach hinten, doch so hatte die Flasche nicht dagestanden. Dann eben wie ein Kerl zum Raum hin. Er betrachtete die Flasche aus allen möglichen unterschiedlichen Perspektiven, vom Bett aus, vom Schreibtischstuhl, aus der Hocke neben dem Koffer. Nicht schlecht. Nur für einen Tag. Am nächsten würde er sie durch eine neue ersetzen.

Auf einem Kassenzettel aus seinem Portemonnaie notierte er den genauen Namen des Absinth – Odradek Absinthe, *manufactured in Czech Republic* –, um damit am nächsten Morgen ins Spirituosengeschäft in der Deurningerstraat zu gehen, das größte in der Provinz Twente. Isabelle hatte montags eine Reihe von Seminaren, doch die fanden sehr wahrscheinlich wie seine eigenen wegen der bevorstehenden Weihnachtstage nicht mehr statt. An jenem Sonntagabend lag er in seinem Bett, auf der rechtmäßigen Seite der Rigipswand, und hörte sie nach Hause kommen. Sie trank in der Küche etwas, ging in ihr Zimmer, wo sie Dinge in die Hand nahm und abstellte, ihr Bett knarrte, sie ging ins Badezimmer und wieder zurück. Sie führte ein kurzes, leises Telefongespräch. Über die Flasche? Noch Stunden nachdem es in ihrem Zimmer still geworden war, lag er hellwach da und wartete auf den Montag.

ER MUSS NIESEN – doch es kommt nicht wirklich zustande. Leise putzt er sich mit dem letzten Blatt Klopapier die Nase, eine neue Rolle gibt es nicht. Hotel Mithos heißt Sie willkommen. Er ist längst fertig mit Planschen, aber er trödelt; das Ganze bleibt höchst unangenehm. Vorhin ging es ganz gut, denn bevor sie duschen wollte und Juliette anrief, hatten sie sich einigermaßen normal unterhalten. Es gab ihm die Illusion einer bevorstehenden Rehabilitierung, ja es schien sich ein Abend ergeben zu wollen, an dem er seine Weste wieder weiß waschen konnte. Doch als er aus der Lobby zurückkam, schlief Absinthchen fest. War er in ihren Augen immer noch ein Idiot?

Mann, er hätte richtig Lust auf einen Schluck, jetzt. Leider sind sie Lichtjahre von einer Minibar entfernt. Mit prallvollen Lungen betritt er das Hotelzimmer, in dem es dunkel ist – nur die schief hängende Muschel über dem Bett leuchtet noch. Auf dem Kissen, wo er sie erwartet hat, liegt niemand: Sie ist auf die Seite umgezogen, die er sich selbst zugedacht hatte.

Vor dem Bett bleibt er stehen. Sie scheint im Tiefschlaf zu sein. Er atmet aus. Er hat ihre Absichten tatsächlich überschätzt, sie liegt hier nur, weil er kein wildfremder Russe ist. Seine Beine erschlaffen vor Enttäuschung, mit hängenden Armen steht er mitten im Zimmer und klappert mit den Zähnen. Natürlich ist das Herumgesaue mit dem Absinth nicht vergessen. Sie weist ihn schlafend ab. Und er darf hellwach neben ihr liegen.

Die Ohrstöpsel – er braucht sie unbedingt. Sein Blick wird von etwas angezogen, das sich über ihm bewegt, es ist die Lampe, die am Kabel schaukelt; es weht im Zimmer, der Schneesturm findet Ritzen oder lässt sie entstehen. Er schaut auf das Nachtschränkchen, es gibt nur dieses eine – sie hat ein Buch daraufgelegt, einen kleinen Stapel Bücher. Auf seine Ohrstöpsel? Er sieht sie nicht. Alarmiert beugt er sich vor, mit halb zugekniffenen Augen spähend: Nein, sie liegen da nicht.

Er steht auf und schüttelt sich, die Kälte sträubt die Haare auf seinen Armen. Dann liegen sie dahinter. Hastig zieht er Socken und einen zusätzlichen Pullover an, macht ein paar Schritte auf die annektierte Bettseite zu und starrt auf Isabelles tiefschwarzes, glänzendes Haar. Stellt sie sich schlafend? Sie scheint ihm eine Frau zu sein, die überall und immer sogleich einschläft, in tschetschenischen Ruinen, auf dem Gehsteig vor der Duma, in diesem umgekehrten Inferno.

Mit einem Seufzer des Widerwillens geht er in die Hocke, seine Fingerspitzen berühren den Teppich. Will er das jetzt wirklich tun? Es wäre ein wenig guter Beginn seiner Rehabilitierung, ihr erstauntes Gesicht, das plötzlich über seinem auftaucht: *Was tust du da?* Aber er braucht die Scheißdinger. Seine Abhängigkeit ist neurotisch, er weiß es. Im Internet gibt es einen Clip, in dem an einer Autobahn ein Mann zu sehen ist, der seinen Führerschein abgeben muss; man sieht, wie er sich flehend und strampelnd auf dem Grünstreifen wälzt. Das bin ich, Isabelle. Wenn meine Ohrstöpsel Räder und eine Anhängerkupplung hätten, dann würde ich sie jeden Samstag fröhlich pfeifend putzen.

Hautschuppen, Schwielen, Spermakrusten zerbröseln, als er sich hinkniet und so vorsichtig wie möglich zwischen Wand und Bett in Richtung Nachtschränkchen kriecht und unterwegs den Boden abtastet. Sein inneres Auge betrachtet ihn von oben herab, und was kriecht dort: die Neurose. Isabelles Kopf gefährlich nahe gekommen, bleibt die Neurose hocken – Wölkchen atmend. Zu Hause, in Overveen, wenn er in schicksalhaften Fällen seine Ohren nicht verstopfen kann, ist die Nacht ein kaum hörbarer, samtweicher Riesenradau. Der Gezeitenstrom hinter den Dünen, herumtrampelnde Insekten. Würmer, die sich durch die nasse Erde zwängen. Die elektromagnetischen Grübelwellen der Nachbarn auf ihren Kopfkissen.

Er streckt den Arm aus, tastet mit angehaltenem Atem die Umgebung der Bücher ab, links, rechts, davor, dahinter, da liegt ein eiskaltes Telefon. Er richtet sich ein wenig auf, sein Blick bleibt am obersten Buch hängen, auf dem Deckel ist ein aus dem All aufgenommenes Foto der Sonne zu sehen.

Keine Ohrstöpsel.

Ausatmen, nicht wütend werden. Lagen sie da überhaupt? Ja, er erinnert sich lebhafter an die Scheißdinger als noch vorhin, zwei Stück mit bräunlichen, leicht zusammengeknibbelten Enden auf dem biedermeierartigen Schränkchen. Er hebt die

Bücher behutsam hoch, *Kidnapped* lautet der Titel des untersten; selbst bei zunehmender Panik will er wissen, was diese Frau liest.

Nirgends plattgedrücktes Schaumgummi. Sie müssen heruntergeweht worden sein. Er taucht auf den Boden hinunter, wo es sicherer ist, und hebt die geklöppelte Tagesdecke hoch. Er späht in die Finsternis unter dem Bett. Nichts außer einer Haarspange und einer vergessenen Socke. Wo sind die verdammten Stöpsel?

Ihm bleibt das Herz stehen: Die Matratze über ihm erwacht zum Leben, die feinen Spiralfedern quietschen und singen, Isabelle dreht sich um. Ist sie wach? Er kann nicht ausatmen. Wenn sie das Bett verlässt, dann steht sie auf ihm drauf. Wie ein handgemachter Kamelsattel bewegt er sich nicht von der Stelle, vernäht, ausgehärtet, gegerbt, die Tagesdecke mit der Hand hochhaltend. Bloß stillhalten. Das Bett, das wie eine Eisenbahnbrücke in Riad über ihn gespannt ist, wackelt und quietscht erneut. Sein Arm verkrampft, er lässt die Decke ganz langsam sinken. Sitzen bleiben, Kopf zwischen den Ellbogen, Hintern auf den Fersen, zum Mekka des Schlafs beten, wo, wie in Saudi-Arabien, eine Kaaba steht, sein eigener schwarzer Riesenkubus, um den er jede Nacht siebenmal herumtrottet und unter dessen samtenem Leichentuch sich ein unförmiger, riesiger, gelber, zu jedermanns Erstaunen runder Ohrstöpsel verbirgt. Wiedewie kann das bloß sein? Groß hat er das Ding gemacht, zu groß. Er wartet noch länger, unterdrückt das Zittern in seinen Schultern, eine Minute, mindestens. Sollte er lieber seine Niederlage eingestehen? Ein tapferer Junge sein? Stundenlang neben einer schlafenden Isabelle liegen – es ist schrecklich, es ist erniedrigend.

Erst als er ihr Atmen zu hören meint, leise, regelmäßig, erhebt er sich. Sie hat sich auf den Rücken gedreht – er schaut geradewegs in ihr kleines Ohr. Unwillkürlich beugt er sich vor: Irgendwas steckt darin, ein gelber Ohrstöpsel, er wurde quer eingeführt und hängt halb heraus. Kurz lässt er die Entdeckung auf sich einwirken. Kann das sein? Hat sie *seine* Ohrstöpsel genommen? Sein erster Impuls ist, sie wach zu rütteln, nein, mit einer Ohrfeige zu wecken – doch er kann sich beherrschen, denn rechtzeitig kommt ihm ihre Privatsphäre in den Sinn, rechtzeitig erinnert er sich daran, dass er ein perverser Absinthdieb ist. Und angenommen, er irrt sich? Einige Momente denkt er über diese Möglichkeit nach.

Nein; mal angenommen, es ist schlimmer, angenommen, du irrst dich *nicht*? Angenommen, sie hat wirklich, und zwar mit Absicht, deine Ohrstöpsel geklaut. Was dann? Kann er sie wecken? Die Hand aufhalten, los, her damit? Ist er in der Position, Forderungen zu stellen? Die Situation ist lächerlich, sie lässt seinen Atem schwerer gehen. Du musst dich erholen. Dir ist eiskalt. Geh ins Bett.

Wie ein Omnibus in einer Gasse kriecht er zurück, steht auf, geht zitternd um das Bett herum, weg aus der Gefahrenzone, und schlüpft unter die Decke, durchfroren bis auf die Knochen, trotz der Socken, der zwei Pullover und der einzigen Jeans, die er dabeihat.

Eine Weile lauscht er den Naturgewalten, die draußen toben. Das Ganze wirkt unschön, inszeniert, wie eine rachedurstige Abreibung, wie eine Strafe für ein Vergehen, das diese Insel auf dem Gewissen hat. Wer klaut schon gebrauchte Ohrstöpsel? Ein Idiot oder ein Flegel. Nur eine einzige Erklärung scheint ihm plausibel: Sie hat sich die Ohrstöpsel unter den Nagel gerissen, um ihn zu bestrafen. Sie hat sie sich unter den Nagel gerissen wegen seines Herumwichsens in ihrem Bett. Sie weiß es. Sie will ihn spüren lassen, wie viel Respekt er verdient. Als er sich im Badezimmer über seine Bartstoppeln gestrichen hat, lag sie im Bett und dachte über sein mieses, borniertes, respektloses Verhalten nach. Ich konfisziere einfach deine Ohrstöpsel – das hat sie gedacht. Sieh mal, ich stecke sie mir selber in die Ohren.

100 Am Montagmittag um 13.00 Uhr, früher machte der Laden nicht auf, stand Ludwig vor der Spirituosenhandlung Hennie Berendsen in der Deurningerstraat; es fror, und trotz der Handschuhe starben seine Finger ab. WIR FÜHREN 1200 SORTEN WHISKY UND 1000 SORTEN BIER. HABEN WIR NICHT, KENNEN WIR NICHT!, las er auf einem Schild an der Fassade, auf der mit Kunstschnee besprühten Schaufensterscheibe und auch auf der Schürze des Mannes, der durchaus Hennie Berendsen selbst sein konnte und ihn erst fünf Minuten nach eins reinließ. «Wie kann ich Ihnen helfen?»

Als hätte er eine Flasche Storchenwadenfett verlangt, so sah ihn der Mann an, und es war nur gut, dass Ludwig sein eigenes Gesicht nicht sehen konnte, als ihm mitgeteilt wurde, unter den Tausenden Schnapsflaschen in dem riesigen Laden gebe es nicht eine einzige Flasche Absinth.

«Haben wir nicht, kennen Sie nicht, steht auf Ihrer Schürze», sagte Ludwig.

«Absinth ist verboten», erwiderte Berendsen. In ganz Europa, fügte er noch hinzu, und in den Niederlanden seit 1909. Außer in Tschechien und, wenn er sich nicht irre, in Katalonien.

«Verboten? Warum?»

«Warum sind die Bananen krumm», kam es in Twenter Dialekt zurück. «Man dachte, da würde man wahnsinnig von, spastisch und was weiß ich sonst noch alles.» Ludwig musste einen schlechten Vortrag über die angeblichen Gefahren von Absinth über sich ergehen lassen. Man würde dann Schlangen aus Köpfen kommen sehen, man bekäme die Fallsucht, man würde dann malen wie van Gogh.

«Aber wo bekomme ich jetzt eine solche Flasche her?»

«So eine Flasche? Dürfte schwierig werden. Aus Barcelona vielleicht. Zeigen Sie mir den Zettel noch mal? Odradek Absinthe …» Der Mann las vor, was Ludwig ihm bereits gesagt hatte: *Manufactured in Czech Republic*. «Ich fürchte, Sie müssen dafür nach Prag fahren.»

Mein Gott, Ludwig rastete vor Hennie Berendsen fast völlig aus. «Sie haben doch Beziehungen? Importeure, Brennereien, Großhändler?» Natürlich, Beziehungen hatte er, aber er kannte die Leute gut genug, um zu wissen, dass keiner von ihnen Absinth hatte.

Auf dem Rückweg zum Campus entwarf und verwarf er Ausreden: Angenommen, Isabelle erwartete ihn mit der Flasche in der Hand, was konnte er zu ihr sagen? Eine Wette? Ein Alkoholproblem? Unerwarteter Besuch, der unbedingt einen Schnaps haben wollte? Lächerlich. Und warum dann das Spülmittel in der Flasche? Und wie war er in ihr Zimmer gekommen? Es war nicht lächerlich, es war verachtenswert.

Sie war nicht zu Hause. Am Küchentisch sitzend, den Blick fest auf die feuersichere Zwischentür gerichtet, rief er Spirituosenhändler in Amsterdam, Utrecht und sogar in Münster an: *Nein, leider nicht*. Kurz vor Ladenschluss fuhr er mit dem Rad durch die einsetzende Dunkelheit erneut in die Innenstadt von Enschede und betrat unterkühlt, aber schweißnass das Reisebüro Arke, um zu fragen, was ein Flug nach Prag koste: teuer – zu teuer, fand er angesichts des Risikos, entlarvt zu werden, während er irgendwo hinter dem Eisernen Vorhang nach einer Flasche Absinth suchte.

Draußen klappert etwas, auf dem Dach oder an der glatten

Hotelfassade, ein loses Teil der Wandverkleidung; zu wissen, dass seine Ohrstöpsel in anderen Gehörgängen stecken, macht das Geklapper unerträglich. Los, fall schon runter. Isabelle gibt ein summendes Geräusch von sich, ihr Körper zuckt ein paarmal; ein Albtraum, hofft er. Sie dreht sich von ihm weg, die Decke kraftvoll mit sich nehmend. Es gibt zwei wollene Exemplare mit einem Laken darunter – die Letzte, die so das Bett machte, war Ulrike in ihrer gemeinsamen Wohnung in der Geresstraat. Während er vorsichtig versucht, die Decke zu sich zurückzuziehen, bemerkt er, dass neben ihrer Schulter etwas liegt. Er bläht die Wangen: Es ist einer der Ohrstöpsel. Da schau her. Seine Hand schnellt nach vorn wie eine Puffotter. Isabelle hatte ihn ja auch nicht gut reingesteckt, schief, nicht tief genug.

Mit pochendem Herzen dreht er sich auf den Rücken, die Faust mit dem gewichtslosen Schatz darin sicher neben seinem fernen Oberschenkel. Dass sie das will, die Stöpsel eines anderen in den Ohren. Er selbst hat bereits ein Problem mit Butterbroten, die jemand anders für ihn streicht, mit einem noch warmen Sitzplatz im Zug. Bloß nichts von Fremden, vom leeren Bett einer arroganten, aber scharfen Frau einmal abgesehen.

Während der letzten Tage vor Weihnachten lächelte ihn Isabelle auf die vertraute Art an, kühl, überlegen, ihr Mund ein Strich unter ihrer Geringschätzung. Ihr schien nichts Besonderes aufzufallen, nicht an ihm, nicht am Absinth. Gehörte er etwa doch Marco? Er verspürte einen enormen Drang, in ihr Zimmer zu gehen und zu kontrollieren, ob die Flasche unberührt an derselben Stelle stand, ja mehr noch: ob sie darüber etwas in ihr Tagebuch geschrieben hatte. Leider hatte sie nichts vor, und auch an den Weihnachtstagen bot sich ihm keine Gelegenheit, denn sie fuhren beide weg, er zu Tosca nach Den Haag, sie zu ihren Adoptiveltern nach Delft, und am Tag darauf, erzählte sie ihm freundlich, habe sie noch ein Weihnachtsessen mit ihren Verwandten. Sie wünschte ihm schöne Feiertage.

Es war nett bei Tosca, auch wenn er mit seinen Gedanken woanders war. Als er am Nachmittag des zweiten Weihnachtstages am Bahnhof Enschede wieder aus dem Zug stieg, ging Isabelle vor ihm her. Sofort blieb er stehen, ein Mädchen stieß von hinten gegen ihn, Entschuldigung, tut mir leid. Durch die Schiebetüren beobachtete er, wie sie zwei volle Plastiktüten an den Lenker ihres Fahrrads hängte und mit der Wochenendtasche auf dem Rücken schwankend davonfuhr – der Moment, in dem er den Bahnhof verließ, hastig sein Kettenschloss öffnete und sich daranmachte, sie rechtmäßig zu verfolgen. Sie fuhr langsam und seltsam aufrecht die Deurningerstraat entlang, die Knie wegen der Tüten am Lenker wenig ergonomisch zur Seite gestreckt, und so kamen sie nacheinander an der Spirituosenhandlung Hennie Berendsen vorbei, problemlos wahrte Ludwig einen Abstand von dreißig Metern. Das Ticken seines Fahrradständers hallte an den Häusern wider, in denen Weihnachtsbäume standen, nach jeder Tretkurbelumdrehung machte er eine kurze Pause, Isabelles vinylschwarzen Hinterkopf fest im Blick. Was ging in diesem Kopf vor? Ein Gedankenleser sähe, so fürchtete er, zwei identische, geschändete Flaschen Odradek-Absinth sich auf den Tubantia-Campus zubewegen. Sie radelten an den hölzernen Baustellenzäunen rund um das Katastrophengebiet vorbei, die Kinder mit Bäumen, Sonnen und Tieren bemalt hatten, genau den Dingen, die dahinter nicht zu finden waren. Auf der Höhe seines Schwanzsalbendealers bog sie links ab, Richtung Universität.

In der Mozartlaan, einer öden Straße, die Dolf beleidigend gefunden hätte, hielt er minutenlang an und sah sie in Gedanken die Horstlindenlaan entlangfahren, etwas ungelenk, unter den nackten Baumkronen zum Campus hin. Er wollte nicht schon draußen vor der Pyramide mit ihr zusammentreffen; mit kaltem Kiefer war er weniger eloquent.

Als er zwanzig Minuten später die Zwischentür öffnete, stand sie an der Spüle und goss Ingwertee auf, einen Finger zwischen den Seiten eines Buches. Sie trug eine Jogginghose, dicke Hockeysocken und ihren violetten Kimono. «Sieh dich lieber vor», sagte sie, «ich habe Grippe.» Er bot ihr an, beim Chinesen Essen zu holen, was sie für eine gute Idee hielt, und «lieb» fand sie es auch, obwohl sie glaubte, nicht sonderlich großen Appetit zu haben. Sie findet mich lieb, dachte er auf dem Weg zum Asia-Imbiss Jumbo und ging in der einsetzenden Dunkelheit neue Absinthszenarien durch. Vielleicht beschäftigten sie ja ganz andere Sachen als ein Liter Fusel. Vielleicht hatte sie den Absinth geschenkt bekommen. Lag es nicht nahe, dass ihre Eltern oder sonst wer die Flasche aus Prag oder Barcelona mitgebrachten hatten? Ein Souvenir, das sie rein gar nicht interessierte?

Er bestellte zwei Frühlingsrollen, Fuyonghai, Babi Pangang und Reis und verschwand in der engen Toilette. Er cremte sich ein. Man konnte nie wissen, dachte er auf Teufel komm raus, was sich in gewisser Weise auch bewahrheitete: Sie führten an dem Abend ein gutes Gespräch, vielleicht das beste während all der Monate, als hätte der grüne Fluch ihn von seiner Schüchternheit befreit. Obwohl Isabelle geistesabwesend wirkte und in der Tat fiebrig glühte, unterhielten sie sich unter anderem über ihre Namen, worauf sie das fette, salzige Essen in den weißen Schalen gebracht hatte, von dem sie beide wussten, dass es vollkommen unchinesisch war; Ludwig meinte, Fuyonghai sei wahrscheinlicher niederländischer als Sauerkraut mit Wurst.

Witzig, erwiderte Isabelle, nachdem sie in die knusprige Frühlingsrolle gebissen hatte, so habe sie sich früher gefühlt, genau wie eine Schale Fuyonghai, ein Mädchen, das ausgesehen habe wie eine Chinesin, als wäre das ganze Jahr über Karneval, während sie, mit ihrer noblen Patrizierfamilie im Hintergrund, in ihrem Innern vielleicht niederländischer gewesen sei als ihre Mitschüler. «Und dann hatte ich auch noch so einen französischen Scheißnamen und eine rothaarige Mutter. Daraus wurde niemand schlau. Und ich auch nicht.» Apropos, wie sei das gewesen, fragte er, habe sie ihren Vornamen von ihren tatsächlichen Eltern in Thailand bekommen? «Nein», sagte sie, und er bemerkte etwas Neues in ihrem Gesicht, einen schüchternen Zug, der ihm sofort gefiel – nein, sowohl ihr Vor- als auch ihr Nachname komme aus dem Köcher ihrer Adoptiveltern, auch wenn «Isabelle» eine Art Verlängerung ihres thailändischen Vornamens «Isa» sei. Wonach sie ihm auch noch ihren ursprünglichen Nachnamen verriet, eine dahinstolpernde Folge von Silben, die er sich unmöglich merken konnte, ganz am Anfang so etwas Ähnliches wie «porn». Hässlich, fand auch sie. Gerade richtig für jemanden mit dem schönsten Namen seit Brigitte Bardot, dachte er. «Dann bist du deinen neuen Eltern bestimmt dankbar», sagte er.

Für ihren Namen schon, gab sie zu. Es seien nette Leute, aber dennoch fühle sie sich im Prinzip familienlos, was möglicherweise auch daran liege, dass die Eltern ihres Adoptivvaters, die Orthels, bereits tot gewesen seien, als sie adoptiert wurde. Sie nieste dreimal. Mit der Familie ihrer Mutter verbinde sie nichts. Ihr Großvater, unlängst verstorben, sei ein gemeiner Mann gewesen, ein Sadist.

«Und meine Mutter ist auch nicht ohne», sagte sie, mit einem Tütchen Sambal hantierend, «obwohl die Bezeichnung Sadistin zu weit gehen würde, sie ist eher eine Opportunistin.» Weil eine Stille entstand, deutete er auf die Scoville-Skala. Neben Sambal klebte ein Foto von Ginger Spice, wie er bemerkte. Vielleicht dachte sie jetzt, er habe beim Wichsen Ginger Spice vor Augen, eine Vorstellung, die er als prickelnd empfand.

Als sie nach ein paar winzigen Bissen fertig gegessen hatte und die Absicht zu haben schien, in ihr Zimmer zu gehen, erzählte er ihr, dass er auch seinen Namen geändert und bis zu seinem dreizehnten Lebensjahr Dolf geheißen habe – genau wie sein Stiefbruder also. Für Appelqvist, stellte er fest, wollte sie durchaus noch kurz dableiben. Er erklärte ihr, wie verwirrend es gewesen sei, zwei Dolfs, doch das sei nur nebensächlich gewesen; eine größere Rolle habe gespielt, dass sie sich nicht vertragen hätten.

«Wieso hat nicht er dann einen anderen Namen angenommen?»

«Nein, nein, ganz ausgeschlossen, nicht er – ich. Er war berühmt, er war der echte Dolf. Sein Name stand bereits auf Plakaten und in CD-Beiheften. Er war bei Adriaan van Dis in der Talkshow gewesen, im Fernsehen. Niemand hätte es verstanden, wenn der große Dolf Appelqvist plötzlich einen anderen Vornamen gehabt hätte.»

Sie nieste. «Na ja, ist irgendwie logisch.»

«Logisch? Tausende Rentner wären vollkommen desorientiert gewesen. Wie die Lemminge hätten sie sich von ihren Seniorenwohnheimbalkonen gestürzt.» Sie versuchte zu lachen, schlug sich aber die Hand vor den Mund und rannte zur Toilette, verschloss die Tür. Er hörte, wie sie sich übergab.

DIE REALE ISABELLE, die Isabelle der bevorstehenden Nacht, dreht sich um, schmatzend, in einer tiefen, unbegreiflichen Ruhe. Was er nicht kann: einschlafen neben dieser Frau. Er richtet den Oberkörper auf und beugt sich über sie, eine impulsive, beinahe unbewusste Bewegung. Behutsam, als wäre der Matratzenrand aus Gips, stützt er die Faust mit dem Ohrstöpsel darin auf, schräg oberhalb von ihrem Kopf, sodass er, sein Gewicht auf die Fingerknöchel verlagernd, in ihr rechtes Ohr schauen kann. Natürlich, das andere Kleinod steckt darin. Und ragt ebenfalls etwas heraus. Sie weiß nicht einmal, wie man die Dinger verwenden muss. Seine freie Hand senkt sich bereits. Soll er? Die Versuchung ist groß, doch seine Finger zittern. Obwohl er nur vorhat, einen gestohlenen Schaumgummipfropf aus einem schuldigen Ohr zu ziehen, hat er das Gefühl, die Integrität ihres Körpers zu verletzen – die Integrität eines Gehörgangs, übertreib mal nicht, es ist nur ein Ohr, doch es ist bereits zu spät: Der Ohrstöpsel ist der Korken in einer teuren Weinflasche, nein, er ist der Deckel einer Urne, und du bist drauf und dran, ein Grab zu schänden. Er legt sich wieder hin und dreht sich auf die Seite, erleichtert, enttäuscht.

Eine neue Gelegenheit ließ auf sich warten. Sie blieb nicht einen, nicht zwei, sondern *fünf* Tage mit Grippe im Bett, eine quälende Aneinanderreihung von Stunden, in denen er sich ihres Beisammenseins mit der Flasche fortwährend bewusst war. Er kaufte Apfelsinen, die er ihr brachte, doch als er in ihrem Zimmer stand, traute er sich nicht, zu der Flasche hinzusehen, nicht einmal beiläufig. Unterdessen geschah nichts, was seine Angst kleiner werden ließ. Nichtsdestotrotz begab er sich sofort in ihr Zimmer, als sie endlich – es war bereits der 4. Januar – zur Arbeit in die Pianobar ging. Überall vollgerotztes Küchenkrepp, leere Paracetamolblister. Die Flasche stand noch immer auf dem Plattenspieler, vornübergebeugt studierte er den Staub rund um den Boden. Unberührt. Aufatmend spähte er durch den getönten Kunststoff der Abdeckhaube, auf dem Teller lag eine typische Marco-LP: Kraftwerk, *Radio-Aktivität.*

Das Tagebuch musste er unter einem Bücherstapel hervorholen, in dem sich erstaunlicherweise auch eine bleischwere Bibel befand. Unter ihre Grippedecke legte er sich diesmal lieber nicht. Neben ihrem Bett hockend, blätterte er die letzten Eintragungen durch, wieder nervös; das Neueste, was er fand, waren einige rätselhafte, eilig hingeworfene Kernsätze, Früchte des Fiebers, wie ihm schien: «Stephen H.s schwarze Löcher machen mit Zeit und Materie, was de S.s Schlösser mit Lust und Grausamkeit machen», und: «Herausfinden, was Adorno, W. F. Hermans, Bataille dem Alten weisgemacht haben», und: «Declamatio Johannes: Ich bin eine GRÜNE FEE auf dem Rücken einer scharlachroten Bestie. Blasphemische Namen. 6 Köpfe, 10 Hörner. Anstoßen auf Grausamkeiten und liederliche Missetaten der Fee usw. usw.»

Auf der Seite davor stand eine normale Eintragung vom 27. Dezember. Er scannte sie blitzschnell auf «Flasche» und «Absinth»; ihre selbstbewussten Pseudodruckbuchstaben waren etwas wackeliger als sonst. Nichts. Seine Erleichterung verwandelte sich augenblicklich in die Hoffnung, dass sie dort etwas über sie beide notiert hatte, über ihr gutes Gespräch. Die ersten Absätze drehten sich um die Frage, ob sie sich gegenüber *fucking* Sigerius, dem Wissenschaftsminister, nett verhalten hatte oder nicht; der war etwa ein Jahr zuvor hinter ihr her gewesen, wie sie gelegentlich behauptet hatte, und wurde nun vermisst. Wird schon wieder auftauchen. Dann ein Absatz, in dem es darum ging, wie lange jemand, den sie die «Schnepfe» nannte, brauchen würde, um die Biographie ihres Großvaters zu schreiben; mindestens drei Jahre, meinte sie.

Ganz unten auf der Seite fand er sich selbst, zumindest seine Initiale. Das «L.» strahlte ihm bereits entgegen, ehe er bei der Zeile angekommen war – er musste den Satz, plötzlich mit den Nerven am Ende, zweimal lesen; da stand, dass sie zusammen chinesisch gegessen hatten und dass er während der Mahlzeit an seinen Gesichtsnarben herumgefummelt hatte, er habe «das tote Fleisch» zwischen Daumen und Zeigefinger genommen und versucht, «es umzudrehen». Sie frage sich, warum er sich nicht einen Stoppelbart, wie George Michael ihn habe, stehenlasse.

Absinth auf deine Stoppelmöse und zum Teufel damit.
Er schaut sich im Zimmer um. Die ausgeschaltete Hängelampe aus Brokatimitat schaukelt, das gelbe Licht der Nachttischlampe erreicht mit Mühe den einfachen Schreibtisch, auf dem ein Buddelschiff steht; «wie geschmackvoll», hätte Otmar mit einem Augenzwinkern gesagt, «Schiffe sind immer gut, nach meinem Tod möchte ich als Schiff und nicht als Geige wiederkommen».

In der Hocke sitzend, hatte er sich die Tränen verbissen. Als sein Selbstmitleid ein wenig abgenommen hatte – das hatte man also davon, fremde Tagebücher lesen –, war er aufgestanden und hatte, zwischen Hoffnung und Furcht schwankend, doch noch die Monate davor durchgeblättert, jetzt nach dem Buchstaben «L.»: Möglicherweise hatte er ihn beim ersten Mal ja übersehen.

Was nicht der Fall war.

Wohl aber stieß er auf die Flasche. Wissenswertes, das ihn erstarren ließ, als läse er seinen eigenen Autopsiebericht. Es war derart entsetzlich, was da stand, dass es beinahe komisch war. Allerdings kann er auch zehn Jahre danach noch immer nicht darüber lachen. Es folgte unmittelbar auf die Geschichte mit der Eierlikörstaffel und war Teil desselben relativ langen Eintrags, den er infolge seines Ejakulationshattricks nicht zu Ende gelesen hatte. Zwei dichtbeschriebene Seiten – allerdings nicht über Eierlikör. Sein Bewusstsein setzte aus, als er las, dass der wichtigste Auftrag der Fähen darin bestand, Absinth zu besorgen, und zwar eine möglichst schwierig zu beschaffende Flasche. In «Der Grünen Stunde» (eine noch ausstehende Zusammenkunft, wie ihm deutlich wurde) musste jede Fähe in «der Nacht des Urteils» ihre Absinthflasche präsentieren und verteidigen. Je authentischer und besser «Gesöff und Declamatio» rüberkamen, umso zufriedener war der Debattierclub. Pro Jahrgang werde die beste Flasche zur «Grünen Hölle» zugelassen, erklärte Isabelle der lieben Kitty, eine Ehrenvitrine, in der inzwischen vierzehn geleerte «sublime Flaschen» stünden. Manche stammten aus dem neunzehnten Jahrhundert.

Mit pulsierenden Augäpfeln las er, dass der auffällige Schmuck an Isabelles Hals, das Blatt aus Messing mit den aderähnlichen Schlitzen darin, nicht einfach nur ein Anhänger war, sondern ein Absinthlöffel. Sie hatte ihn als Leihgabe von ihrem Debattierclub bekommen und durfte ihn erst dauerhaft behalten, wenn sie eine akzeptable Flasche abgegeben hatte. Die Bedeutung davon sollte sie gegenüber Nicht-Feen geheim halten. Trank man Absinth denn mit Hilfe eines löchrigen Löffels?

Er nicht.

Da stand noch mehr. Ein paar Wochen bevor Isabelle in das Zimmer gezogen war, das er dann mit viel Elan geschändet hatte, war sie mit dem Nachtzug (und mit einem Typen namens Jaap, den sie zu seiner Verärgerung «Jaapster» nannte) nach Prag gefahren, aber man halte sich fest: Prag war noch nicht weit genug entfernt; anstatt dort einfach so eine studimäßige Scheißflasche zu kaufen – es müsse Absinth sein, in dem Wurmkraut enthalten sei, schrieb sie, und dazu noch ein paar Billionen andere Kräuter, auf der Basis von vorzugsweise siebzig Prozent Alkohol und so viel «Thujon» wie möglich, einem Stoff, von dem man, so Isabelle, «rattenscharf» wurde, ein besonders anstößiger Ausdruck, der Verliebtheit ausschloss, aber geiles Ungestüm auf keinen Fall –, reisten sie mit dem Nahverkehrszug weiter nach Brno, von wo aus sie und der Jaapster nach Boršice u Blatnice trampten, irgendein Kaff am Fuß der Weißen Karpaten, wo sie in einer abgelegenen Imkerei für umgerechnet einhundertfünfzig Gulden die Flasche Odradek-Absinth erworben hatte. Es müsste schon mit dem Teufel zugehen, schrieb sie, wenn ihre Flasche nicht in die Grüne Hölle käme.

Ludwigs Herz pochte währenddessen heftig, es schlug immer

schneller. Als ob es die Karte Tschechiens wäre, studierte er die Wand. Und jetzt? Auf zu den Weißen Karpaten?

Eine Sekunde später stand er neben dem Linn Sondek LP12, nahm die Flasche herunter und betrachtete sie. Verdammt, man sah sofort, dass etwas nicht stimmte, der Absinth trieb wie Sirup auf dem Spülmittel, an der Trennlinie schien sich Schaum zu bilden. Ihm war, als explodierte in seinem Magen irgendwas Heißes: pilzförmige Panik. Musste er wirklich nach Tschechien fahren? Und wie viel Zeit blieb ihm noch dafür? Oder war es besser, ein Geständnis abzulegen, Isabelle eine Halbwahrheit zu präsentieren? Er griff sich wieder das jüngste Tagebuch und begann, nach einem Datum zu suchen, an dem die Grüne Stunde stattfinden sollte; er blätterte ihre Eintragungen der letzten Monate zweimal durch, fand aber nichts. Solange es noch eine Chance gab, ungeschoren davonzukommen, war Beichten undenkbar. Er nahm die Flasche mit in die Küche, fummelte mit einem Schälmesser das Siegel ab, holte tief Luft und schüttete den schäumenden Inhalt ins Becken. Aus dem Schrank darunter holte er eine unangebrochene Zweiliterflasche Spülmittel, die er vorausschauend gekauft hatte, und spritzte die Absinthflasche bis oben voll. In seinem Zimmer stellte er zum zweiten Mal die Versiegelung wieder her, diesmal als wäre er Otmar, mit Klebstofftropfen an einer Büroklammer, allerdings hatte sein Stiefvater beim Basteln nie geflucht.

DIE STÄRKE DES STURMS nimmt immer noch zu, auf dem Schreibtisch verschiebt sich etwas – er kann nicht sehen, was. In was für einem bescheuerten Traum ist er da gelandet? Isabelles verstopftes Ohr liegt immer noch so, dass man drankäme. Wieder beugt er sich über ihren Kopf. Soll er doch? Wenn er ein Gerichtsverfahren anleiert, gewinnt er – Absinth hin oder her. Eine Haarsträhne liegt auf dem Ohr. Ganz real kann er den

Schrei hören, den sie ausstoßen wird, wenn er beim Herausnehmen des Ohrstöpsels unbeabsichtigt an der Strähne zieht. Mit dem Mittelfinger schiebt er die Haare vorsichtig beiseite; Isabelle kneift das am nächsten gelegene Auge ein wenig fester zu – sein Arm federt in die Höhe. Mit angehaltenem Atem wartet er. Dann senkt sich seine Hand wieder in Richtung des kleinen Ohrs, dessen Läppchen mit einer silbernen Minipistole geschmückt ist. Die Spitze seines Daumens berührt das gelbe Ding. Sofort schreckt er zurück. Nicht schießen.

In der Firma Sanitas Kennemerlanden – wo auch das Dapoxetin herstammt, sein ganzes Wesen lagert bei Juliette auf der Arbeit – gibt es Schlaftabletten, Wagenladungen davon, auf allen Etagen Kaugummiautomaten mit Schlaftabletten. Doch die verwehrt sie ihm. Mit Schlaftabletten fangen wir gar nicht erst an, Darling. So eine verdammte Scheiße. Während ihrer Arbeitszeit verabreicht Oberschwester Ratched jedem Idioten seine Barbiturate und Benzodiazepine, doch wer guckt in die Röhre?

Seine Hand senkt sich erneut, schneller; mit den Nägeln von Daumen und Zeigefinger versucht er, den am weitesten nach oben ragenden Schaumstoffrand zu packen. Er zieht, die Bewegung ist grimmig, aber kontrolliert. Der Weisheitszahn gibt sofort nach – dennoch spitzt sie die Lippen, eine leichte Grimasse. Rasch schaltet er die Nachttischlampe aus, eine erlösende Dunkelheit macht sich breit. Mit geschlossenen Augen bugsiert er den zweiten Stöpsel in die Hand, in der sich dessen Zwillingsbruder befindet.

So. Sehr gut. Oder etwa nicht? Es gibt noch so etwas wie Verjährung.

Auch wenn es ihm vorkommt, als wäre es erst gestern passiert. Nach der Grünen Stunde, die nicht lange auf sich hatte warten lassen, war Isabelle sofort verschwunden, selten hatte er jemanden so schnell seinen Kram packen sehen. An jenem Januarnachmittag, als er von Tosca wiederkam, bemerkte er unten an der Pyramide den hellblauen, inzwischen vollgeladenen Renault Twingo. Tausend Gulden steckten in seiner Manteltasche, vier Leuchttürme, die Tosca für ihn in Den Haag aus einem Geldautomaten gezogen hatte. Voller Panik hatte er seine Stiefschwester angerufen; «tausend Gulden für eine wichtige Angelegenheit in Prag, über die du mir nichts sagen darfst», hatte sie seine Worte zusammengefasst. «Okay, dann komm vorbei und hol dir das Geld, Ludwig.»

Schon auf der mittleren Treppe traf er Isabelle. Er weiß noch genau, wie sie aussah: trotz der Jogginghose und der Turnschuhe und des Umzugskartons in den Händen himmelschreiend vergnügt. Sie behauptete, dass sie einen Kater habe, doch sie war wie ein Leopard, so fit, so aktiv. Gestern habe der Abschlussabend ihres Debattierclubs stattgefunden, erzählte sie, es sei phantastisch gewesen, «sorry, dass ich ein wenig heiser bin, aber wir haben so entsetzlich gelacht.» Mit einem Bein zwei Treppenstufen tiefer, den Karton auf dem Knie, so kündigte sie an, dass sie weggehe, mehr noch: Wie er sehe, sei sie schon fast umgezogen. Eine der Feen habe ihr ein Zimmer in der Stadt angeboten, auch das nur befristet, aber immerhin. Sie werde bereits in der kommenden Nacht dort schlafen, ihr Cousin wisse Bescheid.

«Da steht noch schmutziges Geschirr von dir», sagte sie. Ob er ihren Wok und ihre Teller auch gleich mit abwaschen würde, dann könnte sie die Sachen mitnehmen. Während er die kalten Stufen zur Spitze des Gebäudekomplexes hinaufstapfte, wusste er schon, was ihn hinter der verstärkten Etagentür erwartete. Sie hatte den Odradek-Absinth auf die Spüle gestellt, die Flasche war noch zu zwei Dritteln gefüllt. Er ließ das Becken voll Wasser laufen und machte eine Seifenlauge.

DIE ISABELLE ORTHEL des Jahres 2013 liegt da wie ein grauer Delfin, leise aus dem Blasloch röchelnd. Offensichtlich vermisst sie seine Ohrstöpsel überhaupt nicht. Sie beansprucht immer mehr Platz, Mal für Mal rutscht sie näher an ihn heran, und weil er es nicht wagt, sie zu berühren, kriecht er weiter zum Bettrand hin; er fällt beinahe raus. Schneeflockenschwärme prasseln gegen die Fenster, es klingt, als würde ein Idiot mit Kieselsteinen werfen. Er stellt sich das Tun und Treiben des Schneesturms vor, bis in die Erdatmosphäre hinaufragende Wirbel, die als Plage Numero soundsoviel über die kasachischen Steppen angerast kommen, wochenlang unermüdlich an einem Leichentuch aus Schnee zerren, um schließlich ihn und Isabelle hier, Seite an Seite, zu begraben.

Jetzt aber. Er steckt sich die Schaumstoffpfropfen in die Ohren, richtig tief, eine Glückseligkeit, die kleiner ist als sonst. Trotzdem, findet er, muss der Schlaf doch jetzt endlich mal kommen.

So liegt er eine Stunde da, grübelnd – über Isabelle in Enschede, über Otmar in Venlo, über Ulrike in Blerick, über Juliette in Overveen, über Tromp auf Sachalin, alles und jeder passiert Revue –, bis er durch die Ohrstöpsel hindurch ein unbekanntes Telefonklingeln hört. Wer ruft Isabelle mitten in der Nacht an? Nein, es ist noch gar nicht Nacht, macht er sich bewusst – es ist ungefähr halb elf. Auf dem Schreibtisch leuchtet das Ding auf, der Hügelrücken neben ihm bewegt sich. Sein Fuß drückt sich kurz in eine Wade – sie recken sich beide im selben Moment. Das Gefühl ist beklemmend und deprimierend – woher es kommt, ist nicht sogleich offensichtlich. Vielleicht ein Traum, zu flüchtig für das Kurzzeitgedächtnis, eine leere Festplatte, unformatiert. Wohl aber bleibt etwas Bodenloses zurück, eine Emotion, deren Wurzeln man wie von einem Trauerstrauß abgeschnitten hat. Sie verspürt eine ungeheure Desolatheit. Sie reibt sich über das

Gesicht; ihre Haut ist schwitzig, abgesehen von der Nasenspitze, die vor Kälte gefühllos ist. Ein schneidendes Gedudel dringt zu ihr durch, eine nervöse Melodie, die, so wird ihr klar, schon eine Weile da ist, auch als sie noch schlief: ein Telefon. *Ihr* Telefon. Sogleich verstummt das Ding, erwischt, schuldbewusst.

In der Stille verstärkt sich, was bereits da war: Platzmangel. Sie bekommt kaum Luft, ihre Lungen haben sich halbiert. Die vollkommene Finsternis, die sie umgibt, erinnert sie an das, was außerhalb der Atmosphäre herrschen muss, kein Licht, keine Luft, keine Wärme. Etwas Beunruhigendes aus ihrem Traum kommt ihr in den Sinn, eine Abstraktion; sie versucht, sich an den konkreten Gegenstand zu erinnern, der dazugehört, ein Niesen, das nicht kommen will. Sie kneift die Augen zu und wartet.

Sie leckt und küsst ein … Ohr, ja, es ist die ungewöhnlich große Ohrmuschel von jemandem. Die Ohrmuschel ihres … Großvaters? Hat sie das geträumt? Sie zieht sich das Kopfkissen übers Gesicht. Ja, es war Andries Star Busman. Das Ohr ihres Großvaters, allerdings viel größer als in Wirklichkeit. In ihrem Albtraum war das Ohr so groß wie ihr Gesicht, sie fuhr mit der Zunge über die krausen Ränder aus Haut und Knorpel. Sie weiß auch wieder, wo es sich abgespielt hat: Sie saß am Sterbebett Star Busmans, im Den Haager Krankenhaus, wo sie ihn noch genau einmal besucht hat. Der Traum kehrt zurück, seine Stimmung, seine Dimensionen. Und auch die Dauer. Sie machte Dinge mit dem Ohr, die hatten etwas von einem … Cunnilingus?

Sie seufzt, jetzt da die exakte Empfindung sich einstellt, widerlich war es, aber zugleich auch erotisch. Ja, während des Traums war die Handlung abstoßend, auch schuldbeladen. Doch sexuell. Der bittere Geschmack von Ohrenschmalz erregte sie, sie war gierig und versuchte, so viel wie möglich davon zu erwischen.

Sie knüllt das Kissen unter ihrem Kopf, späht ins Dunkel. Allmählich bekommt die Finsternis Beweglichkeit, Gepräge, sie erkennt zwei Zeltspitzen unter rauer Wolle im Schwarz: ihre Füße. Ihre Hüfte juckt, sie kratzt sich kräftig, als legte sie mit den Fingernägeln ihr Gedächtnis frei. Anstatt etwas Lüsternes, etwas, das zu ihrer absurden Geilheit gepasst hätte, flüsterte sie etwas, das genau das Gegenteil davon war, in die große haarige Öffnung. Sie sagte, dass ihr Großvater kaputt sei, nicht mehr die Mühe des Reparierens wert – so was in der Art.

Erst jetzt wird ihr bewusst, wo sie ist, nicht auf dem permanent ausgezogenen Schlafsofa in ihrem Moskauer Apartment, sondern in einem Hotelzimmer auf Sachalin. Und natürlich, *sie ist nicht allein*. Sie liegt neben Ludwig Smit, es ist kaum zu glauben – ein Wissen, dass ihr an sich hilft, jetzt gerade. Sie wirft einen raschen Blick auf die eingemummelte Gestalt an ihrer Seite. Ja, wie eine Boje in einem Ozean der Fremdheit liegt dort Ludwig Smit aus Enschede. Sie liegt im Bett mit einer Erinnerung, mit einem bekannten Unbekannten – was auf jeden Fall besser ist, als sich über das Ohr von Andries Star Busman zu beugen.

99 Also selbst in ihren Albträumen vermeidet sie es, «Opa» zu sagen. Interessant. Schon als kleines Mädchen war das für sie ein vollkommen ungeeignetes Wort für den vornehmen, kritischen, unfreundlichen Mann, der wie ein Bischof an der Spitze ihrer Adoptivfamilie stand. Am liebsten sagte sie nichts. Erst wenn es anders nicht ging, nannte sie Star Busman «Großvater»; das klang exakt so, wie es klingen sollte, nämlich auf schmerzliche Weise distanziert, vor allem im Vergleich zum «Opa Dries» der anderen Enkelkinder und dem bewundernden, beinahe anbetenden, pseudofranzösischen «Papá» ihrer Onkel und Tanten, wenn sie sich alle im Landhaus trafen. Ihre Adoptivmutter sprach es eines Abends beim Zu-Bett-Bringen an, sie wollte wissen, warum Isabelle nicht einfach «Opa Dries» sagte. Anstatt eine ehrliche Antwort zu geben, aus der hervorgegangen wäre, dass sie ihn herablassend und gemein zu ihrer Oma fand, sagte sie, sie finde das Wort «Großvater» so schön, drehte sich brüsk zur Wand und nahm sich vor, bei «Großvater» zu bleiben, bis er gestorben war.

Keuchend presst sie das Kinn auf die Brust. Was ist mit ihren Lungen? Die Luft um sie herum wirkt dünn, ein sauerstoffarmes Gas, so schwindlig ist ihr. Kein guter Moment, um darüber nachzudenken, wer man geworden ist oder was man tut.

Sie weiß, dass Selbstmitleid nicht angemessen ist. Es ist ihre eigene Schuld. In ausschlaggebenden Augenblicken entscheidet sie sich dafür, nicht mitzumachen, nicht dazuzugehören, sich an nichts und niemanden zu binden. Wenn sie jetzt stirbt, enttäuscht sie keinen, keine Eltern, keine Kinder, keine Adoptiveltern. Keine Freunde. Héloïse vielleicht?

Sie ballt die Fäuste in den fingerlosen Wollhandschuhen, die sie selbst in den Moskauer Wintern im Bett nicht trägt, und schließt die Augen. In ihrem Kopf dreht sich alles, als wäre sie betrunken, die Schädelinnenseite ist ein Schiffskino, in dem herzzerreißende Szenen gezeigt werden, deren Zusammenhang ihr verborgen bleibt, das ängstliche Gesicht ihres Onkels Rupert zum Beispiel, vor langer Zeit, als er besonders umständlich ein Kinderbuch entzweiriss und in den offenen Kamin ihrer Großeltern warf, ein Scherz sollte das sein, über den jedoch niemand lachte, sein exakter Gesichtsausdruck erscheint auf ihrer Netzhaut, herangezoomt, eingefroren und schärfer umrissen als damals, als es passierte, woraufhin sie kurz im Wokrestaurant in der Hengelosestraat ist, in dem sie in den paar Jahren, die ihre Adoptivmutter in Enschede gearbeitet hat, hin und wieder aßen, der Geruch von Fett und Teriyaki-Sauce aus dampfenden Töpfen, eine gläserne Theke, in der man auf Garnelen, Huhn und Gemüse zeigen kann, und davor sie, die ihre Adoptiveltern mit Kolonialisten und ihre Adoption und die ihres brasilianischen Bruders mit Sklavenhandel vergleicht – und das so hartnäckig und unfair, dass sie ihren sanftmütigen Adoptivvater an den Rand des Weinens brachte und Marij so kränkte, dass sie die Nudeln mit schwammigen Champignons wieder abbestellte.

Dann fliegt sie quer durch die Jahrzehnte zurück zum Neulich, vor gerade einmal drei Wochen, als Heloïse ihr in einer Moskauer Veganbar auf ihrem Telefon eine hyperrealistische Animation jener Geschlechtsumwandlung zeigte, der sie sich unterzogen hatte, einen fünf Minuten dauernden Film, in dem sehr genau zu sehen war, wie mit Hilfe von Skalpellen, Scheren, Fäden und einer äußerst erfinderischen, komplizierten Chirurgie aus einem Penis eine gut funktionierende Vagina gemacht wurde, ein raffiniertes Origami aus Schwellkörpern, Vorhaut, Eichel und Harnröhre, das ihre Freundin dreimal abspielte, um, offenbar wie besessen, die rund dreißig aufeinander folgenden Eingriffe, die vorgenommen worden waren, mitzuzählen, Schnitte, versetzte Einkerbungen, Entnahme der Hoden aus dem Scrotum und deren Abtrennung, Umstülpungen, Umleitungen, vertikale und horizontale Inzisionen, die möglichst umfassende Wiederverwendung von hochempfindlichem Zaubergewebe – außerordentlich faszinierend das alles, klar, und von einem rührenden Erfindungsreichtum und großer Fachkenntnis, das fand auch Isabelle. Wonach sie aufstand, um zur Toilette zu gehen, und nach drei Metern ohnmächtig wurde.

Und wieder ihr Telefon. Die lächerliche Melodie klingt diesmal unverwechselbar und logisch. Sie hat sie in ihrem Albtraum gehört, durch die Lärmstopper hindurch, aber sie hat sie nicht erkannt. Sie gleitet aus dem Bett, hinein in die Kälte. Gequält fummelt sie mit Daumen und Zeigefinger in ihren Ohren, doch da ist nichts drin. Hastig zieht sie das Ladekabel aus dem Telefon – zu spät.

Erst als sie wieder unter der Decke liegt, schaut sie nach, wer angerufen hat. Eine lange Nummer, die sie nicht gleich zuordnen kann. Blitzschnell geht sie die Möglichkeiten durch; es könnte O'Hara sein, ihr Moskauer Chef; es könnte die Redaktion in New York sein. Vor ihrer Abreise hat sie einen großen Artikel für die *Financial Times* beendet, eine Reportage über die exorbitanten Ausgaben von Teodorin Obiang, dem durch und durch mafiösen Playboysohn des Diktators von Äquitorialguinea. Sie verfolgt ihn wie eine Hyäne, geduldig ihren Sabber herunterschluckend, bis er sich neuer Vergehen schuldig macht. Ziemlich gut hat sie belegen können, welche Tea-Party-Typen ihm ermöglichen, die Öldollars seines Vaters zu waschen. Wer ihm für dreißig Millionen eine Villa in Malibu verkauft, von wem er einen Privatjet erwirbt und von wem er die zahllosen Michael-Jackson-Erinnerungsstücke hat – sie hat alles aufgeschrieben. Es ist eine gute Geschichte. New York wartet schon darauf.

Draußen bricht irgendein Gegenstand ab. Der Schneesturm nimmt richtig Fahrt auf; hier kommen sie nie mehr weg. Eingeschneit mit Ludwig Smit, wer hätte sich das jemals ausdenken können. Etwas Sonderbares geschieht: Von einem Moment auf den nächsten ist ihre Melancholie verflogen, eine beinahe körperliche Erfahrung. Der da neben ihr ist eine Brausetablette, sie muss darüber lächeln. Dass sie neben ihm liegt, ausgerechnet neben ihm, ist von einer köstlichen Unwahrscheinlichkeit – dieser merkwürdig *intime* Geist aus einem anderen Leben. Man wähnt sich in der äußersten Finsternis, doch gleichzeitig liegt man mit Ludwig Smit aus Enschede in einem Bett. Sie lockert die Fäuste. Ob er wach ist? Sie erwägt ein kurzes Plaudern, um die letzten Reste Unbehagen abzuschütteln, schweigt dann aber infolge einer plötzlichen Verlegenheit, die sie zurück auf den Tubantia-Campus führt, mit seinem Geruch von Harz, Herbstblättern und zerplatzenden Eicheln unter ihren Sohlen – wie lange haben sie hinter derselben Wohnungstür gelebt? Drei Monate? Länger. Viel miteinander gesprochen haben sie nicht, obwohl sie manchmal zusammen gegessen haben. Es war kurz nach der Feuerwerkskatastrophe, die Stadt stand unter Schock, jedes Gespräch drehte sich um Roombeek. Selbst im Geplapper der Feen, die ihre Initiation durchführten, ging es um Feuerwerk. Was ihr von der vagen Untermieterzeit noch vor Augen steht, ist eine Spannung, eine unausgesprochene wechselseitige Aufmerksamkeit, durch die jeder Kontakt in der Küche mit der geriffelten Aluarbeitsfläche Ladung bekam. Sie fand ihn zwar nett, aber ein bisschen sonderbar, als wäre er ein Campusnerd im falschen Körper – Gruß an Heloïse. Außer zu seinem Tennisclub ging er nie irgendwohin, nicht zu Freunden, nicht zu seinen Eltern, nirgendwohin. Jemand, der einsam ist, so ihr Eindruck. Und überaus schüchtern. Trotzdem hatte er etwas, eine robuste, physische Attraktivität, etwas scheu Animalisches, das zu seiner kurzangebundenen Art zu sprechen passte und auch zu seinem sehnigen, grobgliedrigen Körper, den sie ihn hin und wieder verschämt aus der Dusche schmuggeln sah, das T-Shirt bereits wieder an, die Boxershorts bis hoch über die Hüften; körperlich war er sehr präsent, fand sie.

Unverhofft und zum Lachen, sehr unverhofft und zum Lachen, nun also derselbe Körper neben ihr. Derselbe rötliche, zylindrische Brustkorb, die runden, rot geflecken Schultern, aus denen sie einen kräftigen Hals herausragen sah. Breite Kieferknochen, ein wenig pockennarbig. Sie streckt die Beine, spannt die Wadenmuskeln an. Sobald sie damals die Treppe des aufgestapelten Studentenwohnheims hinuntergegangen war, vergaß sie ihn, er gehörte ausschließlich zu Marcos Zimmer.

Sie tastet unter ihr Kissen; wo sind die Dinger nur? Auf dem Boden? Keine Lust, den Arm in die Kälte zu hängen. Sie muss die Backenzähne aufeinanderpressen, um nicht mit den Zähnen zu klappern. Ein hartes, dumpfes Ticken lässt sie aufschrecken: erneut Holz, das zu brechen scheint, aber näher. Ludwig dreht sich um, berührt sie. Er gibt schmatzende Geräusche von sich, scheint wach zu sein.

Soll sie ihn nach seinem Bruder fragen? Sie ist ziemlich neugierig, wie es um den steht, da auf dem Beethovendachboden. Einen Moment lang spitzt sie die Ohren; das Schmatzen geht in ein schweres Atmen über, er schläft. Sie würde schon gern wissen, was er von dem Haus in Bonn hält. Ludwig und sein genialer Bruder – der Kontrast hatte sie in Enschede beschäftigt, aber wie groß er tatsächlich war, erkannte sie erst, als sie die Appelqvists in dem historischen Gebäude besuchte, das Dolf damals mit viel Tamtam gekauft hatte. Ein irrsinniger Abend. Doch auch sehr besonders. Sie war Zeugin einer Art exklusiver Beethovensoiree im Geburtszimmer des großen Komponisten, dem echten Geburtszimmer, so wurde zumindest behauptet. Im Nachbarhaus, das ebenfalls Appelqvist gehörte, bereitete ein Sternekoch für rund zwanzig Gäste ein Menü aus der Zeit Beethovens zu, während Dolf zwischen den Gängen, wie seine Mutter am Kopf der Tafel in perfektem Deutsch erklärte, Bagatellen Opus soundso spielte, «auf dem Klavier, an dem Beethoven sie komponiert hat – stellen Sie sich das einmal vor». Am Tisch saßen Anne-Sophie Mutter und Claudio Abbado, beide auf der Höhe ihres Ruhms, und dazu fünfzehn Verrückte – Liebhaber, Angeber, Bonzen –, die sich blöd bezahlt hatten, um dabei sein zu dürfen. Und Isabelle also, die verwundert gewesen war, dass die Appelqvists sie dabeihaben wollten, nach dem ja doch böswilligen Porträt ein paar Jahre zuvor. Aber nein, sowohl Mutter als auch Sohn fanden, es war «ein schöner Artikel», sie solle doch bitte auf jeden Fall kommen; ihre Soireen könnten ein wenig Publizität durchaus gebrauchen. Es war ihr des Öfteren aufgefallen, wenn sie ein aufsehenerregendes, halbgares Interview veröffentlicht hatte: Was stinknormale Leser verrückt finden, finden Verrückte ganz normal.

Sie dreht sich auf den Bauch und streckt nun doch die Hand aus. Mit der Handfläche tastet sie eine Weile den Teppichboden neben dem Bett ab – umsonst. Bibbernd legt sie sich auf die Seite, schiebt den Unterarm zwischen die Beine. Schlafen. Sie denkt kurz an die Tubantia University, an das Zimmer im Studentenwohnheim, an Ludwig, an den toten Siem – doch schon bald brennt sich der Albtraum durch ihre Gedanken wie eine Flamme durch Zeitungspapier, das riesige, bitter schmeckende Ohr, das brütend heiße Krankenzimmer, in dem sie sich befand ... Da saß noch jemand am Sterbebett ... Ed Osendarp. Ja, der Verleger ihres Großvaters war auch da. Die ganze Szenerie steht ihr wieder vor Augen, faszinierend, wie das funktioniert; sie weiß wieder, dass der gutmütige Ed dort saß, jedoch: abgemagert und verwahrlost, *weinend* – er heulte Rotz und Wasser wie ein Kind, und er war ein *Penner*. Sein Haar war lang, verknotet, und es stank, ganze Strähnen wirkten verfilzt; an Star Busmans hohem Krankenbett stand Eds Einkaufswagen, voller schmutziger Plastiktüten, in die er seine Habe gestopft hatte. Er war angesichts des bevorstehenden Todes von Star Busman, den er – was Isabelle immer schon als sehr irritierend empfunden hatte – jahrelang auf Händen getragen hatte, zutiefst erschüttert. Oder weinte er, weil sich der Streit nie mehr beilegen ließ? Ja, plötzlich spürte man sie im Zimmer, die Unheilswolke aus Vorwurf und Schuld. Ed war gekommen, um Star Busman, vermutlich dem wichtigsten Autor in seinem bescheidenen Stall, das traurige Ende ihrer jahrelangen Freundschaft vorzuhalten – dessen war sie sich sicher in ihrem Traum.

Sie versucht, sich an mehr zu erinnern, doch gerade dadurch verschwimmt das fetzenhafte Bild. Was übrig bleibt: Ed. Ob er immer noch allein ist? Während sie an ihn und sein Schicksal denkt, dringt das Knacken und Ächzen um sie herum kaum noch zu ihr durch. Ed selbst knackt und ächzt. So absurd wie das Lecken eines alten Ohrs, so erklärlich und logisch erscheint ihr die Anwesenheit von Ed Osendarp in ihrem Albtraum; gerade in dieser Nacht.

Obwohl sie Star Busman wenig verdankt, hat er sie doch auf die Spur von Johan Tromp gebracht. Unbewusst – aus Versehen sogar. Ohne ihren Großvater hätten ihre Eltern Ed und Isolde nicht gekannt. Und ohne Ed und Isolde kein Johan Tromp, der Mann, in den sie zur Zeit ziemlich viel Energie steckt, kostbare, mühsame Energie. Sogar das Einzige, was Andries Star Busman ihr gebracht hat, ist zweifelhaft. Indirekt hat er ihren Blick auf die Liebe geprägt, um nicht zu sagen: verwüstet.

Sie hatte damals von Hans noch nie etwas gehört, hatte ihn nicht einmal gesehen. Kaum vorstellbar, inzwischen. So wie manches kaum vorstellbar ist, im Rückblick zumindest – angefangen damit, wie sie mit sechzehn war. Ein Mädchen voller Bedenken, mit mehr Zynismus, als gut ist, und doch: mit ungetrübten Erwartungen an die Liebe, auf jeden Fall an die zwischen Ed und Isolde, um die es eigentlich ging. Genauer: um Isolde, Edwards bemerkenswert schöne, jugendliche, einnehmende Frau.

Isabelle war vernarrt in Isolde gewesen, fast ein wenig verliebt: Eine Pubertät lang versuchte sie, Isolde ähnlich zu sein, so interessant fand sie sie, so sexy, so sympathisch. Wie sie auf einem Stuhl saß, wie sie etwas erzählte, verschmitzt und doch auch vernünftig, und dass sie ihr und Cléber immer genau die richtigen Fragen stellte. Dass sie der Anwalt der Unterprivilegierten war – solche Sachen, genau wusste Isabelle es nicht. Dass sie regelmäßig mit Ed ins Tivoli ging, um sich Bands anzuhören oder zu tanzen. Isoldes Art, sich anzuziehen, unendlich viel cooler und fraulicher als die von Marij und nicht so kindlich, wie sie selbst und ihre Freundinnen sich anzogen.

Es beschäftigte sie maßlos, Eds und Isoldes Scheidung. Das war das Letzte, womit sie gerechnet hatte. Ed und Isolde, die sich trennten oder eigentlich schon getrennt waren, sie konnte es einfach nicht begreifen, das konnte nicht sein, ein umgekehrtes Wunder. Die nettesten Freunde von Marij und Peter, sie kamen regelmäßig samstags zum Essen – warum blieben sie nicht zusammen? Sie liebte Isolde, und sie liebte Ed, doch mindestens ebenso sehr liebte sie sie als Paar.

Als sie davon mitbekam, wohnte Isolde schon längst in einem Apartment in Amsterdam, was so auch besser war, fanden ihre

Adoptiveltern. Isolde hatte nämlich schon eine Zeitlang «einen anderen». Und das fand Isabelle noch unbegreiflicher: Wieso wollte Isolde einen anderen? Sie war doch noch nicht einmal anderthalb Jahre mit Ed verheiratet. Es war die erste Hochzeit, die Isabelle miterlebt hatte, sie hatte von morgens bis tief in die Nacht dabei sein dürfen, ein Tag, der sich in ihr Gedächtnis gegraben hatte wie das breitgewalzte Happy End (eines Disney-Films. Sie hatte es kaum fassen können, so viel Optimismus und Zuneigung, die all die Freunde und Verwandten Ed und Isolde minütlich bezeugten, die herzliche Ausgelassenheit, das Vertrauen in ihre Liebe, das Vergnügen, die Scherze, doch auch die Ernsthaftigkeit eines solchen Festes und schließlich die Ehre, dazu auserkoren zu sein, bei so etwas Großartigem eine Rolle spielen zu dürfen. Isabelle stand während des Empfangs beim Gästebuch, Isolde und Ed waren extra nach Delft gekommen, um sie zu bitten, diese Aufgabe zu übernehmen: Möchtest du beim Empfang unsere Gäste begrüßen, wir glauben, dass niemand das so nett und gut kann wie du – woraufhin Isolde mit ihr an einem Nachmittag zum Einkaufen nach Utrecht gefahren war, um ihr einen besonders coolen, apfelgrünen Hosenanzug zu schenken; auch das war ein herrlicher Tag gewesen, der im «Richard II.» endete, einem kleinen Restaurant in der Voorstraat, wo Isolde Ed einen Heiratsantrag gemacht hatte und Isabelle sie mit den fünfundsiebzig Gulden, die Peter ihr mitgegeben hatte, einlud. Isolde redete die ganze Zeit darüber, wie wichtig «Eddy» für sie sei, wie sehr sie ihn liebe und wie sehr sie darüber staune, so jemanden gefunden zu haben: einen immer witzigen, fesselnden, liebenswerten Mann zum Heiraten.

Ein anderer? Welcher andere?

Nun ja, jemand von BP, aus dem Herrenclub ihres Großvaters. Ein «arroganter, unangenehmer Großkotz, der zudem noch einer der Hochzeitsgäste war», sagte Peter, den man selten etwas Böses sagen hörte. «Das gibt's doch nicht? So eine Frechheit, was erlaubt der sich?» Vor allem aber hatte Isolde sie bitter enttäuscht. Laut Marij war sie «total unten durch», ihre Adoptivmutter bezeichnete sie als eine «vollkommen andere Frau, als wir immer gedacht haben, ich würde fast sagen, sie hat eine gespaltene Persönlichkeit».

Aber was war überhaupt *passiert*? Das wollte Isabelle wissen, auch wenn sie sich vor dem fürchtete, was sie erfahren würde. Aber nein, das sei nicht so wichtig, sagten ihre Adoptiveltern, obwohl ... ach, die Details spielten keine Rolle, dafür sei das alles doch ein wenig zu peinlich und nicht für Kinderohren geeignet.

Das möchte ich bitte selbst entscheiden. Sie spitzte die Kinderohren wie ein Fuchs, den ganzen Tag über, im Auto, bei Tisch, abends im Vorderzimmer, wenn sie angeblich fernsah, und sogar am Treppenaufgang, wenn Marij und Peter dachten, dass sie schläft. Es war irgendwas mit einem Brief, schnappte sie auf, einer Art Dokument. Es gab ein Dokument oder Papier, das Ed gefunden hatte, irgendwo, sie wusste nicht, wo, aber nach dem Auffinden dieses Papiers oder Dokuments – oder da*durch* – war die Sache ins Rollen gekommen. Besser gesagt: ans Licht. Was stand da wohl geschrieben?

Eines Sonntagabends beim Abwasch sagte Marij, einfach so aus dem Nichts, und zuerst dachte Isabelle, dass es um die Auflaufform ging, die sie aus dem fettigen Wasser hob: «Es ist nicht schmutzig, es ist ranzig. Je häufiger ich –», und dann hackte sich Peter mit der Hand den Kopf ab. Irgendwo hier, zu Hause bei ihnen, musste es sein, das Dokument oder Papier.

Am erstbesten Abend, den Marij und Peter nicht da waren, stellte sie das Haus auf den Kopf. Ihre Adoptiveltern waren ausgerechnet zu Ed gefahren, um ihm Mut zuzusprechen und ihren Freund, jetzt, da er so schwere Zeiten durchmachte, zu unterstützen – es ging ihm nicht gut, überhaupt nicht gut sogar.

Während ihr kleiner Bruder vor dem Fernseher auf dem Boden lag, suchte sie in Schubladen, Schränken, Briefstapeln, Taschen, Mänteln nach dem Dokument oder Papier. Ohne Erfolg. Waren sie so wütend gewesen, dass sie es weggeworfen hatten? Rückblickend betrachtet, war es das Tun eines Journalisten, diese Verbissenheit, mit der sie in die Küche ging, die Mülltüte aus dem Kunststoffeimer nahm, sie durch das Wohnzimmer und die Treppe hinauf ins Badezimmer schleppte und sie dort in der Badewanne ausleerte. «Was machst du da?», fragte Cléber, der ihr gefolgt war. «Bist du verrückt geworden?»

«Ich vermisse etwas. Verschwinde. Du wolltest doch unbedingt fernsehen? Dann mach das auch.»

Oben auf dem Haufen, zwischen Nudelresten, also eigentlich ganz unten in der Tüte, fand sie einen zerknüllten braunen Umschlag, auf dem «Peter Orthel», ihre Adresse und «PERSÖNLICH» stand. Kein Absender. Darin: kein Dokument oder Papier. Also schaufelte sie das Übelkeit erregende Zeug wieder in die Mülltüte, steckte sicherheitshalber auch den leeren Umschlag wieder hinein und brachte die Tüte zurück in die Küche. Dann holte sie die Mülltüte, die Peter in der Wochenmitte zugeknotet und in den Schuppen hinter dem Haus gebracht hatte, ging damit nach oben und schüttete auch die in der Badewanne aus. Diesmal fand sie, was sie suchte: ein verschmiertes Knäuel, eher ein Dokument als Papier, zwei fotokopierte, ursprünglich mit der Hand beschriebene DIN-A4-Blätter, dem Gestank nach zu urteilen mit etwas Fischigem durchweicht. In jeweils vier Stücke zerrissen, wie sich zeigte, als sie das Knäuel auseinanderfaltete – von Peter, der außer sich gewesen war, stellte sie sich vor. Vor Genugtuung bebend, brachte sie es über sich, zuerst die Badewanne blitzblank zu putzen, mit Scheuermilch, Shampoo und ein paar Spritzern von Marijs Parfüm.

Sie kichert – so laut, dass sie sich selbst erschreckt. Auch weil sie sich wegen der Scheuermilch erst jetzt daran erinnert, dass Ludwig in Enschede ihre volle Absinthflasche einer Spülmittel-Transsubstantiation unterzogen hat. Der Dreft-Geruch, seine Viskosität und wahrscheinlich auch der Geschmack – sie werden für sie immer mit Absinth verbunden bleiben, eigentlich sogar mit allen Sorten Likör. Das Ausschenken der Flasche, und wie komisch sie geschaut hatten, als sie bemerkten, dass kein Absinth darin war, sondern etwas anderes. Shampoo? Nein, es war Spülmittel, da war Spülmittel drin. So wie üblich hatten die Debattierclubweiber sie erst einmal in Grund und Boden geredet. Luder, was soll das – so was eben. Dann klingelte es bei ihr. Schon die Vorstellung, dass ihr Mitbewohner – denn nach ein paar Schlussfolgerungen konnte es niemand anders gewesen sein, der das Zeug in die Flasche getan hatte – die Flasche komplett ausgetrunken hatte, war bizarr, doch dass er sie anschließend mit Spülmittel gefüllt hatte? Zu komisch.

Anfangs war sie ziemlich sauer gewesen. Kein wirklich angenehmer Gedanke: dieser Ludwig in ihrem Zimmer, sobald sie ihm den Rücken gekehrt hatte. Doch später, als sie bereits aus der Pyramide ausgezogen war, beeindruckte sie das Ganze eigentlich, eine ungehobelte, dunkle Seite an einem so schüchternen, dafür aber netten Kerl. Wenn sie bei den Essen des Debattierclubs darüber sprachen, warum er sich in ihr Zimmer geschlichen hatte, des Likörs wegen oder weil er ein Perverser war, dachte sie: Tja, keine Ahnung. Sie hatte ihn sogar verteidigt – was vielleicht auch an den kopierten Blättern in der Badewanne lag, glaubte sie damals schon. Weil sie als Sechzehnjährige in ihrem Zimmer den Brief des BP-Manns gelesen hatte, kam es ihr auf einen Eindringling mehr oder weniger nicht an.

«FÜR I. O. – ANWEISUNGEN» stand in Krakelschrift oben auf der ersten Seite. Ihr gefiel, dass Isolde und sie seit der Eheschließung dieselben Initialen hatten. «Pass gut auf, Schlampe», war das Nächste, was sie las.

Auch in den Zeilen darunter stieß sie ein paarmal auf «Schlampe» – er nannte sie so. Ein Wort wie ein Schlag, nicht weniger hart als die einzige Ohrfeige, die sie in ihrem Leben bekommen hatte, wegen eines heftigen, rasch eskalierenden Streits mit Cléber.

Isolde sollte sich an einem nicht näher bezeichneten Freitagabend um genau halb neun in das Parkhaus unter der Stopera in Amsterdam begeben, wo der BP-Mann auf der untersten Ebene sein Auto abgestellt haben würde. Er selbst war irgendwo in der Nähe bei einem Essen mit Kollegen. Was folgte, waren keine Anweisungen, sondern Befehle – es war auch kein Dokument, und es waren auch keine Papiere, es war ein Dekret. «Du hältst dich an das kleinste Detail. Kein Gefeilsche.» Auf der Arbeit habe sie, wie üblich, stand dort, mit der Post ein Paket mit den nötigen Utensilien empfangen, darunter ein Paar «hauchdünne, sauteure Strumpfhosen mit Naht und Strapse mit eisernen Clips», die sie von ihm ausleihen dürfe und die sie zu Hause, bei der Arbeit und unterwegs bereits anhaben müsse. «Keine Laufmaschen, Flittchen. Naht und Ferse gerade. Darüber trägst du eine einfache schwarze Hose und an den Füßen deine hellbraunen Stiefeletten.» Isabelle meinte zu wissen, um welche hellbraunen Stiefeletten es sich handelte, Isolde trug sie des Öfteren, auch damals, als sie zusammen in Utrecht den apfelgrünen Hosenanzug gekauft hatten. Isolde müsse alles andere, was in dem Paket sei, ins Parkhaus mitbringen, auch den Reserveschlüssel für seinen Opel Omega. Obwohl sie seinen Wagen inzwischen wohl kenne, nenne er ihr noch einmal das Kennzeichen. Viel los werde um die angegebene Zeit nicht sein, aber dennoch müsse sie umsichtig und schnell zu Werke gehen, vorzugsweise auf der Rückbank, wo er jedoch hinterher keinerlei Spuren finden wolle. Hose, Stiefel, Slip, Oberbekleidung inklusive BH – bis auf die Strümpfe und die Strapse: alles ausziehen. Die «mit Absicht zu engen Highheels» lägen unter dem Fahrersitz: anziehen.

Sollte Isolde – die der BP-Mann zweimal mit «I.» anspreche, ansonsten aber mit «Schlampe» und zweimal mit «Flittchen» – zu Hause den Gummistöpsel noch nicht in ihren Anus gesteckt haben, was er ihr nicht rate, dann müsse sie das jetzt tun.

«Und danach sofort den Dildo in deine Fotze, vollständig. Dann auf die übliche Weise das Seil um deine Taille schlingen, zwischen den Beinen hindurchführen, doppelt natürlich, fest gegen den Dildo und den Analstöpsel, stramm festziehen und gut verknoten – keine Schleife, einen Knoten. Sieh zu, dass du von dem Procedere nicht abweichst, achte auf die Reihenfolge, auch wenn ich dich nicht beaufsichtige, machst du genau, was ich dir sage. Ich kontrolliere alles. Sorg dafür, während der ganzen Fahrt die Dinger drinzubehalten – wenn nicht, dann weißt du, was dir blüht.»

Anschließend: die Klemmen auf die Brustwarzen und Schamlippen, zwei oben, vier unten.

An allerlei Stellen in Isabelles sechzehnjährigem Körper zerplatzten Bläschen, die voller angstmachender Hormone waren. Klemmen auf ihre Brustwarzen und Schamlippen? Obwohl ihr übel war, las sie weiter, nicht wissend, worüber sie mehr erschrocken war, die Sprache dieses Mannes, den Inhalt seines Briefs oder die Tatsache, dass es um Isolde ging.

Die wisse mittlerweile, stand da, dass alle sexuellen Handlungen, die der BP-Mann an ihr oder sie an ihm verrichte, dazu gedacht seien, *seine* sexuelle Erregung zu steigern. Den Satz las Isabelle zweimal.

«Du bist für meinen Schwanz da.» Den nur einmal. «Der Rest ist für dich. Du willst nämlich nichts lieber, als dass mein

Schwanz so lang wie möglich hart ist. So bist du, du ehebrecherische Schlampe.»

Die Geräusche unten, Marij und Peter, die nach Hause kamen, ließen sie einen Satz machen: Zitternd stand sie mitten in ihrem Zimmer. Sekundenlang starrte sie die Blätter auf dem Bett an, wie gelähmt. Die erste Wut machte sich bemerkbar, wie eine Luftabwehrrakete suchte sie nach einer Wärmequelle: ihren Adoptiveltern, sie hängten in der Diele ihre Jacken auf, warum hatten sie den Umschlag nicht verbrannt, warum hatte Marij sich verplappert?

Erst als es still blieb, setzte sie sich wieder aufs Bett und las weiter. Der Mann befahl Isolde, Stiefeletten, Hose, Oberbekleidung und Mantel in die Plastiktasche zu stopfen, die sie im Kofferraum finde. Anschließend solle sie sich «ihren Hurenslip» in den Mund stopfen. Da stand, I. solle mit dem Slip im Mund die Rolle mit dem breiten, durchsichtigen Klebeband, die der BP-Mann ihr offenbar geschickt hatte, nehmen und das Band fünfmal über ihren Mund und um den Hinterkopf wickeln. Den unteren Teil der Ohren ebenfalls bedecken, Nase freilassen, aber das könne sie sich wohl selbst denken mit ihrem «Sklavenhirn».

Wusste dieser Idiot, wem er da schrieb? Das war jemandes Frau. Isabelle war schwindlig, vor Schreck, vor Wut. Sie spürte das ernsthafte Verlangen, diesen Mann zu töten.

Jetzt, all ihre «Löcher zugestopft», solle sie aus dem Auto steigen und sich in den Kofferraum legen. Darin finde sie eine hellbraune Reisetasche, in der sich stählerne Hand- und Fußfesseln befänden, erstere kleiner als die zweiten. Nicht zu früh schließen – nur er habe die Schlüssel, und er esse gerade mit Kollegen bis, sagen wir, halb zehn, und wenn es nett sei, bis halb elf.

«Jetzt pass gut auf, du Schlampe. Erst die Fußgelenke, mit der großen Fessel. Dann machst du die erste Schelle der zweiten schon mal um dein Handgelenk. Ich rate dir, nicht zu fest, pass auf deine Haut auf, lockerer machen geht nicht. An der Innenseite des Kofferraumdeckels befindet sich ein rot-schwarzes Seil, damit ziehst du den Deckel zu – feste ziehen, keine halben Sachen.» Schließlich sollte I. – im dunklen Kofferraum, wie Isabelle bewusst wurde – mit den Händen auf dem Rücken noch das freie Handgelenk in die Fessel stecken und auch die zweite Schelle zudrücken.

Schwer atmend saß sie auf dem Bettrand. Sie las schnell und zugleich unendlich langsam weiter, als verfolgte sie etwas, das vor ihr herrannte. Es waren Ed und Isolde, wusste sie in ihrem tiefsten Innern. Oder genauer gesagt: Ed.

Wenn der BP-Mann gegen zehn seinen Wagen holen kam, würde er zuerst seine Sekretärin zu Haus absetzen, die in Zoeterwoude wohnte. Dann werde er zum «Dünenhaus» fahren. Dort werde Isolde, las sie, endlich all ihre aufgesparten Peitschenhiebe bekommen, nach denen sie sich im Dunkel des Kofferraums so sehnen werde – das wisse er. Unten auf der zweiten Seite endete der Text endlich mit: «Bis Freitag, H.»

Später, nachdem Isabelle all ihren Mut zusammengenommen hatte, um unten gute Nacht zu sagen und sich kurz anzuhören, wie schlecht es Ed ging, lag sie wach in ihrem Bett, auf dem Rücken, so wie jetzt auf Sachalin, nur stürmte es in Delft nicht draußen, sondern drinnen: Es pfiff und knarzte in ihrem Kopf. Sie wusste nicht, an wen sie denken sollte, an Isolde, an Ed oder an den gestörten Irren. Es gelang ihr nicht, herauszufinden, auf wen sie ihre Aggression richten sollte: auf den Mann oder auf Isolde, die sie während des Lesens zu hassen angefangen hatte. Ja, möglicherweise fand sie vor allem schlimm, dass Isolde das mitmachte und folglich auch *wollte*.

Bis tief in die Nacht versetzte sie sich zwanghaft in Ed, über dem diese ... giftige Sauerei, diese giftigen Worte, dieser *Müll* ausgeschüttet worden war. Auch er hatte unvermittelt, ohne Ankündigung, diese *Sprache*, diese *Befehle* lesen müssen. Es wäre besser gewesen, er hätte die beiden in seinem Bett erwischt, so wie in manchen Filmen. Besser als das. Als Sechzehnjährige wusste sie das genau. Und jetzt, fast doppelt so alt, weiß sie es immer noch genau. Sie dreht sich auf den Bauch.

98 Ihr iPhone. Zum dritten Mal. Sie streckt den Arm in Richtung Nachtschränkchen aus und greift nach dem aufleuchtenden Spielzeug, für das sie vor ein paar Wochen in Moskau Schlange gestanden hat. Ludwig scheint tief zu schlafen – klingeln lassen? Es ist eine russische Nummer.

«Orthel», sagt sie mit gedämpfter Stimme. Ein schwer zu verstehender Name, der einer schwer zu verstehenden Russin gehört, sie stellt sich vor als rechte Hand von Hans. In vereinfachtem Moskowiter-Englisch teilt sie Isabelle mit, dass «Mister Tromp» sie wegen des Schneesturms über Zima morgen Abend erst um acht empfangen kann, bei «Mister Tromp» zu Hause.

Auch gut. Solange er überhaupt mit ihr redet. Sie kappt die Verbindung und sieht auf dem Display den Anruf, den sie vorhin verpasst hat. Es scheint eine nigerianische Nummer zu sein, die sie nicht kennt. Wahrscheinlich ist es Sunny – mit seinem achtunddreißigsten neuen Telefon. Gutes Timing. Sunny Pere-Ebi, der Schlaks aus Port Harcourt, dem sie schon seit drei Jahren Informationen über Hans zu entlocken versucht. An sich positiv, dass er ein Lebenszeichen sendet, auch wenn die *negotiations*, wie er ihre beiderseitigen Bemühungen um einen Interviewtermin gerne nennt, immer noch festgefahren sind. Offenbar hat er nicht auf die Mailbox gesprochen.

«Tut mir leid», sagt sie, um zu testen, ob Ludwig wach ist.

«Kein Problem», ertönt es umgehend klar und deutlich. Zurückzurufen ist ungünstig jetzt. Mit dem iPhone in der Hand gleitet sie aus dem Bett. Sie tippt noch einmal auf den Bildschirm und schlurft hinter dem blauen Schimmer des Apparats her, zwischen Bett und Wand entlang zum Schreibtisch. Sie ertastet das Kabel des Ladegeräts und schließt ihr Telefon daran an. Sie schaltet es auf lautlos. Sunny wird es wie ein Besessener weiterprobieren, für ihn zählt nur alles oder nichts. Ihr wechselseitiges Interesse, das denkt sie, während sie zu der warmen Hohlform aus Decken zurückgeht, beruht darauf, dass *sie* weiß, dass *er* derjenige ist, der in der Biggerstaff-Affäre gemeinsame Sache mit Hans gemacht hat. Doch Sunny will Geld für seine Informationen. Komischerweise immer mehr Geld, obwohl er noch keinen einzigen Buchstaben geliefert hat.

Wieder im Bett, erinnert sie sich an die skurrile Begegnung, die sie vor zwei Jahren am Flughafen von Lagos mit Sunny hatte. Er brachte einen Juristen mit, der ihm ähnelte wie ein Ei dem andern, ebenso ein Schlaks mit exakt dem gleichen großen gelben Überbiss, beide in den gleichen, sowohl zu engen als auch zu weiten Konfektionsanzügen – sein Zwillingsbruder Efe. Der einzige ins Auge fallende Unterschied war die Hand, die dem echten Sunny fehlte. Aus dem Ärmel seines glänzenden Jacketts ragte nichts – keine künstliche Hand und zum Glück auch kein Haken.

Sie schließt die Augen und versucht, das Toben auszublenden; in einem Flugzeug voller betrunkener Russen kann sie ja auch schlafen. Sie denkt an den morgigen Abend, ein Rendezvous bei ihm zu Hause – doch wieder. Hat es etwas zu bedeuten, dass er sie nicht selbst anruft? Gehörte dies zu den neuen Machtverhältnissen? Die plötzliche Geschäftsmäßigkeit von Johan Tromp. Abgesehen von der SMS vor einem Monat, mit der er den Interviewtermin bestätigte, hatten sie seit Nigeria keinen Kontakt mehr gehabt; sie kann nur mutmaßen, wie er über sie denkt. Zitternd zieht sie sich die Decken über die Schultern. Die

Kälte ist die Hitze: die Gespräche, die sie auf seiner Dachterrasse in Lagos führten, die Luft draußen, immer heißer als die drinnen, auch nach Sonnenuntergang. So wie es dort war, wie er aus dem Nähkästchen plauderte – so wird es nie wieder sein. Die Vertraulichkeit war überwältigend, mehr, erzähl mir noch mehr, ein Hauch der Erregung, die sie in Nigeria verspürt hat, kehrt zurück. Nein, morgen Abend wird es anders sein. Wie anders, davon hat sie keine genaue Vorstellung. Irgendwas zwischen frostig und gefährlich?

Sowie ihr Telefon aufleuchtet, steigt sie aus dem Bett und geht zum Schreibtisch. Das war zu erwarten. Sunny.

«*Yes*», sagt sie, in Ludwigs Richtung schauend. Er schaltet sofort die Nachttischlampe an, und ihre Blicke treffen sich. Ludwig beugt den Kopf vor, als versuchte er mitzuhören – was leider nicht so einfach ist mit Stöpseln in den Ohren. Er lächelt. Sie blinzelt ihm zu, reibt sich horchend die Augen und sagt dann kurzangebunden etwas auf Englisch. Die Iris ihrer Augen aus warmgehämmerter Bronze – wie schaut sie? Was denkt sie? Erneut verblüfft ihn, wie vollkommen plan ihr Gesicht ist, alles liegt auf einer Ebene, die Jochbeine, die Halbkreise, die zusammen ihre Augenlider bilden, die hellbraune Nase mit den winzigen Löchern. Erst als sie sich mit einer Viertelumdrehung von ihm abwendet, wagt er es, die Ohrstöpsel herauszunehmen. Er versteckt sie in seiner Hand und schiebt die Hand tief unter die Decken.

«*You are not in the position to negotiate*», hört er sie sagen. Laut seinen Berechnungen ist sie zweiunddreißig: auf der Höhe ihrer körperlichen Leistungsfähigkeit, auch wenn Fußballer in dem Alter im Ausverkauf landen. Doch mit dem intellektuellen Leistungsvermögen verhält es sich anders. Dessen Höhepunkt kommt später. Als er vorhin seine Suppe gegessen hat, hat er sie gegoogelt – um sich Mut zu machen. Die Rollen sind umgekehrt, kam ihm in den Sinn, du arbeitest bei Shell, und diese Frau schreibt über Shell Artikel. Auf Amazon.com schaute er in ein Buch, das sie zusammen mit einem Engländer geschrieben hatte, fünfhundert Seiten dick, *Billion Barrel Bastards*, es ging um «Öl & Gier im neuen Jahrhundert», und gleich nach dem Impressum stieß er auf eine die Laune hebende Kurzbiographie: *«Isabelle Orthel hat einen hervorragenden Ruf als investigative Journalistin in den Bereichen Finanzwelt und Petroindustrie, über die sie für* The Guardian *und* The Washington Post *berichtet hat. Miss Orthels aufschlussreiche Artikelserie über die Riggs Bank und die Öldollars von Äquatorialguinea in der* Financial Times *stand auf der Shortlist für den Pulitzerpreis 2006.»*

«Nein, ich bin erst wieder Ende … Mai in London, fürchte ich.» Eine Niederländerin, die für die *Financial Times* schreibt, ihr Büro in Moskau hat und nach Feierabend angerufen wird von … Roman Abramowitsch? Es würde ihn nicht wundern. Er betrachtet ihre Beine; sie trägt die Jogginghose, von der ein paar Millionen Geruchsmoleküle in seinen Stirnhöhlen wirbeln. «Sicher … Ich sagte doch, dass ich ihn morgen treffe?» Sie spricht von Tromp, wird ihm bewusst. Findet Tromp sie ebenso schön wie er? Ziemlich abrupt beendet sie das Gespräch und legt sich wieder hin. Noch ehe sie sich wieder zugedeckt hat, schaltet Ludwig den Halbmond aus: Dunkel, Stille, Verlegenheit. Jemand muss etwas sagen, findet er. Wie der erstbeste Idiot fragt er sie, ob es ein wichtiges Telefongespräch gewesen sei.

«Nicht unbedingt. Hab ich dich aufgeweckt?»

«Nein, ich hatte noch nicht geschlafen.»

«Entschuldige, dass ich rangegangen bin. Berufsdeformation.»

«Schläfst du normalerweise allein?»

Seine Impertinenz lässt sie leise auflachen. «Ja, normalerweise schon.»

«Okay», sagt er. «Also immer noch nicht *married with children*.» Jetzt gleich aufs Ganze gehen.

«Bloß das nicht», sagt sie freundlich. «Nein. Auf gar keinen Fall. Du?»

Er erzählt, dass er mit seiner Freundin in Haarlem zusammenwohnt; Overveen findet er zu bürgerlich. «Sie hat eine kleine Tochter aus einer früheren Beziehung.»

«Gefällt's dir?»

«Besser, als ich gedacht habe. Einen Teil der Woche ist die Kleine bei Radjesh.» Warum erwähnt er Radjesh? Mein Gott.

«Aha», sagt sie gleichgültig.

Wieso erwähnst du *Radjesh*? «Das hat natürlich auch Vorteile», fährt er so ruhig wie möglich fort. Ein offensichtliches Klischee, und zudem noch gelogen. Ihm ist es lieber, wenn Noa bei ihnen ist.

«Ach ja?», erwidert sie, beinahe weltfremd, oder ist es spöttisch gemeint?

«Ja. Der Vorteil von Partnern mit Kindern ist, dass man die Hälfte der Zeit die Hände frei hat.» Es klingt entsetzlich spießig.

«Zusammen schöne Dinge unternehmen.»

«Genau.»

Sie schüttelt ihr Kissen auf und dreht sich auf die Seite – weg von ihm. «Ich schlaf dann mal», sagt sie.

«Okay.»

«Gute Nacht.»

ER BLEIBT AUF DEM RÜCKEN liegen, die Nase in der kalten Luft, ein Instrument, das Launen peilt. Von dem saudämlichen «Radjesh» einmal abgesehen, ist er mit dem Verlauf des Gesprächs nicht unzufrieden. Allerdings war es kurz. Sie wirkte geschafft oder einfach nur müde. Er hätte sie fragen sollen, was sie von Tromp will. Was sie von ihm hält. Bestimmt hat sie eine Meinung, sie fliegt nicht so mir nichts, dir nichts bis ans Ende der Welt.

Sein Telefon flammt auf, er grabbelt es vom Boden. Juliette. «Bist du wach? Ich hab dir etwas Wichtiges zu erzählen.»

Er wird darauf nichts antworten. «Etwas Wichtiges» bedeutet in ihrer Privatsprache fast immer etwas, das für ihn nachteilig ist, etwas mit unangenehmen, konkreten Folgen. «Etwas Nettes» wiederum kann nervig sein. Dieselbe traurige Ironie steckt in dem, was er soeben noch Isabelle gegenüber behauptet hat. Die Hände frei, wenn Noa nicht da ist – er muss beinahe darüber lachen. Um einander zur Bude hinauszuprügeln oder wie. Ohne ihre Noa B. Rosenberg würden sie sich innerhalb kürzester Zeit gegenseitig umbringen, allen feierlichen Versprechen, Listen mit Fallgruben und Versailler Verträgen zum Trotz. Es wird wohl daran liegen, dass es Nacht ist, aber schon jetzt denkt er mit Schrecken an den Amsterdamer Flughafen ohne Noa. Das Leben in Overveen ist annähernd schizophren; sobald Radjeshs Mutter die Kleine bei ihnen abgegeben hat, beginnt der friedliche Teil der Woche, nur dann bringen sie intuitiv Beherrschung auf, eine Art psychischen Riegel, um dem Mädchen kein schlechtes Vorbild zu sein. Um ihr ein sicheres Gefühl zu geben.

Er liest erneut die SMS – wetten, sie hat Radjesh zum Ballett eingeladen, und der ist daraufhin ausgerastet, weil sie ihm so spät Bescheid gesagt hat?

«Geht es um Radjesh? X»

Dieselbe Minute: «Nein, um deinen Vater. X»

«Otmar ist tot.»

Mindestens zehn Minuten verharrt er angespannt an der Grenze, mit den Truppen in Bereitschaft – aber sie antwortet nicht. Sie weiß, dass er wartet und es ihn rasend macht. Ebenso wie dieses Rumgevater von ihr. Sie macht das auch in den viel zu fanatisch und stur geführten einschlägigen «Diskussionen», die in Zukunft nicht abnehmen werden, du wirst schon sehen. Ärgerlich, wie oft es auf den Tisch kommt. Meinungsverschiedenheiten, die etwas Tieferes freizulegen scheinen, als stritten sie über zwei unterschiedliche Weltanschauungen anstatt über einen Mann, der sich vor langer Zeit davongeschlichen hat. Die Folge ist, dass sich beide darin festgebissen haben. Er dreht sich auf die Seite und zieht die Knie an. Starrt auf das dunkle iPhone.

Für ihn ist es inzwischen eine Prinzipienfrage, ein Kronjuwel, dass er auf Blutsbande pfeift. Juliettes Gequengel hat die Kerbe aus seiner Jugend so tief ausgeschliffen, dass er leicht hineingerät, manchmal ein wenig zu aggressiv, vielleicht, und das sogar an Festtagen. Gott, sein Geburtstag! Er hatte beinahe die Fassung verloren. Wie üblich kamen seine Schwiegereltern und Flavie, Juliettes gelehrte Zwillingsschwester, am Nachmittag nach Overveen, um ihm zu gratulieren, man aß Stachelbeerkuchen und trank Kaffee, und anschließend fuhren sie im Audi von Juliettes Eltern nach Bloemendaal aan Zee, ein herbstlicher Samstag war es, er vorne neben seinem Schwiegervater, Mama und die Schwestern hinten, Noa im Kofferraum, weil sie das schön fand. Ob er sich für seinen Vater eigentlich gar nicht interessiere, wollte Flavie wissen.

«Ich glaube nicht sonderlich an Familienbande», sagte er und verspürte sogleich ein Ziehen in den Schultern.

«Kann man an Familienbande denn überhaupt glauben?»

«Nehmen wir doch einfach einmal den heutigen Tag», erwiderte er, «ich habe Geburtstag, und wer besucht mich? Ihr, meine Schwiegerfamilie. Mein Vater hat es nicht so mit Geburten, von Geburtstagen ganz zu schweigen. Und meine Mutter ist mit meinem Stiefbruder auf Tournee, durch China und Japan, wenn ich mich nicht irre.»

«Südkorea», sagte Juliette.

«Der Einzige, über dessen Anwesenheit ich mich gefreut hätte, liegt unter der Erde.»

«Du hast eben nicht besonders anteilnehmende Eltern», sagte Flavie, «aber trotzdem hast du Familienbande.»

«Was ich sagen wollte», entgegnete er gereizt, «ist das: Ich habe in Gene kein großes Vertrauen. Von ihnen geht keine bindende Kraft aus. Es verhält sich eher umgekehrt, Gene treiben auseinander. Eltern und Kinder sind dazu verdammt, sich voneinander zu entfremden, und zwar in dem Sinn, dass sie sich immer, äh … fremder werden? Kann man das so sagen?»

Laut Flavie, bald eine promovierte Philosophin, konnte man das sehr wohl so sagen. Was aber nicht hieß, dass es stimmte.

«Familie ist Zufall», fuhr er fort, «ein Stein in einem Teich, der kleine Wellen verursacht, die sich ausbreiten und dann verebben.» Abwartende Stille, sein Schwiegervater räusperte sich; deswegen fügte er hinzu: «Abgesehen von den entgegengesetzten Fällen natürlich, in denen ein Vater seine Kinder zu gut kennenlernt durch, sagen wir, die fleischliche Bekanntschaft.» Es war witzig gemeint, klang aber verkrampft. «Mensch, Ludwig», sagte Flavie.

Anstatt einzugestehen, dass sein Witz misslungen war, beschloss er, in diese Richtung weiter zu argumentieren. «Schon über Inzest zu reden ist ein halbes Verbrechen», sagte er mit steifem Unterkiefer, «ich weiß. Aber es passiert. Mehr noch, in Juliettes Einrichtung verdient man damit die Brötchen. Dort bringt man Opfer von familiärer Gewalt mit den besten Pillen und Pulvern, die es gibt, wieder auf Vordermann. Wie viele pro Jahr? Bei Sanitas? Einhundert?»

«Ich weiß es nicht, Ludwig», sagte Juliette. «Außerdem kannst du das so nicht sagen, eine Pille oder ein Pulver gegen familiäre Gewalt.»

«Was hast du neulich erzählt? Dieser Bäcker, ein kräftiger Kerl, hast du gesagt.» Er wartete einen Moment, doch sie schwieg. «Ein Konditor mit eigenem Geschäft, Oberarme wie Christstollen, doch zwischen lauter verheilten, glatten Narben in den Ellbogenbeugen, an den Handgelenken und auf den Bizeps hatte er vom Einschieben und Herausholen der glühend heißen Backbleche Reste von Brandwunden dritten Grades.» Sobald er schwieg, wurde die Stille ledern; der Audi ließ seine Worte nicht widerhallen, sondern machte sie kurz und trocken.

«Selbst wenn du von einem Konditor mit eigenem Geschäft sprichst», sagte Juliette, «verletzt du die Schweigepflicht.»

Die Kerbe, augenblicklich. «Zum Glück kann ich deine Schweigepflicht nicht verletzen», sagte er, über die Schulter schauend. «Ich erzähle die Geschichte also dennoch zu Ende. Wir sind ja unter uns. Der kräftige Konditor gestand weinend, dass er sich so schrecklich schämte wegen seiner Mutter, wegen des Schürhakens, der Brennschere und des Schiebers vom Allesbrenner, dass er kurzerhand den dazu passenden Beruf gewählt hat. Kommt alles vor.»

«Die Frage war eigentlich, ob du dich nicht für deinen Vater interessierst», sagte Juliette.

«Sag du es doch. Manchmal denke ich, du weißt es besser als ich selbst.»

«Idiot», sagte Juliette, «Ludwig interessiert sich nicht für seinen Vater. Anderes Thema.»

Er überging Juliettes Bemerkung. «Drauflosprügeln, einsames Wegsperren in Kellern, erfrorene Gliedmaßen aufgrund von Papas eigener schlechter Kindheit. Ich höre das täglich bei uns am Küchentisch. Und dann rede ich noch nicht einmal über die Intimitäten auf der anderen Seite des Spektrums, die infraroten, inzestuösen –»

«Ludwig, hör auf», sagte Juliettes Mutter. «Kannst du nicht

über etwas Normales reden, etwas Nettes?» Sie deutete in Richtung Kofferraum, in dem ein kleines Mädchen saß, ja, natürlich, Entschuldigung. «Darüber will ich auch gar nicht reden, jetzt», sagte er. Und mit erhobenem Zeigefinger: «Das ist ein Geburtstagsfest – und nicht *Das Fest*», ein Scherz, über den Flavie zu seiner Erleichterung lachte. Er konnte kein normales Gespräch über das Thema führen, das wusste er. Doch darüber schweigen, das konnte er erst recht nicht.

«Nein, die funktionalen Familien, um die geht es mir, nicht um die dysfunktionalen. Ich meine die normalen, guten Familien, die alle auf dieselbe Weise glücklich sind. Die Tolstois sozusagen. Gerade dort entfremden Eltern und Kinder sich – gerade dort. Jede Geburt ist ein kleiner Urknall, jedes Baby ein Mond, der von seinem Planeten wegtorkelt.» Sein Zeigefinger beschrieb eine Spirale in der Luft.

«Dieses Bild benutzt er immer», hörte er Juliette sagen.

«Betrachtet euch Stutvoets doch mal selbst. Erzählt ihr euch nicht immer weniger? Lasst ihr einander noch wirklich zu in eurem Leben?» Sie fuhren in die Kennemerdünen hinein.

«Na ja», sagte Flavie, «ich glaube nicht –»

«Immer weniger», unterbrach er sie barsch, «denk mal drüber nach. Mich macht das unendlich traurig. Früher, als ich acht war, stand ich jeden Abend an der Küchenanrichte und quatschte meiner Mutter ein Ohr ab, die Arme um ihre Taille, während sie Löcher in die Bratwurst stach. Heute –»

«Ludwig, mein Junge», fuhr Juliettes Vater dazwischen, «ich habe ganz und gar nicht den Eindruck, dass Liza und ich keinen guten Kontakt zu unseren Töchtern hätten. Liebchen, was meint ihr?» Sich über das Lenkrad beugend, schaute er, ob von rechts jemand kam.

«Sicher, sicher», schnitt Ludwig den Liebchen das Wort ab, einem Seitenblick seines Schwiegervaters ausweichend. «Du besprichst mit Flavie die Kapitel ihrer Doktorarbeit, Juliette hat mir davon erzählt.»

«Zum Beispiel», sagte er.

«In einem Restaurant, Vater und Tochter im Konklave, das ist ein Ausnahmefall. Nein, es ist die Ausnahme von der Regel. Die Regel ist, dass Kinder keine Doktorarbeiten schreiben, und wenn sie es doch tun, dann machen sie sich darüber lustig, wie wenig ihre Eltern von dieser Arbeit kapieren. Aber eben manchmal auch nicht. Wer hätte nicht gern einen Vater, der …» Juliette kniff ihm in die Schulter, die rechte, außerhalb des Blickfelds der anderen.

«Nur damit das klar ist», sagte sie, «Ludwig mag Noa sehr, solltet ihr daran zweifeln.»

Strategisch geschickt. Jeder im Audi wusste, wie dramatisch diese beiden Doktorarbeitsessen verlaufen waren; Flavie hatte nach beiden Abenden Juliette angerufen, traurig, enttäuscht, wütend, nach dem letzten Mal schlicht am Boden, ihr Vater war vor dem Dessert nach Hause gegangen, beleidigt. «Ihr fühlt euch beide schnell auf die Füße getreten», hörte er Juliette sagen, offenbar ein Familienleiden, «und es hat natürlich auch den einen oder anderen Vorfall gegeben, als wir noch zu Hause gewohnt haben.»

«Noa und ich sind Kumpel», lenkte er das Gespräch auf ein anderes Gleis. «Oder, Schatz?» Sie hörte ihn nicht, auch gut. «Gott, wie sehr ich dieses Mädchen mag.» Gedämpft, als enthüllte er ein großes Geheimnis: «Aber sie ist ja auch noch unfertig. Kinder nehmen, nehmen, nehmen, und wenn sie mit Nehmen fertig sind, nehmen sie auch noch das allerletzte bisschen. Erst als Erwachsene verstehen sie, was Geben ist – wenn man Glück hat; die Hälfte lernt es nie. Und was passiert dann: Sie beginnen zu geben, Geliebten, Freunden, dem Afghanischen Windhund. Der eigenen Brut, natürlich. Aber nicht Mama und Papa. Das sind alte Trottel mit überholten Ansichten aus früheren Zeiten.»

«Das hat was», gab sein Schwiegervater dem Irren recht.

«Warum also sollte ich mich für so einen alten Trottel interessieren, der mich nicht mal großgezogen hat? Ich kann meine Mutter schon kaum ertragen. Früher hab ich noch hin und wieder an ihrer Brust gehangen, verstehst du. Heute hab ich dafür Juliette.»

«Red keinen Scheiß», sagte Juliette. «Du hattest doch einen guten Kontakt zu deinem Stiefvater», fuhr sie fort, nein, es war Flavie. Obwohl sie ganz offensichtlich mit je einer Eizelle bedacht worden waren, hatten sie dieselbe keifende Stimme. «Oder hast du dich von dem auch entfremdet, oder wie nennst du das in deinem Diskurs.» Er fand, sie war schlauer als Juliette, doch nicht hübscher. Wohl aber netter.

«Nein», sagte er, «eben nicht. Das ist genau mein Punkt. Ich habe Otmar ausgewählt und er mich.»

Das Ticken des Blinkers. Weil es still blieb, sagte er: «Goethe? *Wahlverwandtschaften*? Du bist doch hier die Philosophin. Man sieht es auch der Kleinen da hinten an. Schon jetzt.»

«So», sagte Juliettes Vater und lenkte den Wagen auf einen leeren Parkplatz, eine Tonsur auf der Düne, die auf die nickelfarbene Nordsee eine weite Aussicht bot. «Da kann das Geburtstagskind sich mal ordentlich durchpusten lassen. Das wird dir guttun, mein Junge.»

«Darf ich raus, Opa», rief Noa. Ludwigs Schwiegervater entriegelte die Heckklappe, sie hörten, wie das Mädchen hinauskletterte. Sogleich sagte Juliette: «*Was* sieht man der Kleinen an?»

Er öffnete den Sicherheitsgurt. «Nun ja», sagte er, «den Herrn Bissesar, ihr kennt ihn bestimmt, obwohl er ein toller Vater ist, das finde ich jedenfalls» – Noas Vater war ein merkwürdiger Mann, für einen Rastafari eigentlich zu sentimental und zu aufbrausend, und außerdem freigebiger als Opa und Oma zusammen, was nicht gut für seine Tochter war –, «die kleine Noa scheint ihn schon fast vergessen zu haben. Sie spricht nur noch selten von Radjesh.»

Ludwig war der Einzige in der glücklichen Familie Stutvoet, der Noas Vater nur ein einziges Mal gesprochen hatte, eine Begegnung, die im Café Brinkmann auf dem Grote Markt in Haarlem stattgefunden hatte. Radjesh Bissesar wollte unbedingt wissen, welchem «kaulo» er sein Töchterchen auslieferte, simste er Juliette, während Ludwig mit Noa auf dem Schoß neben ihr saß, es sei das «Schlimmste in meinem Leben», stand in der Nachricht, und nur denkbar mit einer Reihe strikter «Gesetze / Regeln».

«Noch immer im Kindergarten, und sie sagt bereits Papa zu einem anderen Mann», sagte Ludwig abschließend – und stieg aus.

Über den leeren grauen Strand gingen sie zum Strandräubermuseum, ein Spaziergang von gut einer Stunde, in der Noa fröhlich zwischen ihnen und der aufspritzenden Brandung hin und her rannte. «Absolut daneben», murmelte Juliette ihm zu, die sich bei ihm untergehakt hatte. «Unglaublich, wie du dich meinen Eltern gegenüber benimmst. Und vor allem: merkwürdig. Sie finden dich merkwürdig.»

Im Museum konnte seine Stieftochter sich nicht sattsehen an den Millionen Flaschenverschlüssen, den Tausenden Zahnbürsten, den Hunderten Schuhen und einem Stück Stahl, das von einer amerikanischen Marsrakete stammte; am meisten aber faszinierte sie eine ausgestellte Flaschenpost, die ihr Opa ihr vorlesen musste. Der Weg zurück war dann zu viel, sie pflanzte alle hundert Meter ihren kleinen runden Hintern in den nassen Sand oder hängte sich an sein Bein oder an das ihres Opas. «Noch kurz durchhalten», sagte Juliette, «dann gehen wir zu Parnassia und essen leckere Pommes frites.» Sie wollte bei «Papa» auf die Schultern, so nannte sie ihn, was er rührend fand, immer öfter. «Papa», hatte sie eines Mittags in Overveen gesagt und dabei auf ihn gezeigt. «Nein, Schatz», er hatte gelacht, «Radjesh ist dein Papa.» «Papa, Papa, Papa», hatte sie forschend, spielerisch und ernst gesagt, «Papa», und dabei hartnäckig auf ihn gedeutet. «Zwei Papas.» Das letzte Stück nahm er sie auf seine Schultern, die feuchte Sitzfläche ihrer Hose auf seiner Haut. Den Strandpavillon bereits im Blick, plauderten sie über ihren Plan, eine Zeichnung zu machen und sie in eine Flasche zu stecken, und ob er die dann so weit wie möglich für sie ins Meer werfen könne, als ihnen, wahrscheinlich weil Haile Selassie oder Jah es für eine gute Idee hielten, Radjesh Bissesar mit seinem Dobermann entgegenkam.

97 «Tu nicht so. Du weißt ganz genau, dass ich Johan Tromp meine.» Seitdem sie seinem Gedächtnis auf die Sprünge geholfen hat, sind dreiundzwanzig Minuten vergangen.

Er lenkt ein: «Erzähl es mir, wenn ich wieder zu Hause bin. Ich versuche gerade zu schlafen.»

«Radjesh freut sich übrigens sehr darauf, mit zu Noas Ballettaufführung zu gehen, hat er vorhin gesagt.»

Er antwortet nicht. Bemüht sich, nicht wütend zu werden. Einfach entspannen.

Verletzend, schlichtweg verletzend ist es, dass sie weiterhin ihre schützende Hand über Radjesh hält. Dass sie zu Noas Geburtstag Geschenke kauft und so tut, als wären sie von ihm, dass sie auf den beiliegenden Karten mit imitierter Handschrift etwas Nettes von «Papa» schreibt. Dumm ist das, nervig. Wie soll das später einmal werden, wenn sich herausstellt, dass es nicht nur den Nikolaus, sondern auch Radjesh nicht gibt?

Es gab ihn. Sehr sogar – mein Gott. Juliette erkannte ihn als Erste, sie ging zusammen mit ihrem Vater und Flavie an der Brandungslinie entlang voraus, wandte sich mit einem Ruck zu Ludwig um und sagte sowohl lakonisch als auch gehetzt: «Schau, Darling, da ist noch jemand, der dir gratulieren will.» Er und Radjesh Bissesar sahen einander zur gleichen Zeit, zwischen ihnen lagen rund vierzig Meter nasser Sand. Sie beide blieben abrupt stehen. Um nicht vornüber von seinen Schultern zu purzeln, schlang Noa mit einem leisen Schrei ihre Hände um sein Kinn. Was Ludwig eigentlich ablehnte, ja was er nicht vorhatte zu tun, das tat er dennoch: Er packte das Mädchen brüsk unter den Achseln und hob es, obwohl es «Heh!» rief und mit den Sandstiefeln strampelte, hastig von seinen Schultern. Ein Schuldbekenntnis. «Nicht ins Bett bringen, nicht hochheben», stand in Krakelschrift auf dem Bierdeckel, der bei ihnen zu Hause auf dem obersten Brett des Bücherregals lag. «Nicht Papa sagen lassen. Nicht. In. Die. Wanne. Setzen.» Ludwig bewahrte ihn auf, um sich zu gegebener Zeit darüber lustig zu machen, aber auch weil die Verbote ihn beunruhigten. Der Bierdeckel lag dort schon seit ein paar Jahren, seit er mit Juliette zusammenwohnte, um genau zu sein, denn das war für Radjesh der Anlass gewesen, ein Treffen im Café Brinkmann zu verlangen.

Na gut, akzeptabel, fand auch Ludwig, der an einem windigen Sonntagnachmittag zum Grote Markt gefahren war und sein Fahrrad ungeschickt an einen Baum gekettet hatte, um dann, mit einem Anflug von Furcht, in die Kneipe zu gehen. Noas Vater, der ungeduldig an einem kleinen Tisch saß, war, wie sich zeigte, ein muskulöser, lässig gekleideter, nicht besonders dunkelhäutiger Mann, der seine Dreadlocks zu einem Knoten auf dem Kopf zusammengesteckt hatte. Nur den winzigen Pärchentisch zwischen ihnen beiden, erschrak Ludwig über sein Äußeres. Radjesh sah gut aus. Gepflegt, modisch, eitel. Viel besser, als Ludwig nach Juliettes Erzählungen angenommen hatte, ein Pfleger, mit dem sie während ihres Krankenhauspraktikums auf Curaçao ein *fling* gehabt und der sie ungewollt geschwängert hatte. Wie nannte man jemanden aus Radjeshs Gegend, fragte er sich während des Gesprächs, karibisch, hindustanisch, surinamisch? Und was war ein *fling*?

Geradezu offensichtlich war Radjeshs Stimmung: Er war misstrauisch und kurz angebunden, manchmal lächelte er, wenn er von Noa sprach, dann wurde sein Blick wässrig. Als sie beide ihren frisch gepressten Saft ausgetrunken hatten, legte er mit einem lauten Knall etwas auf die hölzerne Tischplatte.

Er hatte viel darüber gehört, doch Ludwig hatte noch nie einen echten Schlagring gesehen. Nur im Kino. Mit großen Augen starrte er auf das metallene Ding, eine Art *over the top*-Handschmuck aus vier aneinandergeschmiedeten, olympisch anmutenden Ringen, die zweifellos perfekt auf Radjeshs mächtige Faust passten. Oben auf den Ringen befanden sich kleine Erhebungen, in welche die Buchstaben H, A, T, E eingraviert waren und mit denen er mit einem Schlag Ludwigs Hirn «frische Luft» verschaffen konnte. So drückte Radjesh es aus, während er, vornübergebeugt und träge, die angekündigten Gesetze/Regeln auf einem Bierdeckel notierte. «Im Prinzip scheinst du mir ein normaler Typ zu sein», sagte er, «aber das sind oft die Verrückten, die Normalen. Die Normalen tun unappetitliche Dinge, weil jeder ihnen vertraut. Ich vertraue niemandem. Wenn du auch nur einen Finger nach meinem Mädchen ausstreckst, ganz egal, welchen Finger, dann prügele ich dir hiermit das Gehirn raus und verfüttere es an meinen Hund.» Er streichelte den Schlagring, als wäre er ein Küken. «Solange du dich hieran hältst», und er schob Ludwig die Gesetze/Regeln unter die Nase, «hast du nichts zu fürchten, Mann.» Ludwig war leicht schwindlig nach Hause geradelt.

Inzwischen sah es so aus, als würde das Ganze nicht so heiß gegessen, wie Radjesh es gekocht hatte. Noa war schlau genug, Ludwig nicht mit «Papa» anzureden, wenn Oma Bissesar dabei war, und erst recht nicht, wenn ihr tatsächlicher Vater auf dem blutjungen Radar erschien, sodass Ludwig eigentlich ganz unbesorgt die Gesetze/Regeln mit Füßen treten konnte, wie Radjesh am Strand von Bloemendaal mit eigenen Augen feststellte.

«Was für ein Zufall», hörte er Juliettes Mutter sagen, «gerade haben wir noch von ihm gesprochen.» Wir sprechen jeden Tag über Radjesh, wollte er sagen – doch er schwieg.

Juliette nahm Noa an die Hand. «Schau mal», sagte sie, «da ist Papa», woraufhin das Mädchen, «Papa» rufend, auf den baumlangen Rastafari losrannte, der in die Hocke ging und seine Arme ausbreitete. Radjesh hob seine Tochter mit einem Schwung in die Höhe, oder besser: mit einer Drehung. Kurz bevor er sich umwandte, sah er Ludwig an, tippte mit dem Zeigefinger auf die Haut unter seinem Auge und deutete stechend auf ihn. Ohne weitere Formalitäten stieg er daraufhin in die Dünen hinauf, seine Tochter auf der Hüfte tragend, der Dobermann mit großen Sprüngen vorneweg.

«He!», rief Juliette Vater und Tochter hinterher, zu leise, pro forma eben. Sprachlos standen sie zu fünft da. Der Wind war unangenehm kalt. Einen Moment dachte Ludwig an eine gewöhnliche Entführung, an Vorsatz, der Lackaffe musste von ihrem Geburtstagsausflug gewusst haben, doch Radjesh hatte etwas anderes vor. Er ging zur Terrasse des Strandpavillons Parnassia hinauf und betrat mit Noa das Lokal.

«Nicht ganz dicht», sagte Ludwig zu seiner Schwiegermutter, deren Ohr ihm am nächsten war. Damals im Brinkmann, während er Juliettes eifrig schreibendem Ex auf den verfilzten Schädel sah, hatte er sich bereits gefragt, was sie dazu bewogen haben mochte, sich mit diesem Mann «einzulassen», um es mal freundlich auszudrücken. Sich in einem Obstgarten zu paaren traf es besser. «Aber wann denn? Und wie?», hatte er sie ganz zu Beginn gefragt. «Als ich in Willemstad mein Praktikum gemacht habe, während einer Gartenparty.» «Während einer Gartenparty? Wie denn?» «Das tut nichts zur Sache, Ludwig.» «Na ja, das sehe ich anders, ich möchte gern alles über dich und Noa wissen.» «Wenn du es wirklich wissen willst: Hinten im Garten, zwischen den Kirschbäumen, an einen Stamm geleh…» «Es reicht – red nicht weiter.» Er bedauerte schon wieder seine zentripetale, masochistische Neugier.

Inwiefern unterschied sich dieser Radjesh von ihm, als Mann? Juliette hatte eine heimliche Schwäche für solche aufbrausenden Lagerfeuerburschen. Vor einiger Zeit erst hatte er sie beim Rummachen mit ihrem Yogalehrer Remco erwischt, einem hellblonden Fakir, der aussah wie Radjesh, hätte man den mit Wasserstoffperoxid abgeduscht. In seinen Augen war sie zu etepetete für beide, mit all ihren Hemmungen und dem Kleingedruckten im Bett, außerhalb des Bettes mit ihrem abgewinkelten kleinen Finger. Und dann noch die physische Gewalt. Ein Schlagring – Mann, ich darf doch sehr bitten! Oder war es genau das, war dieser Schlagring das *missing link*? Aggression? Waffen! Sie benutzte einen mentalen Schlagring! Schon seit Jahren!

«Nein», sagte Juliette, als er zu Hause von seinem Treffen im Café Brinkmann erzählte, «nein, das ist wirklich unmöglich, das passt überhaupt nicht zu Radjesh, nein, du irrst dich, ich denke, du hast in der Aufregung seine Ringe mit so einem Schlagdings verwechselt. Er trägt nämlich tatsächlich so gruselige Ringe, die hatte er damals schon, so schreckliche Mordsdinger mit Totenköpfen und Schlangen darauf.» Ludwig geriet außer sich. Ohne es mit ihm zu besprechen, schickte sie Radjesh eine SMS, immer mit der Ruhe, Schatz, mein Gott, die in einer Weise formuliert war, die er nie gutgeheißen hätte. Darin stand: «Ludwig behauptet, du willst ihn mit einem Schlagring bearbeiten. Das stimmt doch nicht? Du hast doch keine Waffen?» Bissesar wusste von nichts, natürlich. Wie komme dieser Affenarsch bloß darauf?

«Ich finde, ehrlich gesagt, du entwirfst eine etwas dubiose Karikatur von ihm, Ludwig», schmierte Juliette ihm nach seiner Niederlage aufs Butterbrot. «Ich will es mal nicht rassistisch nennen, aber du solltest mit solchen Sachen besser ein bisschen aufpassen. Auch im Hinblick auf Noa.»

ALLES IN ALLEM war Ludwig nicht sonderlich darauf erpicht, in den Strandpavillon zu gehen, wie Juliettes Vater es vorgemacht hatte. Ihm erscheine es klüger, meinte er wenig überzeugend, «Vater und Tochter» eine Weile ungestört zu lassen und draußen auf der Terrasse zu warten, «bis sie fertig» seien. «Okay, wir warten», sagte Juliette, doch nicht um ihm entgegenzukommen. Sie kam Radjesh entgegen. Da saßen sie also, die Stutvoets, verlegen, unbehaglich über nichts redend, hin und wieder einen heimlichen Blick durchs Fenster werfend, durch das man jedoch kaum etwas sehen konnte. «Warum fragen wir sie nicht einfach, ob sie sich zu uns setzen wollen», sagte Flavie, ein Vorschlag, den Juliette und er erschrocken ablehnten. «Lass die beiden einfach», gab Ludwig sich großmütig, «sie sehen einander nur selten, weißt du.»

«Übertreib nicht so», erwiderte Juliette, «er hat im Moment viel zu tun. Er arbeitet an einem großen Projekt in Paramaribo.»

«Na ja, viel zu tun», sagte er, «das ist allerdings sehr milde ausgedrückt. Papa ist öfter in Surinam als in den Niederlanden. Tatsächlich hat Oma Bissesar seinen Teil der Woche übernommen. Seit anderthalb Jahren?»

«Weniger.»

«Nein, länger.»

Juliette schüttelte seufzend den Kopf. «Er hat im September eröffnet.»

«Und war folglich schon davor eine ganze Weile mit den Vorbereitungen beschäftigt.»

«Was macht er denn ständig in Surinam?», fragte Flavie, die sich mit der Situation ein wenig unwohl fühlte. «Er hat doch im Kennemer Krankenhaus gearbeitet, oder?»

«Radjesh hat seine Krankenpflegercrocs in die Weiden gehängt», sagte Ludwig. «Er betreibt jetzt eine Kette mit zwei Shishabars.» Das Wort «Kette» setzte er mit den Fingern in Anführungszeichen. Er warf einen kurzen Blick aufs Fenster, auf einmal doch in Sorge, dass Radjesh seinen Spott hören könnte, doch was er sah, war nur die Spiegelung seines eigenen, schreckhaften Gesichts.

«Das sind keine Shishabars», sagte Juliette, «es handelt sich um eine Art Grand Cafés.»

«Die Art von Grand Cafés, in der man Wasserpfeife rauchen kann», stimmte Ludwig ihr zu.

«Tatsächlich?», fragte Juliettes Vater, der ungeduldig auf seinem Stuhl herumrutschte; die Situation gefiel ihm nicht. «Wir sitzen hier jetzt schon gut eine halbe Stunde und frieren», sagte er, auf die Uhr schauend. «Soll ich mal nachsehen, oder gehst du kurz rein, Juul? Der beißt doch nicht, oder?»

«Jetzt gedulde dich doch mal, Papa», schnauzte Juliette ihn an.

«Grand Café oder nicht», sagte Ludwig, «für jemanden, der seine Vatergefühle so zur Schau stellt, macht er sich einen ziemlich schlanken Fuß.»

«Stellt er jetzt auf einmal seine Vatergefühle zur Schau?», sagte Juliette. «Du kannst ihm nicht vorwerfen, dass er zu oft in Paramaribo ist *und* dass er seine Vatergefühle zur Schau stellt.»

«Und was ist mit dem Tattoo?», rief er just in dem Augenblick, als die Außentür sich öffnete, und fügte genauso laut hinzu: *«Noa My Love | Burns For You!»* Ein junger Mann mit schwarzer Schürze brachte Wein und Bier.

Juliette schaute zur Tür, und erst als sie wieder geschlossen war, fragte sie: «Welches Tattoo?»

«Riesengroß», sagte er, «auf seiner Schulter. Apropos zur Schau stellen.»

«Er hat ein hässliches ägyptisches Auge auf der Schulter», sagte Juliette, «aber darum herum steht nichts.»

«Es steht ziemlich viel darum herum, da steht ‹*Noa My Love | Burns For You*›. Ich habe es selbst gesehen. Im Brinkmann.»

«Benimm dich normal, Ludwig. Was erzählst du da für einen Blödsinn, natürlich hat er kein solches Tattoo. Wenn das da stünde, über meine Tochter, dann wüsste ich das doch.»

Es ist wie ein Niesen, das über einen kommt, wie ein Jucken, das man wegkratzt: ein Opponent, der eine Tatsache abstreitet, die feststeht und sich überprüfen lässt. «Wenn dem so ist», sagte er gereizt, «worum wetten wir? *Noa my love*» – und hier äffte er Radjeshs breiten surinamischen Akzent nach – «*burns for you.*»

«Du müsstest dich mal hören, Ludwig. Meine Eltern sitzen neben dir. Ich sitze neben dir. Und ich schäme mich für dich.»

Es war tatsächlich peinlich, ihr Gespräch, sein Nachäffen, Juliettes Bissigkeit, die Enthemmung, ohne dass es dafür des Alkohols bedurft hätte.

«Fängst du gleich auch wieder von dem Schlagring –»

«Juliette», sagte ihr Vater. «Es reicht. Hör jetzt auf.»

Aber es gab kein Halten mehr. «Wieso glaubst du mir nicht, wenn ich sage, dass er einen Schlagring hatte?», fühlte er sich genötigt zu erwidern. «Wenn ich doch sage, er hatte ein Tattoo? Warum verteidigst du ihn immer? Erklär mir das mal. Anstatt mich zu beschuldigen, ich sei ein … Ach was, ich werde das Wort nicht einmal aussprechen.»

«Rassist?», fragte Juliette.

Er umklammerte den Tischrand, schwieg jedoch.

«Mensch, Kinder …», sagte ihre Mutter.

«Nein», entgegnete Juliette, «sag du mir lieber mal, warum du immer versuchst, Radjesh miesuzmachen? Du sprichst verdammt noch mal von Noas Vater. Warum scherst du dich prinzipiell einen Dreck um die paar Dinge, um die er dich bittet?»

Flavie warf einen beschämten Blick auf ihre Schwester. Sie wusste inzwischen bestimmt von ihren Streitereien, doch sie hatte, anders als ihre armen Eltern, noch nie eine aus der Nähe erlebt. Schau genau hin, dachte Ludwig, das ist die vulgäre Gassenpöbelseite deiner Schwester. Er sah sie an und runzelte entschuldigend die Stirn. Die zehn Minuten jüngere Zwillingsschwester brachte selber eine unsichtbare Überraschung mit, in ihrem Fall einen philosophischen Überbau, ein argumentierendes, zweifelndes, erbauliches Surplus, das er irgendwo über ihrem windzerzausten Kopf ansiedelte.

«Weißt du, was ich glaube?», sagte Juliette.

Bei Schwester Numero eins hingen die Extras in Kniehöhe, ein unsichtbarer Nebel, feucht vor lauter Konflikt und Beleidigtsein. Interessant, wie sich die Unterschiede materialisierten: Was sich bei der einen in einer wissenschaftlichen Arbeit niederschlug, zerrann bei der anderen in Hunderten von Streitereien.

«Zuerst nimmst du zurück, dass ich ein Rassist bin.»

«Kinder ...», sagte ihre Mutter, «hierfür sind wir nicht zusammen an den Strand gefahren.»

«Ich glaube, du willst einfach Noas Vater sein. Meiner Meinung nach glaubst du, du wärst so eine Art, wie hieß er, Otmar. Dir ist es doch nur recht, wenn Radjesh oft in Surinam ist.»

«Ganz und gar nicht, ich –»

«Lass mich ausreden. Je öfter Radjesh in Paramaribo ist, umso öfter kannst du den heiligen Stiefvater raushängen lassen. Und wenn es dir in den Kram passt, dann erfindest du einfach einen Schlagring.»

«Schluss jetzt!», rief ihr Vater.

«Nur darum», sagte sie mit zitternder Stimme, «hetzt du ständig gegen Familie.»

«Gegen Blutsbande», sagte Ludwig und stand auf. «Weißt du was, ich hole ihn einfach kurz her. Jetzt, wo er gerade da ist. Ich lasse mich nicht im Beisein deiner Eltern zum Lügner stempeln.» Er ging zum Eingang des Strandpavillons. «Ich hole ihn, Juliette, und ich will, dass du ihn nach seiner Tätowierung fragst. Die zeigt er uns mit Freuden, du wirst schon sehen.» Mit Schwung zog er die schwere Tür auf und ging hinein.

Es war warm im Parnassia und vor allem: ruhig, es machte ihn selbst gleich ruhiger; auf dem Holzfußboden lag Sand, es roch nach Fritten und Bier. An einem Tisch in der Mitte des quadratischen Raums aßen ein bärtiger Mann und eine grauhaarige Frau überbackenen Toast. Ganz am Rand, an einem Fenster, saß Noa, klein, ihr Afro schön kugelförmig. Sie winkte ihm zu. «Hier, Ludi», rief sie – das «Papa» musste aus verständlichen Gründen wieder vermieden werden –, «ich habe einen Himbeermilchshake!» Er ging zu ihr hin. Vor Noa stand ein großer Teller Pommes mit zwei angeknabberten Frikadellen.

Auf die Frage, wo ihr Vater sei, deutete sie nicht in Richtung der WCs, wo Ludwig ihn vermutete, sondern auf eine Tür neben der Theke: der Seiteneingang, hinter dem sich ein Holzsteg befand, der zum Parkplatz führte. «Papa musste schon wieder weg», sagte Noa. «Er wollte noch zu Oma. Es war supertoll, echt.»

EIN HEFTIGES RASSELN, das mindestens zehn Sekunden dauert. Das Mithos stürzt ein. Wie viel Zentimeter Elend mochten in einer Stunde fallen? Und wie viele Kilometer legt eine Schneeflocke zurück, ehe sie das Hotelfenster berührt? Gibt es wirklich keine zwei Schneekristalle, die identisch sind? Ach, es interessiert ihn einen Scheißdreck.

Gerade als er sich die Stöpsel in die Ohren stecken will, bewegt sich Isabelle. Unruhig dreht sie sich auf den Bauch, bleibt einige Momente seufzend liegen und tastet dann die Matratze ab. Sie wischt mit dem Arm unter dem Kissen herum. Erst als sie tief aufseufzt, versteht er, was sie tut: Sie sucht die Ohrstöpsel. Tsss, denkt er. Aus seiner Faust vernimmt er leises Hohngelächter. Sie skandieren ihren Namen, sagen, sie könne ihre Suche aufgeben. Das wäre mit Abstand am stärksten, ein einfaches «Gib's auf, Isabelle, ich habe sie längst wieder», und sich dann die Stöpsel in die Ohren stecken, gute Nacht, wenn du mir den Stinkefinger zeigst, zeige ich dir den Stinkefinger.

Er öffnet den Mund, und natürlich kommt etwas vollkommen anderes heraus: «Aber du wirst morgen Tromp interviewen, nehme ich an?» Weil sie nicht antwortet, fügt er hinzu: «Das mögen Shell-Bosse nicht, Interviews geben.»

«Na ja», sagt Isabelle, «der Boss ist er noch nicht.»

«Aber auf Sachalin. Ich meine selbstredend, der Boss von Sakhalin Energy.»

«Wenn das so ist, dann ist jeder von irgendwas der Boss.»

Er denkt darüber eine Sekunde nach. Dann: «Aber warum lässt er sich interviewen?»

«Tja», sagt Isabelle, «jemandem mit Ambitionen kann es nicht schaden, wenn sich die *Financial Times* für einen interessiert. Tromp will Vorstandsvorsitzender werden.»

Er hüstelt vor Schreck. Sein Vater der Boss von Shell? Wird das der Clou seiner Herkunft? «Das wollen doch immer mehrere, zehn oder zwölf», versuchte er, sie aus der Reserve zu locken.

«Dann warte mal ab.»

Sie schweigen. Die Kraft ihrer Antwort überrumpelt ihn, ihre selbstgewisse Selbstgewissheit.

Er sagt: «Ich hoffe, dein Interview findet statt. Ich schätze, Tromp hat alles Mögliche um die Ohren.» Wieso interviewt er eigentlich sie? Über seinen Vater, wohlgemerkt? Sie ist doch hier die Journalistin?

«Ach ja? Was hat er denn deiner Meinung nach alles um die Ohren?»

Aha, schon besser. Stell du die Fragen, und ich halte den Mund, dafür werde ich bezahlt. Zack fällt ihm ein und dessen wichtiges Telefongespräch wegen der Explosion an der LNG-Anlage. Er hört sich berichten: «Es hat einen schweren Unfall gegeben – nichts davon mitbekommen?» Wenn das alles geheim gewesen wäre, hätte der Texaner nichts darüber gesagt.

«Was für einen Unfall?» Begierig ist als Wort zu stark, aber die Frage klingt auf keinen Fall gelangweilt. Ohne Zack zu erwähnen, vielmehr so, als handele es sich um eine sich rasch verbreitende, bekannte Tatsache, erzählt er ihr von dem Lastwagen, der gegen eine Gaspipeline gedonnert ist.

«Wann?»

«Heute Nachmittag.»

«Wurden Forderungen gestellt?»

«Wie meinst du das? Es war ein Unfall.»

«Sagt Shell.»

«Tja, da hast du's. Darum glaube ich, dass Tromp keinen Journalisten gebrauchen kann, vor allem jetzt nicht.» Nein, dröhnt es in seinem Kopf, und darum steckst du einer Journalistin von der *Financial Times* schon mal, was passiert ist. Der alarmierende Gedanke erobert sein Hirn und von dort aus seinen Körper. Seine Hände werden feucht, die Ohrstöpsel saugen sich voll. Ist Isabelles Aufmerksamkeit ihm so viel wert?»

«Gab es Tote?» Sie dreht sich auf den Rücken, einer ihrer Füße berührt seinen Knöchel.

Er denkt nach. Der Unfall, davon hätte sie bestimmt auch ohne ihn erfahren. Auf einem anderen Blatt steht, ob er derjenige sein muss, der ihr die genauen Details verrät. «Nein», sagt er deshalb.

«Also sogar der Lastwagenfahrer hat es überlebt? Das ist erstaunlich. Aber interessant. Wie hat er den Vorfall geschildert?»

Da haben wir's schon, denkt er. «Ich glaube, er hat nicht wirklich was geschildert», sagt er – was auf jeden Fall immer stimmt, bei einem Toten. «Du hast das übrigens nicht von mir.»

Er hört, wie sie etwas vom Nachtschränkchen nimmt, eine Sekunde später tippen ihre Daumen rasend schnell eine SMS. «Natürlich habe ich das von dir.»

«Was machst du da?»

«Ich leite die Nachricht kurz an meine Redaktion weiter.»

«Nennst du etwa meinen Namen?», sagt er heiser. «Bloß nicht.»

«Sei nicht so bescheiden», erwidert sie.

«Isabelle, hör auf – ich will nicht, dass du meinen Namen nennst. Es gab übrigens doch Verletzte.»

«War nur ein Scherz», sagt sie mit einem Grinsen. Zum ersten Mal seit Jahren sieht er ihr Gebiss, die beiden leicht gezackten Schneidezähne leuchten auf: zwei Dissonanzen. «Wie viele Verletzte, sagtest du?»

«Vier.» Im Prinzip lügt er nicht. Jeder Tote ist zuerst kurz verletzt gewesen, auch wenn man mit einem Lastwagen über ihn hinwegwalzt.

«Shell-Leute?»

«Weiß ich nicht.»

«Wieso ‹weiß ich nicht›?»

«Ich war nicht dabei», sagt er, plötzlich gereizt, «aber ich glaube nicht, dass es Touristen waren, die einen Tagesausflug zu den Pipelines gemacht haben.»

Sie lacht. «Ich nehme doch an» – sie schaltet das Lämpchen ein –, «dass du» – wie eine Turnerin schleudert sie ihren Oberkörper in Richtung Fußboden und balanciert mit dem Becken auf dem Bettrahmen, wodurch sich ihre beiden Unterschenkel über seine schieben – «… weißt, ob Kollegen von dir im Krankenhaus liegen?» Ohne zu sagen, warum, und er denkt nicht daran, nachzufragen, sucht sie exakt den Streifen des Teppichbodens ab, auf dem er vorhin herumgekrochen ist. Es ist provokant.

«Möglicherweise sind sie bereits tot», sagt er, um es doch gesagt zu haben.

Sie gleitet aus dem Bett. «Mein Gott, ist das kalt.»

«Auf demselben Breitengrad wird in Frankreich Wein angebaut, wusstest du das?»

Sie trippelt zum Fenster, schiebt den Vorhang beiseite.

«Wonach schaust du?»

«Ob ich den Feuerschein sehen kann.»

«Die Fabrik liegt einhundert Kilometer von hier entfernt.»

«Hast du noch nie eine explodierte Gasleitung brennen sehen? Eine nicht zu löschende Stichflamme, die so hoch ist wie ein Wolkenkratzer.» Sie zieht den Vorhang zu, geht zurück zum Bett und legt sich neben ihn – häuslich, in gewisser Weise.

«Aber glaubst du nicht», fragt er mit der Absicht, das Gespräch in eine andere Richtung zu lenken, «dass Tromp lieber auf Sachalin bleibt? Er ist hier absolut am richtigen Ort, das war mein Eindruck.»

«Nein. Tromp ist nur für seinen Lebenslauf auf Sachalin. Er will bloß eins, und das ist der Sessel von Van der Veer. Und ich muss sagen, in London fällt sein Name regelmäßig.»

Während er auf ihren schwarz glänzenden Hinterkopf schaut, schwelt tief in ihm das Verlangen, ihr zu erzählen, wie es sich mit ihm und Tromp verhält. Etwas Unvernünftigeres fällt ihm auf die Schnelle nicht ein.

«Aber gut», sagt sie, «er hat Sachalin ordentlich absolviert. Die Frage ist nur, ob er seine Hände sauber bekommen hat. Er war vorher in Nigeria.»

«Ja», sagt er dösig – diese Information ist neu für ihn. «Ein Wespennest.»

«Du kennst seine Vorgeschichte?»

Ich *bin* seine Vorgeschichte. «Wie meinst du das?»

«Man hat ihn gnadenlos degradiert.»

«Sachalin ist aber nicht gerade unwichtig, würde ich meinen. Ich glaube, er ist hier, weil er mit den Russen besser zurechtkommt als sein Vorgänger –»

«McAllan.»

«Ich kenne Sir Allan persönlich», sagt er.

«Wie schön», sagt sie. «Aber trotzdem war es eine Degradierung. Nach Nigeria haben sie ihm ein paar Streifen weggenommen.»

Er schweigt. Er hat keine Ahnung, worauf sie anspielt. In dozierendem Ton berichtet sie weiter, dass Tromp in Nigeria bereits reif für das *board* war. Und dass dann, genau im falschen Moment, die Krise um die Reserven ausbrach.

«Weiß ich», lügt er. Plötzlich mutlos geworden, lässt er die Ohrstöpsel los. Sie liegen vor seinem Bauch, als wären sie aus seinem Nabel geboren worden.

«Er fuhr wie der Sonnenkönig durch Lagos», sagt sie tonlos, «in einem sauteuren kleinen Sportwagen, in den man nur mit einem Schuhanzieher reinkommt.»

«Und dann lag sein Kopf mit einem Mal auf dem Schafott», blufft er, bevor Isabelle ihm noch mehr erzählen kann. «In Afrika gab es natürlich die meisten überschätzten Vorräte.»

«Tja – die gab es eben gerade nicht», sagt Isabelle.

«Das meine ich natürlich.»

«Tatsächlich operierte Tromp mit nicht nachgewiesenen Vorräten.»

«Sag ich ja.» Auch er hat die Zeitungsartikel gelesen und weiß sehr wohl, dass die Manager vor Ort jahrein, jahraus auf nicht oder nur schwer zu fördernde Öl- und Gasreserven spekulierten. «Am Ende fehlten dreißig Prozent», sagt er, um nicht vollkommen ahnungslos zu wirken.

«Und der Börsenwert sank um zwölf Milliarden Dollar.»

«Tja.» Sein Mittelfinger verabreicht den beiden Schaumgummipfropfen liebkosende Stupse; immer mit der Ruhe, ich beschütze euch vor Isabelle, die alles so viel besser weiß.

«Tromp ist sich sehr wohl darüber im Klaren, dass diese Insel seine Hoffnungsrunde ist», sagt sie. Das Thema scheint sie ziemlich zu beschäftigen, bemerkt er, Isabelle Orthel schreibt sowohl Artikel über seinen Stiefbruder als auch über seinen Vater. Das ist durchaus eine Flasche Absinth wert, so kann man das Ganze auch betrachten.

Sie hebt ihr Kissen hoch, ein taubstummer Indianer, der Jack Nicholson ersticken wird. Nein, die liegen dort nicht, nein, nein.

«Aber er glaubt, dass er es wird?»

«Ja. Obwohl er vielleicht zu … raubeinig ist, zu eigensinnig. Ich habe in Lagos ein ausführliches Interview mit ihm geführt. Man wird kein Feingeist dadurch, zuerst Nigeria und dann vier Jahre dieses Gazprom-Pack am Hals. Die Frage ist, ob man in London einen deformierten Kurtz haben will.»

«Kurtz?» Er räuspert sich; es klang sehr dünn. Ihm scheint, sie hat es nicht einmal gehört. Sie schweigen beide. Entschieden an der Decke ziehend, wendet sie sich von ihm ab, ihr Ellenbogen berührt ihn an der Seite. Sie schaltet die Muschellampe aus. «Sollen wir es noch einmal versuchen?», fragt sie.

96

Als hätte sie von ihm abgelassen, bleibt er auf dem Rücken liegen. Vermisst er sie? Nichts im Zimmer ist in vollkommener Ruhe, der Sturm drückt alles aus dem Lot: die schlampig tapezierten Wände, die Fensterscheiben, die schlecht gekittet in den Rahmen hängen, seine Trommelfelle. Ihn selbst.

Was ihm auf dieser postnuklearen Insel widerfährt, scheint einen unheimlichen Zusammenhang aufzuweisen: das unwahrscheinliche Wiedersehen mit der Absinthfee, die Vergeltung in Form der Ohrstöpsel, ganz zu schweigen von dem CEO, dem Rüpel, dem Kronprinzen, der, wie irgendjemand beschlossen hat – Wotan, Freud, Steven Spielberg? –, sein Vater sein soll. Juliette und ihre Psychologenfreunde haben dafür bestimmt einen Ausdruck, sein Inneres scheint sich nach außen gekehrt zu haben, die Außenwelt ist identisch mit seinem Inneren; die Außenwelt *ist* sein Inneres. Ludwig, das geharnischte Maiskorn, ist eine gepoppte Flocke geworden.

Isabelle zieht die Knie an, wodurch ihr Gesäß sich in seine Richtung schiebt, ihr Hintern berührt seine Hüfte. Obwohl sie mindestens sechs Stofflagen trennen, spürt Ludwig ihre Körperwärme. Es handelt sich um kaum einen Quadratzentimeter, dennoch springen Isabelle-Elektronen über; sein Körper lädt sich elektrisch auf und beginnt zu prickeln. Sein Gehirn produziert augenblicklich eine Spannungsdifferenz in seinem Schritt, er spürt, dass alle Energie in sein Geschlechtsteil strömt – und aufgestaut wird. Sanft erwidert er den Druck, eine unmerkliche

Gegenspannung. So liegt er eine Weile, spielt mit dem Verlangen zu kommen. Doch dann rutscht sie in zwei Etappen von ihm weg, zum Rand des Bettes. Er verharrt noch kurz und stopft sich dann die Stöpsel tief in die Gehörgänge.

Eine Zeitlang wälzt er sich von einer Seite auf die andere, versucht erfolglos, sich zu entspannen – inzwischen bestehen sogar seine Ohren aus Lärm, das Summen des Bluts in den Äderchen und, noch tiefer in seinem Kopf, das Aneinanderknirschen von Zähnen, Tektonik, die über den Schädelknochen die falsch spielenden Trommelfelle erreicht. Allmählich wird er sich des Bläserensembles draußen wieder bewusst. Des lauter und leiser werdenden Geheules, ohne jeden Rhythmus. Man stelle sich vor, auf so einer schrecklichen Insel leben zu müssen.

Er tut etwas Schwächliches. Er nimmt sein Telefon und simst wie ein kleiner Junge, der nach seiner Mutter ruft, «ich kann nicht schlafen» an Juliette. Er stellt das Ding auf Vibrieren und klemmt es sich zwischen die Beine. Nicht einmal eine Minute später: «Wie blöd! Geh kurz raus, das hilft immer. X»

Hat er Lust dazu? Nein, aber es stimmt, eine Viertelstunde Herumgeistern hilft manchmal. Es ist erst Viertel vor elf, stellt er fest, sehr viel früher, als er dachte. Wer weiß, vielleicht gibt es unten etwas Wodkaartiges. «Gute Idee», schreibt er zurück.

«Schön», erwidert sie, noch bevor er genügend Mut gesammelt hat, um tatsächlich aufzustehen, «dann kann ich dir erzählen, was ich Wichtiges herausgefunden habe. In ein paar Minuten rufe ich dich an, okay?»

Verdammt. Nein, *nicht* okay. «Warte, muss erst aufs Klo», simst er rasch. «Ich ruf dich an.» Hastig steigt er aus dem Bett und hockt sich neben seinen Schuhen hin: klatschnass. Er schlüpft in seine Nikes. Schlüssel in die Brusttasche des Oberhemds, Ohrstöpsel dito; ohne dass Isabelle auch nur einen Finger bewegt, verlässt er das Zimmer, eilt durch die Gänge und huscht, ohne das Geländer zu benutzen, die Betontreppen hinunter.

Die Lobby sieht verlassen aus, ist weniger beleuchtet, wahrscheinlich weil das Restaurant bereits geschlossen hat. Vor dem Zylinder der Drehtür, wo jetzt niemand mehr schaufelt, liegt ein anderthalb Meter hoher Schneewall, die breiten Fenster daneben sind zu drei Vierteln verdeckt. Die rosafarbenen Lampenschirme verbreiten einen surrealen Schimmer, was der schmalen, aber tiefen Lobby mit den goldenen Beschlägen eine nächtlich-geheimnisvolle Atmosphäre verleiht, als würde er noch im Bett liegen und endlich träumen. Er hebt die Hand in Richtung Nachtportier, der hinter einem kleinen Schwarzweißfernseher sitzt. Auf dem Weg zur Empfangstheke macht er die alkoholische Kippgeste aller Länder und Völker. Der junge Mann, funkelnde Augen, durchscheinend blass, ein Phantom, das er bereits mit vollen Tellern zwischen den Tischen hat dahinschweben sehen, holt sogleich eine Metallflasche ohne Etikett hervor, flach, aber nicht klein, und schenkt ein quadratisches Glas voll. Ludwig kippt den Inhalt mit einem Schwung runter: flüssiges Feuer. Teufel, werde ich gut schlafen. Das Gespenst, ein echter Russe, schenkt unaufgefordert nach. Ludwig haut das Zeug erneut mit einem Mal weg. Mein lieber Schwan. «Haben Sie nicht eine ganze Flasche für mich?», fragt er mit Tränen in den Augen.

Geschmeidig, die großen Füße auf merkwürdige Weise parallel, geht der junge Russe vor einem Kühlschrank, übertriebener Luxus, könnte man meinen, in die Knie und stellt drei Flaschen auf die Theke, Beluga, Standard und Gorbatschow. Die letzte natürlich, außerdem ist da noch am meisten drin – wer weiß, wie lange das hier noch dauert. Ludwig greift nach dem Portemonnaie, doch das ist nicht nötig, die Zimmernummer reicht.

Mit der Flasche in der Hand geht er zu dem Rokokosofa von vor ein paar Stunden. Als er das Telefon aus der Tasche nehmen will, um Juliette anzurufen, klingelt das Ding. «Jetzt gedulde dich doch mal, verdammt», murmelt er.

Aber es ist nicht Juliette; was er sieht, ist eine unbekannte Primzahl. So spät noch? Er presst den Rücken an den heißen Heizkörper.

«Ludwig Smit.»

«Ja», sagt jemand langgedehnt. «Sehr gut. Natürlich sind Sie noch wach. Ich wusste es.» Die Stimme rollt wie eine Bowlingkugel in seinen Gehörgang, dunkel, gemächlich.

«Mit wem spreche ich?» Er kennt die Antwort bereits.

«Tut mir leid, normalerweise stellt mich meine Assistentin durch.»

«Wie geht's?», fragt Ludwig heiser.

«Gut, vielen Dank. Und wie geht's dem Walfischmann?» Der CEO klingt machtvoller, als er ihn in Erinnerung hat, zwingender. Ludwig berichtet, dass sein Flug gestrichen wurde, dass er im Schneesturm um ein Haar umgekommen wäre, dass er aber jetzt ein Hotelzimmer hat. Er verschweigt, dass er sein Bett teilt, vielleicht weil ihm bewusst ist, dass Isabelle und der Mann einander kennen.

«Sehr schön. Ich nehme an, Sie haben noch keinen neuen Flug gebucht?»

«Bin noch nicht dazu gekommen, nein.» Seine Stimme schwankt, ein Tremolo hat sich hineingeschlichen – er ändert seine Sitzposition, räuspert sich.

«Umso besser», sagt Tromp. «Darum müssen Sie sich nicht kümmern, ich sage Natalja, sie soll einen Flug für Sie buchen.»

Ist das schlau, fragt er sich. «Weiß man denn schon, wann wieder Flüge gehen?»

«Ich glaube, nicht. Obwohl man hier regelmäßig mit solchen

Schwierigkeiten zu tun hat. Aber hören Sie, ich habe Sie nicht angerufen, um Ihnen eine gute Nacht zu wünschen. Ich möchte Ihnen einen Vorschlag machen.»

«In Bezug auf die *seismic survey*?», fragt er, weil eine Pause entstanden ist. Mit einem Mal sieht er Tromp vor sich, er trägt einen seidenen Morgenmantel und sitzt merkwürdigerweise auf dem Dreisitzer-Sofa aus gelbem Mohair in ihrem Wohnzimmer in Overveen. Juliette liegt oben im Bett.

«Nein, das lassen wir», sagt Tromp. «Firlefanz.»

«Oh.»

«Ich will Sie fragen, ob Sie Lust haben, am kommenden Sonntag einen Ausflug zu machen.»

Er streckt seinen Arm aus, seine Hand schließt sich um den heißen Heizkörper. «Einen Ausflug?»

«Einen Tag Ski laufen. Da Sie jetzt sowieso noch hier sind, möchte ich Sie gern zum Mount Air mitnehmen. Können Sie Ski laufen?»

Seine Hand verbrennt, er lässt los. «Sonntag … das ist in fünf Tagen.»

«Etwas außerhalb von Yushno gibt es ein Skigebiet. Der königlichen Familie werden wir dort nicht begegnen, doch für einen Vormittag ist es gar nicht mal schlecht.»

«Ich liebe Skifahren», sagt er. Mit der heißen Hand schraubt er den Verschluss von der Wodkaflasche.

«Ich würde bei der Gelegenheit gerne etwas mit Ihnen besprechen. Etwas Wichtiges.»

Ludwig öffnet den Mund. Ruhig, ruhig. «Etwas Wichtiges», wiederholt er mit exakt derselben Betonung – es klingt ungewollt spöttisch.

«Wichtig für Sie und wichtig für mich, ja.»

Ludwig japst. *Er weiß es.* Natürlich weiß er es. Er trinkt einen Schluck Gorbatschow.

«Gute Idee?»

«Ja …», sagt er. «Darf ich fragen, was so wichtig ist?»

«Nein, dürfen Sie nicht. Es ist etwas für unter vier Augen. Vorzugsweise mit einem vor Kälte roten Kopf und einem Genever.»

Sein Telefon gibt einen Piepton von sich, den Tromp nicht hören kann. Juliette Quengeltante, wer sonst. Doch in diesem Fall gar nicht schlecht, er schreckt dadurch auf: aus Tromps dunkelbrauner Verhexung. Er will überhaupt nicht Ski laufen. *Und er wird auch nicht Ski laufen.* «Klingt nach einer guten Idee», sagt er schrill krächzend, «aber ich muss das erst zu Hause abklären. Eine zusätzliche Woche ist lang.»

«Kommen Sie ansonsten morgen Vormittag zu mir ins Büro», sagt Tromp, «das geht auch.»

Natürlich, das hat er nun davon. Es geht nicht ums Skilaufen. «Wenn ich es schaffe, schneetechnisch», sagt er feige.

«Darum sag ich ja, wir gehen Ski laufen.»

«Ich schlage vor, ich kläre kurz, was geht. Reicht es, wenn ich morgen zurückrufe?»

«Rufen Sie mich vor … acht an. Ich bin die ganze Zeit in Besprechungen, sagen Sie also einfach Natalja, wie und wann.»

«Mach i–»

«Sehr gut, bis morgen.» *Krack.* Verwundert schaut Ludwig auf sein Telefon. Weg. Zurück in die Öllampe.

ER KREUZIGT SICH SELBST auf der Heizung, mürbe, zu verdutzt, um sich eine Meinung zu bilden. Um mehr Klarheit zu gewinnen, trinkt er noch ein paar Schluck Wodka. Zusammen Ski laufen, was hat das zu bedeu–

Da klingelt sein Telefon schon wieder, natürlich, sie werden anrufen, e-mailen, faxen, selbst wenn er mit seiner *seismic survey* auf dem Pluto unterwegs ist, um Klinken zu putzen. Erschöpft schaut er auf Juliettes Namen, apathisch wartet er ab, bis der Angriff abgewehrt wurde. Erst mal nachdenken. Er pflanzt seine spitzen Ellbogen auf seine Oberschenkel, der Boden unter seinen Füßen saugt die letzte Energie aus seinem Körper, ein nicht messbarer Hauch Wärme, der sich über ganz Sachalin verteilt. Den Kopf in die Hände gestützt, so denkt er ein paar Sekunden lang nichts. Kurz döst er ein.

Dann, schockartig: Sollte ich davon Juliette überhaupt erzählen? Ihre Reaktion ist leicht vorherzusagen, sie wird die Flaggen hissen und ihn anschließend mit ihren verbalen Kunstgriffen in den Skilift nörgeln. Es verschweigen und sich morgen für die freundliche Einladung bedanken, das erscheint ihm um einiges relaxter. Obwohl fraglich ist, ob er sich drücken kann. Geht das, einem Mann von diesem Format ein Treffen verweigern? Wenn man in der Nähe seines Büros in einem Hotel ist? Und hat das überhaupt Sinn? Die Stimme in seinem Ohr – mein Gott. Im Zusammenhang mit den 4Ds werden sie einander sowieso noch begegnen, fürchtet er. Oder ist das zu pessimistisch? Wenn er Isabelle glauben darf, dann steht Tromp bereits mit einem Bein in London. Mit ein bisschen Glück war's das, fertig, abgehakt. Ja, mit eingeklemmtem Schwanz die Flucht ergreifen – das ist eine Option … Morgen, wenn er aufsteht, einen Flug buchen … Beim Einchecken telefonisch absagen …

Er schaut zum Eingang hinüber: Es gibt kein Morgen. Ein Schneewall späht wie ein Hüne ins Hotel – sie kommen hier nie mehr raus. Er verkriecht sich noch tiefer ins Sofa. Die Umkehrung entbehrt nicht einer gewissen Ironie, jetzt ist es Tromp, der etwas weiß, was er nicht weiß; zumindest denkt das Tromp – genau das, was Ludwig am Morgen von ihm dachte. Aber Ha spielt lieber mit offenen Karten. Ich muss dir etwas sagen, das man einem verlorenen Sohn nicht telefonisch sagt und besser auch nicht im Büro mit einem Schlips um den Hals. Wo sollen wir die fünfunddreißig Jahre Desinteresse schnell mal ausbügeln? Auf der Skipiste – was für eine gute Idee.

Er fragt sich wie er es herausgefunden hat. Es sah doch gestern wirklich so aus, als hätte er keine Ahnung. Steht irgendwas im Internet, das ihn verrät? Auf Facebook ist er nicht, seinem völlig verstaubten LinkedIn-Account ist, soweit er es überblickt, nichts zu entnehmen, was Tromp nicht schon wüsste beziehungsweise wissen darf. Oder hat Tromp dem klammen Schweiß auf dem Schalensitz etwa DNA entnommen? Vielleicht muss er die Quelle bei sich selbst suchen. Vielleicht hat er etwas verraten, ein Detail, ein Versprecher. Oder lag es vielleicht einfach auf der Hand? Hat Juliette möglicherweise recht, und seine Art, sich zu bewegen, die Art, wie er lacht, wie er guckt, wenn er jemandem zuhört, verrät ihn?

Er wiederum hatte wenig an Tromp entdeckt, das ihn an sich selbst erinnerte. Könnte sich das Wiedererkennen auf einer unbewussten Ebene vollzogen haben? Ein Austausch auf der Basis von Gerüchen, die Stunden später Tromps Gehirn durchtränkt hatten, woraufhin Gentests durchgeführt worden waren, Neuronen in weißen Kitteln, rein ins Labor, raus aus dem Labor – bingo, wir haben eine Übereinstimmung, was sich im Bewusstsein des CEO dann möglicherweise in Verdacht, Grübeln, Gerätsel, Zweifel übersetzt haben könnte. Ludwig, Ludwig ... wer war bloß dieser auffällig vertraut wirkende junge Mann?

Er trinkt einen Schluck Gorbatschow. Etwas Wichtiges ... Unter vier Augen bei einem Genever ... Theoretisch, kommt ihm erst jetzt in den Sinn, könnte es sich auch um etwas anderes handeln. Auch wenn ihm auf die Schnelle nicht einfällt, was. Er holt tief Luft und ruft Juliette an.

«Wer ist da?», sagt ein Stimmchen, ein wenig hallend wegen der zwei Apple-Geräte und des Satelliten.

«He … Noa. Wie geht es dir?»

«Bist du das?»

«Ja, ich bin's. Wie schön, dich zu hören. Bist du immer noch krank?»

«Nur noch ein bisschen Bauchweh. Kannst du dort gut Schlitten fahren?» Noa, prä-Google Earth, im Besitz eines Globus mit einer Glühbirne darin, erstaunlich interessiert an fernen Orten, Paramaribo, Brunei, der Südpol, Sachalin.

«Man kann hier hervorragend Schlitten fahren. Und Schneebälle werfen. Schade, dass du nicht hier bist.»

«Leben die Walfische noch?» Mehr noch als Sakhalin's Black Tears of Friends of the Ocean macht Noa sich Sorgen um den Westpazifischen Grauwal. Sie ist ein Mädchen, das mit bloßen Händen Hausspinnen anfasst und am Waldrand aussetzt, gegenüber von ihrem Haus. Sie kann es kaum erwarten, dass sie alt genug ist, um in eine Wüste zu ziehen oder in einem Iglu zu schlafen, nicht weit entfernt von einer Pinguinkolonie.

«Es geht ihnen gut, mein Schatz. Ist Mama da?»

«Die ist kurz nach oben gegangen, die Kontaktlinsen herausnehmen.»

«Sie hat mich gebeten, sie anzurufen.»

«Wenn sie dann mal nicht wütend auf dich wird. Soll ich ihr vielleicht etwas ausrichten?» Eine besonnene Sechsjährige, die vorausschaut, und das zwischen zwei atmenden Tellerminen.

«Nein, sie wird nicht wütend werden. Ich möchte sie kurz selbst sprechen. Es geht darum, wann ich nach Hause komme, verstehst du?»

«Du kommst doch übermorgen, oder?»

«Ich hoffe es. Schade, dass ich nicht zu deiner Ballettaufführung kommen kann.»

«Ja, aber jetzt kann Papa mitgehen. Das findest du doch nicht schlimm, oder?»

«Nein, überhaupt nicht.»

«War es nett mit deinem Vater? Mama hat erzählt, dass du ihn gefunden hast.»

Er schluckt etwas hinunter. Das Wort «gefunden»? «Das war schon ganz besonders», sagt er. Nein, es ist der Ausdruck von Empathie, verbunden mit einer beinahe furchterregenden Vernünftigkeit, vor allem für ein Mädchen, dessen Chromosomen von einer Hysterikerin, Juliette, und einem egozentrischen Dropout wie Radjesh stammen.

«Aber du hast dich doch darüber nicht gefreut?»

«Hat Mama das gesagt?»

«Nein, das habe ich mir gedacht, als ihr am Telefon darüber gesprochen habt. Mama hat nichts gesagt, wirklich.»

Einen Moment herrscht Schweigen.

«Wenn du Walfische siehst, dann musst du sie filmen.» Sie glaubt, er sei der Schutzheilige der Grauwale und überhaupt aller Tiere. Eines Tages erfährt sie die Wahrheit über ihren Stiefpapa und Shell.

«Mach ich, Schatz. Hast du alles gut eingeübt für die Aufführung?»

«O ja, schon lange. Morgen bekomme ich Poffertjes.» Ja, sie isst erschreckend schlecht, und man sollte auch nicht einfach so, ohne vorherige Verhandlungen, den Fernseher ausschalten – doch manchmal denkt er, dass Noa über ein Dolf-artiges Talent verfügt, nicht für Musik, sondern für das Ergründen und Deuten von Erwachsenenlaunen, mit dem Spezialgebiet Sarkasmus, Misstrauen und unterschwellige Spannungen. Vielleicht ist es stiefelterlicher Stolz, für den sich im Übrigen niemand etwas kaufen kann.

«Höre ich da Mama auf der Treppe?» Sobald Mama von Stiefpapa die Nase voll hat – oder andersherum –, dann verschwindet er rechtlos im Nebel.

«Ja», sagt Noa. «Ich will deinen Papa auch mal sehen. Jedenfalls wenn er kein Blödmann ist.»

Er lacht. «Ich kenne ihn noch nicht sehr gut.»

Einen Moment lang lauschen sie Juliettes Absätzen auf dem Holz, dann sagt sie: «Aber, Ludi ...», und in der kurzen Pause, die sie macht, sieht er sie am Fristho-Sideboard stehen, eine Hand flach auf dem glatten Holz, ein vorweltliches kleines Wesen mit urkristallähnlichen Augen, wie man sie in unserem Sonnensystem nicht finden kann, das ihm mit donnernder Stimme erklärt, dass aller Unfriede zwischen ihm und Juliette – den es ungeachtet ihrer beider Maskerade mitkriegt und sogar schon seit Jahrhunderten kommen sah – eine escherianische Unlösbarkeit in sich trägt und dass sie sich damit abfinden müssen, wichtiger noch, dass es schon sehr viel länger, Millionen von Jahren sogar, weiß, dass er mit seinem Vater Ski laufen gehen muss.

«... ich geb dich jetzt weiter an Mama ... tschüss!»

«Ziemlich lange auf dem Klo», sagt Juliette sofort.

«Ja», erwidert er, einen weiteren Schluck Wodka nehmend. «Ich muss auch gleich weitermachen. Schieß los, was hast du Interessantes für mich?»

«Zwei Dinge», sagt sie, als wäre sie der Joop den Uyl der Liebe. «Sie hängen miteinander zusammen, aber du musst mir versprechen, mich ausreden zu lassen.»

Er schweigt.

«Versprichst du es mir?»

«Ich höre», sagt er neutral. Es hat sich etwas verändert, merkt er an sich selbst. Nicht nur weiß er mehr als Juliette, er ist, um ehrlich zu sein, auch durchaus neugierig. Die Karten sind schon wieder anders verteilt als noch vor zehn Minuten.

Anstatt über die beiden interessanten Dinge der Reihe nach zu berichten, beginnt sie mit einer Frage. «Du glaubst doch, Tosca hat die dreißigtausend Gulden für dein Luzac College auf der Straße verdient? Mit ihrer Geige?»

Nein, das glaube ich nicht, denkt er, das habe ich dir irgendwann auf die Nase gebunden in der Hoffnung, dein negatives Bild von meiner Stiefschwester ein wenig zu korrigieren. «Ja», sagt er, «das glaube ich, ja.»

«Stimmt aber nicht.»

«Ach. Wie denn sonst?»

«Gar nicht. Jemand anderes hat die Schule für dich bezahlt.»

«Wieso das?», fragt er aufrichtig erstaunt. «Tosca hat das Schulgeld bezahlt. Ich stand daneben.»

«Die Frage ist, mit wessen Geld.»

Er denkt kurz nach. «Das lässt sich nicht mehr ermitteln, Juliette. Hunderttausend Viertelgulden-Münzen vor dem Supermarkt in einem Geigenkoffer.»

Sie lacht nicht. «Rate mal, wer es war», sagt sie.

«Spielen wir hier Trivial Pursuit? Na los, sag es mir einfach, Juliette.»

«Dein Vater.»

Er schweigt. Tromp? Er trinkt einen Schluck Wodka. «Und woher kommt diese Geschichte auf einmal?»

«Na, von Tosca natürlich. Das ist es ja gerade. Sie hat mir übrigens verboten, es weiterzuerzählen. Sag ihr nie, dass du es von mir hast. Hörst du?»

«Hast du sie angerufen?»

«Ich weiß es schon seit Jahren. Und die ganze Zeit habe ich es für mich behalten. Sogar noch heute Morgen, als du mir von deiner Begegnung mit ihm erzählt hast.» Ihr Ton klingt triumphierend.

«Na toll, mich jahrelang nicht ins Vertrauen zu ziehen.»

«Darling, ich musste schwören, es dir niemals zu sagen. Ich habe mir so oft auf die Zunge beißen müssen. Da du ihn jetzt getroffen hast und dort immer noch bist, ist es etwas anderes, finde –»

«Wann hat sie es dir erzählt?»

«Als sie bei uns war, das eine Mal. Hier in Overveen, als sie zum Essen gekommen ist. Du warst noch nicht zu Hause. Erinnerst du dich, dass sie hier war?»

«Ja, natürlich erinnere ich mich daran.» Später, im Haus Abendrot, wenn das Spiel aus ist, wird er eher seinen Vornamen vergessen als diesen Abend. Es war das einzige und das letzte Mal, dass er Tosca gesehen hat, nach dem Fiasko in dem indischen Restaurant.

«Als du in Eindhoven dabei warst, dein Leben zu ruinieren, hat sie deinen Vater um Hilfe gebeten. So hat sie es mir erzählt.»

«Und warum weiß ich das nicht? Denkst du dir das aus?»

«Nein, natürlich nicht, Ludwig. Warum sollte ich mir das ausdenken?»

«Um mich für den Mann einzunehmen», sagt er scharf.

«Ich erzähle dir nur, was ich weiß. Aber wie findest du das?»

«Was hat Tosca denn genau gesagt? Und übrigens, es kann gar nicht sein. Sie kannte ihn überhaupt nicht. Als ich in Eindhoven gewohnt habe, kam Tosca gerade erst aus Amerika wieder.»

«Im Concertgebouw. Sie hat gesagt, da war er oft, mit seinen Shell-Freunden.»

«Damals hat er noch für BP gearbeitet.»

«Dann eben mit seinen BP-Freunden. Nach einem Konzert ist sie zu ihm hingegangen. Das hättest du nicht gedacht, was?»

«Ach, warum sollte ich das glauben?», sagt er mehr zu sich selbst als zu Juliette. «Ich glaube kein Wort davon. Und dass Tosca so etwas tun würde und dass dieser Mann mal einfach so viel Kohle rausrückt, glaube ich auch nicht. Und wieso *zu ihm hingegangen*?»

Eine andere interessante Frage: Warum hat er selbst nie auf

Auskunft gedrungen? Tosca, noch keine zwanzig, die dreißig Riesen auf den Tisch legt. Woher hat ein neunzehnjähriges Mädchen dreißigtausend Gulden? Er hat sich diese Frage nie gestellt. Geld? Das wuchs auf Otmars Rücken, und als Otmar tot war, da wuchs es durch den Sarg über seinen Grabstein hinaus, wo die hockende Ulrike es erntete – das war alles, was er wusste. Erst später, als er dank Tosca in Enschede studierte, hatten sie einmal darüber gesprochen, wie viel die Scheißschule eigentlich gekostet hatte und woher das Geld stammte. «Na ja, aus irgendeinem Topf eben», antwortete seine Stiefschwester, «du weißt doch, wie das ist, mit Wunderkindern.» Ihm hatte das gereicht, seine Stiefschwester hatte nun einmal das Deichseltalent von ihrem Vater geerbt, davon war er zutiefst überzeugt. Schon Otmar war Unternehmern und Kunstliebhabern auf die Bude gerückt und hatte sie, Mütze umgedreht in der Hand, mit Danksagungen in CD-Beiheften und Programmen geködert.

«Warum sollte sie dir so etwas erzählen? Ihr habt da gesessen und eine Stunde auf mich gewartet, und da soll sie dieses Thema angeschnitten haben? *Dir* gegenüber?» Juliette und Tosca – dass die eine der anderen die Butter auf dem Brot nicht gönnt, ist zu freundlich ausgedrückt, das Bild zu kulinarisch. Ihre Animosität hat mit Besitz zu tun, mit Bevormundung, mit Einflussbereichen. Mit Macht. Über ihn.

«Na ja», sagt Juliette, «ich fand es auch höchst merkwürdig, damals, dass sie mit diesem Thema angefangen hat. Ich meine: mir gegenüber. Warum mir gegenüber? Kurz vorher hatte ich ihr die Wahrheit über Nigeria erzählt.»

LETZTERES war offensichtlich gewesen, ja. Eine ganz besondere Stunde mussten die beiden miteinander verbracht haben. Harte Nüsse waren bereits geknackt worden, das war ihm sofort klar, als er nach Hause kam, ziemlich spät und todmüde nach einer kurzen Nacht und einem langen Tag in Rijswijk.

Seine Stiefschwester schien schon eine Weile da zu sein, in ihrer inzwischen allzu perfekten Doppelhaushälfte: Noa hatte ihre Schüchternheit abgelegt und hing an Toscas gewaltigem Unterschenkel, eine Vermittlerin bei einem Kennenlernen, das schwierig gewesen sein musste – diese verhärteten Mienen. Bei Gefahr musste man Juliette nichts erklären, ihr war sofort bewusst, dass Tosca eine Bedrohung für den Status quo in Overveen war, das wusste sie schon im Bus nach Rijswijk. Wie Tromps Nase funktionierte, konnte man nur ahnen, aber die von Juliette registrierte – auf welche Weise auch immer – die Pheromone, die auf seinen Mantelschößen mitreisten; Harry die Nase verfügt über Rezeptoren, mit denen auch Schlangen ausgerüstet sind und manche Eidechsen, etwa Warane und Skinke. Spaßeshalber hatte er einmal danach gegoogelt: Es handelte sich um das sogenannte Jacobson-Organ, Nasengewebe, in dem mittels komplizierter Chemie exakt zwischen Freund und Feind unterschieden wird.

«Vorstellbar wäre auch, dass du sie derart in die Ecke getrieben hast, dass sie sich beweisen wollte», sagt er. «Tosca erträgt keine Konflikte. Ich denke, sie wollte dir zeigen, dass sie für ihren Stiefbruder nur das Beste will. Was ja auch so war, natürlich.»

«Bestimmt», sagt Juliette. «Allerdings vermute ich, du weißt gar nicht, weswegen sie genau gekommen ist.»

Um alles durcheinanderzubringen. Oder etwa nicht? Diese Ansicht hatte Juliette schon Tage zuvor lautstark geäußert. Sie war wütend auf Tosca gewesen. Zweifellos hatte sie in seiner Abwesenheit genauso auf seine Stiefschwester eingeschimpft wie auf ihn. Ihn hatte sie zunächst gefragt, worauf seine Stiefschwester in Gottes Namen aus sei, sie wisse doch verdammt genau, dass sie nicht aus den Niederlanden wegkönnten, dass ihr und Noa Toscas Aufwiegelei gerade noch gefehlt habe und dass sie unter gar keinen Umständen nach Nigeria gingen. Ob er das verstanden habe? Erst die Scherereien wegen Aberdeen und jetzt das?

«Du sprichst von meiner Schwester», hatte er sich schwach gewehrt, «ich will nicht, dass du so über meine Schwester sprichst.»

Nein, sie spreche von seiner *Stief*schwester. Aber gut, solle er sie doch anrufen und einladen, wenn sie sich das so wünsche, solle sie doch zum Essen kommen, und dann solle er es ihr in ihrem Beisein sagen: Wir, das sind du und ich und Noa, können nicht nach Nigeria gehen. Und wir wollen da auch nicht hin. Und wenn er es nicht sage, dann sage sie es eben.

Recht unerwartet war ihm, zwei Jahre nach Aberdeen, in Rijswijk hinter der Glastür der Personalabteilung eine Stelle bei Shell Nigeria angeboten worden. Die wollte er nicht annehmen, aber er zögerte die Antwort wieder so lange wie möglich hinaus. Etwa eine Woche nach dem Sondierungsgespräch rief Tosca an. Wie klang sie? Munterer, begeisterter denn je, interessierter auch, alles mit einem gepressten Überschwang. Eigentlich so, als gäbe es keine indischen Restaurants in Den Haag. Eigentlich so, als hätte sie in der Zeitung gelesen, dass er doch Eier habe. Ob er es «aushalte», das Zusammenwohnen, ob es «gut gehe», mit ihm und Noa, und ob es etwas Neues an der «Jobfront» gebe. «Ich habe dir das Horoskop gestellt», sagte sie. «Dir steht eine phantastische Veränderung bevor.»

«Weißt du etwa von Nigeria?»

«Ich unterhalte mich regelmäßig mit Leuten», sagte Tosca und lächelte vermutlich dabei geheimnisvoll. «Beziehungen, Netzwerke, Vitamin B, so funktioniert das im Leben. Kann ich dich nicht mal zu Hause besuchen?»

Geplant war, dass es Sauerkraut mit diesem und jenem geben

sollte, von Juliette zusammengematscht. «Noa ist ja so ein lieber Schatz», sagte Tosca, um der nicht gerade angenehmen Stille etwas entgegenzusetzen, «sie stand bereits am Fenster und winkte mir zu, als Mama noch oben war, stimmt's? Und jetzt kuschelst du dich gemütlich an Tante Toscas Bein.»

Ludwig hatte seine Laptoptasche von der Schulter genommen und auf den edlen, selbstverlegten Fußboden aus brasilianischem Eichenholz gestellt, so sah es zumindest aus, doch eigentlich stellte er etwas anderes hin: zwei Jahre Juliette. Er hob die verstrichene Zeit von seiner Schulter, als wäre sie ein Balken, vorsichtig, ruhig, nichts umstoßen, und stellte das Ding aufrecht neben den antiken Apothekerschrank, auf dem er Toscas Geigenkoffer liegen sah. Die Anwesenheit seiner Stiefschwester machte seine neue Existenz am einen Ende konkret, faserig, weiß und jung, am anderen feucht, vermodert und dunkelbraun. Fasziniert betrachtete er den Verfall dazwischen, ein organischer Prozess des Verrottens, der sich ungestüm vollzogen hatte, mit einem neuen Tiefpunkt in der Nacht davor.

Er küsste Juliettes geschminkte Lippen und danach Toscas warme Wange, das war die angeratene Reihenfolge, nahm Noa auf den Arm und setzte sich an den großen Esstisch, das Mädchen auf dem Schoß als Schild gegen die Strahlung ihrer Mutter. Juliette sah außergewöhnlich Juliette-mäßig aus, als wollte sie auf einem Kostümball mit dem Thema «Juliette» sich selbst darstellen: die in Gold gefassten Perlen in den Ohren, die dunkelbraune Übergangsweste mit zugehöriger Brosche, Wollhose und dazu exorbitant teure, flache englische Schnürstiefel. Sie trug einen hauchdünnen Rollkragenpullover, unabsichtlich absichtsvoll, um ihre katzenartige Rankheit von Toscas Molligkeit so scharf wie möglich abzugrenzen. Was für ein Maß an äußerlicher Kultiviertheit.

«Wie geht es dir?», wollte Tosca wissen. «Ausgezeichnet», erwiderte er, obwohl er viel lieber «schlecht» gesagt hätte, «ziemlich schlecht, eigentlich», mit Blick auf den Nuklearkrieg in der Nacht davor: «Es geht mir schlecht, weil wir versucht haben, uns deinetwegen gegenseitig umzubringen. Ich hab gewissermaßen noch Atomkopfschmerzen. Meine Verlobte glaubt, ich würde lieber dich heiraten und mit dir Kinder bekommen als mit ihr.» *Das* hätte er sagen wollen, und auch: «Aber tu das lieber nicht, Schwesterherz, denn sie rät dir gleichzeitig entschieden davon ab. Ich bin nämlich ein Manipulator, ein Frauenunterdrücker, ein Opportunist, ein Parasit und eigentlich auch, doch da ist sie in Tränen ausgebrochen, und weinende Frauen haben ein Recht auf Verschonung, ein Hitler, zumindest wenn das ein Nomen ist.»

«Du bist ein Diktator. Du bist Hitler! HITLER!!», hatte sie ihm hinterhergeschrien, als er gegen halb zwei enerviert die Wohnung verlassen hatte, wie es im Polizeibericht heißen würde, mit dem die Nachbarn bereits rechneten, der aber nie verschickt werden musste; denn obwohl er bereits mindestens zwanzigmal nach Sonnenuntergang (jedoch zur Mittagsstunde seines Zorns) durch die Straßen von Overveen marschiert war, emotional zu einem Klumpen radioaktiven Widerwillens reduziert, sein Charakter gewürgt, aber nicht tot, nein, *mich* bringst *du* nicht um, und obwohl seine Stimmbänder zwischen den schlafenden Häusern «jetzt ist verflucht noch mal Schluss» erschallen ließen, «für immer Schluss, ich will das nicht mehr, es ist aus, alles ist aus», und er fest entschlossen war, sie mitten in der Nacht vor die Tür zu setzen, war die Sonne seiner Wut bei der Heimkehr wie immer im Sinken begriffen, endlich senkte sich der Abend auf seinen Unmut, und er legte sich mit eisiger Ruhe neben sie, und die blaue Stunde des Grolls brach an, Kälte zog auf, und in der schweigenden Frostigkeit dachten sie, ohne es zugeben zu wollen, an Noa, an das Haus, an ihren verstümmelten Sex. An die guten Tage.

Er saß noch keine zehn Minuten am Tisch, als Tosca wieder aufstand und ihren currygelben Wintermantel anzog, eine Art Plane. «Ich mach mich dann mal wieder auf den Weg», sagte sie.

«Willst du wirklich nicht mitessen?»

«Nein, es ist besser, wenn ich gehe.»

«Vergiss deine Geige nicht», sagte Juliette. Sie wartete wie ein Gefängniswärter neben der eingepackten Guarneri del Gesú, die Tosca, wie sie erzählt hatte, in einem Monat zurückgeben musste.

«Ich habe zu Tosca gesagt, dass du die Nase voll hast von ihrem ewigen Gekungel und Ränkeschmieden. Das stimmt doch, oder?»

Sie schauten ihn beide an, die zwei Frauen, die er am besten kannte. Unbegreiflich, was er dann getan hatte, aber er nickte und sagte: «Ja, das stimmt.» Und, noch belämmerter, zu seiner Stiefschwester: «Hör besser in Zukunft damit auf, Tos.»

95 Für jemanden, der Psychoseblocker für Menschen einkauft, die in einer geschlossenen Abteilung leben und glauben, dass der Duschkopf das Ende einer Standleitung zum Kreml ist, zeigt Juliette einen bemerkenswerten Hang zu Verschwörungstheorien. Er muss genau zuhören, es geht sehr schnell, denn mit einem Mal, aufgeregt wie ein kleines Mädchen, plappert sie drauflos, sie habe über Tosca und Nigeria nachgedacht, sogar noch während der Dienstbesprechung, die sie am Nachmittag habe leiten müssen; sie habe «nachgeforscht», behauptet sie, womit sie meint, dass sie J. R. Tromp gegoogelt hat. Auszurasten ist die eine Möglichkeit; am liebsten würde er aus der Haut fahren, sie in unbeherrschtem Ton anbrüllen und fragen, was sie verdammt noch mal vereinbart hätten. Aber dafür ist er ein winziges bisschen zu neugierig.

Eine LinkedIn-Seite habe er nicht, sagt sie, sein «Vater» nutze offenbar keine sozialen Medien, doch anhand der neuen Informationen, angefangen mit Sakhalin Energy, vor allem aber mit seinem Wechsel von BP zu Shell, habe sie ein paar Interviews ausfindig gemacht.

«Interviews? Was willst du mit Interviews?»

«Lesen. Eins ist von Anfang 2009. Es stand in der *Daily Times of Nigeria*.» Sie macht eine vielsagende Pause.

«Hast du nichts Besseres zu tun?»

«Jetzt denk doch mal nach. Stell dir vor, ein Interview mit deinem Vater, der Anfang 2009 in Nigeria für Shell gearbeitet hat.»

Er reagiert nicht.

Sie fragt: «Wann war Tosca hier?»

«Keine Ahnung. Vor drei Jahren?»

«Vor gut vier Jahren. Sie war Ende 2008 hier bei uns.»

«Tatsächlich?» Peinlich, dass der Abend mit Tosca schon so lange her ist. Die Kriegsjahre ihrer Beziehung umfassen mehr als die Hälfte der Gesamtzeit.

«Ich habe in meinem Postfach nachgesehen», sagt sie. «Am 22. November 2008 hast du in einer Mail an mich geschrieben, dass sie zum Essen kommt.»

«Du hast wirklich in deinem Postfach nachgesehen?»

«Das dauert zehn Sekunden, Ludwig.»

Er weiß, worauf sie hinauswill. Aber er will nicht mit. Trotzdem sagt er: «Moment. Stopp. Glaubst du im Ernst, dass sie geschickt wurde, geschickt von …?»

Es könnte wieder daran liegen, dass es Nacht ist, an seinem überanstrengten Ohr, doch was sie erwidert, erreicht ihn mit Tromps Timbre. Er hört diesen selbstgenügsamen, kupfernen Stimmengong, als sie sagt: «Dein Vater. Ja, das glaube ich. Ich glaube, der Herr Tromp steckt dahinter. Hinter dem Luzac und auch hinter Nigeria.»

Er muss diese Stimme bekämpfen. Daher sagt er: «Und hinter der Ermordung Kennedys?»

Tromp lacht, amüsiert, abschätzig. «Was bist du doch nur für ein Süßer, eigentlich», schallt es. «Dabei ist es so einfach. Zuerst die Schule und dann ein interessanter Job im Ausland. Und beide Male stand deine Stiefschwester auf der Matte.»

Jetzt braucht er dringend Wodka. Er setzt den Gorbatschow an die Lippen und trinkt einen Schluck. Sie hat nämlich recht, Tosca hatte sich in Overveen, genau wie in dem Eindhovener Mösenmuseum, *aufgedrängt*. *Sie* wollte unbedingt zum Essen kommen. Sie war wie aus heiterem Himmel aufgetaucht, sie selbst, und noch überraschender waren vielleicht ihre Bemühungen. Er war damals eigentlich davon ausgegangen, dass ihre Freundschaft beendet war.

Und auch Nigeria war wie aus dem Nichts gekommen. Seit dem Aberdeen-Debakel hatte er das Jobkarussell bei Shell an sich vorübergehen lassen; es hatte in Rijswijk und Umgebung sowieso niemanden gegeben, der ihm eine Stelle angeboten hatte – bis man unvermittelt Lagos aus dem Hut zauberte. Fieberhaft versucht er, die Schlussfolgerung aus alldem zu ziehen. Sollte es wahr sein? Hatte Johan Tromps Marionette bei ihnen vorbeigeschaut? Der «spezielle Shell-Kontakt», auf den Tosca angespielt hatte, war die Chefin der Personalabteilung in Den Haag, eine Frau, die auch Mitglied im Vorstand des Residentie-Orchesters war. Das hatte sie ihm gesagt – doch wenn es nicht stimmte, dann hatte sie sich, um es mal vorsichtig auszudrücken, mit ihrer Lüge große Mühe gegeben. Humorvoll, umtriebig, hellblond und erschreckend schlank, absolut keine Ahnung von klassischer Musik, aber begeistert – und die Nachteile relativierend, sehr relativierend – von Nigeria. Gott steckt in den Details. Er glaubte ihr. Warum hatte sie das Luzac-Geld erwähnt?

«Und weißt du, was ich glaube?»

Er sagt nichts.

«Ich glaube, er weiß schon seit langem, wer du bist. Auch gestern wusste er es genau.»

«Wie ich das bloß vergessen konnte! Du warst ja gestern dabei, na klar.»

«Du hast dir doch auch nichts anmerken lassen. Warum sollte dein Vater es anders gehandhabt haben?»

Tja.

«Er hat dir eine Stunde Zeit gegeben, dich zu offenbaren. Er hat dich eine Stunde lang gecheckt. Aus Pietät, um nicht die Katze im Sack zu kaufen. Erst beim nächsten Mal, wenn er eine

Weile darüber nachgedacht und hier und da mit Leuten über dich gesprochen hat, wird er dir sagen, in welchem Verhältnis ihr zueinander steht.»

Manisch beschäftigt mit *seinem* Leben. Die eigene Komplexität reicht ihr schlichtweg nicht, darum stürzt sie sich auf seine. Ein bitteres Glücksgefühl durchströmt ihn, so befriedigt ist er darüber, dass er ihr noch nichts von der Ski-Einladung gesagt hat.

«All das zeigt doch allmählich, dass er dich bereits dein Leben lang beobachtet, Ludwig. Und es zeigt auch, dass er sehr viel mehr Einfluss auf dein Tun und Lassen genommen hat, als du geahnt hast. Und weißt du, was ich außerdem denke?»

Sollte Miss Marple das Denken nicht lieber mal einem Tyrannosaurus Rex überlassen? Der hat einen schönen großen Kopf und schnappt nicht so schnell zu. «Was denn?», fragt er.

«Ich denke, er hat dich auch nach Sachalin zitiert. Ein Anruf in Rijswijk, und dort haben sie dann ihren Walfischbeobachter ins Flugzeug gesetzt.»

«Verdammt, jetzt hör aber mal auf, Juliette. *Please.* Ich hatte nicht einmal einen Termin bei ihm.»

«Gerade darum.»

Er denkt eine Sekunde lang nach. «Warum sollte Tromp das wollen?»

«Warum? Um dich kennenzulernen natürlich.»

«Er hätte mir auch eine Mail schicken können. Oder, noch naheliegender, einen persönlichen Brief. Aber so … das hört sich doch total umständlich an. Warum sollte er?»

«Weil es eine subtile Art des Vorgehens ist. Warum, glaubst du, erzählt Tosca ausgerechnet mir, *of all people*, woher das Luzac-Geld kam?»

«Wollen wir nicht mal damit aufhören?»

«Weil sie davon ausgegangen sind, dass ich es dir bestimmt

weitererzählen würde, darum. Jemand wie Tromp weiß auch nicht, wie man eine so heikle Sache anpackt. Vielleicht schämt er sich. Vielleicht denkt er oft an dich. *Darum*, Ludwig. Weil er es schön fände, dich morgen früh –»

«Halt den Mund!», brüllt er. Das Phantom dreht seinen Stuhl um neunzig Grad und schaut zu ihm herüber.

«Wir wollten uns nicht mehr anbrüllen.»

«Ob er mir nun die Schule bezahlt hat oder nicht, ob er mich nach Nigeria holen wollte oder nicht, ob er gestern wusste, wer ich bin, oder ob er es eben nicht wusste … Juliette, *what the fuck*. Ich werde morgen – nicht – zu – ihm – gehen.»

Stille. Das Heulen des Sturms muss in Overveen zu hören sein.

«Ich will damit nur sagen, Darling, es ist eine Chance. Vielleicht verändert es etwas, jetzt, da du das alles weißt.»

Was kann er darauf noch erwidern? Ohne zu brüllen, ohne daraus eine Overveen-Tragödie zu machen? Deshalb, zum Teil aus Verzweiflung, zum Teil aus dem Nichts, sagt er mit einem seltsamen Lachen: «Eine aparte Assistentin hat er übrigens.» Er lässt eine Sekunde verstreichen und fügt hinzu: «So ein billiges russisches Luder, du weißt schon.»

«Ein was?»

«So ein typisch russisches Luder. Seine Assistentin. Die war auch dabei.» Er weiß nicht, ob dies ein kluger Ausweg ist, seine Intuition bestimmt den Kurs.

«Ein typisch russisches Luder.» Er hört eine Veränderung, eine minimale Modulation der Tonart. «Was meinst du damit?»

«Na ja, russisches Personal und dann vor allem junge Frauen. So eine war dabei, während des ganzen Gesprächs. Sie holen dich am Empfang ab, gehen mit dem Rocksaum unter den Achseln vor dir her die Treppe rauf und setzen sich dazu. Du kennst das bestimmt.»

«Nein, kenne ich nicht. Wieso sollte ein Mann wie dein Vater ein billiges russisches Luder in seinem Büro haben?» Sie weiß genau, welchen Typ Frau er meint – den, auf den sie herabsieht, allerdings von einem Tritthocker aus, wie auf eine Maus, vor der sie sich fürchtet.

«Ach, eine große Auswahl gibt es nicht», sagt er, «so laufen hier alle russischen Mädchen rum. Künstliche Fingernägel, künstliche Wimpern. Absätze wie Bleistiftminen, das ist wirklich nicht mehr feierlich. Total abgefahren, echt.»

«Oder war sie in *deinen* Augen ein billiges Luder?»

Da ist sie, die falsche Fährte. Schnüffelschnüffel, Harry die Nase hat Witterung aufgenommen, das glaubt sie jedenfalls.

«Na ja, Luder ist vielleicht nicht das richtige Wort. Es ist mehr der Typ ... wie nennt Oma Bissesar solche Frauen noch mal ...»

«Ich glaube nicht, dass Frauen, die Radjeshs Mutter so nennt, derartige Posten bekleiden, Ludwig.»

«Eine Möse auf Stelzen», sagt er in aufgekratztem Ton. «Danach hab ich gesucht.»

«Aber was hat das hiermit zu tun? Wir haben doch über deinen Vater gesprochen.»

«Tut mir leid», sagt er, «aber Tromp ist nicht mein Vater.» Er schweigt. Kurz einwirken lassen.

Harry die Nase ist nie eifersüchtig, so lautet die offizielle Regierungserklärung. Darin heißt es, dass Eifersucht verwerflich ist, unproduktiv, giftig. Schwach. Bedauernswert. Eifersucht ist eigentlich alles, was die Frauenzeitschriften darüber zu sagen haben. «Eifersucht macht hässlich, Darling» – sagt Harry, wenn er versehentlich mal eifersüchtig ist. Gleichzeitig kontrolliert Harry ganz genau, wie viele Dapoxetintabletten mit auf Geschäftsreise gehen.

Null.

Harrys Heilmittel gegen diese verächtlichste aller Emotionen wurde ihr von Fucking Remco an die Hand gegeben, ihrem Beckenbodenguru *slash* Yogalehrer. Er habe sie gelehrt, so behauptet sie, wie man Eifersucht ignorieren oder, besser noch, «loslassen» könne, was auf das heldenhafte Leugnen dieser Regung hinauslaufe. Auch Fucking Remco sei nie eifersüchtig. Nicht schlecht, was. Die ganze Argumentation erinnerte ihn an den gegenwärtigen Präsidenten von Südafrika – nur fiel ihm gerade dessen Name nicht ein –, der sich selbst und das Gesundheitsministerium gelehrt hatte, wie man Aids «loslassen» kann.

Er trinkt einen Schluck. Es geht jetzt fix in seinem Kopf. Die Wahrheit über Johan Tromp ist ein Spezialeinsatzkommando, das die Eingangstür zu seinem Bewusstsein eingetreten hat, seinen Schädel durchsucht und unsanft seine Gedanken verhaftet. Und er ergibt sich. Nicht schießen. Ich glaube alles.

«Trinkst du gerade was?»

«Nein? Wieso?»

«Ach, ich meinte, dich trinken zu hören.»

«*Anyway*», fährt er in gemütlichem Ton fort, «es tut tatsächlich nichts zur Sache. Aber ich musste mir wirklich Mühe geben, diese Natalja wieder loszuwerden.» Manchmal ist es gut, die Theorie einem Praxistest zu unterziehen. Gerade Buddhisten muss man hart rannehmen.

«Oh, sie hat einen Namen. Toll.»

Sympathisch ist es nicht, aber von jetzt an wird ihr Natalja nicht mehr aus dem Kopf gehen. Ach, er selbst hat ja auch Sorgen. Er glaubt nämlich nicht nur, was Juliette ihm erzählt hat – es trifft ihn. Er will sie nicht spüren lassen, dass es ihn, ob er will oder nicht, berührt: zu wissen, dass Tosca zu Ha gegangen ist, um seine Zukunft zu sichern, denn darauf lief es hinaus.

«Sie will mir unbedingt Juschno-Sachalinsk zeigen», lügt er. «Sie hat mich deswegen sogar angerufen.»

Während er auf der Couch in der flippigen Eindhovener Studenten-WG seine Zukunft verkiffte, war seine Stiefschwester tätig geworden. Obwohl er es damals abgelehnt und sabotiert hätte, war es resolut und auch sehr nett gewesen. Und alles andere als ein Pappenstiel. Es wurde entschlossen, bedingungslos und umgehend gezahlt. Und das also von dem Mann, den er soeben in seinem Gehörgang gehabt hat? Auch das, muss er zugeben, lässt ihn nicht unberührt.

Nach einer kurzen Stille: «Wie reizend von ihr, Ludwig. Vielleicht solltest du Natalja fragen, ob ihr nicht jetzt noch in die Stadt gehen könnt, weil du ja sowieso nicht schlafen kannst.»

«Vielleicht sollte ich, ja», sagt er.

«Lass uns auflegen. Dann kannst du in Ruhe darüber nachdenken.»

«Gut.»

«Okay. Viel Erfolg. Na dann, Ludwig.»

«Na dann, Juliette.»

ER STEHT AUF und geht, unsicherer als vorhin, zur Rezeption. Das Elend des lethargischen Jahrs nach Otmars Tod, jämmerlicher als damals war es nie wieder, nicht einmal in Enschede; nachdem er die Schule abgebrochen hatte, war er fünf Monate lang entweder stoned oder wütend oder deprimiert, und schon sehr bald alles auf einmal; der Gedanke, dass es zur selben Zeit genau zwei Menschen gab, die sein Leben in die Hand genommen hatten, spendete ihm eine unerwartete, klamme Wärme, rückwirkenden Trost, gar nicht mal unangenehm, sosehr es ihn auch schockierte und sogar wütend machte, dass Toscas Finger auf dem Klingelknopf in Woensel eigentlich Has Finger gewesen war.

Das Glas steht noch da. Er füllt es erneut mit Wodka, ordentlich bis an den Rand. Der letzte Kopfstoß, der ihn gleich in ein bitter nötiges Koma sinken lassen wird.

«*Skål*», sagt er zu dem Phantom und kippt sich den Schnaps

hinter die Binde. Alles ist sonnenklar, auf einmal. Er ist sogar bereit, noch einen Schritt weiter zu gehen als Juliette. O ja, absolut. Es erscheint ihm logisch, dass der Mann ihn, seit er ein Kind, nein, seit er ein Baby war, im Blick gehabt, dass er ihn alle paar Wochen heimlich beobachtet hat. Von den Bänken in dem kleinen Park gegenüber der Grundschule, von der Brücke, unter der er mit dem Rad auf dem Weg zum Thomas College hindurchfuhr, von den Tribünen der Tennisplätze in Kessel, Belfeld, Grubbenvorst, Lottum, wo er spielen musste. Sie hatten sogar miteinander geredet, vor Hunderten von Jahren. Ha sprach ihn während seiner verstohlenen Streifzüge hin und wieder an, erkundigte sich freundlich nach dem Weg: He, mein Junge, wo ist hier der nächste Briefkasten? Oder: Hast du zufällig eine Uhr um? Ganz selbstverständlich machte er das. Wie oft werden kleine Jungs von fremden Männern angesprochen? Aber nimm dich in Acht vor denen, die dich mit Bonbons locken, Liebling. Er erstellt ein *line-up* und fängt mit dem Schiedsrichter beim Schulfußball an, einem alten, kahl werdenden Mann im schwarzen Dress, sanft, nervös, feuchte Augen, sich über den Scheitel streichend, er kniff einem in den Nacken. Von ihm bekam er «Klümpchen», so nannte man Süßigkeiten in Blerick, grüne und rote Smileys, Lakritzschnecken, Schaumbananen, Colaschlümpfe. Ein Kinderficker, sagten die Jungs in seiner Mannschaft. War er beim Schiri zu Hause gewesen? Und dann? Was tat der Drecksack dann?

Nichts tat er dann. Trotzdem warf Dolf die «Klümpchen» mit zitternder Unterlippe in den Wassergraben hinter den Fußballplätzen, woraufhin Jeffrey Bakker, ein athletischer Junge mit etwas dunklerer Hautfarbe, der oft aus dem Mittelfeld traf und später sogar in der VVV-Jugend spielte, ihn kopfschüttelnd auslachte und sagte, er müsse die Klümpchen deshalb doch nicht wegwerfen, du Idiot.

Dann: der Motorradmann. An einem ganz normalen Nachmittag, der in einen dunklen frühen Abend hinüberglitt, an dem seine Mutter das Aufgeben einer Vermisstenanzeige in Erwägung zog, begleiteten Alain und er von der Tankstelle aus einen Mann, der sein Motorrad schob und sich außerordentlich für ihre Crossräder und die Aufkleber auf den Rahmen interessierte, Sticker vom VVV und The A-Team und von Ruud Gullit, lauter Dinge, die er selbst auch mochte, und als sie den Ladenkomplex mit dem Aldi hinter sich gelassen hatten, blieben sie in einer Art Torbogen stehen und unterhielten sich eine Weile nett, über Fußball und Schamhaare, und da legte der Mann seinen Pimmel auf den länglichen, ledernen Motorradsattel, kraul ruhig mal, sodass Alain und er fühlen konnten, wie hart Schamhaare eigentlich sind.

So erzählte er es in Gegenwart von Otmar seiner Mutter, vergnügt, nicht traumatisiert, zufrieden über ihr eigenwilliges Abenteuer, und vielleicht weil Otmar in ernstem Ton, und ohne auch nur einen einzigen Scherz zu machen, das Wort ergriff, ganz offensichtlich im Namen elterlicher Macht, was neu war, behielt er nicht lange danach gewisse Details über einen dritten Mann lieber für sich, sagte zum Beispiel nur, dass der an seinem Zeigefinger gesogen und ihm dann die eigenen behaarten Finger in den Mund gesteckt habe, um an seiner Zunge zu fühlen. Ob er den Mann kenne, wollte seine Mutter wissen, als er ihr seine geschwollene Zunge zeigte. Als sei ein Tischlerhammer darauf gelandet, so fühlte sie sich an, und folglich lallte er: «Aab eech och ie esehen.» Seine Mutter wollte eine möglichst genaue Beschreibung des Mannes haben, vielleicht um ihn einmal nach Hause einzuladen, dachte er, und sich bei ihm zu bedanken.

An dem Sommertag, an dem die Begegnung stattgefunden hatte, war er aus der Schule gekommen, möglicherweise ein wenig früher als sonst, denn seine Mutter war noch nicht wieder aus der Gerbera-Gärtnerei zurück. Evelyn, ein Mädchen aus seiner Klasse, hatte Geburtstag gehabt und für ihre Mitschüler Pappröhren voller Smarties mitgebracht, und um den stattlichen Fußweg nach Hause kürzer erscheinen zu lassen, hatte er auf möglichst vielen Smarties zugleich gelutscht, sodass er einen großen, zusammengeschmolzenen Klumpen Schokolade im Mund wälzte, der einen Schwarm Wespen anlockte. Sie begannen, ihn zu verfolgen, ein Geschwader Messerschmitts, das sich immer mehr für seinen besabberten Schokoladenmund und die immer höher gereckte Faust, in der sich die Röhre befand, interessierte. Als er ihr Wohnhaus beinahe erreicht hatte, musste er stehen bleiben, es saßen zu viele Wespen an Lippen und Kinn. Minutenlang stand er wie festgenagelt am flirrenden Parkplatz vor ihrem niedrigen, langgezogenen Haus, leise nach seiner Mutter rufend, den Arm wie den der Freiheitsstatue in die Höhe gereckt. Aber Ulrike hörte ihn natürlich nicht.

Ein Brennofen, der Parkplatz, er erinnert sich an die sengende Sonne, das Zickzackmuster, in dem die rauen Klinkersteine verlegt waren, die kleinen Rasenflächen mit ihren Stechpalmen und den überreifen Hagebutten, die Hunde, die dazwischen gekackt hatten, die Fliegen. An seinem halb geöffneten, furchterregenden Mund: sechs, acht, zehn und schon bald mindestens *zwanzig* Wespen, die von der zähflüssigen Schokolade fraßen, die inzwischen in den Halsausschnitt triefte. Er wagte es nicht, den Mund zu schließen, weil die Insekten ein und aus flogen. Rund um die Smartiesfackel in seiner Hand schwirrten weitere zehn, zwölf, grellgelb, tiefschwarz, sie landeten auf seinen Fingern, wechselten tanzend und krabbelnd den Platz, wenn du dich nicht bewegst, tun sie nichts, behauptete seine Mutter immer, und darum blieb er stocksteif stehen, lautlos weinend, und selbst beim ersten Stich in die Kuppe seines Zeigefingers schrie er, ohne sich zu rühren. Gerade als sein ganzer Finger in drei Teile zu zersplittern schien, ein vom Blitz getroffener Baum mit Wurzeln bis tief in seine Handfläche, ertönte hinter ihm eine Männerstimme, tief, freundlich, nahe.

«Ruhig stehen bleiben, mein Junge. Mensch, wie ruhig du dastehst, irre. Bleib einfach so stehen. Mach deine Hand mal locker?»

Der Mann nahm die Smartiesröhre, entschlossen, rasch, und warf sie weg wie eine Stielgranate, die Dolfs deutsche Spielzeugsoldaten in den Händen hielten. Nachdem das Ding eine Parabel beschrieben hatte, kullerte es hinter einem geparkten Simca über die Pflastersteine. Der Mann trat näher an ihn heran («pass auf, nicht bewegen») und wedelte mit der Hand durch die Luft, unmittelbar vor Dolfs Gesicht, als wollte er ihm eine schallern. Die verbliebenen Wespen wichen vor dem plötzlichen Tiefdruckgebiet aus, das Summen, mit dem sie zurückkehrten, klang schneidender, kampfeslustig. Der Mann packte ihn bei der Schulter und schob ihn vorwärts, «rennen», befahl er. Also sprintete Dolf gut zehn Meter, so schnell er konnte, und ruderte dabei mit den Armen, doch dann spürte er einen Stich, in die Oberseite seiner Zunge. Abrupt blieb er stehen und beugte sich mit lautem Jammern vornüber, spuckend, röchelnd. Er schrappte mit den Schneidezähnen über die Zunge, biss in Panik die Wespe entzwei und spuckte die Stücke aus.

«Was ist los?», hörte er den Mann rufen. «Bist du gestochen worden? Wo ist deine Mutter?»

Während er unter Tränen versuchte, tapfer zu bleiben, hockte sich der Mann vor ihm hin und tastete mit zwei trockenen, großen Fingern, die entfernt nach salzigen Kartoffelchips schmeckten, seinen Mund ab. Dann nahm er Dolfs Fingerkuppe und saugte kräftig daran, das Gift sollte heraus, der Mann spuckte es auf die Straße. Danach musste er seine Zunge herausstrecken. «Komm mit», sagte der Mann, und sie stiegen in sein Auto, dessen Fenster er auf Dolfs Seite, sich über ihn beugend, mit kräftigen Schwüngen herunterkurbelte. Dolfs Zunge lag wie ein Basketball in seinem Mund.

Dieselbe Zunge, auch wenn alle Zellen sich längst umfassend erneuert hatten und danach noch einmal, leckt jetzt das letzte Feuerwasser aus dem Glas. Was für ein göttliches Zeug.

Wo hat euer Arzt seine Praxis? Der Mann – von dem er nur noch weiß, dass er eine große Taucheruhr und eine tiefe, beruhigende Stimme hatte – kannte offenbar den Weg nicht, also dirigierte Dolf ihn zur Ampel, wo sie links abbogen, und danach wusste er eigentlich auch nicht recht weiter. Sie fuhren schnell an Alains Wohnwagensiedlung vorbei und kurz darauf an De Staay, wo er einmal ein Karnevalsfest besucht hatte, und er versuchte fieberhaft, sich daran zu erinnern, wo ihr Hausarzt praktizierte, Doktor Oosterveld hieß er – seine Mutter ging regelmäßig zu ihm, und ein paarmal hatte er im Wartezimmer, während sie untersucht wurde, *Donald Duck*-Hefte gelesen. Der Mann und er fuhren eine Weile kreuz und quer herum, bis sie schließlich einfach ausstiegen und eine lange Treppe zwischen zwei Geschäftshäusern zur Maas hinuntergingen, weil der Mann für Dolf ein Eis kaufen wollte. «Für deine Zunge und für den Schreck.» Während Dolf sich sein Wassereis auf die Zunge legte und es langsam aß, hatte der Mann ihm auf dem Geröllstreifen entlang des Flusses allerlei Fragen gestellt. Über die Schule, über ihn selbst, über seine Mutter.

«Über mich?», fragte sie auf Deutsch. «Was hat er denn wissen wollen?»

«Dies und das», erwiderte er mühsam. «Ob ich es schlimm finde, keinen Vater zu haben etwa. Und ob du einen neuen Freund hast. Aber ich konnte kaum antworten. Wegen meiner Zunge.» Er hörte sich an wie Eric, der mongoloide Nachbarsjunge.

«Aber wie seid ihr darauf gekommen?»

«Einfach so; weil er fragte, warum du nicht zu Hause warst. Und er wollte wissen, ob ich einen anderen Vater habe, da meiner doch abgehauen ist.»

An jenem Abend lag er früh im Bett, doch wegen der Zunge und der Hitze, die sich in seinem Zimmer aufgestaut hatte, konnte er nicht einschlafen. Otmar war vorbeigekommen, spät und mit Pommes frites, wie Dolf riechen konnte. Seine Mutter und er saßen auf dem Balkon und aßen. Sie sprachen über ihn – das war neu, zwei Erwachsene, die sich über ihn unterhielten und nicht wussten, dass er mithörte. Sie sprachen über seine Neigung, einfach so in Autos von Männern zu steigen, die freundlich zu ihm waren, und er schnappte das deutsche Wort «Vatersuche» auf. Seine Mutter benutzte es als Erste, und Otmar wiederholte es prüfend und sagte, er kenne es nicht. Doch er gab seiner Mutter recht: «Vielleicht verhält es sich tatsächlich so, vielleicht ist er schlicht auf der Suche nach einem Vater» – was Dolf, mit den Tränen kämpfend, drei Meter entfernt in seinem Bett abstritt. Es war lange vor Venlo, lange bevor seine Mutter und Otmar ihre Heiratsabsichten kundtaten. Er brauchte überhaupt keinen Vater.

94 Als er wieder ins Hotelzimmer kommt, liest sie ein Buch. Sie klappt es sofort zu und sieht ihn stirnrunzelnd an – es steht «Solar» auf dem Umschlag. So war das nicht verabredet, denkt sein schwammiges Hirn, ich wollte mich geräuschlos neben dich legen und mich wie die Kursk hinabsinken lassen. «Du hast bestimmt gedacht, der baut fröhlich einen Schneemann», sagt er lauter als beabsichtigt.

«Dem widerspreche ich nicht. Schlafen ist wirklich unmöglich.» Sie sieht ihn mit einem Lächeln an.

Keine Chance, was, Isabelle, ohne Ohrstöpsel. «Noch unmöglicher wird es, morgen aus dem Hotel rauszukommen. Wir sind eingeschneit. Schon jetzt.» Unter leichtem Schwanken tritt er die Nikes von seinen Füßen; er muss einen Ausfallschritt machen, um nicht zu stürzen.

«Du hast einen Schlummertrunk ergattert, sehe ich?» Sie nickt in Richtung der Flasche in seiner Hand. Dann rutscht sie tiefer unter die Decke, ist Nofretete in einem Sarkophag aus Wolle, er hört, wie weißer Sand die Ecken ihrer gemütlichen Grabkammer schmirgelt.

«Der flüssige Gummihammer», sagt er, enthemmt durch die Flasche, aber ihretwegen auch beschämt. Erneut lautet die Geschichte: Ludwig Smit und eine Flasche Schnaps. Brüsk hält er ihr den Wodka hin – aber sie mag nicht. Er zuckt die Achseln und kriecht neben ihr unter die Decke, die kalte Flasche wie ein Legionärsschwert an seinem Oberschenkel. Noch immer wagt er es nicht, zur Seite zu schauen, zu nahe; also späht er hinauf zur Deckenlampe, die weiter schaukelt. Oder schaukelt er selbst? Einen Moment lang ist es vollkommen still, dann sagt Isabelle: «Wie geht es eigentlich deinem Halbbruder?»

«Meinem Halbbruder? Ich habe keinen Halbbruder.»

«Ich meine Dolf Appelqvist. Er ist doch nicht dein richtiger Bruder?»

«Mein Stiefbruder. Aber: Alles fit im Schritt. Auch wenn seine stürmische Karriere zum Stillstand gekommen ist.»

«Ich habe ein Interview mit ihm gemacht.»

«*I know.* Du hast mich damals angerufen, wegen Telefonnummern.» Der Gorbatschow entspannt ihn, er fühlt sich wohl.

«Hab ich mich eigentlich jemals dafür bedankt?»

«Nein. Aber red ruhig weiter.»

Sie lacht. «Das Letzte, was ich über ihn gehört habe, war, dass er alle Beethovensonaten aufnimmt, auf Beethovens eigenem Klavier. Das ist doch einmalig.»

Gute Zeitungsausschnittsammlung – prima. Aber erzähl mir beim nächsten Mal was Neues. «Wenn es denn das echte ist», sagt er. «Dolf hat eine lebhafte Phantasie.»

«Wenn ich mich recht erinnere, stammt das Instrument geradewegs aus dem Beethovenmuseum.»

«Dasselbe gilt für das, was er ...» Er hält inne, gerade noch rechtzeitig – sieh dich vor. Er zieht sein gläsernes Schwert und trinkt einen Schluck. Nicht über Opus 111 reden. Der Wodka rinnt glühend abwärts, auch wenn es eigentlich kein Abwärtsrinnen ist; die Speiseröhre liegt horizontal.

«Für das, was er ...?»

«Ach, nichts. Es wird schon Beethovens echtes Klavier sein.»

«Damals, in Enschede», fährt sie fort, «da wusste ich natürlich schon, wer er war, aber mir war nicht bewusst, dass er so ...»

«Verrückt war?»

«So bedeutend war.»

«Na ja, bedeutend, bedeutend ... berühmt.»

«Meines Wissens haben die Niederlande nie einen erfolgreicheren Pianisten hervorgebracht.»

O ja, so war sie. Verliebt in Leistung. Schon in Enschede fand sie es überaus aufregend, was jemand leistete. Das merkte er, wenn sie zusammen aßen, an der Art und Weise, wie sie über andere redete, und auch in ihrem Tagebuch fiel ihm das auf, ein fotografisches Gedächtnis für die Noten anderer, für ihren Lebenslauf, für die Bücher, die sie gelesen hatten. Oder auch *nicht* gelesen hatten, natürlich, denn die unten auf der Leiter, unter dem Eichstrich ihrer Billigung, über die hatte sie eine noch pointiertere Meinung: Die machte sie herunter, diejenigen, die nicht weiterkamen, die nichts auf die Reihe kriegten, die zwar feierten und soffen, aber nicht «lieferten» – auch ein typisches Isabelle-Wort. «Tja», sagte er, «Dolf hat sich ziemlich danebenbenommen auf dem internationalen Parkett.»

«Ach ja?»

«Ach ja? Wenn ich mich recht erinnere, warst du mehr oder weniger die Erste, die darüber geschrieben hat. In deinem *NRC*-Artikel. Eigentlich ging es für ihn nach deinem Artikel nur noch abwärts.»

«Sehr freundlich von dir, aber das halte ich für ein wenig übertrieben.»

«Dass er unmöglich ist? Sein Hang zur Selbstzerstörung? Das alles stand in deinem Porträt», beharrt er.

«Stimmt, allerdings legte er dieses Verhalten schon vorher an den Tag. Sonst hätte ich es nicht beschreiben können.»

«Aber danach ging es mit seinen Launen erst so richtig los. Einfach Stücke spielen, die im Programmheft der Leute nicht angekündigt waren. Stücke, auf die er gerade Lust hatte, und manchmal sogar welche, die von ihm selbst zusammengeschludert waren. Nocturnes von Chopin? Heute Abend spiele ich Nocturnes von Dolf Appelqvist. Glauben Sie mir, die sind noch um einiges einschläfernder.»

«Da war doch mal was in Deutschland mit diesen, wie heißen sie, diese Passagen ... die improvisierten Solostücke in einem Konzert ... als er sich mit dem Dirigenten gestritten hat ... es liegt mir auf der Zunge ...»

«Kadenzen», sagt er.

«Kadenzen, natürlich.»

«Sein Krach mit Chailly im Gewandhaus.»

«Genau», sagt sie schwelgend, «ja, wie war das noch mal?» Er schreckt beinahe zurück vor ihrem Enthusiasmus, eine gierähnliche Lüsternheit, die ihn anspornt, aber auch wachsam werden lässt. Dennoch berichtet er ihr, wie das damals war, mit Riccardo Chailly und Dolf in Leipzig. Unter der Leitung des Italieners spielte der *König der Löwen* mit dem Gewandhausorchester Tschaikowskis erstes Klavierkonzert; eines der besten Ensembles der Welt, einer der weltbesten Dirigenten. Irgendein exklusives Jubiläumskonzert, und Juliette wollte unbedingt hin, sie kaufte sich dafür sogar extra ein Abendkleid. Da saßen sie also, auf guten Plätzen schräg hinten, mit freier Sicht auf die Loge, in der Angela Merkel in einem besonders schönen Mao-Anzug die beiden Kadenzen in dem Klavierkonzert über sich ergehen ließ, die Dolf *improvisierte*.

«Die erste ging noch einigermaßen», führt er aus, «sie war auffallend anders in der Art, wie er sie spielte, aber nicht sehr viel länger. Aber die zweite war bizarrer und vor allem: uferlos. Zu Anfang schien das Publikum es interessant zu finden – es war gut, was er machte, gewagt, spannend: Der kann was, klar. Was er spielte, war gediegen, thematisch fürchterlich durchgearbeitet und glänzend, eben anders als auf der CD zu Hause.»

«Was an und für sich doch wohl lobenswert ist, oder?», unterbricht sie ihn. «Deine eigene Kadenz zu spielen? Dafür ist sie doch im Grunde gedacht. Nur traut sich fast keiner – erst recht nicht *on the spot*.»

Tiefe, beinahe sklavische Bewunderung für Dolf, das vor allem, aber auch ein erstaunliches Wissen, das sie einfach so parat hat. «Hast du nicht auch mal Klavier gespielt?» Und nahezu zeitgleich mit der wachgerufenen Erinnerung: «Du hast doch mal total auf Mendelssohns Schwester gestanden. Wie hieß sie noch gleich, ich kann …» Er beendet den Satz nicht.

«Stimmt. Hab ich dir das erzählt?»

Nein, denkt er, das habe ich in deinen geheimen Tagebüchern gelesen, bei einem guten Schnaps. «Glaube schon. Doch wie dem auch sei», redet er darüber hinweg, «es ist ein interessantes Paradox, dass die meisten Solisten ihren Ruhm hauptsächlich Improvisationen verdanken, die Note für Note aufgeschrieben sind.»

«Wie eigenartig, dass ich dir von Fanny Mendelssohn erzählt habe … Ich kann ein bisschen singen, und ich habe eine Zeitlang die Lieder von Felix' bedauernswerter Schwester gesungen.»

Um sich zu beruhigen, trinkt Ludwig einen Schluck Wodka. «Fein», lobt er sie. «Fein, dass du etwas von der bedauernswerten Fanny gesungen hast. Aber gerade haben wir über Leipzig gesprochen.»

«Erzähl weiter.»

«Irgendwann fällt dem Gewandhaus auf, dass es lange dauert», fährt er fort, «dass Dolf sich sehr viel Zeit nimmt. Drei Minuten, vier Minuten. Fünf. Manches kann einem in einem Konzertsaal lang vorkommen – nur beim Zahnarzt dauert es länger. Er spinnt seine Kür weiter, er spinnt sie *noch* weiter. Chailly schaut hinüber zu ihm, manche Musiker fangen an, auf ihren Stühlen herumzurutschen.»

«Aber das ist doch auch wieder großartig», sagt sie. «Was für ein Mut. Es war etwas Neues.»

«Nein, es war bescheuert. Komplett bescheuert. Das Publikum wird unruhig, Hüsteln, wie man es normalerweise nur zwischen den Sätzen hört. Getuschel. Was macht der da bloß? Er ist berühmt, der Saal ist seinetwegen ausverkauft, doch er ist noch grün hinter den Ohren. Und, wenn's hart auf hart kommt, *kleiner* als der Saal, in dem es Premieren gegeben hat, Beethoven, Schumann, Brahms. Kleiner als Tschaikowski. Kleiner als Chailly, da sollten wir uns nichts vormachen. Das Publikum wird aufsässig, lädt sich statisch auf, erste Buhrufe – und dann *kommt* es hart auf hart.» Er hebt wie vor Schreck den Zeigefinger und schaut mit großen Augen ins Nichts. «Chailly, ein Baum von einem Kerl, dreht sich zu Dolf um und ruft ihm etwas zu. Keine Reaktion. Chailly ruft noch einmal, diesmal so, dass alle es verstehen: ‹Stop it, Appelqvist, stop it. For Tschaikovsky's sake.› Die Macht hatte sozusagen mit dem i gepunktet.» Seine Augen bleiben starr ins Nichts gerichtet, sie jetzt anzusehen wäre seltsam – aber sie lachen beide über seinen Versprecher. Sehr gut. Es ist sowieso das erste Mal, dass er ihr ganz locker eine Anekdote erzählt. Gorbatschow hat ihm Glasnost gebracht.

«Und dann?»

«Und dann hat er sich Chailly gefügt. Er beendete die Kadenz.»

«Aha. Aber sie kriegten sich doch in die Haare?»

Seine Hand macht eine beschwichtigende Geste. Geduld. «Er hört *ganz* auf zu spielen. Er steht auf, knallt den Deckel seines Steinways zu und geht. Doch Chailly packt ihn beim Arm, bleib ja hier – woraufhin Dolf sich losreißt, ihn wegschubst und in den Kulissen verschwindet.»

Sie grinst. «Unglaublich. Du hast einen Stiefbruder, der, kann man sagen, stets für Überraschungen gut ist.»

«An diesem Abend hat er seine internationale Karriere ruiniert.»

«Damals noch nicht, oder? Hast du was dagegen, wenn ich das Licht ausmache?» *Knips* – dunkel.

«Nein, mach ruhig», sagt er in die wirbelnde Finsternis, ein Scherz, für den sie kein Ohr hat, sie will über ihren Helden reden.

«Wenn du mich fragst, hat es ihn erst mal ins Gerede gebracht», hört er sie sagen, «plötzlich war er extravaganter als alle anderen. Berühmter.»

«Eine Woche später hatte man vierzig Prozent seiner gebuchten Engagements gecancelt», erwidert er, seinen Ärger unterdrückend. «Und wirklich aufwärtsgegangen ist es nie wieder. Wenn über ihn geschrieben wird, dann geht es so oder so nur um den Schubser.»

«An sich ist es aber doch bewundernswert, dass er auf alte Instrumente umgestiegen ist. Dass er dem Steinway einfach abgeschworen hat.»

Wieso kommen alle an diesem Punkt verdammt noch mal auf die historischen Instrumente zu sprechen? Und warum findet jeder diesen Wechsel bewundernswert?

«Bewundernswert ist es, wenn man dem Tabak abschwört. Oder, so wie ich, dem Alkohol. Nein, ihm blieb nichts anderes übrig. Nach dem Vorfall mit Chailly schwand seine Beliebtheit immer mehr. Du hättest ihn früher mal hören müssen, wie er über die Cembali gesprochen hat, die Otmar restaurierte. Klimperkästen waren das, Kinderklaviere, Müsliklaviere.»

«Otmar?»

«Mein Stiefvater. Nein, Dolf wollte in einem großen Saal auf die Pauke hauen. Aber er hat es verkackt.»

«Es haftet ihm in der Tat etwas Bitteres an. Erfolgreich, brillant, umjubelt –»

«Und gleichzeitig eifrig dabei, sich eigenhändig alles zu versauen.»

Eine Explosion aus Licht. Blinzelnd sieht er, dass Isabelle sich aufrecht hinsetzt. «Tut mir leid», sagt sie. Sie steigt aus dem Bett.

«Haust du ab?» Er beobachtet, wie sie sich neben dem Nachtschränkchen hinkniet und unters Bett schaut.

«Nein», murmelt sie. Wie eine Hündin in ihrem Korb dreht sie sich umständlich herum und kriecht dann doch wieder unter die Decke. Ein komisches Weib bist du, eigentlich. Finden Gorbi und ich. Was für eine seltsam zur Schau gestellte Grobschlächtigkeit, eine Art aggressive Nonchalance: Als wüssten wir nicht, was du suchst. Vorsichtig greift er sich an die Brust; zum Glück, da sind sie noch. Er schiebt die Hand unter seinen Pullover und klaubt die Ohrstöpsel aus der Hemdtasche – na, kommt in Papas Hand. Oder muss er das Ganze doch anders betrachten, hat sie seine Stöpsel gestohlen, um mit ihm gleichzuziehen? Damit sie die Diebstähle gegeneinander wegkürzen können? Ohne jemals noch darüber zu reden? Er fühlt sich *dizzy*. Kein Wodka mehr.

«Ich war übrigens auch in Bonn.»

«*I know.*»

«Du kennst also den Artikel aus dem *Telegraph*? Über das Essen in seinem Beethovenhaus? Dass Anne-Sophie Mutter und Claudio Abbado dabei waren und er und seine Mutter da rumsaßen in vollem Ornat?»

«In ihren Karnevalskostümen», sagt er. Und weil sie nicht reagiert: «Nein, tut mir leid, nur die ersten paar Absätze. Ich hab nicht den ganzen Artikel zu sehen bekommen, ich bin nicht Abonnent dieser Zeitung, nimm's mir nicht übel.»

«In gewissem Sinne war es eine verblüffende Zusammenkunft. Überhaupt, der Ort ... Wer kommt denn auf die Idee, in einem Museum zu wohnen?»

«Ein Clown», sagt er.

«Und eigentlich ist auch das wieder brillant», sagt sie. «Ich meine, einem so großen Geist so dicht auf den Pelz zu rücken. Seinem Idol. Er hämmerte dort in Beethovens Kinderzimmer auf Beethovens Klavier Beethovens Sonaten; und an seiner Seite die wunderbare Anne-Sophie Mutter.»

«Das ist größenwahnsinnig. Und clownesk. Vor allem aber stumpfsinnig. Schon solange er lebt, hat Dolf eine ungesunde Beethovenfixierung, die ihn inzwischen teuer zu stehen kommt. Und das nicht nur, weil es ihn haufenweise Geld kostet.» Sollte er ihr von Dolfs irren Jugendjahren erzählen? Dann würden sie noch in einer Stunde über ihn reden. Himmel – fast hätte er den Beethovenschatz erwähnt.

«Wahrscheinlich war's ein Spontankauf», sagt sie.

«Bestimmt, aber vor allem war es Schwärmerei. Er *ist* nicht Beethoven, er ist einer von zehntausend Pianisten, die Beethoven *spielen*. Ins Kinderzimmer zu ziehen passt zu einem, dessen Manager meine Mutter ist. Sein Benehmen wird durch nichts gebremst, es gibt niemanden, der ihm widerspricht. Meine Mutter ist eine einfache Frau, nicht sehr gebildet, sie vergöttert ihn. Ich hab gesehen, wie es dazu gekommen ist, Isabelle. In Beethovens Bett kriechen – das ist so was von *over the top*. Wie kann er jetzt noch Grieg spielen? Oder Schumann, oder Bach? Wenn man sich selbst an den Mast eines einzigen Komponisten fesselt? Nach Bonn in ein Museum ziehen, das hat nichts mit Kunst zu tun, das ist sentimental. Es ist Kitsch. Prost.» Er nimmt einen Schluck aus der Flasche. «Du auch?»

«Nein, danke.»

«Außerdem ist es, in profaner Hinsicht, natürlich saudumm. Geschäftlich selten blöd: sich erst haushoch verschulden und dann einen Chefdirigenten schubsen. Denk dran, die Kasse begann gerade ganz hübsch zu klingeln, das Geld kam in Zehntausendern pro Abend rein, ein brillanter Konzertpianist, der freundlich und zuvorkommend ist, fährt Beträge ein, die Federer und Nadal erröten lassen. Und in dem Moment rastet der Herr aus. Und jetzt hockt er dort, in seinem zugigen Beethovenkinderzimmer, in dem sich zuvor das spitzdachige Archiv des Museums befunden hat. Ohne Karriere. Dafür ist er jetzt Vermieter und Hausmeister eines staatlichen Museums, eines Forschungszentrums, eines kleinen Konzertsaals und eines Souvenirladens. Das ist zum Schießen.»

Während er seine Tirade abfeuert, richtet sich Isabelle seufzend auf und schiebt ihre Finger zwischen Matratze und Rahmen.

«Trotz der dreißig Japaner pro Tag muss fortwährend Geld zugeschossen werden. Dolf kommt für alle Verluste auf, hab ich mir sagen lassen. Das hat Ulrike so für ihn vereinbart. Die Essen, über die du geschrieben hast, sind eine Notmaßnahme. Er bezahlt sich dumm und dämlich an der Instandhaltung. Niemand will ihm das Objekt abkaufen, logisch, seinerzeit war er auch der Einzige, der es haben wollte.»

«Und das alles, weil du Ludwig heißt und der arme Dolf nicht», sagt Isabelle. Sie sieht ihn an, lächelt.

«Daran kannst du dich noch erinnern?», sagt er erstaunt.

«Natürlich kann ich mich daran erinnern. Darf ich etwas weniger Nettes sagen?»

Er sieht sie erschrocken an. Etwas weniger Nettes? Ist die Grüne Stunde angebrochen? «Äh … ja?»

«Wenn ich dich so über ihn herziehen höre», sagt sie, «dann klingt das, als wärest du ziemlich neidisch auf deinen Stiefbruder. Auf seinen Erfolg. Auf sein Talent. Oder bist du wütend, weil er dir die Mutter ausgespannt hat? Ich will ja nicht meckern, aber du hast noch nichts Positives über ihn gesagt, obwohl du, ungeachtet deiner brüderlichen Randbemerkungen, doch auch ein wenig stolz auf ihn sein dürftest.»

ZUM ERSTEN MAL in dieser Nacht ist ihm warm. Seine Handflächen, die Fußsohlen, sein Kopf, die Maulwurfshaut unter seinem Dreitagebart – alles glüht. Abstreiten will er es, abstreiten mit Worten und Gesten, doch er bringt nicht mehr als ein Kopfschütteln zustande.

Wohl aber passiert etwas anderes. Er spürt, wie sich seine Faust in Bewegung setzt, eine lokale Eigeninitiative – und wo soll es denn hingehen? Wie eine unbemannte Sonde steigt seine Hand aus dem wollenen Ozean auf, überfliegt das Deckengebirge auf seiner Brust und tritt in den freien Raum zwischen den beiden Kopfkissen ein, wo sie zwischen Isabelle und ihm verharrt wie ein kleiner, dritter Kopf, eine Art E. T.

Sie folgen ihr beide mit den Blicken. Er weiß, was seine Faust vorhat. So wie er, das betrunkene Herrchen, ist sie beleidigt … und renitent. Wie die Blütenblätter einer Taubnessel, so entfalten sich die Finger, eine Entpuppung, mit der Ludwig zutiefst einverstanden ist: Gut so, Faust. Auf der Handfläche liegen die zwei Ohrstöpsel, sehr gelb und präsent, die grünen Ränder giftig vor Triumph.

Isabelle starrt zunächst eine lange Sekunde darauf, schaut ihm dann in die Augen. Erstaunt? Verbissen? Nein, aggressiv: Ihre Hand streckt sich aus, sie will die Stöpsel konfiszieren, aber – zack – die Faust schließt sich. *Isabelle! Die Faust ist eine schaumgummifressende Pflanze.*

Außerhalb ihrer Reichweite nimmt Ludwig einen Stöpsel und steckt ihn sich ins Ohr. Sie sieht ihn weiter an, ihre mandelförmigen Augen blitzen spöttisch vor Groll. Sie tut Folgendes: Mit der einen Hand packt sie sein Handgelenk, kräftig, schüttelt langsam verneinend den Kopf und friemelt mit der anderen Hand an der rasch wieder geschlossenen Faust herum, genau so, wie Tosca es früher gemacht hat, wenn sie ihm auf der Rückbank von Otmars Volvo etwas entreißen wollte – ein Bonbon oder so was.

«Das ist nicht dein Ernst», murmelt er.

«Das ist mein Ernst.»

Kurz presst er die Faust noch fester zu, Isabelle murkst weiter, das Blut entweicht aus seinen Fingerspitzen, und dann gibt er auf. Wie du willst. Das hier ist kindisch. *Be my guest.*

Sie nimmt den verbliebenen Stöpsel zwischen Daumen und Zeigefinger und hält ihn wie die Assistentin eines Zauberers hoch. «Sehr gut», sagt sie lächelnd und stopft ihn sich ins Ohr. «Den anderen darfst du behalten.»

Ohne ein weiteres Wort wendet sie sich, an der Decke ziehend, von ihm ab, knipst die Lampe aus und gräbt sich ein.

Sekundenlang hält er den Atem an, sein Gesicht auf ihren Hinterkopf ausgerichtet. Dann zieht er wütend den Stöpsel aus seinem Ohr und katapultiert ihn wie einen Popel ins Zimmer. Das ist nicht Stehlen, Stehlen ist noch viel zu schwach ausgedrückt, Stehlen geschieht diskreter, Stehlen geschieht heimlich. Es ist etwas anderes, es ist eine Enteignung. Sie kastriert ihn. Für wen hält sie sich? Frau Justitia? Wovon träumt sie? Ist sie zufrieden? Oder ist sie einfach nur verrückt?

Viertelstunden gehen ins Land. Wütend kann niemand schlafen, im Schlaf ist niemand wütend. Der echte Adolf horchte gemütlich an der Matratze, als die Invasion in der Normandie begann. Leider ist Ludwig wütend. Bei jeder Bewegung, die er unter der Decke macht, fröstelt er, und es kostet ihn immer mehr Zeit, wieder warm zu werden. Pissen muss er – pissen, als wäre sein Harn mit Kohlensäure versetzt. Ignorieren geht nicht, sein Urin würde gefrieren, seine Blase platzen wie eine Flasche.

Er steigt zähneknirschend aus dem Bett, stellt Gorbatschow auf den Boden – brav, sitz, bin gleich wieder da. Die Nacht ist tiefer geworden, das Wüten draußen scheint sich ein wenig gelegt zu haben, wer weiß, möglicherweise ist jetzt endlich das ganze Hotel schneebedeckt. Wie ein Blinder schlurft er mit tastenden kleinen Schritten um Koffer und Schuhe herum, aber sein Gang ist wacklig, und um nicht zu fallen, ergreift er die Türklinke. Er poltert ins Badezimmer, rums, Neonlicht an, Schlüssel rumgedreht.

Gequält und zerknautscht – so sieht ihm sein Spiegelbild entgegen. Zumindest seine Blase ist ihm dankbar, ein kupfergelber Strahl schießt hervor, er erwägt nicht einmal, auf das dämpfende Porzellan zu zielen, nein, alles in das schwarze Loch: Plätschern wird an ihr Ohr dringen. Er schwankt wie die Deckenlampe – manchmal trifft er die Brille, heftiges Gespritze. Drück deine Beute nur tiefer rein. Morgen wird er sie darauf ansprechen, das weiß er jetzt schon. Sie haben Zeit genug, der Nachtportier sprach von professionellem Ausgraben. So darf man nicht mit ihm umgehen, Spüli hin oder her.

Tatsächlich, es gab kein Toilettenpapier mehr. Er langt in die Gesäßtasche, das Päckchen Papiertaschentücher ist noch da. Prima. Immer sauber bleiben. Sogar im Bett neben einer Diebin bleiben wir die Hygiene selbst. Er holt das weiche Päckchen hervor, und noch bevor er weiß, dass er etwas spürt, setzt sich die Reflexionsmaschinerie seines Körpers in Gang. Es ist ein Rätsel der Biologie und der chemischen Kommunikation, wie aufkommende Vermutungen, Hirngespinste, *Vorahnungen* mit Nerven verbunden sind – allein schon die *Möglichkeit*, allein schon die einfache Annahme setzt ein Schleusensystem aus Zellwänden, Hormonen und Körpersäften in Betrieb. Und daher erstaunt es ihn nicht, dass seine Augenwinkel bereits gefüllt sind, sobald sie zum Vorschein kommen, seine beiden bananengelben, frischen Ohrstöpsel; als wären sie lebendig, gefährliche, kerngesunde Wesen aus einem anderen Ökosystem, von einem anderen Planeten und vielleicht sogar aus einer anderen Dimension. Welle und Teilchen zugleich, ist das Einsteins Dualismus in Schaummgummiform? Können seine Ohrstöpsel hier sein und gleichzeitig dort – im Ohr von Isabelle Orthel und auf dem Teppich im Zimmer nebenan?

Seine Tränendrüsen geben die Antwort. Nein, tröpfeln sie. Geht nicht. Deine, du Idiot, hast du in der Hand, und Isabelles Stöpsel sind im Zimmer. Das sind unwiderlegbare Tatsachen, die langsam über seine Wangen rinnen, salzige Wahrheiten der Trauer, des Abscheus, der Scham. Er fragt sich, was sie von ihm gedacht hat, als er ihr die Ohrstöpsel wegnahm. Während sie an seinen Fingern herumzerrte. Wer ist dieser Rückfalltäter? Ist er noch verrückter, als ich dachte? Was soll er gleich zu ihr sagen? Er stöhnt wie ein abbrechender Ast. Oder hört er das Bett? Ja, sie steht auf. Reflexartig schaltet er das Badezimmerlicht aus. Dummheit Nummer soundso viel – jetzt muss er das Bad auch verlassen. Er seufzt tief auf, wartet kurz und tritt ins Zimmer.

Sie steht einen Meter von ihm entfernt. Hinter ihr leuchtet der Halbmond.

«Ich muss auch mal», sagt sie. Aus ihrem Mund kommen kleine Kondenswolken. Sie ist ihm so nah, so alltäglich und vertraut, doch nach der Katastrophe so leuchtend *anwesend*, so *niederschmetternd stark*, dass er zu verwirrt ist, um das Naheliegendste zu tun. Erst später in der Nacht wird ihm bewusst, dass er es ihr schlicht hätte erklären müssen – dass er ihr seine wiedergefundenen Ohrstöpsel mit einem entspannten Grinsen hätte zeigen müssen. Stell dir vor, Isabelle, hätte er sagen müssen, *zu komisch, ich hab mich total geirrt.*

Aber er ist nicht entspannt, im Gegenteil. Anstatt logisch nachzudenken, empfindet er Panik. Er wählt die Flucht nach vorn. Zitternd beginnt er einen Satz, der den Fluss ihrer Gedanken in eine andere Richtung lenken soll, er wird ihr etwas erzählen, das die Bedeutung von zwei blöden Ohrstöpseln übertreffen wird. Tollpatschig stolpert er drauflos: genauso wie früher in ihrem Studentenapartment.

«Was ich übrigens vorhin vergessen habe, dir zu erzählen», sagt er heiser, «seltsam eigentlich, dass ich es dir nicht gleich gesagt habe.» Ja, seine Art zu reden, kaum Stimme, sich verziehende Mundwinkel, die Augen Meere, über denen es heftig regnet – es ist die peinliche Fortsetzung seines Verhaltens gegenüber Isabelle von vor langer Zeit, der Gespräche, die er als zweiundzwanzigjähriger Peniseincremer mit ihr führte. Seine Nerven haben ein eigenes Gedächtnis.

«Erzähl», sagt sie. Ihr Gesicht verliert den starren Ausdruck, es erscheint eine skeptische Neugierde darauf. Und obwohl er fest vorhat, ihr zu beichten, dass Johan Tromp, der CEO dieser Zauberinsel, nicht einfach nur ein Shell-Boss ist, sondern sein Vater, stellt er vorwärtsstrauchelnd doch noch die Weiche um.

«Was ich neulich über meinen Stiefbruder erfahren habe», hört er sich selbst sagen, «wird dich bestimmt interessieren. Er ist auf einen musikologischen Schatz gestoßen. Dolf hat allerlei unbekannte Manuskripte und Briefe von Ludwig van Beethoven in die Hand bekommen. Und Tagebücher. Briefe von Beethoven an Haydn und Liszt. Einen handgeschriebenen Brief von Mozart. Und außerdem den fehlenden Satz von Beethovens berühmtester Klaviersonate.»

«Soso», sagt Isabelle. Sie nimmt den Stöpsel aus dem Ohr. «Beethovens berühmteste Klaviersonate. Das können eine ganze Reihe sein.»

Er nickt. «Aber es handelt sich um die vielleicht allerberühmteste, um Opus 111, den für verloren gehaltenen dritten Satz dieser Komposition. Keine einfache Musik. Dafür genial.»

«Dieser Appelqvist», sagt sie. «Immer für eine Überraschung gut. Erzähl doch ein wenig mehr darüber, wenn du magst.» Sie scheint vergessen zu haben, dass sie auf dem Weg zur Toilette war, denn sie gehen gemeinsam zurück zum Bett.

SUMPFBÖDEN

93 Alles, wofür Andries Star Busman sich sein Leben lang eingesetzt hatte, ging Isabelle gegen den Strich. Sie verabscheute die Jugendromane, die ihr Großvater über Bello geschrieben hatte, den klugen Hütehund, der zusammen mit seinem jugendlichen Herrchen den Deutschen im Krieg das Leben schwer macht. Überholter Widerstandskitsch, fand sie, auch wenn Star Busman dafür ein früher, schmeichelhafter Silberner Griffel verliehen worden war. Hin und wieder meinten Mitschüler zu wissen, dass Star Busman – der nach seiner Zeit in Den Haag angefangen hatte, gut verkäufliche, verkappt rechtslastige *rip-offs* vom *Herrn der Fliegen* zu schreiben, etwas, das nur Isabelle zu durchschauen schien – mit ihr verwandt war. «Nein», erwiderte sie dann, «mein Opa lebt im Norden von Thailand, und er ist ebenso dunkelhäutig wie ich.»

Sie verabscheute das gerahmte Titelbild des Wochenmagazins *Elsevier*, das wahrscheinlich als ironischer Fingerzeig in seinem Arbeitszimmer hing und aus der Zeit stammte, als er Chef des Arbeitgeberverbands VNO gewesen war. Was man sah, war sein aufgedunsener Kopf – Seitenscheitel, ausdruckslose, kalte Fischaugen, Zigarre im Aufsehermund – und darunter in großen Druckbuchstaben «ES MUSS WIEDER GEARBEITET WERDEN». Das war nicht lustig, fand Isabelle, das war bequem und bar jeder Empathie; das Deckblatt war ein Sinnbild für Star Busmans steinharten Charakter.

Sie verabscheute die habituelle Grobheit, mit der er ihre Oma in Anwesenheit der ganzen Familie schikanierte, wenn die an Feiertagen zusammenkam, im Jagdzimmer weiterplaudernd, Petits Fours verspeisend oder Kerbelsuppe löffelnd an einem Tisch, der im Hinblick auf die Art, wie er gedeckt war – nicht im Hinblick auf das Essen –, in einem französischen Sternerestaurant hätte stehen können. Isabelle hatte Star Busman in diesem Landhaus, das im Haager Stadtpark zwischen dem Malieveld und dem Clingendael-Institut stand und auch jetzt noch ein Symbol für ihre Jugend war, nie auch nur ein einziges liebkosendes, lobendes oder auch nur freundliches Wort an seine Frau richten hören, ganz zu schweigen davon, dass er sie in den Arm genommen oder geküsst hätte; wohl aber fand er es vollkommen normal, sie mit dem Mund voll Essen, das sie für ihn gekocht hatte, zu tadeln oder anzublaffen. Manchmal warf Isabelle Blicke in die Runde in der Hoffnung, dass ein Onkel oder eine Tante eine Rosenkohlsprosse ausspucken und zischen würde, dass es jetzt *verdammt noch mal* reiche. Jetzt sag doch wie alle anderen zu Mamá, dass ihr Coq au Vin köstlich ist, du alter Tyrann – so etwas in der Art. Einer ihrer Onkel war Richter, ihre Tante Djuna war Professorin für Psychologie, ihre Adoptivmutter stand an der Spitze des zentralen Verwaltungsrates einer Universität – doch nein, es geschah nicht, im Gegenteil sogar: Die versammelten Doktortitel polierten den Patriarchensockel nur noch weiter auf, was Isabelles Oma auf ihre geistlose, trübsinnige Weise ganz selbstverständlich zu finden schien. Ein hoher Orden für Opa Dries, eine Festschrift für Opa Dries, Opa Dries in Öl von demselben Maler, der auch Königin Beatrix porträtiert hatte – gewartet wurde jetzt bloß noch auf ein mausoleumartiges Prunkgrab für Opa Dries.

Sie verabscheute die obsessive, patriotische Begeisterung ihres Großvaters für die maritime Geschichte der Niederlande, seine blinde Liebe zur Vereinigten Ostindischen Kompanie, die garantiert beschönigenden Bücher und Artikel, die er über dieses Thema schrieb. Ganz zu schweigen von seiner Devise «Verzweifelt nicht», die er dem Mitbegründer des niederländischen Kolonialreichs Jan Pieterszoon Coen gestohlen hatte und die er meistens, die Augen zu Nagelköpfen zusammengekniffen, zur unpassenden Zeit zitierte, vorzugsweise dann, wenn ein Enkelkind eine ungenügende schulische oder sportliche Leistung erbracht hatte. Bei Erfolgen hielt er sich bedeckt – Isabelle hatte schon früh angefangen, darauf besonders zu achten. Warum dichtete ihre Familie Star Busman so viel Klugheit an? Weil er ganz genau wusste, dass Windenergie eine Illusion war? Weil er den Euro ablehnte? Weil er als Staatssekretär für Soziales aus einer Van-Agt-Regierung geflogen war, da er Arbeitslosenzahlen manipuliert hatte? Weil er Steuern für Diebstahl hielt? Ihr war das schleierhaft. Star Busman hatte Bankschließfächer in der Schweiz gemietet, ein Geheimnis, das er mit kokettem Zeigefinger auf den Lippen überall herumposaunte. Als ihre Mutter noch ein Kind war, tarnte er die entsprechenden Transaktionen als Ausflug, fuhren sie mit der ganzen Familie und einem großen braunen Umschlag nach Genf. Das Einzige, was Isabelle zu Ostern und zu Weihnachten aus seinen selbstzufriedenen Reden heraushören konnte, war Eigensinn, ein verurteilender besserwisserischer Ton, dem er schon seit Jahren in seinen *Elsevier*-Kolumnen freien Lauf ließ, wöchentlich erscheinenden Artikeln, die sie, seit sie etwa dreizehn war, zu Hause auf der Toilette las, aus einem ähnlichen Antrieb heraus, aus dem sie in dem Alter auch mit dem Zeigefinger durch eine Kerzenflamme fuhr: zwanghaft, fasziniert und in dem Wissen, dass man sich damit ein Geschwür an der Fingerkuppe einhandelte. In ihren Augen, denen einer Heranwachsenden, die für die Jugendorganisation der Sozialistischen Partei die besseren Viertel von Delft mit Flyern versorgte, waren es kleine Pamphlete mit lauter rechten Gedanken, über die sie sich schwarzärgerte. Schreiben ist nicht Bleiben, wurde ihr anhand dieser Artikel klar; schreiben bedeutet, anderen seinen Willen aufzuzwingen.

Das alles war nicht genug, um Star Busman zu hassen. Und dennoch hasste sie ihn. Warum? Er hatte eine These über Adoption aufgestellt, im Falle ihres Bruders allerdings eine unbewiesene These: Mit Cléber stimmte eigentlich alles, als sie noch klein gewesen waren, man hielt ihn einfach für einen etwas farblosen, verschlossenen Jungen. Ihr Großvater hätte sein Geschwätz besser mit den Knöcheln seiner alten Hand auf blankes Holz klopfen sollen, anstatt es auf Radio 1 in die Welt zu tragen.

Sie erinnert sich noch ganz genau, sie war allein und lag auf dem Sofa, wahrscheinlich blätterte sie im Programmheft eines christlichen Senders, ein typischer Samstagnachmittag in Delft. Marij und Peter waren mit dem Auto unterwegs und machten die Einkäufe für die ganze nächste Woche. Die Stimme ihres Großvaters, plötzlich im Wohnzimmer, ein Timbre, das etwas zu hoch war für einen Mann mit seinem Anspruch. Wie schon des Öfteren war er bei *Kamerbreed* zu Gast, einer politischen Gesprächsrunde im Radio mit Stimmengewirr im Hintergrund. Die Diskussion drehte sich um einen Raubmord in Drenthe, der gerade durch die Nachrichten ging, begangen von zwei Brasilianern, sechzehn und neunzehn Jahre alt – adoptiert. In der Runde saß eine Frau von irgendeinem Institut, die etwas behauptete, bei dem Star Busman sie jäh unterbrach. Er sei nicht per se gegen Adoption, versicherte er, doch er warne «naive niederländische Paare» vor den großen Gefahren, die inzwischen nicht mehr bestritten werden könnten. Ihr Großvater verwies auf eine dänische Studie, aus der hervorging, dass adoptierte Kinder dreimal so oft Selbstmord begingen und fünfmal so oft von harten Drogen abhängig würden. Sie hätten sehr viel öfter mit psychischen Problemen und Lerndefiziten zu kämpfen als normale Kinder, sagte er. Was ihm aber vor allem Sorge bereite, sei die Aggressivität, adoptierte Kinder verübten im frühen Erwachsenenalter viel häufiger Verbrechen. Ein Mangel an Bindung im Säuglingsalter, psychische Verletzungen in Heimen, das Fehlen der leiblichen Mutter – diese Kinder entwickelten «kein oder nur ein geringes» Einfühlungsvermögen, so intensiv man auch mit ihnen «schmuse». Sie seien Zeitbomben, diese Findelkinder aus Afrika, Asien oder Südamerika. Star Busman bezeichnete Adoption, so gut gemeint sie auch immer sei, als ein typisches Hirngespinst der siebziger Jahre, ja als «eines der vielen idealistischen Irrtümer, die linke Ideologen der Gesellschaft aufgehalst haben».

Als das naive niederländische Paar, das sie adoptiert hatte, nach Hause kam, verlor Isabelle kein Wort über das, was soeben im Radio gesendet worden war, sondern inspizierte die Einkaufstaschen und fragte Marij, ob sie Käse-Zwiebel-Chips haben dürfe.

NEIN, VIELLEICHT hätte sie nicht an Star Busman appellieren sollen, bei all dem Widerwillen, der sie erfüllte. Aber es lag so nahe. In der Zeit, als Eds und Isoldes Beziehung in jenem erschütternden Zustand war, passten ihre Großeltern jeden Montag auf sie und den vier Jahre jüngeren Cléber auf. Ihre Mutter forschte damals das ganze Jahr über an der Universität Groningen, und ihr Vater machte oft Spätschichten im Reinier-de-Graaf-Krankenhaus. Wenn sie und Cléber aus der Schule kamen, saß er da, ihr schneeweißer Großvater, der Richter im Ruhestand, aufrecht und massig an ihrem modernen, spitzeckigen Esstisch, die Thermoskanne neben sich, seine Frau neben sich, sein Briefpapier neben sich, das Heft für die Kolumnen, das Einweckglas mit Keksen. Recht zugänglich, aber auch wieder nicht.

Isabelle konnte in jenen Wochen an kaum etwas anderes denken als an Isolde und den BP-Mann. Der immer noch nach Müll stinkende, zerrissene Brief, der in ihrem Zimmer lag, ließ sie nicht los, manchmal holte sie ihn, wenn sie ihre Hausaufgaben machte, mit der Absicht hervor, die einzelnen Stücke zu kleinen, harten Kugeln zu knüllen und sie im Badezimmer durchs WC zu spülen, doch tat sie jedes Mal das Gegenteil: Sie ging nicht ins Badezimmer, sondern schloss ihre Zimmertür ab und legte die Papierschnipsel auf ihrem Schreibtisch wie Puzzleteile aneinander. Und las den Brief erneut. Und obwohl sie dabei ruhiger blieb als beim ersten Mal, bemerkte sie zu ihrer paradoxen Zufriedenheit, dass ihre Entrüstung umgekehrt proportional zunahm, ja, je ruhiger sie den Text las, umso wütender wurde sie, sodass sie den Brief, den sie vielleicht doch besser aufbewahren sollte, in dem Buch *Märchen* von Godfried Bomans verbarg.

Der Mann am Esstisch war Bestandteil der ganzen Geschichte mit Isolde, er hatte Anteil daran, er war involviert. Nicht nur als Freund von sowohl Ed als auch dem BP-Mann, sondern die Sache war noch delikater: Wenn sie alles richtig verstanden hatte, dann war Star Busman derjenige gewesen, der Isolde und den BP-Mann einander *vorgestellt* hatte. Während eines Essens im Landhaus, wohlgemerkt. Zwar im Beisein von Ed, das zum Glück schon, und natürlich trug ihr Großvater auch keine Schuld an dem, was folgte, über so viel Realitätssinn verfügte sie durchaus, aber dennoch war sie der Ansicht, der Alte müsse sich, in seiner Rolle als Kuppler, einmischen.

Ja, sie wollte ihn unbedingt bitten: Kannst du da nichts tun oder zumindest etwas dazu *sagen*? Sie wollte Star Busman deutlich machen, dass er Farbe bekennen musste, zumindest das. Das war er, fand sie, Ed schuldig, der immerhin schon seit zwanzig Jahren sein treuer Freund *und* Verleger war, sein inzwischen gebrochener und bis ins Mark erniedrigter Freund und Verleger. Sie selbst hatte während einer Doppelstunde Französisch einen tröstlichen Brief an Ed geschrieben, jedenfalls hatte sie es versucht, aber wirklich gelungen war es ihr nicht, es war schwierig, die richtigen Worte zu wählen, den richtigen Ton zu finden; der halbfertige Entwurf befand sich in ihrer Schultasche. Beim Formulieren war ihr klargeworden, wie peinlich es war, Ed gegenüber die A4-Seiten zu erwähnen. Sie bekam die einfache Mitteilung, dass sie den Inhalt des Briefs kannte, nicht aufs Papier. Doch wenn es bereits so mühsam war, einen Brief zu schreiben, wie sollte sie es dann schaffen, mit ihrem Großvater über die Sache zu reden?

Um Punkt sechs Uhr, anderthalb Stunden früher als an normalen Tagen, kam das Essen auf den Tisch. Dann wollte der Alte essen. Cléber futterte wie ein Scheunendrescher, er war ganz wild auf alles, was ihre Oma zu Brei kochte, während sie sich an Widerwillen erinnert, nicht so sehr wegen der Kartoffeln und Schinkenstücke, sondern weil ihr Großvater so nah war. Sie konnte ihn essen hören, das Kauen und vor allem das Schlucken, das sumpfige Geräusch, mit dem seine Halsmuskeln die zu Pamp zerkaute Nahrung in die Speiseröhre pressten. Er saß ihr genau gegenüber, auf dem Platz ihrer Mutter, den großen weißen Schädel halb unter der Hängelampe, sodass sie gezwungen war, jedes Nasenhaar, jeden Altersfleck, jede Falte in sich aufzunehmen. Nicht mehr das fleischige Schwein vom *Elsevier*-Titelbild, sondern alt und der Schlachtung entgangen. Wenn er etwas sagte, strömte der Geruch von trockener Zunge und Zigarre aus seinem Mund, ein säuerlicher Hauch, bei dem sie sich manchmal fast übergeben musste.

Ungefähr so wie jetzt, wegen der Luft, die sie in diesem Moment einatmet: aus den Tiefen der Lungen anderer, vermischt mit den Schwaden nasser Schuhe. Die Folge ist prompt Übelkeit. Sie muss kurz nach rechts schauen, in den vorbeiziehenden Schneehaufen, und ruhig ein- und ausatmen.

Sie sitzen zu viert in der Fahrerkabine eines Streuwagens mit Schneeschieber, Isabelles Schulter und Hüfte berühren einen stark erkälteten, stämmigen Koreaner, der alle zwei Minuten einen kleinen Schluck aus einer Wodkaflasche trinkt, Schraubverschluss auf, Schraubverschluss zu, und fortwährend hustet. Die Windschutzscheibe ist die Projektionsfläche für die Gedanken, denen ein jeder nachhängt; der russische Fahrer in seinem fluoreszierenden orangen Overall hat einen eigenen Sitz, die Bank daneben teilt Isabelle sich mit dem Koreaner, auf dessen anderer Seite ein Russe sitzt, ein hinterlistig aussehender Jugendlicher mit Flaum unter der Nase. Die beiden gehören zusammen, wie Isabelle haben sie sich eine Mitfahrgelegenheit in Richtung Korsakow organisiert. Sie schauen auf eine stoßstangenbreite rote Schaufel, die in einem Winkel von fünfundvierzig Grad gewaltige Mengen Schnee von der Straße schiebt; hinten hinterlässt das schwer schuftende Fahrzeug eine Spur aus Kohlengrus, wahrscheinlich aus den Kraftwerken, in denen auf Sachalin Strom erzeugt wird. Ihr Großvater würde darin sofort das Thema für eine Kolumne sehen, den Aufhänger für einen seiner typischen Pro-fossile-Brennstoffe-Artikel: Kohlen verfeuern und dann die Asche als Streugut verwenden, schlau.

In dieser Hinsicht ähnelt sie Star Busman: durch Entschiedenheit, durch Galligkeit. Das gibt sie durchaus zu. Auch sie will manipulieren, notfalls indem sie verletzt. Möglicherweise aufgrund dieser ihnen beiden eigenen Aggressivität – weil sie einschätzen konnte, wie mies ihr Großvater sein konnte –, blockte sie ab. In den Wochen davor sprachen sie über: nichts. Und auch jetzt über: nichts.

Zum Glück redete ihre Oma mit ihnen über die Cousins und

Cousinen, mit denen sie offensichtlich regelmäßig telefonierte. In der Zwischenzeit putzte sie mit gleichgültigem Gesichtsausdruck Wintermöhren, schälte die Opperdoezer Ronden, machte mit quietschenden Gummihandschuhen den Rosenkohl sauber, den sie aus Den Haag mitgebracht hatte. Wiederholt versuchte sie während dieses Jahres, Isabelle oder Cléber zu umarmen, was meistens auf Ungeschicklichkeiten hinauslief. Peter hatte erzählt, dass sie jetzt eine «körperorientierte Psychotherapie» machte, eine Art Kurs, in dem man lernte, mehr Nähe zuzulassen. Star Busman hatte versucht, es ihr zu verbieten, was ihm nicht gelungen war, und deshalb weigerte er sich jetzt, die Therapie zu bezahlen.

Ihre Oma sagte, Sien habe angerufen und gefragt, ob sie im Sommer zusammen mit Suze und ihr ein paar Nächte im Gartenhaus auf dem Landgut übernachten könnte. Ja, das stimmte, Isabelle wollte im Juli eine längere Radtour mit Sien und Suze machen, den beiden einzigen Cousinen, mit denen sie befreundet war, doch von dem Plan, sowohl auf dem Hinweg als auch auf dem Rückweg im Bed&Breakfast-artigen Gartenhaus ihrer Großeltern zu schlafen, wusste sie nichts. Es widerstrebte ihr, während der Ferien bei ihrem Großvater unterzukommen, und darum stimmte sie diesem Plan nicht zu.

Star Busman auch nicht. Er war sehr wortkarg in Delft. Von ihrem Großvater gab es zwei Versionen, das war ihr schon früh klargeworden, einerseits den öffentlichen Star Busman, der mit charmanten Bonmots um sich warf, auf angenehm-barsche Weise mit bewundernden Kindern umgehen konnte und von allem Ahnung zu haben schien plus eine Gratis-Meinung noch dazu, und andererseits gab es eine stille, mürrische Variante, wenn es nichts unter Beweis zu stellen gab. Man konnte sich fragen, inwieweit er freiwillig zum Kinderhüten mitkam. Nicht mitzukommen brachte nun einmal Probleme mit sich: Seine Frau konnte nicht Auto fahren, und er konnte, allein im Landhaus zurückbleibend, nicht kochen.

Während er seinen Teller leer aß – ihr Großvater verputzte immer zuerst das Fleisch und erst danach das Gemüse und die Kartoffeln, die er konzentriert zermatschte und vermischte, mit Soße übergoss und mit einem Suppenlöffel in sich hineinschaufelte –, notierte er manchmal plötzlich etwas in sein Kolumnenheft, das den ganzen Nachmittag und Abend aufgeschlagen in seiner Reichweite war.

«Worum geht es in deiner Kolumne?» Sie fragte eigentlich jeden Montag danach, irgendwas musste sie schließlich sagen, und meistens antwortete Star Busman umständlich, in seiner Kolumne gehe es um eine mutwillige Dämlichkeit, mit der die Sozialdemokraten das Land in den Abgrund stürzten.

«Erhöhung der Spritsteuer.»

Sie nickte. Das Thema Ed und Isolde einfach anschneiden? Sie holte tief Luft ... lieber doch nicht. Der Müllbrief lag zwischen den Töpfen auf dem Tisch, die gefesselte Isolde, deren sämtliche «Löcher zugestopft» waren, wand sich dazwischen wie ein erwachsener Embryo – ebenso unsichtbar wie unstrittig. Es war unmöglich. Die Vorstellung, diese schockierende Sprache könne es auch in Star Busmans Kopf geben und, befremdlicher noch, auch im Kopf ihrer sanften, spießigen, unpolitischen Oma, wickelte sich wie dickes, schwarzes Klebeband um Isabelles Mund und Hinterkopf.

Aus diesem Grund verschwand sie unter dem Vorwand, Hausaufgaben machen zu müssen, nach dem Essen nach oben in ihr Zimmer und schrieb in aller Eile einen Brief an Star Busman, den sie ihm überreichte, als ihre Oma in der Küche die übriggebliebenen Frikadellen in Alufolie packte. «BITTE ERST ZU HAUSE LESEN», hatte sie auf den babyblauen Umschlag geschrieben.

«Da schau her», murmelte er, «Post für mich», und steckte den Brief mit einem Lächeln in die Innentasche seines karierten Tweedjacketts.

ALLE PAAR KILOMETER halten sie an, und der Fahrer klettert aus der Kabine, um mit einem Spaten den festgepappten Schnee vom Pflug zu stoßen. Er tut das knurrend und stöhnend, wie ein Höhlenbewohner, der ein Mammut schlachtet. Sobald er draußen ist, fangen die Männer neben ihr an zu tuscheln. Witze über den Fahrer? Oder über sie, jetzt, da kein Fremder mithört? Die beiden scheinen einander gut zu kennen, der hinterlistig aussehende Jugendliche schlägt dem Koreaner gemein auf die Schulter. Diese Fahrt wird länger dauern, als sie gedacht hat. Aber schneller geht es nicht, also beklagt sie sich nicht über die Mitfahrgelegenheit, sie kann froh sein, überhaupt vorwärtszukommen. Nach Korsakow wird der Schneeräumer an der Küste entlangfahren, sodass sie bei der LNG-Anlage nur aussteigen muss.

Sie hatte unbedingt rausgemusst, am Morgen. Sie musste Ergebnisse liefern, es geschah wie unter Zwang. In dem, was Ludwig ihr über die explodierte Gasleitung erzählt hatte, steckte so oder so eine Geschichte, und jede Geschichte, die Sachalin ihr bietet, muss sie machen. Sie braucht das Geld, das vor allem, aber sie muss auch O'Hara überzeugen, der sie nur unter als Protest verbrämten Drohungen hatte fahren lassen. «Für ein einziges Interview? Gibst du dann auch in zwei Wochen die Quartalszahlen weiter?» Sie durfte fahren, wenn sie «die Strafkolonie» ausquetschte. «Ich will, dass du mit einem Stapel Geschichten wiederkommst. Über Öl, Öl und noch mal Öl. Und wenn das nicht geht, über Japaner und Koreaner. Über den Hass auf Japaner und Koreaner, über die Babymafia, über Fische.»

Ein Lastwagen gegen eine Pipeline. Möglicherweise steckten

ja Tschetschenen dahinter – doch auch ohne Tschetschenen war es gut. Sie hatte in Nigeria eine Explosion gesehen, deren beeindruckende Gewalt. Wie verlief so etwas in einem Schneesturm, fragte sie sich. Der Sauerstoff, den der Sturm hineinjagte, wog der den Schneefall auf? Sie hatte einmal über die Zahl der Pipelineunfälle pro Jahr in den Vereinigten Staaten geschrieben; es waren rund zwanzig, wie sich zeigte. Wie viele wurden in Russland unter den Teppich gekehrt?

Nach dem Aufwachen war sie in das oberste Stockwerk des Hotels gegangen, von wo aus sie durch ein schmales Fenster das finstere Winter*wonderland* überblickt hatte: glitzernde Hügel und endlose Hänge im letzten Mondlicht; versunkene untere Etagen, Autos, von denen nur das Dach zu sehen war; es musste auch welche geben, die vollständig verschwunden waren. Zu ihrer Verwunderung war die zweispurige Straße zum Flughafen schon nicht mehr unbefleckt, sondern grau wie ein Bleistiftstrich. Links in der Ferne sah sie orange Warnlichter. Räumfahrzeuge? Ja, es wurde bereits gestreut. Tatkraft konnte man Gemeinderat und Bürgermeister nicht absprechen, Streuen, Räumen, Graben mussten hier eine Stellenbeschreibung sein, eine Wissenschaft, ein höheres Streben. Von oben sahen die Vehikel aus wie Ohrenkneifer mit kräftigen Kiefern, die sich fressend und ausscheidend einen Weg durch den makellosen Schnee bahnten. Nicht viel anders als die Art und Weise, wie ihr Großvater die frischgefallene Wirklichkeit Woche für Woche in ein reaktionäres Gelaber umwandelte. Wie fand er ihren Brief? War der nicht unverschämt gewesen?

Erst später am Abend, als ihr Adoptivvater bereits wieder zu Hause war und sie im Bett lag, machte sie sich Sorgen, ob sie wohl den richtigen Ton getroffen hatte, bestimmt klang es sentimental und quengelig. Die Quintessenz war, dass sie ihren Großvater dazu aufgefordert hatte, in seiner *Elsevier*-Kolumne das Geschehene in irgendeiner Form zu behandeln, und zwar so, dass Ed gerächt wurde. Es musste Rache genommen werden, fand sie, und wer konnte das besser tun als er, ein Mann mit Ansehen, ein Mann, der in einer Wochenzeitung veröffentlichen durfte, was er wollte? Den BP-Mann hochkant aus deinem Freundeskreis zu werfen reicht nicht, Großvater, schrieb sie in etwas zickigeren Worten. Knöpf ihn dir bitte im *Elsevier* vor, wie du dir Paul Rosenmöller und Wim Kok immer vorknöpfst. Tu es für uns, für Marij und Peter, vor allem aber für Eddy selbst. «Er hat so oft unglaublich bewundernde Reden auf dich gehalten», hatte sie geschrieben, «so wie damals im Schifffahrtsmuseum. Er äußert sich immer sehr lobend über deine Bücher, auch wenn du nicht dabei bist. Und er bezahlt alles selbst, die Plakate, die Anzeigen, die Vorschüsse, denn ihm gehört der Verlag. Aber du musst es auch deshalb tun, weil Ed ein Freund der Familie ist. Du kannst nicht gleichzeitig mit ihm *und* mit diesem Frauenwegnehmer befreundet sein.»

Aus dem obersten Stockwerk war sie die Treppen hinuntergehastet, in die Lobby. Wie sich zeigte, hatte Ludwig recht: Alles dicht, sie steckten fest. Im künstlich beleuchteten Erdgeschoss schien die Dunkelheit noch ein wenig undurchdringlicher zu sein als an einem Wintermorgen in Moskau; sie musste zweimal hinschauen, ehe sie sah, dass die Eingangstür und die beiden fleckigen Fenster des Frühstücksraums vollständig von Schnee bedeckt waren. Der Handvoll Russen, die bereits aufgestanden waren und, vornübergebeugt, gebratenen Sandaal in sich hineinstopften, schien das egal zu sein. «Lange, lange», philosophierte einer der Männer, den sie am Büfett ansprach, «was ist schon lange? Heute Nachmittag? Heute Abend?»

Es dauerte eine Ewigkeit, bis es wieder Montagnachmittag war, doch dann gab es auf ihren Brief ein Echo. Sie und ihr Großvater sprachen ausführlich darüber, wenn auch nicht sofort. Beim Tee schwieg er. Seine Frau berichtete über einen kurzen Urlaub in der Schweiz, den sie gebucht hatten. Isabelle erinnert sich an das Gelispel der Messer in Omas Schnittbohnenmühle, die sie am Rand des Esstisches festgeschraubt hatte. Sollte sie selbst auf den Brief zu sprechen kommen oder besser abwarten? Sie steckte eine lange, beulenübersäte Schnittbohne in die Mühle und sah dabei zu, wie sie in Scheibchen herauskam und in die Plastiktüte eines Textildiscounters fiel. Ihre Oma kaufte die weißen Unterhemden ihres Mannes dort, doch Isabelle hatte einmal beobachtet, dass sie die Tüte mit den Einkäufen in die eines vornehmen Kaufhauses steckte, bevor sie den Laden verließ.

Los, red schon, Alter. Nein, erst essen. Während sie Schnitzel mit Kartoffeln und Schnittbohnen aßen, befragte er sie und Cléber zu den Hausaufgaben, und er wollte etwas über AV40 wissen, den Leichtathletikverein, aus dem ihr Bruder gerne austreten wollte; Cléber wollte unbedingt kickboxen, doch das sagte er jetzt nicht. Einsilbige, höfliche Antworten, auf die Star Busman ein längeres Schweigen folgen ließ – geladenes Schweigen, fand Isabelle. Erst als ihr Bruder sich murrend auf den Weg gemacht hatte und sie zu dritt Karamellpudding aßen, schaute ihr Großvater sie forschend an. Jetzt geht es los, dachte sie.

«Sag mal, Isabelle», fragte er, «wie ist es in Sozialwissenschaft gelaufen?»

Sie schüttelte den Kopf. «Nein», erwiderte sie und deutete auf das Heft neben dem Weckglas mit den Keksen, «sag du mir erst, wie es mit deiner Kolumne über Ed Osendarp und den BP-Mann läuft.»

Star Busman hatte sich gerade einen Löffel Karamellpudding in den Mund geschoben – er erstarrte, das Besteck zwischen den Lippen.

«Du hast meinen Brief doch bestimmt gelesen?», fügte sie

hinzu. Ihre Oma schaute zu ihrem Mann hinüber. Der zog den Löffel aus dem Mund und sagte mit einem leisen Schmatzen: «Isabelle hat mir vorige Woche einen Brief geschrieben, Erica.»

«Ach ja?», sagte ihre Oma. «Wie nett.»

92 Isabelle war erstaunt. Sie war noch Kind genug, um zu glauben, dass Menschen, die fünfzig Jahre lang allabendlich im selben Bett schlafen, alles miteinander besprechen, vor allem Brandbriefe von Enkeltöchtern. Naiv, wie sie einsah. Das Gegenteil konnte ebenso gut der Fall sein: dass jemand, der den ganzen Tag genau dasselbe sieht, hört und riecht wie der andere, sich nach Exklusivität sehnt und alles, was für ihn allein bestimmt ist, auch für sich behält. «Was stand denn in Isabelles Brief?», wollte ihre Oma wissen. Sie versuchte, freundlich zu blicken, doch ihr Gesicht konnte Erschütterung nicht verbergen. Es war eine Woche vergangen, in der ihr Mann nichts davon erzählt hatte, schien sie zu denken, und auch jetzt fing er nicht von sich aus davon an.

«Einige sehr kämpferische und sympathische Dinge», sagte ihr Großvater. «Isabelle hat den Mut aufgebracht, und das finde ich sehr bemerkenswert, mich auf etwas anzusprechen, wovon sie denkt, dass ich dafür verantwortlich bin. Sie richtet in ihrem Brief einen Appell an mich, ernster und erwachsener als alles, was ich bisher aus der Familie über die elende Situation rund um Ed und Isolde vernommen habe.»

Während ihr Großvater zu seiner Frau sprach, ließ er den Blick auf Isabelle ruhen. Er klang auffallend warmherzig und väterlich. So aus der Nähe sah sie, wie hellblau seine Iriden waren.

«Aber warum hast du mir nichts davon gesagt?», fragte ihre Oma und legte ihre kleine Hand auf Isabelles Handgelenk.

«Weil ich nicht wusste, ob Isabelle damit einverstanden wäre, Erica. Der Brief war an mich gerichtet.»

Isabelles Herzschlag beschleunigte sich – sie fürchtete, das Pulsieren könnte am Handgelenk zu spüren sein. War es möglich, dass die Abneigung nicht wechselseitig war? So viele große Komplimente bekam sie nicht oft. Gab es doch eine dritte, überraschende Version von Star Busman?

«Oh», sagte Isabelle verdattert zu ihrer Oma, «du darfst ruhig davon wissen. In dem Brief steht, dass ich finde, dass … Großvater diesem komischen BP-Mann, der Ed so schrecklich beleidigt hat, einmal ordentlich die Wahrheit sagen sollte. In seiner Kolumne, meine ich.»

Aus Star Busmans kaum geöffnetem Mund kam ein Lachen, das alles bedeuten konnte. «Warum lachst du?», fragte Isabelle.

«Weil ich mich beim Lesen deines Briefs gefragt habe und mich jetzt erneut frage, was deiner Ansicht nach die Wahrheit ist, die ich Johan Tromp sagen soll.»

Sie ist sich sicher: Das war das erste Mal, dass sie Hans' vollständigen Namen hörte, und zwar aus dem fermentierenden Mund ihres Großvaters. Ihre Adoptiveltern hatten ihn grundsätzlich den «BP-Mann» genannt, auch wenn Peter ein paarmal Schimpfwörter wie «Halunke» und «Scheißkerl» benutzt hatte. Sie erinnert sich an den schwachen Stromstoß, den sie verspürte: Aha, Johan Tromp also – Ampere-Einheiten, mit denen sie den Namen in ihr Gedächtnis brannte. Auch jetzt funkt Nervosität durch ihren Körper; in gut zwölf Stunden sitzen Hans und sie einander gegenüber, erneut, unter veränderten, unbekannten Umständen. Und auch heute Abend werden harte Nüsse geknackt werden, nicht anders als damals am Esstisch in Delft, von dem die leeren Töpfe bereits wieder abgeräumt waren; ihre Oma konnte Unordnung nicht ertragen.

«Siehst du das wirklich so?» Isabelle war durchaus bereit,

ihrem Großvater noch einmal zu erklären, welche Wahrheit – doch er unterbrach sie. «Das Problem mit Isabelles Brief», sagte er zu seiner Frau, «und das ist auch der Grund, warum ich ihn dich nicht habe lesen lassen, besteht für mich darin, dass ihr Verständnis von Wahrheit sich ziemlich von meinem unterscheidet.» Er lächelte. «Sie ist noch ein Kind, natürlich.» Jetzt redete er so, als wäre sie gar nicht dabei.

«Meiner Meinung nach gibt es nur eine Wahrheit», sagte sie erregt. «Du weißt doch bestimmt, was dieser Johan … äh – was er getan hat?»

Star Busman schüttelte den Kopf. «Da fängt der Irrtum bereits an», sagte er. «Nein, du musst besser nachdenken. Du musst lernen, dir nicht zu schnell ein Urteil zu bilden. In dieser Situation hat nämlich nur einer etwas *getan*, wie du es nennst. Und das ist nicht Johan Tromp, sondern Eds Frau. Isolde also.»

«Tja, das sehe ich anders», sagte sie mit einer Stimme, die vor sofort einsetzender, kaum zu unterdrückender Entrüstung heiser klang. «Dieser Freund von dir, der wusste doch ganz genau, dass Ed und Isolde frisch verheiratet waren? Du hast ihn doch bestimmt auf der Hochzeit rumlaufen sehen, oder? Er stand da und hat geklatscht, als sie sich ewige Treue versprochen haben. Dieser Johan hat sie in deinem Haus kennengelernt, wie Marij mir erzählt hat, Ed und Isolde waren ja *zusammen* da. Du hast die beiden dem BP-Mann vorgestellt.»

Ihr Großvater sah sie regungslos an. «Menschen, die ich in meinem Haus empfange und die sich nicht kennen, die stelle ich einander vor», gab er zu. «Hältst du das für eine schlechte Gewohnheit?»

«Ohne dich wären sie sich nie begegnet», sagte sie unbeherrscht. «Dann wären Ed und Isolde immer noch ein Paar. Was ich vor allem sagen will, ist doch, dass er die beiden *zusammen* kennengelernt hat. Dann lässt man die Finger von ihr, finde ich.»

Ihr Großvater nickte. «Ich kann verstehen, dass du es so siehst. Du mochtest Isolde, wenn ich das richtig mitbekommen habe. Und Johan Tromp kennst du nicht persönlich, was bestimmt auch mit hineinspielt. Aber es war Isolde, die ihre Finger von ihm hätte lassen müssen. Vergiss nicht, dass sie es ist, die Ed betrogen hat. Mit Johan Tromp, schon richtig – aber Johan trifft keine Schuld; er ist und war ein freier Mann. Johan hat niemandem Unrecht getan.» Ihr Großvater machte eine kurze Pause. «Er hat sein Leben so eingerichtet, Isabelle», sagte er, «dass er nicht in das Korsett einer Ehe eingezwängt ist.»

«Nun mach aber mal halblang …», murmelte ihre Oma. «Es kommt doch öfter vor, dass Paare sich scheiden lassen?» Sie schaute sowohl besorgt als auch verwirrt.

«Er hat Ed Unrecht angetan», sagte Isabelle. «Ed ist darüber depressiv geworden, es geht ihm überhaupt nicht gut. Dieser Johan hat ihn gedemütigt. Hast du Ed in letzter Zeit einmal gesehen? Er hat mehrere Kilo abgenommen.»

«Ich habe Eddy schon eine Weile nicht mehr gesehen. Und dennoch ist es Isolde» – ihr Großvater erhob die Stimme, für einen kurzen Moment nur, aber sie erschrak –, «die ihm Kummer bereitet hat. Isolde hielt es offenbar für eine gute Idee, auf Johans Avancen einzugehen, was in unserer bürgerlichen Gesellschaft keine kluge Entscheidung ist, wenn man verheiratet ist. Nein. Und schon gar nicht, wenn man einen so loyalen und braven Menschen wie unseren Eddy zum Mann hat.»

Ihre Großmutter wollte erneut etwas sagen, doch Star Busman bedeutete ihr mit einem kaum wahrnehmbaren Kopfschütteln zu schweigen, Millimeterarbeit, es dauerte nicht einmal eine Viertelsekunde.

«Nochmals, Isabelle, wenn du später Journalistin werden willst, dann wirst du dich mehr für die Fakten interessieren müssen. Wer sagt dir, dass Johan Isolde Avancen gemacht hat?

Wieso kann es nicht andersherum gewesen sein, vielleicht hat ja deine unglaublich tugendhafte Isolde angefangen? Ich war nicht dabei, leider. Aber es würde mich, ehrlich gesagt, nicht wundern. Die Zeiten scheinen sich, was das angeht, geändert zu haben.» Er schaute wohlwollend zu Isabelles Oma, die zweifellos in eine andere Zeit gehörte. «Frauen sind heute erheblich zügelloser als früher. Und promisker.»

Die Mitfahrenden reden, die Pelzmütze ihres hustenden Sitznachbarn kitzelt sie am Ohr. Die Männer sprechen ein nur schwer zu verstehendes Russisch, sie lauscht eine Weile angespannt, es geht um eine Kneipe in Korsakow, die Stadt, auf die sie jetzt zuschaufeln. Sie meint, das Wort «Hure» herauszuhören, *shlyukha* – auch wenn sie es merkwürdig aussprechen. Obwohl sie den sibirischen Russen vom Aussehen her näher steht als die beiden Männer, riechen sie, dass sie aus dem Westen kommt, sie riechen, dass monatelang ein Den Haager, weißer Großvater auf sie aufgepasst hat, dem sie entgegnete, Isolde könne nicht selbst damit angefangen haben. «Das glaube ich einfach nicht. Und was bedeutet das Wort, das du zuletzt gesagt hast?»

«Promisker?» Ihr Großvater fasste sich ans Ohrläppchen. «Eine promiske Frau ist ... wie soll ich es ausdrücken ...»

«Vielleicht muss das nicht sein, Andries. Ich will nicht, dass Isabelle denkt, Isolde sei eine unerfreuliche Person. Seit sie bei –»

Star Busman erhob die Hand. «Unterbrich mich nicht.» Ihrer Oma, so wurde Isabelle mit einem Schlag klar, war nicht nur der Brief vorenthalten worden, sie wusste überhaupt nichts. Star Busman hatte sie den Müllbrief gar nicht lesen lassen. Natürlich hatte er das nicht getan, weil es ihm Unbehagen bereitete; nein, es ging sie nichts an, musste er entschieden haben, er hielt sie für nicht geeignet, mit verheirateten Frauen konfrontiert zu werden, die nackt in anderer Leute Kofferraum stiegen. Isabelle war schon vor längerer Zeit aufgefallen, dass er für ihre Oma mitdachte.

«Der eine würde Isolde vielleicht emanzipiert nennen», sagte Star Busman zu Isabelle, «ein anderer nennt sie eine Schlampe. Drücke ich mich korrekt aus, Erica?»

Schlampe – benutzte er das Wort absichtlich, hämmerte es in ihrem Kopf. Schlug er ihr ins Gesicht? Ihre Oma schaute nicht zu ihr herüber.

«Ich nehme doch an, du möchtest nicht, dass ich *diese* Wahrheit über Isolde im *Elsevier* veröffentliche? Das Einzige, was ich in meiner Kolumne machen könnte, wäre, Johan Tromp vor dieser Frau zu warnen. Aber auch das wäre sehr unjournalistisch. Der Rest der Niederlande hat mit der Sache nichts zu tun.»

An diesem Punkt ihrer Auseinandersetzung wurde Isabelle bewusst, dass es noch eine vierte Version ihres Großvaters gab, eine Version, die sie an die gegerbte, alte, aber ungeheuer kräftige Hand denken ließ, mit der Star Busman seine Widersacher an der Kehle packte.

«Außerdem würde ich damit auch deiner Isolde nicht gerecht», fuhr ihr Großvater fort. «Offenbar fehlte ihr bei Ed Osendarp etwas. Wie immer du auch über sie denken magst, sie hat auf jeden Fall ihr Schicksal in die eigene Hand genommen.»

Sie hatte die Hand ihres Großvater natürlich aus seinen Kolumnen herausgelesen, eine niederträchtige, gehässige, aggressive Kralle, wie sie fand, doch jetzt *spürte* sie sie, und das war noch einmal etwas anderes. «Trotzdem musst du dich entscheiden», sagte sie sehr scharf. «Ed ist dein Freund. Du kannst nicht gleichzeitig mit diesem Johan *und* mit Ed befreundet sein.»

Star Busman lächelte. «Auch das ist problematisch an deinem

Brief», sagte er. «Dass du erst fünfzehn bist, denn dann erscheinen viele Dinge anders, als sie sind. Du erinnerst mich an deine Adoptivmutter, als sie in deinem Alter war.»

«Isabelle ist sechzehn», korrigierte seine Frau ihn und nickte dabei so, als wäre das Thema damit erledigt.

«Zu jung», sagte Star Busman.

«Sie fährt in zwei Monaten allein in die Ferien. Apropos, Isabelle, eure Übernachtung im –»

«Zu jung», fiel Star Busman ihr erneut ins Wort, «um den Unterschied zwischen Freundschaft und geschäftlicher Abhängigkeit erkennen zu können, Erica. Ed und ich sind Geschäftspartner. Er ist mein Verleger. Du hast geschrieben, er sei immer so voll des Lobes für mein Werk», wandte er sich an Isabelle. Seine Lider waren bläulich, verknittert und an den Rändern geschwollen, mit kleinen schwarzen Flecken darauf, wie bei einem Elefanten. «Du musst aber bedenken: Hinter jedem Kompliment, das Ed Osendarp mir macht, vor allem wenn es vor Publikum geschieht, wie damals im Schifffahrtsmuseum, was du als Beispiel anführst, steht eine Intention. Ed hat anderthalb Millionen Bücher mit meinem Namen darauf verkauft. Ein anderer Verleger hätte ebenso leicht anderthalb Millionen Exemplare verkauft. Das weiß Ed, das weiß ich, und das wissen auch die anderen Verleger. Darum wird Ed alles daransetzen, mein Freund zu bleiben, komme, was wolle.»

Sie wusste nicht recht, was sie darauf antworten sollte. Sie schaute zu ihrer Oma hinüber.

«Dein Großvater hat nur wenige Freunde», sagte die mit einem unschönen Lächeln.

«Stimmt», sagte ihr Ehemann, «aber Johan Tromp ist einer davon. Wer seine Freunde nicht an einer Hand aufzählen kann, wie zum Beispiel deine Großmutter, der verwendet eine falsche Definition.»

Isabelle nickte. Ihre Haut war gespannt wie ein Ballon. Sie wusste, dass sie verloren hatte. Ihr Großvater hatte zu Ende gesprochen, mit lautem Löffelklirren kratzte er die letzten Reste Karamellpudding aus seiner Schale.

«Das ist wirklich so, Isabelle», sagte ihre Oma, die wie üblich die Beleidigung überging oder gar nicht erst bemerkt hatte. «Dein Opa ist seinen Freunden gegenüber ungemein loyal. Er ist für sie da, wenn sie ihn brauchen. Und da wir gerade über Opas Freunde sprechen», fuhr sie fort, erneut erleichtert darüber, dass sie von etwas anderem reden konnte, «schon die ganze Zeit will ich sagen: Aus den Übernachtungen mit Sien und Suze diesen Sommer wird leider nichts. Jedenfalls nicht im Gartenhäuschen.»

Isabelle sah sie verständnislos an. Erica Star Busman war in der Familie bekannt für ihre absichtslosen, weltfremden «Non sequiturs», wie Isabelles Onkel und Tanten ihre Bemerkungen nannten, mit denen sie Gespräche unterbrach, ohne auch nur im Entferntesten an das, worum es bis eben noch gegangen war, anzuknüpfen, sehr zum Ärger ihrer Kinder und vor allem ihres Mannes. Es schien dann, als dächte sie laut nach, ja finge einfach so zu reden an, mitten in den Fluss ihres Grübelns hinein, das Tischgespräch übergehend. «Was hat das denn jetzt mit diesem Johan zu tun?», fragte Isabelle gereizt.

«Nun ja», sagte ihre Oma lächelnd, «du solltest es vielleicht besser nicht deinen Eltern erzählen, aber zur Zeit wohnt Isolde im Gartenhäuschen. Sie hat vorher wochenlang bei ihrer Schwester in einer winzigen Etagenwohnung in Amsterdam gehaust, das arme Kind. Bei uns kann sie die Wochenenden mit ihrem Freund verbringen, wenn er aus London herüberkommt.»

Isabelle und Star Busman sahen sie an. Sie machte eine kurze Pause.

«Erst wollte sie bis zum 1. Juli bleiben, doch jetzt wohnt sie dort bis zum Herbst ... verstehst du? Aber ihr könnt natürlich gern im Gästezimmer –»

«Wenn wer aus London herüberkommt?»

«Entschuldige, Johan Tromp», sagte ihre Oma. «Von wem sprechen wir denn die ganze Zeit», tadelte sie sich selbst.

Star Busman schaute teilnahmslos vor sich hin.

DAS WOHNZIMMER füllte sich mit einem Zuviel an möglichen Schlussfolgerungen, insbesondere für ein sechzehnjähriges Mädchen – doch Isabelle zog diese Schlussfolgerungen alle, und zwar ungefähr zur gleichen Zeit. Sie kam sich schlau vor und verraten. Erstens wurde ihr deutlich, dass ihre Oma gar nicht wusste, wie groß die Tragweite dessen war, was sie da sagte. Sie ahnte nichts Böses. Star Busman hatte sie so geschickt im Unklaren gelassen, dass sie das Ehedrama der Osendarps vollkommen falsch einschätzte, und wenn dem nicht so war, dann hatte sie beschlossen, den Ernst des Ganzen zu verkennen. Sie hatte nicht nur nicht den blassesten Schimmer von dem Kofferraumbrief, sondern es waren auch Zweifel darüber angebracht, ob sie wusste, dass Isolde fremdgegangen war. Worüber, glaubte sie, hatten sie gerade gesprochen? Hatte sie überhaupt zugehört? Oder hatte sie nur dabeigesessen, um dem Alten im richtigen Moment zuzustimmen?

Dennoch war Isabelle nicht wütend auf ihre Oma, die konnte nichts dafür; Erica Star Busman war die, die sie eben war, und nicht einmal das: Sie war die Frau, die nach fünfzig Jahren Ehe mit einem Erzliberalen und Haustyrannen übrig war – ein dienstbeflissenes, mundtot gemachtes, frömmelndes Menschlein, das seine täglichen kalorienarmen Diätshakes durch das In-Ordnung-Halten des Landguts, durch das In-Ordnung-Halten der Kontakte zu Familie, Nachbarn und Bekannten und durch das In-Ordnung-Halten ihrer Frisur und Fingernägel verbrannte. Und alles, was sie ungeachtet ihrer Bemühungen nicht in Ordnung halten konnte, sondern verfaulte und verweste, das versuchte sie so schnell wie möglich zu vergessen.

«Sie hat es schlicht vergessen», hatte Isabelle Peter und Marij regelmäßig sagen hören, und dabei war es meist um zwischenmenschliche Kleinigkeiten gegangen, eine peinliche Tischszene, einen Affront, bei dem die ganze Familie Zeuge gewesen war. Doch auch die großen Unglücke und Katastrophen vergaß sie; dass ihr Mann unehrenhaft aus der Regierung entlassen worden war, zum Beispiel – sie behauptete, nicht mehr genau zu wissen, wieso und warum. Dass sie mit zweiundsechzig, dem Tode nahe, einen Hirntumor hatte entfernen lassen und Star Busman mit einer Art Vertrag ins Krankenhaus gekommen war, einer ausführlichen Liste von Tätigkeiten, die er, sollte sie zum Pflegefall werden, nicht vorhatte zu erledigen: seine Frau waschen, sie zur Toilette begleiten, selbst kochen, in den Nächten umlagern und Wasser bringen, das alles *nicht*, hier ist die gepunktete Linie, unterschreiben – sofort, oder er beantrage die Scheidung.

Letzteres hatte sie Peter und Marij selbst erzählt, doch inzwischen, viele Jahre später, stritt Erica Star Busman mit Tränen in den Augen ab, dass etwas Derartiges vorgefallen war, wie konnten ihre Kinder so schreckliche Dinge behaupten, sie hatten alles erfunden, sie wusste von nichts, sie wollte nichts davon wissen. Was ihre Oma von der Operation zurückbehalten hatte, waren kleine motorische Probleme. Dinge zu koordinieren fiel ihr schwer. Während eines der ersten Hütemontage hörten sie aus der Küche Klirren und einen dumpfen Rums, offenbar von einem Körper, gefolgt von leisem Jammern. Sie und Cléber rannten hin: Da lag die Oma bäuchlings auf dem Küchenboden, vor sich die Auflaufform in drei Stücken, sie hatte einen Schuh verloren, und ihre Füße und Schienbeine lagen auf der offenen

Klappe der Spülmaschine, über die sie wie ein Klotz gestolpert war.

Während Isabelle ihr aufhalf, kam Star Busman in die Küche und schimpfte, außer sich vor Wut, mit seiner Frau: «Du blöde Kuh, willst du, dass wir uns zu Tode erschrecken? Bist du blind? Hast du keine Augen im Kopf? Wie oft habe ich dir schon gesagt, du sollst das Ding zumachen? Zum wievielten Mal muss man dir auf die Beine helfen?»

Drei oder vier Montage später, als Isabelle in die Küche kam, um etwas in die Spülmaschine zu stellen, fragte sie ihre Oma, ob sie eigentlich immer noch Schmerzen habe. Die Klappe stand schon wieder offen, ihre Oma ging mit Plastikdosen hin und her. «Schmerzen, Liebes?» «Von deinem Sturz über die Klappe?» «Meinem Sturz über die Klappe?» «Hier, von der Spülmaschine!» In gewisser Weise verstand sie Star Busmans Verärgerung. «Ich weiß nicht, wovon du sprichst, mein Kind.»

Schräg unter dem Seitenfenster tut sich der Blick in eine ausgehöhlte Senke auf, sie schaut über eine funkelnde Wüste, hohl wie ein Löffel. In der Ferne erkennt sie bläuliche Berge, die durchscheinenden Gipfel verschwimmen mit dem noch dunklen Himmel.

Eine andere Schlussfolgerung, die Isabelle zog, war die, dass ihr Großvater die ganze Zeit geglaubt haben musste, auch sie habe keine Ahnung von der Kofferraumgeschichte – obwohl verblüffend logisch, hatte sie keine Sekunde daran gedacht. Aber tatsächlich, ihrem Brief hatte er es nicht entnehmen können. Er hatte gemeint, mit einem Kind zu reden. Wie sollte denn auch der Müllbrief in ihre Hände gelangt sein? Aus dem Müll?

Und schließlich erkannte sie, dass es noch einen fünften Star Busman gab: den Verräter. Während sein Verleger zu Hause saß und vor Kummer verging, ermöglichte die fünfte Version auf seinem Landgut die Sexwochenenden von Isolde und dem BP-

Mann. Er machte nicht nur keinerlei Anstalten, Ed zu helfen, nein, es war noch verwerflicher, er tat genau das Gegenteil.

Isabelle mochte in die Schranken gewiesen worden sein, doch für eine Ardennenoffensive war es nie zu spät. «Schöne Freunde hast du da», sagte sie mit bebender Stimme. «Ich nehme an, du weißt, was für schreckliche Dinge dieser Johan Isolde geschrieben hat? Ed hat das auch gelesen. Und du doch auch, nehm ich mal an? Dass Isolde seine Sexsklavin sein soll?»

Der alte Schweinekopf holte tief Luft, das Wohnzimmer wurde zum Vakuum. Sexsklavin. Nein, Alter, das stand nicht in meinem Brief, oder? Auch sie selbst wunderte sich darüber, dass sie es laut ausgesprochen hatte. Ihr Großvater schloss die Augen.

«Ich meine den heftigen Sexbrief über den Kofferraum. Wusstest du das, Oma? Dass euer Johan Isolde nackt im Kofferraum seines Autos eingesperrt hat? Dass sie mit Handschellen und gefesselten Knöcheln stundenlang in seinem Auto gelegen hat? Als sie noch mit Ed verheiratet war?»

«Wovon spricht sie, Andries?» Die Stimme ihrer Oma klang schrill.

«Halt den Mund», schnauzte Star Busman. «Hast du das gelesen?», fragte er Isabelle.

«Der Brief liegt in meinem Zimmer», sagte sie, obwohl sie sich vorgenommen hatte, das nie zu verraten. «Dein Johan nennt sie ständig Schlampe und Flittchen. Er ist ein Arschloch.»

«Räum den Tisch ab», sagte Star Busman zu seiner Frau, die sich sogleich daranmachte, die Schälchen einzusammeln. Ihr Großvater hielt seins immer noch fest, sein großer Daumen ragte ganz hinein. «Wie ist das möglich? Ich meine, wie ist es möglich, dass du den Brief hast? Doch wohl hoffentlich nicht von deinem Vater?» Er vergaß das ewige «Adoptiv-», ein Sprachpuffer, den sowohl er als auch Isabelle normalerweise einbauten.

Sie zuckte mit den Achseln.

Ihre Oma verzog sich eilig in die Küche, als wollte sie ihren Mann und ihre Enkelin nicht bei einem Gespräch zwischen Erwachsenen stören.

Star Busman sah ihr nach, und als sie verschwunden war, schlug er erst sein Kolumnenheft auf und notierte etwas darin. Während er schrieb, sagte er: «Vergiss, was du gelesen hast, aber merke es dir zugleich auch. Du bist sechzehn, was jung zu sein scheint, aber ich fürchte, dass Johan das nicht kümmern würde. In dieser Hinsicht ist es nicht so schlimm, dass du das Leben rechtzeitig kennenlernst.»

Isabelle nickte, ohne zu wissen, warum.

Star Busman drehte die Kappe auf seinen Füller und sah sie an. «Des Weiteren werde ich Ed zur Ordnung rufen. Es ist impertinent, nein, vollkommen abartig, wie er mit den Privatangelegenheiten anderer umgeht.»

«Findest du das am schlimmsten?»

«Ja», sagte ihr Großvater. «Gewiss. Die Art und Weise, wie er Johans Briefgeheimnis verletzt hat, ist geschmacklos. Nein, kriminell. Ed ist nicht nur ein schwacher Mann, er ist außerdem ein Dieb.»

APROPOS DIEBSTAHL. Während sich das Räumfahrzeug in einen Weiler, der sich an die Hauptstraße klammert, hineinmalocht – kleine, einstöckige Häuschen mit Aluminiumrohren auf dem Dach, aus denen derart schwarzer Rauch quillt, dass er von Autoreifen stammen könnte –, muss sie lächeln, als sie an Ludwig Smit denkt, ihren eigenen kleinen Kleptomanen, den Mann, der wirklich alles stiehlt, was nicht niet- und nagelfest ist – sogar ihren *Arm*. Der war weg, als sie am Morgen schon vor sechs aus einem kurzen, tiefen Schlaf schreckte, zerschlagen von derselben existenziellen Melancholie, die sich ihrer in der Sturmnacht bemächtigt hatte. *Er ist weg, wo ist er, irgendwas be-*

gräbt ihn unter sich – Ludwig, stellte sich dann heraus. Der Bergsteiger mit dem Felsblock auf dem Arm, griff der nicht am Ende zu seinem Taschenmesser? Vorsichtig, um ihn nicht aufzuwecken, hatte sie ihr prickelndes Fleisch unter ihm hervorgezogen, was ihn dennoch aus dem Schlaf hochfahren ließ. «Wie spät ist es denn?», murmelte er mit geschlossenen Augen. Sie hatte mit kleinen Schritten das Zimmer verlassen, hin zu einem Becher Rohöl mit Zucker und Milch, wobei ihr durch den Kopf ging, was der Spinner ihr vor viel zu wenigen Stunden alles erzählt hatte.

Eine gute Geschichte – das sowieso. Seit sie aufgestanden ist, beschäftigt sie die Frage, was sie daraus machen könnte, aus dem Fund von Ludwigs Wunderbruder. Eine bemerkenswerte Herzensergießung, das musste man schon sagen. So wie Ludwig dort stand, im Rahmen der Badezimmertür, mit einem Gesicht, als würde er nach einem stundenlangen, knallharten Verhör gestehen. Aber sie hatte ihn nicht verhört, im Gegenteil: Die Fruchtblase platzte von allein, es schwappten ganz von selbst Neuigkeiten heraus, die sie über die Maßen elektrisierten. Dolf Appelqvist war also auf einen Schatz gestoßen, wie Ludwig es wortwörtlich nannte, auf einen Beethovenschatz.

Als wäre er eine zu volle, glühend heiße Suppenschale, so hatte sie ihn mitgenommen, langsam, nicht kleckern. Leg dich mal wieder ins Bett, und erzähl's mir mit deinen eigenen Worten. Was er dann auch gemacht hat. Es ging um allerlei Handschriften von Beethoven, die keiner seiner Biographen jemals zu Gesicht bekommen hatte; dieser Appelqvist schien kaum darüber reden zu können, ohne in Tränen auszubrechen. Mittendrin war sie zur Toilette gegangen, und als sie wiederkam, da sah Ludwig richtig gemartert aus, so erschrocken war er über sich selbst; er fing an zurückzurudern. Er sei zu offenherzig gewesen, zu euphorisch, mit einem Mal war alles, was er gesagt hatte, *off the record*, nein, schlichtweg *geheim*. Tut mir leid, saudumm von mir, er schlug sich buchstäblich vor den Kopf, mit der flachen Hand, patsch, auf die breite Stirn, er habe seine Mutter und seinen Bruder, wie er Appelqvist jetzt nannte, verraten, er habe geschworen, über diese Sache den Mund zu halten. Prima, dachte sie, sehr gut. Sobald jemand anfängt, um Geheimhaltung zu bitten, sagt er meistens die Wahrheit. Sei unbesorgt, hatte sie mit einem Augenblinzeln gesagt, ich schütze meine Quellen, wenn es nötig ist; ein leicht zu haltendes Versprechen, solange es nichts zu schützen gibt. Red weiter, sagte sie, erzähl mir mehr.

Ihr Blick schweift über einen Strand aus Schnee, der sich bis zum zugefrorenen Meer erstreckt und sie in seiner Unberührtheit an Ludwig erinnert, der immer noch etwas Jungfräuliches an sich hat. Er darf nicht weggehen, jetzt. Hoffentlich hält der weiße Zellenwächter ihn noch eine Weile im Mithos fest. Sonderbar, wie wenig er sich verändert zu haben scheint, und zugleich: wie vollkommen. Obwohl er immer noch linkisch ist, wirkt er robuster als in Enschede, weniger ungeschickt. Widerstandsfähiger. Als hätte er es verstanden, Shell wie eine, nun ja, Muschel um sich zu schließen. Diese peinliche Schüchternheit in Enschede – eine Nacktschnecke; sie hätte nie erwartet, ihn im Ölgeschäft wiederzufinden.

Der Ohrenkneifer beschleunigt, sie haben den Weiler bereits wieder verlassen. Sagenhaft, wie schnell Sachalin Bebauung abschüttelt; die Insel duldet die Tierart Mensch, und das ist es dann auch schon. Einen «Weg» scheint es nicht wirklich zu geben, der Russe am Lenkrad orientiert sich an den Bäumen links und rechts; ansonsten kennt er die Strecke wie seine Westentasche, denn ohne zu zögern fährt er einen schier endlosen Schneeabhang hinunter – sie müssen sich mit ausgestreckten Armen auf dem Armaturenbrett abstützen –, bevor sie etliche Meter tiefer entlang der Küste weiterfahren. Die Weite bricht Isabelles Stimmung mehr und mehr auf. In der Ferne, wo das Meer nicht gefroren ist, trifft eine stählerne Brandung auf eine grenzenlose, emaillierte Eisschicht. Angenommen, es ist alles wahr, was Ludwig ihr erzählt hat, dann steckt darin eine phantastische Geschichte. Der berühmteste und am meisten geschmähte Konzertpianist der letzten Jahre findet unbekannte Handschriften von Beethoven – und zwar nicht irgendwelche. Sie zieht den Handschuh aus und sieht sich die Notizen an, die sie in ihrem Telefon gemacht hat. «Tagebuch Beeth. Briefe Beeth. Haydn und Mozart! Br. Rossini und Liszt. Mittlerer Satz Klaviersonate 111. Unbekannte Diabello-Variationen? Unbekannte Kadenzen Klavierkonzert. Nachfragen Beeth. Biograph? Konservatorium? Jan Wijn. Judith Debattierclub. Paul Lewis? Maarten?»

Woran sie denkt: an Geld. Ihren gravierenden Mangel daran, in letzter Zeit. Es fragt sich, ob sie sich jemals daran gewöhnen wird, an das Stückwerk, das dauergehetzte Tippen, um die Miete zusammenzukratzen. Der Druck, Artikel liefern zu müssen, der ewige Druck – ihr wird vor Widerwillen schlecht. An diesem Morgen, noch im Zimmer, erwischte sie sich dabei, dass sie drauf und dran war, Ludwigs Portemonnaie zu filzen, das sie auf dem Schreibtisch liegen sah, halb unter dem Silberfloß in der Flasche. Sie hatte wenig Bargeld, und es konnte sein, dass sie in den nächsten beiden Tagen keinen Geldautomaten fand. Flüchtig hatte sie in das flache Ding geschaut. Zwischen Kassenzetteln steckten zwei 5000-Rubel-Scheine und ein paar Tausender. Auge um Auge, Zahn um Zahn? Einen Fünftausender konfiszieren? War sie so tief gesunken?

Der Koreaner neben ihr starrt ungeniert auf das Display ihres Telefons. Sie schaut ihn stirnrunzelnd an, er lächelt vage.

«Und», sagt sie auf Niederländisch, «was hältst du davon? Kasse machen?»

Der Mann, dessen Körperwärme spürbar ist, spitzt den Mund und wendet den Blick ab. Sie fahren erneut durch Hügel voller niedriger, stacheliger Sträucher und Puderzuckerfelsen. Weit und breit kein Haus zu sehen, eine Einöde ist das. Wie man hört, gibt es hier Bären. Eigentlich ist dulden zu schwach, Sachalin will den Menschen verjagen, durch Schneestürme, durch Raubtiere, durch Erdbeben, die es hier auch zu geben scheint.

Plötzlich kommt sie sich albern vor in ihrem Raumfahrzeug, mit dem Kerl an ihrer Seite, möglicherweise unterwegs zu nichts. Warum ist sie nicht im Bett geblieben? In aller Ruhe Ludwig aushorchen?

Das Problem ist, dass sie zu wenig über Beethoven weiß. Sie versteht zu wenig davon, um einschätzen zu können, ob sie aufs Tempo drücken muss. Kann sie diesen Appelqvist nicht einfach anrufen? Ihn beim Nackenfell packen, noch ehe er an seinem Klavier sitzt? Erst einmal ist es bei ihm noch mitten in der Nacht.

Sie denkt eine Weile an gar nichts.

Dann nimmt sie doch wieder ihr Telefon und sieht, dass Hans ihr eine Nachricht geschickt hat.

91

«Bist du bereit». Kein Fragezeichen. Mit unwilligem, blutleerem Finger tippt sie «ja», löscht es aber wieder. Dann muss er mit seiner merkwürdigen Frage eben warten. Den Hinterkopf an die metallene Kabinenwand gelehnt, denkt sie über den bevorstehenden Abend nach. Sie hat keine Ahnung. Vielleicht sitzen drei Anwälte bei ihm. Vielleicht öffnet er im Bademantel.

Seit sie Journalistin ist, hat sie eine ganze Reihe riskante Dinge tun müssen, manche lebensgefährlich; sie war in Tschetschenien, in Nigeria, in Äquatorialguinea – aber das hier ist etwas anderes. Persönlicher. Und darum auch gefährlicher? Angst hat sie nicht, doch sie bedauert, dass er nicht in London arbeitet oder in einer schönen Stadt in Amerika. Warum mach ich das überhaupt, fragt sie sich. Um der Wahrheit willen? Um mich zu rächen? Sie klemmt die Innenseite ihrer Wangen zwischen die Zähne und verschickt ein halbtrockenes: «Immer. Wo soll ich hinkommen».

Sie scrollt durch ihre Nachrichten. Anderthalb Tage hat Hans sie auf eine Antwort warten lassen, eine lärmende Stille, die sie nervös gemacht hat. Die Art, wie sie den Kontakt wiederaufgenommen hatte, konnte man in gewisser Weise als aggressiv bezeichnen, es war ein Coming-out, eine Beichte, vor allem aber eine Vorladung gewesen. Vor gut drei Wochen hatte sie ihn um ein Interview für die *Financial Times* gebeten – absichtlich so beiläufig wie möglich. Nachdem sie auf *Senden* gedrückt hatte,

hatte sie sich die Ohren zugehalten. Wie würde das auf Sachalin einschlagen? Wie ein Marschflugkörper?

Stille.

«Und wir müssen auf jeden Fall auch über Lagos reden», hatte sie einen Tag später hinterhergeschickt, verzweifelt, ein wenig entmutigt bereits. «Wann kommst du», antwortete er erst am folgenden Morgen. Sie wartete mit Bedacht zwei Tage, bis sie ihm ein Datum vorschlug und fragte, ob er Biggerstaffs *Kidnapped* schon gelesen habe.

«OK.» Mehr nicht, kein Wort über Biggerstaffs Buch. Seitdem ist sie verunsichert. War er überhaupt erschrocken gewesen? Oder wusste er längst, dass sie Journalistin war? War er schlicht zu sehr beschäftigt? Oder war er zu sehr damit beschäftigt, Vorkehrungen zu treffen?

Natürlich war sie in Lagos unfair gewesen, ziemlich unfair sogar, obwohl das, was sie getan hatte, vor allem genial war, fand sie. Hans hinters Licht zu führen, das hatte sich mehr oder weniger zufällig ergeben, eigentlich organisch, so wie es zwischen Menschen laufen kann. Anschließend hatte sie, musste sie zugeben, immer mal wieder einen Schuss Verrat hinzugefügt. Doch das war später. Dass sie an einem nigerianischen Catwalk plötzlich nebeneinander auf zwei Gartenstühlen saßen, war eine große Überraschung. Allerdings konnte man es auch umgekehrt betrachten, denn erstaunlicher war, dass sie ihm nie zuvor begegnet war, ein Spitzenmanager von Shell und eine Wirtschaftsjournalistin mit dem Spezialgebiet Ölindustrie? Seine Kollegen Van de Vijver und Voser etwa hatte sie schon zigmal gesprochen und auch interviewt.

Ausgerechnet an jenem Abend war sie hundemüde gewesen und hatte eigentlich vorgehabt, sich kopfüber in ihr Hotelbett zu stürzen, als eine Mischung aus Langeweile, Einsamkeit und Lust auf etwas Westliches sie aus ihrem Zimmer trieb, eine starke Sehnsucht nach purem Vergnügen, nach einem normalen Abend ohne Schmieröl und Gasfackeln. Von ihrem Balkon aus hatte sie zugesehen, wie alles Mögliche auf der Terrasse aufgebaut wurde, und schon da hatte sie gemeint, ihn zu erkennen, an der Bar im Gespräch mit zwei Nigerianern. Konnte das sein? Was da vorbereitet wurde, war keine Expat-Party, so schien es ihr, und schon gar keine Shell-Party. Sie war gerade erst seit ein paar Stunden wieder zurück auf Victoria Island, der reichen, sicheren Lagos-Briefmarke, die den Ruf hatte, ein *safe haven* für ängstliche Europäer auf der Durchreise zu sein. Und so musste sie an jenem Abend im einzigen Kleid, das sie im Koffer hatte, auch ausgesehen haben: beschützt, verwöhnt, beliebig.

Möglicherweise hatte sie gerade deshalb Johan Tromps Blicke auf sich gezogen und war, nachdem er sich seiner Begleiter entledigt hatte, zu ihr herübergekommen, weil sie ganz offensichtlich nicht zu seinem alltäglichen Dasein dazugehörte. So schätzte er sie zumindest ein, wie ihr nach fünf Minuten klar war. Sie merkte an allem, dass er sie weder mit Nigeria zusammenbrachte noch mit Erdöl oder einer Zeitung, ganz zu schweigen von Andries Star Busman oder Isolde Osendarp. Auf Anhieb wusste sie, dass er es war, auch wenn die Jahre ihre Spuren hinterlassen hatten. Vor langer Zeit, eine ganze Weile nach dem Kofferraumbrief, hatte sie ihn ein paarmal persönlich gesehen, immer aus der Distanz und mit einem bis zum Hals pochenden Herzen – das erste Mal im Felix Meritis, bei einer Abendveranstaltung zu Ehren von Star Busman, ein Glas an den hochgezogenen Mundwinkeln, quirlig, empörend präsent, das zweite Mal an Star Busmans Grab, das Haar schwarz und nass nach hinten gekämmt, betongrauer Schlips, die Mundwinkel dezent nach unten.

Beide Male wimmelte es von Nichten und Neffen mit Anhang – natürlich hatte er keine Ahnung.

Wo nahm sie die Ruhe her? Die Lässigkeit? Seine Augen so

nah, die Stimme, sein Geruch, sein *scent*, wie man in London sagt. Immer mal wieder ist sie froh darüber, dass es zwischen ihrem offensichtlichen Äußeren, das unter allen Umständen stoisch bleibt, und ihrem Innern, in dem, ob man's glaubt oder nicht, durch seine unerwartete Nähe ein Kronleuchter von der Decke fiel, einen Unterschied gab. War sie, ohne sich dessen bewusst gewesen zu sein, vorbereitet? Hatte sie, ohne es zu ahnen, all die Jahre gewusst, dass dieser Moment kommen würde? Hatte sie darauf gelauert?

Bullshit. Sie fiel nicht in Ohnmacht, mehr gibt es dazu nicht zu sagen. Umso faszinierender fand sie den Bruchteil der Sekunde, in der sie beschloss, es zu tun, einfach – hops – auf die journalistische *slakline* zu steigen, die sie in aller Eile gespannt hatte. Selbstfaszination, die empfand sie. Sie lief darauf, elegant zudem, ungefähr so wie die Models an diesem Abend auf dem schmalen Catwalk, wunderschöne nigerianische Frauen und Männer vor einem Publikum aus Nollywoodsternchen und lokalen Hip-Hop-Typen – «dass die da nicht runterpurzeln», sagte Johan Tromp, der, um sich durch den veralteten Technosound hindurch verständlich zu machen, seine groben Lippen nah an ihr Ohr brachte, was die Beine seines Plastikstuhls etwas zur Seite rutschen ließ. «Schön, wieder einmal Niederländisch zu hören», dröhnte er, «vor allem aus einem thailändischen Mund auf einer seltsamen Party in Lagos. Toll. Was führt eine so ... wie drücke ich es anständig aus ... gepflegte Person wie Sie in so ein ... unordentliches Land wie das hier? Ich heiße übrigens Hans Tromp.»

Sie dachte sofort daran, dass in seiner Presseabteilung zwei Interviewanfragen lagen – I. Orthel, freie Journalistin; beide waren, wie vorhergesehen, abgelehnt worden, sie hätte sie verdammt noch mal nicht abschicken sollen. «Isa», antwortete sie daher, «Isa Phornsirichaiwatana», ihr thailändischer *nom de plume*, den sie des Öfteren in zwielichtigen Clubs in zwielichtige Ohren rief, ein nicht zu knackendes auditives Buchstabenschloss, das nur die Königin sah, wenn sie abends noch ein wenig im Personenstandsregister blätterte. «Was eine gutaussehende Frau wie mich nach Lagos führt ...» Sie nickte in Richtung eines Mannequins, das eine schlangenartige Kopfbedeckung trug, und sagte: «Mode.»

Und nicht: «Öl.» Und erst recht nicht: «Ich führe eine Vivisektion der Ölbranche durch. Ich arbeite an einem Enthüllungsbuch über Ihre Welt. Zusammen mit Timothy Spade, kennen Sie den? Er kennt Sie sehr gut. Sie sind einer unserer *bad guys*. Spade ist dieser Skandalautor aus Großbritannien. Vor langer Zeit hat er das Grab John Lennons geschändet. Nein? Das Tony-Blair-Buch, das Tony Blair aus den Buchhandlungen holen wollte? Wettbetrug bei den britischen Pferderennen? Richard Branson? Lauter Bestseller. Spade.»

Nein, sie entschied sich für Mode. Einfach mal etwas anderes.

TIMOTHY SPADE war in England nicht gefürchtet, nein, man machte sich seinetwegen in die Hose. Sein Name stand auf kompakten, flüssig geschriebenen, gut dokumentierten Schlachtungen, es waren etwa fünfzehn inzwischen. *Lawsuit*-beständige Hassbiographien, in denen Spade Reputationen wie Fabrikschornsteine einstürzen ließ. In der Lagos-Zeit arbeiteten Isabelle und er intensiv an *Billion Barrel Bastards*, ihrem «Ölbusiness für Einsteiger», das ein halbes Jahr nach der Modenschau an den Flughäfen auslag. Big Oil war für sie beide ein Quell von Faszination und Ärgernis.

In zwei früheren Büchern hatte Spade ihr auf den letzten Seiten für ihre Hilfe gedankt: in der Biographie über Mohamed Al-Fayed, für die sie, Fakten checkend, Ägypten, Hollywood und New York abgegrast hatte, und danach im Blair-Buch, nachdem sie sich, mit Hilfe ihrer Ellenbogen, erfolgreich Zugang zu Kabinettschefs und anderen Rasputins verschafft hatte. «Weißt du was», sagte er, als sie die Arbeit an ihrem dritten gemeinsamen Buch begannen, «diesmal kommt auch dein Name auf den Umschlag.» Nett. Aber nicht frei von Eigeninteresse: Seit seine Frau an Brustkrebs gestorben war und er sich als Anfang-Sechziger um Zwillinge kümmern musste, hatte er keine Zeit mehr für lange Reisen ins Ausland, er schaffte es kaum noch zu Arsenal ins Stadion – und darum machte Isabelle die langen Reisen. 2007 war sie in Saudi-Arabien, in Äquatorialguinea, in Venezuela und im Irak gewesen – jetzt also in Nigeria. Während ihrer Feldforschungen grub Spade sich zu Hause in London, in seiner kleinen Butze zwischen den Hotels und Delikatessengeschäften in der Monmouth Street, durch Jahresbilanzen, Regierungs- und Regulierungsdekrete. «Fahr ins Nigerdelta», ermunterte er sie. «Rede mit so vielen Leuten wie möglich. Milizenführern, Vizekönigen, Ministern. Idioten. Exxon-Mobil, Shell – schnapp dir die Bosse vor Ort.» Und, ach ja, komm gesund wieder, auch wenn er das nicht sagte.

«Mannequin, nehme ich an?»

«Greift zu kurz», rief sie gegen die Musik an, ihre letzte Wahrheit. «Nein, ich scoute für verschiedene Marken und Agenturen. Nigerianische Models sind *hot*.»

So gesehen, war Hans' Anwesenheit auf der hippen, westlichen, aber dennoch mehr oder weniger schwarzen Party sehr viel ungewöhnlicher als ihre; das Resultat einer hektischen Unruhe, gab er umständlich zu. Er habe im Hotelrestaurant mit zwei Herren der Nigerian National Petroleum Corporation gegessen. Seit seine «liebe texanische Frau wegen eines Burnouts infolge des Nichtstuns in Houston» sei, erzählte er unaufgefordert, platziere er seinen Chauffeur und seinen Bodyguard regelmäßig mit einer Flasche Limonade an der Bar, sodass er für eine Weile die Hände frei habe, wenn sie verstehe, was er meine.

Sie verstand es. Am Nachmittag war sie von einer mehrtägigen Tour durch das Nigerdelta zurückgekehrt. Kurz vor der Modenschau hatte sie noch gut eine Stunde lang im glühend heißen Wasser in der Wanne gelegen, um all das Quecksilber, Phenol und Benzol von ihrem Körper zu schrubben, das Johan Tromp in das Ökosystem pustete, und trotzdem war sie während ihrer Bootsfahrten nicht schlagartig zur Aktivistin geworden.

«Scouten, wie abenteuerlich», sagte er.

Lass es bleiben, hatte sie sich auf dem Fluss fest vorgenommen. Von BBC-Fernsehteams bis hin zu *Time*-Fotografen, von WWF-Vertretern bis hin zu allerlei Reiseschriftstellern, sie alle tappten so oder so in die Falle, denn schon eine kurze Fahrt durch das Delta genügte, um davon überzeugt zu sein, dass der weiße Mann Nigeria leersog wie eine Malariamücke, indem er die Bevölkerung auf einer eingefallenen Kruste zurückließ, im Krieg mit sich selbst und für alle Zeiten vergiftet. Das stimmte alles, und es stimmte doch wieder nicht.

«Man kommt ziemlich viel rum. Obwohl Mailand und Paris auch sehr schön sind.» Sie musste laut reden, was das Lügen einfacher machte.

Von Port Harcourt aus hatte sie die Fördergebiete von Shell erkundet, ein Areal, zweimal so groß wie die Niederlande, ebenso dicht bevölkert und gut für zwei Millionen Fässer Erdöl pro Tag. Sicherheitsleute einer Raffinerie fuhren sie in einem eskortierten Motorboot zu Bohranlagen, deren Umgebung rebellenfrei zu halten die Aufgabe einer halben Armee schwerbewaffneter Regierungssoldaten war. Sie ging an Bord der motorisierten Schaluppe eines Ogoni-Guides, ein Mann mit einem Kreuz um den Hals, dem Zähne und Finger fehlten. Er roch nach alten Monatsbinden und war kaum dunkelhäutiger als sie selbst, was ihr eine gute Sache zu sein schien; mit einer tarnfarbenen Militärkappe auf dem hochgesteckten Haar, einer Cargohose und einem unförmigen grauschwarzen T-Shirt hoffte sie, hinreichend einheimisch auszusehen, damit man sie nicht entführe. Was sie machte, galt als ausgesprochen riskant, und eine Reihe von afrikanischen Journalisten hatte ihr in Port Harcourt entschieden davon abgeraten.

Wenn sie die Seitenarme des Niger hinauffuhren, ihr Guide halbnackt, ein schiefgewachsenes Gerippe, das er mit sandigen Keksen und einem petroleumartigen Gesöff aus einer PET-Flasche ernährte, und sie die Wasserläufe schmaler werden sahen, vertiefte sich die Stille um sie herum zu etwas Postapokalyptischem. Der Mann machte den Motor aus und bewegte das Boot mit einem Paddel vorwärts, von dem zuerst schwefeliges Wasser triefte und dann, mit spritzendem Platschen, Rohölschlieren; es war nichts zu hören, das an Natur erinnert hätte. Keine Vögel, keine Affen, keine Mückenschwärme. Tote Fische trieben ihnen entgegen, das Wasser zähflüssig wie graue Farbe. Die Mangrovenwälder, unter denen sie sich manchmal wegducken mussten, rochen nach Tankstelle, der benebelnde Nationalgeruch von Konflikt und Habgier. Das Land war ausgeblutet, Körpersäfte quollen aus den zahllosen Wunden.

Sie hielten an einem verwinkelten Gewirr von Pipelines, die brutzelnd heiß waren, vibrierten und tropften, auf Explosionen warteten – spontan oder weil Shell der Armee nicht genug bezahlte, um Milizen davon abzuhalten, sie in die Luft zu jagen. Die Haut des Deltas war bedeckt mit Gedärm. Malerisch, zumindest für Liebhaber von Hieronymus Bosch. Welcher naive Hornochse hatte jemals denken können, das würde gutgehen? Erdöl fördern inmitten von Millionen Chancenlosen, die von zwei Dollar pro Tag leben? Dieser «Ökozid» war nur eine der Folgen. Ein geniales Wort, Ökozid, das hatte sie schon immer gefunden, trefflich erdacht von der Umweltguerilla: ein Wort für die vollständige Vernichtung eines Ökosystems. Sprache ist so viel stärker als die Wirklichkeit, war ihr da durch den Kopf gegangen, doch als sie dann durch diesen unvorstellbaren Giftdschungel fuhr, wurde ihr klar, dass auch Ökozid nur eine Handvoll Buchstaben war.

«Und», fragte der Ökokiller das Modemädchen, «kennen Sie die Restaurants auf Victoria Island schon ein bisschen? Wenn man weiß, wo, dann kann man hier sehr schön essen und trinken gehen.»

Vor der Küste, kilometerweit von Port Harcourt entfernt, war sie sechs Stunden lang an Bord eines illegalen Öltankers gewesen, eines vollbeladenen Piratenschiffs, bemannt mit zwielichtigen Portugiesen und der Sorte Nigerianer, die man bei Hans im Büro «Terroristen» nennt. Sie hatte dort eine Art Hai gegessen, den die Männer, über der Reling hängend, mit einer Maschinenpistole getötet, aus dem Meer geholt und über einem Fass mit brennendem Öl gebraten hatten.

«Noch nicht so richtig», erwiderte sie. «Aber ich habe ein paar nette auf Tripadvisor gesehen.»

Auf ihre Bitte hin legten sie in Geisterdörfern an, die aussahen, als wären sie gebrandschatzt worden. Während ihr Guide im Boot blieb, nahm sie die verrußten Lehmhütten in Augenschein, bis sie wegen des Gestanks von Verwesung und Feuer würgen musste. Rund um zerstörte Bohrplattformen lagen verbrannte Leichen, Dorfbewohner oder Soldaten, unmöglich auszumachen, wer in diesen Körpern gelebt hatte; die nigerianische Armee machte Jagd auf Milizen, die wiederum Jagd auf andere Milizen machten, ein mörderischer Zirkus, der mit Zeltlagern umherzog, reizbar und aggressiv, jeder für sich nach Öl gierend, nach dem, was heiser schreiend *total resource control* genannt wurde. «*We need total resource control*», hörte sie die Besatzer von quietschenden und knarzenden *flow stations* brüllen, mitten auf dem Fluss. Es waren sehnige Burschen mit hervorgewölbtem Bauchnabel, behängt mit einer AK 47 und Patronengurten, gesetzlos, fanatisch. Furchteinflößend. An Journalisten nur interessiert, um ihnen Geiseln vorzuführen, damit Hans im sicheren Lagos die nötigen Dollar besorgen konnte.

Er reichte ihr seine Karte: Executive Vice President Shell Africa. Wenn sie mit ihm einen Rundgang durch die vorzeigbaren Teile von Lagos machen oder Cocktails trinken wolle, sie könne ihn jederzeit anrufen; ob er dann Zeit freischaufeln könne, werde sie dann schon merken – und er zwinkerte ihr zu.

«Hört sich gut an.»

«Sie rufen mich also an?»

«Könnte durchaus passieren. Aber eigentlich hätte ich schon jetzt gern einen Cocktail.»

DER, DEN SIE ZUERST ANRIEF, war Spade. Sie sollte in zwei Tagen nach London fliegen, so jedenfalls war es geplant. In Nigeria war sie mit ihrer Arbeit fertig, und ihr Apartment hatte sie bis Januar untervermietet – darum hatten sie verabredet, dass sie drei Wochen bei Timothy wohnen sollte, zwecks einer «Schreib- und Leseklausur»; zwei Investigativjournalisten mit einer tiefsitzenden Abneigung gegen den lauschigen Monat Dezember legen sich gegenseitig ihre Kapitel vor.

Doch jetzt also Johan Tromp.

Nachdem er sie zum Aufzug begleitet und zögerlich Abschied von ihr genommen hatte, eine Hand und zwei Küsschen konnte er ruhig haben, und sie sich oben in ihrem Zimmer erst eine halbe Stunde auf dem Rand des Bettes hatte sammeln müssen, indem sie, tief in Gedanken versunken, ihre vollkommen glatten Unterschenkel epilierte, wählte sie die Nummer von Spades Nokia.

Sprachbox.

Kaputt war sie – fix und fertig. Vor Anspannung. Der Abend hatte einen höheren Zoll gefordert als vierzehn Tage auf dem Niger. Ziemlich bald nach der Lüge, die ihr so spontan und kaltblütig über die Lippen gekommen war, war sie nervös geworden. Was machte sie da? Konnte sie noch zurück? Wollte sie noch zurück? Ein paar Stunden lang hatte sie ihn ausgequetscht, vor lauter Angst, mit einer einzigen verfänglichen Frage zu ihrem angeblichen Job in der Modebranche demaskiert zu werden – und dann?

Nichts, es war nicht passiert. Hans war kaum dazu gekommen, ihr Fragen zu stellen, er hatte wahrscheinlich nicht einmal daran gedacht; so wie viele Männer mit Auto und Chauffeur hörte er sich selbst gerne reden, insbesondere wenn man ihn mit netten, angenehm naiven, bewundernden Fragen löcherte.

Währenddessen starrte sie ihn an, die Unmittelbarkeit des Kofferraummannes, der brennende Dornbusch Johan Tromp nur einen Meter entfernt, anormaler, als sie gedacht hatte, aber auch normaler. Wirklicher. Er bewegte sich, er lachte, er forschte in ihrem Gesicht. Nach jedem charmanten Scherz sah er sie herausfordernd an, er war fröhlich, trank viel, es schien fast so, als hätte er etwas zu feiern. Die Modenschau interessierte ihn kaum, er wandte seine ganze Aufmerksamkeit ihr zu, ein Scheinwerfer, der regelrecht heiß wurde, als er ihr ans Handgelenk fasste und sie in den Teil der Lobby mitnahm, wo die tiefen, breiten Loungesofas standen – noch einen Cocktail? Champagner?

Wieder Spades Sprachbox. «Hey, Tim, hier ist deine rechte Hand. Willst du Johan Tromp in unserem Buch haben? Wenn ja, dann komme ich später.» Nein, kein Wort über das Atmosphärische. Spade würde sofort seine Mentorenrolle einnehmen und ihr von London aus vorschreiben, was sie tun und, vor allem, nicht tun durfte. Auf die Avancen eines Informanten eingehen, zum Beispiel.

Der Executive Vice President Shell Africa fing an, ihr schöne Blicke zuzuwerfen, als wäre sie der Christbaum am Trafalgar Square. Meistens war das von Vorteil: Männer, die mit ihrem Penis dachten. Während sie ihm ihren Unsinn auftischte und gleichzeitig aufpassen musste, ihm Paroli zu bieten – zu schwammigem Modegeschwätz verdammt, erwischte sie sich dabei, dennoch interessant bleiben zu wollen, sie wollte auf keinen Fall, dass er einfach aufstand und «Auf Wiedersehen» sagte –, musste sie sich auch an ihn gewöhnen, musste sie ihm standhalten. Selbsteingenommen, fand sie ihn, stieselig, mit einem Wort: eitel, ein für seine Welt etwas zu gut aussehender Mann, seine tiefe Stimme lüstern, als wäre er der Executive Vice President von Auping, dem Bettenhersteller. Jedoch auch überraschend attraktiv.

Er wurde oft angerufen, vier- oder fünfmal ging er ran, Ruhepunkte, an denen sie versuchte, wieder zu Atem zu kommen, doch dann kamen seine Finger ins Spiel, er ließ sie auf ihren Handgelenken landen, auf ihrem Knie, schob sie unter ihren Ellenbogen – passen Sie auf, extra für Sie wimmele ich die ab. Während er telefonierte, nickte er in Richtung des Anhängers, der zwischen ihren Brüsten lag, nahm den Löffel, ruckte ein paarmal spielerisch daran und legte das Ding zurück in seine kleine Wiege, wobei der Handrücken ein wenig zu lange auf ihrem Brustbein liegen blieb. Sie schnappte irgendwas von einem stellvertretenden Minister auf, der «vorher in Champagner eingeweicht» werden müsse.

«Soso», sagte er, nachdem er, keine Ahnung, wen, lässig weggedrückt hatte, «das ist aber ein apartes Schmuckstück, was stellt es dar? Ein Herbstblatt? Eine Kitzelfeder?»

«Es ist ein Absinthlöffel.»

«Sehr hübsch. Mysteriös. Woher haben Sie den?»

«Das ist eine lange Geschichte», sagte sie, an ihren Debattierclub und ihre Omertà denkend und vielleicht sogar an Ludwig Smit, «ich habe ihn bekommen, als ich …», und wieder wurde er angerufen, diesmal kniff er ihr in die nackte Schulter und befahl ihr ranzugehen, «hier, übernehmen Sie, sagen Sie, Sie seien die Stylistin von Johan Tromp», was sie prompt tat, woraufhin er in lautloses Lachen ausbrach, den Mund weit offen, allerdings auf hübsche Weise jungenhaft, bevor er sich das Telefon wiedergeben ließ und sich in makellosem Englisch entschuldigte, wobei er den Arm um sie legte, die Hand auf ihren Beckenknochen drückte und ihr zuflüsterte, dass es lediglich um 1,4 Milliarden Dollar ging. Diese Unverfrorenheit – bist das du, fragte sie sich, oder hat es mit dir und Lagos zu tun? Oder mit dir, Lagos und unserem Statusunterschied, weil ich ein süßes Ding bin, das sich für Mädchen und Jungs mit den perfekten Maßen interessiert? Würdest du dich ebenso dreist benehmen, wenn ich Isabelle Orthel wäre, Researcherin im Auftrag von Timothy Spade?

Ja, auch dann. Vielleicht gerade dann. Wie er auf diesem Loungesofa saß, die lässige Selbstsicherheit, der Humor, das burschikose Flair. Die Macht. Wirkte er glatt? Nein, er wirkte grob – auch das noch. Ein charmanter Cäsar, der seine Legionen auf jede Frau losmarschieren lässt, die er begehrt. Die sinnliche Intelligenz triefte nur so von dem barock gefurchten, grausamen Gesicht, sie konnte es nicht anders ausdrücken. Oder war es ihr Wissen über ihn, das sie das alles so sehen ließ? Isoldes BP-Mann, der Jagd auf sie gemacht hatte, der aber zugleich Johan Tromp war, das höchste Tier in Nigeria und, vom Präsidenten abgesehen, auch das mächtigste. Nein, er war mächtiger als Yar'Adua. Er war alles gleichzeitig, und sie selbst gab es gar nicht.

Spade rief fünf Minuten später zurück, es sei nach zwölf, murmelte er, er liege bereits im Bett. Sie sah es vor sich, Timothy in seinem Fünfziger-Jahre-Bett, unter der altmodischen Tagesdecke, den Wolldecken und Laken. Er schien zu lallen, «bist du betrunken», fragte sie, aber nicht doch, das liege am Kieferchirurgen, in dessen Behandlungsstuhl er den ganzen Nachmittag gelegen habe.

«Hast du meine Nachricht abgehört?»

«Ja.»

«Und?»

«Buch deinen Flug um», sagte er, kaum zu verstehen. «Nimm dir die Zeit, die du brauchst, ich laufe nicht weg. Quetsch ihn aus. Kommt er in den Mails von van de Vijver und Watts über die zu hoch veranschlagten Erdölreserven vor?»

«Weiß ich nicht», sagte sie.

«Judy Penelope, die Chief Financial Officer ist, nämlich schon. Watts wurde entlassen», zählte Spade schleimschluckend auf, «Van de Vijver wurde entlassen. Diese Penelope wurde entlassen. Geh der Sache nach.»

Freute sie sich über seinen Enthusiasmus? Ja und nein. Wohlbehalten zurück in ihrem Hotelzimmer, widerstrebte ihr die andere Seite von Hans Tromp. Ihr widerstrebte sein Drängen. Ihr widerstrebte das ganze Abwehrenmüssen. Andererseits fühlte sie sich auch angezogen, ihr gefiel seine Gesprächigkeit. Die Telefonate! Das war Nigeria, das war die Jauchegrube; der Prozess um Ken Saro-Wiwas Hinrichtung lief noch immer, und Tromp steckte tatsächlich bis über beide Ohren im Reservenskandal.

Spade: «Ich bin mir sicher, auch Johan Tromp sitzen Davis Polk & Wardwell im Nacken. Überaus unangenehme Pitbulls aus New York. Finde es heraus, Isabelle. Aber lass dir eine Sache gesagt sein.»

«Eine Sache?»

«Mach keinen persönlichen Schuh daraus. Keinen Ehrenmord. Wir drehen nicht *Kill Bill*. Wir schreiben ein Buch über

Erdöl. Nicht über ... wie hieß die Dame aus dem Kofferraum noch?»

Den Beginn der Nacht auf Victoria Island verbrachte sie im Internet. Nachdem sie Spade eine gute Nacht gewünscht hatte, war sie zu aufgedreht, um einschlafen zu können, und machte, mit dem Laptop auf der Tagesdecke liegend, was sie schon seit Jahren nicht mehr gemacht hatte: Sie googelte Isolde Knop. Unter ihrem Mädchennamen lebte sie seit Jahren in Friesland, mit einem gewissen Chris, einem hippieartigen Schreiner mit hochgestecktem Haar und einem Ziegenbart, der auf dem Gelände ihres umgebauten Bauernhofs mit bunt angestrichenen Wohnwagen handelte.

Isolde arbeitete inzwischen nicht mehr als Anwältin, sah Isabelle jetzt; möglicherweise hatte sie einen ausgewachsenen Burn-out gehabt, denn sie verdiente ihren Lebensunterhalt in Teilzeit als Kindergärtnerin und packte ihre Facebookwall voll mit Binsenweisheiten. «Alle Wege führen nach Rom, aber der schönste führt durch den Park», «Sich Sorgen zu machen ist das Gegenteil von Phantasie», «Mach aus einer Mücke einen Schmetterling». Sie hatte zwei Kinder und ein auffallend altes Gesicht.

90 Spade wusste alles, was immer zu viel ist. Schon als sie ihm das erste Mal begegnet war, bei ihrem Bewerbungsgespräch im Scruffy Spaniel, seiner Billiardkneipe mit angeschlossenem Hundemuseum in der York Street, wo sie noch etliche Male zwischen den porzellanenen oder auch in Öl porträtierten Retrievern, Dalmatinern, Spanieln und Terriern Besprechungen abhalten sollten, hatte sie ihm auf fast schon einfältige Weise ausführlich von Johan Tromp, Ed und Isolde und ihrem Großvater erzählt. Was war sie doch für eine dumme Gans gewesen, eigentlich.

Als sie ihn von Lagos aus wach klingelte, war sie das schon lange nicht mehr. Sie wusste ganz genau, was sie erzählen durfte und was nicht. Ganz bestimmt keine Champagnergeschichten und auch lieber nicht, in welchem Umfang sie Tromp belogen hatte. Und was sie vorhatte. Sie war zu etwas Gefährlichem bereit, das Mut erforderte, einem Vorgehen, das Spade am Ende Respekt abnötigen würde, wenn sie ihm ihre Beute auf den Schreibtisch legte.

Ihr Lehrmeister selbst saß öfter im Gerichtssaal als beim Friseur. Spade schien die Wut zu genießen, die er bei den von ihm Porträtierten weckte – immer rechnete er damit, dass es ein juristisches Nachspiel gab, er nahm die Prozesse in seine Werbekampagnen auf, erschien zur Verhandlung, als würde er zu einer Hochzeit gehen, in dreiteiligem Anzug und mit Einstecktuch und guter Laune, und am Ende stellte er sich bereitwillig vor die Kameras, augenscheinlich unberührt von dem, was ihm vorgeworfen wurde. Wirklich ärgerlich wäre es, sagte er kokett und ungefragt in jedem Interview, *ohne* eine einstweilige Verfügung, die es abzuwehren gälte. Noch nie war eines seiner Bücher aus dem Handel genommen worden. Er kannte die Gesetze besser als die Kläger. Jeden gewonnenen Prozess betrachtete er als Literaturpreis, als wäre sein Buch geprüft und ausgezeichnet worden.

Schon im Scruffy Spaniel sagte er sofort, es sei alles «schön und gut», was man ihr in Oxford während ihres Journalismus-Fellowships weisgemacht habe, doch es gehe um eine bestimmte Grundhaltung. «Worauf es ankommt, ist die Bereitschaft, im Tausch gegen die Wahrheit persönliches Leid zuzufügen. Ich spiele das Spiel knallhart und körperlich. Ich frage mich also aufrichtig», und hier benutzte er seinen Queue als Zeigestock, «sind Sie im richtigen Moment dann auch ein bisschen ...»

«Hart?»

«Tückisch.»

Bestimmt bin ich das. Aber damals im Scruffy, einer dunklen, säuerlich riechenden Kneipe in der Nähe der *Guardian*-Redaktion, hatte sie noch keine Kerben in ihrem Stock. In ihrem Queue – warum nicht. Spade hatte stirnrunzelnd und mit einem Augenzwinkern ein schweres Exemplar für sie ausgesucht und dabei gemurmelt, die pubeigenen Queues seien *frikkin'* Angelruten. Sein eigener befand sich in zwei Teilen in einem Koffer; wie ein Scharfschütze montierte er das schmalere Oberteil auf den breiteren Schaft und kreidete die Pomeranze ein. Zum Glück wusste sie einigermaßen, mit wem sie nun Poolbillard spielen würde. Ihr Chef beim *Guardian*, dem gegenüber ihr herausgerutscht war, dass Timothy Spade sie zu einem Gespräch eingeladen habe, nannte ihn einen Mann, der die Wahrheit möglicherweise ein wenig zu hoch hielt, einen journalistischen

Asperger, einen Moralisten, einen Radikalen, einen Halbirren, doch im Scruffy konnte man sich gut mit ihm amüsieren.

Spade kannte sie also auch, er habe sie schon einmal gesehen, sagte er, hier, am Billardtisch, an einem Freitagnachmittag, mit ein paar Jungs. Das waren Matt und Jason aus der Sportredaktion gewesen. Nicht schlecht, wie lange sie am Tisch durchgehalten habe, doch noch besser finde er ihre Artikel in der Wochenendbeilage. Messerscharf seien die.

Spade machte den Anstoß. «Ich suche einen Researcher», sagte er, auf den explodierenden Atomkern auf dem Tuch starrend, die grüne Halbe rollte in eine der Einfalltaschen, «mein voriger ist Berater im Finanzministerium geworden. Jeder darf auf seine Weise alt und verschlissen werden.» Er selbst war bis auf zwei spröde Büschel über den Ohren kahl, sodass sein faltiger Eierkopf endlos schien; er sah ausgesprochen ungefährlich aus, um nicht zu sagen langweilig. Der formlose Schnauzer, die ausdruckslosen grauen Augen. Er würde einen damit in den Schlaf wiegen, wenn sein Mund nicht so eine Katastrophe wäre.

Isabelle fing an, von ihren journalistischen Zukunftsplänen zu erzählen, die hochgespannt waren. Sie wolle keine Berichterstatterin sein, erklärte sie, während Spade blitzschnell seine zweite Kugel versenkte, keine Interviews machen, keine Boulevardjournalistin sein; sie sei nach London gekommen, um wie Spade als *investigative journalist* zu arbeiten, freigestellt, um monatelang zu graben und zu bohren, wofür es in den Niederlanden kaum noch Geld gebe, betete sie alten NRC-Kollegen nach.

Stirnrunzelnd trank Spade einen Schluck Smithwick's und nippte am Genever. Da er von ihrer Bewerbungsrede nicht sonderlich beeindruckt zu sein schien, fragte sie ihn, ob er wisse, wie man in den Niederlanden die Kombination von Genever und Bier nennt.

«Na los, wie nennt man in Holland ein Bier mit Genever.»

Anstatt *einer* Bezeichnung nannte sie in makellosem Englisch acht. «Man bezeichnet das bei uns als einen Kopfstoß, aber auch als Kapitänleutnant, als Nackenschlag, als Motorrad mit Seitenwagen, als unzertrennliches Paar, als Wikinger, als Kostüm und als Arschtritt.» Das gefiel Spade, ihr Englisch sei absolut okay, sagte er – doch jetzt bitte etwas Tückisches.

Sie legte den Queue auf die Brücke ihres Daumens und dachte nach. Die paar Scoops, die sie in den Niederlanden und jetzt für *The Guardian* gelandet hatte, konnten sich sehen lassen, waren aber nicht ausgesprochen tückisch. «Ich habe meinem Großvater journalistisch ein Bein gestellt», sagte sie.

«Ich höre.»

Sie machte ihren Stoß. Die violette Ganze kullerte langsam wie ein Planet in die entfernteste Tasche. In den darauffolgenden Minuten schilderte sie ihm Star Busman in all seinem reaktionären Glanz, ein bitteres, unfreundliches Porträt. Wirklich hellhörig schien er erst zu werden, als sie das Theater mit Johan Tromp erwähnte, den er offenbar kannte. Ende der neunziger Jahre, als Hans in London gearbeitet hatte, war er einer der Shell-Prinzen gewesen, die Spade mit zu Pferderennen genommen hatte, um ihnen *off the record* auf den Zahn zu fühlen. Hintergrundinformationen, mehr nicht; Hans war einer der wenigen gewesen, die BP *und* Shell von innen kannten.

Sie erzählte ihm von dem Kofferraumbrief. Spade gab seine seltsamen Schmatzgeräusche von sich; man hörte sie, wenn er seinen großen Schneidezahn ablutschte oder, besser noch, absaugte. Sein Gebiss, eine Laune der Natur, war eine Katastrophe von solchen Ausmaßen, dass man hinsehen musste wie bei einem schweren Verkehrsunfall. Es betraf die oberen Schneidezähne. Der linke knochengelbe Schneidezahn hatte sich um fast neunzig Grad um seine Längsachse gedreht, wodurch riesige Zahnzwischenräume entstanden waren. Der andere Schneidezahn war anstößiger, der machte mehr oder weniger den Hitlergruß; man hätte eine Erdnuss drauflegen können. Vielleicht wollte Spade deshalb lieber Billard spielen als essen gehen. Wann immer er seinen Mund zumachte, ragte ein Stück des braungelben Zahns weiterhin hervor. Wenn er einen Toast isst, fragte sie sich, landen dann die Croutons in meinem Halsausschnitt?

Er kreidete die Pomeranze ein. «Tromp ist also einer von *der* Sorte.» Den *pornographic shite*, den er der Frau geschickt habe, den würde er gern einmal lesen, wenn das möglich sei. Spade schien sich mit Ed zu identifizieren, denn er wollte wissen, was aus «dem Verleger» geworden war.

Ed habe am Ende wieder die Kurve gekriegt, erzählte sie, aber nur knapp. Woran sie selbst manchmal noch dachte, womit sie Spade aber nicht behelligte, war der Besuch bei Ed, den sie mit Marij gemacht hatte, sie hatte gern einmal mitgehen wollen, und so hatten sie an einem ganz normalen Wochentag in der geplünderten Etagenwohnung in Utrecht bei ihm auf der Couch gesessen. In seinen Verlag ging Ed nicht mehr, der wurde jetzt von einem Krisenmanager geleitet. Ihr gemeinsamer Freund sei «nervlich schwer angegriffen», wie ihre Adoptiveltern es nannten, er habe einen Burn-out, würden sie heute sagen, oder eine «schwere Depression» – doch in ihrem Tagebuch nannte Isabelle es schlicht «Liebeskummer», was wahrscheinlich sehr viel richtiger war, denn Ed, der in dieser Zeit wieder furchtbar aufgedunsen aussah, als tränke und äße er den ganzen Tag, kam von jedem neutralen Thema wieder auf Isolde und rannte sich anschließend so gnadenlos fest, dass es den Anschein hatte, als würde er gleich in Tränen ausbrechen oder sich vielleicht sogar übergeben. «Ich fand, er war immer noch besorgniserregend betrübt», hatte Marij auf dem Rückweg gesagt. Peter gegenüber, als Isabelle und Cléber fernsahen, nannte sie ihn «selbstmordgefährdet».

Und was machte Star Busman? Er wechselte den Verlag. Damit behelligte sie Spade allerdings schon. Während der drei Wochen, die Ed in einem psychiatrischen Krankenhaus in Südlimburg verbrachte, beschloss ihr Großvater, sein Buch über die Rivalität zwischen den Seehelden Witte de With und Maarten Tromp – wohlgemerkt sein «letztes Werk», wie er selbst sagte – nicht bei seinem mit sich ringenden Freund zu veröffentlichen, sondern bei J. M. Meulenhoff, wo er mit viel Trara einen Vertrag unterschrieb. In *de Volkskrant* nannte ihr Großvater den Wechsel «eine Heimkehr». Sonderbar, fanden Marij und Peter. Es war ein Dolchstoß in Eds Rücken, fand Isabelle. Der zweite innerhalb eines halben Jahres.

Spade lochte schmatzend vier Kugeln nacheinander ein. «Hassen Sie Ihren Großvater?»

«Er ist tot», sagte sie.

Zuerst das elende Getue mit Isolde und dem BP-Mann in seinem Gartenhaus, und dann verlässt der Alte Eds Verlag? Sie war so was von wütend. Regelrecht krank machte sie das. Dennoch war sie naiv genug zu glauben, der Star-Busman-Clan werde das nicht akzeptieren; also musste etwas folgen, ein Eingriff, eine Korrektur. Doch nein, nichts passierte; die Isolde-und-Ed-Geschichte schien nicht nur zu Ende zu sein, es hatte sich sogar ein Tabu darübergelegt. Doch dann kannten sie das Mädchen von der Weinenden Ebene noch nicht. Der Charakter dieses Mädchens, erklärte sie Spade, habe um das Alter von achtzehn herum den Zenit des rigiden Rebellentums erreicht. Star Busman mochte vielleicht Steuern für Diebstahl halten, sie selbst hatte da so ihre eigenen Ansichten. Isa Phornsirichaiwatana hielt *Adoption* für Diebstahl. Damals war sie aufrichtig davon überzeugt, dass ihre Adoptiveltern und folglich ihre Adoptivfamilie und folglich auch ihr Adoptivgroßvater sie als unmündiges Kleinkind ihrer armen thailändischen Familie gestohlen hätten. Im tiefsten Innern ihres Denkens betrachtete sie sich als gestohlene Ware, vergleichbar mit geraubter Kunst, auch sie war entwendet, entführt und an Privatpersonen verhökert worden – vielleicht eine etwas ungewöhnliche Art und Weise, sich selbst zu sehen, die, wenn es eine Achtzehnjährige nur schwer genug umtrieb, aus ihren leiblichen Eltern – die irgendwo unter der Armutsgrenze in einer Gegend von Thailand lebten, die so trocken und unfruchtbar war, dass sie die Weinende Ebene genannt wurde – Opfer und aus den Menschen, die ihr ein sicheres, gutsituiertes, westliches Zuhause geboten hatten, Kriminelle machte. Es war dieses Mädchen, so musste Spade klarwerden, das auf Rache sann. Er bestellte sich ein neues unzertrennliches Paar.

ABER WIE? Wie nimmt die Absolventin einer weiterführenden Schule Rache am Paterfamilias, der einen hohen königlichen Orden hat? Wie nimmt eine Studentin Rache an einem Großvater, dessen Kinderbuchserie verfilmt wird? Der eine Biographin hat, die ihn regelmäßig interviewt?

Zum Studium zog sie nach Enschede, und auf dem Tubantia-Campus gerann ihr Groll allmählich, es bildete sich eine zarte Kruste; so ist das eben, sie war mit anderen Dingen beschäftigt, schönen Dingen – bis Marij sie eines Abends mit Neuigkeiten über Star Busman anrief, guten und schlechten.

Die schlechte Nachricht: Andries Star Busman sei mit dem Theo-Thijssen-Preis geehrt worden, einer alle drei Jahre für das Œuvre eines Kinder- und Jugendbuchautors verliehenen Auszeichnung, die auch schon Annie M. G. Schmidt, Tonke Dragt und Guus Kuijer zuteilgeworden sei, sagte ihre Adoptivmutter, die bewegt zu sein schien; endlich bekomme Opa Dries die Anerkennung, die sich die Familie schon so lange erhofft habe, woraufhin sie die schon so oft zum Besten gegebene Geschichte erzählte, dass sie mit Tante Karen unter Star Busmans Schreibtisch gespielt hatte, als der seine ersten Bello-Bücher schrieb.

Spade rieb Daumen und Zeigefinger aneinander. «Satte 125 000 Mäuse.»

Sie konnte es zunächst nicht glauben, doch Isabelle hörte ihre Adoptivmutter tatsächlich sagen, J. M. Meulenhoff, der neue Verlag, werde ein großes Fest im Felix Meritis organisieren. Auch stehe die Neuausgabe all seiner Jugendbücher bevor, in «zeitgemäßer Aufmachung». «Notierst du es dir, oder soll ich darum bitten, dir eine Einladung zu schicken?»

Rück lieber mit der guten Nachricht raus. Marij berichtete, Star Busman werde gleich nach dem Fest im Bronovo-Krankenhaus aufgenommen. Sie solle nicht erschrecken, es sei irgendwas mit der Blase, schon seit einiger Zeit habe er Schwierigkeiten beim Wasserlassen, und jetzt habe sein Urologe Polypen entdeckt, die «hoffentlich nicht bösartig sind». Sie sprach mit dem dünnen, feierlichen Stimmchen, das sie anschlug, wenn sie glaubte, Freund Hein höre mit.

Spade blinzelte Isabelle zu, rammte mit der weißen die schwarze Kugel, die daraufhin mit einem Hopser in die richtige Tasche fiel: eins zu null.

Sie ballt die Hände zu Fäusten und starrt hinaus. Der Schneeräumer fährt rumpelnd eine Kurve. Die Küste versinkt hinter dicht nebeneinandergebauten Betonklötzen, niedrigen, heruntergekommenen Fatalistenhäusern, hinter denen eine zugefrorene Bucht auftaucht. Hier ist das Meer aus Walzstahl. Wie das rostige Eisen einer Axt steckt ein schneebedecktes Schiffswrack vor der Küste. Sie nimmt einen unbestimmten Fischgeruch wahr. Zum x-ten Mal schaut sie nach, ob Hans ihr noch etwas geantwortet hat. Sie traut dem Ton nicht, diesen Alles-in-Ordnung-Nachrichten von ihm. Nachdem sie erst eine, dann mehrere SMS auf sein Büro abgefeuert hatte, wollte sie ihm eigentlich

Billion Barrel Bastards hinterherschicken, doch das Buch liegt immer noch in Luftpolsterfolie in Moskau. Ein bisschen schade ist das. Da hätte er in aller Ruhe nachlesen können, wer sie ist und wie nett sie gewesen war. Sie hatte genügend Scoops bei ihm eingesackt, um damit den Niger zuzuschütten. Sie schaut zur Seite, der Koreaner belauert sie.

«Ich bin doch lieb, oder?»

Der Mann runzelt die Stirn, er weiß nicht, ob sie lieb ist. Prompt lässt er den Schraubverschluss seiner Flasche fallen. Er beugt sich vor, tastet mit beiden Händen den schlammigen Boden des Fahrerhauses ab. Als verstünde er insgeheim doch Niederländisch, ergreift er Isabelles Fuß und umfasst sanft ihren Spann. Nicht reagieren. Nach einer langen Sekunde lässt er los und grabbelt dann noch kurz auf dem Boden herum. Schwer atmend richtet er sich auf – ohne Flaschendeckel. Sie dreht den Kopf zum Seitenfenster und schaut in Richtung Schiffswrack.

Das Wrack ist ein hässliches Fischerboot, hoch und kurz, unelegant, vollkommen verwittert. Die Menge an Unrat auf dieser Insel ist sowieso erschreckend, und dabei denkt sie nicht an Dosen und Pommesgäbelchen; zwei verrottete Schiffe so nah beieinander, in den Böschungen liegen bemerkenswert viele Autokadaver, leckende Kühlschränke und andere nicht genau zu identifizierende Apparate, stümperhaft zugedeckt mit Lagen von Schnee. Schrott, den offenbar niemand der Mühe des Aufräumens für wert hält. Schrott, über den sie schreiben kann, sie könnte den ganzen Müll sehr gut den lächerlichen Umweltschutzkontrollen entgegenhalten, die Putin bis zum Buy-out von Shell hat durchführen lassen – selbstverständlich um den Vertragsbruch zu erzwingen. Ein Ex-KGB-Mann mit einem Herzen für Bergseen und Weideblümchen. Erdöl kehrt bei einem Diktator das Beste hervor. Wirklich neu ist das nicht; jeder weiß, dass Shell auf Kosten der Umwelt erledigt wurde und die Hälfte seiner Anteile abgeben musste. Aber vielleicht kann sie das Hans selbst erzählen lassen? Um das Eis zu brechen? Das wäre nicht schlecht, obwohl sie ihn niemals dazu bringen wird, natürlich.

Sie hasst es. Dieser Schneeräumer, der in Schrittgeschwindigkeit zu einer möglichen Neuigkeit vorwärtskriecht, die wieder Geld in ihre Kasse spült. Ihr wird bewusst, wie gleichgültig ihr Scoops sind, wie uninteressant sie es inzwischen findet, die Erste zu sein. Neuigkeiten sind tautologisch, plötzlich sind sie da und verderben wie eine geöffnete Flasche Wein. Wäre ich doch immer noch Spades Angestellte, denkt sie öfter, als sie gehofft hatte – dann bliebe mir dieser Mist hier erspart. Sie möchte Bücher über Erdöl schreiben, natürlich am liebsten ohne Spade. Wonach sie sucht, sind komplexere Wahrheiten, sie ist Journalistin, um Lügen auf den Grund zu gehen. Das hatte Timothy wunderbar hingekriegt, er finanzierte sein Gebuddel mit den Tantiemen seines Bestsellers davor, ein Schwungrad, das sie selbst erst noch in Gang setzen muss.

Die Beethovengeschichte, genau deshalb reizt die sie. Irgendwas sagt ihr, das darin nicht nur eine Sensation steckt, sondern auch Geld. Richtig viel Geld. «Ein Tagebuch von Beethoven?», murmelt sie. Ein Satz seiner berühmtesten Sonate? Vor ihrem geistigen Auge sieht sie Christie's und Sotheby's, Rechte, die weltweit verkauft werden können. Fünf Nullen? Sechs? Ein Brief von Mozart an Beethoven, welche Zeitung will den nicht haben? Welcher Fernsehsender? Die Frage ist nur, wie man dergleichen versilbert. Spade kennt sich damit aus, er hat früher einmal Briefe von Churchill zu Geld gemacht, Hundertausenden, wenn sie sich recht erinnert. Spade hat ein ganzes Buch über die Hitler-Tagebücher geschrieben – er ist ein Experte. Das ist das Schöne an Konzentration, an einem fortwährend summenden Frontallappen: Dieser komische Ludwig ist ihr nicht einfach so über den Weg gelaufen. Sobald sie die Kreise kurzschließt, verwandeln sich die Fakten in Eisenfeilspäne. Sie ist ein Magnet, der Interessantes anzieht. Sie wird Geld verdienen – sie weiß es. Und mit dem Geld wird sie Bücher schreiben. Entscheidende Bücher.

ES GAB MATJES im unteren Saal des Felix Meritis – Opa Dries aß gerne Hering. Er war zu krank, um davon essen zu können, denn kaum eine Stunde nach den Reden hielt ein Taxi an der Keizersgracht, das Isabelles Großeltern und Marij im Eiltempo nach Den Haag brachte, wo Star Busmans Koffer für die Aufnahme im Krankenhaus am nächsten Morgen bereits auf ihn wartete.

Isabelle stand im großen Saal an einem hohen Tisch und aß einen Teller Kartoffelsalat mit Hähnchenschlegeln, als sich eine kleine Frau zu ihr gesellte, die wissen wollte, ob sie eine der Enkelinnen sei. Sie war neugierig, was Isabelles Großvater mit den 125 000 Gulden vorhabe. «Einen extrem rechten Thinktank gründen», sagte Isabelle mit vollem Mund, und sie konnte sehen, wie die kleine Frau all ihre Sinne schärfte. Sie gestand, für *Vrij Nederland* einen Artikel über den Jugendbuchautor als konservativen Ideologen schreiben zu wollen – ob sie Isabelle zitieren dürfe?

«Nein, auf keinen Fall», sagte sie, «das war ein Scherz.» Und zu ihrer eigenen Überraschung: «Aber wenn Sie wirklich wissen wollen, was mit dem Geld passiert, dann sollten wir uns nächste Woche treffen.»

Drei Tage später stand die Journalistin in Enschede vor Isabelles Studentenapartment, und sie gingen zusammen zum Bistro Bastille. «Wollen Sie meinen Großvater in Misskredit bringen?», wollte Isabelle wissen, nachdem sie Platz genommen und etwas bestellt hatten. «Menschen bringen sich selbst in Misskredit», erwiderte die kleine Frau, eher ein faltiges Kind eigentlich, «ich kann ihn nur –»

«In Grund und Boden schreiben?»

Die kleine Frau runzelte angesichts von so viel Aggressivität die Stirn – und Spade tat das auch, wie Isabelle bemerkte. Sie hatten mit einem neuen Spiel begonnen, doch Spade wartete noch mit dem ersten Stoß. Jetzt erzählen Sie mal der Reihe nach, so schaute er, was treibt Sie um?

«Ich rede erst weiter», sagte Isabelle, «wenn Sie mir garantieren, dass mein Name nicht genannt wird und auch nirgends steht, dass ich seine Enkelin bin.»

«Das sogenannte Racheleck», sagte Spade.

«Ach, wer kann das schon sagen», erwiderte sie aufgeweckt. «Es gibt so viele Gründe, etwas durchsickern zu lassen.» Der Mann ihr gegenüber war so etwas wie das nationale Küchenkrepp, eine lebende Windel, in die seit vierzig Jahren alle und jeder seinen Dreck gemacht hatte, doch Isabelle wollte es ihm schnell erklären. «Während meines Praktikums bei Reuters hatten wir mal Unterricht bei einem Parlamentsberichterstatter, der dreiundzwanzig unterschiedliche Arten von Lecks an die Tafel schrieb. Er hatte ein Buch über Lecks veröffentlicht, und ob Sie es glauben oder nicht, alle dreiundzwanzig waren anders, von eitlem Gesabber bis hin zum menschheitsrettenden Altruismus und wieder zurück.»

Spade schlürfte seinen Zahn sauber. «Aber Sie sollten mir was Tückisches erzählen.»

Stimmt. Kommt sofort, Chef. Immer mit der Ruhe. Sind wohl nicht schnell zufriedenzustellen, was. Wenn sie *ein Mal* tückisch war – und jetzt denkt sie nicht an ihren Großvater und auch nicht an das Gespräch im Scruffy, jetzt denkt sie an Lagos –, fing er gleich an zu jammern. An Sachalins Horizont schimmert unheimliches Purpur, ein Streifen Rot, der immer noch keine Ähnlichkeit mit den Lehmstraßen im Delta hat. Die Insel ist das Anti-Nigeria. Dennoch kann Isabelle sich trotz der bitteren

Kälte – oder vielleicht gerade deswegen – mühelos nach Lagos zurückversetzen, die Hintergrundkulisse ihres Tückischseins. Nachdem sie Spade ungeachtet seines betäubten Zahnarztmundes eine gute Nacht gewünscht hatte, war jeder Schritt, den sie unternahm, tückisch gewesen. Abzuwarten, bis sie Hans wegen des von ihm vorgeschlagenen Rundgangs anrufen konnte, ohne allzu begierig zu wirken, war tückisch. («Morgen Abend?» «Ja, schön. Wo?» «Ich hole Sie in Ihrem Hotel ab, wenn ich genug Öl gefördert habe.») Die vierundzwanzig Stunden, die sie brauchte, um sich darüber klarzuwerden, wie ein Modemädchen aussah: tückisch. Der Nagellack und der Lidschatten in kräftigeren Farben, als Isabelle Orthel sie benutzt hätte, die heruntergesetzte asymmetrische Bluse und das Paar lackrote Stiefelchen, das sie eine halbe Stunde vor Ladenschluss in der schicksten *mall* kaufte, die sie auf Victoria Island hatte finden können: tückisch.

Tückisch war auch die überaus detaillierte, in ihr Notizbuch geschriebene und penibel auswendig gelernte Schattenbiographie für den Fall, dass Hans vor Interesse an ihrem Alter ego nur so übersprudeln würde. Wohnorte: Hengelo, Rotterdam, London. Auftraggeber: Victor & Rolf, De Bijenkorf, Dries Van Noten, Gucci, Marks & Spencer. Ausbildung: ein wenig Höhere Handelsschule und danach zum Glück die Modeakademie in Rotterdam. Geschwister: keine. Eltern: eine liebevolle Mutter mit einem thailändischen Asia-Laden und selbstgemachter Eiscreme in Hengelo, ihr Vater irgendwo in Thailand in einer Steppe, die man dort die Weinende Ebene nennt – nur Letzteres entsprach also der Wahrheit. Die Beschäftigung damit verschaffte ihr ein perverses Vergnügen. Sie studierte Wikipediaartikel über große Modehäuser und Couturiers.

Wenn sie ehrlich ist, kann sie dem durchaus etwas abgewinnen – ein bisschen tückisch sein. In dieser Hinsicht war die kleine *Vrij Nederland*-Frau auf jeden Fall ein Katalysator. Mit ihrem

Notizbuch. Einen schönen Beruf haben Sie, dachte sie, während sie am weiß gedeckten Tisch zusammen aßen. Bewundernswert auch, wie sie Isabelle ganz unauffällig dazu brachte, *alles* zu erzählen.

Im Scruffy stellte Spade den Queue auf seinen Fußrücken. Er sah nie neugierig aus – auch dann nicht, wenn er es war. Eine seiner Waffen, behauptete er.

«Ich habe der Journalistin im Bistro erzählt», sagte sie, «dass mein Großvater, der Kinderbuchautor, der Ratsherr, der Mann mit dem erhobenen Zeigefinger im *Elsevier*, der Mann, der gegen den Mindestlohn war, gegen die Erhöhung der Sozialhilfe, gegen Kultursubventionen, gegen Entwicklungshilfe, gegen alles, was die Unternehmen Geld kostete, in einem fort Steuern hinterzog.» Sie sagte, sie habe der *VN*-Frau auf den Block diktiert, dass von Star Busmans Preisgeld nicht ein Cent beim Fiskus landen werde. Dass der Alte so viel wie möglich auf einer Schmugglerroute nach Luxemburg oder Genf schaffe. Zusammen mit ihrer Großmutter im Lexus zur Bank, eine Thermoskanne mit Kaffee zwischen ihren Fußknöcheln.

«Nicht ohne», sagte Spade.

«Star Busman ging es richtig schlecht, im Bronovo», sagte sie kreidend. «Es war ein in jeder Hinsicht idealer Umstand, seine Aufnahme ins Krankenhaus.»

Während der ersten Tage nach dem Fest im Felix Meritis blieb Marij bei Oma, die schon seit einer Weile an der Ménière-Krankheit litt, einem Übel, das sich in anfallsweisem Auftreten von Ohrensausen, Schwerhörigkeit und Schwindel äußerte, sodass sie schon einmal beim Duschen hart auf den Hinterkopf gefallen war. Nach einer Woche sollte Marij durch eine ihrer Schwestern abgelöst werden, was sie zu spät fand, klagte sie – aber es ging nicht anders.

Die *VN*-Journalistin klagte auch; bereits eine Stunde nach

dem Essen im Bastille rief sie Isabelle aus dem Zug an und sagte, sie habe darüber nachgedacht, doch *eine* Quelle sei keine Quelle. Ob Isabelle konkrete Beweise habe? Äh, nein, nicht wirklich. Obwohl es vollkommener Humbug war, sah sie sich bereits mit einem Teleobjektiv über das Landgut schleichen. Ob sie noch jemand anderen interviewen könne, fragte die Frau. Gebe es irgendwas schwarz auf weiß?

Ach, das meinen Sie. Noch am selben Abend rief sie Marij an, die bereits drei Nächte in Den Haag geblieben war, und machte sie glücklich und stolz, denn sie bot ihr etwas an, «was dir vor einer Weile noch nicht in den Sinn gekommen wäre».

«Mich verbinden so viele Kindheitserinnerungen mit ihnen», sagte sie. «Und die beiden werden allmählich wirklich alt. Ich komme liebend gern und löse dich ab.»

Sie beugte sich über den grünen Filz. «Und so konnte ich, ohne Argwohn zu erwecken, zwei ganze Tage und Nächte die Pflegerin meiner Oma spielen», sagte sie.

«Und kein Opa weit und breit.»

«Genau.» Sie machte einen Stoß.

Ihre Oma bestand darauf, selbst zu kochen, was sie dermaßen anstrengte, dass sie sich schon nach *Barend & Witteman* schlafen legte, und nicht lange danach folgte auch ihre liebe, hilfsbereite Enkelin, die das genau über dem Schlafzimmer ihrer Oma gelegene Gästezimmer bezogen hatte, nur eine Treppe von Star Busmans Heiligtümern entfernt.

Weiß traf keine anderen Kugeln.

89 Der Koreaner hebt die Flasche mit dem offenen Verschluss nach unten in die Vertikale, schüttelt sie über seiner ausgestreckten Zunge, einem rosafarbenen Lappen, der sie Appetit auf frischen Lachs bekommen lässt. Der Flaschenboden berührt mit hohlem Klopfen das Kabinendach. Sein Kumpan macht spaßeshalber Bewegungen mit der Hüfte, als wollte er den Ohrenkneifer den flachen Hügel hinaufschieben, doch es könnte auch sein, dass er damit etwas anderes meint. Sie fahren in eine Ortschaft hinein, und Isabelle fragt sich, ob das wohl Korsakow ist, laut ihrer geistigen Archivmappe ein heruntergewirtschafteter Fischerort, dessen Flotte ihren Fang nie an Land bringt, sondern aus Defätismus auf hoher See an die Japaner verkauft. Irgendwo soll es eine verfallene Konservenfabrik geben, einst der Stolz der Stadt. Ihr iPhone, das sie noch immer in der Hand hat, vibriert.

«Was willst du trinken?»

Was willst du *trinken*? Glaubt er ernsthaft, sie komme deswegen? Oder nimmt er sie auf den Arm? In Heathrow war sie in einen WHSmith gegangen, Biggerstaffs *Kidnapped* war von E. L. James offenbar aus den Top 3 verdrängt worden. Um *ihn* auf den Arm zu nehmen, hatte sie mit dem Gedanken gespielt, ihm den ersten Band der Trilogie zu kaufen. Schau an, so bürgerlich sind deine Eskapaden inzwischen geworden, alle Lesezirkel greifen es auf.

«Hauptsache, kein Champagner», erwidert sie. Sie hatte für

die Zeitung über Champagner in Nigeria geschrieben, kein afrikanisches Volk konsumiert so viel Champagner wie die Nigerianer, gut eine Million Liter pro Jahr, was übrigens ein Tropfen ist im Vergleich zum Verbrauch der Franzosen; sie hatte das recherchiert, weil sie sich über Eiskübel mit Flaschen der Sorte Moët & Chandon, Dom Pérignon und anderen Halsabschneidermarken ärgerte, die Hans in den Clubs und Restaurants, in die er sie an den ersten Abenden führte, mit einem Plopp geöffnet hatte. Er dachte bestimmt, dass Modemädchen das toll finden. Sowohl in Regierungskreisen als auch im Ressort Vermischtes der lokalen Zeitungen wurde er «Johnny Fizz» genannt, ein Spitzname mit dem Nachgeschmack von Korruption, den er dessen ungeachtet ein paarmal fallenließ, sodass sie die Bewunderung vortäuschen konnte, der er offenbar nachjagte. Die Flasche Moët & Chandon Ice Impérial Magnum, die er bei ihrer ersten Verabredung bestellte, stand für die absurde Spaltung zwischen Arm und Reich, die das Erdöl in Nigeria nach sich gezogen hatte, dieser Shell-Kolonie, in der R&B-Sternchen mit Goldzähnen Popsongs über Schampusflaschen rappten, für die ein gewöhnlicher Nigerianer eine Hypothek aufnehmen müsste.

Um Punkt 19.00 Uhr erschien er vor ihrem Hotel, und es war zugleich das letzte Mal, dass er so früh kam. Was trägt ein Erdölmagnat, wenn er mit einer Fashonista ausgeht? Eine Sonntagsjeans und ein offenstehendes Hemd aus schmutzig weißer Baumwolle, in seinem Haar steckt eine nicht von einer Fälschung zu unterscheidende Ray-Ban. Auffällig ungebräunter Arm über der gewölbten Tür eines flachen stimorolblauen Sportwagens mit aufgerolltem Dach aus schwarzem Tuch. Fürst Rainier von Monaco dreht eine Runde. Das betont jugendliche Baumwollhemd, gab er erst ein paar Tage später zu, hatte der Verlobte seiner Tochter bei ihm liegenlassen, der Wagen aber gehörte ihm selbst, stand aber meist in der Garage. Vorne und hinten wurde er von zwei schwarzen, kompakten offenen Jeeps eingeklemmt, in denen insgesamt acht schwerbewaffnete Kerle sich hinter Sonnenbrillen verbargen. Mit einer gewandten Kursänderung ging sie um den hinteren Jeep herum, die Söldner, Schwarze und Weiße gemischt, genau in sich aufnehmend – sie sah sehr moderne Maschinengewehre und kugelsichere Westen, sie trugen Ohrhörer. Isabelle suchte nach dem Logo der *private military company*, bei der Shell sie möglicherweise angeheuert hatte, konnte aber auf die Schnelle nichts entdecken.

«Schnell einsteigen», sagte Hans grinsend. Sie ließ sich, insofern ihr eigens gekauftes Chloé-Röckchen das gestattete, auf den Sitz neben ihm gleiten; das heiße Leder des kleinen Schalensitzes versengte ihre Oberschenkel. Er beugte sich zu ihr herüber und gab ihr zwei Küsse.

«Flotter Wagen.»

«Eigentlich hat man nichts von dieser Art Spielzeug», sagte er, mit aufheulendem Motor hinter dem Jeep herfahrend. «Ohne unsere bewaffneten Freunde schlachten sie ihn noch während der Vorspeise aus, und noch bevor wir unser Eis gegessen haben, ist das Chrom bereits zersägt und verkauft» – in den Ton und Inhalt dessen, was sie ihm entgegenhielt, legte sie die naive Überzeugung, dass es so schlimm doch wohl nicht sein werde, obwohl sie genau wusste, dass es ganz bestimmt so schlimm sein würde, doch weil die vierspurige Straße, auf der sie fuhren, sich auf den ersten Blick nicht von vierspurigen Straßen in anderen Weltstädten unterschied, schaute sie aufgeweckt um sich und sagte, sie finde Lagos viel angenehmer, als sie es nach den Berichten anderer gedacht hätte, und schön auch, mit all den Palmen.

Er lachte, als wäre er gerührt, mit einem speziellen kleinen Schnauben, man hörte ihn denken: Was für ein scharfer Backfisch sie doch ist, und in den Wochen danach hörte sie dieses Schnauben immer wieder. «Bekanntlich», erwiderte er, «gibt es in jeder ernstzunehmenden Weltstadt irgendwo eine faule Stelle, eine Ansammlung von Vierteln, in die sich die Polizei nicht hineintraut. Das nennt man dann Slums, Townships, Favelas – wie man will.»

«In the ghetto», sang sie mit dunkler Stimme.

Er sah sie kurz an – amüsiert, verdutzt beinahe, und schaltete einen Gang höher. «In Lagos ist es andersherum», fuhr er fort, lauter redend, um das Geräusch des Fahrtwinds zu übertönen, «hier ist die ganze Stadt faul, bis auf ein kleines gallisches Dorf, das tapfer Widerstand leistet.»

Sie tat so, als bemerkte sie die Anspielung auf Asterix und Obelix nicht. Er sah in dem Hemd affektiert aus, schwerer, plumper, als sie ihn in Erinnerung hatte. Weniger entspannt als am Laufsteg, als alles noch Zufall gewesen war. Sie selbst hingegen war ruhiger, weil sie inzwischen sorgfältig auswendig gelernt hatte, wer sie war. «Warum fahren Sie dann einen auffälligen Oldtimer, wenn es hier so gefährlich ist?», rief sie. «Ich sehe hier ansonsten nur heruntergerockte Karren und SUVs.» Sie hatte nie verstanden, was der Vorteil eines Cabrios sein sollte, vor allem hier nicht, in einer Stadt, über der immer eine Staubwolke hing.

«Ach, wissen Sie», erwiderte er, «wenn es schiefgeht, habe ich noch einen.» Ohne auch nur den Anschein zu erwecken, sich dafür rechtfertigen zu wollen, erzählte er ihr, er besitze von diesem MG-Oldtimer aus dem Jahr 1958, in dem sie gerade führen, zwei identische Exemplare, also gleich zwei von diesen «nicht einmal besonders teuren Autos aus exakt derselben Serie, beide im Originalzustand und in genau der gleichen blauen Farbe», der andere stehe in Houston bei seinen «Brüdern und Schwestern und Cousins und Cousinen» – er fand, von allen Gegenständen, die das eigene Glück vergrößern, müsse man zwei haben. «Es ist doch kein Zufall, dass alle wichtigen Körperteile zweimal vorhanden sind. Augen, Ohren, Hände.»

Und was ist mit deinem Schwanz?, dachte sie. «Finden Sie es nicht dekadent, so viele Autos zu besitzen?» Vollkommen gefügig musste sie ja nicht wirken.

«Jemand, der sein Benzin selbst aus der Erde holt, hat sich zwei MG A 1500 verdient.» Er bremste, um einen langsam die Straße überquerenden Mann vorbeizulassen; überall, auf den Verkehrsinseln, entlang des Randstreifens, spazierende Männer.

Anstatt unterwürfig beizupflichten, ein Erdölboss habe sehr wohl ein Anrecht auf zwei identische britische Sportwagen, oder zu konstatieren, dass er ja offenbar den nötigen Mut habe, um sich in Nigeria in einer stimorolblauen Provokation zu zeigen, fragte sie, ob es eigentlich nicht langweilig sei, Benzin aus dem Boden zu holen.

«Meine Arbeit ist tatsächlich langweilig», rief er. «Und schmutzig. Den ganzen Tag Benzindämpfe.»

«Bei mir auf der Arbeit riecht es immer nach Parfüm», retournierte sie den Scherz auf so un-jungmädchenhafte Weise wie möglich. Es würde noch schwierig werden, ihn zum Reden zu bringen, wurde ihr bewusst, das klischeehaft Dümmliche ihrer zufälligen Maskerade ließ nicht zu, dass sie das, was sie über das Ölgeschäft wusste, einsetzte. Sie wollte alles von ihm wissen, aber sie traute sich kaum, ihm eine direkte Frage zu stellen. Sie konnte ja schlecht einfach so anfangen, über die Erdölreserven zu reden. «Sagen Sie mal, Johan, wie war das im US Department of Justice? War es beängstigend, von fünf *men in black* verhaftet zu werden?» Sie musste es subtiler anstellen, beiläufiger, gewiefter. Am ersten Abend in der Lobby hatten sie mehr oder weniger über nichts gesprochen, nun ja, über seine Ehe in Houston, für die er eines seiner Prinzipien verletzt hatte («Bürgerlichen Institutionen gegenüber nicht unnötig hörig zu sein, das ist einer meiner Grundsätze.» «Hörig?»), und darüber, wie vernünftig es von ihr sei, keine Kinder haben zu wollen, fürs In-die-Welt-

Setzen von Kindern gebe es «heutzutage nur Scheinargumente». Er selbst hatte unlängst den Kontakt zu seiner Tochter wiederhergestellt, die er seit ihrer Grundschulzeit nicht mehr gesehen hatte, eine Frau, älter als Isabelle, die sich mit ihrer Mutter überworfen und sich darum auf ihn gestürzt hatte. («Die Kunst besteht darin, Rückschläge wie eine Eule zu verdauen, und dann zeigt sich, dass in deinem Speiballen ein paar Vorteile übrig bleiben werden: Meine Tochter erwies sich als eine ganz liebe, die unglaublich gut kochen kann.»)

«An Mode ist das Gute, dass man immer von schönen Dingen umgeben ist. Bei euch ist alles so ... so ... mit allem Respekt ... so schwarz. Öl ist so schwarz.» Für ihn musste es neu sein, dass Öl nicht erotisierend wirkte, trotzdem musste er über ihre Analyse seines Industriezweigs lachen. «Öl ist so schwarz» wiederholte er einige Male, den Blick schräg auf ihre Beine gerichtet, die sie langsam hob, um dann ihre Füße ganz ungezwungen gegen das Armaturenbrett zu stemmen, was, nach seinem Blick zu urteilen, unerwünscht war. Die sehr hohen, dünnen Absätze stachen in das Holz, das er als «butterweiches Walnussholz» bezeichnete, bevor er die Füße an Sohle und Spann mit seiner großen Hand umfasste und wieder auf den Boden stellte, einen nach dem anderen. «Ich werde Ihnen nachher mal erzählen, wie langweilig Öl ist. Und wie herrlich dunkelbraun. Wenn wir ruhig am Tisch sitzen.»

Sie sagte nicht laut: «Ja, erzähl mir nachher alles über deine Arbeit», nein, sie versuchte, geduldig zu sein, es erschien ihr schlauer, seinen Erzähldurst noch ein wenig zu steigern, das Verlangen dieses Mannes, Eindruck auf sie zu machen, musste unerträglich werden. Zuerst trockne ich dein Ego aus wie eine Korinthe, dann lasse ich dich quellen. «Nur leider gönnt in der Mode keiner dem anderen die Butter auf dem Brot», sagte sie. «Ich glaube, unsere Branche ist das schwierigste Umfeld, wenn man etwas werden will. Eine knallharte Welt, und auch sehr gemein.» Ziemlich umsichtig. Es ging darum, den richtigen Dummheitsgrad zu finden. Er ordnete sich spät bremsend auf der richtigen Spur ein, schaltete und bog dicht hinter dem Toyota in eine schmalere, aber belebtere Straße ein. Erst nachdem er sein Wägelchen wieder beschleunigt hatte, fragte er: «Aber was ist denn an Mode gemein? Hatten Sie einen schlechten Tag?»

«Nein, ich hatte einen faulen Tag. Ich habe ausgeschlafen und danach mit Marlon zu Mittag gegessen.»

«Ah ja?», rief er mit einem Lächeln. «Sind Sie mit Ihrem Freund hier?»

«Marlon ist einer der Jungs vom Laufsteg. Der ganz dunkle mit der ungewöhnlich schmalen Taille, wissen Sie, wen ich meine? Ich habe keinen Freund.» Ihr war genügend Zeit geblieben, um mit dem imaginären Marlon zu Mittag zu essen: Sie hatte zwei Mangosmoothies auf ihr brütend heißes Zimmer bestellt und sich in Sachen Mode weitergebildet.

«Marlon ist fast in Tränen ausgebrochen, als ich gesagt habe, dass ich mit dem Boss von Shell essen gehe. Ein außergewöhnlicher Anblick. Seiner Meinung nach sind Sie der mächtigste Mann in Nigeria. Marlon glaubt, Sie würden Deals in Champagnerbädern abschließen.»

Eine große trockene Hand landete auf ihrem Nacken, breite, kräftige Finger kniffen sanft in ihre Wirbel. «Nicht weitersagen», sagte er. «Aber ich sitze hin und wieder tatsächlich mit ein paar afrikanischen Damen und Herren in einer Wanne voll Schaumwein, ja.» Sie schaute an dem behaarten Unterarm entlang auf das scharfe, längliche Profil, die Nase, die Falten, das große sonnengebräunte Ohr, hinter dem eine glänzende Locke unruhig wippte. Irre Vorstellung, dass Isolde Osendarp diesen Arm geküsst hatte. Er ließ sie los. Ihr wurde die Ungleichheit der Situation bewusst: das wenige, das dieser Mann über sie wusste, nämlich nichts, und die Vielschichtigkeit ihres Wissens über ihn, in dessen Ohr sie weiterhin schaute. Die Öffnung war auch von ihrem Großvater benutzt worden, um rechtes Geschwätz hineinzublasen. Sie hatte das Gefühl, mitten durch das Trommelfell zu schauen, geradewegs in seine Seele.

«Geht das überhaupt, zusammenarbeiten mit so einem afrikanischen Diktator?»

Er lachte und rief: «Er wurde gewählt, oder? Er ist kein Diktator, Yar'Adua ist –»

«So korrupt wie nur was?» Vielleicht sollte sie besser das mondäne, kritische Modemädchen geben; provinzielle Modemädchen fliegen nicht nach Lagos, die bleiben lieber in Paris. «Ich nehme an, Sie bestechen diese ziemlich bescheuerte Regierung einfach? Wenn Yves Saint Laurent Claudia Schiffer haben will, schickt er ihr einen Scheck.»

«Schickte», sagte er, die Fahrt verlangsamend und den Blinker setzend.

«Ach was, das ist immer noch so», antwortete sie, zufrieden mit ihrem energischen Auftreten, «alle wollen Schiffer, Yves Saint –»

«Wenn ich mich nicht irre, ist Yves Saint Laurent seit einem halben Jahr mausetot.» Er schaute in Rück- und Seitenspiegel und ordnete sich wie der Jeep vor ihnen auf der linken Spur ein; er sah sie an. Sie schlug sich die Hand vor den Mund, erschüttert, wegen des Todes von Yves Saint Laurent, klar, vor allem aber wegen der Fallgruben, die auf einen lauern, wenn man, ohne Ahnung zu haben, drauflosquatscht. «Ich verehre diesen Mann so sehr», sagte sie, «dass ich das jedes Mal verdränge. Bescheuert.»

Es trat eine Stille ein, in der sie das Pochen ihres Herzens bis in die Fersen hinein spürte. Um irgendwas zu tun, zog sie ihre steifen Stiefelchen aus und legte sie, sich im Stillen ausschimpfend, in den Fußraum des MG. Er sah zur Seite, auf ihre Brüste, wie es schien. «Erzählen Sie doch mal, wie Sie zu dem Anhänger gekommen sind, zu diesem Blatt.»

«Meinem Absinthlöffel», rief sie.

«Sie wollten mir auf dieser komischen Party erzählen, woher Sie ihn haben.»

Sie antwortete nicht sogleich, sie überlegte, was sie ihm erzählen sollte. Er sah sie kurz an, schaltete, verlangsamte die Geschwindigkeit. «Von Charles Baudelaire? War er Ihr Großvater?»

«Wer?» Und warum genau, weiß sie nicht – oder eigentlich schon, nämlich in der Hoffnung, die Peinlichkeit vergessen zu machen: «Nein, von Yves Saint Laurent. Stellen Sie sich das mal vor.»

«Na, da schau her», rief er. «Als Sie für ihn gearbeitet haben?»

«Nein, als ich ihn besucht habe. In Marokko.»

Er sah zur anderen Seite, auf die Straße und wieder zu ihr. «Sie haben den Löffel von Yves Saint Laurent persönlich bekommen?»

Sie nickte, schaute dabei so seelenruhig wie möglich nach vorn.

«Ich dachte, er war schwul.»

«Ja, meistens jedenfalls», erwiderte sie sofort. Er musste abbiegen und sah deshalb nach hinten, sodass sie kurz Zeit hatte, ihr suggestives Bluffen zu bedauern. Noch ehe er eine weitere Frage stellen konnte: «Es klingt spannender, als es ist. Ich habe ihm ein Model besorgt, in das er total vernarrt war. Man könnte auch sagen: verliebt.»

«Das macht es nicht weniger spannend», sagte er.

Der Jeep vor ihnen hielt vor einem Restaurant mit einer breiten, von Hunderten Lampions beleuchteten Terrasse unter einem ausladenden Vordach. «Zum Dank hat er mir dieses Ding geschenkt. Sein Haus war voller Nippes, frei nach dem Buch eines französischen Schriftstellers, ein fürchterlich dickes Buch, ich komme gerade nicht auf seinen Namen …»

Zwei der vier *hired guns* stiegen aus. Gut möglich, dass ehemalige Kindersoldaten aus Sierra Leone unter ihnen waren. Sie hatte darüber geschrieben, wo und wie private Militäreinheiten ihre Truppen rekrutierten. «Ein Dandy», fuhr sie fort. «Die verlorene Zeit, blühende Mädchen …»

Hans parkte seinen Sportwagen hinter dem Jeep und machte den Motor aus. «Proust», sagte er. «Aber dieses Haus steht in der Normandie.»

Sie nickte. «Ein Löffel mehr oder weniger machte also nichts aus.»

DER OHRENKNEIFER schiebt sich durch ein stilles Viertel, ein Kinderspiel, denn die einigermaßen begehbaren Straßen sind bereits schwarz vom Kohlengrus. Ja, das muss Korsakow sein. Ob die hier über den Namen ihrer Stadt ebenso begeistert sind wie ich, fragt sie sich, während sie an einem Verwaltungsgebäude vorüberfahren, vor dem ein mittelgroßer W. I. Lenin steht, der im Gegensatz zu seinen zahllosen visionären Klongenossen nicht mit dem bronzenen Zeigefinger zum Horizont weist, sondern seine Arme ratlos am Oberkörper herabhängen lässt, als hätte er vergessen, welche Bedeutung er einst hatte – genau wie diese Stadt, die in den vergangenen Jahrhunderten, wenn Isabelle sich das richtig gemerkt hat, mindestens fünfmal die Nationalität wechseln musste: Mal walzten japanische Armeen über sie hinweg, mal russische, die sich die Bevölkerung durch Tausende vom jeweiligen Besatzer geknechtete Fremde gewogen machten, koreanische Sklaven im Fall der Japaner, verurteilte Mörder vom russischen Festland.

Heute zieht die internationale Ölindustrie durch Korsakows

Straßen, die der Stadt allem Anschein nach keine Vorteile bringt. Korsakows Wirtschaft liegt am Boden, insbesondere die Fischerei.

Angenehm beschaulich für Hans, nach dem wimmelnden, total verrückten Lagos. Gut tat ihm die Stadt nicht, hatte sie das Gefühl. Wie er sich dort benahm, seine Art zu reden; er führte eine Art bipolaren Diskurs, eine Mischung aus stupider Grobheit und einer merkwürdigen, überraschenden, ja, was war es ... aphoristischen Verschnörkelung – Letzteres musste sie ihm zugestehen. Irgendwie konnte sie nachvollziehen, dass ein Snob wie Star Busman ihn interessant gefunden hatte.

Der Ohrenkneifer beschleunigt, der Fahrer hat das Beißwerkzeug ein wenig angehoben; die Hinterköpfe der drei Fahrgäste stoßen gegen das kalte Metall der Kabine. Auf ihren Gesprächsmitschnitten machte er einen authentischen Eindruck, in keiner Weise überheblich, möglicherweise ganz und gar er selbst. Letzte Woche in Moskau, in den Tagen vor ihrer Abreise nach Sachalin, hat sie sich die Aufnahmen wieder angehört, zum ersten Mal nach Jahren. Abgesehen vom manchmal uninteressanten, des Öfteren jedoch schockierend gehaltvollen Inhalt, erschütterte der Ton, in dem er sprach, sie aufs Neue, die ungeschützte Aufrichtigkeit, das stundenlange Reden ohne jeden Argwohn oder Vorbehalt. Undenkbar für einen Journalisten, einem Mann wie Hans Tromp so nahe zu kommen. Einem Shell-Boss, der sich fortwährend die Hände schmutzig macht? Unmöglich – das wusste auch Spade. Das Logo der Königlichen Shell, die Große Pilgermuschel, Pecten maximus, ist kein Symbol für fossilen Brennstoff oder Ähnliches, das war nur ein Ablenkungsmanöver, nein, die stilisierte, kindliche Muschel steht für Geschlossenheit. Sektiererische Geschlossenheit. «Die Führung eines Unternehmens wie Shell unterscheidet sich nicht wesentlich von der eines Amateurfußballvereins» – mit derart altbackenem Blödsinn hatte Jeroen van der Veer sie noch ein paar Monate zuvor abgespeist. «Wir können uns gern eine Stunde zusammensetzen», sagte der Firmenchef, als sie ihn endlich am Telefon hatte, «aber viel zu erzählen habe ich eigentlich nicht. Also lassen wir es lieber bleiben.» Paternalistisch, herablassend, abwehrend. Sobald man ihnen freundlich sagt, dass man Journalistin ist, klingen sie alle so: pseudoköniglich, wie schlechte Abbilder von Prinz Charles, der mit eng anliegenden Reitstiefeln an den Füßen ein gutes Wort für die Fuchsjagd einlegt.

Auf ihren Mitschnitten hatte Hans seine Reitstiefel ausgezogen und oszillierte wie immer zwischen einem besserwisserischen Salonlibertin und George S. Patton, der, in alle Richtungen schießend, Sizilien erobert. Er erinnerte sie an einen riesigen, lebenden Akku, er speicherte allen Wahnsinn um sich herum in seinen Axonen und Dendriten. Offenbar war er statisch aufgeladen; wenn man ihn unversehens berührte, bekam man einen Schlag. Sein ausgebautes Penthouse – irrwitzig geräumig, er veranstaltete dort Firmenpartys, gediegen, modern, von seiner durchgebrannten Ehefrau ein wenig langweilig eingerichtet, schenke ihm alles andere als Ruhe, sagte er. Er hatte eine weitläufige Dachterrasse, die die Wohnung wie eine Hutkrempe umgab und Aussicht auf die Küsten von Ikoyi bot, die «Eliteslums» von Lagos. Man schaue dort auf einen Sandstrand mit Hunderten von wellblechgedeckten Holzhütten, die von den Ordnungskräften regelmäßig mit Bulldozern niedergewalzt würden, sagte er. Anschließend könne man beobachten, wie die Hütten in den Monaten darauf wiederaufgebaut würden, gleichsam organisch, wie schmutziges Geschirr auf einer Spüle.

Aber sein Penthouse sei doch der sicherste Ort in ganz Nigeria, sagte sie zu ihm. (Nicht *tückisch*, Tim – gewieft. Ich bin eine gewiefte Journalistin.) Aber nein, *gerade* weil dieser Kubus, in dem er schlafe, esse, vögele, arbeite, sich im Auge des Orkans befinde, seien seine Nerven strapaziert, vor allem jetzt, da seine Frau für unbestimmte Zeit in Houston lebe. Das Penthouse sei die Zielscheibe von allem und jedem, die «endlosen Scherereien» mit den Erben Ken Saro-Wiwas, die Jagd der amerikanischen Justiz nach Beweisen für seinen Anteil an der Ölreservenaffäre, der permanente Druck der Medien in jederlei Hinsicht, die Gewalt im Delta gegen Shell – Isa, glaub mir, dies ist ein oberirdischer Führerbunker, um uns herum rücken die Armeen näher. Wenn sie ihn über die Ölförderung in Nigeria reden hörte, war Amateurfußball nicht das Letzte, woran sie dachte, es war das Allerletzte. Stattdessen dachte sie an: Untergang. Um den so lange wie möglich hinauszuzögern, arbeitete er wie ein Teufel, erkannte sie bald, er hatte anstrengende, vollgepackte Tage, um sieben Uhr morgens saß er bereits an seinem Schreibtisch, und erst zwölf, dreizehn Stunden später kehrte er zurück in sein Penthouse, in das sein Personal sie manchmal schon hereingelassen hatte, meistens erschien er nach halb neun, und dann hatte er sich, so behauptete er, mitten in der Arbeit davongemacht. Das sei der einzige Weg, «das Zeug so schnell wie möglich aus der Erde zu kriegen», härter arbeiten als der Rest und dazu noch im richtigen Moment ein Gauner sein, versteht sich.

«Ein Gauner? Bist du etwa manchmal ein Gauner?»
«Das Lustige an dir ist, dass du unbedingt alles wissen willst.»
«Findest du, ich bin neugierig?»
«Ich finde dich wunderbar.»

ER HÖRTE VERDAMMT NOCH MAL nicht auf, von Yves Saint Laurent zu reden. An ihrem zweiten Abend tranken sie den 125-Dollar-Moët, sie teilten sich einen Hummer, und er stellte immer mehr Fragen. Am Nebentisch saßen zwei seiner Leibwächter, die anderen passten draußen auf sein Spielzeugauto auf. Lieber wäre sie von den beiden grünen Schmeißfliegen unter Beschuss genommen worden. Lieber hätte sie ihn gefragt, bei wem er seine Söldner anheuerte.

Hans wirkte nicht per se misstrauisch; der YSL-Löffel ließ ihn einfach nicht los – was nicht verwunderte, denn schließlich war es eine gute Geschichte. Wann sie denn in Marokko bei ihm zu Hause gewesen sei? «Vor zwei Jahren, schätze ich.» Und in welchem seiner Häuser? «In seiner Villa in Marrakesch» – sie wusste nicht einmal, dass er mehrere Häuser hatte. «Es war purer Zufall, und ich war da zusammen mit meinem Chef, der kannte ihn persönlich, ich natürlich nicht.»

Sie konnte keinen Millimeter zurück. Und er wusste mehr über die Modewelt als sie. Wer denn ihr Chef gewesen sei, fragte er. «Ach so, ein Brite, ich glaube nicht, dass Sie ihn kennen.» Na, erwiderte er, er habe gut vier Jahre als Junggeselle in London gelebt, er kenne sich im Jetset ziemlich gut aus. «Ah», nahm sie den Faden auf, «und, war es eine schöne Zeit?» – aber nein, er ließ sich nicht von Yves Saint Laurent abbringen, er wollte gern wissen, wer ihr Chef gewesen war, mit dem sie Yves Saint Laurent besucht hatte. Also nannte sie ihm, schon leicht panisch, einen zusammengesetzten Namen, «Simon Spicer», sagte sie – auch das ungeschickt, denn Tim Spicer und Simon Mann, britische Ex-Offiziere, waren die Eigentümer eines der umstrittenen Söldnerunternehmen, über die sie geschrieben hatte und von denen Shell möglicherweise sein Sicherheitspersonal bezog.

Hans dachte kurz nach und fragte dann, ob Yves Saint Laurent etwas von ihr gewollt habe.

«Was meinen Sie?»

«Sex meine ich», und er nahm mit ausgestrecktem Arm, über Krebsscheren und -panzer hinweg, erneut den Absinthlöffel zwischen seine Finger. «Ich finde, es ist kein gewöhnliches Geschenk.»

«Stimmt», sagte sie. «Aber ich wollte nicht. Und außerdem war er natürlich mehr mit dem jungen Mann beschäftigt.» «Ach, ja?», fragte Hans, «war er hübsch?» Doch bevor er auch noch wissen wollte, ob der virtuelle Schandknabe und Yves es in ihrer Gegenwart getrieben hätten, stand sie auf und ging zur Toilette, wo sie sich vor den Kopf schlug und dann bemerkte, dass die Internetverbindung zu langsam war, um den Wikipediaartikel über Yves Saint Laurent zu öffnen. Sehr aufregend, das Ganze. Noch kurz weiterlügen, und dann schnell zurück nach London. Als sie wieder ins Restaurant kam, bezahlte er zum Glück gerade.

Auf dem Rückweg zu ihrem Hotel schlug er vor, in seinem Apartment noch etwas zu trinken. Kommt gar nicht in Frage, dachte sie, es reichte ihr bereits, zu gefährlich, sie konnte nicht; der Yves-Saint-Laurent-Exkurs fühlte sich nicht gut an, was für ein fürchterlich schlechter Plan. «Ich habe Ihnen immer noch nicht erzählt, wie langweilig Öl ist», fügte er hinzu, wahrscheinlich weil er ihr Zögern bemerkt hatte. «Einverstanden», sagte sie zu ihrer eigenen Bestürzung, «gute Idee.»

Sogleich gab er telefonisch an den vorderen Jeep durch, dass sie über Ikoyi fahren würden, die Halbinsel, auf der die Shell-Gebäude lagen. Der Angeberwagen verschwand in der Garage des nicht weit von der Küste entfernten, umzäunten und bewachten Apartmentkomplexes, es wehte eine auflandige, salzige, brütende Brise. War das noch tückisch? Oder einfach dumm? Im Aufzug sahen sie einander im Spiegel an, im getönten Glas wirkte er groß, schwer und lüstern. Vor der Tür seines Penthouse packte er sie im Nacken, nicht sehr fest, wohl aber fester als im MG, und sagte: «Vielleicht hätte Yves ein wenig insistieren müssen, wenn er so gern mit dir ins Bett wollte.»

«So war er nicht», sagte sie und wand sich aus seinem Griff.

88 Wann wird aus tückisch durchtrieben? Gibt es da einen Übergang? Fragt man sie, ist ein tückisches Verhalten, das geruchlos und unsichtbar bleibt wie das Erdgas aus der Blase von Slochteren, durchtrieben. Und erst dann, denkt sie, bringt es was, Spade.

Das Räumfahrzeug kriecht unter einer Überführung hervor, der Himmel reißt etwas auf. An der Geschwindigkeit, mit der die schlierigen Wolken ihre Form ändern, kann sie sehen, was sie viel eher fühlt: Einen Tag nach dem Schneesturm weht es immer noch kräftig, schwarzer Schnee wirbelt auf, schneidende Zugluft zieht durch die Fahrerkabine; wo die fellbesetzten Schäfte ihrer Bärenstiefel enden, umfängt die Kälte ihre Waden durch die Strümpfe hindurch, als ob es die Hände von Star Busman wären.

Gleich am ersten Abend, nachdem sie anderthalb Stunden im durchgelegenen Gästebett abgewartet hatte, schlich sie die mit Läufern bedeckten Treppen des Landhauses hinauf – der samtige Teppich, der ihre Füße kitzelte, in ihrer warmen Hand die Tasche, die sie sich von ihrem Pianobarlohn gekauft hatte. Mit angehaltenem Atem betrat sie Star Busmans Arbeitszimmer, ein nach Pfeifentabak riechendes Mausoleum Tausender von Büchern. Sie ging zu den Fenstern, griff nach der Schnur mit dem ausgefransten Quast, entschied sich dann aber, die Vorhänge offen zu lassen. Sie machte Licht.

Sie kannte das Arbeitszimmer bei Tageslicht, sie und ihr

kleiner Bruder lasen an Sonntagen, wenn unten der Höflichkeit Genüge getan war, da oben Comics. Gut an ihrem Großvater fand sie, dass er alle *Trigan*- und *Storm*-Alben besaß. Erst später wurde sie auf die aus beruflichen Gründen gesammelten Jugendbücher aufmerksam, alles von Karl May bis hin zu Thea Beckman und wieder zurück, und irgendwann hatten Twan und Marco, ihre beiden Cousins aus Zeeland, ihr dann auch den niedrigen Schrank hinter Star Busmans Sekretär gezeigt, in dem «Opas Sexbücher» standen, womit sie *Türkische Früchte* und *The Happy Hooker* meinten.

Von niedriger Wattzahl beschienen, starrte Star Busmans Sekretär sie verdattert an. Aber wehrlos. Sie hatte das Zimmer in ihrer Gewalt. Obwohl der Raum ihr immer noch groß, tief und hoch vorkam, hatte sie ihn imposanter und vor allem gelehrtenhafter in Erinnerung gehabt. Trotz der Bücherschränke voller Enzyklopädien und Wörterbücher, der gesammelten Werke von Louis Couperus sowie der Ausgaben berühmter Russen und der Politikerbiographien haftete ihm, wie sie fand, etwas bemerkenswert Spießbürgerliches an: der Globus, die verlogenen Bildbände zu Nazibonzen, das Regalbrett mit Agatha-Christie-Sammelbänden, das endlose Winkler-Prins-Lexikon, die noch endlosere Geschichte der Niederlande im Zweiten Weltkrieg von Loe de Jong.

Sie holte ihre langen Galahandschuhe aus der Tasche und zog sie an. («Mord ist ihr Hobby», sagte Spade.) Da standen einige bauchige Schubladenschränkchen, doch sie entschied sich, mit einem armeegrünen Archivschrank aus Stahl zu beginnen, offensichtlich abschließbar, aber die Schubladen waren nicht verschlossen; sie gingen schnurrend auf. Die tiefe ganz unten war voller Hängemappen mit Korrespondenz, und sie ließ ihre samtenen Fingerspitzen über die Kunststoffreiter mit den getippten Namen gleiten: Nijpels, las sie, Jaap ter Haar, Miep Diekmann,

Frits Bolkestein. Kein Ed Osendarp und auch kein Johan Tromp; vielleicht zu wenig Snobappeal. Eine Mappe war mit dem Namen Roald Dahl versehen, sie schaute hinein: drei Briefe von Star Busman, ein kurzer von Dahl.

In den weniger tiefen Schubladen darüber befanden sich Bankunterlagen. Ein leichter Stromschlag durchzuckte sie vom Scheitel her bis in die Fingerspitzen. Nicht nötig, ihre Oma lag im Koma. Kleine Kunststoffmappen, Schnellhefter, Ordner; sie inspizierte sie der Reihe nach: Kontoauszüge der Post- und Rabobank, noch mehr Kontoauszüge, Verträge, Durchschläge von Transaktionen. Sie stieß auf zwei längliche Schnellhefter mit flexiblem Kunststoffdeckel, auf den Star Busman, um ihr behilflich zu sein, mit schwarzem Stift jeweils «G.» geschrieben hatte, Genf. Auch hier Kontoauszüge, Hunderte, alle mit dem Logo der Union Bank of Switzerland. Einzahlungsbelege über große Barbeträge auf den Namen von Monsieur A. H. L. Star Busman, sicher aufbewahrt unter den drei barocken Schlüsselchen, die das strengste Bankgeheimnis der Welt garantieren. Nur eben jetzt nicht.

Sie ging mit den beiden Heftern in die Ecke neben der Tür (an der ein großer Spiegel befestigt war; so konnte der Kinderbuchautor sich selbst betrachten, wenn er an seinem Sekretär mit Roald Dahl korrespondierte) und setzte sich, vorsichtiger als früher, in den kleinen Sessel aus grünem Plüsch. Zu ihren Füßen lag ein Stapel *Tim und Struppi*. Obendrauf: *Die Zigarren des Pharaos*.

«Nie von gehört», sagte Spade zu ihrem Erstaunen. Kleiner Scherz. Zur Strafe erzählte sie ihm nicht, was Tim mit ihrem Gemüt gemacht hatte. Überhaupt gingen ihre ethischen Konflikte Spade nichts an; im Landhaus von Star Busman war sie vor allem Kind gewesen, sie studierte erst seit etwa einem Jahr. Wie sie zu Scruffy-Zeiten darüber gedacht, wie sie am Billardtisch über Hans und ihren Großvater geurteilt hatte – sie weiß es nicht mehr, jedenfalls nicht mehr so wie früher. Ihr Großvater und Tim, Tim und ihr Großvater, ein unerwarteter Zweifel nagte an ihrer Verbissenheit. Hatte er vielleicht sein Lieblingsalbum von *Tim und Struppi* herausgesucht, um es mit ins Krankenhaus zu nehmen? Sie dachte über Professor Bienlein nach, über Schulze und Schultze, und darüber vergaß sie, dass sie es eilig hatte. Sie erinnerte sich an einen Nikolausabend, in diesem Landhaus wohlgemerkt, an dem die Mutter von Sien und Suze für Star Busman eine rot-weiß karierte Tim-und-Struppi-Rakete gebastelt hatte. War es richtig, was sie hier tat? War es ihre Aufgabe, sich gegen die Familie zu wenden, die ihr ein Leben in den Niederlanden ermöglicht hatte? Und war sie wirklich die Einzige, die sah, dass der preisgekrönte Kinderbuchautor ein schlechter Mensch war? Sie betrachtete *Die Zigarren des Pharaos*, bestimmt hatte sie den Band gelesen, vor langer Zeit, doch sie hatte keinerlei Erinnerung daran. Der Reporter in seinen kanariengelben Knickerbockern und sein weißer Foxterrier zwischen den Mumien. Ein ehemaliger Staatssekretär, der zum Vergnügen *Tim und Struppi* las und Kinderbücher schrieb? Mit einem Mal war sie sich nicht mehr sicher.

Ihr Blick ruhte auf dem kleinen Schrank mit den Sexbüchern. Obendrauf standen die beiden Silbernen Griffel und gerahmte Fotos von Star Busmans Kindern, ganz rechts ihre Adoptivmutter als junges Mädchen. Bedeutete *Familie* ihr denn selber nichts? Sie ging ein paar Schritte darauf zu, um die Fotos vom Schrank zu nehmen, damit sie sich die Aufnahmen genauer ansehen konnte.

Nein, nicht genug. Sie ließ sie stehen und hockte sich hin, den Kopf schräg vor den verglasten Schranktüren. Durch ihr vages Spiegelbild hindurch sah sie wie damals *Türkische Früchte* und auch das Buch dieser Xaviera Hollander – vermutlich handelte es sich bei all den Büchern auf dem obersten Brett um erotischen Mist, darunter *Ein heißer Eissalon* von Heere Heeresma. Sie sah ein Buch, das *Die Geschichte der O* hieß, sie sah *Venus im Pelz*, und sie sah vier Bücher eines gewissen D. A. F. de Sade. Vielleicht hat der Alte es ja interessant gefunden, Isolde und der BP-Mann in seinem Gartenhaus. Wer weiß, möglicherweise ist er sogar mit einem Teleobjektiv umhergeschlichen. So hatte sie das Ganze noch nie gesehen. Konnte das sein? Gab es auch diese Version ihres Großvaters?

In alarmierender Weise versessen auf diese sechste Variante, machte sie mit einem Klicken eine der Glastüren auf. Der Geruch von altem Papier. Wolkers und Heere Heeresma ließ sie links liegen, die standen in jedem Reihenhaus. Sie nahm einen De-Sade-Band sowie *Die Geschichte der O* und ließ sich damit im Sessel nieder. Sie fing an zu lesen. Das erste Buch, das sie aufschlug, handelte von einer Frau, die mit dem Auto zu einem Schloss gebracht wird; unterwegs wird sie auf der Rückbank von einem Mann mit einem scharfen Messer ihrer Unterwäsche beraubt, er verbindet ihr die Augen und fesselt ihr die Hände auf dem Rücken. Sie schaute sich um. Zufall? Im Schloss angekommen, lässt man sie zunächst eine Stunde in einem dunklen Zimmer warten, bevor sie zu vier Männern geführt wird, die sie zuerst wortlos vergewaltigen und dann auspeitschen.

Sie atmete geräuschvoll aus und schlug das Buch zu. Nach einer kurzen Weile nahm sie das Buch von D. A. F. de Sade, es hieß *Juliette oder Die Wonnen des Lasters*. Es sah merkwürdig aus, ähnelte einem Holzklotz mit einem – wie aus dem neunzehnten Jahrhundert stammenden – Foto eines etwa zwölfjährigen Mädchens darauf, das ein billiges Kleid trug und einen Blumenstrauß in den Händen hielt. So wie manche alte Ansichtskarten war das Ganze mit Aquarellfarben koloriert, kitschig, nostalgisch. Doch irgendetwas irritierte sie: das scheinbar unschuldige «Laster» im Titel, das altertümliche Frauengesicht auf der Rückseite, vielleicht ein Brustbild aus der Zopfzeit, mit widerlich hervorstehenden Augen.

Ihr Großvater hatte den Inhalt, wie sie sogleich bemerkte, gründlich studiert; hier und da standen Notizen am Seitenrand, manche Sätze waren unterstrichen. Die letzte, unbedruckte Seite hatte er unleserlich vollgekritzelt. Sie las irgendeine Seite, die mit einem Eselsohr versehen war. Es war eine seltsame Passage, sie hatte den Eindruck, dass es sich um eine Art philosophischen Lobgesang auf das Begehen von Verbrechen handelte, ihr Großvater hatte das Ende unterstrichen. «Man versuche nur einmal, eine solche Frau davon abzubringen», stand, mit Kugelschreiber geschrieben, darunter, «ich wette, die Schrecken, die sie gefühlt hat, weil sie so weit gegangen ist, sind so wollüstig und heftig, dass sie sich nichts Herrlicheres mehr denken kann, das dem göttlichen Weg, den sie eingeschlagen hat, vorzuziehen wäre.»

Schon *wieder* Isolde? Sie warf das Buch auf den Boden – zu heftig, wurde ihr augenblicklich klar, es gab einen ohrenbetäubenden Rums. War sie irre?

Sie lauschte, ob etwas zu hören war, unten, doch im Stockwerk ihrer Großmutter blieb es still. Keuchend starrte sie ins Halbdunkel. Hatte der alte Sack sie verhext? Hatte er sich an dem Kofferraum aufgegeilt? Oder an dem Brief an Isolde? Sie schlug die Haupttitelseite des Buches auf. «Andries Star Busman», stand dort in blauer Tinte, «Leiden, 25. Oktober 1973». Die energische Handschrift, tief ins muffige Papier gedrückt.

Sie wollte keine Moralistin sein. Mit aller Fairness versuchte sie, ihren Großvater, der im Bronovo an den Schläuchen hing, nicht auf ein paar zufällige Passagen in ein paar zufälligen Büchern zu reduzieren. Er hatte sie nicht geschrieben. Aber sie standen verdammt noch mal in seinem schmucken Bücherschrank. War das genug?

Was sie Spade erzählte, war das hier: Aus dem Schweizer Ordner nahm sie, knips-klick, rund fünfzehn Kontoauszüge aus über zwanzig Jahren, auf denen Einzahlungen von mehreren hunderttausend dokumentiert waren, außerdem Guthaben von über zwei Millionen Schweizer Franken. Sie war so gewieft, aus den entsprechenden Jahren noch Girokontoauszüge hinzuzusuchen, ein Herumblättern, das eine halbe Stunde in Anspruch nahm, aber erfolgreich war: Sie fand Gutschriften von Tantiemen und Den Haager Pensionszahlungen aus denselben Jahren. Sie steckte alles in ihre Tasche. Morgen, wenn ich euch fein säuberlich kopiert habe, werdet ihr wieder nach Hause gebracht.

Genug? Immer noch nicht. Sie durchsuchte eine antike Kommode, die unter Regalbrettern voller Archivkartons mit Manuskripten stand; in ihr fanden sich Garantiescheine, Quittungen, Klebebandrollen, Krimskrams. Dann öffnete sie zwei Schubladen von Star Busmans Sekretär, breit und flach, nach altem Lack riechend und listig versteckt unter der mit grünem Leder abgedeckten Schreibtischplatte. Sie stieß darin auf etwa zwölf gebundene Hefte mit Etiketten, auf denen «Praxeologie» oder «Libertarismus» stand und ein paarmal «Pensées d'Andries». Sie schaute hinein: dicht in derselben kompakten Handschrift beschriebene Seiten, die sie auch von Ansichtskarten aus dem Schwarzwald, aus der Schweiz, aus Bergen aan Zee kannte. Mit jedem weiteren Rechtsverstoß immer nervöser werdend, suchte sie so lange, bis sie Passagen entdeckte, die ihr interessant erschienen: «... im Prinzip unterscheidet eine Strafen verhängende Staatsmacht sich nicht von einer mordenden Mafia, tatsächlich stellt jedes Gewaltmonopol eine Bedrohung für das Individuum dar ...» So ein Unsinn, Opa Dries. «... in diesem Sinne hatten sowohl von Mises als auch Rothbard recht», las sie, «wenn sie die stehlende Staatsmacht als feindlich brandmarken ...»

Sie steckte zwei der mit festen Einbänden versehenen Hefte

in ihre Tasche. Die kleine Frau müsste daraus doch einen netten Artikel machen können.

SPADE GEWANN auch die zweite Partie. Es dauerte noch Wochen, bis sie ihn zum ersten Mal schlug. Auf seinem schläfrigen, täuschend kleinbürgerlichen Gesicht, das durch die hässlichen Zähne in gewisser Weise gerettet wurde, war ein sachliches Fragezeichen erschienen. «Und?», fragte er – das Ergebnis Ihrer Wahrheitsfindung, bitte, die Resonanz in der Presse, die Folgen auf der Richterskala?

Die waren anders, als sie erwartet hatte. Heftiger. Und obwohl die kleine Frau zum Schreiben ihres Artikels lange brauchte – eine Weile dachte Isabelle, er würde gar nicht mehr erscheinen –, kamen sie unerwartet schnell. Schon am Tag des Erscheinens der *Vrij Nederland*-Ausgabe, um sechs Uhr in der Früh, also noch bevor Star Busman überhaupt wusste, dass er mit heruntergelassenen Hosen in der Zeitung stand, fuhr die Steuerfahndung auf dem Landgut vor. Sie hatte einen Wink bekommen. Von wem? Und sie kamen nicht zu zweit auf eine informative Tasse Kaffee. Rund zwanzig Leute, darunter Polizei und Zoll, berichtete Marij abends am Telefon, Suchhunde, Maschinenpistolen, die Auffahrt abgesperrt mit rot-weißem Flatterband. Die Fahnder hatten einen Lieferwagen dabei, in dem Star Busmans Unterlagen verschwanden, mit Klebeband verschlossene Archivschränke, zwei Tresore, der komplette Sekretär, Laptops und PCs, Ordner, Telefone, aber auch Gemälde, Vasen und Antiquitäten, bei denen festgestellt werden sollte, von welchem Geld sie bezahlt worden waren. Alles aus Gold und Silber, Uhren, Geld und Wertpapiere. Opa Dries' Münzsammlung.

Opa Dries selbst.

Er habe sich in Gegenwart eines bewaffneten Steuerfahnders

anziehen müssen, erzählte Marij. Kein Wort habe er mehr mit seiner Frau wechseln dürfen, mit niemandem. Soweit sie wisse, sitze er in einer Isolierzelle. Sehr gut möglich, dass er immer noch nicht darüber informiert sei, was in *Vrij Nederland* stehe. Auch in Delft hätten sich zwei Steuerfahnder gemeldet, in Zivil, aber mit einem Schreiben, in dem darauf hingewiesen werde, dass ein Anruf bei Star Busman 135 000 Gulden koste – ein teures Inlandsgespräch.

«Tja», sagte Spade, um den Tisch herumgehend und auf das Tuch schauend, «so ist das. Man behandelt dich wie einen Verbrecher, weil du ein Verbrecher bist.»

Der Artikel in *Vrij Nederland* erledigte Star Busman. Darin war sich der Familienclan vollkommen einig. Zuerst erledigte der Artikel seinen Charakter, und am Ende erledigte er den Alten selbst.

«Verdächtigte man Sie?»

«Keine Ahnung. Wahrscheinlich konnten sie sich nicht vorstellen, dass ich so etwas tun würde.»

Als sie sich nach einem Monat zum ersten Mal wieder nach Delft wagte, hörte sie von Marij und Peter, dass ihr Großvater immer noch nahezu manisch versuche herauszufinden, wer ihn «gefickt» habe, wie er es nenne.

«Das verstehe ich nur allzu gut», antwortete sie. «Das war aber auch ein verdammt übler Streich, der ihm da gespielt wurde. Vielleicht ist es blöd, das zu sagen, aber man könnte fast denken, jemand aus der Familie steckt dahinter.»

«Opa ist davon überzeugt, dass es einer aus der Familie war», sagte Marij.

Einmal habe sie die *VN*-Frau angerufen, um die Geheimhaltung zu «checken», berichtete sie Spade.

«Für einen guten Journalisten ist das eine Beleidigung», erwiderte er.

«Sie meinte, sie würde eher ihre Familie verraten als eine Quelle.»

Darüber musste Spade lachen.

Die Redaktion habe einen Brief von Star Busmans Anwalt erhalten, erzählte ihr die Journalistin, außerdem habe Djuna Star Busman angerufen, und auch Star Busmans Biographin habe versucht, etwas herauszubekommen.

Zwei Wochen später saß die Biographin ihr in der Küche der Pyramide gegenüber, Cora Struijk-De Groot, eine hellblonde, gescheiterte Kinderbuchautorin mit belanglosen, langweiligen Fragen zu Übernachtungen, Star Busmans Kinderbüchern und Isabelles Meinung dazu. Schön, natürlich. Vor allem die Bello-Serie, die habe ihr eine Vorstellung vom Hungerwinter '44/'45 und von der Widerstandsbewegung vermittelt. Aber dann kam die Frau auf Star Busmans Ansichten über Adoption zu sprechen; sie kenne den Talkshow-Auftritt, sie habe ihn auf Band, Mai 1994, konkretisierte sie, ihren Teelöffel mit einem Taschentuch polierend. Ihr Großvater sei ein kluger Mann, erwiderte Isabelle, was er im Radio oder in den *Elsevier*-Kolumnen sage, basiere meist auf wissenschaftlichen Studien. «Was mein Großvater über Adoption gesagt hat, wird also wohl stimmen.» Was für eine Tusse, diese Cora Struijk-De Groot. Sie sei durch den unerwarteten Schlussakkord von Star Busmans Leben selbst «ein wenig von der Rolle», gestand sie. Du Schnepfe, nickte Isabelle verständnisvoll, du solltest doch froh darüber sein.

Knapp ein Jahr nach der Hausdurchsuchung durch die Steuerfahndung und der Festnahme, nach den bohrenden, reißerischen *follow-ups*, nach den infamen Berichten und Kolumnen in anderen Zeitungen, dem Gerichtsverfahren und der Verurteilung – zu einer Steuernachzahlung und einem Bußgeld in siebenstelliger Höhe sowie einer Bewährungsstrafe – kam der körperliche Rückschlag. Obwohl der Wald aus Tumorgewächsen in Star Busmans Blase, o wundersame Natur, sich als nicht bösartig erwiesen hatte, zeitigte die Wahrheit negative Folgen. Zu viel Gegenwind für den Alten. Wut, Demütigung und Scham fraßen ihn auf; mitten im Sommer 2000 brach er sich beide Hüften, als er die große Treppe in der Diele hinunterstürzte, und landete erneut im Bronovo, wo eine Lungenentzündung ihn von seiner Schande erlöste.

Spade sog an seinem Zahn. Und gab ihr den Job.

DER FAHRER DES OHRENKNEIFERS hält an einer Bushaltestelle und springt aus dem Führerhaus. Er wartet, auf und ab hüpfend, knurrend vor Kälte oder vor Ruhelosigkeit. Der Jugendliche und der Mann rutschen in Richtung Fahrertür, schauen wie Fallschirmspringer über den stählernen Rand der Kabine und wagen den Sprung.

Ausstieg gut, alles gut. Die drei bleiben noch eine Weile beieinander stehen und diskutieren allem Anschein nach heftig, Geldscheine wechseln den Besitzer. Muss sie nachher auch sofort bezahlen? Ich hätte die Fünftausend von Ludwig doch nehmen sollen. Mit lautem Ächzen kommt der Fahrer wieder an Bord und lächelt ihr kurz zu, eine Art erwartungsvolles Grimassieren. «So», sagt er. «Alle beide stinken nach was anderem.»

«*One to go*», sagt sie treudoof.

Diesmal nicht, denkt sie, doch meistens mag sie Fahrer, man kann sie aushorchen, sie kennen Geschichten, sie wissen viel. Der, neben dem sie stundenlang gesessen hatte, wenn man alles zusammenzählte jedenfalls, war Hans' Fahrer und Leibwächter gewesen, ein gedrungener, tiefschwarzer Mann in den Sechzigern, ein Moslem, der zu ihrer Freude Descartes hieß; er hatte lauter Denkerfalten. Abends, wenn Hans Feierabend machen konnte, ließ er sie von ihm in ihrem Hotel abholen. Ihre Frage, ob er sich für Philosophie interessiere, beantwortete er in schwer verständlichem Englisch mit einer Gegenfrage: Ob sie verheiratet sei? «Eine dezente Erkundung, ob du erpressbar bist», erklärte ihr Hans, nachdem Descartes sie bei ihm abgesetzt hatte. Dass der Fahrer über ihre Besuche in seinem Penthouse Stillschweigen bewahre, gab er selbst sofort zu, das habe er bereits erkauft; hätte er das nicht getan, dann würde Descartes seiner Frau, wiederum gegen Bezahlung, den Ehebruch stecken, wenn sie aus Houston wiederkäme, und das wolle er doch lieber vermeiden.

«Ich habe eine phantastische Frau», sagte Hans, «wirklich, ich liebe sie, aber sie hat eine Charakterschwäche: Ehrlichkeit. Mit der besten Absicht lügen, die Wahrheit zurechtbiegen, schachern, Korruption, Nigeria – das alles ist ihr ein für alle Mal zuwider. Sie hasst meine Welt.»

«Also sie, wie heißt sie …?»

«Barbara. Und sie ist ein Schatz. Ich vermisse sie.»

«Deinem Schatz ist es also lieber, dass du ihr von … äh … uns berichtest?»

«O ja, auf jeden Fall. Ehrlichkeit geht ihr über alles. Zuerst bedankt sie sich bei mir dafür, sie schätzt das, dann geht sie in die Küche und zieht das schärfste Fleischmesser aus dem Block. Also bezahle ich Descartes mit einem breiten Grinsen.»

«Ich würde so einen Erpresser auf der Stelle entlassen.»

Ach, sagte Hans relativierend, jeder in Lagos versuche den lieben langen Tag, einem anderen Geld aus der Tasche zu ziehen, das sei ein Nationalsport, sein Chauffeur verhalte sich marktkonform. Im Übrigen finde er, dass Descartes ein vertrauenswürdiger Mitarbeiter sei; der Mann sei sehr glücklich mit dem verhältnismäßig fürstlichen Gehalt, das Shell ihm zahle, und solange es regelmäßig Lohntüten gebe, werde er sich auch loyal verhalten.

In der letzten Woche saß sie zweimal pro Tag eine halbe Stunde in Descartes' Toyota Landcruiser, offenbar der Wagen für den Alltag, Hans' blauer Sportwagen blieb in der Garage. Vielleicht wäre es angemessener gewesen, auf der Rückbank Platz zu nehmen, doch sie zog es vor, möglichst viel über den Mann zu erfahren, was sich jedoch als nicht ganz einfach erwies: Descartes etwas zu entlocken war ebenso schwierig, wie mit einem feuchten Klotz Hartholz Feuer zu machen, sie musste fortwährend pusten und die Glut schüren, und die einzigen Themen, über die er mit einer gewissen Begeisterung sprach, waren Geld und sein Geburtsort Dukku. Der lag in einem nördlichen Bundesstaat Nigerias, wo die Gesetze der Scharia galten, erfuhr sie. Seine Familie lebe noch dort, er habe elf Kinder von drei Frauen, und mit allen dreien sei er verheiratet, erzählte ihr Hans, der das äußerst komisch fand; er stellte sich riesige Wäschekörbe vor, in denen sich Berge von Niqabs türmten.

Viel Glück brachte die Polygamie Descartes nicht; nachdem seine beiden ältesten Söhne arbeitslos geworden waren, hatte er sich gezwungen gesehen, ohne seine Frauen nach Lagos zu gehen, auf der Suche nach Arbeit und Lohn. Auf Anordnung eines örtlichen Schariagerichts sei einem seiner arbeitslosen Söhne eine Hand abgeschlagen worden, erzählte er nach einigem Drängen erstaunlich ungerührt, wegen Diebstahl und Weiterverkauf eines Mopeds. Kurze Zeit später habe man die Frau des einhändigen Sohns beim Ehebruch erwischt – vielleicht, so stellte Isabelle es sich vor, erstickte der jähe Armstumpf, das Fehlen der streichelnden aktiven Hand, im ehelichen Bett die Lust von Mann und Frau? Das hatte der Schwiegertochter einhundert Stockschläge eingebracht. Die Folter wiederum hatte einen Bandscheibenvorfall nach sich gezogen, wie Isabelle aus Descartes Umschreibungen schloss, wodurch die untreue Frau nicht mehr in der Lage war, den Haushalt zu führen. Seitdem wohnten sein einhändiger Sohn und dessen verkrüppelte Frau samt ihren Kindern – von denen eines Osama hieß, nach Osama Bin Laden, einem Volkshelden in Dukku und eigentlich in halb Nigeria – wieder bei Descartes zu Hause. Er war also froh, eine Arbeit zu haben.

Nachdem diese zentralen Dinge abgehandelt waren, trocknete ihr Gesprächsstoff aus. In den Phasen der Stille begann Isabelle, sich zu fragen, was sich hinter Descartes' dunkler, faltiger Fassade abspielte, wie er sie sehen und einschätzen mochte, was er über ihre kurzen Röckchen und blutroten, halbhohen Stiefelchen dachte, wenn sie um halb zwei in der Nacht über beleuchtete vierspurige Straßen nach Victoria Island fuhren.

KLEIDUNGSSTÜCKE waren sowieso ein Thema. Bereits am dritten Abend verlangte Hans von ihr, 120 000 Naira aus dem Geldautomaten zu ziehen, ein imposantes Bündel von Geldscheinen, mit dem sie am nächsten Tag Sachen kaufen sollte, für die er auf einem kleinen Shell-Schreibblock, den er ihr überreichte, «Vorgaben gemacht» hatte – ihre «Einkaufsliste». Also verschriftlichte sie am nächsten Morgen zunächst Interviews mit Milizenführern, die sie während ihrer Tour durch das Delta aufgenommen hatte, und trat erst danach auf die in brütender Hitze daliegende Straße. Ein Taxi ohne Klimaanlage brachte sie zu derselben Shoppingmall, in der sie sich bereits die asymmetrische Bluse und das Chloé-Röckchen gekauft hatte. Für fünfzigtausend Naira kaufte sie ein Paar Schuhe mit sehr hohen Absätzen. Was Material (schwarzer Lack), Modell (vorne geschlossen, Bleistiftabsätze, kein Riemchen), Preis (mindestens, umgerechnet, 200 Dollar, billigere lehnte er von vornherein ab) und Höhe (zwölf Zentimeter oder höher) anging, würden sie, so dachte sie, seinen Wünschen sicherlich entsprechen. In den Dessousabteilungen verschiedener Warenhäuser suchte sie nach durchsichtigen weißen, rosafarbenen oder schwarzen

Höschen; auf jeden Fall müssten sie dort transparent sein, wo ihre Schamlippen den Stoff berührten, stand da – so welche fand sie nicht, die gab es nicht, dachte sie, wohl aber kaufte sie ein zitronengelbes Höschen aus sehr dünner Spitze, durch die man, wie sie auf dem Hocker in der Ankleidekabine feststellte, alles schimmern sah. Besser als nichts.

Die meiste Zeit brauchte sie, um eine Strumpfhose zu finden, die nicht dicker als zwölf Denier war; sie nahm extra ein Taxi, um nach Ikoyi zu fahren, wo es angeblich ein Dessousgeschäft gab. Die Strumpfhose, die sie schließlich fand – nicht in dem Dessousgeschäft übrigens, sondern in einem kleinen Laden, in dem man Fliegenklatschen und Badelatschen kaufen konnte –, hatte sogar nur acht Denier und eine Naht mit einer Art eingewebter Schleife an der Ferse.

Einen Sexshop schien es nicht zu geben. Sie hatte danach bei Google gesucht, mit Suchwortkombinationen wie «sex shop toys Lagos» – doch ohne Ergebnis, das Einzige, worauf sie stieß, war ein dubioser Onlineshop, doch um dort noch etwas zu bestellen, war es bereits zu spät, wenn denn überhaupt etwas verschickt worden wäre. Auf der Straße hatte sie sich bei zwei jungen Frauen nach diesem Sexshop erkundigt, doch beide waren, ohne zu antworten, mit rascheren Schritten weitergegangen. Die Inhaberin des Dessousgeschäfts reagierte gefasster, doch sie war sich sicher, dass es «so etwas Teuflisches» nirgendwo in Lagos gebe.

Deshalb hatte Isabelle in demselben Krimskramsladen einen klassisch geformten Eierbecher aus gelbem Kunststoff gekauft. Wieder im Hotelzimmer angekommen, blieb ihr noch eine Dreiviertelstunde. Zuerst schnitt sie mit einer Nagelschere den verstärkten Schritt aus der Strumpfhose, anschließend versuchte sie mit einer Sicherheitsnadel, die sie ganz unten in ihrer Tasche fand, ein Loch in den Boden des Eierbechers zu bohren, was ihr erst gelang, als sie mit einem Feuerzeug die Spitze der Nadel erhitzt hatte. Sie nahm ein Bad und presste unter Wasser den Rand des Eierbechers an ihren Anus – fluchend. Keine Chance, natürlich, doch nachdem sie sich abgetrocknet und aufs Doppelbett gelegt hatte und es ihr gelungen war, die feuchte Spitze ihres Deosticks einzuführen, schaffte sie es, gleich nachdem die glatte Kugel herausgerutscht war, den eingefetteten Rand des Eierbechers hinter den Schließmuskel zu zwängen; es tat weh, doch danach glitt das Ding relativ problemlos hinein. Der gelbe Eierbecherfuß ruhte bündig auf ihren Pobacken, wie sie mit Hilfe eines Make-up-Spiegels feststellte, die beiden Hälften waren nun ein klein wenig gespreizt; es sah professionell aus. Sie zog das gelbe Höschen an und setzte sich vorsichtig auf den schwarzen Kunstledersessel neben dem Bett. Keine gute Idee.

Als sie wenig später das Hotel verließ und sah, dass Descartes wie üblich den muskelbepackten Beifahrersitz ein Stück nach hinten schob, um dann, die Hand an der Maschinenpistole, energisch und massig um den Toyota Landcruiser herumzustiefeln und ihr die Tür zu öffnen, da fühlte sie sich, noch ehe sie Blickkontakt aufnehmen konnten, unwohl. Die Absätze waren absurd hoch, es sah unmöglich aus; sie dachte kurz an Marij und Peter. Wahrscheinlich war sie so ziemlich die Einzige auf der Insel, die bei diesem Wetter eine Strumpfhose trug. Am liebsten hätte sie auf der Rückbank Platz genommen, doch das wäre, da sie sonst immer neben Descartes gesessen hatte, merkwürdig gewesen, vielleicht sogar beleidigend, und außerdem würde es den Eindruck erwecken, auch sie selbst finde, sie sehe aus wie eine nicht allzu teure Prostituierte.

Als sie sich hinsetzte, spürte sie sofort, dass ihr ganzes Gewicht auf dem Eierbecher ruhte, was bereits nach wenigen Sekunden einen stechenden Schmerz in ihrem Hintern verursachte. Ihr blieb nichts anderes übrig, als beide Hände unter die Pobacken zu schieben und ihr Becken ein wenig zu kippen, sodass ihr Schritt sich einige Zentimeter nach vorne schob und der Eierbecher den Sitz nicht mehr berührte. Ihre größte Sorge war, dass Descartes irgendwas aus dem Handschuhfach brauchte, seinen Ausweis zum Beispiel, und so einen ungehinderten Blick auf ihre zerschnittene Strumpfhose und alles, was sie preisgab, werfen konnte. Sehr viel mehr gab es ja nicht mehr: ein ärmelloses Schlaf-T-Shirt, das sie aus London für den Fall mitgebracht hatte, dass es einmal kalt war, mit einem breiten Gürtel darüber. Zieh etwas Kurzes an, hatte Hans gesagt.

Dem Fahrer war nichts anzumerken, und einen Moment fragte sie sich, ob er die Bildsprache der Pornographie überhaupt kannte. Ob er in seinem Dorf Internet hatte, wusste sie nicht, und auch nicht, ob Descartes seine drei Frauen je anders sah als nackt oder im Niqab. Dennoch waren sie beide stiller als an den Tagen davor; Descartes widerstand mit steinerner Miene den Straßenverkäufern kurz vor der Brücke nach Ikoyi. Er tankte auffallend oft, auch diesmal; sie war sich ziemlich sicher, dass er nachts Benzin abzapfte. Während Descartes den Toyota volltankte, dachte sie daran, was sie über die Scharia gelesen hatte. Ehebruch, unbedeckte Körperteile, Blasphemie, Diebstahl, alles für sich genommen eine Sünde.

So ungezwungen wie möglich, übertrieben freundlich sogar, erkundigte sie sich, ob er sich auf die bevorstehenden Weihnachtstage freue – was dämlich war, er feierte Weihnachten natürlich nicht; zum Glück aber lenkte er das Gespräch von sich aus auf Neujahr, obwohl man den Jahreswechsel, wie er sagte, in Dukku zu einem anderen Zeitpunkt begehe; in seinem Dorf lebe man im Jahr 1429, und erst am 31. Januar 2009 beginne für ihn das Jahr 1430.

«Spätmittelalter», sagte sie lächelnd auf Niederländisch.

Er schaute sie fragend an, sagte aber nichts. Von seiner in

Falten gelegten schwarzen Stirn ging eine massive Unerschütterlichkeit aus, er hielt seine stechenden, leicht hervorstehenden Augen wenig nahbar auf die breite Hauptstraße gerichtet. Sein kurzer Stiernacken versank im Kragen seiner Jacke, aus dem weiße Stoppeln hervorkletterten, die sich auf seinem Kinn fortsetzten. Wenn er sich auf den Verkehr konzentrierte, wirkte er wütend – aber auch irgendwie rührend, fand sie. Isabelle stellte sich vor, wie er frühmorgens in einem Schlafzimmer irgendwo in Lagos einen seiner anthrazitfarbenen Schaffneranzüge anzog, während sein Kopf vom Schlafmangel noch summte. Er fuhr sie immer später in der Nacht wieder zurück, und wenn sie es richtig verstanden hatte, dann stand er an jedem Werktag bereits um 6.45 Uhr wieder vor dem Apartmentkomplex.

Als sie die Brücke hinunterfuhren, verschaltete Descartes sich; aus dem Getriebe erklang ein schnarrendes Geräusch, und als er, auf den Schaltknüppel schauend, seinen Fehler korrigierte, da ließ er seinen Blick über ihre Beine gleiten, jedes Mal, wenn sie danach an einer Ampel hielten, huschte sein Blick erneut dorthin. Ein intensiver, gebannter Blick. So wie alle Strumpfhosen hatte auch diese hoch oben auf ihren Oberschenkeln eine Art Grenzlinie, über der das Nylongewebe dichter wurde, ein Wendekreis des Krebses, den man nicht sah, wenn man sich anständig anzog. Jetzt sprang der Rand ins Auge; mit einem Mal fand sie, dass eine außergewöhnlich obszöne Wirkung davon ausging. Empfand Descartes das genauso? Weidete er sich an dem, was er sah? Oder war er schon dabei, die Zahl der Stockschläge zu bestimmen, die sie verdiente?

87 Oder beides, so wie Hans.

Eine halbe Stunde später presste sie ihr Kinn auf das knorrige Holz seines Esstisches, an dem die Crew einer Bohrinsel Platz gefunden hätte, so lang war er – «in Nigeria hergestellt», hatte er am Abend davor zufrieden gesagt, als sie süßen Reis und toxische Flusskrabben daran aßen. Jetzt krallten ihre Finger sich um den gegenüberliegenden Rand; wenn sie loslasse, werde er sie mit den glattgrauen Seilen fesseln, die aufgerollt in einem Sessel lägen, verhieß er ihr, was auch für ihre Füße galt, die sie weit auseinander halten musste. Zwischen ihren Zähnen klemmte ein lackierter Bambusstab mit ledernem Griff. Sie konnte Hans nicht sehen, «nach vorne schauen», sagte er, wenn sie ihren Kopf auch nur ein winziges bisschen drehte. Genau vor ihre Nase hatte er ein Paar schwarze Highheels auf den Tisch geknallt. Wem sie gehörten, wusste sie nicht, möglicherweise seiner texanischen Frau; es waren andere als die, die sie gekauft hatte und die er höhnisch abgelehnt hatte. Mit ausgestreckter Zunge konnte sie eine der roten Sohlen berühren – was er sie hatte tun lassen: Sie musste an den Schuhen lecken – und ja, sie sah ja selber, dass sie schicker und sexyer waren als die, die sie anhatte. Sie verdiente in der Tat Stockschläge. Spucke triefte ihr aus den Mundwinkeln, und sie musste immer wieder schlucken, was ihr, mit der Waffe zwischen den Zähnen, nicht gelang.

Es wunderte sie nicht, was da gerade passierte. Das – wie sie hier stand, was Hans mit ihr anstellte, das sexuelle Privatkalifat, das er in *no time* errichtet hatte – entsprach natürlich in etwa dem, was sie erwartet hatte; ihre Verwunderung galt dem Kontrast zu den beiden Abenden davor, an denen alles anders gewesen war. Die verliefen auf eine klassische, ebenfalls vorhersagbare Weise und erinnerten sie stark an die paar Essen, die sie mit vermögenden, einflussreichen Männern abgesessen hatte: stundenlanges Anhören von Anekdoten über Häuser, Boote und Begegnungen mit Prominenten, über exzentrische, geldverschlingende Ex-Frauen; viel zu teure Weine, aufgesetzt jugendliches Benehmen, schweres Aftershave, die altmodischen Casual-Klamotten, gestreifte Polohemden, Wildlederslipper, Hausmäntel, die schließlich ausgezogen wurden, wenn unbeholfen das angepeilt wurde, was bisher aufgeschoben worden war und jetzt dazwischengeschoben werden sollte. Der Sex war meist nicht gut. Mächtige Männer essen oft schlecht, sie bewegen sich schlecht, sie schlafen schlecht. Na gut, sie sind durchaus geistreich, sie quatschen dir ein Ohr ab, sie tragen Maßanzüge, teure Oberhemden – doch genau davon hat man beim Vögeln nichts. Sie täten gut daran, ihren Spitzenjob aufzugeben oder zumindest Viagra zu schlucken. Aber sie vergessen, Viagra zu bestellen. Und wenn sie doch daran denken, Viagra zu bestellen, dann haben sie keine Zeit, zur Apotheke zu gehen, eine Nummer zu ziehen und auf einem harten Stuhl so lange zu warten, bis sie an der Reihe sind, um die Schachtel in Empfang zu nehmen. Und wenn sie den Mut haben, ihre Sekretärin loszuschicken, dann schlucken mächtige Männer das Viagra zum falschen Zeitpunkt, sodass ihr kleiner CEO am Ende doch zu früh oder zu spät strammsteht. Außerdem sind mächtige Männer dick und weiß.

Nun fand sie Hans nicht hässlich, unter seinen modischen, eleganten Anzügen schwabbelte wenig, erst recht für einen Topmanager Anfang fünfzig. Sein dunkelbraunes, grau durchschossenes Italienerhaar trug er selbstgefällig, sein Augenaufschlag, der glitzerte wie das Zeug, das er *asap* aus dem Boden holte, war selbstgefällig. Die Furchen, die durch sein strenges, überhebliches Gesicht gepflügt waren, waren es hingegen nicht; er sah so mitgenommen aus, dass man hinter der Maske einen empfindsamen, rücksichtsvollen Mann vermuten konnte. Schlechte Menschen haben Babygesichter. Seine Brust war eine graue Tundra, seine kräftigen Fußballerbeine hingegen waren glatt. Er roch nach Erdöl, sogar nach dem Duschen – «was du riechst, ist Teersalbe», sagte er augenzwinkernd und deutete auf die Ekzemstellen, die er mit grauer, körniger Salbe aus einem großen weißen Plastiktopf eincremte, der im Kühlschrank stand. «Je mehr Stress», sagte er und zeigte ihr eine himbeerrote, faltige Ellenbogenspitze, «umso größer ist das Ekzem. Möchtest du, dass ich mich parfümiere?»

Als sie das erste Mal miteinander schliefen, verhielt er sich beinahe teilnahmslos, seine Erektion fühlte sich langweilig an, ja wenn es so etwas gab, dann hatte er einen langweiligen Schwanz, verwöhnt wie ein Dickerchen im Schwimmbad. Als hätten auch sie schon vor Monaten den Termin vereinbart – dahingehend hatte er sich über sein Sexleben mit Barbara geäußert. Es war nach der Fahrt mit dem Stimorolauto, ihr zweites Treffen, sie hatten beschlossen, bei ihm zu Hause zu essen, damit sie mehr Zeit hätten. Sein zweistöckiges Penthouse lag da wie ein Absatz aus dem Groschenheft, gebadet in orangerotes Abendlicht; alle Schiebetüren und Fenster waren geöffnet, aus verdeckt aufgestellten Lautsprechern erklang leise Berieselungsmusik. Während der ersten Stunde schlichen Bedienstete mit Champagnerkübeln und dampfenden Speisen in Keramikschalen herum, wodurch sie erst spät allein waren. Schließlich, und doch recht resolut, nach einer Art ungeschicktem Standardtänzchen mitten in dem riesigen Zimmer, zog er sie zu einer meterlangen weißledernen Couch, einem Möbel mit zahllosen Kissen und dazugehörigen Fußteilen, dem Prunkstück seiner Einrichtung. Ansonsten gab es in dem Penthouse vor allem Zeichen der Vorläufigkeit: zu billige Bücherschränke, zu billige weiße Baumwolllampenschirme für einen Mann mit seinem zweifellos mastodontischen Einkommen. Aber die Couch war beeindruckend: ein Kunstwerk des Komforts, das sich unter herabhängenden Zimmerpflanzen und «naiver nigerianischer Malerei», wie er die ruppigen, farbenprächtigen Leinwände an den gemauerten Wänden umschrieb, in allerlei Richtungen verzweigte. Mit den Zungenküssen auf der grotesken Couch stimmte alles, die gefielen ihr: Er hatte volle, begierige Lippen und einen guten, neutralen Geschmack, die Schwelaugen ganz nah, das knurrende Atmen; sehr bald schon hatte sie ihm die Hose abgestreift und den aufgedunsenen Steppke in sich eingeführt. Sie vögelte ihn im Sitzen. Es hatte etwas Surreales, etwas sehr Surreales, aber zugleich war es so bestürzend normal, dass sie keine Sekunde lang an den Kofferraumbrief dachte. Jahrelang war ihr in den seltsamsten Momenten dieser Brief eingefallen, und gerade jetzt gar nicht. Mit seinen großen, trocknen Fingern kniff er ihr in die Brüste, wobei er eine Art melodieloses Brummen ausstieß, und währenddessen dieses uninspirierte, fade Rumgevögel.

Sie dachte: Das wird nichts mit ihm, so formulierte sie es, ein lahmes Klischee, sogar ihr Sprachzentrum langweilte sich. Solange sie arhythmisch auf seinem Schoß auf und ab wippte, fürchtete sie, Hans würde sie nie wiedersehen wollen, zumal er vorzeitig aus ihr herausglitt. Nach ihrem Scharmützel wurde er aber erstaunlich gesprächig, vielleicht um das erotische Luftloch zu füllen, und sagte ihr Dinge, die sie, nachdem sie von Descartes nach Victoria Island zurückgefahren worden war, sofort in Word eingab. Während sie an die vielen Notizen dachte, die sie in den letzten Wochen gemacht hatte, und vor allem an die Interviewmitschnitte, wurde sie von trübsinnigen Gedanken überfallen. Vier Jahre sind, verdammt noch mal, vergangen, und sie hat, abgesehen von ein paar *FT*-Artikeln, nicht einen Buchstaben veröffentlicht. Vorerst kein Meisterwerk über stürzende Erdölbosse in Sicht.

Nach ihrer Nullnummer waren sie bis nach Mitternacht auf der Riesencouch hängengeblieben – Hans, aus der Bahn geworfen, gequält lächelnd wie beim Zahnarztbesuch, einen behaarten Arm auf dem niedrigen, endlosen Lederrückenteil ausgestreckt, der andere über ihre Hüften streunend, die Finger zwischen ihre Zehen gezwängt, als wäre ihr Fuß eine Hand, und sie mit dem Kopf auf seinem Schoß, den sich bewegenden Adamsapfel im Blick, während er recht detailliert erzählte, wie die Chinesen versuchten, Nigeria zu übernehmen. Gut so – sprich. Offen wie eine gekochte Muschel, reagierte er auf ihre zum Weiterreden animierenden Bemerkungen; sie fragte in halb gelangweiltem Ton, was er denn von den Chinesen in Nigeria halte, und zeigte sich höflich interessiert am Umgang der nigerianischen Minister mit dem *yellow player*, wie er sich ausdrückte, der neu in Nigeria sei und absurd hohe Angebote für das Offshore-Bonga-Ölfeld von Shell mache. Sie wollte fragen, wie hoch die denn seien, traute sich aber nicht; dies schien ihr eine zu direkte Frage zu sein, und daher sagte sie so ahnungslos wie möglich, dass es dabei wohl um Millionen gehe. «Milliarden», erwiderte Hans, «die Chinesen werden mit Kusshand das Dreifache dessen hinblättern, was Shell jetzt dafür bezahlt. Solange deine Landsleute keine Schriftzeichen für Ozonschicht oder bedrohte Tierarten haben, werden wir gegen sie den Kürzeren ziehen.»

Er schien zwar erleichtert darüber zu sein, dass sie sich nicht über seine mäßige Leistung lustig machte, doch er war ganz offensichtlich verunsichert, nicht mehr so selbstgewiss. Was sie eigentlich verwunderte. Mit tiefer, träger Stimme kündigte er an, in den kommenden Wochen abends weniger Zeit zu haben; abgesehen davon, dass es ziemliche Scherereien wegen der Jahresbilanz gebe – er müsse sich noch zwei Buchhalter vorknöpfen und sie zurechtstauchen –, wolle er in diesem Jahr auch seine Weihnachtsansprache ausformulieren und sehe sich daher leider gezwungen –

«Solche lästigen Arbeiten solltest du von einem Untergebenen erledigen lassen», unterbrach sie ihn. «Ich war lange die Sklavin meines ersten Chefs. Wenn du wüsstest, was der mir alles aufgetragen hat.»

Hans räusperte sich und schluckte auf eine Weise, die ihr zeigte, dass sie den richtigen Weg gewählt hatte. Warum nicht früher, dachte sie und legte sich anders hin.

NOCH EIN HALB GESUNKENES SCHIFF, Nummer drei. In das intensive Weiß des Schnees blinzelnd, späht sie zwischen den schuppigen Apartmenthäusern hindurch auf das Wrack, hundert Meter vor dem Hafen von Korsakow. Auch das ein Fischkutter, allem Anschein nach. Man könnte denken, das Ding blutet, denn an Eiszapfen tropft eine Art Rostwasser an der Teehaube aus Schnee herunter; es sieht dramatisch aus.

Sie lassen die Außenbezirke von Korsakow hinter sich und malochen an dem entlang, was die Südküste von Sachalin sein dürfte. Ein Schriftsteller, wahrscheinlich Tschechow, hat den unteren Teil der Insel mit einem Fischschwanz verglichen, und obwohl das, mit der Landkarte vor Augen, zutreffend ist, erinnert die vollständige Silhouette sie eher an ein aufgeklapptes Rasiermesser, schneidend wie die Kälte, scharf wie der Kampf ums Öl, schrecklich wie die Geschichte dieser Nachgeburt Sibiriens.

Früher einmal hatte Siem Sigerius ihr ein sehr dünnes Buch über so ein altmodisches Rasiermesser geschenkt, eine kurze Erzählung über einen Friseur, der es einem Mann an die Kehle setzt, der einst, in einer anderen Zeit, in einem anderen Land, sein Folterer im Lager war und jetzt zufällig in seinen Laden kommt, Rasieren bitte – eine Geschichte von einem Russen, sie weiß nicht mehr, von wem, nicht Tschechow, moderner. Sie kann immer weniger mit Literatur anfangen, sie liest lieber Journalistisches. Lieber *All The President's Men* als *All the King's Men*, und das galt in noch sehr viel stärkerem Maße für Spade, der glühend vor Stolz behauptete, «mit Unsinn nichts anfangen zu können, und erst recht nichts mit ausgedachtem Unsinn». Nicht lange nach ihrer Kür gab er ihr das Buch von Bernstein und Woodward, Hausaufgaben, genau studieren, was sie natürlich schon vor Jahren getan hatte.

Doch Hans stand durchaus auf ein bisschen Fiktion. Weil normaler Sex kaum Wirkung auf ihn hatte, beschloss sie von einem Moment auf den anderen, die perverse Flügelmutter, die es irgendwo in seiner Libido geben musste, ein klein wenig fester zu drehen. Eigentlich, und nicht unbedingt in froher Erwartung, hatte sie damit gerechnet, dass es von Hans ausgehen würde, eine simple Handlung, nach der das Phantom der Stopera zum Leben erwachte, der Erdölgebieter, der sie gebieterisch seinem gebieterischen Wesen zuführen würde. Doch so einfach war es offenbar nicht. Es verlief alles so zäh und abtastend wie zwischen Menschen aus Fleisch und Blut. Es könnte ja sein, dachte sie, ausgestreckt auf der Angebercouch liegend, dass ihr resolutes Sich-Herauswinden aus seinem Klammergriff, beim ersten Mal da vor der Penthousetür, ihn entmutigt hatte – das konnte sie sich zumindest gut vorstellen. Ihr Name: durchgestrichen. Hatte ihr Großvater möglicherweise doch recht gehabt? Musste es am Ende doch vom Sklaven selbst ausgehen?

Sie wollte bei ihm bleiben. Na ja, ihn weiter treffen, korrigierte sie sich, ihn aushorchen, das war es, was sie wollte – wir vögeln zum Nutzen unseres Erdölbuchs, das weiß ich ganz genau.

«Du warst also die Modesklavin dieses Mannes?», fragte er.

«Ja», antwortete sie, «das kann man wohl sagen ... tja, das war schon eine besondere Zeit.»

«Ach ja? Eine unangenehme Erfahrung?»

«Eher ... überraschend, würde ich sagen. Nicht unangenehm.»

«Das hat dir also gefallen, ein strenger Chef.»

«Ja. Ist das merkwürdig?»

«Kommt darauf an, was du unter streng verstehst.»

Sie lachte.

«Na los, sag schon – was ist für dich streng?»

Einen Moment lang war sie versucht, ihm eine Unsinnsgeschichte über diesen fiktiven Vorgesetzten aufzutischen, irgendeinen Kofferraumabklatsch, um herauszufinden, ob sie die beiden Büschelaugenbrauen unter seinem Haaransatz zum Verschwinden bringen, ihn kurz erschrecken konnte. Doch dann schien ihr dies eine schlechte Idee zu sein. Es gab genug Männer, die nicht mehr darauf versessen waren, wenn sie nicht mit einem Eisbrecher durch relative Unberührtheit pflügen konnten. Nein, sie blieb auf der Modemädchenschiene. «Äh ... wenn er einem sehr dringende Aufträge erteilt?»

«Du wirst also gern herumkommandiert, schließe ich daraus.»

«Glaube schon, ja. Aber es hatte auch was von *wannabe*.» Faszinierend, wie leicht sie diesen Mann, nachdem sie vor einer Minute noch gefährlich deerotisiert auf seiner Riesencouch gelegen hatten, in einen Strudel der Lust ziehen konnte.

«Dein Chef?»

«Ja. Pseudostreng, wenn's darauf ankam.»

Breite, kräftige Hände in ihrem Nacken, sanft Druck ausübend, die Stimme weicher: «Das ist komisch. Ein pseudostrenger Chef, der zurückrudert. Meinst du, ich würde zurückrudern, wenn's darauf ankommt?»

«Keine Ahnung.»

Er griff nach ihrem Kinn und verpasste ihr eine Ohrfeige – nicht besonders kräftig, aber ganz bestimmt nicht sanft.

«Ich glaube nicht, dass du zurückrudern würdest», murmelte sie, weil seine Hand ihr Kinn noch immer festhielt. Die andere legte er in ihren Schritt, einen Finger zwischen die Schamlippen, die Fingerspitze auf ihren Anus.

«Ab jetzt sagst du Sie, wenn du feucht bist.»

«Gut … Sie müssen es dann aber ordentlich machen, wenn Sie meinen Chef spielen.»

«Auch noch Forderungen stellen, soso.» Er setzte sich gerader hin, schloss seine große, freie Hand um ihre Kehle und drückte zu. «Hat dein Chef dich ausgeschimpft?»

«Andries?», fragte sie atemlos, aber unbesonnen. «Nein, nie. Sie meinen mit ‹Schlampe› oder so?»

«Zum Beispiel.» Er fingerte sie hart und ungehobelt, was ein klatschendes Geräusch machte.

«Nein», sagte sie heiser. «Das traute … er sich … nicht.» Mühsam atmend legte sie eine Hand auf seinen Schwanz, der groß und hart war. Sie holte ihm einen runter. Es war kein Trichter, dieser Abend – es war ein seifiger Abhang, den sie zusammen hinunterglitten.

SO KONNTE ES GESCHEHEN, lieber Edward, liebe Freunde von Ed, liebe Familie Star Busman, Oma Star Busman und alle anderen Anwesenden, schön, dass Sie gekommen sind – so konnte es geschehen, dass eure eigene Adoptivtochter, Adoptivschwester, Enkelin und Kusine fast zwanzig Jahre nach der harschen Scheidung von Isolde und Ed irgendwo im nervenaufreibenden Nigeria, mit gespreizten Beinen und bis auf schmerzhaft hohe Highheels und eine Strumpfhose nackt, vornübergebeugt auf der harten Tischplatte von Johan Tromp landete, mit einem Stück Bambus zwischen den Zähnen und einem gelben Eierbecher im Anus, noch weitere Schmerzen fürchtend, aber doch auch in beträchtlichem Maße sexuell erregt und mit gespitzten Ohren dem lauschend, was dieser Ihnen allen bekannte ehemalige BP-Mann und Freund der Familie ihr zublaffte.

Vor allem Befehle. Aber auch eine Auswertung der Aufträge, die er ihr erteilt hatte. Darin seien Nigerianer schlecht, sagte er heiser, aus ihrem eigenen Öl eine ordentliche Strumpfhose herstellen – also hätte sie eine andere kaufen sollen. Sie musste zulassen, dass er ihr in den Hintern kniff, dass er ihr Schläge verpasste, dass er mit seinen Fingernägeln über ihre Kniekehlen und Waden fuhr, ja dass er wie ein Viehbauer ihre Fußgelenke umfasste und in die Warenhaus-Strumpfhose griff, bis er das Nylon zu packen bekam und von ihrer Haut zog. «Müll», sagte er und schlug ihr ein paarmal so gemein auf die Waden, dass sie den Tischrand losließ.

Sofort landete seine Hand in ihrem Schritt, er kniff durch das kanariengelbe Höschen hindurch in ihre Möse. «Tisch festhalten – schnell, jetzt.» Sein Atem rasselte, sie hörte, wie er sich wringend und reibend selbst befriedigte. Hin und wieder legte er den Shell-Notizblock auf ihren Rücken und schrieb etwas auf, sie hatte keine Ahnung, was, vielleicht eine Wertung, so wie beim Turmspringen oder Turnen. Er machte einen kräftigen Punkt und ließ, so wie jedes Mal, Block und Stift auf die Bodenfliesen fallen.

Er hockte sich hin, mit knackenden Knien, sie spürte, dass er den Slip beiseitezog und guckte. «Gelb zu gelb», sagte er, «sehr kunstvoll», fühlte kurz an dem Eierbecher, den er als solchen, schien ihr, noch nicht erkennen konnte, und fing an, wie ein Kind, das seinen Willen haben will, an dem Höschen zu ziehen. Der Stoff schnitt zwischen ihren Schamlippen ein, sie versuchte, keinen Schmerzenslaut von sich zu geben, stöhnte insgeheim aber dennoch. Er zog mit einem schnellen, viel festeren Ruck, es tat weh, das Höschen spannte sich und schnitt noch mehr ein, er zog noch fester – es riss und scheuerte unter ihr weg.

Er zog ihre Pobacken auseinander, als wollte er einen Apfel spalten. Tief in ihrem Anus steckte er, ein stechender Schmerz, sie stieß einen unartikulierten Schrei aus. Mit aller Kraft umklammerte sie den Tischrand, doch der Abwehrimpuls war zu stark: Ihre Hände fuhren zu ihrem Hintern und umfassten Hans' Handgelenke.

«Zurück», befahl er.

«Dud weh», murmelte sie.

«Halt dich verdammt noch mal am Tisch fest», schnauzte er.

Sie umklammerte wieder die Tischkante, doch er war unzufrieden, er sagte, «du bist eine ungelehrige Schlampe».

Sie versuchte zu schlucken. Er ging um den Tisch herum; erst jetzt sah sie, dass er bis auf das offenstehende Hemd nackt war, sein nur noch halbsteifes Glied befand sich im «Energiesparmodus», wie er es einmal genannt hatte. Er nahm die Taue vom Sessel und hockte sich vor ihren Händen hin. Er begann, ihre Handgelenke aneinanderzufesseln, knurrend, eine ganz offensichtlich routinierte Handlung, und fragte sie, Knoten machend und Schleifen legend, ob ihr Blut noch zirkuliere («ja»), zog dann das Seil unter dem Tisch durch und band es irgendwo außerhalb ihres Blickfelds fest, ging um den Tisch herum und fixierte fluchend zuerst ihren linken Fußknöchel an einem Tischbein, dann den rechten am anderen.

Der Eierbecher bewegte sich. Er war daran zugange, reflexartig spannte sie ihre Pomuskeln an: Sie spürte etwas Warmes, «entspannen, Muskeln lockern, Schlitzauge. Hintern hoch … los, schnell.» Er zog sie an dem Eierbecher in die Höhe. «Das alles muss schneller gehen, wenn ich dir etwas sage.»

Die Wärme stammte von seiner Zunge, er leckte die Haut um den Eierbecherfuß. Dann nahm er ihn zwischen die Zähne; sie meinte, seine Lippen zu fühlen, während gleichzeitig an dem Eierbecher gezogen wurde, immer kräftiger, ihr Anus zog zurück, actio gegengleich reactio, auch in den sonderbaren Regionen des Körpers. Das Ding rutschte heraus. Hans gab eine Art Stöhnen von sich. Einen Moment war es still, ihr Innerstes brannte. Betrachtete er den Eierbecher? Sie spürte, dass er ihn auf ihrem Rücken abstellte. Sie hörte ihn tief seufzen, und im nächsten Moment zischte etwas durch die Luft, seine Hand, sie machte sich unbewusst auf einen Schlag gefasst, doch er katapultierte das Plastikding wie ein Golfer ins Zimmer. Ein ordentliches Stück weit entfernt tickte es ein paarmal klirrend auf die Fliesen, und noch ehe der Eierbecher ausgerollt war, folgte das Echo: vier kräftige Schläge mit seinen großen, flachen Händen auf die Seiten ihres Pos. Es fühlte sich an, als schlüge er den Schmerz in sie hinein, wie Nägel.

«Zehn zusätzlich», sagte er. «Weil du dich selbst lächerlich gemacht hast. Und noch fünfzehn dazu, weil du *mich* lächerlich gemacht hast. Was glaubst du, wer du bist? Der Osterhase?»

Sie dachte an Descartes und seine Schwiegertochter, an den Bandscheibenvorfall, den die Frau erlitten hatte, weil man sie einhundertmal mit dem Stock geschlagen hatte. Sie dachte an ihren Großvater, und sie dachte einen Moment lang an Spade, der ihr am Nachmittag noch eine SMS geschickt hatte mit dem verbindlichen Hinweis, sie solle «ihr Essen selbst bezahlen».

«Was willst du zuerst haben?»

«Schtockschlähe», sabberte sie.

Er zog den Bambusstab zwischen ihren Zähnen hervor und rieb das Ding an ihren Haaren trocken, als handelte es sich um ein Salatbesteck. Dann legte er ihn ihr in den Nacken und stützte sich auf die Enden, kräftig, das harte Holz schnitt in ihre Wirbel, sie hörte ihn schnaufen, es war unheimlich, sie lag in ihrer Spucke.

«Zuerst die Stöße», sagte er und ließ los. Er schob ihr den Stab wieder zwischen die Zähne. Sie schloss die Augen und stellte sich vor, dass lavendelfarbiger Lidschatten darauf war, sie bildete sich, so gut es ging, ein, dass sie Isolde war, manchmal exakt die Isolde von damals, mit dem blonden Pferdeschwanz und der warmherzigen Stimme, die am Samstag zum Tanzen ins Tivoli ging, dann wieder Isolde, die Kindergärtnerin, die zwei Kinder und einen kleinen Bauernhof hatte, sich jetzt aber, gefesselt von einem Erdölboss, ficken ließ – das erregte sie gerade so, dass sie ihn zunächst einmal nicht spürte, sein dickes, nicht allzu langes Glied, derart feucht wurde sie von der Mimikry.

Er stand hinter ihr, in der Faust hielt er, wie einen Zügel, den aufgerollten oberen Rand der Strumpfhose und versetzte ihr, laut zählend, langsame, kräftige Stöße mit einer einem Brecheisen nicht unähnlichen Erektion; es fehlte nicht viel, und er hätte sie von der Tischplatte gehoben. Bei jedem Schlag, mit dem sein behaarter Unterleib gegen ihren Hintern stieß, schob sich der Tisch einen polternden Zentimeter nach vorn. Der Penis war jetzt angeschaltet. Man hatte Hans gestern, als Descartes sie zurück ins Hotel brachte, operativ mit einem ganz neuen Exemplar ausgestattet. Fäden raus, und sieh dir das mal an: Die impotente Mattheit war verschwunden, der vorige Abend schien eine falsche Erinnerung zu sein, etwas, das sie missverstanden hatte. Ja, es lag auf der Hand, dies musste der Johan Tromp sein, den er selbst gern sah, wenn er sich unbeobachtet glaubte.

«DA MUSS ICH HIN», sagt sie zu dem orangefarbenen Fahrer und deutet wie ein munterer W. I. Lenin in die nahe Zukunft: auf einen gewaltigen Industriekomplex, der sich in der Ferne abzeichnet. «Zum Öl.»

Die LNG-Anlage dominiert die Bucht wie ein gestrandetes Mutterschiff aus *Kampfstern Galactica*, der Science-Fiction-Serie, die sie früher mit Cléber in Delft geguckt hat; über das noch vage Wirrwarr aus Rohrleitungen, Kühlteichen und riesigen, zylinderförmigen Lagertanks ragt eine aus roten und weißen Röhren zusammengesetzte Abfackelanlage hinaus, an deren Spitze eine meterhohe Flamme lodert. Einen Leuchtturm benötigt die Südspitze von Sachalin nicht.

Der Fahrer nickt. Einen goldenen Zahn im Mund eines Landstreichers, so nennt man hier das, was Shell und Gazprom gebracht haben, und das meint sie aus seiner Griesgrämigkeit herauslesen zu können. Nicht ein Inselbewohner, der durch die Ölindustrie auch nur eine Kopeke mehr in der Tasche hätte, ungeachtet aller Versprechungen. Sie fragt ihn auf Englisch, ob er gegen Sakhalin Energy sei. Er reagiert erst nicht, schüttelt dann heftig den Kopf, «no problem, immerhin haben wir jetzt schöne Bars und Bordelle», lacht kurz und dröhnend auf und schweigt wieder – Ende des Interviews.

Der kann sie mal. Sie fühlt sich befreit, der leere Sitz zwischen ihr und dem Fahrer hat eine günstige Auswirkung auf ihre Stimmung – zum ersten Mal an diesem Tag entsteht Raum in ihrem Kopf, ihr Selbstmitleid verflüchtigt sich. Mit neuer Energie schaut sie zur Ölstadt mit ihrem unendlich langen Industriepier hinüber, ebenso gewaltig wie gewalttätig. Ihr Mund steht offen. Sie kann dagegen nichts tun; sobald sie in die Nähe von Erdöl kommt, dem Erdöl selbst, fängt ihr Hirn an, Dopamin zu schwitzen. Das passiert nicht, wenn sie irgendeine beflaggte Konzernzentrale betritt oder an der Wall Street mit einem Trader Kaffee trinkt, der nie ein Ölfass aus der Nähe sieht. Der heiße Dunst einer Raffinerie, der ihr auf die Lungen schlägt, Tankwagen, die ausschwenkend ihre rohe Fracht transportieren, das Rattern über ihrem Kopf, wenn sie in einem Hubschrauber auf einer Bohrinsel landet – sie liebt das alles. Das Chaos, das rund um ein Bohrloch herrscht, das in Wirklichkeit überhaupt nicht chaotisch ist, sondern ein Optimum an Ordnung, Technik und nicht nachlassender Tatkraft. Selbst der pneumatische Höllenlärm auf so einem treibenden Centre Pompidou schärft ihre Sinne und gefällt ihr, der Gestank aus den Eingeweiden des Planeten, er brennt ihre Lungen frei, es ist ein physisches Erlebnis.

Achtunddreißig Stockschläge. Sie hatte sie laut mitzählen müssen, an jenem Eierbecher-Abend, die meisten landeten am unteren Rand ihrer Pobacken; dort jedenfalls waren am nächsten Morgen die dunkelroten Striemen am deutlichsten, wie sie im Hotelspiegel sah. Während die peitschenden Hiebe auf sie niedergingen, und noch Stunden danach, spürte sie einen schneidenden, tiefsitzenden Schmerz. Und obwohl sie auf der Rückfahrt nach Victoria Island kein Osterservice mehr im Hintern hatte, konnte sie erneut kaum sitzen. Descartes' Blick ausweichend und von einer unbestimmten Furcht erfüllt, er könnte in einem Rutsch zum Gericht in Dukku durchfahren, wo sie eine Hand oder einen Fuß würde dalassen müssen, wurde ihr bewusst, dass alles, was sie und Hans nach der Geißelung noch getan hatten, gestochen scharf in ihren Kontrollraum eingegangen war. Der Schmerz war erstaunlicherweise stimulierend gewesen, intensivierend, ein wenig so, als ob sie Drogen genommen hätte. In den darauffolgenden Tagen bildeten sich dort, wo sie am härtesten getroffen worden war, horizontale Krusten, schwarze Spuren, über die sie mit verzweifelter Verwunderung immer wieder ihre Fingerspitzen gleiten ließ, als stünde dort in Blindenschrift geschrieben, was sich seit dem Kofferraumbrief geändert hatte. Wieso ließ sie sich von diesem Trabanten ihres Großvaters beschimpfen und verprügeln? Um Isolde Osendarp nachzufolgen, als wäre die eine Heilige? In der Hoffnung, Informationen abzugreifen? Sie fragte sich, wer oder was in sie gefahren war.

86

De Sade war in sie gefahren. Schon lange davor, mit einem U-Boot.

Mitte Dezember 2000 – es war der düstere, konfuse Winter nach der Feuerwerkskatastrophe, es schien, als hätte selbst die Zeit einen benommenen Kopf – rief ihre Adoptivmutter an. Ob sie Interesse an Büchern ihres Opas habe. Seit Star Busman eingeäschert war und seine Frau in einer Seniorenwohnung lebte, stand das Landgut zum Verkauf, und jetzt, da es einen ernsthaften Kaufinteressenten gab, organisierte die Familie am zweiten Weihnachtstag ein letztes Essen, laut Marij der Schlussstrich unter einer Ära. Vorgesehen war, dass nach dem Nachtisch jeder nach oben in Großvaters Bibliothek gehen konnte, um sich dort zu bedienen. Anfang Januar sollte dann jemand vom Den Haager Antiquariat De Slegte kommen und die Restbestände an sich nehmen.

Obwohl Isabelle am ersten Weihnachtstag einen grippalen Infekt hatte und nicht sonderlich erpicht war auf ein Familientreffen am Ort des Verbrechens, blieb ihr am nächsten Morgen kaum etwas anderes übrig, als sich aufzuraffen. Durch Abwesenheit zu glänzen kam ihr unklug vor. Die Publikation des Artikels war fast ein Jahr her und die Einäscherung vier Monate, doch weil der Familienclan sich noch immer fragte, wie Star Busmans Bankunterlagen bei *Vrij Nederland* hatten landen können, zählte Isabelle Verfolgungswahn zu ihren positiven Eigenschaften.

Im Auto stellten Peter und Marij ihr nur wenige Fragen; die Antworten, die sie gab, klangen irgendwie nicht wie sonst, dann und wann vertat sie sich mit einem Wort. Sie redete eine Weile über die Grünen Füchse, bis ihr auffiel, dass sie ja Feen meinte; ziemlich angespannt, das Ganze.

Auch im Landhaus war die Atmosphäre unbehaglich und, trotz der Feuer in den beiden offenen Kaminen, kühl. Isabelle hatte bereits von Marij gehört, dass die schicksalsergebene Versöhnung, die eintreten kann, wenn ein alter Mensch stirbt, ausgeblieben war. Der Clan schien dafür noch nicht bereit zu sein: zu verletzt, zu beschämt und dann auch noch uneins, nicht nur wegen des Erbes wie in anderen Familien, sondern auch über das weitere Vorgehen mit der Biographie. Seit den Enthüllungen waren ihre Onkel und Tanten nicht mehr sonderlich versessen auf ein Buch über Star Busman, obwohl der Alte bis zum Schluss nicht aufgehört hatte, der Struijk-De Groot-Tusse eine Gehirnwäsche zu verpassen, wie Isabelle von Peter erfuhr, in seinen Worten: «ihr Informationen an die Hand zu geben». Die Veröffentlichung verhindern, das schien unmöglich; die Frage war, und darüber gingen die Ansichten sehr weit auseinander, ob die Öffnung von Star Busmans Archiven den Schaden eher größer oder kleiner machen würde.

Da stand das Rudel, Star Busmans rund zwanzig Kinder und Enkel, und sah, was das Finanzamt im Leben einer hinfälligen Witwe angerichtet hatte, die irgendwo in Den Haag in ihrer Wohnung friedlich Kreuzworträtsel löste und von dem Essen nichts wusste. In der Eingangshalle gestapelte Kartons, die schon vor Monaten gepackt worden waren, Schränke mit gelbem Klebeband über den Schubladen, Gemälde in Luftpolsterfolie, entlang der Treppen die gähnend weißen Rechtecke. Auf dem Esstisch im Jagdzimmer standen Schalen eines Cateringservices mit belegten Sesam- und Mohnbrötchen, Christstollen,

Erbsensuppe, Senfsuppe. Ein Brötchen mit Cranberry-Paté essend, lauschte Isabelle einer sachverständigen Einschätzung der baulichen Substanz, mit gedämpfter Stimme vorgetragen von Tante Djunas zweitem Ehemann, einem Immobilienspekulanten, der sich offenbar um den Verkauf kümmerte und Marij über undichte Stellen im Dach auf der Portalseite informierte, über Hausschwamm, der große Flächen im Hinterhaus befallen hatte, über einen eingestürzten Schornstein, lose und durchhängende Regenrinnen, über ein respekteinflößendes Holzwurmimperium im Gros der Dachspanten sowohl des Land- als auch des Gartenhauses und über eine Bodenabsenkung von etwa fünfzehn Zentimetern, die die Ursache dafür war, dass der Wohnzimmerboden abfiel und eine der Außenmauern Risse von der Art eines Baumgeästs aufwies, was zudem zur Folge hatte, dass die Wasserleitung des blauen und des grünen Badezimmers kurz davor waren zu brechen. Alles meine Schuld, dachte sie.

Ehe der Gratiseinkauf begann, mussten sie mitten in Star Busmans Arbeitszimmer eine Ansprache von Karen, der ältesten Tochter, über sich ergehen lassen, eine Rede, die gezwungen locker anfing, aber schon bald vom Groll gegen den Journalismus aller Zeiten und Länder verschlammte, vom subtil – man könnte auch sagen: in Steißlage – formulierten Verdacht gegen jeden, der während Star Busmans Krankenhausaufenthalt im Landhaus gewesen war. Karen sah trotz ihrer majestätischen Erscheinung müde und verbissen aus. Außer mir muss sich niemand angesprochen fühlen, dachte Isabelle; alle sind unschuldig – doch alle leiden. Diese Erkenntnis flackerte auf wie Fieber, möglicherweise war es aber auch andersherum, und das Fieber kam wie eine Erkenntnis: *Zwischen ihr und dieser Familie war es endgültig aus.* Im Spiegel neben der Tür betrachtete sie ihren stoischen Gesichtsausdruck; obwohl sie sich alles andere als wohl fühlte, sah sie das der exotischen Fassade da nicht an. Eine hübsche, straffe Visage hast du, dachte sie.

Das Hamstern ging los. Die Erwachsenen hüstelnd, aber schweigend, die jüngsten Cousinen und Cousins verhalten entfesselt. Da gingen sie hin, die *Tim und Struppis* und die *Storm*-Alben, die Bücher von Evert Hartman und Jan Terlouw. Isabelle selbst hatte eine geheime Mission, sie wollte unbedingt das Buch von de Sade haben, das über diese Juliette, als Jagdtrophäe, als Gedächtnisstütze – aber Sien, die stets an ihrer Seite blieb, schaute ihr die ganze Zeit auf die Finger. Der Form halber nahm sie daher zuerst zehn andere Bücher, davon die Hälfte aus dem Schrank, in dem eigentlich vor allem Philosophen standen, wie ihr jetzt, davor hockend, auffiel. Außer einem Wälzer von Hella S. Haasse legte sie absichtlich Franzosen auf ihren Stapel, de Beauvoir, Montaigne, Bataille, Proust (die Hälfte kannte sie nur vom Namen her), verdeckte aber *Juliette oder Die Wonnen des Lasters* noch sittsam mit einer großen, in Leder gebundenen Bibel. Die kam gerade recht. Sie musste dringend ihre Absinthrede vorbereiten.

Sie war eigentlich schon fertig, als Egon, ihr brille- und zahnspangetragender achtjähriger Cousin, lauthals mit seiner Schwester Frida um das Buch *Pluck mit dem Kranwagen* zu streiten begann, der Moment, in dem das Arbeitszimmer implodierte: Zwangsläufig hatte jeder, der über achtzehn war, wieder den Cartoon aus *de Volkskrant* vor sich, in dem ein maliziös dreinschauender, geifernder, ihm wie aus dem Gesicht geschnittner Star Busman mit seinem dicken Hintern auf Plucks Kranwagen saß und dem Ding die Sporen in Richtung Schweiz gab, sein Speckrücken behängt mit einer Traube aus an den Rüsseln zusammengebundenen Sparschweinen, während Pluck mit blutiger Nase am Straßenrand lag. Die Zeichnung von Jos Collignon hatte eine Woche vor Star Busmans Tod den Preis für den besten politischen Cartoon gewonnen – eine absurde Auszeichnung, fanden Marij und Peter, ein regelrechtes Nachtreten, als wäre in dem ganzen Jahr nichts Wichtigeres passiert.

Auf jeden Fall nichts Witzigeres.

Das Gekabbel der beiden Kinder zerschnitt die sich vertiefende Stille, bis der Vater der beiden dazwischenging. «Aufhören», sagte er, «her mit dem Buch», bevor er es mit verkniffenem Gesicht am Buchrücken entlang in zwei Teile riss und die beiden Hälften, während die anderen mit offenem Mund zusahen, in den offenen Kamin warf.

«Was machst du da?», fragte Djuna.

«Das siehst du doch», erwiderte Rupert, der Onkel, den Isabelle am besten leiden konnte. Er galt als der eigensinnige, künstlerisch versierte Nachkömmling, ein Mann mit glattem, zu langem blonden Haar und einem Ring im Ohrläppchen, der sehr kleine abstrakte Gemälde schuf, die ihm kein Geld einbrachten. «Ich werfe das Kinderbuch ins Feuer.»

Es war eine merkwürdige, theatralische Geste, insbesondere für den unterkühlten Rupert, der normalerweise Distanz zu dem Zirkus wahrte und Familienessen vorzugsweise mied.

Stille.

Dann begannen Peter und Karen, zögerlich zu applaudieren, es sollte brennen, zur Hölle mit Pluck – doch Rupert wischte den Beifall mit einer Handbewegung weg. Er müsse etwas loswerden, sagte er. Während der Beerdigung habe er als Einziger nicht gesprochen, weil er an jenem Tag noch «zu traurig und zu rachsüchtig» gewesen sei.

Jetzt geht's wieder los, dachte Isabelle, doch was folgte, war keine verspätete Eloge. Er sage es nur ein einziges Mal, hob ihr Onkel an, nämlich *dass er nichts mit der Sache zu tun habe*. Was Star Busman ihnen erzählt habe oder auch nicht und was die Familie auch immer darüber denke … es habe nichts mit der Wahrheit zu tun. Dass sein Vater während der letzten Monate seines Lebens verrückte Dinge gedacht habe, vergebe er ihm; wenn man derart hinter die Fichte geführt werde, dann verändere das die Wirklichkeitswahrnehmung. «Und ja, Papa und ich standen nicht auf allzu gutem Fuß – aber ich habe meinen Vater geliebt, auf meine Weise.» Mit vierzig hatte Rupert die Bank Mees & Hope verlassen und war an die Kunstakademie gegangen, worüber sowohl seine Mutter als auch Star Busman in Tränen ausgebrochen waren, Erstere vor Besorgnis, Letzterer vor Enttäuschung, woraufhin ihr Sohn sehr bald schon von einer Kieferchirurgin geschieden wurde – laut Star Busman ohne triftigen Grund.

«Papas Anschuldigung stimmt hinten und vorne nicht», fuhr Rupert fort. «Ich habe es nicht getan. Nicht. Ge. Tan.»

Karen erwiderte in schrillem Ton, dass es nicht Star Busman gewesen sei, der auf ihn «getippt» habe, sondern Struik-De Groot. Isabelles Tante war eine große, knochige Frau mit kräftigen Augenbrauen, das vergangene Jahr hatte sie hexenhaft mager werden lassen. «Papa hat dir nur die Erkenntnisse seiner Biographin mitgeteilt, mehr nicht.»

«Ihr wisst alle, dass Frida und Egon hier zu Besuch waren», sagte Rupert, «als, äh ... diese Dingens hier eindrangen. Die beiden haben alles gehört und gesehen. Ich habe sie kaum herbekommen, heute Morgen. Nicht zu Opas Haus. Sie sind verschreckt.» Rupert rieb sich das Gesicht. «Hunde, die Türklingel. Sie weigern sich, bei Freunden zu übernachten.»

«Wenn ich ehrlich bin», sagte Karen, «macht die Übernachtung deiner Kinder damals, genau in dem Moment, als die Steuerfahndung auftaucht, denselben inszenierten Eindruck wie deine Aktion soeben. Na los, sag schon.»

Rupert atmete schwer. Wie Karen war auch er mager geworden, sein Malerkörper schien wie ein eingetrockneter Pinsel in seinen moosgrünen Anzug eingewickelt zu sein. Marij ging zu ihm hin, legte einen Arm um seine weit nach oben gezogenen Schultern. «Komm, mein Lieber, wir gehen mal kurz in den Garten, zusammen.» Während ihr Onkel sich folgsam aus dem Zimmer führen ließ, nieste Isabelle dreimal nacheinander.

«Kind», sagte Karen und fühlte dabei ihre Stirn, «du hast Fieber.» Das Kind war immer näher an den Kamin herangetreten, ihr Rücken, Hintern und die Schenkel fingen beinahe Feuer, und dennoch zitterte sie am ganzen Körper.

Als Peter sie später zum Bahnhof Hollands Spoor fuhr, fragte sie, was Karen gemeint habe. Ihr Adoptivvater erzählte ihr, dass diese Struijk-De Groot auf Betreiben von Star Busman herausgefunden habe, dass sowohl *Vrij Nederland* als auch die Steuerfahndung und Onkel Rupert den Termin verschoben hätten. Er habe die Biographin ordentlich buddeln lassen.

«Den Termin?»

«Der Veröffentlichung, des Zugriffs und der Übernachtung bei Oma und Opa.»

Isabelle dachte einen Augenblick nach. Sie wähnte sich unantastbar. «Das erinnert mich daran», sagte sie daher, «wie man uns im Seminar den Unterschied zwischen Kausalität und Korrelation erklärt hat.»

Peter sah sie kurz an.

«Wenn in Delft die Zahl der Störche, die Nester auf den Schornsteinen bauen, und der Babys pro Einwohner in gleicher Weise zunimmt, dann ist der Zusammenhang zwischen diesen beiden Phänomenen nicht kausal.»

«Stimmt», sagte ihr Adoptivvater. «Babys kommen aus dem Kohl.»

«Aber es kann eine Korrelation bestehen. Wenn die Schornsteine wärmer sind, setzen sich häufiger Störche drauf, und gleichzeitig sind die Menschen häufiger zu Hause und haben es gemütlicher.»

«Interessant.»

«Ja, nicht?», sagte sie. «Doch in Ruperts Fall scheint mir kein Zusammenhang zu bestehen.»

SIE FAND ES BITTER für ihren Onkel, bei dem sie, in Amsterdam-Noord, als Kind gelegentlich übernachtet hatte. Doch es war nicht ihre Schuld. Sie drückte sich in die Ecke eines Zweiersitzes und schloss die Augen, noch ehe der Zug losfuhr. Es war Star Busmans Schuld, das hatte man davon, wenn man 1,68 Millionen, die eigentlich dem niederländischen Staat gehörten, hinterzog. Das hatte man davon, wenn man dem eigenen Sohn die kalte Schulter zeigte, sobald er kleine abstrakte Bilder malen wollte. Wenn man seine Enkel im Radio provozierte.

Sie döste ein und stürzte sogleich kopfüber durch die Oberfläche eines grünblauen Moors, in eine Welt, in der Kindergärten sich als Krematorien erwiesen und feste Überzeugungen als gefährliche Anemonen mit prächtigen Giftkelchen. Als sie aus dem Schlaf hochschreckte, saß ein korpulenter Junge neben ihr, der auf seinen braunen Haaren ein grün-rotes Rentiergeweih trug. Sie erreichten die Außenbezirke von Utrecht, nasser Schnee klatschte wie Speichel gegen das Abteilfenster, und alles schien verändert zu sein. Ihren Traum hatte sie sofort wieder vergessen, doch die Wirklichkeit des Nachmittags kam ihr verzerrt vor, von Emotionen gefärbt. Ihr Gewissen schmerzte, sie hatte darauf gelegen, wie es schien. Mit glühend heißem Kopf fragte sie sich, was sie getan hatte und wer sie war. Und auch: wer sie nicht war und was sie unterlassen hatte. Star Busman war im Hinblick auf seinen einzigen Sohn im Irrglauben gestorben, das war unabänderlich, aber dass der gesamte Clan sich seinem Irrtum anschloss, nicht. Wenn sie so überzeugt davon war, richtig gehandelt zu haben, warum hatte sie dann nicht die Hand erhoben, als Rupert bloßgestellt wurde? Warum hatte sie nichts gesagt?

Um sie herum standen Leute auf, das vollfette Weihnachtsrentier neben ihr wickelte sich einen Schal um die diversen Kinne. Sie nahm das Nokia aus ihrer Manteltasche, suchte nach Marijs Nummer. Feige war sie gewesen, über die Maßen feige; sie ließ ihren transpirierenden Daumen wenige Millimeter über der Anruftaste schweben. Ein paar Sitzreihen von ihr entfernt hob ein junger Mann eine Reisetasche von der Gepäckablage, und blitzartig erkannte sie Ludwig. *Fuck.* Sie wandte ihr Gesicht ab und duckte sich langsam, nutzte die Kopfstützen als Sichtschutz. Nicht gerade jetzt.

Während sie darauf wartete, dass der Zug anhielt und die Türen sich öffneten, versuchte sie, sich die sehr absehbaren Folgen einer Beichte auszumalen. Sie würde auf der Stelle verstoßen werden, das auf jeden Fall. Ihre Tat war unverzeihlich. Im Lichte von Star Busmans Vernichtung würden sogar Marij und Peter ihr nicht vergeben können. Mit den schweren Büchern in der Hand, die sie in Meulenhoff-Tüten transportierte, achtete sie beim Umsteigen darauf, dass sie nicht in Ludwigs Blickfeld geriet; sie war zu aufgewühlt, um bis Enschede, anderthalb Stunden lang, ein schleppendes Gespräch zu führen und ihrem Gewissen dabei die Gelegenheit zu geben, seinen nagenden Gang zu gehen. Sie schaltete ihr Telefon aus, um zu verhindern, dass Marij *sie* anrief und sie Star Busman in einem Moment der Unaufmerksamkeit den Sieg in den Schoß warf. Von dem Gedanken wurde ihr noch unwohler, als ihr sowieso schon war. Eine Beichte würde sie mit einem Schlag zu einem Kuckuckskind machen, zu einem Doppelagenten, einem Rasputin. Wie ein betrunkenes Studentenverbindungsmädchen legte sie ihren Kopf auf einen Ausklapptisch.

Erst jetzt dachte sie an die Biographie, auch darin würde Rupert als der Schuldige genannt werden; damit war bei dem Alten zu rechnen. Diese Struijk-De Groot hatte Rupert höchstpersönlich «entlarvt». Dennoch war die Alternative sehr viel unerquicklicher: Sie selbst würde im Buch vorkommen; ja, nur ein kurzer Anruf, und sie wäre der bestürzende Höhepunkt in der Biographie von Andries Star Busman, das einzige Enkelkind mit einem eigenen Kapitel und seinem Konterfei auf Glanzpapier. Sie betrachtete sich selbst im spiegelnden Abteilfenster. Sie sah krank aus, und wenn sie krank war, sah sie nicht schlecht aus, sondern wie ein schlechter Mensch – gerissen und gemein. Die Verschlossenheit ihres Gesicht, dessen nicht genetisch bedingte Härte – der Clan würde das unergründliche, fremdländische, bösartige Symbol des Untergangs ihres Großvaters darin sehen. Und, was sie als noch schmerzhafter empfand: das Symbol dafür, dass der Alte am Ende *recht* gehabt hatte. Isabelle, die Adoptivtochter von Marij und Peter, der hartherzige Beweis für Star Busmans Theorie über Adoptionen. Nicht Cléber hatte sich als Zeitbombe erwiesen, sondern sie. Da seht ihr's, würde der Clan dem Alten nachplappern, trotz der freundlichen Aufnahme und des zärtlichen Gekuschels ist sie ein Monster geworden. Sie hat den Paterfamilias gelyncht. Sie hat uns unsere Liebe, unsere Wärme, unsere Aufmerksamkeit mit einem Lynchmord gedankt.

Sie schwitzte und zitterte. Die Geschichte vom tückischen Adoptivkind war gefährlich rund, auch wohlfeil, zu verlockend für den Clan. Welch eine Katharsis, das thailändische Mädchen mit den tückischen Schlitzaugen als moralisch Schuldige. Schwarz auf weiß würde die soundso vielte Version von Star Busman entstehen, die definitive, die offizielle: Star Busman, das Opfer und damit doch noch der moralische Sieger, der Mann, der bereits vor Jahren vor der Fünften Kolonne gewarnt hatte, die ihn am Ende zugrunde richten sollte. Wenn das nicht ins Auge sprang. Sinister würde der Verrat, den sie begangen hatte, auf den Buchseiten wirken, um einiges verwerflicher als Star Busmans Steuerbetrug – eine Geschichte, die durch die

Kinderbuchschreibe der Struijk-Schnepfe wahrscheinlich auf Sympathie stoßen würde.

Nur über meine Leiche.

Zwischen Deventer und Almelo fing sie an, mit klammen Händen in den Meulenhoff-Tüten zu kramen. Es gab da ja noch eine andere Geschichte. Aus der zweiten Tüte zog sie *Juliette oder Die Wonnen des Lasters* hervor. Eine schmierige Geschichte. Sie wollte zurück zu dieser Geschichte. Der *ersten* Geschichte. Zurück an den Anfang, zurück zu Isolde und Ed und dem Kofferraum, zurück zu Star Busman – dem Kameradenschwein, dem Frauenfessler, der Version, von der sie erzählen würde, sollte «Die Schnepfe» ihr, in einem Paralleluniversum, in dem Tussen fleißig waren, auf die Spur kommen.

De Sade. Sie schlug das Buch aufs Geratewohl auf in der vagen Hoffnung ... auf irgendetwas. Zustimmung? Selbstrechtfertigung? Ihr fiel sofort der eigentümliche Drucksatz auf, keine Anführungsstriche, wenn jemand etwas sagte, stattdessen ein Gedankenstrich; sie landete mitten in einer Szene in einem Schloss, das, so stellte sie es sich vor, zur Sorte der Schlösser gehörte, zu denen Marij und Peter sie früher, während der Campingurlaube in Frankreich, mitgenommen hatten, um Ritterrüstungen zu bestaunen, in dem aber eine gewisse Juliette, die vom Titel, nahm sie an, zusammen mit dem Burgherrn, einem Mann namens de Saint-Fond, der als potthässlicher Libertin und Minister bezeichnet wurde – «Herr de Saint-Fond zählte ungefähr fünfzig Jahre; er war ein geistreicher Mann, zugleich jedoch von tückischem und hinterlistigem Wesen. Mit einem ungezügelten Hang zu Ausschweifungen verband er Grausamkeit und unbezwinglichen Hochmut» –, einen Vater, eine Mutter und deren Tochter massakrierte. Zum Spaß, wie Isabelle beim Lesen feststellte, und zwar langsam, akribisch und darauf bedacht, möglichst viele körperliche und seelische Schmerzen zuzufügen, was Juliette, den hässlichen Minister und ihre Helfer in rasende Erregung brachte.

Jener Saint-Fond «sodomisierte» – ein Wort, das sie in den Tagen danach in keinem Wörterbuch finden konnte, das aber «anal penetrieren» bedeuten musste – die junge Tochter und häutete zugleich mit einer rasiermesserscharfen Klinge den Vater, der, an einen Pfahl gebunden, dabei verblutete. Die Mutter von Julie, so hieß das Mädchen, oder besser: das blutende, gehäutete Stück Fleisch, das von Julies Mutter übrig war, musste dabei zusehen, während das Innere ihrer Vagina von Juliette mit einer «mit eisernen Kugeln durchflochtenen Peitsche» malträtiert wurde.

Zwei Sommer zuvor, in einem Urlaub in Ägypten, hatten drei Männer Isabelle am Ufer des Nils aus einem Prahm gehoben und auf ein Kamel gesetzt. Dabei hatte einer von ihnen, ihre Shorts und ihren Slip umgehend, seinen Daumen in ihren Anus und zwei Finger in ihre Vagina geschoben, als wäre sie eine Bowlingkugel. Weil sie zugleich auch überall sonst von Händen berührt wurde, unter ihren Achseln, an den Waden, und weil der Vergewaltiger seine Hände eingeölt hatte, bemerkte sie es nicht einmal sofort, und ehe sie protestieren konnte, war es auch schon vorbei, und sie schwankte hoch über dem Boden zwischen zwei Höckern auf eine Sphinx zu.

Auch jetzt hatte sie das Gefühl, sexuell belästigt zu werden – doch diesmal in ihrem Kopf. Sie hatte das Buch schon einmal wütend auf den Boden geworfen, eine der Ecken war noch immer gestaucht, trotzdem war sie nicht vorbereitet gewesen. Es war beinahe rührend, aber als Studentin im zweiten Jahr hatte sie die Verbindung zwischen dem Namen «de Sade» und «Sadismus» noch nicht hergestellt, einem Wort, von dem sie mit Sicherheit wusste, dass sie es bereits als Kind Cléber gegenüber benutzt hatte, wenn er hinten im Garten mit Peters Briefmarkenlupe Ameisen versengte – doch diese Unschuld gab es nicht mehr. Sie las, wie de Saint-Fond den schwerverletzten Vater vor die Wahl stellte, entweder er selber «sodomisiere» seine Tochter, oder de Saint-Fond ermorde sie. Der gefesselte Mann entscheidet sich für das scheinbar kleinere Übel, woraufhin Juliette den Anus des Mädchens befeuchtet, das Glied des Vaters in Julie einführt und zusieht, wie er blutschänderisch mit seiner Tochter verkehrt, «um nicht Kindesmord begehen zu müssen».

WÄHREND SIE am Bahnhof von Enschede die Tüten an den Fahrradlenker hängte, sah sie Ludwig in der Bahnhofshalle herumtrödeln. Was für ein lieber Kerl er doch war.

Die Hockeytasche auf dem Rücken, die Knie wegen des vollgehängten Lenkers weit auseinander, fuhr sie langsam die Deurningerstraat entlang, der starken Sinneswahrnehmung ausgeliefert, dass der Asphalt von Blut überschwemmt war und ihr Vorderrad eine tiefrote, plätschernde Bugwelle verursachte, die über die Bordsteine schwappte und manchmal bis zu den Haustüren und Hintergärten weiterfloss.

Was sie von ihrer Lektüre halten sollte, konnte sie auf die Schnelle nicht sagen, doch sie hätte auf nichts Besseres stoßen können. Sie fand es großartig. Es war genau das, was sie brauchte, Star Busmans Finger und Daumen in ihrem Hirn.

Teilte der Name ihres Großvaters auf der Haupttitelseite ihr etwas mit? O ja, fand sie, natürlich tat er das. Er sagte ihr ganz sicher etwas, und das war eine hervorragende Ergänzung dessen, was sie bereits über Andries Star Busman wusste. Es schien ihr vielsagend zu sein, dass der Alte eine Handvoll Bücher von diesem D. A. F. de Sade besaß und jemand wie zum Beispiel ihr Adoptivvater nicht ein einziges.

Sie schleppte sich die Treppen der Pyramide hinauf. In der Wohnung befreite sie sich gleich von ihrer eng sitzenden Pied-de-poule-Hose und den weißen Stiefelchen, zog zähneklappernd etwas Warmes und Bequemes an und schluckte an der Spüle zwei Paracetamol. Sie setzte Teewasser auf. Neben dem Kessel stehend, las sie weiter in *Juliette*, wo zwischen dem Ficken, Fluchen und Foltern, wie ihr auffiel, fortwährend über den Zusammenhang zwischen Verbrechen und Genuss theoretisiert wurde. «Es gibt keinen durch welche Leidenschaft auch immer inspirierten verbrecherischen Plan», behauptete Juliette zum Beispiel, «der nicht einen wollüstigen Strahl in meine Adern hätte schießen lassen: die Lüge, die Gottlosigkeit, die Verleumdung, die Spitzbüberei, die Herzensverhärtung, ja selbst die Feinschmeckerei haben in mir solche Wirkungen hervorgerufen.» Sie und de Saint-Fond führten ständig Gespräche, in denen sie um die Wette Dinge wie Mitleid, Frömmigkeit, Zärtlichkeit lächerlich machten oder versuchten, sie philosophisch zu widerlegen.

Ludwig kam rein. Er hatte für den Weg lange gebraucht. Sie sagte ihm als Vorwarnung, sie habe einen grippalen Infekt. Er verschwand in seinem Zimmer, kam einige Minuten später wieder in die Küche und bot an, beim Chinesen etwas zu essen zu holen, was sie ziemlich lieb fand, auch wenn sie nicht sonderlich Appetit hatte. Während er unterwegs war, deckte sie den kleinen Tisch und legte sich quer in den Sessel aus dem Secondhandladen. Ingwertee trinkend, las sie weiter. Nachdem der Vater seine Tochter hatte ficken müssen, ließ dieser *fucking* Saint-Fond sie dennoch ermorden. «Der Frevler bearbeitete Julie von hinten; die Lakaien hielten Vater und Mutter, während er den Hintern der Tochter rieb. Delcour ergriff das Richtschwert und machte sich langsam daran, ihren Kopf abzuschneiden.» Nichts verschaffe einem so große Wollust wie dies, seufzt de Saint-Fond, nachdem das Mädchen enthauptet worden ist. Er zieht seinen Schwanz aus der Leiche und sagt: «Man kann sich keine Vorstellung machen von der Kraft, mit der der Mastdarm sich unter dem Einflusse der langsamen Durchtrennung der Halswirbel zusammenzieht. Es ist einfach köstlich.»

Mit dem Lesen aufzuhören gelang ihr nicht, so schrecklich und unsagbar das Buch auch war. Wer war dieser de Sade, fragte sie sich. Und was hatte Star Busman mit ihm zu schaffen?

Während des Essens konnte sie dem Gespräch nur mühsam folgen; es ging um ihren Namen, was ihr unerträglich unwichtig vorkam, so sehr wurden ihre Gedanken durch de Sade und ihren Großvater sowie durch die Frage, was der Kofferraum damit zu tun hatte, aufgewühlt. Eine unerwartete Idee bemächtigte sich ihrer, in gewisser Weise nicht unwillkommen, auch wenn sie erschreckend zynisch war: Wenn Star Busman sich von der Philosophie des Buchs hatte leiten lassen und somit der Sadist gewesen war, für den sie ihn immer mehr gehalten hatte, dann hatte er sich nicht nur an dem Kofferraumbrief geweidet, an dem, was darin beschrieben war, sondern auch an der Tatsache, dass Ed darüber hatte lesen müssen. Denn so, das hatte sie inzwischen erkannt, waren die Szenen in *Juliette* angelegt worden, es waren extrem grausame Anhäufungen von Schmerz, sowohl physischem als auch psychischem, und je brutaler die Folterungen waren, umso geiler wurden Juliette und de Saint-Fond davon.

Die Übelkeit erregende süße rote Sauce. Ihr rutschte heraus, dass ihr Großvater ein Sadist gewesen war. Seine Großmutter sei im Gegenteil ein Schatz gewesen, erwiderte Ludwig – oder gerade nicht? Sie war in jedem Fall kein Wetterhahn. Wie es aussah, berührte es ihn, denn er fing mit großen wässrigen Augen an, mit einem Tütchen Sambal zu hantieren. «Nicht der Rede wert», sagte er, auf die Scoville-Skala an der Wand deutend. Stimmt, Sambal kam gerade einmal auf 2000, wusste sie auswendig, so oft schaute sie morgens, wenn sie ihren Joghurt aß, darauf. Um nicht auf Ludwigs errötendes Gesicht blicken zu müssen, betrachtete auch sie jetzt all die Chilis und dachte über den Schärfsten der Schärfsten nach, über den Brandstifter persönlich: Capsaicin, das Zeug mit dem höchsten Wert, 15 000 000, das Molekül, welches das Gefühl von Schärfe hervorrief. Eine Messerspitze davon brannte sich zischend durch deine Zunge, so stellte sie es sich vor, und auch durch dein Kinn und anschließend quer durch deine Schuhe zum Mittelpunkt der Erde.

Es war die Skala von de Sade. Was in *Juliette* stand, war das Maximum an Obszönität, das Perverse in Reinform, sozusagen das Capsaicin der grausamen Lust. Es war eine Endstation; weiter zu denken als bis dorthin, wohin de Sades Gedanken sie trieben, war unmöglich, sie stieß auf eine Asymptote, auf genusssüchtige Unendlichkeit, auf Egoismus geteilt durch null. Marco und Ludwig hatten Frauengesichter neben die Skala geklebt. Sie könnte den Schweinekopf ihres Großvaters aus dem Totenzettel ausschneiden. Doch wie weit oben müsste sie ihn dann aufkleben?

Sie biss von der Frühlingsrolle ab. Ihr Magen schien zu explodieren. Ludwig erzählte, dass er genau wie sie früher anders geheißen hatte. Sie musste aufpassen, sich nicht zu übergeben, doch weil es jetzt um seinen Stiefbruder ging, blieb sie sitzen. Sie hießen beide Dolf. Ludwig kniff sich in eine Narbe an der Wange und drehte daran. Sie stellte sich vor, wie Juliette in das Stück Haut, so wie er es einen Moment lang zusammengedreht festhielt, mit einem Rasiermesser hineinschnitt. Und danach sein ganzes Gesicht, mit dem Zeigefinger in dem entstandenen Loch, herunterriss.

«Wieso hat nicht er dann einen anderen Namen angenommen?»

Er sagte, dass sein Stiefbruder schon zu berühmt gewesen sei, um seinen Namen zu ändern. Sie konnte nichts dagegen tun, doch sie sah Ludwig vor sich, seinen festgebundenen Hafenarbeiterkörper, und den kultivierteren Dolf, der seinen Schwanz lutschte, und seinen Stiefvater, der ihn sodomisierte und ihm dabei mit einem Schwert den Kopf vom Rumpf trennte.

Ludwig gab damit an, dass sein Bruder im Fernsehen gewesen war, in der Talkshow von Adriaan van Dis. «Niemand hätte es verstanden, wenn der große Dolf Appelqvist plötzlich einen anderen Vornamen gehabt hätte.»

Sie nickte. «Na ja, ist irgendwie logisch.»

Er sagte etwas von Lemmingen, die von Altersheimen kotzen würden. Es kam ihr hoch, sie musste auch. Mit beiden Händen wedelnd, sprang sie auf, rannte durch die Küche und schloss sich auf dem WC ein. Gerade noch rechtzeitig fiel sie vor der Schüssel auf die Knie.

85 Wie lange das Fieber anhielt, hat sie vergessen. Eine Woche? Sie kann sich nicht an klar abgegrenzte Tage und Nächte erinnern, nur an einen Strom aus Zeit, auf dem sie sich schwitzend mittreiben ließ – mal strampelte sie ihre Decke herunter, mal wickelte sie sich wie eine Mumie ein, unaufhaltsam zitternd vor Kälte, die Muskeln steif und zu kurz, um sich jemals wieder zu entspannen. Auf ihrem kranken Bauch lag wie eine Riesenschildkröte die schwere, in Leder gebundene Bibel ihres Großvaters, die bizarren Verse aus der Offenbarung des Johannes polterten durch ihren Kopf. Noch öfter aber kroch *Juliette* auf sie zu, ein Skorpion, der sofort zustach: Immer wieder las sie in dem Buch, bedampfte sie ihr Hirn mit de Sades Perversitäten. Von den vor Jahrhunderten geschriebenen Gesprächen und Szenen ging eine magnetische Kraft aus, sie versuchte, den Grausamkeiten Zahlenwerte zuzuordnen, die in Zehnerpotenzen in die Höhe schossen, während sie immer wieder in einem Pfuhl von Gräueln versank, die mit ihrem Unbewussten verschmolzen; sie träumte – oder las sie noch? Es war ihr eigentlich egal.

So irrte sie tage- und nächtelang durch die Schlösser ihres Fiebers, in denen ständig Juliette auftauchte, die die kalten schwarzen Steine von Marcos Zimmer mit Trauerflor bedeckt hatte. An rostigen Spießen, die in die Fugen getrieben worden waren, hingen Knochen, Totenschädel, silberne Tränen, Rutenbündel, Dolche. Das Mädchen zersägte Leichen, von denen sie nur den Hintern aufbewahrte, vom Ansatz der Lenden bis zum Beginn der Oberschenkel, Fleischbrocken, die sie an schwarzen Bändern aufhängte – in Augenhöhe von Star Busman, der beim Eintreten frenetisch reagierte. «Ich bin hocherfreut, Ärsche wiederzufinden», rief er händereibend, «die mir soeben so viel Genuss verschafft haben.» Er küsste die Poritzen und Hodensäcke und gab ihnen einen Schubs, als handelte es sich um Schaukeln.

Silvester verbrachte sie im Bett. Die Stille um Mitternacht war unheilverkündend; warum hörte sie kein Feuerwerk? Keine Raketen, keine Kracher? Nur in weiter Ferne war ein leises Knattern vernehmbar. In den Straßen von Hengelo und Oldenzaal wurde gekämpft.

Ob vor oder nach dem Krieg, konnte sie nicht sagen, aber sie befanden sich im Salon des Landhauses, in dem wie wahnsinnig geheizt war. Trotzdem trug ihr Großvater seine vollständige feldgraue SS-Uniform, der silberne Dolch hing an einem schwarzen Riemen an der Hüfte. Er verlangte nicht mehr nach abgetrennten, blutenden Hintern, er las in ihrer Bibel. Die gelesenen Seiten riss er heraus und zerknüllte sie. Die plattgetretenen Teppiche mit den speckigen, verschlissenen Stellen verströmten einen ebenso vertrauten Geruch wie das bearbeitete Holz in den Treppenportalen, doch schon bald begann es im Landhaus zu stinken. Sie roch ... die Baracken von Theresienstadt, es bestand kein Zweifel, es war der penetrante Gestank von Krankheit und Kot. Neben ihrem Bett stand ein Eimer, in den sie nach dem kleinsten Schluck Wasser Galle spuckte.

Juliette setzte das Ding an ihre Lippen und trank. «Wenn ich dich und deinen Saint-Fond mit den Nazis vergleiche», rief Isabelle ihr ins Ohr, «dann seid ihr grausamer, aber weniger gleichgültig. Euch geilt es auf. Die Nazischweine nicht.»

Das Mädchen wischte sich den Mund ab. «Was verstehst du schon davon?»

Isabelle wollte sagen, was sie alles gelesen hatte, welche Bücher, Primo Levi, Imre Kertész, doch die Namen fielen ihr nicht ein, oder sie konnte sie nicht aussprechen, jedes Mal, wenn sie es versuchte, sagte sie «Theo Thijssen» oder «Pim Fortuyn» oder «Erica Star Busman» – Versprecher, die die Kurtisane zur Weißglut trieben.

Erschrocken deklamierte Isabelle aus der Bibel. Juliette boxte sie in den Magen. Während Isabelle sich übergab, beschimpfte das Mädchen sie als spießige Zicke, mit ihrer Bibel sei sie ja wie eine gottesfürchtige Nonne, warum lasse sie sich nicht die Fotze zunähen, wenn sie so eine heilige Betschwester sei? «Weg mit diesem vulgären Roman, den man die Heilige Schrift nennt, darin finden sich nur abartige Lügen. Wann wirst du, befreit von allen Wahnvorstellungen, einsehen, dass du nichts anderes bist als ein Tier, dass dein Gott nicht mehr ist als das nec plus ultra der menschlichen Exzentrizität? Weißt du, was dir guttun würde? Ein frischgeschissener Haufen.»

Juliette hatte für Scheiße viel übrig, immer wieder sprach sie davon: sie erklärte den Star Busmans, dass frisch geschissene Scheiße geil schmecke, in der Tat, und dabei ging es um den ganzen Haufen, vorzugsweise von alten, faltigen Frauen, «die Salze sind dann ätzender, Madame Erica, die Gerüche viel intensiver, sie haben denselben pikanten Geschmack wie Oliven» – und sieh mal einer an, wer da hereinkam? Ludwig Smit. Der Gute trug ein Tablett mit einem Becher Kräutertee sowie etwas Leckerem dazu, in einem Schälchen mit einer Kuchengabel daneben dampfte sein Scheißhaufen, der Richter a.D. leckte sich die Lippen, er rieb sich die großen, alten Hände.

«So ... hier ...», sagte Ludwig und stellte das Schälchen ab, in dem plötzlich etwas anderes lag: eine geschälte Apfelsine.

«Obst??», polterte Star Busman.

DER FAHRER DES RÄUMFAHRZEUGS schaut zur Seite. Die Sonne hat eine Öffnung in der Wolkendecke gefunden, die Schneefläche fluoresziert so grell, dass sie kaum hingucken kann.

«Hey», sagt er laut. Und in gebrochenem Englisch: «Sie wissen, dass die Dreckskerle die ganze Zeit über Sie geredet haben?»

«Wie bitte?» Sie schreckt aus einer Meditation über ihre eigene Dummheit auf und beschließt, nach einem kurzen Seitenblick auf den Mann, sich wieder in sie zu versenken. Einfach weiter nach draußen schauen. Sie war dumm gewesen. Sie denkt zurück an die Unterwasserbombe, die erst Tage später, vielleicht sogar erst Wochen später, in ihrem Magen explodierte. Der Alte – sie hatte ihm ein Schnippchen geschlagen, aber warum? Aus Gründen der Moral?

«Die zwei Dreckskerle, die wir vorhin abgesetzt haben», ruft der Fahrer ihr zu. «Der Koreaner und sein Diener. Sie haben verhandelt über Sie.»

«Ach ja?»

Er nickt, um seine kaputtgefrorenen Lippen spielt Missbilligung. Was will er? Sie hat keine Lust auf ein Gespräch. Sie lächelt und schaut vor sich hin.

Wahrscheinlich war durch den Tod von Siem Sigerius eine Ahnung in ihr aufgestiegen. Gleich nach Weihnachten stand in den Zeitungen, dass der Wissenschaftsminister vermisst wurde, eine Unheilsbotschaft, die sie sogar in de Sades achtzehntem Jahrhundert erreicht hatte, doch erst die schockierende Nachricht von seinem Selbstmord krachte wie eine Gehsteigplatte durch ihr Zimmerfenster: Siem Sigerius hatte sich offenbar in der Nähe von Monaco auf der Yacht seiner Tochter erhängt. Es verblüffte sie mehr, als dass es sie berührte, der Strick für den vitalen, selbstbewussten, überaus populären ehemaligen Universitätsrektor, der ihr ein Jahr zuvor noch wie verrückt SMS-

Nachrichten geschickt und dem sie in Hengelo auf der Straße einen runtergeholt hatte, ja in den sie hoffnungslos verliebt gewesen war und dessen Tochter – ihr fiel im Moment nicht ein, wie sie hieß – sie während der Kennenlernwoche bei Audentis angebrüllt hatte. In ihrem Vierzig-Grad-Schädel hallte ihr besserwisserisches Genörgel an seinem Fremdgehen wider – seinem Fremdgehen mit *ihr*. Unaufhörlich hatte sie Moralpredigten darüber gehalten, den Zeigefinger hocherhoben in Richtung Campushimmel. Mit kratzendem Hals las sie ihre haarspalterischen Tagebucheinträge über das Hintergehen seiner Frau. Was für ein Mensch war sie eigentlich?

Das Fieber ging allmählich runter – an seine Stelle traten Selbstzweifel. Sie fragte sich, ob der BP-Mann nicht doch einen überaus freundlichen Brief an Isolde geschrieben hatte. Sie aß am Küchentisch ihren ersten Becher Joghurt und überlegte, wo sie den Kofferraumvorfall auf der De-Sade-Skala einordnen müsse. Erstaunlich niedrig. Er entsprach dem Sambal aus dem China-Imbiss. In der Finsternis, die de Sades schwarze Fackel warf, wirkte das ganze Theater im Parkhaus der Stopera mit einem Mal ... harmlos. Vollkommen ungefährlich.

In den Wochen danach gelang es ihr immer weniger, de Sade mit Star Busman in Verbindung zu bringen. Es verhielt sich eher umgekehrt: Sie fing an einzusehen, dass ihr Großvater das Buch viel besser gelesen hatte als sie selbst, mit einem philosophischeren Blick, distanzierter. Das schloss sie aus seinen Anmerkungen am Seitenrand und den Notizen am Ende, die sie erst später hatte entziffern können. Neben den Beschreibungen der Orgien hatte Star Busman beinahe nichts notiert; er hatte sich vor allem mit den ellenlangen philosophischen Monologen beschäftigt, in denen der Marquis zeigen wollte, dass Juliette und ihre libertären Gesellen allein der Natur folgten, den Gesetzen des eiskalten Weltalls, und dass Gott ein haltloses Phantasieprodukt sei und «gut» und «böse» als relative Begriffe verstanden werden müssten – hier schrieb er zum Beispiel «kraftvoller formuliert als bei Voltaire» an den Rand oder «pures Der-Wille-ist-frei-Denken» oder «der Anti-Rousseau spricht – und er bringt es auf den Punkt» oder «Ist es das, was Horkheimer und Adorno meinen?» Oder: «Perfider Unsinn, jedoch: für einen Hitzkopf gar nicht schlecht geschrieben». Oder: «Bataille bedient sich hier: keine Erotik ohne Grenzüberschreitung». Oder: «Hierzu eher W. F. Hermans als Beauvoir – erneut!»

Star Busman schien den Unterschied zwischen reinem Capsaicin und einer roten Chilischote im Nasi Goreng sehr gut zu kennen. Hätte sie nicht in all den Monaten, die er noch lebte, mit ihm darüber reden müssen? Wie denkst du eigentlich über das alles, Großvater – den Kofferraumbrief? Und wie stehst du zum Marquis de Sade? Hältst du seine Romane für gefährlich? Und was denkst du in diesem Zusammenhang über die Freiheit der Philosophie?

Auf den letzten vierzig Seiten von *Juliette oder Die Wonnen des Lasters* ging es um einen Disput über die Unmöglichkeit der Existenz der Hölle. Der Ton, der dort gegen das Christentum angeschlagen wurde, erstaunte sie, wenn sie ehrlich war, in positivem Sinne. Laut ihrem Großvater handelte es sich um «relativ frühe, barsche, unversöhnliche Religionskritik», und obwohl überzeugend und intelligent, war sie doch eine unverfrorene Frechheit. Dieser de Sade teilte ordentlich aus. So gesalzen hatte sie es zuvor noch nicht gelesen.

Das zusammenhängende Gekritzel hinten im Buch erwies sich als kleiner Essay über diesen letzten Teil des Textes. Star Busman fand die unethischen Schlussfolgerungen von Juliette und de Saint-Fond «unhaltbar», das knallharte Verwerfen der biblischen Metaphysik aber «ausgesprochen aufgeklärt». Er selbst war aufgeklärt. Ihr Großvater hatte historisch-kulturell einen derart imposanten Überblick, dass man den Kofferraumbrief auch von einer ganz anderen Warte aus sehen konnte.

Der Fahrer sagt wieder was.

«Entschuldigung?»

«Ich sage», ruft der Fahrer, «dass die beiden da um Sie gekämpft haben.»

«Oh. Und warum, wenn ich fragen darf?»

«Sie sind eine Hure», sagte er. «Da waren sie sich sicher.» Am Steuer zerrend, wippt er auf und ab, er knurrt, sein Sitz quietscht – oder er ist stark erregt oder muss dringend aufs Klo. «Kampf darüber, wer Sie zuerst bumsen darf.»

«Tatsächlich?»

Er nickt eifrig. «Keine Einigung gefunden. Darum der Beschluss, Sie beide gleichzeitig zu bumsen.» Er leckt sich übers Kinn.

Lass den da phantasieren. Vom Schnee geblendet, versucht sie, die Entfernung zur LPG-Anlage zu schätzen. Die Südspitze von Sachalin ist trügerisch flach, man kann endlos weit schauen, der Komplex am Horizont ist trügerisch groß, das Tempo des Räumfahrzeugs trügerisch langsam.

«Tja, von alldem hab ich kein Wort verstanden», sagt sie, lächelnd wie Oma Erica über die irre Juliette. Noch eine halbe Stunde mit diesem Unterbemittelten? Irgendwo in ihrem Koffer im Hotel liegt eine Dose Pfefferspray, immer praktisch. Sie bemüht sich, an ihre eigenen Dinge zu denken. Was ihr zunehmend zusetzte, war die Tatsache, dass ihr Großvater und sie beide de Sade gelesen hatten, das wird ihr jetzt klar. Er hatte in Star Busmans Kopf gesteckt und, nach seinem Tod, dann auch in ihrem. Letztendlich waren sie beide gezwungen, Isolde und Ed durch diese dunkle Lorgnette zu sehen.

«Und?», ruft der Kerl.

«Und was?»

«Sie sind eine Hure?» Er schaut sie an, sein wettergegerbtes, knotiges Gesicht um mehr als neunzig Grad gedreht. Laserblaue Augen, die Iris ist beinahe weiß. Damit könnte er in der Modelwelt etwas anfangen, allerdings müssten sie dann raus und bei einem hübschen jungen Typen rein.

«Na?» Er streckt grinsend die Zunge heraus. Was aussieht, als hätte man ihn aus einem stalinistischen Massengrab gebuddelt.

«Klar bin ich eine Hure», sagt sie so ruhig wie möglich. «Gut erkannt von den Herren.»

«Verdammt.» Der Mann versetzt dem Lenkrad einen begeisterten Schlag, das unerwartete Heulen einer Hupe ist kurz und echolos. «Stimmt also doch!»

«Allerdings als *high class escort*», präzisiert sie. Sollte sie ihn bitten, sie aussteigen zu lassen? Zu Fuß braucht sie mindestens eine Stunde und wird unterwegs ganz durchgefroren sein und sterben.

«Schon klar», sagt er, «und das hier ist ein Ferrari Testarossa.» Wieder schlägt er zu, diesmal kräftig auf das Armaturenbrett aus Kunststoff.

«Passen Sie lieber auf, dass Sie ihn nicht kaputtmachen.»

«Okay, okay, ich glaube, Sie sind eine teure Hure. Ich verstehe. Schlau gedacht, hohe Rechnung auf der Insel, überall Erdölbosse. Das sind Schweinehunde. Erst klauen sie das Öl, dann klauen sie auch noch die Huren. Aber hier ...» Er steckt eine Hand in seinen radioaktiven Overall und zieht ein ungeordnetes Bündel Geldscheine hervor. «Ich habe das Geld den beiden Wichsern abgenommen.» Er knallt die Rubel zwischen ihnen auf die Sitzbank.

«Kein fester Fahrpreis?»

«Nichts vereinbart bei Abfahrt. Und dann die Rechnung für sie. Der Koreaner ist sehr dumm, aber die kleine Schwuchtel hat protestiert. Da hatte ich die für ihn.» Aus dem Seitenfach der Fahrertür holt er die Schaufel hervor, mit der sie ihn hat hantieren sehen. Er hält ihr das Ding vor die Nase, das Blatt ist aus demselben Stahl geschmiedet wie sein wahnsinniger blauer Star.

«Sie sollen sich ja auch sicher fühlen, mit Fremden im Auto», sagt sie in der Hoffnung, etwas Fürsorgliches in dem Mann zu wecken. Sie wundert sich über die Unvorhersehbarkeit von bedrohlichen Situationen. Man kann zwei Wochen auf dem Niger unterwegs sein, ohne etwas zu erleben, man kann einen sauteuren Laptop durch Tschetschenien schleppen und sich keinen Moment unsicher fühlen.

«Sie sagen den Preis vorher?», will er wissen.

«Vorher?»

«Bevor Sie beim Bumsen mitmachen?» Er will so oft wie möglich «bumsen» zu ihr sagen. Sich vehement zur Wehr zu setzen erscheint ihr nicht klug, sie sind nicht allein … sie *sind* allein auf der Welt. Sich furchtsam in die hinterste Ecke zu verkriechen hilft ihr aber auch nicht weiter.

«Zweihundert Dollar die Stunde», sagt sie. «Vorher bezahlen. Nicht küssen, Finger weg von meinen Haaren. Anal – hundert extra. Ausgefallene Wünsche, Koprophagie zum Beispiel, fünfhundert.»

«Kopro-was?»

«Koprophagie.»

«Und was muss ich mir darunter vorstellen?» Er hat seine Klaue neben ihren Oberschenkel gelegt.

«Dann esse ich deine Kacke auf.»

«Was?»

«Dann kackst du, und ich esse das auf.»

Der Mann klimpert mit den Lidern, als würde er erneut begraben.

«Oder du meine Kacke, je nachdem», konkretisiert sie.

Wahrscheinlich ist er ein ordentlicher Angestellter der Gemeinde Juschno-Sachalinsk, und zu Hause in der Selbstmordwohnung wartet eine Matrjoschka mit ein paar hungrigen Püppchen darauf, dass Papas Arbeitstag endet. Er zieht seine Hand ein wenig zurück, legt sie auf die Rubel und schaut nach vorn. Genug geredet. Isabelle wendet sich ab, sie starrt auf den Schneestrand – immer noch eine Mutprobe; für dasselbe Geld rammt er den Spaten in den Nacken der Kackhure.

OB ICH EINE HURE BIN. Seine Frage triggert sie. Unvermeidlich wandern ihre Gedanken zurück nach Lagos, wo sie selbstverständlich an Prostitution hatte denken müssen. Sie war ja nicht blöd. Zwei Wochen lang hatte sie Sex gegen brandheiße Informationen getauscht. Und Gott, ja, die Bezahlung war mehr als hervorragend gewesen, ganz zu schweigen von den anderen Vorteilen – den Fakten, dem Leck, all dem, was Hans so über die Lippen kam. Und außerdem essenzieller und sogar echter als das Gemurkse mit Seilen und Peitschen, sagte sie zu sich selbst – sehr viel echter. In den Momenten, in denen in Lagos ihre Lust dahinschwand, in denen sie sich schmutzig vorkam und tückisch, hatte sie daran gedacht – an die Absätze, an die Seiten, an das Buch, das darüber geschrieben werden konnte. Ihr Unternehmen war nicht nur beispiellos spannend und schlau, es war auch ausgesprochen nützlich gewesen.

Hans, der nicht genug kriegen konnte, warf jede Vorsicht über Bord. Isabelle hatte einmal gehört, dass man Männer mit Gewissensbissen gleich nach dem Orgasmus auf den verschwitzten Rücken legen musste, und dann rutschte ihnen wie einem Baby, das ein Bäuerchen machte, ein Geheimnis heraus. Bei Hans handelte es sich eher um ein ungezügeltes Mitteilungsbedürfnis, eine Art Galopp von Geschichten und Geständnissen, die sie jedes Mal wieder in Erstaunen versetzten. Dass sie sich seinen Macken hingab, bewirkte allem Anschein nach, dass er ihr vollkommen vertraute, was, wie sie fand, psychologisch auch erklärbar war; die Intimität ging auf beinahe schon absurde Weise ja so weit, dass man seine Offenheit verstehen konnte.

Bereits in der ersten Woche fertigte sie tagsüber in ihrem Hotel Gedächtnisprotokolle von den Gesprächen über seinen kurzen Draht zu Umaru Musa Yar'Adua an, dem Präsidenten der Föderalen Republik Nigeria, ein Kontakt, den er mit stattlichen indirekten Zahlungen an bestimmte Getreue des Präsidenten schmierte, was Shell wiederum in die Lage versetzte, das Parlament und lästige Spitzenbeamte zu umgehen. Sie schrieb auch einen detaillierten Bericht über die Dutzenden Millionen Dollar, die Shell der nigerianischen Regierung für einen militärischen Schutz vor Rebellen zahlte, die immer öfter mit Schnellbooten Angriffe auf *flowstations* und sogar auf die Bonga und die Sea Eagle verübten, Bohrinseln im Golf von Guinea. Sie brachte Hans dazu zu gestehen – er selbst empfand es gar nicht als ein Geständnis, im Gegenteil, er erzählte es wie eine Art Kneipengeschichte, ein Glas Moët in der Hand, mit einem geblümten Kissen im Rücken im Ehebett liegend, Prost –, dass es ihm höchstpersönlich gelungen war, die nigerianische Regierung mit Shell-Leuten zu «infiltrieren», wie er es John-le-Carré-mäßig nannte und wie sie es, mindestens ebenso John-le-Carré-mäßig, telefonisch an Spade weitergab, in erster Linie um ihm – und auch sich selbst – das Gefühl zu geben, auf einem guten Weg zu sein.

Spade hatte dieses Gefühl ganz offensichtlich – ihm wurde beinahe schlecht vor Sensationsgier. «Das hört sich nach harten Fakten an, Isabelle», wiederholte er ein paarmal, «sag mir genau, was er mit Infiltration meinte.»

«Genau das. Ihm zufolge hat Shell in allen wichtigen Ministerien Informanten untergebracht. Hohe Beamte, manchmal sogar stellvertretende Minister. Er beeinflusst von seinem Büro aus die Beschlussfindung, jedes Angebot für seine Ölfelder, egal, von wem, wird sofort an ihn weitergeleitet.»

Hans, in seinem postkoitalen Sinnierton: «Wenn ein Vertrag ausläuft, muss ich wissen, ob sie auf Einkaufstour gehen und bei wem und um wie viele Milliarden es geht. Es geht um Milliarden.»

«So viel? Milliarden – das sind doch hundert Millionen?»

«Tausend, meine Süße.» Derart kindliche Fehler in Bezug auf Geld rührten ihn, dann gab er das leise Schnauben von sich und zog sie, die große Hand um ihre Schulter, zu sich heran. Das Mädchen, das sie spielte, war vermutlich das genaue Gegenteil von seiner Frau, über die er kaum etwas verriet. Ausgehend von der vornehmen, schicken Kleidung, die sie vom Bett aus auf Bügeln an fahrbaren Ständern hängen sah, zahllosen sehr bunten Ensembles, stilvollen Hosenanzügen, auf den Ablagen darüber Perücken, Mützen, Sachen mit Federn, ja ausgehend von der Kunst, die sie laut Hans sammelte, von den Belletristik- und Sachbuchstapeln auf ihrem Nachttisch, schien ihr diese Barbara alles andere als ein Leichtgewicht zu sein.

«Oft sind es unsere geschätzten Kollegen von Exxon, die hier schon seit Jahren schmieren und antichambrieren. Dubiose Millionen auf dubiose Privatkonten, Preisgarantien im Voraus, Stipendien für Neffen und Nichten von Ministern – so was halt. Mach ich auch, natürlich. Aber darüber hinaus besteche ich Beamte. Schlappschwänze, die zum richtigen Zeitpunkt alles ausplaudern.»

Sie gähnte.

«Langweile ich dich?»

Erst zu Ende gähnen, dann: «Nein, gar nicht. Ich finde dich sexy, wenn du über deine Arbeit sprichst. Darum klapperst du also all die Partys ab.»

Natürlich wollte Spade wissen, warum Tromp bei ihr so unglaublich «leakte».

«Na ja, leaken, leaken. Ich hab's einfach aufgeschnappt. Ich hab's ihn sagen hören.» Oder besser: Wenn sich ein Gespräch anbahnte, noch bevor sie ihn aushorchen konnte, *spürte* sie es; sie spürte ein Zittern in seiner Brust, lag mit einem Ohr auf dem graubehaarten Resonanzkörper, als van der Veer ihn anrief. «Er hat eine angenehme, tiefe Stimme. Kaum ist die in seinem Ohr, hat er dich vergessen. Ich habe den Namen eines stellvertretenden Ministers.»

Was sie vernahm, war Bewunderung, im Fall von Spade eine summende Stille. Danach: «Trotzdem, noch mal anders gefragt – warum telefoniert er in deiner Gegenwart?» Und: «Darfst du ihn zitieren?»

Auf die erste Frage hätte sie antworten können: «Weil er mich für naiv hält», aber das tat sie nicht; sie ignorierte die Frage. Auf die zweite erwiderte sie: «Nein, Tim, was glaubst du denn – natürlich darf ich ihn nicht zitieren.» Und nicht etwa verdruckst, sondern voller Stolz, als wäre es ein *Verdienst*, gab sie zu, dass sie Hans noch immer nicht gesagt habe, wer sie sei.

Spade schenkte dem kaum Aufmerksamkeit. War zu sehr damit beschäftigt, sich etwas auszudenken, Kniffe, Tricks, um es dennoch veröffentlichen zu können. Er hatte es eilig. Was sie erschreckte. Seit wann recherchierte sie für eine *Tageszeitung*? Sie wollten doch ein *Buch* schreiben? Es war nicht Sinn des Ganzen, dachte sie nervös, dass sie demnächst gefesselt auf dem Esstisch lag, wenn Johan Tromp ihr, dem Leck, seine eigenen, brandaktuellen Geständnisse vorlas.

WIE SIE DARAUF GEKOMMEN SIND, hat sie nicht auf Band, aber sie erinnert sich an ein Gespräch über Descartes' gruselige AK-47 und darüber, ob er überhaupt ausgebildet worden sei, damit zu schießen, und ob Hans nicht Angst habe, er könnte das Ding eines Tages auf *ihn* richten, und ob es für Descartes nicht ganz einfach sei, ihn zu entführen? Ja, darüber denke er auch gelegentlich nach, doch all das gehöre zu den «Paradoxa von Lagos – genau wie du und ich».

Es war ihre letzte Woche, und die verbrachte Isabelle ununterbrochen im Penthouse.

Sie unterhielten sich jedenfalls über Entführungen, ein absolut naheliegendes Thema in Nigeria, wo man nur selten über Schneestürme spricht; die steigende Zahl von Fällen sei beunruhigend, sagte er, es sei ein großes gesellschaftliches Problem, was sie natürlich längst wusste, sich aber gerne noch einmal von ihm erklären ließ. Es gab Hunderte von Entführungen pro Jahr: Journalisten, Politiker, Angehörige von Politikern, in den meisten Fällen jedoch Ausländer, die in der Ölindustrie arbeiteten. Am Vormittag hatte man mit einem Haufen Dollar ein Shell-Ehepaar freigekauft, Briten, die, grün und blau geschlagen, eine Woche lang in einer von schwerbewaffneten Jugendlichen bewachten Kajüte Todesängste ausgestanden hatten.

«Es wird nicht mehr lange dauern», sagte Hans mit einem Grinsen, das meist einer Äußerung vorausging, die er selbst lustig fand, «dann können Kidnapper Mitglied der Handelskammer werden. Früher stützte Nigeria sich auf Öl, doch ich sehe da jetzt einen neuen Pfeiler. Man raubt ein paar Weiße von der Straße und bietet sie zum Kauf an. Es wird Zeit für einen Branchenverband.»

Sie fragte ihn, ob er nicht ein wenig übertreibe.

«Das ist noch vorsichtig ausgedrückt. In diesem Land werden pro Tag 1,3 Menschen entführt. Vorgestern, gestern, heute, morgen, übermorgen. Entführungen sind Teil der nigerianischen Kultur. Die Regierung müsste nur Umsatzsteuer auf Lösegeld erheben, auf *ransom* – und es könnten Straßen angelegt, Schulen gebaut werden. Die Jugend hätte eine Zukunft.»

Sie lachte. «Cooler Name. Wir nennen ihn Ransom.»

«Und das alles ist die Schuld von Shell, verstehst du. Die Gewaltspirale, die Entführungswelle – dass meine eigenen Leute entführt werden, liegt an uns. Weil Shell nach Jahrzehnten technischer Innovationen weiß, wie man Öl aus der Erde holen kann – was für jeden Nigerianer immer noch ein großes Mysterium ist, das darf man nicht vergessen –, deswegen entführt man meine Leute. Heimlich ein Loch in meine Pipeline bohren, so viel zum Stand des nigerianischen Know-how. Ich führe alljährlich die vereinbarten Milliarden an Yar'Adua ab, und trotzdem fällt dem durchschnittlichen nigerianischen Jugendlichen nichts Besseres ein, als mein hochqualifiziertes Personal zu entführen.»

Nach dem Mund reden, dem Gekränktsein des Meisters beipflichten und es nähren, ist das nicht der Weg, wie eine Sklavin es an den Esstisch ihres Herrn schafft? Sie stelle es sich entsetzlich schwer vor, schmeichelte sie ihm, in einem solchen Dschungel anständig zu bleiben, sich an Gesetze zu halten, die eigentlich nicht existierten, sich inmitten von so viel Korruption und Willkür nicht die Hände schmutzig zu machen.

«Vollkommen unmöglich. In einer kriminellen Gesellschaft musst du ein Krimineller sein. Ein Lamm überlebt in Nigeria nur einen Tag.»

Sie wunderte sich, wie weit sie zu gehen bereit war, um Johan Tromp in Verlegenheit zu bringen. Wie sehr sie sich selbst in ihrem Sud aus Ressentiment und, ja, Selbsthass mariniert hatte. Die Ernte musste eingefahren waren. Entspann dich, Hans – und sprich. Wir beide sind in deinem Schloss. Ein Libertin mit seinem Trostmädchen an einer Eisenkette. Auf deiner Dachterrasse grillt ein einheimischer Lakai Fisch für uns. Dir kann keiner was.

«Ich würde wirklich gerne mal du sein», sagte sie und drückte mit dem Zeigefinger seine Nase platt. Er hatte eine Boxernase, die ihn sexy machte. «Eine Woche oder so.»

«Wirklich?» Er lachte zufrieden.

«Ja, wirklich. Ich stelle es mir aufregend vor – tun, was man will, ohne dass dir jemand reinredet. Der Wolf von Lagos.»

Er dachte mit ernster Miene nach. «Ich sehe das ein bisschen anders. Aber klar, es hat seinen Charme. Tatsächlich stehe ich über dem Gesetz. In der Regel zumindest. Glücklicherweise gehen kleine Diebe vor die Hunde, und die großen haben Erfolg», zitierte er etwas oder jemanden.

Sie erhob sich, rollte ihre eiserne Schleppe auf. «Ich denke, du wirst mir das an einem Beispiel erklären», sagte sie.

«An einem Beispiel wovon?» Er sah sie giftig an.

Sie beugte sich über ihn, ihr Mund an seinem Ohr. «Was du mit ‹in der Regel› meinst. Mit ‹über dem Gesetz stehen› und ‹Erfolg haben›. Erzähl mir was über Schmiergelder, Erpressungen, Entführungen. Ja, über eine Entführung. Und ich geh vorher kurz aufs Klo.»

Die noch heißen Terrassenfliesen massierten ihre Fußsohlen, als sie sich zum Badezimmer aufmachte, in der einen Hand ihr Pythontäschchen, in der anderen die Gliederkette. Das Metall fühlte sich deutlich kühler an als tagsüber, wahrscheinlich wegen der kalten Dusche, die sie genommen hatte. Der Abendhimmel färbte sich indigoblau, ein tiefer lila Farbton, der sich verführerisch von Lagos abhob, das wie ein schwelender Ofen unter der Dachterrasse lag. Sie ging ins Penthouse, durchquerte das Zimmer.

Sie schloss die Badezimmertür ab und hockte sich wie ein Galeerensklave über die Toilette. Während ihr Gepinkel einen ziemlichen Radau machte, kontrollierte sie zehenwippend ihr Aufnahmegerät. Darauf war Platz für acht Gespräche von jeweils maximal zwei Stunden. Sie tippte auf das kleine Mikrophon – auch ihr Gepinkel würde sie am nächsten Tag hören – und steckte das Ding, als wäre es eine Hausratte, zurück in die Tasche. Etwa zehn Sekunden bevor der Speicher voll war, piepte das Ding immer dreimal laut, dieser Gedanke hatte sie in der Nacht nicht schlafen lassen. Sie würde intuitiv auf die Zeit achten müssen, müsste das Ding von Hand und rechtzeitig, das vor allem, ausschalten – was ihrem Naturell zuwiderlief.

Das alles war über die Maßen link. Aber *fuck it*. So funktionierte Journalismus nun mal, das ethische Geschwätz ihrer Dozenten am Reuters Institute war Müll. Vielleicht hätte Ellsberg die Pentagon Papers nicht auf den Kopierer legen dürfen – pfui. Ohne Grenzüberschreitung, so Bataille, so Andries Star Busman, keine Erotik – pardon: keine Wahrheitsfindung.

Sie spülte.

84 Nicht wegzudenken aus dem wichtigsten Gespräch in Lagos ist die Kette. Ja, sie trug das schmiedeeiserne Ding am Abend des Biggerstaff-Gesprächs bereits um den Hals. Sie saß nackt am Tisch und aß Kichererbsensalat, und neben ihrem Teller lag die zusammengerollte stählerne Boa Constrictor, die Hans am Abend zuvor wortlos aus einer Plastiktüte mit dem Shell-Logo gezogen hatte – woher er die hatte, war keine Frage, die gestellt werden durfte, und daher ging sie davon aus, dass er sie auf irgendeiner Baustelle organisiert hatte, wo er mit einem Schutzhelm auf dem Kopf zu seinen Arbeitern gesprochen hatte. Ein Bügelschloss so schwer wie eine Flasche Bier, klick, durch zwei Glieder von jeweils zehn Zentimetern Länge hindurch, nah an ihrer Haut. Ihr eigenes Kettchen mit dem Absinthlöffel daran wickelte er auf und steckte es in die Innentasche seines federleichten Jacketts.

«Yves Saint Laurent wird es nicht erfahren», sagte er.

Dinge tun Dinge, sie hatte des Öfteren an Abélards Buch über die Tatkraft von Gegenständen denken müssen, etwa als ihr bewusst wurde, dass die Kette sie von der Pflicht befreite, tagsüber, wenn Hans bei Shell war, mutmaßliche Infiltranten abzuklappern – worauf Spade drängte; zu ihrem Entsetzen hatte er den *Guardian* bereits auf eine Exklusivgeschichte heiß gemacht. Ohne die Kette wäre sie wahrscheinlich losgezogen und hätte halbherzig mit ein paar Typen gesprochen, doch daran war gar nicht zu denken, mit all dem Eisen am Hals ging sie in kein

Ministerium. Sowieso war es vollkommen unmöglich, sich von Punkt A nach Punkt B zu begeben, ohne die zweieinhalb Meter Stahl aufzurollen und wie ein Baby mitzuschleppen. Sie konnte nirgendwohin – und sei es auch nur aus Scham.

Spade war jemand, den man nicht anlog, besser nicht, stand auf seiner Stirn, doch die Kette zwang sie, ihm von der weißen Couch aus vorzumachen, dass sie eine Magen-Darm-Grippe habe, so wie die Kette Hans gezwungen hatte, sie tagsüber in seiner Wohnung alleinzulassen, was ihr wiederum ermöglichte, sich in aller Ruhe umzuschauen; sie inspizierte Schubladen, Regalbretter, alte Terminkalender, Unterlagen. Sie machte Fotos von dem, was ihr interessant erschien. Den Rest der Zeit über bereitete sie am Esstisch bei einem Becher Kräutertee seinen Untergang vor. Sie hatte das Gefühl, ein Medium zu sein, so schnell brachte sie das Nigeria-Kapitel zu Papier, als schriebe die Tischplatte und nicht sie. Obwohl das zu viel der Ehre für die Dinge war, passte ihr die Kette verdammt gut in den Kram.

Abélard Plovie, der Brüsseler Philosoph, mit dem sie sich während ihres Reuters-Stipendiums angefreundet hatte, konnte sehr schön von der Neigung der Dinge erzählen, sich in alles und jedes einzumischen. Gut gelaunt nannte er Bruno Latours Hotelschlüssel als Beispiel: Früher konnte man als Rezeptionist die Gäste bis zum Schwarzwerden bitten, doch ihren Hotelschlüssel abzugeben, was die meisten vergaßen, vielmehr ignorierten. Bis jemand auf die Idee kam, einen großen Anhänger daran zu befestigen, ein bleischweres Riesending, das man nicht gern in der Hosentasche trug. Problem gelöst.

War Abélard weniger gut gelaunt, dann ratterte er den ganzen Industrialisierungsprozess runter, von der Dampfmaschine, der Eisenbahn, den dreckigen Dieselmotoren der Lkws mit ihrem Kohlenmonoxidausstoß bis hin zu den chemischen Errungenschaften der Degesch und der IG-Farben, die in ihren Laboratorien Pestizide entwickelt hatten, mit denen man Läuse und Kakerlaken, aber auch Menschen vernichten konnte – Technologien, ohne die die Nazis niemals von ihrer «Endlösung» hätten träumen können, ganz zu schweigen davon, dass sie in der Lage gewesen wären, sie zu planen und auch durchzuführen; das war der düstere Prellbock, auf den die Argumentation seines Buchs, das sie mit einer Widmung von ihm bekommen hatte, zudonnerte.

Was das Ding an ihrem Hals bewirken sollte, war das: Es sollte Hans' Lust, die schon wieder im Schwinden begriffen war, neu entfachen. Nach etwa einer Woche war der erotische Sturm nahezu zum Erliegen gekommen, eine peinliche, aber möglicherweise vorhersehbare Windstille; sie steckten im *seven-day itch*, das dem Bewusstsein Raum bot zu erkennen, dass sie einander eigentlich kaum kannten und dass das eine oder andere vielleicht ein wenig merkwürdig war, Isabelles totale Verfügbarkeit zum Beispiel, aber auch Hans' vollständiger Mangel an Skrupeln. Möglicherweise hatte er gemerkt, dass es ihr immer größere Mühe bereitete, sein dominantes Gehabe interessant zu finden, oder aber es war seine eigene Verwöhntheit, die ihm aufgestoßen war: die große Zahl erotischer Geheimnisse, die sie ihm entlockt hatte – immer in der Hoffnung, etwas über Isolde Osendarp zu erfahren, was aber nicht geschah –, konnte ein Hinweis darauf sein, dass seine libidinöse Flügelmutter locker geworden war und dass er deshalb, ziemlich verzweifelt, wie sie fand, zu gröberem Geschütz griff.

Sie betrachtete Hans' Hausssklavin im Badezimmerspiegel und fragte sich, was Abélard davon halten würde, wenn er sie so sehen könnte. Oder besser noch: Was er darüber denken würde, in seinem großen Schädel, wie er das, was sie tat, deuten mochte, *filosofisch*, feministisch und *frikandel speciaal* – die drei f, die er so sehr liebte, wie er mit einem schelmischen Grinsen zu sagen beliebte. Gut möglich, dass ihre Freundschaft beendet wäre. Man konnte mit Fug und Recht sagen, das Abélard und Hans perfekte Antipoden waren, in allem konträr, Normen und Werte, Lebensziele, Verhalten. Äußerliches. Die Möglichkeit bestand, dass sie einander gar nicht wahrnehmen konnten, so unterschiedlich waren sie. Eine hübsche pseudowissenschaftliche Theorie, fand sie, die Vorstellung, dass jeder Mensch ein unsichtbares Anti-Du hatte, das die Schöpfung im Gleichgewicht hielt, einen Erdball mit lauter Gegenfüßlern.

Anfangs hatte sie sich vor dem feministischen Abélard ein bisschen gefürchtet, vielleicht sollte man besser sagen, dass sie eingeschüchtert war: als wäre sie in seinen schläfrigen Augen eine falsche Frau, noch falscher jedenfalls als er. Als er sie das erste Mal ansprach – er war noch blond und nicht einmal außergewöhnlich dick, sie nahmen zusammen mit anderen Reuters-Stipendiaten an einer Führung durch die imposante Bodleian Library teil –, nahm er ihren Absinthlöffel in die Hand, betrachtete ihn von allen Seiten und sagte mit seiner hohen Stimme: «Alle Frauen tragen um ihren Hals an einem Angstkettchen ein Wut-Amulett.» Er kam mit seinen fleischigen Lipglosslippen ganz nah an ihr Ohr und flüsterte: «Und alle werden wir eines Tages so heftig geschmäht, dass wir das Ding herunterreißen, selbst wenn wir uns dabei in den Hals schneiden.» Soso, dachte sie, Lyrik am frühen Morgen.

Abélard, der schwergewichtige, auf die dreißig zugehende Babymann, er hatte die Hüften einer Frau, den Hintern einer Matrone und vertrat den militanten Feminismus von Power-Frauen, die seine Mutter hätten sein können – darunter etwa Robin Morgan, die er soeben zitiert hatte, ob Isabelle sie kenne? Die amerikanische Dichterin? Zweite Welle der Frauenbewegung? Die berühmte Robin Morgan und ihre *Sisterhood*-Anthologien?

Nein, tut mir leid, muss passen, nächste Frage – worauf Abélard mit einem leisen «Autsch» reagierte; er schüttelte seinen großen Cupidokopf, dem außer kämpferischem Gedankengut geschmeidige blonde Locken entsprossen, unzähmbares, federndes Engelshaar, das er im Laufe des Studienjahres schwarz färbte. Noch in Oxford kaufte Isabelle sie alle drei, *Sisterhood is Powerful, Sisterhood is Global, Sisterhood is Forever*, in Abélards Augen Bibeln. Aus unangebrachtem Stolz erzählte sie ihm nichts von dieser Anschaffung, nicht einmal wenn sie neben ihm in seinem Bett lag und er sie in seinen Exemplaren blättern ließ. Ob Verliebtheit im Spiel war, wusste sie nicht, ob er auf Männer oder auf Frauen stand, wusste sie nicht – sie beschloss, bei ihm zu übernachten, weil es mitten in der Nacht war und sie noch nicht zu Ende geredet hatten, so war das, und so blieb es während des ganzen Semesters: Sie und er waren mit einer bärenstarken Zweikomponentenfaszination aneinandergeleimt, monatelang führten sie eine schwindelerregend tiefschürfende, scharfsinnige, inspirierende Konversation, mit einer Intensität, die sie noch nie zuvor verspürt hatte, nirgendwo, nie, und schon gar nicht in Lagos, auf Hans' Dachterrasse, wo die Vertraulichkeit Schein war und der Leim wechselseitige Gemeinheit.

Sie wusch sich die Hände und ging zurück zum Esstisch. «Also», sagte sie, «Entführungen. Wen hast du alles entführt?»

Er packte die Kette und zog sie zu sich heran. «Dich», sagte er. Sie küssten einander. Dann: «Es gibt Entführungen, und das ist eigentlich nicht für Modemädchenohren bestimmt, aber ich erzähle es dir dennoch, es gibt Entführungen, auf die man ... vorab einen Hinweis erhält. Hin und wieder bekomme ich einen Hinweis auf eine geplante Entführung. Dann ruft mich jemand an.»

«Du meinst, es wird mit Entführung gedroht?»

«Nein, nein, so ist es nicht. Komplizierter. Es ist eine höhere Form der Korruption. Eine Spezialform.»

«Klingt sehr nigerianisch.»

«O ja. Auch das ist ein Teil der Kultur.»

«Dass man angerufen wird?»

«Nein, dass man sich von einer Entführung freikaufen kann. Was ich wiederholt gemacht habe.»

Sie verschob die Kette von der Tischplatte auf ihren Schoß, was am Morgen danach in ihren Ohrhörern einen höllischen Lärm machte – als würde die Brücke von Ikoyi einstürzen.

«Willst du damit sagen, dass man dich entführen wollte?»

Er schüttelte den Kopf. «Das findest du sicher schade.»

Sie lachte. «Wie verhielt es sich dann?» Es blieb mühsam, das ständige Nachfragen.

«Du musst dir das so vorstellen», sagte er nach einem Schluck Wein. «Dann und wann gibt es in so einer Miliz jemanden, einen ehrgeizigen Handlanger, der der Meinung ist, dass er nicht genug verdient. Und der wird dann zum Saboteur und bietet mir an, seine Kumpels für einen relativ kleinen Betrag zu verraten. Man kauft dem sozusagen den Plan ab.»

«Sodass du die Polizei warnen kannst?»

Wenn sie etwas Naives sagte, streichelte er sie. «Nein, das einzig Sinnvolle ist, die Leute, die entführt werden sollen, zu warnen. Die Polizei unternimmt nichts. Die wurde längst bestochen.»

Er erzählte ihr, vor einiger Zeit sei, während einer Feier der Regierung, ein junger Mann an ihn herangetreten, ein Schlangenmensch in einem orangefarbenen Hemd und einem leicht entflammbaren Glitzeranzug. Der habe ihm gesagt, eine Journalistin samt Kamerateam sei im Nigerdelta unterwegs, in Begleitung von zwei Shell-Mitarbeitern. Die Gruppe solle demnächst entführt werden. Fünf Millionen, habe der Schlaks verlangt – ein Klacks im Vergleich zu dem, was als Lösegeld gefordert werden würde. Für fünf Millionen werde er beizeiten wissen lassen, wer, wo und wann.

«Naira?»

«Dollar.»

«Und was hast du darauf gesagt?» Die Atmosphäre war intensiv, spürte sie, Lagos verengte seinen Blick, seine Stellung in der Stadt verengte seinen Blick, ein Chaos, in dem Beichten zur Wohltat wurde. In dem Aufschneiderei Spaß machte, entspannend war, eine Art Balz. Gesetzloser Hans, der mit seiner Gesetzlosigkeit angibt. Was besagte, er fand sie nett, er fand sie süß, er wollte beichten.

«Dass er auf einem Flachdach Fahrräder stehlen soll.»

«Nein.»

«Das nicht, nein.»

Er hatte keine Ahnung, wie der Mann an seine Durchwahl gekommen war, doch noch am selben Abend rief er an. Ob Hans seine «comrads» doch retten wolle. Aber es waren keine *comrads*. Im Gegenteil. Es war ja etwas Zeit vergangen, und Hans wusste inzwischen, dass es sich um Gegner handelte, um Querulanten, um Leute, die er lieber los wäre. Mehr oder weniger zufällig hatte ihm sein Pressechef nicht einmal eine Stunde nach der Begegnung erzählt, dass ein Team an der soundso vielten Anti-Shell-Dokumentation arbeite, ein Kameramann und die Journalistin Jill Biggerstaff, eine linke Möchtegern-Aktivistin, die ihm regelmäßig auf die Nerven ging, «eine unangenehme Person» – offenbar machte sie zur Zeit Filme. Bereits vor seinem ersten Arbeitstag in Lagos hatte sie im *Observer* ein niedermachendes Porträt von ihm zusammengeschustert, entsetzlich böswillig, voller Fehler, woraufhin er sie bei Pressekonferenzen schon mal ignoriert hatte.

Bei den angeblichen Shell-Angestellten, die ihr zur Hand

gingen, handelte es sich um entlassene Mitarbeiter, wie er gleich nach dem Regierungsfest hatte prüfen lassen, Nigerianer zudem, in Diensten eines Subunternehmers. Die *ransom*-Burschen lagen vollkommen schief.

«Warst du dir denn sicher? Dass er von Jill Biggerstaff sprach, meine ich?»

«Du stellst kluge Fragen», sagte er. «Nein, nicht hundertprozentig, nein. Aber es war mehr als wahrscheinlich.»

«Und dann? Klingt nicht gerade nach einer chilligen Geschichte.» Dem neugierigen Ton, in dem sie die Frage stellte, war nicht anzuhören, dass sie wusste, wie es weiterging. Sie kannte das wenig chillige Ende der wenig chilligen Geschichte bis in die wenig chilligen Einzelheiten. Die Entführung von Jill Bigerstaff – die sie damals übrigens bereits einige Male getroffen hatte, einmal sogar *vor* ihrer Entführung – hatte in Großbritannien für mächtig viel Wirbel gesorgt, ebenso wie ihre Freilassung elf Tage später. Ihr Kameramann war am sechsten Tag der Gefangenschaft exekutiert worden, die übrigen drei wurden in jämmerlichem Zustand von der britischen Regierung freigekauft, was offiziell natürlich dementiert wurde. Was wollte Hans ihr erzählen? Was hatte er damit zu tun?

«Und dann?», fragte sie erneut.

UND DANN ERSCHIEN an einem Montagmorgen im April, unsichtbar für Johan Tromp, Abélard Plovie im Reuters Institute mit einem Trauerflor am Oberarm – Isabelle beobachtete von weiter weg, wie er darüber mit den Stipendiaten um ihn herum tuschelte, Journalisten aus allen Ecken der Welt, Kläffern, Besserwissern, Weltverbesserern, die wieder ordentlich die Schulbank drückten. Es dauerte bis nach dem Seminar, ehe sie ihn auf das Hysterieteil ansprechen konnte, fünfzig lange Minuten, die sie dazu nutzte herauszufinden, was er damit zum Ausdruck bringen wollte, denn so war er nun mal, der gute Theatraliker.

Mit halbem Ohr der Dozentin lauschend, blätterte sie im *Guardian* und kam zu dem Schluss, dass es nur um Andrea Dworkin gehen konnte, eine radikale Feministin, deren Namen sie aus den *Sisterhood*-Anthologien zu kennen meinte; sie war am Wochenende verstorben. Ein Mordsding von einem Nachruf, sie schämte sich beinahe, wieder einmal, dass sie erst auf diese Weise davon mitbekam – also prägte sie sich den Nachruf ein, als bereitete sie eine mündliche Prüfung vor.

«Mein Beileid zum Tod von Andrea Dworkin», sagte sie mit stählerner Miene, als sie, an Abélards weiche Schulter gelehnt, aus dem Seminarraum schlurfte. «Als ich das heute Morgen gelesen habe, dachte ich, dass es wohl ein ziemlicher Schlag für dich sein muss.»

Abélard verpasste sich in Zeitlupe einen Kinnhaken. «Arme, verkannte Dworkin», sagte er, «sie war die große Unversöhnliche, die letzte Abrissbirne. Sehr bedauerlich, dass sie nicht mehr da ist. Und dann noch so jung.» Sie gingen durch Oxfords Frühling die Norham Gardens entlang, aufs Jolly Farmers zu. Abélard sagte, Dworkin sei für alle Frauen am Kreuz gestorben, auch für Isabelle und sogar für ihn.

«An einem besonders massiven Kreuz», sagte Isabelle.

«Gegen die Kilos führte sie keinen Krieg. Sie bejahte die Kilos. Die Kilos waren ihr Programm, sie waren für sie das, was für Nietzsche der Schnauzbart war.»

«Offenbar war Sex für sie das soundso vielte Mittel des Mannes, der Frau seine Überlegenheit einzubläuen. Stoß um Stoß?»

Abélard reckte den Daumen in die Höhe.

«Und Frauen dürfen ihren Vergewaltiger ermorden?»

«Aber natürlich! Du hast ihre Bücher gelesen?» Er schaute sie erfreut von der Seite an.

«Ich glaube, sie hielt den Marquis de Sade für den Anstifter zu allem Bösen. Das scheint mir keine Empfehlung zu sein.»

«Der Text, von dem du sprichst, ist ein starker Essay. Ein Höhepunkt in ihrem Œuvre.» Abélard kannte den Lauf und die Nebenflüsse des Denkens aller Jahrhunderte so genau, dass er es vollkommen normal fand, wenn jemand auf de Sade zu sprechen kam. Vielleicht weil Isabelle nicht sogleich etwas erwiderte, sagte er: «Leider wurde Andrea Dworkin nur von wenigen gemocht, nicht einmal von Frauen, und das war ihre Tragik. Weil sie so dick war, fürchte ich, und so behaart.» Er schien ernstlich mitgenommen.

«Aber von dir schon?», fragte sie.

«Was hast du mit dem Marquis de Sade zu schaffen?»

Gute Frage, sie hatte nicht erwartet, sie jemals gestellt zu bekommen. Sie hielt inne und runzelte die Stirn. Was hatte sie, verdammt noch mal, mit dem Marquis de Sade zu schaffen? Es fiel ihr schwer, das in Worte zu fassen. Sie gingen weiter, schweigend, er sah sie wieder von der Seite an – «ich muss nachdenken», sagte sie.

Es traf sie unvorbereitet, weil sie noch nie mit jemandem über de Sade gesprochen hatte. Das war kein Thema, das man in einer Zeitungsredaktion einfach mal so in die Runde warf. Zunächst einmal fürchtete sie sich vor de Sade. Aber nicht mehr auf die alte, naheliegende, unintellektuelle, kindliche Weise. Es war vertrackter geworden, es war eine theoretische, bedächtige Angst. Ihr imponierte sein Format, die paradoxe Autorität, die er bei den Philosophen und Autoren genoss, die sie gewissermaßen auf Anweisung von Star Busman angefangen hatte zu lesen. Denn das war geschehen: Als Testamentsvollstreckerin des mit Samt ausgeschlagenen Oberstübchens ihres Großvaters hatte sie seine Randnotizen und den kleinen Aufsatz am Ende von *Juliette* entziffert und aus seiner oft kaum leserlichen Juristenhandschrift eine Literaturliste destilliert, die sie anschließend zwanghaft abarbeitete, begierig auf die *pensées d'Andries* wie nach … Senf nach dem Dessert.

Der Verzehr geschah heimlich. Wenn Peter und Marij sie in Enschede besuchten, versteckte sie die Bücher, die sie bei De Slegte in Den Haag gekauft hatte, unter dem Bett. Zweimal war sie wegen der Bücher quer durch die Niederlande gereist, das erste Mal hatte sie, nachdem der Antiquar zum Ankauf im Landhaus gewesen war, wahrscheinlich nicht lange genug gewartet, denn an dem bitterkalten Tag stand in dem Mistladen nicht ein einziges Buch, in dem der Name ihres Großvaters vermerkt war, doch als sie drei Wochen später einen erneuten Versuch unternahm, hatte sie Erfolg: *Die 120 Tage von Sodom*, *Justine*, *Die Verbrechen der Liebe*, die Briefe aus der Bastille, aber auch: Willem Frederik Hermans über de Sade, Simone de Beauvoir über de Sade, Bataille über de Sade, Adorno und Horkheimer über de Sade, Mario Praz, Susan Sontag, Roland Barthes – sie fand sie und kaufte sie mit pochendem Herzen, bevor sie erneut im Zug nach Enschede saß, mit einer Tüte voller Andries-Star-Busman-Bücher.

Sie las alles, ein Schattenprojekt, das sie gut drei Jahre lang beschäftigte. Zuerst las sie de Sades eigene grausame Schweinereien, danach die Philosophen und Schriftsteller, die mit ihm in den Ring gestiegen waren, lauter messerscharf denkende Geistesgrößen, die manchmal hermetisch, doch meistens packend wie eine Kneifzange schrieben und sie vom Regen in die Traufe kommen ließen. In sonderlich schlechter Gesellschaft hatte Star Busman nicht verkehrt. Sie kaute auf dem fast durchweg brillanten Geseier, das de Sades unbestreitbaren Einfluss unterstrich, ihn durch die Bank als jemand Wichtigen dastehen ließ und sie als jemand Unwichtigen. Obwohl all diese Essays und Betrachtungen ihren Ursprung in einer intellektuellen, philosophischen oder künstlerischen Erschütterung und oft auch in moralischer Ablehnung hatten, trat de Sade am Ende immer als Revolutionär hervor, als ein sexueller Befreier des modernen Menschen, als ein göttlicher Freidenker, als ein Zerstörer der bürgerlichen Moral, als ein rätselhaftes Genie, das die Senkgrube des menschlichen Geistes offengelegt – oder zugeschüttet – hatte. Freud und Nietzsche mussten nur noch die Deckel von den Jauchekellern heben.

Sie war eine dumme Kuh. Das tiefe Graben in den Texten, das ihr weiterhin wie ein Graben im Kopf ihres Großvaters vorkam, wurde zu einem tiefen Graben in ihr selbst. Die Geschichte gab ihr unrecht. Die Literatur gab ihr unrecht, die Philosophie. Hin und wieder las sie den Kofferraumbrief noch einmal und stellte fest, dass sie den BP-Mann und Isolde, und in gewisser Weise auch ihren Großvater, immer mehr als sexuelle Freimaurer zu sehen lernte, als eine Art Schattenhelden, als Personen, die mehr Mumm hatten als der Durchschnitt, die besser wussten, was ein Mensch sich wünschte, und die sich nicht durch moralische oder ethische Vereinbarungen und Erwägungen einschränken ließen. Was sie auch las, es machte Isolde mehr und mehr zu einer überraschenden Frau, noch stärker und unergründlicher, als sie sie bereits erlebt hatte, zu einer, die ihre innere Juliette freigelassen und beizeiten eine Messerspitze Capsaicin in eine vermutlich zu blauäugig geschlossene, brave Ehe gestreut hatte. Eds Kummer kam ihr kleingeistig vor. Ja, sie wurde allmählich zu einer Anhängerin von de Sade – wie nannte man solche Menschen? Ein Sadist war etwas anderes, hoffte sie.

«Nichts», sagte sie zu Abélard.

«Seit Wittgenstein hat niemand mehr so lange über nichts nachgegrübelt wie du», erwiderte der adipöse Engel.

«Na gut», sagte sie und erzählte Abélard, unter den vielen Bäumen der Erkenntnis wandelnd, die es in Oxford gibt, in weniger als zehn Minuten die ganze Geschichte vom Ende bis zum Anfang, von Hermans und de Beauvoir bis hin zu Star Busman und der Stopera und wieder zurück. Manchmal hörte sie ihn «hier links» sagen oder «Achtung, jetzt über die Straße», bis sie den Kofferraumdeckel mit einem lauten Knall zuschlug.

Sie standen vor dem Arcana, einem Antiquariat. «Du hältst de Sade also für einen großen Denker und dich selbst für eine keusche Trulla», fasste er zusammen. Er drückte die Ladentür auf.

Sie war sogar drauf und dran gewesen, Isoldes Adresse in Erfahrung zu bringen, um sich mit ihr zu verabreden. In einem Regal voller Penguin-Taschenbücher stöbernd, fragte sie sich, warum sie es nicht getan hatte, als Abélard neben sie trat, er war bereits fündig geworden. In der Hand hielt er ein milchkaffeebraunes Buch, *Pornography. Men Possessing Women* stand darauf und: *Andrea Dworkin*.

«Schenk ich dir – ein Klassiker. Verständlich, dass dein Opa es nicht auf seiner Liste stehen hatte. Bevor ich es einpacken lasse, musst du dir auf jeden Fall das Inhaltsverzeichnis ansehen.»

Er sprach leise, wie bei einem Begräbnis oder einer Dreiband-Weltmeisterschaft. Isabelle nahm das Buch aus seinen Wurstfingern entgegen, deren Nägel er hübsch dunkelrot lackiert hatte, und schlug es auf:

CONTENTS

1	Power	13
2	Men and Boys	48
3	The Marquis de Sade (1740–1814)	70
4	Objects	101
5	Force	129
6	Pornography	199
7	Whores	203

8 Acknowledgements	225
Notes	227
Bibliography	239
Index	287

«Mannomann», sagte sie, «welch eine Ehre für den Marquis.»

«Er hat es verdient, meine Liebe.»

«Ich werde es lesen», versprach sie, während Abélard das Buch auf den Verkaufstresen legte.

«Lies es gleich heute Abend. Habt ihr in Holland schon mal von unserm Marc Dutroux gehört?»

«Denke schon, ja.»

Er schwieg einen Moment. «Lass es mich so sagen: Dworkin macht sonnenklar, dass de Sade ein Dutroux des 18. Jahrhunderts war. Wie Marc vergewaltigte, schlug und folterte er minderjährige Mädchen, was die Herren Strukturalisten hin und wieder gerne mal vergessen. Hoffen wir, dass Dutroux sich im Knast nicht der Kunst der Pornographie zuwendet.»

»UND DANN, und dann, und dann.» Der Executive Vice President Shell Africa lächelte.

Das Modemädchen lächelte zurück. Sie schob ein Stück Fisch von der Gräte, spießte es auf ihre Gabel. Du wolltest mir ein Verbrechen beichten, Hans. Ein Verbrechen für mich und Spade. Für mich und Abélard. Nun mach schon.

«Dann hab ich sie hängenlassen», fuhr er in neutralem Ton fort. «Ich habe gesagt, dass ich ihnen kein Wort glaube, und habe aufgelegt.»

Nachdem Hans am nächsten Morgen von Descartes abgeholt worden war und sein trübsinniger Koch ihr ein gigantisches Omelett, das möglicherweise aus Hühnereiern, vielleicht aber auch aus Dodoeiern gemacht war, auf die Terrasse gebracht hatte, ließ sie per Ohrhörer noch einmal Revue passieren, wie Hans es dazu hatte kommen lassen, dass das Damoklesschwert über seinem eigenen Kopf zu schweben begann.

«Und dann hast du die Journalisten schnell gewarnt.»

«Nein», sagte er, und sie meinte, an seinem Ton hören zu können – vielleicht erinnerte sie sich auch nur daran –, dass er wie ein Affe, die Arme streckend, seinen Brustkorb nach vorne wölbte. «Nein. Ich habe gerade etwas anderes gesagt – ich habe gesagt, ich hab sie hängenlassen.»

Einen Moment lang war es still, im Hintergrund war ganz leise etwas Jazziges zu hören, Dave Brubeck oder so was; übertönt wurde es vom städtischen Verkehr, dem Summen Millionen mechanischer Heuschrecken. Sie mussten beide an das Wort «hängenlassen» gedacht haben: Welche Konsequenzen hatte es, diese Leute *hängenzulassen*? Für Biggerstaffs Kameramann, aber auch für die anderen waren die Folgen desaströs, wie inzwischen jeder wusste. Ermordet, verstümmelt, traumatisiert, für jeden etwas.

Auf dem Band begann Hans als Erster zu lachen, aber sie wusste genau, dass *sie* zuerst gelacht hatte – geräuschlos, offenkundig. Geräuschloses Provozieren.

«Tja», sagte er. «Hast du denn nichts darüber gelesen?»

Sie erinnerte sich daran, dass sie den Kopf geschüttelt hatte. «Ist das schlimm?» Einseitiges Theater. Die kurze Entspannung rund um seine Augenwinkel, das Kleinerwerden seiner Nasenlöcher – Erleichterung, ungeachtet seiner mit ihm durchgegangenen Nonchalance.

«Na ja», sagte er, «es wurde darüber geschrieben.» Was ein himmelschreiender Euphemismus war: Die britischen Medien hatten sich daraufgestürzt schon während der Entführung und auch danach. Biggerstaff war eine bekannte Person, die schon vorher regelmäßig im Fernsehen aufgetreten war, und nach ihrer Befreiung erst recht: Mindestens eine Woche lang tauchte sie in den verschiedenen Talkshows zur *primetime* auf, sogar bei Andrew Marr.

«Fühlst du dich schuldig?», hörte sie sich selbst fragen.

«Schuldig woran?»

«Na ja, daran. Wenn ich mir das Ganze so anhöre, hättest du einen Mord verhindern können.»

«Nein, nein, nein», brach es aus ihm heraus. «Nein. So funktioniert das nicht. Wirklich nicht. Wenn man nach Nigeria kommt, um mit hellhäutigem Gesicht und einer sauteuren Kamera auf dem Niger herumzufahren, ohne Eskorte oder anderen Schutz, dann weiß man, dass man entführt werden wird. Man bettelt regelrecht darum. Mehr noch, diese Biggerstaff hätte sich klarmachen müssen, dass sie auf dem besten Wege war, allerlei Beteiligte – sich selbst, die britische Regierung, Shell, ihren Kameramann – in große Probleme zu bringen. Vielleicht war sie ja darauf aus.»

«Bestimmt nicht.»

«Doch. Kann gut sein, dass sie entführt werden wollte. Eigentlich darf ich das nicht sagen, aber wahrscheinlich hat sie die Entführung provoziert. Was bringt einer Aktivistin mehr Aufmerksamkeit als eine Entführung? Hinterher hat sie es bedauert, klar – aber, verdammt, dann denk doch vorher nach. Kümmere dich um deinen *eigenen* Kram.»

«Es scheint dir doch nachzugehen», sagte sie.

«Was.»

«Dass du es hättest verhindern können, es aber nicht getan hast?»

«Es ist gut, dass diese rechthaberische Jill Biggerstaff ihr Fett wegbekommen hat.»

Es gab Zeiten, da hätte sie ihn verbal auseinandergenommen, volle Kanne drauf, piesacken und bohren, so lange, bis sie ihn in eine Ecke gedrängt und er seine Unverschämtheit mit herabhängenden Mundwinkeln zurückgenommen hätte. Das musste inzwischen nicht mehr sein. Sie verfügte über andere Mittel, um arrogante, dumme Grausamkeit zu bestrafen. «Ach ja, findest du?», fragte sie prüfend. «Wer weiß. Und was ist mit dem Toten?»

«Nicht schön. Aber sie hätten es wissen können. Wer nicht hören will, muss fühlen. Willkommen in Nigeria.»

Sie nickte. «Hast du keine Angst, dass es rauskommt? Dass du über die Entführung informiert gewesen bist?»

«Das kommt nicht raus. Was heute in Nigeria geschieht, ist morgen Schnee von gestern. Der Typ, der mich angerufen hat und vorher absahnen wollte, hat sicher mehr Angst. Seine Leute dürfen nämlich nicht erfahren, dass er gesungen hat. Eigentlich hätte ich ihm hinterher noch einen tüchtigen Schrecken einjagen müssen.»

Sie küssten sich eine Weile. Sie hörte sein Lachen. Dann sich selbst, schwül: «Ja ... das hättest du tun müssen. Du lässt dich doch von so einem nicht erpressen, oder?»

«Genau das meine ich. Das lasse ich mich tatsächlich nicht. Es ist eine andere ... Welt. Es ist ein Dschungel.»

«Und du bist kein Lamm. Du bist ein Wolf.»

Stille; er hatte sich zurückgelehnt, die Hände im Nacken verschränkt, erinnerte sie sich, irgendwo zwischen Triumph und Erleichterung. «Und du bist eine Schmeichlerin. Aber wie dem auch sei ... das hier bleibt unter uns. So ist Nigeria.»

«So bist du», hörte sie sich sagen.

«Ja ...», sagte er, «so bin ich.» Zwergen-de-Sade, dachte sie, Marquis ohne Schloss, Sonntagslibertin.

«Möchtest du noch?», fragte er. «Ich schon.» Einschenkgeräusche, wenn man genau hinhörte.

83 Das Räumfahrzeug setzt sie ab, wo das Werkgelände und die parallel zur geschwungenen Küste verlaufende Straße aufeinandertreffen. Als sie aus dem hohen Führerhaus steigt, passiert etwas Blödes: Sie rutscht aus, ihr linkes Bein gleitet nach vorne weg, ihr rechtes wie eine Zeltstange nach hinten, sodass sie in einem schmerzhaften Beinahespagat auf dem harten Schnee landet.

«Au!», ruft sie, und «halt!», aber der Kerl hört sie nicht oder gibt vor, sie nicht zu hören; jedenfalls fährt er los, während sie noch in der peinlichen, aber vor allem gefährlichen Haltung daliegt. Reflexhaft zieht sie mit den Händen das rechte Bein zwischen dem Vorderrad und der Raupenkette hervor, gerade noch rechtzeitig – und dennoch verspürt sie eine Art Phantomzerquetschung: Sie *fühlt*, dass die Raupenkette über ihren Fuß walzt und keinen Knochenkrümel am anderen lässt.

Wie sie daliegt: auf der Seite im gleichgültigen, verhassten Schnee, an einem toten, blutleeren Punkt der Erde. Was hätte sie tun sollen mit einem zerquetschten Unterschenkel? Warum so hartherzig? Weil er meine Kacke zu teuer fand?

Bevor die Kälte sie endgültig übermannt, steht sie auf. Atemwolken ausstoßend, so schaut sie eine Weile aufs Meer, eine übergroße, eingeworfene Fensterscheibe, die Grenze zwischen Wasser und Eis ist gut zu erkennen.

«Na los», sagt sie. Mit hochgezogenen Schultern dreht sie sich um, ein eisiger Wind streicht ihr übers Gesicht. Um zu finden, was sie sucht, muss sie nur der Pipeline folgen – ganz einfach, sollte man meinen. Es ist mehr als offensichtlich, wo das verflüssigte Gas die Anlage verlässt; es strömt durch eine Art Katheter, der von einer Brücke aus Stahl und Betonpontons getragen wird, in die Bucht. Am weit entfernten Ende, sich scharf abzeichnend vor dem inzwischen milchweißen Horizont, schwebt ein außergewöhnlich großes Schiff; fünf riesige Hochdrucktanks sind über dessen ganze Länge verteilt wie die Vanilleeiskugeln einer Dame Blanche.

Auf dem Gelände, am Rand eines Bassins, geht eine Gruppe von Leuten in gelben Westen, zu weit entfernt, um zu rufen, ganz zu schweigen davon, dass man sie fragen könnte, wo der Vorfall stattgefunden hat. Außerdem weiß man bei Russen und Schnüfflern nie. Sie macht sich auf, um den Komplex herumzugehen, langsamer, als sie gern würde, der Weg ist eine Eisbahn. Sie wählt die frische Steinkohlespur ihres Ohrenkneifers; es wäre besser gewesen, weiter mitzufahren. Eine Hand aus Wind wischt über den Hügelrücken, sie sieht sie durch die aufschreckenden Baumkronen auf sich zu kommen. Eine Sekunde später stürzt sie dennoch zur Seite, landet mit einem Knie in einen Schneewall – «Mist», zischt sie, den gefrorenen, taub gewordenen Mund so tief wie möglich im Kragen. Der Wind durchbohrt den Pelz, den Pullover, die Thermo-Unterwäsche so gnadenlos, dass sie an ihr Bett denken muss, an Plumeaus, an Schutz. An Sicherheit. An Geld. An Ludwig van Beethoven.

«Jetzt reicht's», murmelt sie.

Mit dem Rücken zum Wind schaut sie auf ihr iPhone. Sie rechnet aus, dass es in den Niederlanden inzwischen nach drei ist. Appelqvist persönlich anrufen? Nein, das wäre nicht klug; ein allzu aufdringliches Vorgehen würde die Tür zuwerfen. Sie würde ihren Sympathiebonus riskieren, sie muss umsichtiger vorgehen. Aber auch nicht zu zögerlich. Sie muss so schnell wie möglich mit jemandem reden, der Ahnung von der Sache hat.

In der Ferne, wo der Steinkohlenschnee eine gemächliche Rechtskurve macht, hört sie Motorengebrumm. Quer auf dem Weg steht eine Art Container, darum herum liegen Betonblöcke, zur Abschirmung von etwas. Ein halb mit Schnee bedeckter Feuerwehrwagen steht dort, daneben ein Bagger, der in Aktion ist. Sie kann von ihrem Standort aus sehen, dass das Räumfahrzeug ausgewichen und mitten durch die Böschung gefahren ist. Es sind noch rund zweihundert Meter zu gehen, doch sie nimmt schon jetzt einen starken Brandgeruch wahr.

Sie hat die Telefonnummern einer ganzen Reihe von Pianisten, doch einen von ihnen anzurufen wäre dumm. Sie braucht jemanden, der sich gut auskennt, aber kein eigenes Interesse daran hat. Tante Karen? Sie hat Klavier studiert, aber Isabelle hat seit Jahren nicht mit ihr gesprochen. Maarten? Der steht auf jeden Fall absurd früh auf. Doch selbst für ihn ist es noch mitten in der Nacht.

Als sie an den Betonsperren ankommt, sieht sie, dass der Container kein Container ist, sondern die Karosserie eines ausgebrannten Lastwagens. Dahinter verbirgt sich ein metertiefer, schneebedeckter Krater, in dem drei behelmte Männer einen enormen motorbetriebenen Steckschlüssel bedienen. Zwerge, die einen Riesenbolzen festdrehen, ein Stück Pipeline wurde weggesprengt. Eines der Enden über der Grube sieht aus wie eine Knallzigarre, das andere ist mit einer Art Notverschluss aus glänzendem, unkorrodiertem Stahl versehen. Der Anblick lässt sie an ihre journalistische Laufbahn in Moskau denken.

Sie wartet, bis einer der Männer sie bemerkt, und winkt dann. Keine Reaktion. Es dauert mindestens eine Minute, bis ein anderer aufschaut, zögert und auf sie zuklettert. Der Mann, den sie auf Englisch fragt, ob er von einer vorsätzlichen Straftat ausgeht, entpuppt sich als Moskauer. Mit Händen und Füßen formuliert er eine Antwort, die im Ergebnis «ja» lautet.

«Wieso?», fragt sie auf Russisch.

In der weiteren Umgebung gebe es nur eine einzige Stelle, an der man diese Pipeline mit einem Lastwagen halbwegs gut treffen könne, lautet seine Antwort, und das sei genau hier.

«Es war ein Tschetschene, stimmt das?»

Der Mann kneift die Augen zusammen – was das für Fragen seien? Hinter ihm, etwa dreißig Meter entfernt, steht ein Häuschen, dessen Fassade wie eine Kerze geschmolzen ist.

«Das hätten die Tschetschenen bestimmt gerne», sagt er und zuckt mit den Achseln. Er wisse es nicht.

IMMERHIN hat der Mann ihr ein Taxi organisiert. Noch ist Zeit, zum Mithos zu fahren, sie muss erst in drei Stunden auf Zima sein, vermutlich ein Shell-Reservat der Sorte, wie man sie in jedem *petrostate* finden kann. Tschetschenen auf Sachalin – zusammengekauert auf der Rückbank, denkt sie darüber nach. Obwohl die Letzten, denen man etwas über Tschetschenen glauben darf, Russen aus Moskau sind, freut sie sich über etwas Zusätzliches, mit dem sie Hans auf die Nerven gehen kann. Was denken Sie, Herr Tromp, ein Tschetschene zerstört Ihre neue Gaspipeline? Irgendwo müssen die ja anfangen.

Sobald ihre Finger aufgetaut sind, sieht sie nach, ob er bereits geantwortet hat. Tatsächlich, sie hat eine SMS bekommen. «Zima highlands, Haus von tromp». Die Kürze der Antwort, das kleine t in seinem Namen – sind das Signale? Ohne geantwortet zu haben, steckt sie ihr iPhone wieder ein. Feindet er sie an? Das wäre allerdings nicht sehr vernünftig. Ihm wird doch wohl klar sein, dass sie ihn noch immer bei seinen frisierten Eiern hat? Er kann verdammt noch mal froh sein, dass er nicht mit nacktem

Hintern im Buch steht. Wenn sie ihn mit hineingenommen hätte – was dann? Man könnte sich dann fragen, wo er jetzt wäre. In einer britischen Zelle? Oder in einer nigerianischen?

Die Rückfahrt geht verblüffend schnell. Gute Schneeräumarbeit, ein Eigenlob. Obwohl es noch zu früh ist, um in Moskau wegen der Gaspipeline anzurufen, ist Maarten inzwischen bestimmt wach, denkt sie. Sie schlägt seinen Namen in ihrem Adressbuch nach, ruft an, doch es hebt niemand ab. In der Zeit, als sie mit ihm im Mailwechsel stand – was nun auch schon wieder einige Jahre her ist, anfangs im Zusammenhang ihrer gelegentlichen Interviews mit klassischen Musikern, die sie für das Feuilleton des *NRC* machte, danach noch eine Weile aus Nettigkeit –, war sie erstaunt, zu welchen Uhrzeiten er ihr antwortete. Oft zwischen fünf und sechs Uhr morgens. Gehst du so spät schlafen, fragte sie ihn, doch es verhielt sich andersherum: Er stand um vier Uhr auf.

Mehr noch erstaunte sie, *was* er ihr antwortete; nach jeder Frage, die sie ihm stellte, ließ er eine regelrechte Dissertation auf sie niedergehen, Brahms, Vivaldi, Beethoven, Mahler, Prokofjew, Haydn, es war ganz egal, über wen oder über welches Musikstück sie etwas wissen wollte. Einmal, als sie von heute auf morgen Jane Glover interviewen sollte, eine Dirigentin, die ein Buch über die Frauen in Mozarts Leben veröffentlicht hatte, informierte er sie in einer einzigen langen E-Mail über die zehn, zwölf wichtigsten Biographien und Studien über Mozart, die es gab. «Sie wissen wirklich unglaublich viel über Mozart», sagte Glover nach dem Interview. «Schreiben Sie selber ein Buch über ihn?»

Sie fahren am Flughafen von Juschnow vorbei. Es hat kaum merklich zu dämmern begonnen, kristallene Gespenster stieben um die Fichten herum und lassen den Wald links und rechts der Straße unwirklich erscheinen, flüssig, wie in einem *Fantasy*-Comic mit eigenen Gesetzen. Sie ruft erneut an. Es erstaunt sie, dass in den Niederlanden überhaupt ein Telefon klingelt.

«Hallo?» Maartens Stimme klingt klar und nah genug, um leichte Verwunderung herauszuhören.

«Hier ist Isabelle.»

Stille.

«Isabelle Orthel», hilft sie ihm auf die Sprünge, «vom *NRC*, du erinnerst dich?», was seine Höflichkeit, wie einen Tropfen vom Wasserhahn, aus der Reserve lockt. Sie erzählt kurz etwas über Moskau, dass es ihr gefällt, dass sie die Niederlande manchmal ein bisschen vermisst. Obwohl sie weiß, er sitzt nicht am Flügel, stellt sie sich ihn komischerweise genau da vor, konzentriert spielend, so wie damals, als sie von ihm begleitet wurde, während sie *Süßer Freund, du blickest* gesungen hat. In einem Moment des Überschwangs hatte sie ihm erzählt, dass sie um ein Haar ans Konservatorium gegangen wäre, was nicht ganz richtig war; trotzdem lud er sie zu sich nach Hause ein, um Schumann zu singen, er an seinem Bösendorfer, sie wie Cristina Deutekom daneben, der weitläufige Klinkenbergerpolder hinter den hohen Fenstern seines Wohnzimmers. An derselben Stelle, so erzählte er, hätten schon Dawn Upshaw, Aafje Heynis und auch Tosca Appelqvist gestanden, die die Geigenpartie der Frühlingssonate gespielt habe, sehr schön – ob sie die auch interviewt habe?

«Ihren Bruder.»

«Umso besser.»

Ihr Gesang war nicht gut genug gewesen, um weiterzumachen, fand sie; außerdem war sie bald darauf nach London gegangen.

«Womit kann ich dir helfen?»

«Zuerst möchte ich wissen, wie es dir geht.»

Mäßig, ein Arm war in Gips, gebrochen, nach einem Sturz mit dem Fahrrad. «Eigentlich müsste ich umgraben, jäten, harken, Holz hacken, sägen, sähen, mähen. Den Ziegenbock woanders anpflocken. Nur die Hühner kann ich noch füttern. Aber leg los. Bestimmt ist es sauteuer, von Sachalin aus.»

Ihr Taxi hält an. «Es geht um Dolf Appelqvist. Und um Beethoven. Aber ich bin jetzt gerade angekommen am Hotel. Moment, mein Fahrer, ich ...»

«Ruf mich wieder an, wenn du fertig bist», sagt er und legt auf.

Während ihrer Abwesenheit ist schwer gearbeitet worden; das Mithos sieht aus wie Spielzeug, das von einem Sechsjährigen aus Styropor befreit wurde. Sie schlurft durch die enge Drehtür ins Warme. Im Restaurant, das an die Lobby grenzt, sitzen bereits ein paar frühe Esser. Von dem Mann am Empfangstresen, der ihr, ohne dass sie ihre Zimmernummer genannt hat, den richtigen Schlüssel gibt, erfährt sie, dass «der Herr» oben sei. Aha, er ist noch da. Es erscheint ihr nicht uninteressant, eine weitere Nacht mit Dolf Appelqvists Stiefbruder zu verbringen. Während sie Maarten wieder anruft, geht sie zum Treppenhaus. Diesmal hebt er ab, noch ehe ein Freizeichen zu hören ist.

«Aha.»

«Ja, da bin ich wieder.»

«Beethoven und Appelqvist. Was ist mit den beiden?»

Leises Bedauern, dass sie Appelqvists Namen genannt hat – andererseits: Sie will ihm das Gefühl geben, dass sie ihm vertraut. Was auch stimmt. «Einiges, glaube ich. Hoffentlich kannst du mir sagen, was ungefähr.»

Sie lässt sich in einen verschnörkelten Zweisitzer fallen, legt einen Arm auf den kleinen Heizkörper dahinter und erzählt ihm kurzgefasst, worum es geht. Sie fängt mit den Mozart-, Haydn- und Liszt-Briefen an, weil sie vermutet, dass er die am interessantesten findet, dann erzählt sie von Beethovens Tagebuch und erst danach von den Kompositionen, den Bagatellen, den Diabello-Variationen –

«Diabelli.»

Sie lacht, woraufhin er auch lachen muss. «Und außerdem noch ein dritter Satz von Opus ...» Sie zögert, sie will sich nicht noch einmal blamieren.

«Und? Opus?»

«111.»

Kurze Stille. «Du willst sagen, dieser Appelqvist hat einen dritten Satz der Klaviersonate Opus 111?»

«Ja?»

«Glaube ich nicht.»

«Er studiert ihn bereits ein», blufft sie.

«Das wäre eine regelrechte Sensation.» Seine Stimme klingt jetzt höher, ein wenig zitternd. «Opus 111», sagt er, «Beethovens letzte Sonate, seine, wie ich finde, mysteriöseste Komposition. Riesenschlagzeile.»

«Ja, meinst du?» Jetzt ist es ihre Stimme, die sich überschlägt, vor Sensationslust.

«Jaaaa ... eine Weltsensation. Das wäre phantastisch. Eine absolut großartige Entdeckung. Über das Stück wurde immer heftig spekuliert, schon zu Beethovens Lebzeiten. Warum hat diese Sonate nur zwei Sätze? Wo ist der dritte Satz? Das war das erste, was sein Verleger ihn gefragt hat. Wenn dieser Appelqvist den dritten Satz tatsächlich haben sollte ... Das wäre unglaublich.»

«Aber kannst du dir das vorstellen?»

«Ein dritter Satz von Opus 111 ... Tja, undenkbar ist es nicht. Beethoven selbst hat sich dazu nur vage geäußert. Thomas Mann widmet dem Stück im *Doktor Faustus* ein ganzes Kapitel. Kennst du das? Einer versucht, eine logische Erklärung dafür anzuführen, warum es keinen dritten Satz gibt, und hält darüber einen regelrechten Vortrag. Und dieser Appelqvist behauptet also, ihn zu haben ... Man könnte meinen, das sei ein Geschichte von ... wie heißt der Mann? Dan Brown.»

«Eigentlich glaubst du es also nicht.»

Er lacht. «Nein, noch nicht.»

«Aber angenommen, es stimmt, und sie bringen den ganzen Krempel zu Christies's?»

«Millionen.»

«Wirklich?»

«Garantiert. Wenn die Handschriften echt sind … dann sind sie Gold wert, zweifellos. Und dazu noch die Briefe und das Tagebuch? Das ist eine Goldgrube. Möglicherweise sogar ein zweistelliger Millionenbetrag.»

Sie steht auf, ihre Gliedmaßen prickeln vor Aufregung, brüsk zieht sie die schwere Tür zum Treppenhaus auf. «Das ist viel Geld», sagt sie und steigt die beiden ersten Betonstufen hinauf.

«Eigentlich müsstest du dich mit einem echten Beethovenkenner unterhalten. Die wissen natürlich sehr viel besser Bescheid. Jan Swafford, Maynard Solomon. So jemand. Du arbeitest doch für eine internationale Zeitung? An die kommst du doch problemlos ran.»

Sie zweifelt, ob sie vollkommen ehrlich sein muss. «Na ja», entscheidet sie sich schließlich, «ich will die Nachricht selbst bringen, eigentlich. Wenn ich einen berühmten Biographen anrufe, macht es sofort die Runde.» Dass sie noch mehr vorhat, nämlich Geld verdienen, behält sie für sich. Maarten scheint sparsam zu sein, und sparsame Menschen sind in der Regel wild darauf, Geld zu verdienen. Und Menschen, die gerne Geld verdienen, schauen mit wehem Auge zu, wenn andere Geld verdienen.

«Das könnte passieren, ja», sagt er.

«Ich gehe davon aus, dass du das Ganze für dich behältst?» Hoch über sich hört sie Schritte.

«Ich gönne dir alle Exklusivgeschichten dieser Welt», sagt er. «Das weißt du doch hoffentlich? Wenn du zurück in den Niederlanden bist, musst du unbedingt mal wieder kommen und singen.»

«Na ja, darum rufe ich dich an. Damit du es nicht sofort auf Twitter postest.»

Ein leises Lachen. «Die Frage ist, wie du ohne einen Fachmann herausfinden kannst, ob das alles stimmt, was Appelqvist behauptet.»

Darüber hat sie auch schon nachgedacht, richtig. Aber sie hat vor, zuerst einmal die Beute sicherzustellen. Erst wenn das gelungen ist, sind die Experten an der Reihe – nicht umgekehrt. «Die Briefe könnten Fälschungen sein», sagt sie, «aber, was meinst du, kann man eine Klaviersonate fälschen? Ich meine, von solchen Fällen hört man nie etwas.»

Der da jetzt die Treppe herunterkommt, befindet sich nun gleich über ihr, die Schritte ticken auf den Stufen, sie tritt schon mal zur Seite. Als er um die Ecke kommt, schaut sie Ludwig in dessen weit auseinanderstehende grüne Augen. «Hei», flüstert sie und legt die Hand auf das Telefon. Er hat offenbar gerade geduscht, seine Haare liegen nass und glatt an seinem Kopf an.

«Ach», sagt er, «da bist du ja wieder.» Sie schieben sich aneinander vorbei, sie riecht ihn, ein frischer, etwas billiger Seifenduft.

«Ja», sagt sie und berührt mit der freien Hand flüchtig seinen Unterarm, «ich muss nachher zu Tromp, aber vorher sehe ich dich doch noch kurz, oder?» Sogar durch den Ärmel seines Pullovers fühlen sich ihre Finger kalt an.

«Ich bin unten», sagt er, «schnell was essen im Bistro.» Und: «Nicht wieder aus dem Fenster springen.»

Sie zwinkert ihm über die Schulter zu. Ganz und gar *stupéfait* ist er gewesen, als ihm aufgefallen ist, dass sie das Zimmer *durchs Fenster* verlassen hat. Als er aufwachte, stand es offen, und zwar nicht etwa nur einen Spaltbreit – er lag frierend im kalten Wind.

Dass sie nicht mehr neben ihm lag, wollte er noch durchgehen lassen, aber warum hat sie dann das Fenster aufgemacht?

Sie lässt ihn da unten stehen. «Ja, ich bin noch da.» Sie spricht leiser als vorhin, als dürfte er nicht mithören. Also stellt er sich auf die Zehen und spitzt die Ohren, als würde sie das Weltgeheimnis lüften – aber jetzt sagt sie nichts.

Als er am Nachmittag vom Gang zu einem Supermarkt wiederkam, bemerkte er an der Straßenseite des Hotels unter einer der vertikalen Fensterreihen eine Kuhle im ansonsten makellosen, hoch aufgetürmten Schneewall, von der eine Fußspur ausging. Erst da fiel der Groschen. Obwohl er sich schon den ganzen Morgen gefragt hatte, wo sie steckte, konnte er es dennoch kaum glauben. Wer springt aus dem vierten Stock eines Hotels? Wieder im Zimmer, hatte er sich aus dem Fenster gelehnt und festgestellt, dass es wirklich stimmte. Warum, in Gottes Namen? War er so unausstehlich? Den Eindruck hatte er nicht gerade, eigentlich.

«Ähm ... Musik zu fälschen scheint mir etwas anderes zu sein, als einen Vermeer zu fälschen, es handelt sich ja nicht um ein einzigartiges Objekt oder so», hört er sie sagen. «Ein Gemälde kann man nicht aufführen. Oder ist das dumm, was ich sage?»

Sie spricht leise und schnell, als hätte sie etwas zu verbergen – und genau deshalb ist er sich zu einhundert Prozent sicher, worum es geht. Sie telefoniert wegen des Beethovenschatzes. Er drückt die Tür zur Lobby auf, bleibt aber in der Öffnung stehen, sodass die Türkante gegen sein Fußgelenk drückt. Plaudert sie die Geschichte jetzt auch schon ihrer Zeitung aus? Ohne die Lobby betreten zu haben, lässt er die Tür wieder zufallen; besorgt und wütend schaut er auf die dunklen Stufen oberhalb von ihm. Isabelle hat bereits die Etage, in der sich ihr Zimmer befindet, erreicht, er hört sie die Tür öffnen. Vorsichtig holt er Luft und folgt ihr leisen Schrittes.

Woher nehme ich bloß diesen Mut, denkt er, jedes Mal zwei Stufen nehmend. Die Antwort lautet: aus der absurden Sturmnacht, die mit einer Überraschung endete. Während er immer noch dalag und an die Decke starrte, war Isabelle ein bisschen auf ihn draufgekrochen. Kurz davor hatte sie sich seufzend umgedreht und einen Arm auf seinen Bauch gelegt. Mit angehaltenem Atem fragte er sich, was das zu bedeuten hatte. Schlief sie? Im nächsten Moment ergrabbelte sie sich durch Kleiderschichten hindurch sein Becken und zog ihren eingepackten Körper an ihn heran, schob ihr Bein über seins und schmiegte, erneut seufzend, ihre Wange an seine Schulter, sodass seine Nase, ob er nun wollte oder nicht, ihren Scheitel berührte.

Also gut.

So blieb sie minutenlang liegen. Hätte diese Situation lange angedauert, eine Million Jahre zum Beispiel, was für ihn kein Problem gewesen wäre, dann hätte er alle Isabelle-Moleküle ein- und wieder ausgeatmet. Währenddessen, einen Meter weiter unten, begann Fritzchens Bohnenstange an ihrem Bein hinaufzuklettern. War sie bei Sinnen? Oder tat sie das alles unabsichtlich? Er wusste es nicht. Der, der er in Enschede gewesen war, hätte in jedem Fall ejakuliert – an diesem Morgen aber hatte er die Wahl. Ob man es riechen würde, wenn er kam? Oder würde sein Sperma gefrieren? Dann würde es morgen zum Frühstück ein Eis von Ludwig geben. In Anbetracht der Umstände beschloss er, davon abzusehen.

Außer Atem erreicht er ihr Stockwerk. Er öffnet die Tür und betritt den dämmrigen, angenehm muffigen Hotelflur. Er horcht angespannt. Nichts. Er ruft sich das Zimmer in Erinnerung. Zweimal um die Ecke, gleich links, erste oder zweite Tür? Er reibt sich die Handflächen trocken und spaziert, die Sohlen gemächlich abrollend, durch den mit einem Läufer ausgelegten Flur. Als er sich der letzten Ecke nähert, hört er ihre Stimme, die durch Teppich und Raufasertapete ihrer Klarheit beraubt ist. Er bleibt stehen und versucht, mit aller Kraft zu verstehen, was sie sagt, aber seine Trommelfelle sind zu schlaff. Ist sie im Flur? Sie hat doch einen Schlüssel? Unentschlossen bleibt er stehen, die Ohren wie Antennenschüsseln ausgerichtet. Dann, mit einem Mal, geht er mit zwei strammen Schritten um die Ecke – es ist ja auch sein Zimmer, er könnte schlicht etwas vergessen haben.

Sie ist im Zimmer. Er hört sie, weil die Tür nicht ins Schloss gefallen ist. Mit Bedacht geht er in Richtung Tür. Kaum atmend bleibt er stehen, zwei Meter von dem Spalt entfernt.

«Na ja», hört er sie sagen, «Appelqvist wird sie wohl schon gespielt haben.» Verdammt, hab ich's doch gewusst.

Nicht verstärktes, unverständliches Krächzen.

«Ja. Wirklich wahr? Ja, das ist echt ein Ding, ja. Aber was für Bach gilt, gilt doch wohl auch für Beethoven?»

Gekrächze. Langanhaltend. Er positioniert sich nah an der Mauer, neben dem Türrahmen.

«Ja. Aber warte, ich muss unbedingt mein Telefon ans Ladegerät anschließen ... ich suche schnell eine Steckdose ...» Erschrocken, als stünde er auf der einzigen Steckdose in Sachalin, geht er ein paar Schritte zurück. «Sonst bin ich plötzlich weg ... ich schalte dich kurz auf Lautsprecher, okay?»

Nur zu, denkt er und presst den Rücken und die flachen Hände gegen die Wand neben dem Spalt. Das ist klassisches Belauschen, wird ihm bewusst. *Liebesgrüße aus Sachalin*. Machst du das wirklich? Nach der Sache mit den Ohrstöpseln? Andererseits hintergeht sie ihn gerade eiskalt. Es muss sein. Er hört sie mit einem Stecker hantieren.

«Hallo?»

Eine recht hohe, nasale Männerstimme, hart, krächzend, wie durch den Lautsprecher eines Eisenbahnabteils.

«Isabelle? Hörst du mich wieder?»

Laut und deutlich. Mann, das ist Maarten 't Hart – dafür braucht er nur fünf Wörter. Das Wunder der Stimme unter Tausenden. Sie telefoniert mit Maarten 't Hart? *What the fuck.*

«Als das Stück von Bach gefunden wurde», hört er, «das war 2005, glaube ich, da gab es große Zweifel, denn es war nirgends vermerkt, dass es von Bach stammte, doch sobald es gespielt wurde, schwand jeder Zweifel dahin. Die Handschrift einer Arie. Die Musik konnte wirklich nur Bach komponiert haben, so typisch und unglaublich schön. Für den jungen Mozart gilt das zum Beispiel nicht unbedingt. Seine ganz frühen Kompositionen kann man schon mal für solche von Zeitgenossen halten.»

Zumindest redet sie nicht mit der *Financial Times*. Das ist schon mal gut.

«Und Beethoven?», fragt Isabelle.

Oder es ist gerade nicht gut, schießt es ihm durch den Sinn. Warum sollte sie mit der *Financial Times* telefonieren, wenn sie einen Artikel für die *Financial Times* schreibt? Sie hat diesen 't Hart *wegen* des Artikels angerufen! Den sie gerade schreibt! Sie ist schon fast fertig damit! Er spürt einen starken Impuls, hineinzugehen und ihr das Telefon abzunehmen.

«Auch der frühe Beethoven kann problematisch sein», sagt 't Hart, «der ähnelt Haydn und Mozart noch ein bisschen. Aber der späte Beethoven, erst recht zu Zeiten von Opus 111, ist unverwechselbar.»

«Okay. Ich muss es also einen Kenner hören lassen.»

Ich? Wovon spricht sie? Hat sie das ganze Zeug schon beisammen oder was? War sie deshalb den ganzen Tag unterwegs? Nein, beruhigt er sich, das kann schlichtweg nicht sein.

«Genau», erwidert die Stimme von Maarten 't Hart. «Du könntest zum Beispiel Appelqvist fragen, was er selbst darüber denkt, wenn er es spielt.»

Nein. Ganz und gar nicht. Der Letzte, den man fragen darf, ist Dolf. Der legt sich erst in Beethovens Bett, bevor er antwortet.

«Das könnte ein erster Schritt sein», fährt 't Hart fort. «Der hat natürlich Ahnung von der Sache. Appelqvist ist ein brillanter Pianist.»

«Ja?»

«Aber hallo, auf jeden Fall. Eine Offenbarung. Spielt er nicht den ganzen Sonatenzyklus auf Beethovens altem Fortepiano ein?»

«Stimmt», sagt Isabelle, die er durchs Zimmer gehen hört. Nicht in den Flur kommen, nicht in den Flur kommen, denkt er – wenn sie ihn beim Lauschen erwischt, muss er sie bitten, ihn zu töten. Auch wenn das Schreckensszenario, in einer Stunde im Internet lesen zu können, dass Dolf Appelqvist einen Beethovenschatz gehoben hat, viel schlimmer ist. Die Erste, die ihn anrufen wird, ist Juliette. Oder doch gleich seine Mutter.

«Also Dolf Appelqvist selbst», hört er Isabelle sagen. «Gute Idee, ja.»

Schlechte Idee. Wieder überlegt er, ins Zimmer zu gehen. Er lässt seine Schultern ein wenig vornüberhängen, um zu testen, ob er sich tatsächlich vorstellen kann, wie er die beiden unterbricht. Nein, er ist zu feige, zu ängstlich, noch einmal etwas Lächerliches zu tun.

Maarten 't Hart sagt, man müsse auch Zeitgenossen in Betracht ziehen. «Es kommt gelegentlich vor, dass man etwas von einem aus der zweiten Reihe wiederfindet», knarzt er, «und dann hofft oder meint, das Stück stamme von Beethoven.»

«Die Möglichkeit ist doch nicht sehr groß, oder? Das wäre nämlich sehr schade.»

Hat sie seine Mutter bereits angerufen? Sie wird die Geschichte doch wohl gegenchecken, bevor sie ihm eins auswischt?

«Groß, groß – was ist schon groß», sagt 't Hart. Auf dem Luzac College hat Ludwig dessen Roman *Steine für eine Waldohreule* gelesen, über einen Organisten mit einem großen, bösen Auge. Genau davor fürchtet er sich, vor Dolfs bösem Auge. In allen Interviews wird er der widerliche, verkannte, eifersüchtige Stiefbruder sein. Die Rolle überlässt er lieber Dolf. «Es gab Ries, es gab Czerny, es gab Clementi, Hummel, Kreutzer», sagt 't Hart. Bestimmt kennt er auch noch eine andere Liste, die der blöden Brüder. Henny Cruijff, Menno Buch, Ludwig Smit. «Die haben alle zu Beethovens Zeiten ganz passable Klaviersonaten komponiert. Auch nicht vergessen darf man Moscheles, Kalkbrenner, von Weber, Dussek. Tomaschek.»

Genug. Nichts wie weg. Er macht zwei Krebsschritte in den Flur, weg von der Zimmertür – horcht aber weiterhin. Eigentlich weiß er noch gar nichts. Was soll er machen? Isabelle sofort darauf ansprechen – unten, wenn er sich etwas beruhigt hat. Ihm bleibt doch noch Zeit, oder? Fertig kann ihr Artikel nicht sein, sonst hätte sie diesen 't Hart nicht mitten in der Nacht aus dem Bett klingeln müssen.

«Okay», sagt sie.

«Nehme ich dir den Wind aus den Segeln? Das war nicht meine Absicht. Wer bin ich schon.»

Ein lauter Rums – im Zimmer fällt etwas zu Boden – katapultiert ihn noch weiter in den Flur. «Verdammt, verdammt», flüstert er, während er sich rasch entfernt.

DAS RESTAURANT ist einigermaßen gut besucht. In der Nähe des Durchgangs zur Lobby nimmt er an einem Zweiertisch Platz, auf dem Posten wie eine Toilettenfrau. Hinten links, an einem Tisch beim Fenster, hat er beim Reinkommen Sack Pork entdeckt, der, während er isst, eine Zeitschrift liest – zum Glück hat der Texaner ihn nicht bemerkt. Mit dem Rücken zu den schlingenden Roughnecks hat er sowohl die Rezeption als auch einen Teil der Eingangstür im Blick. Sie wolle ihn noch kurz sehen, hatte sie selbst gesagt, doch darauf will er sich nicht verlassen. Er darf sie auf keinen Fall verpassen.

Die plastifizierte Tischdecke ist schlecht abgewischt – er riecht den Lappen, mit dem sie gesäubert wurde. Sein Telefon legt er vor sich auf den Tisch, die Hände flach daneben, als hätte er vor, das Ding mit Messer und Gabel zu verspeisen. Eine Weile betrachtet er die Speisekarte, ohne die einzelnen Gerichte wirklich wahrzunehmen. Zu sich kommen, sich beruhigen, runterschalten. Das «Wer bin ich schon» von 't Hart hallt in ihm nach. Wer ist Dolf Appelqvist – das ist die eigentliche Frage. Dolf Appelqvist ist nicht nur ein Irrer mit genialischen Zügen, er ist auch rachsüchtig. Sein stinklangweiliger Stiefbruder Ludwig, der die Geschichte an die internationale Presse verraten hat? Das wird ihm nicht nur Hohn und bissige Bemerkungen einbringen, sondern auch einen sauteuren Anwalt, garantiert. Demnächst steht er Otmars Sohn und seiner eigenen Mutter vor einem Richter gegenüber. Schmähung, üble Nachrede, geistiges Eigentum, Einkommensausfall, wer weiß, was sonst noch? Die beiden sind zu allem in der Lage.

Was soll er machen? Ihr sagen, dass Dolf nicht sauber tickt? Nein, dann bedankt Isabelle sich freundlich und schreibt es einfach in die Zeitung: «Stiefbruder behauptet, dass Appelqvist nicht sauber tickt.» Zu riskant. Nein, ruhig bleiben, erst nachdenken, *gut* nachdenken.

Ein alter Kellner tritt an seinen Tisch. Der Mann und er sehen einander an. In den Niederlanden würden sie jemandem an diesem Punkt der Schlacht jeden Abend ein Plastikgefäß mit Blumenkohl und einer Frikadelle vorsetzen. Während der Greis ins Leere schaut, empfiehlt er Borschtsch mit *beef* und saurer Sahne. Nehm ich, nickt Ludwig niemandem zu und bestellt einen halben Liter der lokalen Biermarke dazu. Komplexe, sofort zu treffende Entscheidungen schäumen gegen seine Schädelwände, er sehnt sich danach, schweigend zu essen, zu kauen, zu schlucken. Wenn er etwas isst, ist er ruhig, zufrieden, um nicht zu sagen, glücklich; dass er sich selbst etwas zu essen auftischt, kann ihm dabei helfen, seine Gedanken zu ordnen. Ja, das Wichtigste ist: Was soll er Isabelle sagen. Wie kann er sie aufhalten. Verbote ermuntern bloß, so funktioniert das in ihrer Welt. Er muss ihr irgendwie beibiegen, dass es nicht geht. Dass man nicht einfach so in einer internationalen Zeitung schreiben darf, was einem im Hotelbett anvertraut worden ist.

Da ist der Greis schon mit dem Bier. Es ist ohnehin die Frage, ob dieser Beethovenmist nicht ein Schwindel ist. Leider ändert das nichts an dem Ärger, den ein Zeitungsartikel bringen würde. Aber Dolf könnte sich das alles von A bis Z auf seinem Beethovendachboden ausgedacht haben, davon muss er sie überzeugen.

Er trinkt einen Schluck; das Bier ist eiskalt und mit viel Kohlensäure versetzt, die Tränen schießen ihm in die Augen. Ein Zeitungsartikel, auf Wahrheit beruhend oder nicht, wäre fatal. Zum Rausschmiss aus der Familie und zu eventuellen Schadensersatzforderungen kommt die Aussicht auf öffentlichen Zwist. Hält er das aus? Wie man es auch betrachtet, Dolf bleibt Otmars Sohn und Ulrike dessen Witwe. Nein, das hält er nicht aus. Auch wenn er Familienbelange runterspielt – dass es so weit kommt, will er dann doch nicht.

82 Am Tisch genau gegenüber nehmen zwei Leute Platz, ein affenartiger Mann und eine schlanke junge Frau, nicht vis-à-vis, sondern nebeneinander, mit dem Gesicht in seine Richtung. Ihre Sprache klingt sonderbar, eine Pidgin-Variante des Englischen, Schottisch oder so.

Die Wahrheit, das ist seine Chance. Plötzlich ist er sich sicher. Er muss Isabelle die vollständige Geschichte von Dolfs früher Kindheit erzählen, so genau und detailliert wie möglich. Die Tatsachen sprechen lassen, nicht die Panik. Das wird sie hoffentlich zu der Einsicht bringen, dass sie abwarten muss, anstatt sich vor den Karren eines Psychiatriepatienten spannen zu lassen.

Er trinkt mehr Bier und nickt, während er auf den Affen starrt, ja, denkt er, so machen wir's. Und wenn er einen kühlen Kopf behält, relaxed bleibt und die Geschichte wirklich gut erzählt, dann wird ihr nicht nur klarwerden, dass er recht hat, sondern auch, dass sie ohne ihn gar nichts ausrichten kann. Nicht ohne Ludwig Smit, ihre Quelle. Sie hat die Informationen verdammt noch mal von ihm. Sie sollte ihn nicht linken, sie sollte ihn umwerben.

Die beiden am anderen Tisch schmiegen sich eng aneinander, der Mann legt einen haarigen Arm um sein mickeriges Mädchen, das auffallend schön ist. Sie beginnt sofort damit, ihren Kopf an ihm zu reiben und ihm das Fell zu lecken. Der Primat starrt ihn an, so lange, bis Ludwig wegschaut.

Der Greis serviert den Borschtsch in einer emaillierten Schüssel. Wie sich zeigt, handelt es sich um eine Suppe aus Roter Bete mit Fleischeinlage und mittendrauf einem Klacks Sahne. Das Ganze schmeckt nach der Schüssel, metallisch und fad. Er sieht auf dem Tisch kein Salz, wohl aber eine Art Maggi stehen. Das Geglucker, mit dem das Zeug aus der Tülle kommt, klingt genauso wie früher in Venlo, wenn Otmar seine Suppe, ohne sie gekostet zu haben, braun färbte.

Sein Stiefvater, der wusste, wie man eine Geschichte erzählt. Auch er wird gezweifelt haben, Mund halten oder mit offenen Karten spielen – bis er eines Tages keine andere Wahl mehr hatte. Mit Umwerben hatte Otmars Mitteilsamkeit nichts zu tun, Ludwig musste nicht umworben werden, der war bereits angeworben. Nein, es war ein Gespräch von Mann zu Mann, und so hatte Ludwig es auch empfunden. *Ich will dir etwas über Dolf erzählen.*

Später fiel ihm auf, dass es eines der ersten Erwachsenengespräche war, die er geführt hatte, bedeutungsvoll und ernst; es habe, kündigte Otmar an, mit den Streitereien zwischen ihm und seinem Stiefbruder zu tun. Die würden ja immer schlimmer werden. Er könne das kaum noch ertragen. «Mantel an, Schal um, dann gehen wir kurz zu Geerlings; dort ist ein Bausatz für mich angekommen.»

Unmittelbarer Anlass musste wohl der Abend davor gewesen sein, dachte Ludwig, während er seinen Schal suchte, beim Essen hatte er etwas Provozierendes über Mozart und Dolfs Steinway gesagt. Sein Stiefbruder musste für einen Radio-Auftritt entscheiden, ob er etwas von Schumann oder von Mozart spielen sollte, und da hatte Ludwig gesagt, im Vergleich zu Schumann sei Mozart für ihn so etwas wie ein rosafarbener Kuchen, sehr süß und eigentlich eher was für Kinder – und das erst recht auf einem Steinway, plapperte er Otmar nach, denn wenn man

Mozart nicht auf einem Walter spiele, behauptete er, dann sei es Musik für einen Märchenpark. Er würde also Schumann spielen, wenn er Dolf wäre, woraufhin die beiden Diamantbohrer in Dolfs Gesicht sich vor Verachtung und Wut trübten, was insgeheim Ludwigs Absicht gewesen war.

Pass auf, du Schlaumeier, hatte sein Stiefbruder mit durchbluteten Stimmbändern gesagt, Wolfgang Amadé Mozart sei ein Genie, das sich am laufenden Band die allergenialsten rosafarbenen Kuchen ausgedacht habe, die jemals gebacken worden seien, und er selber versuche, mehr könne er in seinem Leben gar nicht erreichen, diese genialen Kuchen auf einen möglichst schönen Teller zu legen und den dann Ludwig unter seine Pickelnase zu schieben. Und Ludwig müsse sie nur noch auffressen und daraus noch mehr Pickel produzieren. Verstanden? Und er möge doch bitte in Zukunft sein saudummes Puddingteilchen halten, wenn von Mozart die Rede sei.

Sie hatten angefangen, sich über den Tisch hinweg Knüffe zu verpassen, woraufhin Otmar die beiden getrennt und vor allem Dolfs Bemerkung über Ludwigs Haut kritisiert hatte; die betraf etwas Äußerliches, und das, fand er, solle man aus einer Diskussion über Musik doch bitte raushalten.

Ein nasskalter Samstagnachmittag, die Kolonnen von Deutschen, die Venlo überfluteten, wurden vom schlechten Wetter nicht kürzer, aber die Leute blieben immerhin nicht stehen. Sein Stiefvater und er gingen durch die Peperstraat zur Maaskade, wo Otmar vorschlug, sich am graphitfarbenen Fluss auf eine Bank zu setzen. Das Schlachtschiff aus Karton war offenbar ein Vorwand gewesen. Hier könnten sie, nun ja, gut vielleicht nicht, aber doch ungestört reden – so sei es wohl am besten ausgedrückt. Über Dolf also, seinen Stiefbruder, über dessen Verhalten, das Otmar wirklich «ungezogen» fand, ein bisschen bösartig sogar. «Dolf ist ein besonderer Junge, wie du bestimmt schon bemerkt hast», sagte er. «In manchen Dingen, etwa im Klavierspielen, ist er sehr gut, in anderen Dingen überhaupt nicht. Zum Beispiel im Freundefinden. Dolf hat keine Freunde. Er ist anspruchsvoll, sehr jähzornig – vor allem dir gegenüber, habe ich den Eindruck.» Doch nach Ansicht seines Stiefvaters gab es «mildernde Umstände».

Atemluft dampfte aus Otmars Mund, seine Worte bestanden aus Wasserdampf, sie waren schwer. Ludwig erinnert sich daran, dass er nicht wusste, was mildernde Umstände sind, und dass er beschloss, die Bedeutung aus dem abzuleiten, was ihm erzählt werden würde. Laut seinem Stiefvater war alles eine Folge des plötzlichen Tods von Toscas und Dolfs Mutter. «Du darfst nicht vergessen, dass es erst fünf Jahre her ist, Ludwig. Es war … als du mit Tennis angefangen hast, erst seit so kurzer Zeit ist Selma, meine erste Frau und also die Mutter der beiden, tot.»

Otmar schaute ihn von der Seite an, die Bürstenaugenbrauen hochgezogen, die delftblauen Iriden peilend, als wollte er feststellen, ob sein Stiefsohn einem so beladenen Thema gewachsen ist. Natürlich war er das. «Es war ein gewaltiger Schock für Dolf und Tosca», fuhr Otmar fort, «dass sie von einem Tag auf den anderen keine Mutter mehr hatten.»

Ludwig wurde bewusst, dass er sich nie gefragt hatte, was das für Dolf und Tosca genau bedeutete. Weil er selbst ohne Vater aufgewachsen war, hatte er angenommen, dass das Ganze wohl nicht so schlimm sei; Dolf und Tosca hatten ihre Mutter zumindest noch gekannt, was ihm ein Trost zu sein schien, und darum wog der Verlust weniger schwer.

Auf der Bank, die breiten Hände tief in den Taschen seines Dufflecoats vergraben, die kurzen, kräftigen Beine ausgestreckt im Kies, erzählte Otmar von früher, als Ludwig und seine Mutter noch nicht dabei gewesen waren. Sie hatten im Strandhäuschen von Heifetz gewohnt, einem schachtelförmigen Feriending in einem der Küstenorte von Los Angeles, wo Tosca und Dolf geboren wurden. Manhattan Beach hieß der.

«Aber Manhattan liegt doch in New York», sagte Ludwig.

«Völlig richtig.» Sein Stiefvater gab ihm oft recht, war Ludwig aufgefallen, während die Sätze, mit denen er seinen leiblichen Kindern antwortete, oft mit einem «Nein» begannen. «Aber wir wohnten genau auf der anderen Seite von Amerika», fuhr Otmar fort, «am äußersten Rand. Trotzdem hieß der Ort so. Sehr warm im Sommer, dir hätte es dort sehr gut gefallen, man kann surfen und baden.» In ihrem vorletzten Sommer in Los Angeles, sie wohnten schon fast elf Jahre dort, feierte Tosca ihren Geburtstag.

«Am 16. August», sagte Ludwig, «herrliches Wetter also.»

Tosca war an jenem Tag zehn geworden, und Otmars Frau hatte sich in aller Frühe in die Küche begeben, um Cupcakes für Tosca und deren Freundinnen zu backen, die bereits um elf Uhr kommen sollten. Elf Mädchen, manche aus der *elementary school*, andere vom Geigenunterricht, mit denen sie am Nachmittag Spiele am Strand machen wollten: Drachen steigen lassen, Volleyball, Fangen in der Brandung, er wisse schon, ein Strand im Sommer sei natürlich der allerbeste Ort, um einen Kindergeburtstag zu feiern.

Was Ludwig außerdem aufgefallen war: Otmar behandelte ihn, als wäre er älter als Dolf und Tosca und als hätte er mehr erlebt. Dann sagte er «du weißt schon», obwohl Ludwig beispielsweise noch nie an einem Strand gewesen war und erst recht nicht an einer Kinderparty an einem Strand in Amerika teilgenommen hatte. Otmar hatte einmal gesagt, der ganze Musikunterricht habe seinen Kindern zwar viel gegeben, andererseits hätten sie aber zu wenig normale Dinge gemacht. Es sei keine Zeit für Abenteuer geblieben. Mit Ludwig könne er bereits Erwachsenenthemen besprechen, behauptete er – eine Unterscheidung, die ihn damals mit Stolz erfüllt hatte, in ihm aber inzwischen die Frage aufkommen ließ, ob es nicht ein pädagogischer Trick gewesen war, damit er sich inmitten der gefeierten Erfolge einigermaßen wohl in seiner Haut fühlen konnte. Schade fand er an dieser Vorgehensweise, dass er eine Art Druck verspürte, wenn sie so ein Erwachsenengespräch führten.

Es sei ein aufgeregter, hektischer Tag gewesen, erzählte Otmar, die Party sei chaotisch verlaufen: schreiende, kreischende, balgende Kinder, jede Menge unmusikalischer Lärm. Selma und er hatten den Couchtisch an das Kopfende des Esstisches gestellt, und bevor das Drachensteigenlassen, Badengehen und Fangenspielen losgehen sollte, saßen elf plappernde Mädchen und ein mucksmäuschenstiller Dolf da und schauten zu, wie Tosca ihre Geschenke auspackte. Trotz der großen, verzierten Cupcakes auf den Tellern roch es nach den Ölfarben von Otmars Frau, die zu jener Zeit an ihrer Graphic Novel über Beethovens letzte Jahre arbeitete.

«Die Bilder, die bei uns überall hängen», sagte Ludwig. «Die sind schön.» Unheimlich fand er sie. «Ich finde, sie konnte richtig gut malen.»

Das Projekt erforderte viel mehr Zeit, als Selma gedacht hatte, wodurch es immer wieder zum Beinahekrach mit ihrem Verleger kam. Jeden Abend stand sie in ihrem Kittel im Wintergarten an der Staffelei. «Sie war schon weit gekommen», sagte Otmar, «aber es war eine komplizierte Geschichte, die sie erzählen wollte, Beethovens Plackerei am Ende, dass er krank war und so … Sie fand das ziemlich schwierig.» Otmar und seine Frau unterhielten sich oft darüber. Schon dreizehn oder vierzehn Bilder – wobei es sich um richtige Gemälde handelte – kamen nicht ins Buch. «Die hatte sie also für die Ratz der Katz gemalt», sagte Otmar, worüber Ludwig lächeln musste.

Offenbar macht er das jetzt auch, denn die junge Frau gegenüber lächelt zurück; sie hat tiefblickende meergrüne Augen und eine Haut, so blass und glatt wie Waschtischporzellan. Vielleicht starrt er schon die ganze Zeit zu ihr hinüber. Er senkt den Blick in den Borschtschnapf.

Doch wer könne es schon sagen, vielleicht habe das alles keine Rolle gespielt, fuhr Otmar fort, denn gerade zu der Zeit habe seine Frau sich sehr gut gefühlt, und gesund und vor allem glücklich. «Trotzdem war sie mit einem Mal tot, mein Junge.»

Obwohl Ludwig fror, wurde es in seinem Hals warm, als er diese Mitteilung hörte, sosehr er darauf auch vorbereitet gewesen war. Er wagte es nicht, seinen Stiefvater anzusehen, der aber ihn ansah, wie er aus den Augenwinkeln bemerkte.

«Vielleicht sollte ich dir ganz genau erzählen, wie es passiert ist», fuhr Otmar nach einem kurzen Schweigen fort. «Es ist wichtig, mein Lieber, dass du verstehst, was dein Stiefbruder und deine Stiefschwester durchgemacht haben. Es erklärt manches, glaube ich.»

Ludwig schaute auf. Otmars Haare wirkten im frühen Laternenlicht wie aus Aluminium. Zum ersten Mal wurde ihm so richtig bewusst, dass sein Stiefvater ein früheres Leben gehabt hatte. Mit einem Gefühl der Traurigkeit verglich er die im nebligen Dämmer versunkene Maas, auf die sie schauten, mit dem großen Ozean aus dem vorigen Leben – ein ziemlicher Unterschied, schien ihm, ihr düsteres Maas-Ufer und die zweifellos ungestüme Brandung, in der Otmar, Dolf und Tosca sowie die mysteriöse Mutter geschwommen waren, eine Frau, die Beethoven und Heifetz malen konnte – er hatte die Graphic Novel über Otmars Lehrmeister oft genug durchgeblättert, er wusste alles über Heifetz' Leben aus diesem Buch, ein Gedanke, an dem ihn vor allem die Vorstellung beschäftigte, dass Otmars Frau es *selbst* gemacht hatte, aus dem Nichts, dass es das Buch früher *nicht* gegeben hatte.

Aber sie war tot. Erschreckt stellte er fest, dass er froh darüber war. Wäre diese Selma nicht gestorben, dann wären sie bestimmt in Los Angeles geblieben, da war er sich fast sicher. Und er würde immer noch mit Ulrike in der Geresstraat wohnen.

«Aber gut, mein Junge, ich schweife ab … wir saßen da also und packten Geschenke aus.»

Ihr sandiges Strandhäuschen voller ausgelassener, feiernder Kinder und mittendrin Tosca, die einen grünen Plastikbecher «Slime» bekommen hatte. Sie amüsierten sich prächtig mit dem Zeug. Ludwig nickte, er selbst hatte auch mal diesen Glibberschleim gehabt, o ja. In dem von Tosca waren horrormäßige Augäpfel versteckt, die sie herausfischen sollte, was ein gewaltiges Lachen und Gekreisch verursachte. Deshalb bemerkte niemand etwas. Alle schauten auf das Geburtstagskind, das schaudernd versuchte, die Augäpfel zu finden. Keiner achtete auf Selma, auch Otmar nicht, und das erst recht nicht, als eine von Toscas Freundinnen, ein Mädchen, das seiner Meinung nach mindestens ebenso talentiert Geige spielte wie sie und immer mit ihr um dieselbe Position im Jugendorchester wetteiferte – «ein großer Ansporn, Tosca wurde dadurch sofort besser, Konkurrenz ist alles» –, stockend behauptete, Slime sei ebenso giftig, wie es aussehe, was Tosca zu heftigem Widerspruch animierte, dem sie Gewicht verlieh, indem sie sich den kompletten Glibberklumpen in den Mund steckte. Alle Mädchen kreischten und schrien, doch Otmar reagierte entschieden. «Hol das Zeug sofort aus deinem Mund», sagte er, «das ist nicht witzig, Tosca.»

«Guck mal, deine Mutter», rief jemand lachend und zeigte auf sie. Es sah so aus, als führte Selma eine Nummer auf, die sich an die von Tosca anschloss: Sie ließ sich vornüberfallen, erst auf beide Ellenbogen und dann mit dem Gesicht auf den Teller, auf dem ihr Cupcake gestanden hatte.

Tosca begriff als Erste, was da passierte. Praktisch im selben

Moment fing sie an zu weinen, «Mama», schluchzte sie, «nicht sterben.» «Lass den Blödsinn», sagte Otmar da, erneut sichtlich verärgert; eigentlich mochte er Kinderpartys nicht besonders. Unterdessen starrte er auf Selma, rief ihren Namen, energisch, noch einmal, als sollte sie aufwachen. Doch sie blieb vornübergebeugt liegen. Tosca stand auf und ging zu ihrer Mutter, während Otmar «Selma, mach nicht so ein Theater, es ist gut jetzt» sagte – das Lachen war inzwischen verstummt, die kollektive Wirklichkeitswahrnehmung kippte. Kalte Angst schwappte wie Meerwasser ins Wohnzimmer.

«Wie schlimm», sagte Ludwig.

Otmar erhob sich von der Bank, ging ein paar Meter näher an die Maas. Die Hände immer noch tief in den Taschen, kickte er einen losen, birnenförmigen Stein in Richtung Fluss. Er machte noch ein paar Schritte, nahm die Birne und warf sie, als wollte er Venlo aufräumen, mit einem Aufwärtsschwung ins Wasser; der Plumps war kaum hörbar. Er ging zurück, setzte sich wieder und sagte: «Ja, es war sehr schlimm.»

Von einem Moment auf den anderen habe er mit einem Dutzend brüllender Kinder und einer toten Frau am Tisch gesessen. Schrecklich. Aber gut, darüber habe er eigentlich gar nicht so viel reden wollen, der katastrophale Tag sei schließlich wie jeder andere vorübergegangen, verstehst du?

Ludwig nickte.

Eltern hatten die Kinder abgeholt, ein Arzt war gekommen, ein Krankenwagen, sie kamen erst mal in der Villa von Jascha Heifetz unter, Otmar tröstete Tosca und Dolf, so gut es ging. Aber darum gehe es nicht, auch wenn es wichtig sei, es zu wissen. «Mir ist kalt geworden», sagte Otmar und stand auf. «Lass uns doch noch rasch zu Geerlings gehen, um uns aufzuwärmen.»

Während sie die Maaskade entlanggingen, in etwas schnellerem Tempo als zuvor, sagte Otmar, er wolle ihm vor allem erzählen, wie es mit Dolf weitergegangen sei in den Jahren danach – er meine, mit seiner seelischen Gesundheit.

TELEFON.

Juliette, wer sonst. Ob man bei Apple vielleicht schon Witze darüber macht? Er wird nicht rangehen, keine Lust, keine Zeit. Er isst gerade gemütlich Borschtsch. Er muss Wache halten. Natürlich will sie wissen, ob er bereits einen Flug gebucht hat. Er betrachtet ihren Namen auf dem Display, bis sein Telefon meint, es sei genug. Er trinkt einen Schluck Bier.

Sofort noch einmal anrufen, klar. In den Niederlanden ist es fast noch Nacht, kann sie nicht eine Weile warten? Erst schnell ihr gläsernes Auge einsetzen? Er fühlt sich nicht dazu in der Lage, ein Gespräch über Tromp und das Skilaufen zu führen. Sie wird bestimmt dafür sein, glaubt er. Genau darum will er zuerst überlegen, was er will. Er muss innerhalb der nächsten Stunde anrufen, aber nachdem er eine Nacht lang wach gelegen und darüber nachgegrübelt hat, weiß er es nicht mehr so recht. Wie dem auch sei: nicht jetzt – später. Oben sitzt die *Financial Times* auf dem Rand seines Bettes, bereit, seine Familienbande endgültig zu zerstören.

Wie kann er diese Frau bloß aufhalten? Mit Dolf selbst – also wandern seine Gedanken zurück zu dem Jungen und der Frage, wie es in den Jahren danach um seine «seelische Gesundheit», wie Otmar es nannte, bestellt gewesen ist.

Nicht gut – überhaupt nicht gut. Man könnte auch sagen: schlecht. Tosca, sagte Otmar, sei ein extrovertiertes Kind gewesen, ihr habe man ansehen können, dass sie traurig gewesen sei; sie habe ihre Brille abgesetzt und geweint, ein Anblick, der etwas sehr Ergreifendes gehabt habe.

«Ja?», fragte Ludwig einfältig.

Während der ersten Wochen sei sie jeden Morgen weinend

aufgewacht, erzählte Otmar, wodurch sie fast immer zu spät zur Schule gekommen sei. Weil sie anders nicht habe einschlafen können, habe sie bei ihm im Bett gelegen, allerdings nachdem sie die Seiten gewechselt hätten; sie habe es unheimlich gefunden, auf der Seite ihrer Mutter zu liegen.

«Also musstest du selbst dort schlafen», sagte Ludwig. Otmar sah ihn grübelnd an. In der Hoffnung, der Erinnerung ein wenig die Schärfe zu nehmen, hatte er das Bett verschoben, mehr nach rechts und um neunzig Grad gedreht. «Es langweilt dich doch nicht, dir das alles anzuhören, oder?»

«Nein», sagte Ludwig sofort, «ich möchte es sehr gerne hören.» Unzufrieden über die geäußerte Wissbegier, über das unangemessene «sehr gerne», als fände er das Ganze unterhaltsam oder so, fügte er hinzu: «Ist deine tote Frau dann eigentlich auch meine Stiefmutter?» Aber auch das klang falsch, plump, nebensächlich und vor allem ein bisschen affektiert. Zum Glück lachte Otmar laut auf und rüttelte mit seiner kurzen, breiten Hand an Ludwigs Schulter. Er sagte, ja, das könne man im Prinzip durchaus so sagen.

Dolf, fuhr er fort, habe wie vorher in seinem eigenen Zimmer geschlafen. Er habe nicht geweint. Er war sieben. Eine Woche nach der Einäscherung seiner Mutter begann sein zweites Jahr an der *elementary school*, einer Art Grundschule – im ersten Jahr war er sehr gut gewesen, was Otmar Hoffnung machte. Doch kurz vor den Weihnachtsferien bestellte Dolfs Lehrerin ihn ein, zu einem Gespräch außer der Reihe: Dolf stehe in fast allen Fächern «ungenügend», er liege im Rechnen hoffnungslos zurück, doch am größten sei sein Defizit in Englisch. Seine Rechtschreibung sei miserabel, und die kurzen Sätze, die sie lesen sollten, schienen ihn nicht zu interessieren. Hinzu komme noch, dass er seinen Mitschülern gegenüber unfreundlich sei, nicht wirklich gemein, eher mürrisch, bockig und sogar ein bisschen – wie solle sie es ausdrücken – arrogant, was sie an Siebenjährigen selten beobachte. Typisch Dolf, dachte Ludwig.

In der Pause drehte er, die Arme auf dem Rücken verschränkt, Runden um die Schule, auch mitten durch die Grünanlagen, wenn es sich nicht vermeiden ließ. Als die Lehrerin einmal hinter ihm hergelaufen war – auf Zuruf reagierte er nicht – und ihn am Oberarm gepackt hatte, da hatte er sich energisch losgerissen und schweigend beide Zeigefinger in die Höhe gereckt, zwei drohende Sekunden lang, bevor er seine Runde zu Ende ging.

«Zu Hause ist er nicht frech oder unfreundlich», erwiderte Otmar. Wohl aber zog Dolf sich häufig zurück. Er war alles andere als gesprächig. Manchmal stand er stundenlang im Wintergarten und starrte nach draußen, auf den Strand und auf die Brandung, oder er studierte eine Weile das Bild, an dem Selma zuletzt gearbeitet hatte. (Ein paar Tage nach der Geburtstagsfeier hatte Otmar es von der Staffelei genommen, doch Dolf stellte es wieder zurück.) Oft verschwand er auch gleich nach der Schule in seinem Zimmer, das er, seit Tosca bei Otmar schlief, für sich alleine hatte.

Laut der Lehrerin machte er es in der Klasse genauso: sich isolieren. Sehr erstaunlich fand sie, dass Dolf sich weigerte zu zeichnen, obwohl er das nach Auskunft seines Lehrers aus dem ersten Schuljahr sehr gut konnte und auch sehr gerne tat. Jetzt machte er ein paar Striche und schaute dann mit verschränkten Armen vor sich hin. Das war Otmar auch aufgefallen: Als Selma noch da gewesen war, hatte Dolf gezeichnet, als hätte sein Leben davon abgehangen, möglicherweise eine Reaktion auf die Geige seiner Schwester, hatten Selma und er gedacht – insbesondere als Toscas Spiel erstaunliche Fortschritte machte. Sie hatten Dolf die erste Kindergeige seiner Schwester in die Hand gedrückt, doch nachdem er eine Weile darauf herumgekratzt hatte, hatte er das Ding, heulend vor Wut, zurückgegeben. Nein, wie seine Mutter liebte Dolf das Zeichnen. Aber seit ihrem Tod hatte er tatsächlich keinen Bleistift mehr angerührt.

Die Lehrerin hatte kurz an Dolfs Intelligenz gezweifelt, möglicherweise gehe alles zu schnell, vielleicht aber auch zu langsam, auch das gebe es. Natürlich spiele der Tod seiner Mutter eine Rolle. Doch in den letzten Wochen, sagte sie bedächtig, sehe es sehr danach aus, als stecke mehr dahinter, als stimme irgendwas mit seinem Gehör nicht. Es habe den Anschein, als höre Dolf immer schlechter. Habe Otmar davon nichts bemerkt?

Tja, nun ja, ach. Seit Selmas Tod reagiere Dolf oft nicht auf das, was man zu ihm sage, und manchmal könne man tatsächlich meinen, er sei taub, «doch das habe ich», sagte er zu Ludwig mit einem Zwinkern, «der Art von Taubheit zugeschrieben, die man gemeinhin beim Lüften kriegt.»

«Eine Krankheit?», fragte Ludwig. Nein, das sei ein Scherz gewesen, er meine, dass jemand die Ohren auf Durchzug geschaltet habe. Das habe bei ihm selber zu allerlei Geschimpfe und Wutanfällen geführt, gestand er Ludwig. Dolf sei an Schultagen im Bett liegen geblieben, egal, wie oft man ihn gerufen habe, sei nie zum Essen gekommen, wenn er dazu aufgefordert worden sei. Auf freundlich gestellte Fragen habe er sowieso nicht geantwortet. Trotzdem hatte Otmar zu der Lehrerin gesagt, das sei typisch für Kinder, erst recht im Fall von Dolf, denn er sehe darin allenfalls einen trotzigen Ausdruck der Trauer um seine Mutter, zu der er ein besonders inniges Verhältnis gehabt habe, verstehen Sie?

Die Lehrerin, laut Otmar selbst noch ein Mädchen, nickte, natürlich, natürlich, das verstehe sie. Dennoch hielt sie es für vernünftig, Dolfs Gehör von einem Spezialisten testen zu lassen, ein Rat, den Otmar erst im neuen Jahr beherzigte. Erst einmal zum Hausarzt, nur keine Panik. «Nach diesem Gespräch in der Schule», sagte Otmar, während sie mit hallenden Schritten die

Treppe Richtung Geerlings hinuntergingen, «schien es sofort nur noch schlimmer zu werden. Der Junge hörte rein gar nichts mehr.» Murmelnd: «Dass ich selbst es erst so spät bemerkt habe, das habe ich mir richtig übelgenommen.»

Ludwig dachte darüber nach. Vielleicht, sagte er tastend, sei Otmar selbst noch zu, na ja, traurig gewesen? Um gut auf Dolf zu achten?

Sein Stiefvater lächelte. «Ich hatte natürlich auch noch meine Auftritte … das vergesse ich manchmal.» Er hatte nicht einfach so alle Konzerte absagen können, das ging nicht, und darum hatte er Dolf und Tosca anfangs einfach mitgenommen, hatte sie in die erste Reihe gesetzt und nach zehn Minuten gesehen, dass sie eingeschlafen waren.

Wie dem auch war – Dolf hörte mit jedem Tag schlechter, schon bald musste man ihm alles dreimal sagen, und selbst dann hörte er es oft nicht. Immer wieder hatte er Dolf unter den Armen packen und ihn, das Strampeln und Kreischen ignorierend, dorthin tragen müssen, wo er ihn hatte haben wollen.

In dem Spielzeuggeschäft, das sich in einem schmalen, langen Kellergeschoss befand, in dem es auf beruhigende Weise nach Ziegelsteinen und Maaswasser roch, war wie meist nicht viel los. Weil Otmar verhindern wollte, dass jemand mithörte, deutete er, die Augenbrauen hebend, auf den hintersten Gang, wo die Modellflugzeuge standen. Während Ludwig die Schachteln mit Doppeldeckern betrachtete, erzählte Otmar, dass der Hausarzt eine Überweisung zum Ohrenarzt ausgestellt, zugleich aber auch empfohlen hatte, einen Kinderpsychologen zu konsultieren, sehr amerikanisch natürlich, sagte Otmar – nach Ansicht des Arztes hatten Dolfs Beschwerden möglicherweise mit seiner Psyche zu tun. Das hörte sich für Ludwig nicht gut an, wie er sich erinnert, Dolfs Psyche – was fehlte der denn? Jedoch ließ er Otmar das nicht spüren.

Als Dolf eines Sonntagmorgens mit einem hässlich angekauten Bleistift und einem Skizzenheft, in das Vater und Schwester schreiben konnten, was sie ihm mitteilen wollten, am unvollständigen Frühstückstisch erschienen war, ging Tosca ein Licht auf. Otmar sah, wie es passierte, sagte er, ihr Brillengesicht bekam einen fast fröhlichen Ausdruck. Aber erst als sie zu Ende gefrühstückt hatten und Dolf in den Wintergarten gegangen war, äußerte sie ihre Vermutung.

«Beethoven», sagte Ludwig rasch. «Er hat Beethoven nachgemacht.» Erschrocken über sich selbst, nahm er aus einem der Regale eine Schachtel, in der ein Junkers-Ju-87-Sturzkampfbomber war, falscher Weltkrieg, er schüttelte sie kurz und sagte: «Wusstest du, dass der mit Sirenen ausgerüstet war? Wenn die Deutschen mit einem Stuka einen Sturzflug machten, dann hörten die Menschen am Boden ein lautes Heulen, und dann gerieten sie in Panik und liefen den Soldaten direkt in den Weg.»

«Das war nicht nett von denen», sagte Otmar. «Aber scharf kombiniert, mein Lieber. Er verhielt sich wie Beethoven. Obwohl ich glaube, man kann besser sagen, dass er Beethoven *war*.»

Beethoven *war*? Ab hier wurde Ludwig die Geschichte unheimlich. Warum waren sie durch das dunkle Venlo spaziert, und warum zu zweit? Wollte Otmar ihm etwas Finsteres enthüllen? Er hatte bereits mitbekommen, dass Dolf in einer Art Krankenhaus gewesen war, in einer speziellen Abteilung, und seit er mit seiner Mutter einmal im Bus von einem Mann belästigt worden war, der, nachdem er sich auf seinem Sitz umgedreht und gesagt hatte, Ulrike sei ein Engel – was ja, auch wenn er ein Obdachloser war und nach Pisse stank, noch ganz nett geklungen hatte –, plötzlich losbrüllte, sie sei seine tote Schwester, hatte er es nicht mehr so mit geistig Behinderten oder wie man die nannte. «Es war doch nicht irgendwas mit Geistern, oder?», fragte er, konzentriert auf die Schachtel mit dem Modellbausatz schauend.

Otmar lachte. Das habe auch Tosca befürchtet, sagte er. Dass Dolf besessen sei. Ludwig nickte. Das Wort «besessen» machte das Ganze nicht gerade besser. Es war noch gar nicht so lange her, dass er sich in einer Freistunde mit ein paar Jungs aus seiner Klasse bei Sander zu Hause die VHS-Kassette *Der Exorzist* angeschaut hatte, ein recht langes Stück des Films, länger, als ihm lieb gewesen war, weil er sich nicht getraut hatte zuzugeben, dass es ihm Angst machte.

«Unsinn», sagte Otmar. Er selbst weigerte sich zu glauben, Dolf könnte sich etwas so Bescheuertes einbilden. Darum hatte er sofort einen Termin beim Ohrenarzt gemacht. Dolfs Lehrerin hatte richtiggelegen: Der Junge schnitt sehr schlecht beim Piepstest ab, dem er sich, mit einem riesigen Kopfhörer ausgestattet, unterziehen musste. Der Ohrenarzt bezeichnete ihn als «hochgradig schwerhörig», konnte aber nicht sagen, was ihm genau fehlte. Ludwig dachte an den Horrorfilm und das besessene Mädchen darin, das in einem altmodischen Krankenhaus, in dem Brauntöne vorherrschten, komplett durchleuchtet wurde, weil es während eines Festes mitten im Saal prasselnd uriniert hatte.

Otmar hatte das sehr aufgebracht, was fiel dem Jungen bloß ein? Er würde sich damit zudem noch seine Schullaufbahn verderben. Also wurde er sehr böse auf Dolf, wütend.

Ludwig nickte, er wusste, wie er sich das in etwa vorstellen musste, ja. Aber war das schlau gewesen? Die Mutter in *Der Exorzist* hatte zunächst auch nicht glauben wollen, dass ein Teufel in ihr Kind gefahren war.

Möglicherweise war das falsch, sagte Otmar, der offenbar Gedanken lesen konnte, dieses Pochen auf Zeugnisnoten und dergleichen. Immer erwarte man von seinen Kindern so viel. Und gleichzeitig habe man Tomaten auf den Augen. «Nein», sagte er, «vollkommen zufrieden bin ich nicht mit dieser Zeit, das hätte ich besser machen können.»

Ludwig suchte nach etwas Nettem, das er zu Otmar sagen könnte. Dass Dolf nun mal eine echte Nervensäge sei, zum Beispiel. Oder irgendwas über Ha – sei nicht *der* ein schlechter Vater? Aber er schwieg und fragte sich stattdessen, ob er überhaupt noch Ludwig heißen wollte.

NOCH IMMER keine Spur von Isabelle. Sie will doch zu Ha? Oder sollte er sich besser draußen unter dem Fenster postieren?

Ein paar Sekunden lang denkt er an nichts. Wie herrlich. Leider aber war das nur ein kurzer Höhenflug, denn seine Gedanken landen mit einem dumpfen Aufprall auf Johan Tromp, der großen, dicken Matte unter seiner Dienstreise.

Hatte *der* Tomaten auf den Augen gehabt? Oder war er im Gegenteil ein Seher? Obwohl es eigentlich egal ist, woher Tromp es weiß, quält ihn die Frage weiterhin. Sein Betrunkenenfazit der letzten Nacht hat er schon halb wieder verworfen, er hatte sich, wie so oft, von Juliette verrückt machen lassen. Dass Tromp ihn nach Sachalin «zitiert» hat, glaubt er einfach nicht, es ist ihm zu krass, zu konstruiert. Dass jemand in grauer Vorzeit sein Portjuchhe zückt, um das Schulgeld für einen vergessenen Sohn zu bezahlen: prima, großartig – aber was sie sich drum herum zusammenphantasiert hat, stammte aus *Gute Zeiten, schlechte Zeiten*.

Und Isabelle, überlegt er – könnte sie es ihm erzählt haben? Doch diesen Gedanken verscheucht er sofort. Isabelle weiß nichts. In der letzten Nacht ging aus keiner einzigen Äußerung hervor, dass sie etwas über die Verbindung weiß oder auch nur das Geringste vermutet. Gibt es jemand anderen, der ...

Juliette.

Er lässt den Löffel los. Das Ding rutscht in den Sumpf aus Roter Bete und Fleisch, gerade noch so erwischt er mit Daumen und Zeigefinger das metallene Ende. Gestochen scharf ist das

Bild dennoch – Juliette sitzt an der aufgeklappten Kommode im Wohnzimmer, ein wenig über ihren Laptop gebeugt, und er kann die Runzeln zwischen ihren Augenbrauen genau erkennen, während sie, auf der Suche nach zukünftigen Streitpunkten, konzentriert surft: Urlaubszielen, Geschenken für Verwandte, Filmen, zu denen sie, bis es unangenehm wird, unterschiedliche Ansichten haben werden. Es ist manchmal beinahe zum Lachen, wie oft die gemeinsamen Erinnerungen in einem Trichter aus eskalierenden Wortgefechten weggurgeln: Silvesterfeiern, Nikolausabende, Hochzeiten, Osterbrunchs, Wochenendreisen – sie alle sind getaggt mit einem eigenen, unvergesslichen Eklat. Doch jetzt sieht er sie etwas anderes machen: Sie schickt seinem Vater eine Nachricht. Kann das wahr sein? Juliette, die ihn nach all dem Gekabbel, das sie deswegen hatten, bei Ha verrät? Und ihn dann mit diffizilen Verschwörungstheorien auf den Holzweg schickt?

«Beherrsch dich», murmelt er, zu ihr, aber auch zu sich selbst. Der Gedanke ist überzogen, ziemlich paranoid sogar. Dennoch bekommt er ihn nicht aus dem Kopf … war Juliette nicht die Einzige, braust es hinter seiner Stirn, die von der Begegnung wusste? Und war es nicht so, dass sie einfach nicht aufhörte zu nölen, zu nölen und noch mal zu nölen? Schwindelig vor aufkommender Wut, nimmt er sein Telefon – sie möchte ihn doch unbedingt sprechen? Wenn sie ihn verflucht noch mal verraten hat – dann war's das, dann ist wirklich Schluss. Schwer atmend lauscht er dem zerfransten Freiton ihres Telefons und nimmt dabei Blickkontakt mit dem Bonobo am Nachbartisch auf, der ihn mit einem Lächeln auf seiner roten, fleckigen Visage betrachtet. Brust- und Armbehaarung wuchern ihm aus einem karierten Hemd hervor, er hat Koteletten aus demselben Zeug wie seine wüsten Augenbrauen, krause, dichte Schnörkelhaare, nur die rot rasierte Oberlippe und das Kinn sind haarlos, ein Diapositiv-

Bart. Sein Arm oder vielleicht auch sein Bein schlingt sich gierig um den Nacken seiner Freundin, die Erdnussknackerpfote fummelt an einer ihrer kleinen Brüste.

Einen Moment lang traut er seinen Augen nicht, der Affe macht etwas Merkwürdiges, er schickt ein Küsschen durch die Luft. Die Geste ist so frech und unvorstellbar, dass Ludwig, noch ehe Juliette rangeht, nüchtern wird. Errötend reckt er den Daumen, vielen Dank, und so meint er es auch; er ist froh, rechtzeitig gemerkt zu haben, dass das, dessen er sie verdächtigt, allzu mies ist. Sogar Juliettes Fanatismus hat eine Obergrenze. Es ist unsinnig, ihr gegenüber damit anzufangen.

81 «Du rufst zurück. So eine Ehre.»
«Hallo, Liebling», sagt er freundlich.
«Warum bist du nicht rangegangen?»

«Weil in dem Moment, als du angerufen hast, mein Essen serviert wurde. Ich bin in einem Restaurant. Läuft heute Morgen bei euch alles glatt?»

«Nein, nichts läuft glatt. Es ist der schlimmste Morgen aller Zeiten, Ludwig.» Wie so oft, wenn er im Ausland ist, hat Noa bei ihr im Bett geschlafen. Sie erzählt, dass Noa sich gegen drei Uhr übergeben hat, auf die beiden Kopfkissen und dazwischen, woraufhin sie die Bezüge von Kissen und Decke sowie das Laken und das Moltontuch wechseln musste. Eine Stunde später – Noa weigerte sich, in ihr eigenes Bett zu gehen – hat sie erneut alles vollgespuckt, diesmal noch gründlicher, und Juliette musste sogar die Matratze auf den Balkon schleppen, weil sie nass war und säuerlich roch. Danach hatten sie sich ins Notbett im Bügelzimmer gelegt, «das natürlich viel zu schmal war». Jetzt, ein paar Stunden später, weigert Noa sich zu frühstücken. «Und wenn ich dich anrufe, gehst du nicht ran.»

«Ich muss mich kurz fassen.» Taktisch nicht besonders klug, das jetzt zu sagen, denkt er zu spät. Außerdem werden ihre Gespräche von so etwas oft länger.

«Weißt du schon, wann du fliegst?»

«Tja, keine Ahnung, vielleicht fliege ich vorläufig nicht», sagt er beschwingt. «Vielleicht bekommst du vorher deinen Willen.»

«Wie meinst du das?»

Er trinkt von seinem Bier und schluckt es in aller Ruhe runter. «Tromp hat mich gefragt, ob ich ihn zum Skilaufen begleite.»

«Was? Nein. Ist das dein Ernst?»

«Er hat mich angerufen.»

Einen Moment ist sie still. «Bemerkenswert. Und was hast du gesagt?»

«Dass ich es mir überlegen werde.»

«Und was hast du dir überlegt? Wollt ihr nachher gleich los?»

«Nein», sagt er mit einem spöttischen Lachen. «Nachher natürlich nicht mehr, nachher ist Mitternacht, hier ist es bereits seit einer Stunde stockdunkel, Darling. Oder willst du, dass wir in einer gemeinsamen Urne landen oder so? Nein, geplant ist Sonntag. Aber ist das nicht irre?»

«Sonntag? Das ist in … fünf Tagen. Dann fliegst du frühestens am Montag zurück?»

«Wenn ich ja sage, schon.»

«Findest du das nicht ein wenig spät? Dann bist du wegen ein paar Schneeflocken eine ganze Woche später wieder zu Hause. Und ich sitze hier ohne Matratze.»

«Ich habe noch nicht zugesagt. Darum rufe ich ja an, um es mit dir zu besprechen.»

«Ich habe doch angerufen, Ludwig. Nicht du.»

«Es sind übrigens vier Tage. Aber wenn ich hierbleibe, lerne ich meinen Vater kennen – genau das, was du so unbedingt willst.»

«Es sind fünf Tage.» Sie zählt die Tage bis zum Sonntag auf, es sind tatsächlich fünf.

«Was immer noch keine Woche ist.»

Er hört sie tief seufzen. Sie sagt: «Du weißt hoffentlich noch, dass Flavie und Gerben am Samstagabend zum Essen kommen?»

«O ja», sagt er freundlich. «Fein. Freu mich drauf. Aber vielleicht leben Gerben und Flavie am darauffolgenden Samstag auch noch?»

«Wir werden das nicht verschieben. Gerben hat Himmel und Hölle in Bewegung gesetzt, um einen freien Abend zu finden.»

«Genau wie ich ist Gerben ein vielbeschäftigter Mann, Juliette.»

«Wieso ziehst du es plötzlich in Betracht, mit dem Mann Ski laufen zu gehen? Erst gestern noch hätte man dich mit einem Stock zu ihm hinprügeln müssen.»

Allerdings, Punkt für sie. Es ist sowieso ein Wunder, dass er die Einladung nicht schon knallhart ausgeschlagen hat, und merkwürdiger noch: Es scheint sich etwas zu verändern, er fühlt, wie es passiert; plötzlich hält er es für keinen abwegigen Gedanken mehr, einen Vormittag lang mit dem Mann, der ihn gezeugt hat, Ski zu laufen. Noch immer findet er es heikel und bizarr und vernünftiger, es nicht zu tun, aber etwas – vielleicht die Despotie in Juliettes Stimme, die kaum zu ertragende Art, wie sie eben die Wochentage aufgezählt hat – macht den Weg dafür frei.

«Du musst nur sagen, dass ich auf einer Insel noch hinter Sibirien festsitze. Du kannst den Schneesturm anführen, Flugzeug verpasst, höhere Gewalt.»

«Ludwig, ich denke nicht mal daran. Ich kenne Flavie gut genug. Die nimmt so was persönlich; sie glaubt ohnehin schon, dass du etwas gegen Gerben hast.»

«Hab ich ja auch», sagt er. «Hab ich auch. Der und ich haben einander nichts zu sagen. Sich mit Gerben zu unterhalten, das ist, als würde man zusammen einen Becher Coffeecreamer auslöffeln. Sag doch einfach, Ludwig ist mit dem Mann zum Skilaufen, der ihn vor fünfunddreißig Jahren gezeugt hat. Sag einfach, ich treffe meinen Vater.»

«Kannst du mir einen Gefallen tun?», erwidert sie, ohne das

Gesagte auch nur einen Moment zu genießen. «Nenn ihn nicht mehr deinen Vater.»

«Der ‹zukünftige Vorstandsvorsitzende des sechstgrößten Konzerns der Welt› klingt tatsächlich besser.» Der Greis bringt ihm ein verspätetes Körbchen mit Brot. «Vergiss nicht, dass man ihn für den Kronprinzen von van der Veer hält», sagte er, dem alten Mann zublinzelnd. «Wenn so jemand mit dir Ski laufen will, dann ist das in Wirklichkeit ein Befehl.» Er tunkt eine pappige Brotscheibe in den Borschtsch und steckt sie sich in den Mund.

«Ich werde es nicht absagen.»

«Halt, einen Moment», sagt er kauend. «Reden wir hier gerade wirklich über eine *Verabredung zum Essen*? Mit deiner Schwester? Nach all dem Trara wegen Tromp?»

Juliette ruft Noa etwas zu, die, den Geräuschen nach zu urteilen, den Fernseher eingeschaltet hat. «Entschuldige, was hast du gesagt?»

«Wahrscheinlich ist es die einzige Chance, die ich bekomme, Darling. Um ihn kennenzulernen, meine ich. Und da wir jetzt offenbar voneinander wissen, wer wir sind, ist ein Tag Ski laufen vielleicht ganz gut. Ich möchte einmal seine Version der Geschichte hören.»

Sie schweigt.

«Hallo?»

«Willst du mich auf die Palme bringen?»

«Nein, ganz bestimmt nicht.» Sein Vorhaben verfestigt sich wie Eiweiß in einer heißen Pfanne: Er geht auf jeden Fall Ski laufen. Sofort weitet sich sein Blick auf die kommende Woche, ein Horizont, an dem sich, wie ihm mit einem leichten Schock bewusst wird, Isabelle Orthel abzeichnet. Ski laufen bedeutet Sachalin, und Sachalin bedeutet die wahrscheinliche Nähe von Isabelle Orthel. Seit er ihr Informant, ihre Quelle ist, steckt darin auch eine gewisse Notwendigkeit. Er muss sie im Auge behalten. Im Übrigen hofft er, dass sie nicht ausgerechnet jetzt nach unten kommt, während er sich mit Juliette herumzankt.

«Fernseher aus!», brüllt Juliette. «Du sollst ihn ausschalten. Ich zähle bis drei. Und dann komm her, hier liegen noch fünf Stückchen Brot!» Und zu ihm, gedämpft: «Noa isst schon seit Tagen nur Süßigkeiten und Chips. Ludwig, ich brauche dich hier. Ohne dich schaffe ich es einfach nicht, dem Kind etwas Anständiges in den Hals zu stopfen.»

Um Noa dazu zu bringen, zum Frühstück etwas anderes zu essen als Choco Krispies, süßen Mist mit Milch, von dem sie deutlich sichtbar zunimmt, hat er eine Art Bonuskarte mit zehn Feldern gemacht. Für jedes ganze Butterbrot mit Leberwurst oder Käse, das sie aufisst, bekommt sie einen Aufkleber mit einem Pferd darauf, und wenn die Karte voll ist, darf sie eine Probestunde Pony reiten. Sie will nichts lieber als ein Pony reiten. Er hatte das Ding eigenhändig gezeichnet, ein Belohnungssystem anstelle des sinnlosen Drohens und Aus-der-Haut-Fahrens, mit dem es Juliette und Oma Bissesar versuchten. Leider war ein schnaubendes Pony am Horizont kein Grund für Noa, sich eine Scheibe Wurst in den Mund zu stecken. Flüsternd: «Das ganze Ponyreiten interessiert sie überhaupt nicht.»

«Ist schon klar», sagt er, «aber ich habe soeben beschlossen, Ski laufen zu gehen.»

Nach einer kurzen Stille: «Weißt du, Ludwig, was ich denke?»

«Was?»

«Dass du verrückt bist.»

Er nickt. Vielmehr, denkt er, sind wir beide verrückt. Wir sind zwei Irre, die auf einen Wahnsinnschiasmus schauen, das brennende Kreuz unseres sich diametral gegenüberstehenden Willens. Es hat etwas Hysterisches. Was Juliette Stutvoet leidenschaftlich wünscht, das wünscht Ludwig Smit sich ebenso leidenschaftlich nicht: eines der Postulate ihrer Hassliebe. Gerade als er sein aufmunterndes psychisches Gesetz entfalten will, spürt er eine Hand auf seiner Schulter. «Moment mal», sagt er, bevor er sich umdreht.

ES IST SO WEIT, hinter ihm steht Isabelle Orthel, die vollkommen unerwartet die Gestalt von Sack Pork angenommen hat.

«*Are you enjoying your meal*, Mister Smith?» Der Texaner umrundet mit einer jovialen Verbeugung Ludwigs Tisch, stibitzt eine Scheibe Baguette aus dem Körbchen und steckt sie sich in den Mund. Er trägt heute Freizeitkleidung, Jeans und College-Sweatshirt, auf seinem gewaltigen Schädel hat er eine maximal weit gestellte Baseballkappe. Der Pickel auf seiner Wange wurde eliminiert und durch eine tiefrote Kruste ersetzt.

«*Splendid* Borschtsch», erwidert Ludwig. Hat der Texaner sie erneut streiten gehört?

Der legt eine aufgerollte Zeitschrift auf den Tisch. «Für dich, damit du doch noch was zum Lesen hast.»

Ludwig starrt ein paar Sekunden auf das Hochglanzmagazin, das sich ganz langsam entrollt. Es ist eine *Esquire*.

«Ihr Buch», erklärt Zack. Er tut, als kurbele er an einer Mühle, und macht mit zugekniffenen Augen eine Wegwerfbewegung.

Ach ja, natürlich. Rosenberg, *Gewaltfreie Kommunikation*. Nice. Ludwig grinst und deutet auf das Telefon an seinem Ohr, *sorry*, der Texaner tippt an seine Kappe und geht in Richtung Rezeption. Adios, Zack.

«Wer war das?»

«Das war die ... äh ...» Diese Natalja, will er sagen, doch er antwortet ehrlich, dass es der Amerikaner vom Vortag war.

«Weißt du, was ich glaube», sagt sie, «ich glaube, das ist überhaupt nichts für dich, einen ganzen Tag lang so einen Mann auf der Pelle zu haben. Viel zu unangenehm. Daher bringt es gar nichts, dieses Gespräch. Sag doch ab.»

«Das glaube ich nicht», erwidert er. Er setzt das Bierglas an die Lippen, trinkt und sagt: «Weißt du übrigens, was Tromp für diesen Amerikaner getan hat?»

«Ich sehe dich schon in so einem Skilift sitzen. Eine Viertelstunde in absoluter Stille über den Hängen und Tannen mit diesem Mann. Das überlebst du nicht. Dafür bist du viel zu angespannt.» Sie kichert leise. «Und jetzt grüble nicht den ganzen Abend rum – ruf ihn gleich an. Dann hast du den Kopf wieder frei.»

«Der Amerikaner hat mir gestern im Taxi erzählt, dass er ein Kind mit einem schweren Herzfehler hat.»

«O weh», sagt sie. Nur mit Kinderleid kann man Juliette von ihrem Kollisionskurs abbringen.

«Tromp hat die Behandlung in einer amerikanischen Spitzenklinik für sie bezahlt. Hat ein Vermögen gekostet.»

Wieder das leise Kichern. «Das ist nobel. Aber höre ich richtig heraus, dass du auf einmal mit deinem neuen Papa prahlst?»

«Na ja», sagt er, «ich fand's vor allem peinlich – Ha, der große Babyretter.»

«Du lenkst vom Thema ab.» Sie wartet einen Moment. «So ein stundenlanges Beisammensein mit einem wichtigen Mann ist für dich eine Qual. Du wirst keine Zeit zum Luftholen haben. Du kannst dich nirgendwo verstecken. Wenn wir im Supermarkt dem Mann mit den Kindern über den Weg laufen … diesem Wikinger aus deiner Firma … du weißt schon, wen ich meine …»

Sie meint Meijer. «Ich habe keine Ahnung, Juliette.»

«Dann tauchst du ab. Und wenn es dir nicht gelungen ist, dich beizeiten aus dem Staub zu machen, druckst du eine halbe Minute mit fleckigem Hals herum. Täppisch. Auf peinliche Weise täppisch. Allein schon der Anblick.»

Was redet sie da? Er will eingreifen, er öffnet den Mund, um sich zu wehren, um zu sagen, dass das kalter Kaffee und er darüber längst hinausgewachsen sei – doch seine Lungen streiken. Diesen Meijer kennt er aus Enschede, und das reicht schon, damit sich seine Nervenbahnen wie Memory-Metall verbiegen, wenn er Meijers arische Visage bloß sieht.

«Und dabei reden wir nur über einen etwas älteren, dir übergeordneten Kollegen. Du *traust* dich doch nicht mal, mit diesem Mann Ski laufen zu gehen, Ludwig. Dafür bist du viel zu unsicher. Zu unsicher, um deinem leiblichen Vater unter die Augen zu treten.» Sie spricht in entspanntem, aber konzentriertem Ton, ihre Stimme klingt rah. Er sieht sie vor sich, im Wohnzimmer, auf dem Dreiersofa aus Mohair, an genau der Stelle, wo er sich gestern noch Tromp im Morgenmantel vorgestellt hat, in ebenso bequemer Sitzhaltung.

«Aha, soso», stammelt er gepresst, «du spielst heute aber mit harten Bandagen. Was du sagst, ist sehr gemein. Ich hoffe, du weißt das?»

«Du kannst manchmal auch sehr gemein sein, Ludwig. Und eigentlich ist es nur eine Warnung. Weil ich dich gut kenne. Ich sage doch nichts Falsches, oder?»

Sie kennt ihn tatsächlich gut. In seiner trunkenen Verliebtheit der ersten Jahre hat er regelmäßig aus dem Nähkästchen geplaudert, und jedes einzelne Mal bedauert er. Die verrücktesten Dinge hat er ihr erzählt, so neu und überwältigend war die Vertrautheit. Dass er bis zur Oberstufe, wenn er beim Lachen sein Gebiss entblößte, den Spalt zwischen seinen Schneidezähnen mit einem rasch erhobenen Zeigefinger verdeckte. Dass er in der Pubertät in den merkwürdigsten Momenten und an den merkwürdigsten Orten seinen kabellosen Orgasmus herbeiführte. Dass er, noch in Venlo, als er nach einem Streit mit Dolf allein zu Hause war, mit der Küchenschere eine Saite von dessen Steinway durchschnitt.

Und ja, sie weiß auch, dass er sich als Student in der Gegenwart erfolgreicher Menschen unwohl fühlte, dass er in deren Beisein eine körperliche Anspannung entwickelte, einen krokodilsmäßigen Druck auf seinem Unterkiefer, der bewirkte, dass seine Zähne bei Zimmertemperatur zu klappern anfingen, eine Verkrampfung im Schulterbereich und an den Oberschenkeln, und kurzatmig wurde er auch davon. Er hat ihr erzählt, dass er in Enschede manchmal mitten im Gespräch die Zähne nicht mehr auseinanderbekam, dass er buchstäblich nichts mehr sagen konnte und die Flucht ergreifen musste.

«Das ist längst vorbei», sagt er kleinlaut. «Du sprichst von einer Phase während meiner Studentenzeit.» Woran er aber denkt, ist die Phase in der vergangenen Nacht, in der er auf Autopilot Dolfs Beethovengeschichte ausgeplaudert hat. Nein, ungeachtet der halben Wodkavergiftung war es eben kein Plaudern gewesen, sondern sein Verhalten zeigte alle Anzeichen seiner alten Verkrampftheit. Menschen von damals versetzten ihn nach damals.

«Ich sehe es haargenau vor mir», fährt Juliette fort. «Vater und Sohn, am frühen Morgen auf dem Weg zur Piste, die Wahrscheinlichkeit, dass du geschlafen hast, ist gering. So ein trostloser, eiskalter sibirischer Hügel, die Anspannung in deinem Gesicht wird sofort da sein. Die wirst du im Laufe des Tages nicht mehr los, Ludwig. Dieser Mann um dich herum, vor dir, hinter dir. Noch ehe ihr mittags was essen geht, bist du fix und fertig, vollkommen runter mit den Nerven. Die Frage ist, wie dein Vater euren Ausflug finden wird.»

Da geschieht es, er kann sie nicht länger zurückhalten, sie fließen mächtig und schwer, ohne dass er ein Geräusch von sich gibt. Es ist die Erschöpfung. Es sind die Nerven. Das wollte Juliette erreichen, sie weiß ganz genau, dass sie ein Angstszenario entwirft, eine Vision, die er bis jetzt aus seinen Gedanken verbannen konnte. Seine Stärke darin, sich unwohl zu fühlen, verschwindet nie ganz, sie ist eine negative Gabe, ein unerwünschtes Talent, ebenso unwiderlegbar wie Toscas und Dolfs absolutes Gehör. So wie sie ihre starke Seite kultiviert haben, hat er die seine zu ersticken versucht, etwa indem er sich mit seiner Arbeit wappnet, das Einzige, wofür er Shell dankbar ist, das unergründliche, sektiererische Gütezeichen auf seiner Stirn: Seit er für den Konzern arbeitet, ist er jemand.

Er schaut auf, mit feuchten Augen – Hauptsache, Isabelle kommt nicht gerade jetzt.

Nein, keine Frage, für Shell zu arbeiten ist eine ausgezeichnete Antihaftschicht, gegenüber seinen Freunden, gegenüber Juliettes Familie, gegenüber allen eigentlich. Niemandem muss er erklären, was er genau macht oder wer er ist. Royal Dutch Shell: Die gelb-rote Muschel genügt, einen konkreteren und zugleich schwammigeren Lebenszweck gibt es nicht. Ludwig macht in Erdöl, arbeitet an Milliardenprojekten mit – er lässt es gern andere sagen, wenn er danebensteht. Shell macht Eindruck, sogar bei Sozialisten und Veganern. Öl ist wichtig, Öl ist banal, gefährlich, umstritten, unverzichtbar. Öl ist korrupt, technisch, international, schädlich, begehrenswert. Und, genau wie er, fast vollkommen erschöpft.

«Hör zu. Du gehst morgen früh hin und gibst deinem Vater die Hand.»

Ludwig sagt nichts, versucht aber, es sich vorzustellen, er und Johan Tromp auf einer Skipiste, und in der Tat, es ist unmöglich. Er behauptet zwar, er wolle Ha aus Loyalität gegenüber Otmar nicht kennenlernen, aber da ist noch etwas anderes, etwas Dunkles, Primitives: Angst, eher noch Scham, vielleicht ja Selbsthass. Juliette hat recht, mit diesem Mann Ski zu laufen widerspricht seiner Natur, es ist überhaupt nichts für ihn. Wieso ist Tromp nicht Buchhalter, warum betreibt er nicht eine Tankstelle? Ausgerechnet seinem Erzeuger gegenüber hilft Shell ihm nicht weiter – der Mann *ist* Shell. Ein Blick auf seinen Lebenslauf, und er weiß, dass Ludwig eine Pfeife ist, dass er die schwache DNA der Mutter geerbt hat. Ha gegenüber wird sich seine Muschel als brüchig erweisen, zerbröselt von einer einzigen kritischen Bemerkung.

«Bist du noch da? Und danach nimmst du ein Flugzeug.»

Er holt stockend Luft. Hinfliegen und sie erwürgen. Ihre tiefen, psychologischen Einblicke in seine Natur mit einem Mord belohnen. Ohne zu dem Affen und dessen Pin-up zu schauen, er geht davon aus, dass sie ihn beobachten, räuspert er sich und sagt: «Kommt gar nicht in Frage. Ich lege auf. Und dann rufe ich Tromp an und sage ihm, dass ich mit ihm Ski laufen werde.» Er drückt sie weg. Weg damit. Weg mit ihr.

Leergesogen, gedemütigt, todmüde. Er dreht die Schüssel, in der ein Rest Borschtsch vertorft. Warum drückt er Juliette nicht endgültig weg? Auf den Daumen beißend, die Schneidezähne mitten auf dem Fingernagel, lässt er eine Träne in das Rote-Bete-Moor fallen. Fettaugen, umgeben von Felsklippen aus Rindfleisch, sehen ihn geringschätzend an. Ja, warum schickst du sie nicht einfach in die Wüste? Sag ihr, dass sie verschwinden soll, aus deinem Haus, *aus deinem Leben*.

ANSTATT JULIETTE ZURÜCKZURUFEN und zu tun, was er tun muss, wählt er die Nummer von Tromps Assistentin.

Während Nataljas Telefon klingelt, schaut er scheu zu dem Paar hinüber. Seine Angst ist unbegründet; die beiden würdigen ihn keines Blickes, sie sind verschmolzen, die Stirnen berühren sich, Gezausel, Genäsel, Herumgelecke.

Sie geht ran. Natalja Andropowa, gemessen, geschäftsmäßig, eine fest verriegelte Tür, in der er sich auf keinen Fall die Finger einklemmen möchte. Mit verregneter Stimme teilt er ihr mit, dass er am Sonntagmorgen gerne mit ihrem Chef Ski laufen würde, und ja, ein Rückflug am Montag oder Dienstag wäre phantastisch, vielen Dank schon mal – und noch ehe er das Gespräch beendet, dringt die Wahrheit über Juliettes absurdes Verhalten zu ihm durch. Die Kursänderung, das plötzliche Herumreiten auf seinem Charakter, mit einem Schlag ist es ihm sonnenklar. Es geht um diese Natalja, natürlich, seltsam, dass er es erst jetzt erkennt. Dieser Eiszapfen, den er in keiner Weise begehrenswert findet – für Juliette steht fest, dass ihn Natalja erobert hat und er darum so unbedingt Ski laufen will. Na klar. Vielleicht hat sie geglaubt, Natalja habe vorhin neben ihm gesessen, er und sein hochhackiges Flittchen, zusammen aus einer Schüssel Borschtsch löffelnd, herummachend wie die beiden anderen am Tisch gegenüber. «Du kannst manchmal auch sehr gemein sein, Ludwig» – sie hatte auf seine Sticheleien letzte Nacht angespielt, auf sein mieses Reizen *ihres* wunden Punkts. Den kennt wiederum er nur allzu gut, ihre ewige Angst, dass er sie und Noa eintauscht gegen eine kinderlose andere. Der Tick, den sie Radjesh Bissesar verdankt, dem Mann, der ihr so viel tiefsitzenden Gewebeschaden zugefügt hat, dass all ihre Neurosen darauf zurückzuführen sind.

Du Weichei – du hättest knallhart zurückschlagen können, patsch, patsch um die Ohren. Juliette mit ihren blöden Fremdgehphantasien. Er schiebt sich einen Löffel kaltes Essen in den Mund und kaut, rachsüchtig, von sich selbst enttäuscht. Ungeheuer zufrieden war sie mit der sogenannten Blaupause seiner inneren Stromkreise, schön für dich, erstick ruhig daran, deine eigene Verkabelung lässt auch zu wünschen übrig, die reicht gerade mal für Christbaumlämpchen. Er wischt sich den Mund mit der Serviette ab und putzt damit seine Schniefnase, kräftig und laut.

Immer, wenn sie zum Höhepunkt gekommen ist, wird sie launisch, gereizt, manchmal sogar wütend, ein sehr unangenehmer Zug, findet er. So ist sie halt, hat er jahrelang gedacht, und wenn nicht, dann litt sie eben unter postkoitaler Dysphorie, über die er ihr einmal eine Ausgabe vom *Psychologie Magazine* unter die Nase gehalten hatte. An den Orgasmen selbst konnte es nicht liegen, die waren imponierend, vor allem, wenn er sie leckte, was er gut kann, auch wenn Eigenlob stinkt. Der Trost für den Praecox: Man kriegte davon immerhin eine austrainierte Topzunge. Irgendwann kam der Tag, da knackte Juliette seinen Schädel, als ob er eine Walnuss gewesen wäre.

Eines Abends erzählte sie ihm, sie könne nur dann zum Höhepunkt kommen, wenn sie sich die schmerzlichsten Fremdgehphantasien vor Augen führe. «Immer du mit anderen Frauen», gestand sie schluchzend. «Dass du, wenn ich weg bin, diese Lisa von Henk und Pascalle ins Haus lässt und sie dir einen bläst.» «Blasen geht doch überhaupt nicht, Darling – und außerdem: Das Mädchen ist erst sechzehn.» «Du kannst doch deine Tablette nehmen?» «Auch dann geht es nicht. Wirklich nicht.» «Oder dass du die ganze Zeit Sex mit Tosca hattest, früher, als das einzige Dicke an ihr die Titten waren. Und dass du darum jetzt keinen Kontakt mehr zu ihr hast.» «Na, das ist doch prima … dann musst du dir deswegen ja keine Sorgen mehr machen, wenn du mit mir schläfst, denn das haben wir doch gerade gemacht, wenn ich mich recht entsinne.» «Oder dass du diese Flora vögelst, wenn ihr zu Ende Tennis gespielt habt, und Rosalie und Clément machen mit, ich meine, dass ihr zu Flora nach Hause fahrt, anstatt noch was zu trinken.» «Flora wohnt in der Kick-Smit-Straat, das ist noch hinter der Spaarne. Und ich soll dann also vor dem Tennisspielen Dapoxetin schlucken?» «Dass du die Blonde aus deiner Trainee-Gruppe auf deinen Schreibtisch legst und leckst.» «Du meinst Femke?» «Wer ist Femke?» «Na ja, das ist eine Blonde aus meiner Trainee-Gruppe.» «Mensch, Ludwig! Es geht nicht darum, wer Femke ist; es geht darum, mir zu sagen, dass du all diese Dinge gar nicht willst.»

Das brachte er nicht über die Lippen. Aber es war genauso, wie sie sagte: Er wollte all diese Dinge nicht. Nichts von dem, dessen Juliette ihn verdächtigte, kam auch nur in die Nähe von dem, was er wollte. Er ist treu wie ein Segelflosser. Was sie sich zusammenphantasiert, ist paranoider Unsinn, auf den er selbst nie kommen würde, sie macht sich selbst vollkommen wahnsinnig damit. Wenn es jemanden gibt, der nicht scharf darauf ist, eine wildfremde Frau zu penetrieren, dann ist er das. Es ist überhaupt die Frage, was er tun würde, wenn Isabelle sich ihm anbieten sollte, sich weniger doppeldeutig anbieten sollte als in der vergangenen Nacht. Die tragische Wahrheit ist, dass es nur ein einziges Paar Knie gibt, das er ruhigen Herzens auseinander drückt, nur eine einzige Kieferpartie, die er sich knurrend zu küssen traut, bevor er ejakuliert. Darum ist er immer noch mit Juliette zusammen, darum ruft er sie nicht schäumend vor Wut an – weil er nicht ohne Sex sein kann.

Ist sie eingeschlafen? Eine neue Unheilsvision beschleicht ihn – Isabelle, die noch rasch, ehe sie zu Tromp geht, am goldfarbenen Schreibtischchen eine Exklusivgeschichte tippt.

Sogar aus den Augenwinkeln erkennt er Zack Knox Polk. Der Texaner hat seinen Lammfellmantel bis oben hin zugeknöpft; den Rollkoffer neben sich, als wäre es der kleine Zane, der gerade aus dem Boston Children's Hospital entlassen worden ist, checkt er aus.

Verdammt, das hätte er gestern zu Zack sagen müssen – er hätte sagen müssen, dass dieses *effing* immer noch besser wird. Das Gevögel macht immer noch Fortschritte, *ranger*. Was bei dir und deiner *preacherman's daughter* so phantastisch angefangen hat, aber seitdem ständig um unmessbare Winzigkeiten schlechter geworden ist, so wie dein bester Stetson mit der Zeit immer lockerer und schlaffer auf deiner Birne sitzt, sodass du inzwischen denkst: Was für ein Lumpen, eigentlich – genau das wird bei uns immer besser. Er schaut ihm hinterher, wie er mit lebenslustigen Schritten das Hotel verlässt. Hättest du nicht gedacht, was?

Er selbst auch nicht. Juliette hatte ihn und seinen Schlappschwanz wie ein kostbares Geschenk in Empfang genommen, das muss er ihr lassen, es machte ihr wirklich nichts aus. «Aber nein, Darling», sagte sie nach einem Jahr oder so, «das, was ich habe, *das* ist peinlich.»

«Ach ja? Bei dir stimmt irgendwas nicht?»

Das Gespräch fand bei ihnen im Garten statt und fiel in etwa zusammen mit der ersten Einnahme von Dapoxetin, das sie extra für ihn aus Schweden hatte kommen lassen, ein neues Medikament, das in den Niederlanden noch nicht zugelassen war, wohl aber in Amerika und ein paar EU-Ländern. «Everlast 60 mg» stand auf der Schachtel. Giftgrüne Tabletten, das Anti-Viagra. Ein teurer, aber verdammt guter Scherz: Wenn er drei Stunden vor dem Koitus eine von den Tabletten einnahm, dann hielt er fünfmal so lange durch. Aktuell, nach einer langen Karriere als Eichelsqueezer, lief das auf sieben, acht Minuten hinaus. Immer noch nicht spektakulär, aber sehr viel besser als in der guten alten Zeit. Außerdem fand er es sehr lieb von ihr, diese Tabletten illegal zu organisieren. Sie gehe ein ziemliches Risiko ein, behauptete sie, es sei strafbar, sie würde bestimmt entlassen werden, wenn man sie erwischte.

Sie leide an «Vaginismus».

«Radjesh sei Dank», sagte sie in die Stille, die er entstehen ließ. Es war ein brütend heißer Tag im Juli, sie bereiteten einen Grillabend vor, Juliette pendelte zwischen Küche und Garten und trug Rohkost und selbstgemachte Dips ins Freie, er feuerte genau unter dem Loch in der Ozonschicht ihren funkelnagelneuen Boretti Robusto an. Die Stutvoets waren im Anmarsch, der Garten stand in klimatologisch unfrischer Blüte, jede Menge Insekten, jede Menge wildgewordene Flora, der monströse Himbeerstrauch.

«Klingt wie eine fröhliche, aber sektiererische Bewegung», sagte er leichthin. «Wo treffen die sich immer?» Vielleicht tat sie es absichtlich, aber vielleicht hatte auch Sigmund Freud dazwischengerufen, Noa habe sich ein Eis verdient, jedenfalls gingen er und Juliette, bevor sie antwortete, in die Garage. Sie öffnete die große Tiefkühltruhe. «Na ja, wie soll ich's ausdrücken», sagte sie, während sie mit einem Arm in der Kälte an einem festgefrorenen Cornetto-Karton zerrte. «Ein Aua in der Mumu beim Geschlechtsverkehr? Es tut weh. Ein stechender Schmerz.»

«Die ganzen zwanzig Sekunden lang?»

«Nicht sofort ... erst nach einiger Zeit. Zum Ende hin, könnte man sagen.»

Darüber musste er lachen. Trotz allem bringt Juliette ihn oft zum Lachen – immer noch. Man könnte es fast vergessen, aber sie kann auf trockene Weise witzig sein, mit einem metallischen Sarkasmus als Faustwaffe.

Er war tatsächlich gemein. Beim kleinsten Funken Sympathie, den er für Juliette aufbringt, wird es ihm nur zu sehr bewusst. Erst jetzt erfasst er, was sie gedacht haben muss, als er mit seinen Skiplänen herausrückte. Vielleicht glaubt sie nicht einmal, dass Tromp ihn angerufen hat.

Was sie an jenem Abend in Overveen erzählte, glaubte er leider von A bis Z. Bei noch offener Tiefkühltruhe teilte sie ihm mit, dass Radjesh ihre kurze Ehe derart heftig vollzogen hatte, dass sie davor Angst bekommen hatte, unbewusst, in ihrem Nervensystem – Angst vor dem Geschlechtsverkehr. Ohne es zu bemerken, habe sie die Beckenbodenmuskeln von Schwarzenegger entwickelt, so drückte sie sich aus.

«Arnold Schwarzenegger?»

«Nein, Joop Schwarzenegger.»

«Tja», sagte er, «wer weiß, vielleicht meintest du einen Schwarzenegger, der sich das Pfeiffer'sche Drüsenfieber oder die Creutz-Jakob-Krankheit eingefangen hat. Wäre doch möglich, oder?»

Es handelte sich um das übertriebene Zusammenziehen der Beckenbodenmuskeln, in ihrem Fall als Reaktion auf Radjeshs Gerammel, der sich, wenn er erregt war, in eine Art Kick-Boxer verwandelt habe, wie sie ihm erklärte, in jemanden, der einem auch einfach so ein Ohr abbeißen könne. Ganz schrecklich sei das gewesen. Sie nahm ein Eis und schloss die Truhe. Außerdem habe er ein, «na ja», flüsterte sie, weil Noa angehüpft kam, «Riesending, wirklich groß, eine Art … Bleirohr mit dem Durchmesser einer Gemüsegur… – da, schau, mein Schatz, du darfst es beim Fernsehen essen.»

Als Noa, das Cornetto auspackend, wegging, fuhr sie mit gesenkter Stimme fort: «Viel zu groß, verstehst du, und dann nicht aufhören können.»

Seine Abneigung gegen Radjesh hatte sich dadurch noch vergrößert, und eigentlich auch seine Abneigung gegen alle Männer, die hart und lang zur Sache gehen konnten, größer und größer wurde seine Abneigung gegen die Potenz anderer Männer.

80 Irgendwas huscht an der Rezeption vorbei. Es ist Isabelle, sie stellt dem jungen Mann hinter dem Tresen eine Frage. Eine lodernde Fackel – er schaut sogleich in seine Schüssel. Kein Koffer, hat er bemerkt; sie hat ihr Gepäck oben gelassen. Sie bleibt, sie bleibt, pulsiert der große Muskel in seiner Brust. Er nimmt seine Serviette, putzt sich noch einmal die Nase, wischt sich mit dem Tuch über die Augen. Hoffentlich sieht man nicht, dass er geweint hat. Als er wieder aufschaut, ist sie fast bei ihm, sie hat ihn bereits entdeckt. Zum ersten Mal auf Sachalin erscheint sie ihm als die Frau, die sie ist. Das offene Haar hat die Farbe von frisch ausgekipptem Asphalt, sie trägt einen modischen, kurzen Pelzmantel, und einen Moment lang denkt er, sie ist darunter splitternackt, doch nein, zum Glück, leider, umhüllt ihren schlanken Körper eine Art honigbrauner Hosenanzug, exakt die Farbe ihrer Haut. *Charlie's Angels.* Draußen steht ein Hubschrauber.

Auch das Paar schaut auf die Frau, die sich lächelnd zwischen die beiden Tische schiebt; weil Isabelle eine Asiatin und ihr Handtäschchen aus auffälligem Pythonleder ist, denken die beiden möglicherweise, dass er sie bestellt hat, um es mal so auszudrücken. In diesem Aufzug geht sie also zu Ha, schießt es ihm durch den Kopf. Schön für den Alten. Hoffentlich hat er seinen feschen Anzug noch an.

Es gelingt ihm, ganz gefasst zu grinsen, und zu seiner Beruhigung lächelt auch sie, wobei sie sich, offenbar hatte sie gar nicht mehr an ihn gedacht, Schal und Fäustlinge auszieht – Sekunden, die ihm bleiben, um seine Scheu abzuwerfen; es wird geredet werden müssen.

Er fängt schlecht an, indem er genau das tut, was er nicht tun wollte: flehen. Noch ehe sie sich hingesetzt hat, bittet er sie, «nicht über diese Beethovengeschichte» zu schreiben, falls sie das vorgehabt habe. «Ich will dich nicht auf schlechte Ideen bringen», sagt er, «aber ich habe im Treppenhaus so was gehört. Ich sagte ja schon, dass jede Menge auf dem Spiel steht, allerlei, das wirklich zählt. Mein Verhältnis zu meiner Familie, das sowieso schon wackelig ist, du darfst wirklich nicht –»

«Nein, nein, halt, stopp, hör mir zu.» Isabelle rückt kopfschüttelnd ihren Stuhl an den Tisch heran. Sie schweigt einen Moment. Dann, als sie richtig sitzt: «Das geht nicht. Neuigkeiten sind Neuigkeiten. Und ob etwas eine Neuigkeit ist, hat mit dir und dem Verhältnis zu deiner Familie nichts zu tun.» Sie wirft einen Blick auf ihre kleine, flache Armbanduhr. «Weißt du», sagt sie, «wenn *ich* die Nachricht nicht bringe, bringt sie ein anderer.»

«Wenn *du* sie bringst», sagt er scharf, «dann weiß meine Familie sofort, dass *ich* geplaudert habe. Nein, schlimmer noch, sie denken, ich hätte dich selber angerufen.»

«Ich werde ihnen nicht sagen, dass ich es von dir habe.»

«Du kannst es einzig und allein von mir haben», wütet er los. «Sie wissen, dass wir uns kennen. Sie wissen, wie deine früheren Artikel zustande gekommen sind. Sie wissen, dass wir auf dem Campus zusammengewohnt haben.» Der letzte Satz ruft in ihm ein sowohl angenehmes wie beschämendes Gefühl hervor.

Sie nickt. «Das stimmt. Aber weißt du, Ludwig … ich *habe* es auch von dir.» Sie schaut ihn ernst an.

Er bekommt die Zähne nicht gleich auseinander. «Okay», sagt er dann, «das ist richtig. Ich selbst habe es dir erzählt – ich weiß auch nicht so recht, warum. Jedenfalls bedauere ich das zutiefst.»

«Das hast du bereits gesagt.»

«Ja doch, vor allem aber, weil ich damit meinen Stiefbruder in Misskredit bringe», hört er sich selbst sülzen. «Da gibt es nämlich etwas, was du nicht weißt. Etwas, was ihm mächtig schaden kann. Ich muss ihn beschützen. Wenn du jetzt darüber schreibst, besteht die erhebliche Gefahr, dass wir nie wieder etwas von diesem Beethovenschatz hören.»

Ihre Augen vergrößern sich um einen Bruchteil. «Was weiß ich denn nicht?»

«Etwas Seltsames, etwas aus seiner Kindheit. Etwas, was möglicherweise ein anderes Licht auf die ganze Sache wirft. Was dich vielleicht davor bewahrt ... Wie nennt ihr Journalisten das?»

«Du meinst eine Ente?»

ISABELLE WILL ALLES WISSEN. Mit lautem Scharren rückt sie ihren Stuhl noch näher an die Tischplatte heran, Ellenbogen in die Mitte, Hände um die Borschtsch-Schüssel, ungeduldig tickt sie mit den Fingernägeln darauf herum. Alles.

Was Otmar wie kein anderer konnte, nämlich eine Geschichte anschaulich erzählen, ist nicht seine Spezialität. Lange zu reden macht ihn nervös, selbst nach all den Jahren, in denen er Präsentationen über von Menschen hervorgerufene Erdbeben gezeigt hat. Sobald er anfängt, fragt er sich, ob seine Zuhörer sich nicht langweilen und ob er es wohl schafft, die Aufmerksamkeit der anderen minutenlang in Geiselhaft zu nehmen, was dann zur Folge hat, dass er seinen Vortrag mehr und mehr mit Entschuldigungen und vor allem mit Nervosität unterminiert. Er wird fahrig, überspringt Details und galoppiert oft schon mittendrin auf ein schlampiges, kraftloses Ende zu. Zum Glück hat Juliette ihm Dampf gemacht.

«Erzähl», stachelt Isabelle ihn an. Die Vorgeschichte von Selma Appelqvists Tod fasst er sparsam zusammen, in zu groben Zügen, zu allgemein; er beschreibt Heifetz' Strandhaus, aber ohne so richtig zu erklären, wer der Mann war und welche Bedeutung er für Otmar hatte; er beschreibt das Atelier im Wintergarten, aber ohne den Plattenspieler zu erwähnen, die Kinderparty ohne das Rennen und Toben am Strand – zerfahren, zu hastig, in der Angst, ihre Aufmerksamkeit zu verspielen, blinzelnd, als hätte er die traurige Nachricht, dass Selma, die er nicht einmal gekannt hat, tot ist, soeben erst erhalten. Isabelles sorgfältig geschminktes Gesicht ist ihm zu nah. Er kann ihrem konzentrierten, unironischen Blick nicht entfliehen, schwarz und magnetisch, sie sieht ihn fortwährend scharf an, manchmal berühren sich ihre Knie – sie sitzt ihm genau gegenüber, die Symmetrie ihres Gesichts bringt ihn durcheinander.

Dennoch scheint sie in dem, was er erzählt, ganz aufzugehen, was ihm wiederum Selbstvertrauen gibt, und weil viel auf dem Spiel steht, beißt er sich in Otmars Geschichte fest und versucht, so gut es geht, die Atmosphäre von Manhattan Beach zu schildern, das Bild der jungen Musikerfamilie mit der unvermittelt gestorbenen künstlerischen Mutter, das verschobene Bett, in dem Tosca und ihr Vater lagen, die immer schlechter werdenden schulischen Leistungen von Dolf. Und tatsächlich, je mehr Minuten Redezeit sie ihm einräumt, umso ruhiger wird er und umso besser versteht er es, Dolfs Macken in Worte zu fassen: dass er wie ein alter Mann um die Schule schlenderte, die Hände geziert auf dem Rücken verschränkt, sein abweisendes Verhalten gegenüber anderen Kindern, die aggressive Weigerung, noch länger zu zeichnen, die vermeintliche Taubheit, die Besuche beim Ohrenarzt.

Isabelle schaut nach hinten, in die Lobby, und dann auf ihre Armbanduhr. «Leider werde ich bald abgeholt», sagt sie. Etwas schneller, aber ohne sich aus dem Konzept bringen zu lassen, arbeitet er auf den Clou hin, auf die Anekdote über das Gesprächsheft, den Moment, als Tosca, zehn Jahre alt, zu Otmar sagte, sie wisse, was mit ihrem kleinen Bruder los sei.

«Und?»

«Na ja», sagt er, stolz, dass er selbst es auch durchschaut hat, und zwar als Schüler – «Tosca sagte, dass Dolf so tut, als ob er Beethoven ist.»

Isabelle schaut verblüfft. «Was sollte der Unsinn?»

«Was der Unsinn sollte?» Ihre Reaktion kommt unerwartet und verletzt ihn; er findet es beleidigend, dass Isabelle nicht sofort anspringt auf das, was er für eine mythische Familiengeschichte hält. «Zunächst einmal war dieser Unsinn die Wahrheit. Doch die war auch recht *obvious*, natürlich.»

«Wie kann es ‹recht *obvious*› sein, wenn ein kleiner Junge meint, dass er Beethoven ist?»

«Er war kein kleiner Junge mehr», erwidert er, «Dolf war sieben. Und ich sagte doch schon, was für Signale er ausgesendet hat?» – es kommt ihm bissig über die Lippen, aber das ist genau das, was er brauchen kann, Bissigkeit.

«Aber war er nicht einfach dabei, sein Gehör zu verlieren?»

«Kennst du Beethovens weltberühmten Lebenslauf ein bisschen? Dolf hat sich exakt so verhalten, wie Beethoven sich nach Auskunft seiner Biographen am Ende seines Lebens verhalten hat. Das reinste Mimikry. Vielleicht solltest du mir doch alles, was du schreibst, besser vor der Veröffentlichung zu lesen geben?» Seine Chuzpe kehrt wieder. Du hast heute Nacht auf mir gelegen, denkt er.

«Okay», sagt sie mit einem Gesichtsausdruck, als koste sie Wein, «wenn ich so darüber nachdenke. Stimmt schon. Und deinem Stiefvater ist es also auch nicht aufgefallen.»

«Nein, ja», sagt er; «so wie ich die Geschichte jetzt nacherzähle und da wir ja wissen, zu wem mein Stiefbruder geworden ist, kommt einem das ein bisschen merkwürdig vor. So was müsste ein Vater doch bemerken, erst recht Otmar, der Beethovens Violinkonzert immerhin auf Schallplatte aufgenommen hat. Doch damals, in diesem speziellen Moment, in dem Chaos nach dem Tod seiner Frau, hörte Toscas Vermutung sich für ihn vollkommen idiotisch an.»

«Das meinte ich vorhin», sagt sie lächelnd. «Ist es in Ordnung für dich, wenn ich mein Aufnahmegerät mitlaufen lasse?»

«Nein», sagt er schroff, und sei es auch nur, um ihren Hunger nicht allzu rasch zu stillen – eine List, über die er zufrieden ist. «Schlechte Ohren, *das* dachte Otmar», fährt er fort. «Und nicht: Beethoven. Wieso sollte ein Junge mit Milchzähnen Beethoven nachmachen? Was wusste er überhaupt von Beethoven? Nein, Dolf war dabei, taub zu werden, an dem Glauben hielt Otmar trotzig fest, und dagegen musste so schnell wie möglich etwas unternommen werden, vielleicht mussten einfach Röhrchen in seine Ohren.»

«Und wieso hat seine Schwester es erkannt?»

«Weil Tosca mehr wusste als Otmar.»

«Denn?» Sie schaut wieder auf ihr Handgelenk. Er hofft inständig, dass sie bleibt, er ist noch längst nicht fertig. Es geht darum, sie an ihrer phantastischen Exklusivgeschichte zweifeln zu lassen, ernsthaft zweifeln zu lassen. Es geht darum, dass sie später mehr über den wirklichen Dolf Appelqvist von ihm erfahren möchte.

«Ich glaube, sie hat gewartet, bis sie hörte, dass Dolf unter der Dusche stand, und dann hat sie Otmar mit ins Zimmer ihres Bruders genommen, wo sie ein längliches Stück Karton unter seinem Bett hervorzog, das bestimmt anderthalb Meter lang war. Es waren zwei aneinandergeklebte Streifen von Umzugskartons, auf die Dolf mit einem schwarzen Stift die Tasten eines Klaviers gemalt hatte. Stümperhaft gemacht, mit krummen Linien, aber ansonsten stimmte alles. ‹Hat Dolf gebastelt›, sagte Tosca zu ihm.»

Isabelle schaut ihn prüfend an. «Woher weißt du das alles so genau? Du erzählst mir doch nicht etwa eine Lügengeschichte?»

«Natürlich nicht.» Wenn er ihr früher sturzbetrunken und ungewollt etwas erzählt hat, hat sie ihm sofort und unbeirrbar geglaubt, und jetzt, da er ihr etwas ausreden will, denkt sie, er lügt sie an. Das nennt man dann wohl Journalismus.

«Otmar hat es mir bis ins kleinste Detail erzählt, das sowieso, aber das gebastelte Klavier, das habe ich in der Hand gehabt, später, zu Hause in Venlo. Das hatte er aufbewahrt.» Tosca hatte ihren Bruder darauf spielen sehen, na ja – Töne kämen selbstverständlich nicht heraus, sagte sie zu Otmar, aber was mache das schon, er sei eh taub, er selbst bemerke den Unterschied nicht – «wenn du mich fragst, Papa, denkt er nämlich wirklich, dass er Beethoven ist.»

Tosca, red keinen Blödsinn.

«Tja, und danach kamen ihm Zweifel, klar.» In den darauffolgenden Tagen war Otmar immer mal wieder in Dolfs Zimmer gegangen, hatte er Ludwig erzählt, und schon bald hatte er seinen Sohn dabei angetroffen, wie er vor dem Bett kniete, auf dem Rand der Matratze das Filzstiftklavier aus Karton, auf dem er konzentriert spielte. «Ich wusste gar nicht, dass du Klavier spielst, mein Kleiner.» Keine Reaktion, er hörte Otmar nicht oder gab vor, ihn nicht zu hören – erst als sein Vater ihm eine Hand auf die Schulter legte, zuckte er zusammen, sprang auf und versuchte laut brüllend vor Wut, Otmar aus dem Zimmer zu schieben und ihn zu schlagen.

«Ludwig ... darf ich wirklich nichts aufnehmen?»

«Lass uns im Laufe der Woche noch mal darüber reden.»

«Warum hat dein Bruder sich ertappt gefühlt?»

«Stiefbruder. Weiß ich nicht. Er war immer schon komisch.

Wenn ich es richtig verstanden habe, hat Otmar ihn noch während des Herumgewütes unter den Armen gepackt und zu einem Kinderpsychiater gebracht. Ein guter Entschluss, natürlich.»

«Meinst du das ironisch?»

«Nein, gar nicht. Es war notwendig. Und außerdem kann es nie schaden: Dolf Appelqvist unter der Aufsicht eines *shrink*.»

Der Kinderpsychiater sei geistesgegenwärtig genug gewesen, Dolf schon während der ersten Sitzung an ein Klavier zu setzen, hatte Otmar im Keller von Geerlings erzählt. Er hatte mit Tosca in einer Crêperie ganz in der Nähe der Praxis in Venice Beach gespannt gewartet, bis sie Dolf wieder abholen konnten.

«Und?», hatte Otmar gefragt. «Und?», fragte Ludwig neugierig. «Und?», fragt Isabelle.

ES WAR EBENSO ERSTAUNLICH wie furchteinflößend. Otmars siebenjähriger Sohn hatte sich offenbar selbst das Klavierspielen beigebracht, allerdings spielte er nicht einfach so Klavier: Dolf spielte ungestüm und wild die ersten elf Variationen von Beethovens Opus 120, *33 Veränderungen über einen Walzer von Anton Diabelli* – das letzte große Werk für Soloklavier, das Beethoven, stocktaub und stur wie ein Maulesel, komponiert hatte. Musik, die von Selma beim Malen oft aufgelegt worden war, in verschiedenen Interpretationen, es standen mindestens vier Langspielplatten von dem Stück im Wintergarten, schöne Musik, herbe Musik, manchmal regelrecht düster.

«Sehr berühmt, oder?», sagt sie.

«Die Goldberg-Variationen von Bach bezeichnet man schon mal als das Alte Testament der Klavierliteratur», erwidert er, «die Diabelli-Variationen von Beethoven als das Neue.»

«Und jetzt hat Appelqvist welche, die taufrisch sind. Hast du gesagt.»

«Hat er gesagt, ja. Oder er denkt es. Oder er hat sie. Aber hast du mir zugehört? Dolf war dabei, Variation Nummer elf einzustudieren – ohne Noten. Was sage ich – ohne Klavier. Er hatte die Musik im Gedächtnis. Es ist kaum zu glauben, aber er hat sich im Kopf vorgestellt, wie sich die Tasten auf seinem selbstgezeichneten Klavier zueinander verhalten, die dazugehörigen Töne, meine ich. Es war unglaublich.» Wer hätte gedacht, dass er auf einer russischen Schurkeninsel den kleinen Angeber tatsächlich einmal in den Himmel loben würde.

Nicht umsonst: Er sieht an Isabelles Gesicht, dass es zu ihr durchdringt. «Das geht doch gar nicht», sagt sie.

«Genau», sagte er, «das geht wirklich nicht, und dennoch war es so. Er spielte die schwierigen Miniaturen fast fehlerlos und interessant rhythmisiert.»

«Was für eine phantastische Geschichte», sagt Isabelle.

«Aber eine phantastische Geschichte», sagt er, «die ich dir strikt *off the record* erzählt habe.»

Jajaja – so in etwa. Journalisten mögen kein *off the record*, das verstimmt sie, denkt er, in etwa so, in etwa so … wie ein Kondom im Obstgarten Radjesh Bissesar verstimmt.

«Und außerdem», sagt er dann, «war es ganz bestimmt nicht nur phantastisch. Vertu dich nicht, Dolfs wundersames Erwachen als Pianist war nebensächlich, er hatte eine gewaltige psychische Störung, er litt an einer diffizilen Wahnvorstellung, wie man so sagt. Tatsächlich war das, woran er litt, sehr ernst. Dolf selbst war wirklich felsenfest davon überzeugt, dass er immer weniger hörte. Und dann hört man folglich auch immer weniger.»

Sie sitzt inzwischen fast in seiner Schüssel, sie trinkt seine Worte wie Absinth – Absinth, der durch einen Zuckerwürfel hindurch durch ihren Löffel geflossen ist.

«Nach ein paar Sitzungen fand der Psychiater heraus, dass Dolf glaubte, die Graphic Novel, an der seine Mutter gearbeitet hat, handelt von ihm. Das hatte er sich eingeredet.»

«Darf ich einen Schluck Bier von dir?»

«Ja, nimm» – während sie trinkt, fängt er über ihre Schulter neugierige Blicke vom *monkey* und dessen Begleiterin auf.

«Der Schock durch ihren Tod», fährt er fort, «seine Trauer darüber, aber auch die Intensität, mit der er die Arbeit seiner Mutter an dem Buch verfolgt hatte – er stand da hinter ihrem Stuhl –, das Gekuschel mit ihr, während sie zeichnete, dazu im Hintergrund immer wieder Beethovens Musik, all das hatte sich nach Ansicht des Psychofritzen nach innen gewandt, in dieses Ausnahmegehirn.»

Sie presst die sinnierenden Lippen ihres Journalistinnenmündchens zusammen, eine Art Strich. «Ist das in dem Alter möglich? Das hört sich ziemlich ungewöhnlich an.»

Er schüttelt den Kopf. «Dolf Appelqvist war in jedem Alter ziemlich ungewöhnlich. Du kannst mir glauben, er war fest davon überzeugt, Ludwig van Beethoven zu sein – auch wenn er sich selbst nicht so genannt hat; er nannte sich Late, was ‹Leet› ausgesprochen werden muss, so wie im Titel von Selmas Graphic Novel, die *Late Beethoven* heißen sollte. Dolf dachte, das ist Beethovens Vorname. Damit musste der Psychiater ihn auch ansprechen, wenn er überhaupt zu ihm durchdringen wollte. Sag mal, Leet, erzähl mal, Leet. Er glaubte auch, dass er in nicht allzu ferner Zukunft stirbt.»

Der Ludwig von damals fand das aufrichtig traurig für Dolf, so groß seine Abneigung gegen den Stiefbruder auch war. Unheimlich, aber zugleich ergreifend, vor allem weil Otmar es offenbar sehr schlimm fand. Es hörte sich an, als wäre Dolf komplett verrückt gewesen. Otmar erzählte, dass sein Sohn, um wieder gesund zu werden, ein halbes Jahr in einem Spezialkrankenhaus verbracht hatte. «In Venray?», rutschte es Ludwig heraus; das war eine Art Schimpfwort bei ihm in der Schule. In Venray, da waren die Bekloppten, da gab es ein Irrenhaus. «Der muss nach Venray», sagte man, wenn jemand sich seltsam benahm.

Nein, hatte Otmar erwidert, nicht in Venray, du Heideschaf, das alles sei doch noch in L.A. gewesen; er wolle im Übrigen nicht, dass Ludwig sich Dolf gegenüber etwas anmerken lasse – pass ja auf. «Bestimmt nicht», hatte er rasch gesagt, er werde selbstverständlich den Mund halten, er schwöre es, 'türlich nicht.

Die Drehtür funkelt schwarz auf – es ist schon wieder stockdunkel auf der Insel – und spuckt ein viereckiges Männlein nach drinnen, gehüllt in Sowjettracht: ein Anzug mit roten Biesen und eine typische, monumentale Wichtigtuermütze, die er vom Kopf nimmt und wie einen vollgepissten Nachttopf in der Hand hält; er könnte ein Brigadegeneral sein, aber auch der Postbote. Isabelle sieht ihn umherschauen, sie wendet sich ab. Ohne sich zur Rezeption zu begeben, ruft der Mann dem jungen Angestellten hinter dem Tresen etwas zu, Ludwig meint, «Orthel» zu verstehen. Isabelle auch. «Lass ihn ruhig warten», sagt sie sofort.

«Die Geschichte ist auch noch nicht zu Ende – aber musst du nicht zu Johan Tromp? Wir reden weiter, wenn du zurück bist.»

«Ich möchte, dass du weitererzählst.»

«Bist du inzwischen nicht erleichtert, dass du noch nichts mitgeschrieben hast?»

«Ich weiß vielleicht, wie wir dich aus der Sache raushalten. Ich habe einen Kollegen, den ich morgen auf deinen Stiefbruder ansetzen kann.»

Morgen? «Vielleicht solltest du dir zuerst die ganze Geschichte anhören», sagt er, erneut überrascht von ihrer Tatkraft, von ihrem Verlangen, mit *seiner* Familie zu punkten. Leider ist die Geschichte beinahe zu Ende. «Wenn du wiederkommst, erzähle ich dir den Rest.» Zu seiner Verwunderung hört er sich sagen: «Wir sehen uns dann später – im Bett, nehm ich an?»

Sie lächelt und sagt: «Warte kurz, ich komme gleich wieder.»

Für einen Moment legt sie ihre Hände auf seine Handgelenke. «Du musst unbedingt bis zum Schluss erzählen ... Sekunde.»

Sie geht in die Lobby. Wo ist der Chauffeur geblieben? Links bewegt sich etwas, aus der Ecke neben dem Eingang kommt das Kerlchen auf sie zu. Sie hält ihm die gestreckten Finger entgegen, *ten minutes*; als besäßen ihre Hände magnetische Kraft, dreht er sich um. Wäre es tatsächlich klug? Auf dem Weg zu Tromp Timothy anzurufen? In Gedanken sieht sie Spade in seiner vollgestopften Londoner Wohnung am Laptop sitzen, Toast und Tee, das Radio an, die Zeitungen lesend. Wie mag es um seine Verbitterung stehen? Es könnte eine Lösung des Problems sein. Im Voraus genau die Bedingungen vereinbaren. Sich versöhnen, aber ohne viele Worte?

Sie geht zurück zum Tisch, wo ein alter Kellner gerade Ludwigs Hundenapf abräumt. Sie wartet kurz und nimmt dann Platz. «Ich hab noch zehn Minuten. Wo waren wir stehengeblieben?»

«Im Irrenhaus.» Es sei ein guter Kinderpsychiater gewesen, sagt Ludwig, denn es sei ihm gelungen, sich über die verwirrten Gedanken des siebenjährigen, verängstigten Kindes ein Bild zu machen. «Meinem Stiefvater zufolge soll Dolf auch dort so getan haben, als wäre er stocktaub, und wenn vorsichtig in Zweifel gezogen wurde, dass er Late Beethoven ist, fing er an zu kreischen und zu kratzen.»

«Trotzdem echt schräg», sagt sie, «ein Kind mit einer Psychose.»

«Aber war er überhaupt noch ein Kind? Nach Ansicht des Psychiaters hatte Dolf bereits mit sieben die musikalischen Fähigkeiten eines Konservatoriumsstudenten. Wahrscheinlich ist er deswegen irre geworden, weil er *in* seinem Wahn seine große Musikalität entdeckt hat. Ein glücklicher Schizo ... so hat Otmar ihn genannt.»

Großartig, denkt sie. Das ist so … herrlich. «Also hat ihm die Kombination von beidem den letzten Stoß gegeben … psychotischer Topspin.»

«Du denkst, du bist Beethoven», sagt er kopfschüttelnd, «und gleichzeitig stellt sich heraus, dass du taub Klavier spielen kannst. Nein, nicht gut.»

Doch, denkt sie, das ist sogar sehr gut. Muss sie ihn wirklich aus der Sache raushalten? Ja, sie muss ihn raushalten, oder besser: Sie muss ihn beschützen, und sei es nur, weil sie ihn braucht. «Mal kurz zwischendurch, ich hab's vergessen: Lebt dein Stiefvater eigentlich noch?»

Tot – das hatte sie bereits befürchtet. Nein, er ist auf jeden Fall ein wichtiger Informant. Außerdem findet sie ihn nett. Aber vielleicht ist das nicht der treffende Ausdruck. Sie findet ihn … vertraut, das ist es. Und auch ganz süß, ja.

«Dass ihm das so erstaunlich gut gelungen ist, war sowohl das Ergebnis wie auch das Schwungrad seines Wahns», fährt er fort. «Sein Wahnsinn und seine Musikalität gehen recht nahtlos ineinander über, verstehst du?»

«Gingen», sagt sie.

«Na ja, das ist die Frage. Darum erzähle ich dir das ja alles. Man kann wirklich nicht einfach so davon ausgehen, dass er die Beethovensachen gefunden hat.»

Das erfahren wir früh genug. Sie sagt es auch: «Das erfahren wir früh genug.»

Er zuckt die Achseln. Sie hat den Eindruck, dass er denkt, er habe ihren Enthusiasmus erfolgreich gedämpft, er habe etwas widerlegt. Ihr kommt er weniger panisch, fast sogar selbstzufrieden vor. Er muss eine große Abneigung gegen diesen Dolf haben, seine Skepsis gegenüber dem Beethovenschatz trieft daraus hervor – während diese Kindheitsgeschichte das Ganze nur noch dringender macht; und spektakulärer.

«Aber es ist ja gut ausgegangen», sagt sie. «Ich muss gehen, Ludwig. Tut mir leid.» In der Innentasche des Pelzmantels klingelt ihr Telefon.

«Gut, was heißt hier schon gut, es kommt darauf an, was man unter gut versteht», erwidert er in fast verzweifeltem Ton, «man hat ihn sofort in eine Zwangsjacke gesteckt. Dann sofort eingewiesen in ein psychiatrisches Krankenhaus in Santa Monica, wo er zunächst nicht in die Nähe eines Klaviers kommen durfte.»

«Tatsächlich?»

«O ja. Aber die Folgen waren desaströs. Eine Zeitlang fürchtete man sogar, er könnte den Löffel abgeben.»

Sie trinkt noch einen Schluck von seinem Bier und schließt schon mal den Reißverschluss ihres Pelzmantels. «Tut mir leid, ich muss jetzt wirklich los.»

«Okay», sagt er. «Ich bin jedenfalls sehr froh darüber, dass du dir bisher noch keine Notizen gemacht hast. Sehr froh. Vielen Dank dafür. Lass uns nachher über deinen Kollegen reden.»

Anstatt zu antworten, beugt sie sich vor und drückt ihm einen Kuss auf die stoppelige Wange – das scheint ihn zu erschrecken. Trotzdem gibt sie ihm noch einen Kuss, auf den Mund.

DER FAHRER, TADELLOS IN UNIFORM, geht um seinen Mitsubishi herum. Die Reifen sind mit Schneeketten versehen. Während er die Hintertür für sie aufhält, schaut er Isabelle kurz an: zwei freundliche Augen unter Augenbrauen, die an Schnurrbärte aus einem Kostümgeschäft erinnern. Der Fahrgastraum ist von einem seltsamen Parfümduft erfüllt. «Zima Highlands», sagt sie, «*house of* Tromp», und lässt sich tief in die Rückbank sinken.

Spade gleich anrufen? Oder erst spät am Abend? Dann ist bei ihm gerade Tee mit Biskuit dran. Obwohl es besser wäre, sich auf das, was gleich bevorsteht, zu konzentrieren, im Prinzip die eigentliche Arbeit, gelingt es ihr kaum, nicht an die Beethovengeschichte zu denken – erst recht nicht, nachdem Ludwig ihr gratis ein Drehbuch geliefert hat. Haben. So schnell wie möglich. Jetzt. Gestern. Leider kommt sie so bald nicht nach Europa. Etwas Schlaueres und Zielführenderes als Spade fällt ihr auf die Schnelle nicht ein. Tim weiß nicht nur besser als alle andern, wie man so etwas anpackt, sondern noch wichtiger ist, dass Appelqvist ihn nicht kennt. Sie beide haben nicht mehr sonderlich viel Kontakt, doch wenn es um etwas Berufliches geht, wird Tim schon nicht die Nase rümpfen, schätzt sie.

Das Auto wendet, das Scheinwerferlicht kratzt an bizarren Schneehaufen entlang. Eine andere Frage ist: Möchte sie Spades Hilfe überhaupt? Ist sie dafür nicht zu stolz? Denn darauf läuft es doch hinaus: verletzte Ehre, Sturheit, fehlende Bereitschaft nachzugeben – auf beiden Seiten. Könnte gut sein, dass er gar nicht will, natürlich. Nach den katastrophal verlaufenen Schreibsitzungen in London war die Zusammenarbeit schwierig geworden. Gott, was war das für ein Drama gewesen! Aber sie mussten ja ihr Buch fertig machen. Und promoten. Sie denkt nicht gern an das Prozedere zurück.

Ohne einander noch persönlich zu begegnen, hatten sie in den Monaten nach Lagos ihre jeweiligen Kapitel zu Ende geschrieben, die Texte des anderen per Post kommentiert, einen Lektor von Faber & Faber gegenlesen lassen und, *fingers crossed*, den ganzen Krempel zur Druckerei gegeben. Gleich nach dem Erscheinen absolvierten sie einzeln Lesungen in einer Handvoll Buchhandlungen. Um zu vermeiden, dass sie sich in einem Radio- oder Fernsehstudio trafen, hatten sie die Medienauftritte aufgeteilt. Ein Waffenstillstand, auf den eine unausgesprochene Entzweiung folgte.

Fünf Sterne im *Guardian* und in der *Times*, wenn man sie zusammenzählt.

Sie sucht Spades Nummer heraus und erinnert sich daran, wie hochgestimmt sie aus Lagos abgereist war. Durchgeladen wie Descartes' Kalaschnikow, so war sie nach London geflogen, zufrieden mit dem, was sie über Johan Tromp und Shell Nigeria zusammengetragen hatte – aus erster Hand. Auf Band. Welch eine Beute. Sie spürte die Erregung im Magen; sie war stolz, fieberte Spades Bewunderung entgegen.

Sie fahren durch denselben Nadelwald wie vorhin, im Schritttempo jetzt; es ist so finster wie im Mund eines Riesen, im Scheinwerferlicht leuchten Schneezähne auf, strahlend weiß, gebleicht, blank geputzt, ein Gebiss aus Eis, weiße Magnete, die bewirken, dass ihre Gedanken bei Spade bleiben, die Assoziation ist unvermeidlich. Sie glaubte, sie sehe nicht recht, als er sie in Heathrow abholte, lächelnd. Irgendwas hatte ein Loch in sein Gesicht geschlagen. In Spades Mund sah sie eine regelmäßige Zahnreihe, erschreckend weiß und symmetrisch. Weil er selbst es nicht erwähnte und weil sie zuvor nie ein Wort über den Zustand seines Gebisses gewechselt hatten, wusste sie nicht, was sie sagen sollte. Und weil sie sich sogleich auf den Weg zum Parkplatz machten, wurde es immer komischer, das Gespräch doch noch auf die Zähne zu lenken, und so kam es, dass sie auch auf dem ganzen Weg nach Covent Garden nichts darüber sagte. Wohl aber berichtete sie über das Nigerdelta und fragte, wie es den Zwillingen gehe.

«Die sind mit der Schule in Les Deux Alpes», erwiderte Spade. «Wir wollen hoffen, dass sie sich nichts brechen, denn sonst stehen sie morgen auf der Matte.»

In seinem schmalen, länglichen Wohnzimmer war der Tisch gedeckt, Sektgläser aus Plastik und eine Flasche Champagner standen bereit, er hatte Crêpes gekauft und Marmelade und «teuren Ahornsirup». Er war ganz offensichtlich gewillt, die gemeinsame Zeit schön zu gestalten, nützliche und angenehme

Weihnachtsfeiertage für zwei Singles mit einer Mission. «Um deinen Sieg zu feiern», sagte er und holte Heidelbeermuffins aus einer braunen Papiertüte. «Auf Skalp Nummer zwei! Außerdem ist mir ein Titel eingefallen.»

«Nummer zwei?»

«Zuerst dein Großvater», sagte er mit vollem Mund, Krümel von seinem Hemd wischend, «und jetzt Tromp.»

«Ach so.»

«So isst es sich um einiges besser, kann ich dir sagen.» Er kräuselte seine eingedellten Lippen zu einem verlegenen Lachen. Vielleicht aus Scham, weil er es selbst erwähnen musste, stieg der Tränenflüssigkeitsspiegel in seinen eh schon wässerigen Augen, sie konnte sehen, wie es passierte. Rote Flecken auf seinem knöchrigen Hals. In der Hinsicht erinnert Spade sie ein bisschen an Ludwig: das Übersensible, die Verletzlichkeit im Umgang.

«O ja», beeilte sie sich zu sagen, «das kann ich mir vorstellen, Tim. Es ist mir gerade erst aufgefallen» – eine Lüge, sowohl freundlich als auch unfreundlich. «Ich meine, natürlich habe ich sofort gesehen, dass etwas anders ist. Du hast dir die Zähne machen lassen. Wie schön, Tim! Es sieht wirklich großartig aus.»

Zu viel, zu spät. Spade legte seinen zerkrümelten Muffin auf den Tisch und stellte sich mit dem Rücken zu ihr ans Fenster. «Also, ich habe einen Titel für unser Buch», sagte er heiser.

79 *Billion Barrel Bastards*, in geprägten Riesenlettern auf ihrem Buch. Auch jetzt noch, vier Jahre nach der Veröffentlichung, empfindet sie Scham; die Alliteration, das undifferenzierte «*bastards*». Sie versuchte es an jenem Nachmittag im Beisein von Spade anders zu sehen, doch sie fand den Titel sofort vulgär; er *war* vulgär. «Ich finde, er ist hart an der Grenze», sagte sie nach einer höflichen Denkpause, «eigentlich überschreitet er sie sogar», was Spade als Kompliment aufzufassen schien, jedenfalls beharrte er darauf, und weil er im Hinblick auf das umgebuchte Flugticket und die Hotelrechnung so nett zu ihr gewesen war, wirklich ausgesprochen nett, und weil er so merkwürdig gepimpt, so trostlos aussah mit seinen neuen Zähnen, hatte sie, nachdem sie eine Stunde lang Alternativvorschläge gemacht hatte, zugestimmt.

Gerade noch rechtzeitig oder aber zu früh, je nachdem, wie man es betrachtete, denn am selben Abend noch, nach den Zehn-Uhr-Nachrichten, entschuldigte er sich und ging mit einem Glas Port nach oben – *The World Tonight* rief ihn an, um mit ihm über den rasch fallenden Ölpreis zu reden. Sie blieb vor dem Radiomöbel aus den dreißiger Jahren, durch das Churchill noch zu Spades Eltern gesprochen hatte, zurück und hörte ihn sowohl durch die Decke als auch aus dem Äther berichten, dass er an einem Buch über Erdöl arbeite, das den Titel *Billion Barrel Bastards* tragen werde – soso, das geht ja schnell, dachte sie. Er verglich es mal eben mit Daniel Yergins Buch *Der Preis – Die Jagd nach Öl, Geld und Macht,* dem vielfach ausgezeichneten Standardwerk, an das in den letzten zwanzig Jahren kein anderes Buch über Öl mehr herangekommen war.

Aber es war nicht einmal das Radiointerview gewesen, das sie kein Auge zutun ließ, sondern die Tatsache, dass Spade kurz vor dem Schlafengehen hatte wissen wollen, ob Tromps PR-Abteilung noch Probleme gemacht habe, worauf sie mit «Nein» geantwortet hatte, woraufhin prompt die Frage gefolgt war: «Und Tromp selbst?»

«Auch nicht wirklich.»

«Auch nicht wirklich? Wie meinst du das?» Was zu einem rasend schnellen Kreuzverhör geführt hatte, in dem sie drauf und dran gewesen war, ihre Undercover-Modemädchen-Geschichte zu beichten – eine unangenehme Viertelstunde, in der seine Skepsis sie das Schlimmste vermuten ließ. Plötzlich nervös geworden, hatte sie bis drei Uhr in der Nacht ihre Aufnahmen mit dem Headset durchgehört, stichprobenartig prüfend, ob irgendein belastender Privatscheiß darauf war – für den Fall, dass Spade sich das Ganze anhören wollte. Aufgewühlt lag sie in dem weichen Einzelbett, einer Hängematte auf Pfosten; mitten in der Nacht hatte sie die Matratze auf den Boden gelegt, den Kopf halb unter einem Nachtschränkchen, auf dem sich eine verstaubte Packung Tampons, ein Stapel Pferde-Mädchenzeitschriften aus den siebziger Jahren, ein paar Blister mit undefinierbaren Tabletten und ein zerlesenes Exemplar von *Eat Pray Love* befanden. Sie lag verdammt noch mal im Sterbebett von Spades Frau. Nach ein paar Stunden Schlaf wachte sie schlecht gelaunt auf.

Bis mittags um zwölf lasen sie gegenseitig ihre Kapitelentwürfe, sie mit hochgezogenen Knien in Spades Lesesessel, er mit Filzpantoffeln an den Füßen auf dem ins Zimmer gedrehten, abgewetzten Schreibtischstuhl, schweigend Passagen anstreichend, die Nase rümpfend. Alle paar Minuten schaute sie auf und versuchte zu erkennen, ob er bereits bei Tromps Selbstbezichtigungen angekommen war, ein Moment, dem sie bereits seit Tagen entgegensah: Spade, der die Seiten über Nigeria las. Und dennoch, jetzt, da es so weit war, hatte sie dafür den Kopf nicht wirklich frei, leider. Den beschäftigte etwas anderes.

Nachdem sie zwanzig, dreißig Seiten in Spades Manuskript gelesen hatte, brach ihr der kalte Schweiß aus. War das sein Ernst? Dass er bei weitem kein Yergin war und auch kein Bob Woodward & Carl Bernstein, wusste sie. Aber dass er nicht mal ein echter Spade war, das traf sie wie ein Schlag. Sie streckte den Rücken und sah sich um. Wollte er ihr wirklich diese ... brackige Anekdotenschliere unterjubeln? Vorschnelle Schlüsse, schlampig ausgearbeitet, populistisch, sprachlich flach, mit lauter offensichtlichen Stellen, an denen er sich drückte: Sobald es ein wenig knifflig wurde – der Ölpreis, die Ammenmärchen und Wahrheiten über den *peak oil* –, quasselte er drum herum.

Es war die erste Nicht-Biographie, die sie von ihm las; mehr und mehr hatte sie den Eindruck, dass *Big Oil* für ihn vielleicht eine Nummer zu groß war. Die aufgezeigten Perspektiven – oder das, was angeblich Perspektiven sein sollten – waren unausgegoren und peinlich rechts im Ton. Es waberte nur so vor Öl-Klischees. Wie oft hatte sie nicht schon gelesen, die Welt sei «süchtig nach Öl»? Die großen Ölkonzerne seien «Papiertiger» geworden? Sie unterstrich jede Stelle, wo er Öl als «schwarzes Gold» bezeichnete. Lag es daran, dass sie selbst so tief in der Materie steckte? Weil ihre Gedanken um das kreisten, was sie über Hans wusste? Ach Quatsch, nein – was Spade ihr da vorlegte, war ... nix. In ihrem Kopf wurde ein nur schwer zu unterdrückendes «Das will ich nicht» laut.

Sie war erst seit kurzem nicht mehr seine Assistentin, und was Spade seit dem Morgen las, waren ihre ersten richtigen Texte für ihn. Er war der Ansicht, ihr Mentor zu sein. «Ist die Lernkurve nach Wunsch?», fragte er gern, wenn er sie auf einen Kniff aufmerksam machte, und sie musste zugeben: Die Lernkurve entsprach absolut ihren Wünschen. Sie lernte enorm viel durch die Arbeit für diesen scharfsinnigen, nüchternen, entschlossenen Journalisten. Aber das machte seine Kapitel nicht besser.

«Interessante Rohfassung», sagte sie, um den akuten Schaden zu begrenzen. Sie hatten bereits um halb zwölf etwas zu Mittag gegessen, für sie Cracker mit Marmelade, Spade, wegen seiner Zähne, krustenloses Weißbrot mit Streichkäse. Sie war nervös, das merkte sie an dem kurzen Klappern, das zu hören war, als sie ihren Teller auf die Glasplatte des Couchtischs stellte. Ein Gefühl, das sie aus dem Studium kannte, wenn sie in einer Arbeitsgruppe das Opfer des Rumgestümpers von anderen zu werden drohte, eine Machtlosigkeit, die sie ungehalten machte. Und taktlos. Sie hatte sich noch nicht in ihren Sessel zurücksinken lassen, da teilte sie Spade bereits mit, dass in seinem Text «noch viel passieren muss, stilistisch». Sie lächelte. Sie versuchte, sich zurückzuhalten, doch jetzt, da das große S-Wort heraus war, wollte sie nicht, dass er dachte, es gehe ausschließlich um den Stil. «Aber auch inhaltlich habe ich Bedenken», hörte sie sich sagen. «Und ... ideologisch – sagt man das so?»

Spade nippte an seinem Tee. «Heiß», sagte er. «Ich kann keinen kalten Tee kochen. Was meinst du damit? Leg einfach los.»

Leg einfach los. Weil ihre Kritik konstruktiv sein sollte, war ihr Angriff so breit wie möglich ausgefallen. «Was ich sagen will, Tim, ist das: Du und ich, wir wollen eine alles umfassende Studie schreiben. Ein herausragendes Buch darüber, was Öl mit Menschen macht. Mit der Menschheit. Mit Ländern. Mit Ländern, in denen es Ölvorkommen gibt, die sie aber selbst nicht fördern können. Mit Mächten, die es unbedingt und sofort haben wollen, in deren Boden es aber nicht zu finden ist. Was wir wollen, ist ein *richtiges* Buch über Erdöl, ein chamäleonartiges Buch, das mal eine investigativ-journalistische Darstellung der Ölförderung ist, mal ein Augenzeugenbericht über die Erdölkriege und mal eine philosophische Analyse von Besitz, Begehren und Diebstahl.»

Er schlürfte kurz an seiner Tasse. Sie mochte keine teetrinkenden Männer.

«Es soll nicht einfach nur ein kleines Buch werden. Ich will kein *kleines Buch*, Tim. Ich will ein Buch, in dem einem das Öl in die Fresse haut, geopolitisch, technisch und vor allem: psychologisch. Ein Buch über die Zitze, an der die Menschheit hängt wie ein Spanferkel. Wenn du mich fragst, dann wollen wir über Treibstoff im 21. Jahrhundert eine mitreißende Geschichte schreiben. Ein Buch», fügte sie scheinheilig hinzu, «das zumindest in die Nähe von *Der Preis* kommt.»

Spade stellte seine Teetasse auf den Tisch, wedelte mit den Fingern. «Gut gesprochen, werte Dame», sagte er mit seinem neuen Lächeln. «Mehr noch, ein solches Buch schreiben wir doch gerade.»

«Das finde ich nicht. Ganz und gar nicht sogar.»

Weil Spade lediglich ein paar Staubteilchen von seiner curryfarbenen Hausweste zupfte und schwieg, ging sie noch einen Schritt weiter. Sie finde, dass die Kapitel, die sie bisher gelesen habe, der bereits vorhandenen, umfangreichen Literatur über Öl, bei allem Respekt, zu wenig hinzufügten. Sie sollten –

Er schnäuzte sich die Nase. Sie wartete. Als er das Taschentuch weggesteckt hatte, lobte sie seine bemerkenswerten Wiedergaben von Gesprächen, sein riesiges Netzwerk. «Was aber fehlt, ist der übergreifende Blick auf das Ganze, eine bestimmte Ausrichtung in deinem Ton, etwas, das über die tollen Geschichten hinausgeht, die du bis jetzt geschrieben hast.»

Stille.

«Wir müssen uns für eine Perspektive entscheiden», fuhr sie fort, «eine Sichtweise, die es bisher noch nicht gegeben hat. Und außerdem, doch das nur am Rande und nicht, um dir an den Karren zu fahren, ja, versprich mir, dass im ganzen Buch nicht ein einziges Mal ‹das schwarze Gold› gesagt wird. Ist das klar?»

Spade berührte seinen linken Mundwinkel, der infolge der Operation blau war, tickte mit einem Fingernagel an seine neuen Zähne. «Steht das denn irgendwo? Und wenn ja, was stimmt damit nicht?»

«Wie drücke ich mich am besten aus», sagte Isabelle und lächelte freundlich. «Lass uns etwas Neues in die Welt setzen, etwas, das noch nicht so bekannt wie ein *Tim-und-Struppi*-Titel ist. Wir sollten uns auf das paradoxe Zeug konzentrieren, das Erdöl nun mal ist. Das ist mir während der vergangenen Wochen in Nigeria wieder sehr deutlich geworden, Tim. Obwohl Erdöl das dankbarste, einfachste, profitabelste Produkt der Welt ist – ich meine, bohren, filtern, verkaufen, mehr muss man ja nicht machen, erzähl das mal Steve Jobs –, gelangen die Länder, die es besitzen, fast nie zu wirtschaftlicher Blüte. Im Gegenteil, sie rutschen noch tiefer ins Elend.»

«Norwegen hat Öl. Die Vereinigten Staaten haben Öl.»

«Aber wie ist das möglich?», fuhr sie fort. «Was Norwegen gelingt, gelingt Venezuela nicht und dem Irak und dem Iran auch nicht. Es gelingt den meisten Ölländern nicht. Was läuft in Nigeria schief? Da gibt es nicht einmal genug Benzin, Tim. In Lagos bringen sich die Menschen wegen eines Liters Benzin gegenseitig um. Im ölreichsten Land von ganz Afrika –»

«Nach Saudi-Arabien, meinst du.»

«Das ist Asien.»

«Afrika.»

«Mittlerer Osten. Was ich sagen will, ist doch nur, dass in Nigeria Milliarden verdient werden. Trotzdem kann man kaum über die Straße gehen, ohne dass einem der Schädel wie eine Kokosnuss gespalten wird.»

Er sah sie verärgert an, oder war es spöttisch? «Bist du deswegen drei Wochen weg gewesen, für diesen Vortrag? Erzähl mir was Neues, Isabelle, oder halt den Mund. Wir haben noch jede Menge Arbeit vor uns.»

Erschreckte sie das? Nicht genug. «Wenn wir schon anekdotisch werden, dann sollten wir nach Vordringlichkeit auswählen. Ich weiß nicht, ob du bereits bei Lagos angekommen bist, doch das, was dort über Shell Nigeria steht, legitimiert *couleur locale*. Verstehst du, was ich meine? Ich muss nicht wissen, was für Möbel im Shell Building in London stehen.»

Mit einem quietschenden Knarren drehte Spade seinen Schreibtischstuhl zu ihr hin. Er hing tief auf dem Sitz, Lou-Grant-artig, von den Pantoffeln einmal abgesehen; die glitten zischelnd über den Teppich. «Du bist ein Ass durch und durch», sagte er. «Doch was anderes. Was ist das eigentlich mit dir und diesem Johan Tromp?» Er hielt ihre ausgedruckten Kapitel bereits eine Weile in der Hand, aufgerollt zu einem dicken Köcher.

«Wie meinst du das?»

«Was hast du tun müssen, um ihn dazu zu bringen? Dich vögeln lassen?»

Sie gaffte ihn an. Vögeln? Das Wort war nicht üblich zwischen ihnen; es klang lächerlich aus Spades Mund, so steif und unkörperlich, wie er da saß, in diesen grauen Hosen mit Bügelfalte, der dünnen Rentnerstrickweste.

«Weiß er inzwischen, wer du bist? Hast du nach deiner kleinen Schauspieleinlage deine Absichten offengelegt? Ist er informiert über deine ‹mitreißende Geschichte›?»

«Noch nicht», erwiderte sie. Ihre Stimme klang recht belegt. «Das werde ich noch tun, natürlich.»

Er nickte. «Ich müsste mich schon sehr irren», sagte er, «wenn das» – er schlug den Papierköcher in seine freie Hand und presste ihn zusammen –, «wenn das keine ... ervögelten Informationen sind. Sonst hätte der Chef von Shell Nigeria dir das nicht alles erzählt.»

«Ervögelt?», stotterte sie. «Seit wann verwenden wir in unseren Gesprächen solche ... Wörter?»

«Ich hab dich was gefragt.»

«Na ja, nein.»

«Was nein?»

«Nicht ervögelt.»

SIE LOG NICHT. Fand sie. Es war einfach nicht so, dass Hans ihr im Tausch gegen Sex Einblick in Geschäftspraktiken gegeben hätte – nein, so verhielt es sich einfach nicht. Spades Anschuldigungen trafen nicht zu. Natürlich war alles Mögliche passiert, und tatsächlich, ihre Quelle wusste nicht, wer sie war. Und ja, ob das, was Spade und sie bezweckten, die Mittel heiligte, in dem Punkt hatte er recht, darüber konnte man streiten. Aber das tat es, davon war sie überzeugt, und darüber wollte sie durchaus diskutieren, der Sex hatte damit nicht das Geringste zu tun. Und deshalb, so beschloss sie, ging es Spade auch nicht das Geringste an.

«Ich glaube dir kein Wort», sagte er.

Sie spürte, dass sie rot wurde, und wie immer, wenn sie rot wurde, war sie froh, aus Thailand zu stammen. «Ich hatte nichts mit ihm, wenn du das vielleicht meinst. Der hat nichts, er ist auf abstoßende Weise von sich selbst eingenommen. Ein absoluter Egomane.» Sie meinte: Erotomane, doch das behielt sie für sich. Und außerdem: Das wusste Spade doch bereits? Hatte sie ihm nicht von dem Kofferraumbrief erzählt? «Wenn ich mich nicht irre, gehst du regelmäßig mit deinen Informanten essen. Du spielst Golf mit ihnen. Sie laden dich auf ihre Boote ein.»

«Wenn wir das hier veröffentlichen» – er hob seine Hand in die Höhe, worauf sie blinzeln musste, und warf ihr Manuskript mit aller Kraft auf den Perserteppich –, «werden wir in Gerichtsverfahren verwickelt.»

«Seit wann machst du dir wegen gerichtlicher Auseinandersetzungen Sorgen?»

«Tromp erklärt unaufgefordert, von sich aus, dass er spioniert. Ohne dass du ihn mit Beweisen konfrontierst? Das tut ein Spitzenmanager von Shell nicht, das ist absurd.» Sie glaubte, sich in seinen glänzenden Glubschaugen zu spiegeln – so unverwandt schaute er sie an.

«Aber das ist doch phantastisch? Dass wir das haben?»

Stille.

Darum sagte sie: «Bist du schon bei der Entführung angekommen? Er hat mir alles erzählt! Denk doch nur mal nach.»

«Denk doch nur mal nach», sagte er kopfschüttelnd. Er wartete einen Moment. «Auf Treu und Glauben, ja. Aber warum sollte ich? Worüber ich nachdenke, sind die Methoden, die du anwendest. Und tatsächlich, gut, dass du die Entführung erwähnst – diese Geschichte ist noch absurder. Hast du sie auf Band? Ich meine, womit willst du sie beweisen?»

«Tim – ich habe die ganzen Gespräche mitgeschnitten.» Sie nahm ihr Aufnahmegerät, es lag auf der Armlehne des Sessels, keinen Moment ließ sie das Ding aus den Augen.

«So wie jeder andere dort ist Tromp ein Zahnrädchen in einem verfluchten System, das bereits seit fünfzig Jahren existiert. Und darum verdient er, dass man auch so an ihn herantritt. Mit offenem Visier.»

Augen wie Christbaumkugeln – diesmal waren es ihre. Offenes Visier? Zahnrädchen? Wovon sprach er mit einem Mal? Das hat sie ihn ja auch nicht sagen hören, als er Blair auf den Pott setzte. Mein Gott. John Lennons Leichenschänder erwacht.

«Ich hatte dich gebeten, die Infiltration von Regierungskreisen zu recherchieren.»

«Die lässt sich sehr gut recherchieren, und das werde ich auch ganz bestimmt noch tun. Ich war krank, das habe ich dir doch gesagt. Es geht darum, dass Tromps Geschichte das Private übersteigt. Sie handelt von Korruption in Nigeria, sie ist exemplarisch. Und konkret. Über die Entführung weiß ich noch einiges mehr. Ich bringe doch nicht gleich alles auf einmal zu Papier.»

Obwohl sich ihre Mundpartie infolge einer unangenehmen Erregung verkrampfte, fand sie, dass es sich annehmbar anhörte, doch Spade schüttelte bereits den Kopf – und daher beendete sie ihre Erklärung ungewollt giftig.

«Ich dachte, du bist ein *fucking* Investigativjournalist», sagte sie.

«Ach ja?»

«Ich dachte, du bist ein Terrier, ein Killer, ein Mann des –»

«Nein», unterbrach er sie gereizt. «Was weißt du noch über die Entführung?»

«Es hat keinen Sinn, das jetzt zu erzählen.» Sie bluffte; alles, was sie wusste, stand im Manuskript. «Über diese Dinge muss ich noch öfter mit ihm sprechen.»

«Zu spät», sagte Spade.

«O nein.»

«O doch. Deine Modekarriere ist beendet, Isabelle. Du hast undercover gearbeitet, ohne jede Rücksprache» – die drei letzten Wörter sprach er aus, als hätte sie ohne jede Rücksprache mit einem Sprengstoffgürtel ein Verkehrsflugzeug bestiegen. «Undercover-Journalismus ist eine Form des Betrugs ... immer.»

Sie lachte laut auf. Spade und Ethik. Wieso dieses Gemecker aus dem Journalismushandbuch? Nein, irgendwas war da. Irgendetwas anderes. War sie zu kritisch gewesen? Schlug er zurück? Ausgerechnet jetzt, wo sie ihm schwanzwedelnd etwas

Erschütterndes vor die Pantoffeln legte? «Ach», sagte sie, «zurück auf die Schulbank. Oberlehrer Spade. Willst du, dass ich mir Notizen mache?»

«Und ob dein Betrug gerechtfertigt war, entscheidet ein Richter.»

«Ich könnte ja deine Quelle sein», sagte sie halb im Ernst. «Und anschließend steige ich aus. Und mache doch was mit Mode.»

Er lachte nicht, zog es nicht einmal in Betracht. «Wenn du wieder zu dem hingehst, begleite ich dich.»

«Du spinnst wohl.»

Er streckte eine Hand aus. «Isabelle, ich will deine Aufnahmen hören.»

Sofort, eigentlich zu schnell: «Das sind insgesamt sechzehn Stunden Gespräche.»

«Ich will, dass du dein Aufnahmegerät hier hinlegst und auf die Playtaste drückst.»

«Dann sind wir mitten in einem Interview. Soll ich –»

«Gerade deshalb. Nicht zurückspulen, einschalten.»

Sie zog die Nase kraus. Konnte er das von ihr verlangen? «Na schön. Aber wieso?»

«Ich will wissen, wie du ihn reingelegt hast, unter welchen Umständen. Mein Name steht später neben deinem auf dem Buch. Na los.»

Sie stand auf und setzte sich ihm gegenüber an den Schreibtisch, auf der Ecke lag noch ein angebissener Muffin vom Vortag. Sie hielt das Gerät in der Hand.

«Los. Hinlegen, hier.» Spade pochte mit dem Ehering auf die Schreibtischplatte.

Das geht aber schnell, dachte sie; kaum geblinzelt, und schon sitzt man selber auf der Anklagebank. Gestern gab es noch Champagner und Gebäck, und heute entschied Opa, ob sie als Journalistin etwas taugt. «Du weißt, dass es sich hierbei um

Aufnahmen handelt, für die ich ein ziemliches Risiko eingegangen bin?», sagte sie ohne rechten Grund.

«Mach dich nicht zu wichtig, bitte. Los.»

«Ich bin vielleicht zu weit gegangen.»

«Ich will wissen, wie weit.»

«Für unser Buch, meine ich» – täppisch. Sie legte das Aufnahmegerät auf den Tisch, etwa zehn Zentimeter von sich entfernt, und drückte auf Play. Spade legte sofort seine Hand darauf, und in Gedanken schlug sie sie ab, mit einem Beil. Er nahm den Apparat und betrachtete ihn von allen Seiten. «Steht er auf maximale Lautstärke?»

«Verstehst du nicht Niederländisch?»

Zunächst drangen Außengeräusche aus dem Lautsprecher, Vögel, in der Ferne der Verkehrslärm von Lagos. Spade legte das Ding hin. Nervös fragte sie sich, was sie gleich hören würden. Sie war in der Nacht davor während des Biggerstaff-Gesprächs eingeschlafen; das war die sechste Aufnahme, die auf dem Gerät war. War das jetzt bereits die siebte? Und worum ging es darin?

Schritte, jemand stellte Kaffeetassen ab, Geräusche, die auf das Heranschieben eines Stuhls hindeuteten. Dann: Hans' Stimme. «Was ich damit sagen wollte – sie gehört zu dem Schlag Frauen, denen ich nichts recht machen kann. Normalerweise meide ich die wie die Pest. Frauen mit einer Johan-Tromp-abweisenden Beschichtung. Die immun sind gegen meinen, na ja, Charme.»

Sie: «Allergisch?»

«Allergisch, das ist der richtige Ausdruck. Das Gegenteil von dem, was du bist.»

Sie hörte sich selbst lachen.

Spade drückte auf Pause. «Tromp?», fragte er.

«Wer sonst?»

«Worüber redet ihr?»

«Wir unterhalten uns über jemanden, den wir beide kennen. Johan Tromp und ich sind Niederländer. Wir reden Niederländisch ... willst du wirklich, dass ich dir jedes Wort übersetze?»
Er drückte auf Play.

«Sobald sie mich am Horizont auftauchen sehen», hörte sie Hans behaupten – für Spade war es Chinesisch, für sie Tromps selbstbewusstes, überartikuliertes Niederländisch –, «produzieren Frauen wie Jill Biggerstaff Antikörper, das ist evolutionär bedingt.»

«Biggerstaff», murmelte Spade, er friemelte an seiner violetten Unterlippe. Jetzt wusste Isabelle wieder, welches Gespräch es war, es war tatsächlich das siebte, am Morgen nach dem Entführungsdialog, sie hatten auf dem Balkon gesessen und gefrühstückt – Sonntagmorgen. Wie intim waren sie gewesen?

«Bei der ersten schmeichelnden Bemerkung, die ich mache, sehe ich ihre Augen aufblitzen», sagte Hans in Lagos. «Ach, denken diese Weiber und ich dann zur gleichen Zeit, bist du also so jemand. Ein Typ von Mensch, der mir zutiefst misstraut, losgelöst von Argumenten oder Verdiensten. Frauen wie Jill Biggerstaff verabscheuen mich, weil ich bin, der ich bin.»

Sie: «Wer bist du denn?»

Wegen der Kette hatte sie schlecht geschlafen, erinnerte sie sich. Nun lag die metallene Plazenta auf dem Tisch in der gnadenlosen Sonne. Eines stand fest, sie hatten sich geküsst; er küsste sie in einem fort, wenn sie sich unterhielten.

Hans: «Ein von sich selbst eingenommener Gockel. Findet diese Art von Frauen, fürchte ich. Mir meiner sexuellen Potenz zu sehr bewusst – oder klingt das nicht danach?»

Sie schaute zu Spade. Er verzog keine Miene.

«Du darfst ruhig ein wenig von dir eingenommen sein.»

«Sie finden mich zu glatt, zu selbstsicher, zu heterosexuell ... Das ist es, glaube ich.»

«Hast du sie deshalb hängenlassen? Weil du sie nicht leiden konntest?»

«Biggerstaff konnte *mich* nicht leiden. Du darfst die Dinge nicht verdrehen. Aber gut, vielleicht hat das eine Rolle gespielt … dass ich weiß, dass sie mich hasst. Alles hat eine Rolle gespielt.» Es herrschte kurzes Schweigen. «Früher soll diese Biggerstaff ein Punk-Girlie gewesen sein, wusstest du das?»

«Nein?» Sie hörte sich an, als hätte sie den Mund voll.

«So ein Mädchen, das gegen Atomkraft protestiert hat, gegen den Walfang, gegen die Versenkung der Brent Spar, gegen Shell in Südafrika. Schließlich hat sie ihren Iro mit tierversuchsfreiem Shampoo geplättet und ihre Lederjacke mit all den Buttons durch hippe Fairtrade-Klamotten ersetzt, um auch als Erwachsene den Fortschritt blockieren zu können. So eine ist das. Um das, was Leute wie ich herstellen, aufbauen und in die Tat umsetzen, zu sabotieren. Wo gehst du hin?»

«Aufs Klo.» Man hörte sie aufstehen, das Scharren von Stuhlbeinen.

Sie schaute hinüber zu Spade, der auf das Aufnahmegerät starrte wie ein Angler auf den Schwimmer. Plötzlich wusste sie, was nun folgen würde. Sie wollte ihre Hand ausstrecken – zu spät. Es war bereits im Gange. «Ich gehe da gleich aufs Klo», sagte sie dann doch noch, alles andere als ruhig. «Willst du hören, wie ich Pipi mache?»

«Gern», sagte Spade.

Die Isabelle in Lagos reckte sich gähnend. Sie war ein wenig benommen von der sengenden Hitze, daran konnte sich die Isabelle in London haargenau erinnern. Hans fragt sie, ob sie noch Kaffee wolle – und dann passiert es: Ein schnaufendes und stöhnendes «Au-au-au» ist zu hören, auf das ein langer, wirklich ohrenbetäubender, klirrender Rums folgt.

Spade: «Was war das? Was geschieht da?»

Was da geschah? Sie hob ihre Kette hoch, oder besser, sie umfasste sie mit einem Arm, wie man einen Berg Wäsche umfasst, aber es war keine Wäsche, sondern es waren sechs Kilo Metall, die von der nigerianischen Sonne heiß geworden waren. Glühend heiß. Hauptsächlich vor Schreck hatte sie die Kettenglieder losgelassen, die daraufhin ungehindert zu Boden fielen, auf ihren rechten Fuß. Mit einem Schrei sprang sie zurück und warf dabei ihren Stuhl um. Etwas brach in ihrem Fuß, sie spürte es.

«Mit fällt der Teller runter», sagte sie zu Spade in der Hoffnung, ihn abzulenken. Doch Spade war nicht dumm. Sein Zeigefinger deutete stechend auf den kleinen Apparat: «Kurz den Mund halten», sagte er.

In Nigeria war Hans bereits dabei, sie zu trösten, und dann war es still.

SIE WAR NACH LONDON GEKOMMEN, um gemeinsam mit Spade ein Buch zu schreiben, was ein nicht geringes Maß an Zusammenarbeit voraussetzt; jetzt erklärten sie einander den Krieg. Wegen der ominösen Stille, die in Spades Ohren nur eines bedeuten konnte. Intimität. Küsse. Scheiterte das Projekt jetzt an *Küssen*?

Ihr Mentor sah sie an, betrübt, wie es schien, doch noch ehe er den Mund öffnete, sagte sie: «Dass ich mit ihm rumgeknutscht habe, heißt nicht, dass ich nicht nachgedacht hätte.»

«Es stimmt also wirklich?» Spade hatte sich von ihr abgewandt und presste Unter- und Oberlippe mit zwei Fingern zusammen. Das musste weh tun. So starrte er eine Weile auf die Zeitschriften zu seinen Füßen, meditierte über einen unhörbaren Kuss. Er nahm das Handorakel vom Schreibtisch, betrachtete die Knöpfe und spulte ein Stück zurück. Da war er wieder: der klirrende Rums der fallenden Kette, die drei Tage zuvor noch um ihren

Hals gehangen hatte, dann Hans' tröstende Worte und schließlich erneut die offenkundige Stille. «*Küsst* du hier etwa diesen Mann? Deine Quelle? Verdammte Scheiße, echt.»

«Vorhin hast du noch vom Ervögeln gesprochen.»

«Das habe ich gesagt, um dich zu überrumpeln, Isabelle.»

Das Ganze lief aus dem Ruder. Eine unerwartete Dynamik kam zum Zuge, eine Art zu streiten, die, wie sie geglaubt hatte, Paaren vorbehalten war, die zu lange zusammen sind, wobei es, gerade weil sie kein Paar waren, umso schmerzlicher ausfiel und weniger umkehrbar. Spade hatte angekündigt, sie an diesem Abend ins Bali Bali ausführen zu wollen, ein indonesisches Restaurant, in dem eine echte «Reistafel» serviert wurde, die Bezeichnung kenne sie bestimmt – doch die Reservierung konnte storniert werden. Sie sah zu, wie er die Pantoffeln auszog und seine Füße mit Hilfe eines Schuhlöffels in steife Brogues zwängte. «Du bist eine Mörderin», sagte er, die Schnürsenkel bindend, «du versuchst, ihn umzubringen, genau wie du deinen Großvater umgebracht hast.»

Mit zitternder Stimme befahl sie ihm, diese Worte zurückzunehmen, sie machten sie zornig, wahrscheinlich weil er recht hatte. Sie ärgerte sich, sie ärgerte sich über ihre Offenherzigkeit. Nie wieder jemandem deine geheimsten Gedanken verraten. Nie.

«Ich nehme nichts zurück. Ich finde, du bist eine Mörderin.»

Sie packte die beiden Armlehnen. «Mann, red keinen Unsinn. Du selbst lässt schon seit dreißig Jahren am laufenden Band namhafte Leute über die Klinge springen.» Sie hörte ein leises Knacken, eines der schlanken Holzstücke löste sich.

«Lässt du bitte meine Möbel ganz? Noch mal, es geht um deine Vorgehensweise. Link und hinterhältig, Isabelle. Und ohne jedes Mitleid.»

Genug. Sie erhob sich mit einem Ruck aus dem Sessel und verließ geradewegs das Zimmer. «Okay, das war vielleicht ein wenig hart ausgedrückt», hörte sie Spade zurückrudern, «aber denk ruhig mal …» Der Rest seines vorhersagbaren Geschwätzes ging im hellen Ticken ihrer Sohlen auf den Fliesen im Flur unter. Mit einem Knall zog sie die Toilettentür hinter sich zu.

Als sie zehn Minuten später wieder ins Zimmer kam, tippte er eifrig auf seiner Tastatur. Ohne von seinem veralteten Bildschirm aufzuschauen, sagte er, er habe eine Lösung. Er stellte sie vor die Wahl: Entweder sie schrieb das Nigeria-Kapitel neu – was darauf hinauslief, dass sie alles, was Tromp gesagt hatte und nicht durch zwei weitere Quellen bestätigt worden war, herausstrich; praktisch alles also –, oder sie rief ihn hier, in seinem Beisein, an und enthüllte ihm ihre wahre Identität.

Sie streckte die Hand aus. «In Ordnung, gib mir das Telefon.»

Halt, er war noch nicht fertig, nein. Angenommen, sie kam damit bei diesem Tromp durch, was ihm ausgeschlossen zu sein schien, doch gut, nur mal so angenommen, dann musste sie ihm, wahrscheinlicher aber seinem Team von Topanwälten ihren Text zur Autorisierung vorlegen, nicht nur die Zitate – das ganze Kapitel. «Und ich will dabei sein», sagte Spade in einem Ton, der sie rasend machte.

«Jetzt pass mal auf», sagte sie, «ich kann das Ganze auch umdrehen – soll ich es für dich umdrehen? Entweder Nigeria kommt in das Buch, so, wie es jetzt ist, oder ich mache überhaupt nicht mehr mit. Im letzteren Fall ziehe ich alles, was von mir ist, zurück. Dann klappere ich die *fucking* OECD eben noch mal ab.»

«Meinetwegen», sagte er.

Die Stille, die eintrat, war explosiv, jetzt durfte kein Funke hinzukommen. Spade stand auf, holte seinen langen Seegrasmantel aus dem Flur, zog ihn im Zimmer an, klopfte auf die Manteltaschen und steckte ein Feuerzeug hinein. In der Monmouth Street fiel mikroskopischer Schnee.

«Wo gehst du hin?»

«Billard spielen.»

«Tim», sagte sie ruhig, «was hast du eigentlich machen lassen, in deinem Mund? Bist du dir sicher, dass es nur die Zähne waren? Seit der alte Krempel raus ist, kommt nur noch Gesülze raus. Scheinheiliges Gewäsch, auf das niemand wartet.»

Ohne zu antworten, ohne sie auch nur anzusehen, ging er mit langen Wutschritten durchs Haus und löschte mit kräftigen Schlägen auf vergilbte Wandschalter die Lampen. Er nahm seinen Queuekoffer und verschwand im Flur.

«Findest du Küssen vielleicht eklig oder so?», rief sie ihm hinterher. Und wie in einer Ehe schwieg er erneut, öffnete das Schloss der massiven Haustür und zog sie mit einem Knall hinter sich zu. Sie hörte ihn die Granitstufen hinuntergehen, sah seinen abtauchenden Buchhalterschädel kurz aufschimmern.

Tschühüs, Timothy.

Ein paar Sekunden später vernahm sie Geräusche, jemand steckte den Schlüssel ins Haustürschloss. Schritte im Flur, Spades Stimme, brüllend: «Ob ich Küssen eklig finde, hat damit nichts zu tun, Isabelle ... Hast du gehört?»

Nun schwieg sie.

«Und ich bin auch nicht eifersüchtig, falls du das denkst. Wenn ich eifersüchtig wäre, dann würde ich dich Tromp einfach umbringen lassen. Dann würde ich dich den *horse shit* erst recht drucken lassen.»

Er wartete einen Moment. Dann hörte sie ihn weggehen, und die viktorianische Tür knallte erneut zu.

78 Sieh doch zu, wo du mit deinem Scheißbuch bleibst. Mit deinem Scheißtitel.

Das unerschütterliche Summen des Gasofens, während sie sich eine halbe Stunde lang in Spades Sessel schwarzärgerte – mit der lockeren Armlehne spielend, grübelnd, Verwünschungen murmelnd. Ich steige aus. Schluss, Ende.

Und nach der halben Stunde stand sie auf, um oben, im kalten Gästezimmer, ihren Koffer zu packen. Sie machte sich vom Acker, sie wollte weg sein, bevor er mit einer Fahne aus dem Scruffy kam. Ihr war regelrecht übel vor Enttäuschung, als sie die mit einem Läufer belegte Korkenziehertreppe zum Obergeschoss hinaufging, doch anstatt gleich das Gästezimmer zu betreten, verlangsamten sich ihre Schritte vor der offenstehenden Tür von Spades Schlafzimmer. Ohne wirklichen Grund blieb sie stehen. Der vom Türrahmen gebildete Ausschnitt zeigte einen Teil des verstörend sorgfältig gemachten Doppelbetts und ein Fenster, das gekippt war – von der Straße her drangen Geräusche herein, der ewige Touristenstrom in Camden Town, ein fernes Martinshorn. Im motelartigen Eichenholzrahmen seines Betts befand sich ein integriertes Nachtschränkchen, auf dem ein Glas stand, daneben sah sie einen würfelförmigen Bilderrahmen und ein Hochglanzmagazin.

Etwas zerstören? Wie eine Katze fauchend, trat sie ein. Mit einem hohlen Klacken betätigte sie den Schalter neben dem Türrahmen und ging im langsam heller werdenden Licht um das Bett herum. Ihr Schienbein glitt an der überhängenden, pistaziengrünen Tagesdecke entlang, etwas Hartes, an dem ihr Fuß hängen blieb, etwas Festes – ohne nachzudenken, holte sie aus, ihr Spann schleuderte einen Gegenstand durch die Luft, er knallte einen Meter über dem Nachtschränkchen gegen ein gerahmtes Foto; das Glas zersplitterte. *Fuck*. Einen Moment sah es so aus, als würde der Rahmen herunterfallen, doch er blieb schaukelnd hängen.

Das Projektil war, wie sich zeigte, ein Schuhspanner; sie kickte das Ding zurück unters Bett. Ebenso erschrocken wie zufrieden machte sie einen Schritt auf den schief hängenden Wechselrahmen zu, in dem ein Foto von Dennis Bergkamp steckte, im Arsenal-Trikot, schwebend wie Nurejew; nirgendwo Gras, nicht einmal ein Ball, nur geborstene Luft.

Sie setzte sich aufs Bett – ein Brett. Noch immer wütend, kniff sie in die glänzende Tagesdecke und wippte mit dem Hintern auf und ab; das Bett quietschte, zum ersten Mal in diesem Jahrhundert. Sie schaute sich um. In der Ecke neben dem Fenster stand ein Stuhl, auf dem eine schlaffgetragene weiße Unterhose lag, Isabelle erschauderte; um nicht an Spades Unterhose denken zu müssen, betrachtete sie die Bücherreihe im Fach des Nachtschränkchens: sein versammelter Schund, ein Friedhof voller britischer Celebritys. Und immer wieder brachte dieser durch und durch prüde Mann die sexuellen Eskapaden von Publikumslieblingen ans Licht. Ein kleiner Inquisitor. Immer die Schlafzimmergeheimnisse der Erfolgreichen feilbieten. Auch auf einer der noch ungedruckten Seiten ging es mal wieder um Bordellbesuche, von Öl-Managern. Und jetzt dieses Geschwätz.

Sie ließ sich nach hinten fallen. Nach fünf Nächten mit Kette fühlte es sich noch immer herrlich an, von nichts behindert dazuliegen.

Sie richtete sich auf und nahm den Fotowürfel vom Nachtschränkchen, er war aus durchsichtigem Kunststoff. Hinter jede Seite hatte jemand ein Foto geschoben, und die oberste Fläche war mit einer Staubschicht bedeckt, die sie rücksichtslos wegwischte: die Zwillinge, als Kleinkinder in einem Planschbecken. Auf der Seite, die im Dunkeln gelegen hatte, stand ein Soldat neben einem Wachhäuschen – Spade selbst, sehr gut zu erkennen, so jung er auch war. Sie betrachtete seinen Mund, doch sie konnte nicht sehen, ob darin bereits gemeutert wurde. Und noch mehr Zwillingsfotos, als Fußballspieler in Arsenal-Trikots, als Fliege tragende, frühreife Knaben, vielleicht bei einer Hochzeit. Keine hübschen Jungen: hohle Augen, totenschädelartige Gesichtszüge, und dann noch den Vater als genetische Zukunftsperspektive. Bevor sie den Würfel zurückstellte, absichtlich nicht in das staubfreie Quadrat, blieb sie bei dem Porträtfoto einer Frau hängen, die die verstorbene Mutter der beiden Jungen sein musste: ein dickliches Wesen in einer Jeansbluse, schlaffes, dauergewelltes Haar, die britischen Wangen ebenso tiefrot wie der Studiohintergrund des Fotografen – das Wort, das ihr in den Sinn kam: unansehnlich. Was farblose Unattraktivität anging, waren sie ein wunderbares Paar gewesen, Tim und sein Schatz.

Was aus der Ferne wie eine Zeitschrift ausgesehen hatte, das schienen Röntgenfotos zu sein, zwei an der Zahl. Auch die nahm sie und legte sie sich auf Handfläche. Es waren Zahnarztaufnahmen von seinen Kieferknochen, die eine zeigte mehr als deutlich die Situation vor der OP, die andere die danach. Der Chirurg hatte Spades Überbiss mindestens um einen Zentimeter verkleinert, möglicherweise indem er die Kieferknochen gebrochen und abgetragen hatte. Offensichtlich waren die Röntgenstrahlen quer durch die spatelförmigen Saurer-Regen-Zähne gerast; sie waren grau, fast schwarz auf dem Foto. Die passgenauen Sonntagszähnchen auf dem zweiten Foto warfen alle Strahlung schneeweiß zurück. Man erkannte die für den

Halt notwendigen Bolzen und Stifte, weiße, geometrische Formen mit scharfen, sachlichen Grenzen.

Während sie sich, auf dem Bettrand sitzend, vorstellte, wie Spade beim Kieferchirurgen gelegen hatte, unter Narkose, nach hinten gelehnt in einem Folterstuhl, geschah etwas, womit sie nicht gerechnet hatte. Es war, als würde sie ihre Boshaftigkeit wie einen Pullover ausziehen und auf links gedreht in den Händen halten: Rührung. Sie atmete eiskalte Luft ein. War da ein Stechen in ihren Augen? Spade, der sich einer schweren Operation unterzog, um sein Äußeres zu verschönern. Jetzt noch, mit dreiundsechzig? Wieso? Hatte er jemanden kennengelernt? Wollte er jemanden kennenlernen? Ziemlich unerwartet änderte das, was sie empfand, die Richtung, kein schneller Haken, nein, eine sanfte, lange Kurve, die sie über die affektierte Schokolade und den Waschlappen, die sie am Abend zuvor auf ihrem Kopfkissen gefunden hatte, und über die moralinsaure Hitliste von Ehebrechern und Hurenböcken, die Spade in seinen Airportbiographien erstellte – war er schlecht auf all diese Männer zu sprechen? Beneidete er sie? Oder lehnte er sie nur ab? –, bis hin zu seinem blindwütigen Zorn vor knapp einer Stunde führte, einem Zorn, den sie bei anderen Männern selbstverständlich an Eifersucht hätte denken lassen. In seinem Fall nicht. Keine Sekunde. Bevor er selbst das Wort benutzte, es laut aus dem Flur rief, war es ihr nicht in den Sinn gekommen. Nicht ernsthaft jedenfalls. Außerdem brüllte er es, um zu beteuern, dass er es *nicht* war.

Timothy Spade, eifersüchtig auf Johan Tromp; wenn es nicht so ergreifend gewesen wäre, hätte sie darüber lachen müssen. Der groteske, ironische Kontrast ausgerechnet zwischen diesen beiden Männern. Sie glaubte nicht, sich auf der normalen Weiße-Männer-Skala Gegenpole vorstellen zu können, die weiter auseinanderlagen. Der sexbesessene, perverse Hans, die extremste Variante eines älteren Mannes, der sich angeblich für sie interessiert – ein Archetypus, vorhersagbar wie Nacktschnecken nach einem Wolkenbruch. Am Ende, als er sie von der Kette erlöste, versuchte sie, ihm einen moralischen Klaps auf die Finger zu geben – keine Ahnung, ob das bei ihm angekommen war. Die Lederschnur, an der ihr Absinthlöffel hing, zwischen den Zähnen, so öffnete er das Bügelschloss. Seine Tochter und ihr Freund waren auf dem Weg nach Lagos, Isabelle sollte ihren Krempel packen und verschwinden. «Ich muss ihn nicht wiederhaben», sagte sie. «Wen?» «Du kannst den Löffel behalten. Ich wünsche mir, dass du ihn in ein hübsches Papier wickelst und ihn deiner Frau schenkst.» «Sei nicht albern.» «Das ist mein Ernst.» «Muss ich dann sagen, von wem er ist?» «Das überlasse ich dir.» Schweigend, möglicherweise fühlte er sich auf den Schlips getreten, hob er die Gliederkette von ihrem Hals.

Und im Vergleich zu diesem Mann Timothy Spade, geschnitzt aus dürrem, totem Holz. Oder war es schlicht anständiges Holz? Wenn sie ihn neben Hans mit dessen Extravaganzen und notorischer Untreue stellte, empfand sie Rührung für ihren Mentor, für seine Ruhe, seine Kameradschaft, für deren scheinbare Unverfälschtheit.

War das alles eine Folge seiner Zähne? Seiner früheren Zähne wohlgemerkt. Seine unzerknautschte Sachlichkeit, seine konzise Freundschaft, hatten zwei Schneidezähne das zwangsläufig bewirkt? Abélard würde vermutlich genau das sagen. So wie vielleicht sein ganzes Londoner Spadeleben eine Folge der Zähne war – die Frau, mit der er seine Zwillinge gezeugt hatte, die solitäre Art seines Witwerdaseins. Selbst seine professionellen Triebfedern konnten durch sein Gebiss bestimmt worden sein, schoss es ihr durch den Kopf, wer weiß, möglicherweise ging es ihm als unermüdlichem Biographen, ohne dass er sich dessen bewusst war, letztendlich darum, so viele Schürzenjäger mit *schönen* Zähnen wie möglich zur Ordnung zu rufen, ihnen die Leviten zu lesen, sie niederzumachen.

Sie trat an das kleine Schlafzimmerfenster, das Ornamentglas war in den Ecken bemoost, und schaute hinaus auf Bretterzäune, die Hintergärten begrenzten, in denen aufgestapelte Gartenstühle standen, Vogelhäuschen, Fahrräder. In Spades eigenem Garten, von dem sie nur den hintersten, gepflasterten Teil sehen konnte, reflektierte ein weißer Hometrainer das winterliche Tageslicht, ein unförmiger Gegenstand mit einem schwarzen, schwebenden Hinterrad. So wie das überflüssige Ding dort stand, ohnmächtig zwischen den echten Fahrrädern, so stellte sie sich Spades Sexualleben vor. Mein Gott, apropos Küsse. Unmöglich, auch nur daran zu denken. Tims Mund, seinen früheren Mund zu küssen, diesen mit Plaque überwucherten, verrauchten Totenacker, so sympathisch und interessant man Tim auch finden mochte, und wahrscheinlich wagte er selbst es kaum, sich vorzustellen, einen Frauenmund, den er begehrte, damit zu belästigen. Leider, durchfuhr es sie, bestand die Möglichkeit, dass seine Zuvorkommenheit gar nicht so viel mit Intelligenz zu tun hatte, oder mit Herzensbildung, sondern mit Scham. Mit seinem Wissen um seinen Platz.

Ihr nächster Gedanke, so klassisch und simpel er auch war, traf sie wie ein leichter Schock. Hatte er, mit seinem neuen Gebiss, gewisse Erwartungen gehegt? Hatte er sich von den Weihnachtsfeiertagen, die sie, hart arbeitend als Kollegen, miteinander verbringen wollten, etwas erhofft?

Weil sie daran gewöhnt war, dass Männer sich in sie öffentlich oder heimlich verliebten, fühlte es sich nicht peinlich oder unangenehm an, dieses relativ spät sich einstellende Bild von einem schmachtenden Spade, sondern eher wie eine Art Heimkehr. «Oh, aber dann sag doch einfach», murmelte sie, «dass du verliebt bist, dass ich dir *weh tue* – du Lieber, das wusste ich nicht.»

Zu wissen, dass dieser Mann nun wegen eines im buchstäblichen Sinne unerhörten Zungenkusses Kugeln einlochte, nicht ahnend, dass er eine sadomasochistische Sklavenkette hatte herunterfallen hören, stimmte sie traurig und versöhnlich. Es war schäbig. Plötzlich wusste sie, was sie zu tun hatte. Sie musste ihm entgegenkommen; die Kette veranlasste sie, Spade entgegenzukommen, indem sie ihm recht gab.

Sie zog die Tagesdecke glatt und ging ins Gästezimmer. Die Entspannung, die sie sich selbst zugestand, das Aufgeben dessen, was sie eben noch behauptet hatte, machten den Weg für einen interessanten Nebengedanken frei. Während sie ihre weißen Adidas-Sneaker zu den blutroten Modemädchenstiefeln stopfte, wurde ihr klar, dass sie Hans gar nicht mehr drin haben wollte. Sie *wollte* ihre Enthüllungen nicht mehr in dem mittelmäßigen Buch haben, das sie beide schrieben. Warum sollte sie all das spitzenmäßige Material in einem Buch versenken, das *Billion Barrel Bastards* hieß? Sie würde die ganze Lagos-Geschichte für sich behalten. Sie würde Spade in allen Punkten recht geben und ihren Scoop vor dem Vergessen bewahren.

Schon im Mantel, schrieb sie unten in Spades Wohnzimmer auf den Briefumschlag einer Bank eine Nachricht: «Du kriegst deinen Willen, Tim, wir lassen Tromp aus den *Billion Barrel Bastards* raus. Kein Problem. Aber ich schreibe über ihn in der *Financial Times*.»

Sie legte das Couvert auf seinen Schreibtisch und ging.

WAS DANACH KAM, war schmerzlich und deprimierend. Bereits am Tag danach, es war der erste Weihnachtstag, sie hatte sich Knall auf Fall bei einem Ex einquartiert, bekam sie von Spade eine E-Mail – der letzte direkte Kontakt, den sie für Jahre haben sollten. Es war ein sehr rachsüchtiger kurzer Text, in dem stand, dass er sich, falls sie sich entschließe, «in einer Zeitung über

Johan Tromp zu schreiben», gezwungen sehe, ihre «infamen Methoden» in einem «Gegenartikel» öffentlich zu machen, der zu seinem «unendlichen Bedauern» ihre Karriere «vor der Blüte» beenden werde.

Wütend, sehr wütend war sie; über die Bevormundung, aber auch darüber, dass er glaubte, sie einfach so um ihren Scoop bringen zu können, über seine aggressive Wortwahl. Verärgert schrieb sie ihre Kapitel für das Buch zu Ende. Danach, sie war vorübergehend im Apartment eines Freundes untergekommen, tat sie wochenlang fast nichts anderes, als sich zu grämen und herumzugrübeln, über ihren Streit mit Spade, über Lagos, über ihre journalistische Laufbahn. Über ihr Leben bis dahin.

Sie erinnert sich an eine Londoner Winternacht – steif vor Kälte und Rachsucht, schrieb sie im Mantel –, in der sie aus purem Hass eine Art zweitausend Wörter langes Nachrichtenfeature tippte, gedacht für die *Financial Times*, bei deren Chefredakteur sie nicht vorgefühlt hatte. Bei Tageslicht erwies es sich als knallharte, viel zu persönliche Racheaktion gegen Johan Tromp, ein Artikel, in dem er, kaum war der letzte Punkt gesetzt, als gemeiner Mörder dastand. Den Pranger hatte sie dann aber wieder beseitigt.

Im Nachhinein betrachtet, war sie die ersten sechs Monate des Jahres 2009 möglicherweise depressiv gewesen. Außer ihrer «Champagner in Nigeria»-Geschichte veröffentlichte sie praktisch nichts. Abgesehen davon, dass sie hier und da ein kleines Interview über *Billion Barrel Bastards* gab, machte sie kaum etwas anderes, als überzogene Schlussfolgerungen zu ziehen, zum Beispiel in Bezug auf den Sex, den sie mit Hans gehabt hatte und den sie im Rückblick als eine Art Vergewaltigung aus freiem Willen verstand, weil der «Deal» ein Scoop gewesen und dieser Scoop ihr genommen worden war. Das Einzige, was sie in Lagos getan hatte, war das: Sie hatte sich mit Haut und Haar einem

Vasallen von Star Busman ausgeliefert. Nach Isolde war auch sie in das Messer gelaufen, das der BP-Mann ihres Großvaters ihr hingehalten hatte. Viel mehr konnte sie aus der Geschichte nicht machen, jetzt, da alles sich ins Negative kehrte.

Währenddessen kühlte der Scoop ab; es war von Anfang an ein *cold case* gewesen, gestand sie sich selbst widerwillig ein: Die Biggerstaff-Entführung war schon nicht mehr aktuell gewesen, als Hans ihr davon erzählt hatte. Als ihr dann, auf der Basis von *Billion Barrel Bastards*, vollkommen unerwartet von der *Financial Times* in Moskau eine Stelle als freie Korrespondentin angeboten worden war, sagte sie zu. Erst als sie sich dort installiert hatte, als sie ihren ganzen Krempel von London nach Moskau hatte transportieren lassen, hörte sie, dass Johan Tromp Nigeria Richtung Sachalin verließ. Obwohl sie auch in Moskau weiterhin über Erdöl schrieb und dreimal Leuten aus Hans' Vergangenheit in die Arme lief, mehr oder weniger zu Feinden gewordenen Shell-Kollegen, die sie ganz nebenbei auszuhorchen versuchte, gerieten Hans und Lagos immer weiter in den Hintergrund. Sie fing an, Russisch zu lernen. Sie berichtete über das Nachspiel in Tschetschenien. Sich dessen nicht einmal bewusst, relativierte sie Hans' Anteil an der Entführung allmählich. Das Dach ihres Apartments war undicht. Sie bekam die Gelegenheit, Putin für die BBC zu interviewen. Sie begann einzusehen, dass Spade wahrscheinlich recht gehabt hatte: Sie hätte mit diesem Mann keinen Sex haben dürfen. Jetzt, da die Zeit ihre moralische Entrüstung dämpfte, wurde Hans immer mehr zu einem Ex, dem sie besser nie begegnet wäre, und Spade zum Kompagnon, den sie zu Unrecht verlassen hatte.

IHR TAXI FÄHRT auf einer vom Frostbruch riffelig gewordenen Straßendecke durch bewegte Dunkelheit; nur wenn sie genau hinschaut, sieht sie, dass die Sachalin-Tapete immer noch ausladende Kiefern zeigt. Sie geraten in Schlaglöcher, die großen Betonplatten, auf denen sie unterwegs sind, verpassen der Vorder- und Hinterachse sekündlich einen harten Schlag.

Soll sie Spade anrufen? Sie lässt den Daumen über dem Telefon-Icon schweben. Ruhig ist sie sowieso nicht, bevor sie nicht einen Fuß in der Tür von Appelqvist und seiner Stiefmutter hat. Eine erneute Zusammenarbeit würde außerdem etwas wiederherstellen, wonach sie eine gewisse Sehnsucht verspürt, eine Art sentimentales Verlangen nach Spades Gelassenheit. Es könnte an Sachalin liegen, denkt sie. Die Insel bedrückt sie, die bleigraue Melancholie dieses entlegenen, tiefgefrorenen Sowjetwinkels macht sie schwach und bedürftig. Sie muss sich nachher hüten, sich nicht von Hans' Gesülze oder Geschnauze überrumpeln zu lassen.

Sie ruft an. Doch noch bevor Spades Telefon klingelt, unterbricht sie die Verbindung wieder. Sie ist zu nervös dafür, zu kurzatmig. In zehn Minuten sitzt sie dem Mann gegenüber, um den sich alles dreht. Obwohl sie alles schon hundertmal durchdacht hat, muss sie sich konzentrieren, auf Hans. Auf den Zusammenstoß, auf den sie schon … anderthalb Monate hinlebt?

SIEBEN WOCHEN, um genau zu sein. Denn vor sieben Wochen hatte sich plötzlich fast alles geändert. Eigentlich hatte sie im Moskauer Alltag nur noch selten an Lagos und die Entführungsgeschichte gedacht, als Jill Biggerstaff in den Medien auftauchte. Und wie sie auftauchte. Sie hatte offenbar ein Buch geschrieben: *Kidnapped.* Und ja, natürlich handelte es von der Entführung, ausschließlich sogar, und die Erregung darüber eilte dem Buch voraus; während sich die zaristische Post mit Schneckengeschwindigkeit auf ihr Apartment am Sokolnikipark zubewegte, war *Kidnapped* in Großbritannien bereits Tagesgespräch, und Jill Biggerstaff war in Talkshows zu Gast. Isabelle las überaus lobende Rezensionen in *The Telegraph* und in der *Financial Times* – echte diesmal.

Soso, dachte sie. Weil sie nicht die Geduld hatte, auf Amazon zu warten, klapperte sie, bevor sie Héloïse abholen ging, die Buchhandlungen am Sheremetyevo Airport nach einem Exemplar ab, konnte jedoch keins finden, sodass sie am Ende zu spät in die Ankunftshalle kam und ihre Freundin im nächstgelegenen Burger King hinter einem Double Whopper Meal fand, vornübergebeugt schlingend und lesend, die langen, voluminösen schwarzen Locken knapp über der Tischplatte. Das Buch, das sie mit einer Hand offen hielt, war *Kidnapped.*

«Schade, dass ich gerade mein Sabbatjahr hab», sagte sie, «sonst hätte ich die Biggerstaff gern interviewt.»

Es muss ein merkwürdiger Anblick gewesen sein, die Gier, mit der Isabelle nach der leicht unkonzentrierten Begrüßung und einem ersten Geplauder das Buch vom Burger-King-Tischchen grapschte. Gespannt begann sie, darin zu blättern, den dicken Schinken glühend in der Hand, sie wurde fast wahnsinnig darüber: Was machte Biggerstaff? Was wusste sie über Hans? Wusste sie über ihn dasselbe wie sie? Zuerst ließ sie ihren Blick über die letzten Seiten wandern, voller Beklemmung, dass sich jemand anders ihre angestaubte Sensationsgeschichte unter den Nagel gerissen hatte. Kein Register.

Die Lektüre musste *drei Tage* warten. Héloïse blieb drei Nächte, ihre flämische Freundin hatte Zeit, sie hatte nämlich eine Auszeit genommen und die erst zur Hälfte hinter sich, bei der Zeitung *De Morgen*, deren Literaturchef sie gewesen war und zu der sie nach ihrer vollständigen Wiederherstellung als Chefin zurückkehren wollte, obwohl dieses Wort zu ihrem paradoxen Bedauern ungebräuchlich geworden war. Zuerst musste sie sich erholen, sie war erschöpft von dem Marathon, der hinter ihrem beunruhigend anschwellenden Körper lag; am ersten Abend, an dem sie essen gingen, zählte sie exakt elf medizinische Spezialisten auf, sie war, und sie nannte sie laut der Reihe nach, in Behandlung bei einem Psychiater, einer Psychologin, einer Diätistin, einer Endokrinologin, einer Chirurgin, einer plastischen Chirurgin, einer Urologin, einer Dermatologin, einer Gesichtschirurgin, einer Gynäkologin und einer Gesangslehrerin, weil sie auch weiterhin singen wollte, wenn auch «fortan als Sopran Slash Kastrat» – den letzten Teil des Satzes sang sie wie Maria Callas.

Drei ganze Tage mit Héloïse waren intensiv und ungewohnt: Seit Oxford hatten sie den Kontakt nicht abreißen lassen, sich aber höchstens an vier Abenden im Jahr gesehen, entweder in London oder in Brüssel; jetzt blieb sie über Nacht und das zudem zum ersten Mal als die, die sie sein wollte, was die plötzliche Intimität in Isabelles kleiner Wohnung auf der fünften Etage des typischen Fünfziger-Jahre-Baus exponentiell steigerte und ihr eine ungewohnte Vertrautheit gab. Als Héloïse am ersten Morgen aus der granitenen Duschkabine kam, um eine ihrer *kingsize denim*-Latzhosen anzuziehen, da zeigte sie Isabelle unvermittelt ihre nackten Brüste, zwei riesige Doppel-D's, die einerseits durch Hormonpräparate gewachsen waren, andererseits durch ihren gewaltigen Heißhunger und über die sie auf eine so emotionale Weise glücklich war, dass sie Isabelle bat, sich hinter sie zu stellen und ihr Gewicht zu wiegen.

«Mit den Händen?»

«Ja, mit den Händen. Heb sie bitte kurz an, damit du verstehst, was ich nach zwanzig Jahren Entbehrung nun jeden Tag tun darf.»

Sie willigte ein, in gewisser Weise sogar begierig: Das Anheben von Héloïses neuen Brüsten schuf eine Atmosphäre, in der sie endlich einmal über Johan Tromp hätte reden können, etwas, das Isabelle aus Scham darüber, was sie in Sachen Sex angestellt und anschließend, journalistisch gesehen, *nicht* angestellt hatte, sich nie getraut hatte zu erzählen. Sie hatte sich eingeredet, darüber zu sprechen sei eine Schwäche, eine Art Inkontinenz, eine Privatsache eben, doch der tiefere Grund war, dass Héloïse ihr Verhalten in Lagos verurteilen würde, jedenfalls solange Isabelle nicht den Abzug spannte. Das Herumgemache mit Hans war ganz bestimmt das Letzte, was Héloïse mit ihrer unlängst erworbenen eigenen Weiblichkeit getan hätte, zu sehr widersprach es ihren Vorstellungen von Männern und Frauen. Und dennoch, sosehr sie Héloïses Urteil auch fürchtete, sie wünschte sich, dass es über sie gefällt würde.

«Majestätisch», sagte sie und ließ die Brüste los.

Dass sie das sagte, fand ihre Freundin nett, und sie gestand fast beiläufig, dass Isabelle möglicherweise die Erste und Letzte sei, die die Brüste berühren werde, denn sie stehe nicht auf Frauen, und sie habe auch nicht vor, sich von Männern penetrieren zu lassen; sie habe sich nicht ihres Penis entledigt, um andere Exemplare davon in sich zu dulden.

In Oxford, als sie nach dem Seminar zu dem Antiquariat gegangen waren und sie Abélard ausführlich von Hans, Isolde und ihrem Großvater erzählt hatte, da hatte sie seine Reaktion zumindest überraschend gefunden. Sie waren im Jolly Farmers eingekehrt, sie mit Dworkins kaffeebraunem Anti-Porno-Buch, Abélard mit einem Stapel von Vorwürfen, vor allem an Eds Adresse, dessen nicht enden wollendes Gejammer er ärgerlich fand, wie er sagte, weil Ed den Verlust von etwas bedauerte, was er offenbar als sein Eigentum betrachtete, das ihm von einem anderen weggenommen worden war, und der wiederum habe das beweinte «Ding» sich selbst einpacken lassen, als wäre Isolde ein «Apparat», mit dem er sich zu einem späteren Zeitpunkt vergnügen wollte. Und Isolde? Tja, sie war ein Opfer männlicher Macht, zugegeben, ihr kreidete er folglich nicht so viel an, auch wenn sie ihm niemand zu sein schien, mit der «du und ich die Schlacht gewinnen werden».

Insgesamt fand Abélard, dass es sich hier um einen klassischen Fall von «*men possessing women*» handelte, sagte er, auf das Buch tippend, das Isabelle noch am selben Abend, auf allerlei Arten getriggert, zu lesen begann und als eine gründliche, unversöhnliche, philosophisch unterfütterte Diagnose des Mannes als Frauenhasser verstand, dessen extremster Prophet der Marquis de Sade war.

Erst Jahre später, als er Isabelle von seiner katastrophalen, frühen Ehe erzählte, eine ergreifende Geschichte, die damals in Oxford noch nicht zu Ende gewesen war, begriff sie, warum Abélard sich so stark von Dworkins Analyse angezogen gefühlt hatte.

Während ihrer Zeit als Reuters-Stipendiaten war er gerade erst geschieden worden, von einem gewissen Cornelius Daan de Wit, einem Tierschutzaktivisten, mit dem er eine der ersten Homoehen in den Niederlanden geschlossen hatte. Dieser de Wit war ein sechzehn Jahre älterer Mann aus gewaltbereiten linken Kreisen in Wageningen, die groß genug waren, um darin auch Volkert van der Graaf zu begegnen, dem späteren Mörder Pim Fortuyns. Schon nach wenigen Monaten in der gemeinsamen Wohnung in Ede hatte er angefangen, ihn zu misshandeln. Die ganze Skala häuslicher Gewalt lernte Abélard kennen, Wutanfälle, Schikanen, bis hin zu Prügel und sogar dem Ausdrücken von Zigaretten auf der Haut. Oxford war in Wahrheit ein Fluchtort für ihn gewesen, was Isabelle, als sie es erfuhr, ziemlich schockierend gefunden hatte; Abélard war eigentlich während der ganzen Zeit auf der Hut gewesen, denn Cornelius Daan de Wit, der Tierfreund, hatte sich nach der Scheidung durch Stalken hervorgetan, durch plötzliches Auftauchen und Auflauern, ja er hatte Abélard getreten und belästigt, wenn er die Gelegenheit dazu bekam, und aufgehört hatte das Ganze erst, als Abélard Reuters-Stipendiat geworden war.

Vielleicht seien die *Sisters*-Bibeln, die er immer dabeigehabt habe, von ähnlicher Wirkung wie Weihwasser und Knoblauch gewesen, vermutete Isabelle, was Abélard mit einem Lächeln quittierte, doch leider: Die Bücher hatte er auch schon vor seiner Hochzeit besessen.

Während sie die Brüste anhob, fiel ihr Blick auf eine große, runde, schneeweiße Narbe auf Héloïses Oberarm, und sie fragte danach; tatsächlich war sie eines der fünf Stigmata, die Héloïse von ihrer kurzen Ehe geblieben waren, und sie zeigte Isabelle daraufhin auch gleich die anderen, auf dem Bauch, auf den Oberschenkeln und auf der linken Hüfte. «So», sagte Héloïse, «jetzt weißt du alles über mich. Willst du auch noch irgendwas loswerden?»

Isabelle öffnete den Mund, schloss ihn aber wieder.

ERST EINMAL KIDNAPPED. Ihre Neugierde loderte so hoch auf, dass sie in der zweiten Nacht – sie waren spät und angeheitert aus einem Steakrestaurant mit dem Prädikat «Bib Gourmand» nach Hause gekommen – Héloïses Exemplar konfiszierte. Ihre Freundin schlief, die Knie hatten zu schmerzen begonnen, sie lag wie ein kürbisförmiger Buddha pfeifend und schnarchend auf der Doppelschlafcouch. Den Schein der Nachttischlampe so weit wie möglich aus dem Zimmer gedreht, blätterte Isabelle zunächst eine Weile vor und zurück, scannte die Seiten nach Tromps Namen. Als sie nicht fündig wurde, begann sie, vom Anfang an zu lesen.

Schwer zu beschreiben, welche Wirkung *Kidnapped* auf sie hatte. In Interviews hatte sie Biggerstaff verkünden hören, sie wolle ihre Leserschaft über Gewalt nachdenken lassen, sie wolle sie für die Dauer der Lektüre in Geiseln verwandeln. Für den durchschnittlicher Westeuropäer, so Biggerstaff, sei Gewalt entweder etwas Abstraktes oder aber zu konkret, um sie sich im Fernsehen anschauen zu können, sie sei «wie eine volle Windel, die man schnell zufaltet und wegwirft». Tja, dachte Isabelle, stimmt. In allen Einzelheiten davon zu erzählen sei weniger hart, fand Biggerstaff, weniger abstoßend – hinterlasse aber, wenn man es gut mache, einen tieferen Eindruck. Leg die Latte ruhig hoch, dachte Isabelle. Und: Na dann zeig mal, was du kannst.

Mann, was für ein unglaublicher *bad good read*. Als sie vier Stunden später, ungefähr in der Mitte des Buchs, unbedingt zur Toilette musste und um die schlafende Héloïse herumschlich, war sie fassungslos und neidisch zudem. Jill Biggerstaff hatte sich als eine begabte Erzählerin erwiesen; sie schrieb auf eine lockere Art, glasklar und ernst, was bewirkte, dass sie lakonisch klang, ohne es zu sein. Ihre Sätze waren gemächlich und lang, versetzten dem Leser aber oft einen Schlag. *Kidnapped* war tatsächlich die angekündigte minuziöse Gewaltstudie, eine Studie über physischen und psychischen Schmerz. Von den ersten Seiten an, der Szene, in der zwei Speedboote mit Maschinengewehrfeuer Biggerstaffs Expedition überfallen und sie selbst vornüber auf den Boden der Schaluppe kippt und sich übergibt, weil eine Kalaschnikowkugel ein schnapsglasrundes Loch in ihre rechte Handfläche geschlagen hat, beschreibt sie nahezu jede Viertelstunde der Entführung im Detail: das einschüchternde Geschrei, das Ins-Gesicht-Spucken, das hektische Treten in Magen und Milz. Körpergerüche, Stimmfarben, nervöse Zuckungen bei den Jungs, die jetzt das Sagen hatten. Der mit landwirtschaftlichen Plastikplanen abgedeckte Ofen, zu dem sie gebracht wurden und an dem sie elf Tage lang gefesselt sitzen mussten. Die feuchten Matratzen voller Flöhe, auf denen sie im Sitzen schliefen, das Einschneiden der Fesseln in die Handgelenke, das Verkrampfen, Brennen und Taubwerden von Muskeln; Biggerstaff schrieb fünf nervenzerreißende Seiten über elf Tage und Nächte *sitzen*, darüber, was das für einen Körper bedeutet. Die Mittelnaht ihrer Hosenböden hatten die Entführer aufgeschnitten, sodass sie sich über Löcher im Boden erleichtern konnten. Die Hunderte von Mücken, die sich summend an ihrem Blut labten.

Nach sechs Tagen ermordeten sie Biggerstaffs Kameramann. Einen Tag vor der Hinrichtung wird der Mann von einem Reptil gebissen; er bekommt Fieber, beginnt zu delirieren. Die ganze Zeit murmelt er vor sich hin, manchmal schreit er auf. In der Hütte und davor hängen rund zwanzig schwerbewaffnete Burschen herum, die Hälfte Teenager – einer von ihnen verliert die Geduld oder den Verstand und ballert ihm aus kurzer Distanz sechs Kugeln in die Brust und in den Kopf. Er sitzt neben Biggerstaff, hat sich praktisch bei ihr angelehnt. Sie sieht, hört und riecht den Einschlag der Projektile. Tarantino, sagt man dann in London, aber das da ist nicht London und ganz bestimmt auch nicht Tarantino; es ist das Nigerdelta, es passiert wirklich, und das Problem für den Leser: Der Kameramann hat da bereits ein Gesicht und einen Namen, Luther heißt er, achtunddreißig Jahre alt, Filmemacher und schon einige Seiten davor vom Papier herunter ins Leben gestapft. Er ist ein eindrucksvoller, einnehmender, *round character*; wir mögen ihn bereits, wenn auch nicht so sehr, wie Biggerstaff ihn mag. Luther ist der Mann, in den sie verliebt ist, restlos verliebt. Seit einem halben Jahr ist der Mann ihr Liebhaber, sie führen eine stürmische, geistreiche, beneidenswert tiefe Liebesbeziehung, die von der Autorin da schon wie nebenbei ganz unsentimental beschrieben wurde. Hat sie kreatives Schreiben studiert?

Ein paarmal schaute Isabelle während der Nacht zu Héloïse hinüber, die sich dann und wann mit großem unbeabsichtigtem Spektakel auf die andere Seite drehte. Der Wunsch, ihr von Lagos zu erzählen, wurde allmählich unerträglich.

Luthers Leiche sinkt auf Biggerstaffs Schulter, und gut zwei Tage lassen die Arschlöcher sie so nebeneinander sitzen, tot und lebendig. Rund vierzig Seiten lang geht Biggerstaffs Prosa dem Tod nach, der ihr so nah ist, sich an sie lehnt – was das für sie vielleicht bedeutet, für ihre Rachlust, für ihren Willen weiterzuatmen.

Währenddessen verändert sich Luthers Leiche durch die Hitze so, dass sie von Biggerstaffs Schulter gleitet und ihr auf den Schoß sinkt, aufgedunsen, verwesend – bis einer der Durchgedrehten aus seinem Rausch erwacht, den ganzen Tag rauchen und schnupfen sie alles Mögliche, und sich durch den Gestank gestört fühlt. Auf völlig unpassende Weise aufgebracht, schleppt er schnaubend und brüllend den triefenden Luther weg, platsch, in den Giftfluss rein, eine Tat, die Biggerstaffs Hass auf genau diesen Entführer steigert, obwohl er nicht der Mörder ist und sie außerdem von dem Fäulnisgeruch, den Fliegen und dem Anblick ihres verwesenden Geliebten erlöst.

Das Schöne ist, jedenfalls mit Blick auf die Dramaturgie, dass dies Efe ist, der Junge, mit dem Biggerstaff während der letzten Tage ein paar mütterlich gefärbte Gespräche führen konnte, kurze Dialoge darüber, was er gerne tun würde in seinem Leben – warum sie das macht, weiß sie nicht genau, vermutlich, um ihre Niedergeschlagenheit mit etwas Hoffnungsvollem zu bekämpfen. Das erzählt sie Efe zumindest, als sie ihn später trifft und interviewt, *unermüdlich* interviewt, kann man wohl sagen; sie kehrt nach ihrer Genesung zurück ins Nigerdelta, wo sie den Jungen nach einer verbissenen Suchaktion in seinem Heimatdorf findet. Sie erkauft sich sein Vertrauen, wonach sie einige Wochen viel Zeit miteinander verbringen, bis schließlich der Moment gekommen ist und sie ihm haarklein erklärt, wie sehr sie ihn gehasst hat.

Lange bevor der Junge Luthers Leiche wegschleppt und in

den Niger wirft, steckt man als Leser bereits hin und wieder in seinem verwirrten, erhitzten Kopf – auch dieses Leben hat Biggerstaff, noch bevor sie den Zwischenfall beschreibt, in das Buch hineingeflochten, es bildet im Wesentlichen den Kontrapunkt zu Luthers Leben. Opfer und Täter, die beiden sind die wichtigsten Figuren in *Kidnapped*, das meisterhaft geschrieben ist, Isabelle kann es nicht anders sagen.

Eigentlich war *Kidnapped* ein Roman, eine sublime Charakterstudie, ein Buch wie ein Gehirnscan. Und abgesehen von den sich ergänzenden Innenwelten, bot Biggerstaff eine vortreffliche Analyse des sozialökonomischen Giftschlamms, aus dem ihre Entführer stammten. Auch das noch. Das Buch war verflucht noch mal ein Meisterwerk. «Dies ist ein Werk der Wahrheit», stand vorne im Buch, «auch alle Personen, die der Leser nicht zu erkennen meint, existieren wirklich.» Ein Motto von Truman Capote: «*There is only one unpardonable sin – deliberate cruelty. All else can be forgiven.*» Es war wie *Kaltblütig*, jedoch persönlicher.

77 Du arme, arme Socke, hatte sie immer wieder gedacht, und mit dem Du meinte sie manchmal Jill Biggerstaff, doch öfter: Johan Tromp. Denn sie las das Buch auf eine sehr merkwürdige Weise, die Gewaltpassagen, die persönlichen Passagen, die aufrüttelnden Passagen ... sie las sie durch Hans' Pupillen, die sich zusammenzogen zu zwei ... Punkten aus Angst.

Sie fürchtete sich stellvertretend. Nach drei Vierteln des Buchs berichtet dieser Efe über seinen Zwillingsbruder Sunny, den Schlaks, mit dem sie selbst zur Zeit in Kontakt steht und der, noch ehe die Entführung stattgefunden hat, Verrat beging. Die Anführer, Zwanzigjährige, fanden heraus, dass Efes Bruder versucht hatte, den Plan an eine der Ölgesellschaften zu verkaufen, möglicherweise an ExxonMobil, wahrscheinlicher noch aber an Shell. Um Sunny zu bestrafen, zwangen sie Efe, seinem Ebenbild eine Hand abzuhacken.

Isabelle nahm an, dass Hans *Kidnapped* kannte, ja dass er es sogleich gelesen hatte und dabei auf die Seiten über Efes Zwillingsbruder gestoßen war. Und dass er sehr wohl wusste, dass noch etwas fehlte in Efes Bericht, in Biggerstaffs Bericht: ein Kapitel, in dem zu lesen war, wie dieses ganze Elend – die Ermordung eines Mannes und vielleicht auch die Verstümmelung eines zweiten sowie die Traumata der Überlebenden – hätte verhindert werden können, und vor allem: von wem.

Sie setzte sich aufrecht hin, steckte den Daumen zwischen

die Buchseiten und verpasste mit der freien Hand der Matratze einen euphorischen Klaps, wobei sie einen blutrünstigen Aufschrei unterdrückte – so glasklar durchschaute sie, was *Kidnapped* bedeutete. Der Inhalt des Buches, sein Erfolg, die emotionale Wirkung, die es auf sie und damit auch auf das britische Lesepublikum hatte, all das war katastrophaler für Johan Tromp, den Kronprinzen der Königlichen Shell, als man es sich vorstellen konnte. Was sie augenblicklich, als wäre die Ahnung ein Bumerang, wehmütig werden ließ. Sie erschrak über sich selbst. Sobald sie sich nun in Hans hineinversetzte, was sie ja fortwährend getan hatte, erfüllte sie eine unangenehme Betrübtheit, ein schlechtes Gewissen, das sie in Lagos und gleich danach, als sie sich in London mit Spade stritt, nicht gespürt hatte. Ja, mit der Morgendämmerung kamen die Zweifel. Am Fuße des Bergs Héloïse fragte sie sich, ob sie zu rechtfertigen war, die Schonungslosigkeit.

Spade fand, sie sei gerechtfertigt. Zu ihrem großen Erstaunen rief er sie am frühen Morgen an. Sie war nach anderthalb Stunden Schlaf aufgestanden, hatte Kaffee gemacht und briet jetzt Eier, während Héloïse unter der Dusche stand. Spade? Sie hatte lange nicht mit ihm gesprochen, *Billion Barrel Bastards* war längst aus dem Sinn, obwohl man ihr ein halbes Jahr zuvor die deutsche Übersetzung zugeschickt hatte.

«Tim! Was für eine Überraschung.» Sie drehte die Gasflamme kleiner und trat auf den Balkon aus Beton, der wie eine Pissrinne über einer vielbefahrenen Ausfallstraße hing.

«Ich habe *Kidnapped* gelesen.» Natürlich hatte er *Kidnapped* gelesen, alle lasen *Kidnapped*. Das Buch fand er «gut», auch wenn es «hundert Seiten weniger hätte haben können», der Seitenhieb des neidischen Tintenknechts; er gab sich mehr Mühe, Isabelle zu loben, also eigentlich sie beide, ergo sich selbst. Er nannte es mit dem Wissen von jetzt eine «verdammt gute Idee», dass sie in Bezug auf Johan Tromp getreu dem Grundsatz «nach dem Öffnen kühl aufbewahren» gehandelt hätten, «unwissentlich gewieft» sei das gewesen, wahrscheinlich das Beste, auf das sie je gekommen seien. Jill Biggerstaff sei ein Investment, eine Anlage mit garantiert steigendem Zins – auch wenn dieser Johan Tromp bestimmt eine andere Metapher wählen würde, meinte er, etwas Bösartiges aus seiner medizinischen Enzyklopädie zum Beispiel. «Ich habe hier dein Tromp-Kapitel vor mir», sagte er, verzerrt durch die etwas hallende Verbindung, «ordentlich in einer Mappe. Mir ist jetzt doch klargeworden, dass du seine Rolle in der Biggerstaff-Affäre auf eine Weise dargestellt hast, der man sich nicht entziehen kann. Isabelle, mein Kompliment.»

Sie schwieg.

Er auch. Dann: «Hör zu, ich finde, du solltest die Geschichte doch noch bringen. Groß bringen, in der *Financial Times*. Inzwischen ist das alles nämlich wirklich sehr relevant. Das kann der Scoop deines Lebens werden.»

O ja, dachte sie, glaubst du das? Wie erstaunlich. Jetzt also, vier Jahre nachdem du mich eine Mörderin genannt und damit gedroht hast, meine Karriere zu zerstören, findest du meine Methoden nicht mehr kriminell? Timmy weint, Timmy lacht? «Tja», sagte sie, «jetzt ist es zu spät – jetzt will *ich* nicht mehr.»

«Ist das eine Frage des Wollens?», hakte Spade nach.

Nun ja, erwiderte sie gehässig, sie nehme doch an, er könne sich noch daran erinnern, dass es schon immer eine Frage des Wollens gewesen sei? Dass Tromp und die Biggerstaff-Entführung nicht im Buch vorkämen, so eine verpasste Riesenchance – das gehe doch auf seinen ausdrücklichen Wunsch zurück? Dann müsse er eben schlucken –

«Wenn du es nicht tust», unterbrach er sie, «dann tu ich es.»

Das hatte sie nicht kommen sehen. Wen sie auch nicht hatte kommen sehen, war Héloïse. Möglicherweise alarmiert von dem scharfen Ton, der auf dem Balkon angeschlagen wurde, streckte sie den schwarzen Lockenkopf durch den Türrahmen und betrat den Betonkasten mit gerunzelter Stirn, einen Träger ihrer Jeanslatzhose befestigend, die breitgetretenen New-Balance-Laufschuhe noch ungebunden an den Füßen. Sie stellte sich breitbeinig hin und verschränkte die schwabbeligen Arme; der Balkon war eigentlich zu schmal für ihre Zuckerrübenfigur.

Isabelle hatte lange genug geschwiegen, um ihren Satz nicht so zu beenden, wie sie es ursprünglich vorgehabt hatte, nämlich mit den Worten, dass sie keine Pläne in Sachen Tromp habe. Nein, sie sagte etwas anderes zu Spade, sie sagte, er müsse eben schlucken, dass sie *andere* Pläne mit Tromp habe.

«*Andere* Pläne?», sagte Spade. «Das klingt, als ob ihr heiraten wollt.»

«Wir wollen auch heiraten. Aber jetzt mal im Ernst, Tim. Du lässt deine braun gerauchten Finger schön von meinem Scoop – das ist dir ja doch wohl klar, oder?»

Stille. Sie schaute zu Héloïse, die sie prüfend ansah. Sie blinzelten sich gleichzeitig zu. Spade sagte: «Wann schreibst du den Artikel? Du solltest wirklich nicht mehr allzu lange warten.»

Es war seltsam, aber der entscheidende Gedanke kam ihr dort, am Telefon. Es war weniger der Druck, den Spade auf sie ausübte, unter dem sich das, was sie für die kommenden Jahre vorhatte, herauskristallisierte – es war der Anblick von Héloïse Plovie auf ihrem Moskauer Balkon, zwei Meter von ihr entfernt, gerade nicht nah genug, um das Wut-Amulett, das um ihren Hals hing, herunterzureißen. Das musste sie selbst tun – so wie es sich gehörte. Mit einem Mal wusste sie genau, was sie mit Lagos, Biggerstaff und Tromp machen würde. Sie würde ein Buch darüber schreiben. Nicht über die Entführung, nicht über Shell, nicht über Erdöl, sondern über den Despoten, der dazugehörte.

«Sei unbesorgt, Tim», sagte sie. «Ich werde das Richtige tun, sollen wir so verbleiben? Aber etwas anderes – wie geht es den Zwillingen?»

OHNE ABGEBREMST oder sich eingeordnet zu haben, biegt ihr Taxi links ab, in eine schmale, vom Streugut schwarze Straße. Trotz der Schneeketten rutschen sie einen Moment. Nach knapp einhundert Metern durch einen Nadelbaumtunnel halten sie vor einem reflektierenden Schlagbaum. Fenster runter, die eine Schirmmütze verhandelt mit der anderen, ein Ausweis wird gezückt.

Der Schlagbaum hebt sich gen Himmel, sie fahren ruckartig in eine umzäunte Enklave hinein, misstrauische Kameras auf hohen Pfählen stellen sich scharf. Blaues Kunstlicht fällt auf eine weitläufig angelegte Niederlassung aus großen, amerikanisch wirkenden Häusern. Isabelle hat gelesen, dass der Komplex von einem texanischen Erdölunternehmen errichtet wurde, das sehr bald schon den Mut verlor. Das sanft aufleuchtende Gelände ist hügelig, im Sommer ist es hier bestimmt grün und grasbewachsen wie in einem schönen Heimatstaat, Arizona, Texas, Wyoming. Das Taxi fährt gemächlich zwischen breiten, einförmigen Häusern mit Holzverschalung hindurch, die Bretter wahrscheinlich per Schiff aus dem Mittleren Westen hierhergebracht – so arbeiten die Erdölimperialisten am liebsten: unter Umgehung der Einheimischen.

Sie ist nervös.

Glitzernde Eiszapfen an Gauben, rauchende Schornsteine, die breiten Veranden freigeschaufelt oder noch jungfräulich bedeckt. Neben dem, was ihr Familienwohnungen zu sein scheinen, auch kastenförmige, unscheinbare, barackenähnliche Wohnkasernen, alle Stände und Klassen innerhalb der Wassergräben; der ledige Offshore-Bursche muss ja auch irgendwo wohnen können. Das Taxi klettert mit rutschenden Rädern einen flachen, baumlosen Hügel hinauf. Sie kommen an Reihenhäusern vorbei, bis sie langsam durch eine kahle Allee mit landhausartigen Villen fahren. Nach rund dreihundert Metern hält ihr Chauffeur vor dem letzten Landhaus an, das, was Fassade und Baustil betrifft, anders aussieht als die Nachbarhäuser. Größer, luxuriöser. Von unsichtbar in den Rabatten versteckten Leuchten beschienen, erhebt sich ein Gebäude, von dem es in den Vereinigten Staaten zwei Archetypen gibt: das Weiße Haus und Graceland. *Two-story front porch*, in der Mitte ein breiter *entrance* mit Säulen. Aus den mächtigen Fensterrahmen links und rechts fällt dämmeriges, warmes Licht.

Spade ruft sie zurück. Jetzt? Sie schaut unentschlossen auf das Display. Oder *gerade* jetzt? Sich Zeit nehmen und Blaubart ein Weilchen zappeln lassen?

«He, Tim», sagt sie.

«Du hast angerufen.»

«Stimmt. Magst du Beethoven?» Sie lehnt ihre Stirn an das eiskalte Fenster der Autotür.

«Ich mag alle Musik und daher keine.»

Die Handbremse knarrt. Durch zwei Glasscheiben starrt jemand Isabelle an, ein Mann, er steht am letzten Fenster auf der rechten Seite. Hans – sie schaut ihm direkt in die Augen. Als würden sie einander weh tun, drehen sie gleichzeitig den Kopf weg. Isabelle kann nirgendwohin, doch Hans macht einen Schritt nach hinten. Er wendet sich ab, ins Innere des Zimmers, und streckt einfältig die Arme aus, als wollte er die Bücher und Papiere, die auf seinen Händen ruhen, vor Wasser oder Feuer retten. Ist sie also doch früher gekommen, als er gedacht hat. Und sie wird Natalja, die er hinten in der Diele die WC-Tür abschließen hört, noch begegnen.

Draußen geht der Motor aus. Den Krempel auf die Fensterbank oder lieber nicht? Sie wird ihn sehen, wenn er sich hinhockt. Wohin dann? Gehetzt sucht er das Wohnzimmer ab, die Schränke, die Sitzflächen. Wo man ohne Tritt heranreichen kann, sind die Bretter zu voll, um weitere Bücher dazwischenzustellen. Flach obendrauf? Dann ziehen sie die Aufmerksamkeit auf sich, vor allem wegen der lachsfarbenen Zeitungsausschnitte im Stapel. Horchend, ob zuschlagende Türen zu hören sind, geht er um die Couch herum zum offenen Kamin und überlegt, alles hineinzuwerfen. Ja? Nein. In die Küche gehen? Seine Hände entscheiden sich anders, für das Gegenteil, sie legen die Zeitungsseiten auf den Beistelltisch, mitten ins Blickfeld, und die beiden Bücher obendrauf. Auch wenn sie kommt, um zu vögeln, müssen sie doch darüber sprechen.

Verdammt, der Brief, fast hätte er den Brief vergessen. Er nimmt rasch zwei bedruckte DIN-A4-Blätter vom Couchtisch und faltet sie, faltet sie noch einmal und steckt sie in die Innentasche seines Sakkos.

Aus den Augenwinkeln nimmt er im Dunkel vor dem Haus Bewegung wahr. Die beiden sitzen immer noch im Wagen. Er fährt sich mit einer Hand durchs Haar, vorsichtig, immer in Sorge, es könnte einfach so ausfallen, und drückt es an den Seiten platt. Das alte englische Leder seufzt, als er sich hinsetzt.

Ihr eigenes Buch ganz oben? Nein, *Kidnapped* – er ist neugierig auf das, was sie über Biggerstaff zu sagen hat. Er späht nach draußen. Ist da noch Zeit zum Schaben? Und wie sehen die Gästezimmer aus? Er streckt die Zunge heraus und kratzt darauf herum. Einmal hat er Judy Penelope dabei erwischt; kurz vor einer Besprechung steckte sie den Zeigefinger tief in den Mund, machte Schabbewegungen und roch an dem weißen Schleim, der an ihrem Fingernagel hing – vorbei war es mit ihrer Anziehungskraft, eine Inkonsequenz: Seitdem macht er es selbst auch. Das Zeug riecht nach Tod.

Biggerstaffs Buch schimmert in den Raum, die Buchstaben

sind silbern und vulgär; nicht schlimm, sogar gut, besser als gut: Sie strahlen aus, dass du keine Angst hast und weißt, dass du ungeschoren davonkommen wirst. Der Nachteil ist, sie wird bestimmt sofort darüber sprechen wollen. Austauschen? Oder lieber doch ganz weglegen? Er neigt den Kopf ein wenig zur Seite und schaut nach draußen; das Taxi ist ein aggressives Ufo. Bezahlt sie gerade? Nein, er sieht sie telefonieren. Nimm dir ruhig Zeit, du Hexe.

Das Hin und Her mit den Büchern spiegelt seine Verzweiflung der letzten, wie viele waren es? Drei Wochen. Fast ein Monat; keine Zeitspanne, auf die er mit Dankbarkeit zurückschauen könnte. Wieso reicht ihm ein Monat nicht mehr, um seinen Kurs abzustecken? Weil diese Isabelle alles in den Schatten stellt. Er glaubte, viel erlebt zu haben. Anfang Februar: «Hallo, hier Isabelle, wie geht es, darf ich ein Porträt für die *Financial Times* über dich schreiben?»

Zunächst war er überzeugt, vollkommen überzeugt, dass es sich um eine andere Isabelle handelte, aber welche? Und als er schließlich doch nicht mehr so überzeugt war – soweit er es überblickte, kannte er nur eine andere Isabelle, und die saß eine Etage tiefer, war zuständig für Viskositätsberechnung –, dachte er, dass die Isabelle, um die es ging, sich einen Scherz erlaubte. Ein Interview für die *Financial Times*? Sollte das witzig sein? Er konnte nicht darüber lachen.

Vielleicht weil er, als ihre SMS-Nachricht hereinvibrierte, gerade neben Barbara im Tschechow-Theater saß und Haydn hörte – keine Musik, bei der man sich Sorgen macht –, tat er genau das erst später am Abend. In der Stille ihres Wagens, nach dem obligatorischen Umtrunk mit den Musikern, versuchte er, sich vorzustellen, dass es stimmte: Isabelle aus Lagos, eine Journalistin der *Financial Times*. Während seine Frau sie durch das tiefe Schwarz nach Zima chauffierte, versuchte er, sich mit aller

Macht weiszumachen, dass die Frau, der er vor vier, fünf Jahren in Lagos begegnet war, die Modewelt gegen den internationalen Wirtschaftsjournalismus eingetauscht hatte.

Es gelang nicht. Vollkommen unmöglich, dass jemand wie sie für diese Zeitung schrieb. Sie müsste sich innerhalb weniger Jahre nach oben gearbeitet haben. Undenkbar. So viel wusste er schon noch darüber, wie man Karriere macht.

«He! Schön von dir zu hören. Du jagst mir ja vielleicht einen Schrecken ein, du Scherzkeks», tippte er, als er zu Hause hinter verschlossener Tür vor der Kloschüssel stand und urinierte. Aber er löschte die Nachricht wieder, ohne zu wissen, warum. Zu angreifbar? War es nicht besser, beim Scherzen mitzumachen? Zum soundso vielten Mal legte er ihre Nachricht auf die Goldwaage, versuchte, es in seinen Kopf hineinzukriegen, dass sie beschlossen haben könnte, den Kontakt auf diese Weise wiederaufzunehmen. Charmant war das nicht. Du bist bestimmt in Thailand, dachte er, du glaubst bestimmt, dass Thailand in der Nähe ist oder so. Oder du bist in Japan, wegen irgendeiner deiner Modegeschichten. Er konnte sich nicht daran erinnern, dass sie sarkastisch gewesen war. Sie hatte zwar geistreiche Dinge gesagt, doch die waren eher herzlich als ... grob gewesen. Ja, er kam ihm grob vor, ihr Sinn für Humor.

Vielleicht sollte er es einfach ignorieren. Wirklich günstig war das nicht, ein SMS-Wechsel auf seinem Privattelefon. Woher hatte sie überhaupt seine Nummer? Kurz dachte er an Lagos zurück, daran, wie unglaublich intensiv ihr Beisammensein gewesen war. Und schön – ein besseres Wort fiel ihm dafür nicht ein. Er konnte es sich durchaus vorstellen, ein kleines Abendessen in der Stadt, oder besser noch in Tokio, wo er am Dienstag Termine hatte und einmal übernachten würde. Fand dort vielleicht gerade eine Modemesse statt? Er versuchte es zu googeln, doch das WLAN war zu schwach.

Einigermaßen beruhigt ging er ins Wohnzimmer, setzte sich hin und unterhielt sich mit Barbara über den Abend, jedoch schon bald in der Hoffnung, dass sie zu Bett gehen möge, denn seine Gedanken schweiften zum Penthouse ab, zu dem, was sie dort gemacht hatten, er und das kesse Modemädchen. Als seine Frau nach oben gegangen war, befriedigte er sich selbst im Drehstuhl vor dem offenen Kamin, aber ihren Scherz trug er ihr nach, vielleicht sollte sie dafür bestraft werden – konnte er ihr nicht das antworten?

Vor seinem inneren Auge sah er sie in Situationen, in denen er nicht zugegen gewesen war; er sah sie neben Descartes im Auto sitzen, mit dem Ding im Hintern, diesem Eierbecher – die Unbequemlichkeit, die Scham. Gott, wie wunderbar sie war. Und doch auch geistreich, dieser Meinung war er jetzt mehr und mehr.

AM NÄCHSTEN MORGEN, als er ganz sicher wusste, dass nirgendwo in Japan eine Modemesse stattfand, stieß er in einer alten E-Mail auf ihren unmöglichen Nachnamen, Pornosiritralala, den er bei Sakhalin Energy Silbe für Silbe in seinen Computer eingab, weil er mit eigenen Augen sehen wollte, dass es Unsinn war, und tatsächlich, Google fand als Suchergebnis lediglich eine thailändische Langlaufseite und denselben Facebook-Account ohne Foto wie damals. Na, siehst du. Verdammt, sie wusste, wie sie ihn wahnsinnig machte: Kurz stellte er sich vor, dass sie tatsächlich für die *Financial Times* schrieb und was das für eine Katastrophe wäre, doch beinahe gleichzeitig versank er in Erinnerungen an Lagos, an die intensiven Abende mit dem Mädchen, das bei ihm doch wirklich einen Schalter umgelegt hatte. Sie war nett. Wollte sie an früher anknüpfen?

Eine Art Antwort erreichte sein Telefon während einer Besprechung mit den leitenden Angestellten: «Und wir müssen auf jeden Fall auch über Lagos reden.»

Es wurde eine kurze Besprechung. Was meinte sie mit Lagos? Der erneut fordernde Ton der Formulierung gefiel ihm nicht, plötzlich. So wenig gefiel er ihm, dass er alle vor der Zeit aus seinem Büro komplimentierte, auch Craig und Primakow, später, nicht jetzt – Zimmertür zu, und dann versuchte er sofort herauszufinden, ob überhaupt eine Isabelle für die *Financial Times* schrieb.

In der Ferne hört er, wie Natalja das WC verlässt. Seine Taschenträgerin geht nicht zur Haustür, sondern zurück in die Diele – ihre Handschuhe liegen noch auf der Anrichte, wie er bemerkt. Auf halber Strecke hört das Klacken ihrer Stiefel auf; wahrscheinlich steht sie vor dem großen Spiegel. Es ist nicht ausgeschlossen, dass sie irritiert sein wird, wenn sie gleich Isabelle sieht, und schnell noch den E-Mail-Wechsel mit seinem Anwalt durch Google Translate jagt. Wenn sie das nicht schon getan hat. Nach zwei Jahren gegenseitigen Auf-der-Pelle-Hockens ist es ihm nicht gelungen, eine vertrauensvolle Beziehung aufzubauen. Eigentlich ist er froh, dass sie gekündigt hat. Obwohl er sie lieber rausgeschmissen hätte.

Google nannte sechs Isabelles: eine Isa, zwei Isabels und drei Isabelles. Weil Shell groß ist, denkt er, alle anderen Unternehmen wären klein. Sechs Stück, aber nicht eine mit einem ellenlangen thailändischen Nachnamen. Er wies das Sekretariat an, seinen Besuch warten zu lassen, eine Viertelstunde, und begann, sich Bilder der Frauen aufzurufen. Und dann der Moment, als er ihr Foto vor der Nase hatte. Ein schlichtes Passfoto auf der Homepage der *Financial Times*, wahrscheinlich in einem Fotoautomaten auf dem Trafalgar Square gemacht, aber so offensichtlich die Isabelle aus Lagos, dass er aufstand und schnaubend und nach Luft schnappend umherging. Bitte sag, dass es nicht wahr ist.

Das Nachbild, das flache, makellose asiatische Gesicht, der

selbst in so einer Kabine ironische, kesse Augenaufschlag, das Nicht-Lächeln – der geringste Zweifel wäre Selbstbetrug gewesen. Nach Nigeria hatte er vergessen, wie sie aussah, es gelang ihm nicht mehr, sich ihre regelmäßigen, irgendwie asketischen, exotischen Gesichtszüge im richtigen Verhältnis vor Augen zu führen: Noch in Lagos hatte die Drahtbürste seiner Lust sie aus seinem Gedächtnis geschrubbt.

Er setzte sich wieder hin und schaute erneut. Das Foto war mehrdimensional geworden. *Es bewegte sich.* Isabelle grinste sardonisch, sie höhnte, sie heiße nicht «Porno», für wen, zum Teufel, halte er sich? Ihre Lippen formten den wirklichen Familiennamen, ORTHEL, schau nur, hier steht es, auf dieser Säule der Wahrheitsfindung heiße ich I-sa-belle Or-thel – ein Name, der vollkommen neu für ihn war, er hatte ihn nie zuvor gehört, nirgendwo, und erst recht nicht aus diesem Mund, der sogar auf einem Schwarzweißfoto rosafarben war und in dem zwei Wochen lang fast permanent sein Schwanz gesteckt hatte.

Sie sei Investigativjournalistin, prahlte sie. Und ja, tatsächlich, für die *Financial Times*. Und das nicht erst seit gestern: Neben ihrem Foto standen chronologisch aufgeführte Links zu Artikeln von ihr, schau sie dir in Ruhe an, Hans. Während er in der Zeit zurückscrollte, sammelte sich Schweiß auf der Spitze seines Mittelfingers: Sie war nicht Journalistin *geworden*, sie war es bereits seit Jahren. Schon lange bevor ich dich kennengelernt habe, sagte sie und lachte.

Hinlegen, er musste sich kurz hinlegen. Kurz flach auf den Boden und bis zehn zählen. Wie ein Mann nach einem Schlechte-Nachrichten-Gespräch beim Internisten, so lag er da. Fünf Minuten, zehn Minuten, auf dem Teppichboden seines Büros, die Welt eine gleichgültige Kugel, die ihn mit Millionen Metern pro Sekunde von sich wegschleudern wollte.

Wann kam die Wut? Erst am Nachmittag dieses Tages, jedoch

nicht in Reinform. Sie war von Angst durchsetzt. Er entdeckte bei Amazon, dass sie ausgerechnet mit Timothy Spade zusammenarbeitete. Timothy Spade war eine Ratte, die sich an einer Rennbahn in London einmal wie ein Hund an seinem Bein gerieben hatte. Ein widerlicher Kerl. Mit widerlichen Zähnen. Ja, er sah ihn vor sich. Ein Mann, dessen Äußeres er ebenso widerlich fand wie die Storys, die er in seiner Zeitung veröffentlichte. Was hatte das also zu bedeuten? Orthel und der? Sie hatten *zusammen* ein Buch über die Erdölindustrie geschrieben? Ja, und es hatte den Titel *Billion Barrel Bastards* – 2009 erschienen. Das war folglich ... *nach* Lagos. Über alles Mögliche zugleich nachdenkend, über das aggressive «*bastards*», über die unbegreifliche Tatsache, dass Isabelle Bücher mit Timothy Spade schrieb, über die verpuffte Hoffnung, sie würde für die Schöner-Wohnen-Seite schreiben, wandte er ruckartig den Kopf zu dem schmalen Bücherregal neben seiner Sitzecke. *Billion Barrel Bastards ...* Er *kannte* es. Und, verdammt, es stand da, in seinem eigenen Bücherregal, zwei Meter von ihm entfernt; Natalja hatte es ihm mitgebracht, wie üblich, er hatte ihr nämlich aufgetragen, die Fachliteratur auf dem aktuellen Stand zu halten. Er zog das dicke Taschenbuch hinter einem Blatt der Zimmeraralie hervor und schlug es sich an die Stirn. *Isa, Isabelle, Isabelle Orthel aus Lagos – sie schreibt Bücher über Erdöl.*

Wie lange stand es schon dort? Zwei Jahre? So wie immer bei Neuerscheinungen hatte er noch vor dem Lesen das Register durchgesehen; wie fast immer kam er nicht darin vor, sodass er das Buch ungelesen ins Regal gestellt hatte.

Aber konnte er sich darauf verlassen? Müsste er es nicht lesen? Jetzt? Seine Feinmotorik erlaubte es nicht, ganz und gar nicht, in den kommenden Stunden würde er nur Telefonbücher zerreißen können. Mit einem unvermittelten Brüllen stieß er das Buch von seinem Schoß und kickte es weg – ohne durch die

Luft zu schlingern, knallte es gegen die Fußleiste der gegenüberliegenden Wand. Erschreckend, wie seine Bestürzung in Wut umschlug, kaum zu kontrollierende Wut. Wenn er nicht achttausend Leute unter sich hätte, hätte er einen Schalensessel durch die Fensterscheibe geworfen. Der Betrug dieser Person, die Verflechtung mit dem Intimsten, die Raffinesse ihres Schwindels, dessen Dimension, die Dauer. Zwei ganze Wochen im nigerianischen Erdölkrieg, die Länge der Zeitspanne musste man mit der immensen Tragweite multiplizieren.

Was sollte er antworten? Oder war es besser, sie sofort anzurufen? Äh, ja … was meinst du mit «wir müssen über Lagos reden»? WAS MEINST DU DAMIT? Natürlich rief er sie nicht an. Nein, nach Moskau, umgehend, morgen. Keine SMS, keine E-Mails; Johan Tromp persönlich. Der Hans aus Fleisch und Blut, bereit zu töten. Buch den erstbesten Flug, trug er Natalja auf, die nach dem Rums an ihrer Wand zu ihm hereingekommen war, um nach ihm zu sehen, die glatte Stirn beinahe in Runzeln. Mit dem festen Vorhaben, nach Moskau zu fliegen, stieg er gegen acht in seinen Wagen und fuhr ganz aufgebracht vor Zorn nach Hause.

Als dumm oder kindisch würde er sich nicht so schnell bezeichnen, Selbstironie ist ihm fremd – doch in aufgebrachtem Zustand ist ihm noch nie eine adäquate Lösung eingefallen. Auf Zima, in ihrem geräumigen Haus mit dem warmen, sanften Licht, gegenüber von Barbara am Tisch sitzend, nicht einmal in der Lage, die Reise nach Moskau zu erwähnen, ganz zu schweigen von dem Lustmord, der dort auf der Tagesordnung stand, auf dem Essen kauend, auf dem Problem, führte er sich mit jedem Bissen, den er hinunterschluckte, Besinnung zu. Die unverbrüchliche Ausgeglichenheit seiner Gattin, allein schon, sie zu sehen, stellte sein Denkvermögen wieder her; Barbaras kluger Kopf, formstabil, man sah ihm nicht an, ob sie müde oder besonders ausgeschlafen war. Ohne zu wissen, was ihn beschäftigte – nein, gerade weil sie es nicht wusste, beruhigte sie ihn.

Am nächsten Morgen klingelte er in der Frühe Natalja aus dem Winterschlaf und ließ sie das Ticket stornieren. Als er ins Büro kam, sah er, dass sie *Billion Barrel Bastards* bereits vom Boden aufgehoben hatte; es lag nun auf der Ecke seines Schreibtischs. Um ihn zu ärgern? Als hielte er es für möglich, dass sie seinen Namen hineingetippt hatte, kontrollierte er noch einmal das Personenregister. In seinem Schalensessel, der wie er jetzt fand, zum Glück nicht inmitten von Glasscherben auf der Straße lag, brauchte er vierzig Minuten, um eine Antwort zu formulieren: «Wann kommst du», ohne Punkt.

Draußen Geräusche. Der Motor des Taxis wird angelassen, aber der Wagen fährt nicht los. Mit erhobenem Kinn späht er nach draußen; ihre Silhouette ist zu erkennen. Telefoniert sie etwa immer noch? Nie muss er warten, in diesem Leben wartet man auf ihn, er hat das Warten verlernt. Irgendwas sticht im Lendenwirbelbereich, er lockert die Schultern.

Zwei Tage lang hörte er nichts, keine SMS, kein Anruf; in ihm keimte bereits die Hoffnung, dass nichts weiter passieren werde. Doch diese Hoffnung war vergeblich. Er saß gerade neben Barbara auf der Couch, sie tranken zusammen ein Glas Whisky, am nächsten Morgen sollte er wegen eines *board meetings* nach London fliegen, als Isabelle eine Antwort simste.

«Montag, 26.? Ich nehme an, du hast *Kidnapped* gelesen?»

Er runzelte die Stirn bis hinauf zur Schädeldecke. *Kidnapped*? *Kidnapped*? Das hörte sich nicht gut an.

Es kostete ihn große Mühe, anderthalb Minuten zu warten, dann ging er in die Diele, zur Toilette; etwas sagte ihm, dass es ihm einen Schrecken einjagen würde. Langsam baute sich die Seite auf, und tatsächlich – Jill Biggerstaff. Jill Biggerstaff hatte ein Buch geschrieben, und es hieß *Kidnapped*. Quälend langsam fand sein Smartphone Interviews, Rezensionen und lautstarke Empfehlungen auf Amazon.co.uk. Offenbar war es unlängst erschienen. Vor einem Monat? Da stand er, über seinem Urin, und wusste von nichts. Warum weiß ich von nichts, Natalja Andropowa?

Er schaffte es nicht, in das Buch hinzulesen. Es gab zwar auf der Seite eine digitale Leseprobe, doch er konnte die, verflucht noch mal, nicht öffnen. Das bloße Nicht-reinlesen-Können in diese Leseprobe – es war sein Albtraum. Manchmal träumt er davon, dass die Feds ihn erneut abholen; diesmal stehen sie vor seinem Elternhaus in Eindhoven, er muss schnell seine Papiere finden, doch er kriegt die Schubladen, in denen sie liegen, nicht auf.

Schon lange war er jetzt auf der Toilette, auffallend lange, und doch überflog er noch schnell eine Rezension in der *Times*, die sich trotz allem öffnen ließ. Sein Name fiel nicht. Natürlich nicht, denn stünde sein Name in dem Artikel, dann hätte er davon erfahren. Oder etwa nicht? Aber galt das auch für den Fall, dass sein Name im Buch genannt wurde? Den Weg ins Wohnzimmer legte er fluchend zurück.

Barbara las ebenfalls ein Buch, ein normales Buch, klappte es zu und sah ihn an. Sie wollte ganz normal kurz über ihr Buch reden, jemand blieb aufs Neue unter seinem Niveau – doch er hatte seinen Vorrat an Normalität erschöpft. Er formulierte sonderbare, schwammige Antworten.

«Stimmt was nicht?»

«Alles gut. Bin etwas erschöpft. Ich habe wieder diese Kopfschmerzen.»

Barbara holte eine Ibuprofen, die er mit einem Rest kalten Tee hinunterspülte, bevor er hinter seiner gähnenden Gattin die Treppe hinauftrottete. Im Bett gab er ihr einen Gutenachtkuss und rollte seinen Körper mit dem summenden Kopf darauf so weit wie möglich von ihr weg, an den Rand der Matratze, in der Hoffnung, dass sein Gehirn mit ihrem nicht interferiert: Wie eine Kupferdrahtspule zog es in den ersten Stunden der Nacht Fragen an, einfach so auftauchende, düstere Fragen, kurze Horrorszenarien, Angstvisionen, ein ungeordneter, paranoider Eisenwarenladen von Bedrohlichem. Was stand in dem Buch? Um welche Bastarde ging es? Ein einziges Wort über ihn im Zusammenhang mit der Entführung, ein einziges Wort – die blinde Wut schien sich wieder einzustellen, doch die Angst war leider stärker. Also noch einmal: Was habe ich ihr alles erzählt?

Genau die falschen Sachen.

Über ihn selbst, über Shell, über Nigeria. Zuerst in aller Länge, dann noch in aller Breite. Warum so viel? Warum so ungebremst? Weil sie alles hatte wissen wollen. Warum war er nicht misstrauisch gewesen? Jemand mit solchen Fragen? Der Mann, der sich etwas auf seinen Bullshit-Detektor einbildet? Warum hatte er ihr abgenommen, dass sie in der Modewelt arbeitet? Weil sie ständig über Mode geschwafelt hatte, detailliert sogar, darum. Victor & Rolf. Yves Saint Laurent. Laut fluchen musste er davon – Barbara schreckte aus dem Schlaf, berührte ihn, «Schatz», sagte sie, «was …», doch ehe sie die Frage stellen konnte, dämmerte sie schon wieder weg.

Die Modenschau – wie war das noch mal gewesen, warum hatte er sich neben sie gesetzt? Weil du sie hübsch gefunden hast, du Blödmann, weil du gedacht hast, dass es geil aussieht, das Kätzchen am Catwalk. So wie du sie auch an einem Güllekanal geil gefunden hättest. Interessanter: Wie spontan war die Begegnung gewesen? Saß sie einfach so da, zufällig, auf gut Glück? Oder war sie geschickt worden? Man musste ihm nicht erklären, dass Zeitungen wie die *Financial Times* spezielle Teams hatten, Rechercheteams. «Für die komplizierteren Grab- und Sucharbeiten» – flüsternd, mitten in der Nacht, mit weit aufgesperrten Augen. Hatte die *Financial Times* sie dort am Catwalk platziert? Hatte dieser Spade sie geschickt? Oder war sie im Namen von Jill Biggerstaff gekommen?

   Wie ein Kind glitt er aus dem Bett, um den Absinthlöffel – der liebe Gott mochte wissen, aus welchem Secondhandladen der stammte – von Barbaras Ankleidepuppe zu nehmen und ihn wie eine Büroklammer zweifach zu verbiegen, doch als er vor der Puppe stand, hielt er den Löffel nur eine Weile in der feuchten Hand.

76 Etwas intensiv erleben – endgültig um den Schlaf gebracht, dachte er über die Erfahrung *an sich* nach, über das Gefühl, das damit einhergeht, ob es eine Subspezies der Angst ist. In welchen Momenten seines Lebens hatte er diesen Kick verspürt? Immer wieder, doch nie so zerstörerisch wie jetzt. Er musste sogar tief hinabsteigen, um etwas Vergleichbares zu finden, obwohl da offenbar genug vorhanden war, sein Sündenregister war beachtlich und reichte von wiederholtem Erwischtwerden bei inakzeptablem erotomanischem Verhalten über die Sportwagen, die er mit angenommenem Schmiergeld bezahlt hatte, bis hin zu Verstößen gegen den Umweltschutz, die er auf eigene Faust begangen hatte und für die er sich intern verantworten musste.

Und seltsam, am Ende landete er bei einem Bubenstreich, der ersten Missetat, die er intensiv erlebt hatte: ein Briefmarkenalbum, das er Erwin gestohlen hat, der auch in Stratum wohnte. Ein hagerer Langstreckenschwimmer mit permanenten Chloraugen, der jeden Morgen, noch vor der Schule, zu den Eindhovener Wasserfreunden musste. Im aus dem späten neunzehnten Jahrhundert stammenden Schulgebäude mit den hohen, hallenden Räumen waren Erwin und er Luft füreinander, doch ihre Mütter tranken gemeinsam Kaffee und brachten ihre Kleider zu derselben Näherin in Nuenen. So kam es, dass sie sich gegenseitig besuchten und Briefmarken tauschten. Zwölf Jahre alt, und das Leben drehte sich um Briefmarken. Katalog auf dem Schoß,

Taschenrechner daneben, Werte addieren. Bis die Hormone bei Nabel die Grenze überquerten, war das höchste Gut gummiert und gezackt gewesen, eine Tulpenmanie in klein; haben, haben, haben, es war das letzte Mal, dass für ihn Besitz vor Sex rangierte. Daher geriet er in ein präerotisches Ungleichgewicht, als Erwin ihm erzählte, sein Vater kaufe für ihn von jeder neuen Briefmarke, die herauskomme, einen postfrischen Viererblock. Postfrisch – allein schon das Wort. Er schaute zu, wie Erwin blätternd die Wunderblöcke inspizierte, ein Schatz, weggesteckt in ein Buch mit Ledereinband, das ebenso giftgrün war wie das Monster in seinem Unterleib. Das Album stand unten im Wohnzimmer, in einem in die Wand eingelassenen Bücherregal, für Erwin, für später.

Dieser nicht einzuholende, quadratische, postfrische Wachstumsprozess weckte in ihm so viel Neid, dass er eines Sommertags in Erwins Elternhaus, nun ja, *eindrang* – sie wohnten in der Roothaanstraat, die sich um einen kleinen Platz wand, in einem weißen Haus mit Türen zum Garten, die wie die Türen bei seinen Eltern häufig offen standen, und wie so häufig ging er einfach ins Haus, rief ein paarmal «Hallo», nicht zu laut, nicht zu leise, und nahm wie im Traum das Briefmarkenalbum aus dem Regal, schlafwandelte damit nach Hause und legte es unter sein Bett.

Abends, nach dem Gutenachtsagen, räuberte er das Album leer, das heißt, aus jedem Viererblock riss er im Licht seiner Nachttischlampe eine oder zwei Marken für seine Sammlung heraus, eine Präzisionsarbeit, die er in mehreren Etappen erledigte. Er war clever genug, die Beute nicht vollständig und sofort in sein eigenes Album einzusortieren, sondern die Dutzenden von Briefmarken zwischen den Seiten einer alten *Taptoe* zu verstecken, einer Ausgabe der katholischen Jugendzeitschrift, die er jedes Mal erneut weit unten in einem Stapel verstaubter Jahrgänge verbarg. Die Reste der geschändeten Blöcke und das Album, in dem sie gesteckt hatten, wickelte er in eine alte Zeitung, und an einem Sonntagnachmittag radelte er bis ans hintere Ende des Eckart-Parks und versenkte alles mit blutendem Herzen in der Dommel.

Danach: Lausbubenangst. Auf Sachalin neben Barbara liegend, beinahe ein halbes Jahrhundert älter geworden, verspürte er sie genauso wie damals, die unangenehme Hand seines Gewissens, den festen Griff, der in den Jahren seines Erwachsenseins so kraftlos geworden war.

Der Briefmarkenraub war das Gesprächsthema in der Schule, in der Nachbarschaft und bei ihnen zu Hause am Esstisch. Er schlug vor, Erwin, um ihn zu trösten, seine doppelten Briefmarken zu bringen, die gestempelten wohlgemerkt, was seine Eltern sehr nobel fanden, sodass er eine regelrechte Zeremonie daraus machte, die ihn beinahe selbst rührte – was für ein großzügiger Freund er doch war.

Bis eines Sonntagmorgens sein Vater, ein aus Weich- und Hartlötwerkstätten aufgestiegener NatLab-Ingenieur in leitender Position «gleich unter dem Herrn Professor Casimir», wie seine Mutter zu anderen Hausfrauen in der Straße zu sagen pflegte, in sein Zimmer kam und, sich über ihn beugend, das Briefmarkenalbum wieder öffnete, das Hans, als die Türklinke sich bewegte, rasch zugeschlagen hatte, darin blätterte und sagte: «Du hast aber eine ganze Menge schöner Briefmarken, Johan. Unglaublich, findest du nicht auch?» Wie erstarrt saß er auf seinem Schreibtischstuhl, als sein Vater sich neben ihm hinhockte – die knackenden Kniegelenke, das nach Brut-Aftershave riechende Gesicht dicht an seiner Wange.

«Ja», stotterte er.

«Stimmst du mir zu, Johan, wenn ich sage, dass unter unserem Dach ein Dieb wohnt?»

ER FLOG NACH LONDON, zu dem *board meeting*. Das Erste, was er nach der Passkontrolle machte: Er kaufte sich *Kidnapped* – in Moskau hatte er es nirgendwo auslegen gesehen. In Heathrow lag es überall. Auf Plakaten Biggerstaffs stark vergrößerter Schmollmund. Im ersten Zeitschriftenladen, den er betrat, stand *Kidnapped* auf Platz eins, noch vor den Grey-Bänden. Bevor er ein Taxi nahm, setzte er sich mit einem doppelten Espresso bei Starbucks hin und blätterte es durch. Das Buch hatte kein Register. Faules Miststück. Doch er brauchte kein Register. Er stand wieder auf, ließ den Kaffee stehen. Sein gesunder Verstand, beinahe eine Stimme außerhalb von ihm, sagte ihm, dass er in diesem Buch unmöglich vorkommen konnte. Auch in diesem Buch kam er nicht vor. Wenn *Kidnapped* ein Bestseller war – und es war ein unglaublicher Bestseller, wie ganz Heathrow ihm anscheinend einbläuen wollte – und dieser Bestseller von ihm handelte, dann wäre er längst auf den Titelseiten der Zeitungen gewesen. Mürbetelefoniert von der Presse. Suspendiert von dem *board*, zu dem er jetzt unterwegs war.

Er durchquerte die große Halle, suchte «Taxi»-Schilder, doch was er fand, waren Biggerstaffs große melodramatisch-ernste Augen; er zwinkerte ihr zu. Die plötzliche Gewissheit, dass Isabelle Biggerstaff gegenüber auf jeden Fall den Mund gehalten hatte, erleichterte ihn so, dass er die Fäuste ballte. Kam er mit dem Schrecken davon? Wie so oft?

Mit dem Schrecken davonkommen, das war die pervertierte Fortsetzung des intensiven Erlebens, dachte er im Taxi zum Shell Centre. Es war ein Zustand, ein Raum, ein *Jenseits* für den Fast-Erwischten. Zu gleichen Teilen Angst und Reue, doch als zusätzliche Ingredienz kam unerwarteter, später Triumph hinzu, nicht Erleichterung, es war – Triumph. Ein Cocktail, der, wahrscheinlich weil der erlösende Spritzer erst im letzten Moment hinzugegeben wurde, besonders süchtig machte, das

Saure, das Bittere und mit einem Mal der Schwall Süße, wie herrlich, himmlisch. Je öfter er mit dem Schrecken davonkam, umso tollkühner wurde er. Gut wegzukommen stachelte den Übermut an. Vor allem wenn die Risiken, die man einging, groß waren, wie fast immer in seinem Leben. Man wähnt sich unverwundbar, und damit hatte es bei ihm schon in jungen Jahren angefangen.

«Wirst du die Polizei anrufen, Papa?»

«Es wäre gut, das zu tun, ja.» Nach einem kurzen Schweigen: «Wenn dich jemand nach den Briefmarken fragt, Johan, dann sagst du, auch wenn es ein Polizist ist, dass du sie von mir bekommen hast. Aber versprich mir, dass du, solange du hier wohnst, nie wieder etwas stiehlst.»

Er wollte sich bei seinem Vater bedanken, doch der hatte noch nicht zu Ende gesprochen, was außergewöhnlich war. Meistens war er mit Reden eher fertig, als Hans hoffte. «Und willst du später», vernahm er ganz nah an seinem Ohr, «wenn du ein erwachsener Mann bist, trotzdem tückisch, gemein und unehrlich sein …»

«Es tut mir leid, Papa.»

Sein Vater schüttelte den Kopf. «… dann musst du zuerst dafür sorgen, dass du wichtig bist. Für wichtige Menschen gelten andere Regeln. Sorge dafür, dass du irgendwo, ganz gleich, wo, etwas zu sagen hast.»

Er steht auf und schaut kurz nach draußen. Wenn die beiden unbedingt zusammen alt werden wollen, dann kann er auch noch rasch seine Zunge abschaben. Soll er? Um Natalja nicht zu begegnen, geht er durch die Küche in den hinteren Teil des Hauses. Es war absurd, denkt er, während er den Brief in der Innentasche ertastet, aber die Erleichterung, die ihn vor gut einer Woche in London Heathrow durchströmte, hatte ihn in das entgegengesetzte Szenario katapultiert. Es war beinahe schizophren, sein Ringen mit den Möglichkeiten – aber das galt auch für das Theater in Lagos; es war die dipolare Kehrseite davon. Von einem Moment auf den anderen hielt er es für sonnenklar, dass Orthel ihm nichts Böses wollte. Dass sie *Kidnapped* nur zum Anlass nahm, um sich bei ihm zu melden. Vielleicht war sie viel normaler, als er dachte. Vielleicht befand er sich komplett außerhalb ihres professionellen Blickfelds. So wie ein Zahnarzt auch Freunde und Geliebte braucht, ohne dass er ihnen gleich die Wurzeln aus dem Kiefer zieht. Ja, wer weiß, vielleicht verhielt es sich ja von Anfang an genau umgekehrt, dachte er zum ersten Mal. Vielleicht hatte sie am Catwalk ihren Beruf ja nur verschwiegen, um ihn anmachen zu können. Ja, natürlich! Das wäre sehr klug gewesen. Kein Shell-CEO fing was mit einer *Financial-Times*-Journalistin an. Die würden sich hüten.

Es war alles in Ordnung. Er hatte sich unnötig Sorgen gemacht. Und siehe da: Den Finger noch zwischen den Seiten des Buchs, in dem er nicht vorkam, wurde er geil. Nach der Wut und der Erleichterung setzte sich das Blut allmählich in Bewegung. Nein, schwierig war das nicht, überhaupt nicht – sich an Isabelle Pornolala in Lagos zu erinnern verschaffte ihm eine Erektion. Den Sex mit ihr hatte er sofort vermisst, erinnerte er sich, während er im Taxi über die Vauxhall Bridge fuhr, das Shell Centre zwischen den Baumkronen schon vor Augen. Erst jetzt fiel ihm wieder ein, dass er ihr sogar eine E-Mail geschrieben hatte, eine Woche nachdem sie weg war, eine E-Mail, in der Sätze standen wie: «Du hast auf meiner Couch eine sklavenförmige Kuhle hinterlassen» und «Wenn ich in London bin, will ich dich erziehen». Hatte er das Ding abgeschickt? Oder nicht? Eine Frage, auf die er sofort eine Antwort haben wollte, also suchte er, grundlos gehetzt, in seinem Telefon danach, und schon bald fand er einen nie abgeschickten Entwurf.

Er las die Herzensergießungen von damals – ein beachtliches, unfertiges Gewäsch mit dem Datum vom 04.01.2009 – mit einem zugekniffenen Auge. Er schrieb tatsächlich über den Sex, den sie gehabt hatten, ihm fehlten die Worte, um ihn zu loben, jetzt wurde ihm ganz warm dabei – doch zu seiner Überraschung ging es zum größten Teil um seine «Gefühle». Er vermisste ihre «geistvollen und tiefgehenden Gespräche» und kam sich, seit sie nicht mehr da war, mit einem Mal «verwaist» vor, ja er bekannte geradeheraus, dass er «der Zukunft bedrückt» entgegensah. Minutiös beschrieb er das Verpacken des Absinthlöffels in weihnachtlichem Geschenkpapier, das er in einer Schublade irgendwo im Shell-Gebäude gefunden hatte, immer in Gedanken an sie, natürlich, jaja. Er hatte völlig vergessen, wie offenherzig diese E-Mail gewesen war, aber auch, wie verunsichert er sich vor vier Jahren gefühlt hatte.

An dem Meeting nahm er, verwirrt von seiner offenkundigen Verliebtheit damals, in einer noch prickelnden, erleichterten Stimmung teil; na siehst du, alles halb so schlimm, da saß noch immer ein Schutzteufelchen auf seiner Schulter – bis eine der *executives* Biggerstaffs Buch auf den ovalen Besprechungstisch legte. Sie finde es «exzellent», sagte sie, auch wenn sie nicht glücklich sei über das Bild, das darin von Shell gezeichnet werde. «Warum lesen Sie es dann?», fragte van der Veer. «Weil ich es nicht aus der Hand legen konnte», erwiderte sie. So bündig, so dürftig und doch so deprimierend. Es spielte keine Rolle, ob er in *Kidnapped* oder in diesem *Billion Barrel Bastards* von Isabelle vorkam; wichtig war, was sie vorhatte.

MIT GROSSEN SCHRITTEN geht er durch die Bibliothek und schnell noch durch den kurzen Flur, der zu den Gästezimmern führt. In einem der Badezimmer findet er einen Becher, in dem ein Zungenschaber steckt. Es ist eiskalt dort. Hastig putzt er sich die Zähne und zieht das Plastikding fünfmal über seine Zunge.

Mit nassen Händen streicht er sich die Haare an den Schädelseiten noch mal platt.

Als er später am Tag in der Bunhill Row seinen juristischen Beistand in schwierigen Zeiten besuchte, Eduard Chapatte, war sein voreiliger Siegesrausch zu einem abwartenden, düsteren Realismus zusammengesunken. Chapatte, der einzige Niederländer bei Slaughter and May, hatte ihn vor Jahren tatkräftig bei seiner arbeitsrechtlichen Auseinandersetzung mit BP vertreten. Jetzt, nachdem er auf Chapattes Schreibtischplatte aus rostfreiem Stahl den ganzen Mülleimer ausgeleert hatte – Biggerstaff, Orthel, die entschärfte Version vom Sex in Lagos, die kafkaeske Metamorphose, den ganzen Schlamassel auf einmal –, fragte er seinen Anwalt, ob gegen ihn ermittelt werden könnte.

«Werden Sie in Biggerstaffs Buch genannt?»

«Nein», erwiderte er eiskalt.

«Gut. Aber nehmen wir einmal an, Biggerstaff weiß von Ihrer Beteiligung und möchte Sie anzeigen.»

Hans nickte.

«Dann wünsche ich ihr viel Erfolg», fuhr Chapette mit seiner melodiösen Singsangstimme fort. «Unmoralisches Handeln und strafbares Handeln sind nicht per se dasselbe, Johan. Ziemlich selten sogar.»

Sein dezidierter, überaus gepflegt aussehender Anwalt war um einiges jünger als er, fünfzehn Jahre etwa, aber ein Besserwisser. Er glaubte alles, was Chapatte sagte. Ließ ihn dies aber nicht merken. «Ist das wahr?», fragte er.

«Zum Glück, ja. Stellen Sie sich vor, die ziemlich unmoralische Tat Ehebruch wäre ein Delikt, dann säßen drei Viertel der Menschheit bei Wasser und Brot. Doch das ist vom Gesetzgeber nicht vorgesehen. Glauben Sie mir, Johan, ich werde lieber beraubt als betrogen» – er nickte in Richtung des Hochzeitsfotos auf der Ecke seines Operationstischs. Hans nahm den Bilderrahmen und schaute es sich an. Affenscharfe Smokings, babyblaue Fliegen, Eduard & Martijn, ein Datum.

«Was Sie getan haben, Johan, ist nichts. Buchstäblich nichts. Sie haben etwas unterlassen, Sie haben etwas *nicht* getan.»

«Ich habe eine bevorstehende, inzwischen allseits bekannte Entführung *nicht* vereitelt.»

Chapatte schüttelte den Kopf, als würde Hans ihm auf lästige Weise widersprechen. «Nein, Sie haben etwas anderes nicht getan. Sie haben sich nicht durch den erstbesten Anrufer erpressen lassen.» Er schlug dicke rote Gesetzbücher auf, blätterte raschelnd, las wie eine kräftig aufgezogene Aufziehmaus Passagen aus Urteilen vor, aus denen hervorgehen sollte, wie schwierig es für die Staatsanwaltschaft war, aus Unterlassung eine justitiable Mitschuld zu machen.

«Waren Mitarbeiter von Ihnen in dem Boot?»

«Nein. Na ja, zwei ehemalige Auftragnehmer von Shell.»

«Das sind nicht einmal Ex-Mitarbeiter. Keine Mitarbeiter also. Woraus folgt, dass Sie für die Sicherheit dieser Leute nicht verantwortlich sind. Warum hätten Sie dem Burschen glauben sollen? Eine Stimme am Telefon. Jeder x-Beliebige kann einen anrufen und einem eine spannende Geschichte auftischen – vor allem dort in Afrika, mit Verlaub.»

Hans schwieg. Chapatte war über eine spannende Geschichte mehr oder weniger nicht erstaunt. Alles schon mal gehabt, die seltsamsten Dinge, das merkwürdigste menschliche Verhalten. Einen Moment lang überlegte er, seinem Anwalt den E-Mail-Entwurf zu lesen zu geben, ihm damit die honigsüße, butterweiche Seite von sich zu zeigen, ja ihn sich in das hineinversetzen zu lassen, was er mit «kafkaesk» gemeint hatte, als es um Orthels Verwandlung gegangen war. Doch er schämte sich für die sklavenförmige Kuhle. Er schämte sich sogar für die halbherzige Liebesbeteuerung. «Es ist schon komisch», hatte er geschrieben, «aber jetzt, wo du weg bist, kann ich es mir durchaus vorstellen, wir beide, zusammen.»

«Hätten Sie die Polizei verständigen sollen?», fragte Chapatte im Anwaltston. «Vielleicht. Doch was kann man von der nigerianischen Polizei erwarten? Sie hätten besser die Tunnukus verständigt.»

Er schaute Chapatte fragend an.

«Die Tilburger Karnevalsgesellschaft. Ich bin dort aufgewachsen – stellen Sie sich das mal vor.»

«Ich hätte auch bezahlen können.»

«Meinen Sie? Und woher hätten Sie in so kurzer Zeit so viel Bargeld herbekommen sollen?»

«Das hätte ich schon geschafft.»

«Aber wie lange hätten die Entführer gewartet? Die wussten ja nicht mal, dass einer ihrer Leute seine eigene Erpressungspraxis eröffnet hatte.»

Er mochte Chapatte, auch wenn er sich ihn lieber nicht im Bauernkittel vorstellte, dem traditionellen Kostüm des Tilburger Karnevals.

«Und dabei haben wir noch nicht einmal über belastende Beweise gesprochen. Es dürfte nicht leicht werden zu beweisen, dass Johan Tromp von der geplanten Entführung von Jill Biggerstaff wusste. Es gibt keine finanzielle Transaktion. Wo ist der Erpresser? Und wenn man ihn findet: Warum sollte er gestehen? Er beißt sich lieber die Zunge ab, wenn seine Leute ihm das Ding nicht längst herausgerissen haben.»

Die letzte Viertelstunde verwandte Chapatte auf die Erläuterung des juristischen Umwegs, der erforderlich wäre, um Johan Tromp zu verhaften und an die Niederlande auszuliefern – falls die Staatsanwaltschaft einen Gesetzesverstoß darin sähe, was er aber nicht für wahrscheinlich hielt. «Sie vier Jahre später auf Sachalin verhaften, für eine immer noch unbewiesene Unterlassung in Nigeria, und ein Verfahren vor einem niederländischen Gericht? Es wäre einfacher, eine Schaufel Sand vom Jupiter zu holen.»

Haben Sie schon mal Öl aus dem Ochotskischen Meer geholt, dachte Johan – doch er stellte eine andere Frage. «Und was, wenn sie doch noch darüber schreibt?»

Sein Anwalt, die vollen Brabanter Lippen sparsam gespitzt, zog an seinem Zeigefinger, knack, und an seinem Mittelfinger, knack. «Tja, in diesem Fall würde ich an Ihrer Stelle schön auf Sachalin wohnen bleiben.»

OBEN, UNTER DEM BETT des am weitesten vom ehelichen Schlafzimmer entfernten Gästezimmers, liegen zwei aufgerollte Seile von je anderthalb Metern Länge. Er hatte sie am Nachmittag dort hingelegt, aus Aberglauben, zur Sicherheit. Der günstigste Fall ist immer noch denkbar. Ihr das Haus zeigen, treppauf, treppab, schwere Holztüren für sie aufhalten, die Dame zuerst, die flüchtigen Berührungen, die Verführungskunst.

Während des Rückflugs aus London, durch den Besuch bei Eduard Chapatte einigermaßen aufgemuntert, las er auf der Suche nach seinem Namen in drei Etappen alle Seiten von *Kidnapped* quer, und tatsächlich: *nada*, nirgends. Hier und da las er ein paar Abschnitte richtig – genug, um daraufhin zu wissen, dass er das Buch an sich nicht interessant fand, es war voll von linkslastigem *old-school*-Gejammer, das er nach dreißig Jahren in der Erdölindustrie einfach nicht mehr ertrug. Nein, es war ein Blättern, das der Beruhigung diente. Kein Hahn krähte mehr nach Johan Tromp, nicht in Biggerstaffs Buch und auch nicht in diesem *Billion Barrel Bastards*. Ausgerechnet die Johan Tromp gar nicht erwähnenden Bücher, die ihm einen Schrecken eingejagt hatten, beruhigten ihn jetzt. Wie man es auch betrachtete, Orthel hatte ihn vorerst verschont. Sie selbst hatte noch nie darüber geschrieben, in keiner Zeitung, in keinem Buch, und sie hatte auch nicht bei Biggerstaff gepetzt. Deutete das nicht auf Loyalität hin? Auf eine Art Integrität?

Es blieb ein mühsames Gedankenspiel, Isabelle Orthel Integrität zuzuschreiben, doch hoch oben im leeren Nichts zwischen Moskau und Yushno-Sachalinsk gelang es ihm, das Mädchen, das irgendwo in Kafkas Käfer versteckt sein musste, wieder zum Vorschein zu küssen, jedenfalls für den Moment, und eigentlich nur, indem er an das zurückdachte, was sie bei ihm ausgelöst hatte, in der Annahme, dass es auch bei ihr irgendetwas gegeben haben musste, was dem ähnlich war – ja, die simple Annahme, dass auch sie Gefühle gehabt haben musste. Er trank Whisky und las erneut den E-Mail-Entwurf von damals. Er erinnerte sich daran, wie ungemütlich das Weihnachtsfest mit seiner Tochter und ihrem Verlobten gewesen war, einem distanzierten, grobknochigen Sanitäter aus Flandern mit einem zuckenden Mund und einer Vorliebe für Frauen mit einer «kleinen psychischen Macke», wie sie flüsternd erklärte, während Raymond unter der Dusche stand – womit sie wahrscheinlich ihren nicht erfüllbaren Kinderwunsch meinte.

Gleichzeitig hockte Barbara mit einer schweren Depression in Houston und fragte sich in anstrengenden Auslandstelefonaten laut, ob sie überhaupt nach Nigeria zurückwollte. Das Fehlen einer eigenen beruflichen Karriere zerbrösele ihr Selbstwertgefühl, hielt sie ihm immer wieder vor, das trübsinnige Wohnkomplexleben in Lagos habe ihre Persönlichkeit gebrochen. In Houston besuche ihr Sohn sie jeden Tag, und jedes Mal wenn er in der Tür stehe, müsse sie die Tränen zurückhalten, vor Freude und Verzweiflung.

Auf den Matratzen in den Gästezimmern sind keine Laken, Barbara hat die Betten abgezogen. Die Decken liegen ohne Bezug wie Rollmöpse an den Fußenden. Während er die Heizkörper hochdreht, wird ihm bewusst, dass seine Ehe kurz vor dem Scheitern gestanden hatte. Er hätte ihr nur den letzten Stoß zu geben brauchen, und eigentlich habe er das mental bereits getan, hatte er dem Modemädchen geschrieben. Oder eigentlich hatte er es ihr dann ja doch nicht geschrieben.

Er hat lange nichts gegessen, und wenn er lange nichts gegessen hat, bekommt er einen schlechten Atem. Schnell noch in die Küche gehen? Eine Quiche aufwärmen? Du kannst sie nicht mit vollem Mund empfangen. Als er ins Wohnzimmer kommt, stößt er einen heiseren Schrei aus: Eine Frau sitzt auf seinem Platz – wie ist sie hereingekommen?

«Aber Johan.» Natalja, ein Bein über das andere geschlagen, spöttisches Lächeln, blättert in Isabelles Buch.

«Du sitzt in meinem Sessel.»

«Lag dieses Buch nicht in deinem Büro auf dem Boden?»

«Denke nicht.» Er nimmt es ihr aus der Hand und legt es dorthin zurück, wo es lag. Noch drei Wochen, dann sind sie voneinander erlöst. Beim Aufstehen fragt sie, was das Taxi vor der Tür zu bedeuten hat.

«Ich bekomme Besuch, eine Journalistin. Aber musst du nicht langsam mal zu Dimitri? Es ist schon spät.»

«Du wolltest dich mit mir noch wegen des neuen Ministers besprechen. Er ist heute übrigens in Kobe, habe ich vorhin erfahren – daher kommt er morgen eine Stunde später.»

Er nickt. «Ich glaube, ich habe seinen Namen nur in japanischen Schriftzeichen», sagt er. «Könntest du bis morgen für mich eine Zusammenfassung erstellen und seinen Namen in lateinischen Buchstaben dazuschreiben?»

«Für welches Medium schreibt sie?», fragt sie auf dem Weg zur Tür.

«Für irgendeine Zeitung. Bis morgen.»

Eine Taschenträgerin, die die Sprache von Gazprom spricht,

das hatte er clever gefunden, doch der Plan ging nicht auf. Ich stecke diese Natalja wie ein Thermometer in den Konzern, hatte er sich überlegt, tatsächlich aber steckte sie in *seiner* Achselhöhle. Jeden Tag hatte er das unheimliche Gefühl, dass sie *ihn* ausspionierte – im Auftrag von Gazprom, von Putin.

Der hohe Klang von Nataljas Schritten vermischt sich mit dem dunklen, hämmernden, tiefen Läuten der Türklingel. Enttäuschend schnell setzt er sich hin, lauscht angespannt, krallt die Hände in das gewölbte Leder. Die Stimme – Isabelle. Die beiden Frauen reden miteinander ... Russisch? Spricht sie jetzt etwa auch noch Russisch? Obwohl er vorgehabt hatte, sitzen zu bleiben, springt er auf.

«Isabelle», sagt er. Ebenfalls hatte er vorgehabt, ihren Vornamen nicht auszusprechen.

Sie bringt Kälte mit, aber auch: Hitze. Erneut hat eine animalische Gefühlsregung ihr Gesicht aus seinem Gedächtnis gelöscht, diesmal nicht die Lust von Lagos, sondern der Hass von Zima. Die Wangenknochen, die Grübchen neben ihren Mundwinkeln, die entstehen, kurz bevor sie etwas sagt, die tiefbraunen Iriden, in denen er Faszination hat aufblitzen sehen, aber auch Spott und Erregung – trotz des sprechenden Fotos konnte er sie in den vergangenen Tagen nicht auf seine Netzhaut bekommen. Vielleicht ist deshalb das Wiedererkennen so messerscharf, jetzt. Unter seiner Schädeldecke stürzt ein Archivschrank hervor, Metallschubladen mit Szenen, Gesprächen, Gerüchen und sogar mit Geschmäcken gleiten auf – bis das Ding mit einem Knall auf dem Boden aufschlägt.

«Tut mir leid, dass ich ein wenig zu spät bin. Ich musste unbedingt noch jemanden anrufen.»

Es entfaltet sich eine Begrüßung, die von außen nicht merkwürdiger aussieht als jede andere der Millionen gleichzeitig stattfindenden Begrüßungen auf dem Planeten, die aber vollkommen irrsinnig ist. Isabelles Hand fühlt sich überraschend klein an, sie geben einander zwei flüchtige Küsse; ungewöhnlich für eine Journalistin. Parfüm dringt in sein Hirn ein; es ist derselbe Duft wie in Lagos, dessen ist er sich sicher. Warum bist du hier? Seine Beine scheinen schwer geworden zu sein von der ganzen Unsicherheit, die sich darin angesammelt hat wie das NatLab-Blei in den Knochen seines verstorbenen Vaters.

«Setz dich», sagt er und deutet ungelenk auf den stoffbezogenen Dreisitzer ihm gegenüber.

«Empfängst du Journalisten immer zu Hause?» Ohne ihn anzusehen, zieht sie ein klobiges Kissen aus der linken Sofaecke und schiebt ihren runden, kompakten Hintern in die dadurch entstandene Lücke; gleich darauf arbeitet sie sich mit einem kleinen Hupfer nach vorn, an die Kante, unerfreulich aufmerksam, hüte dich, ich bin eine Nachrichtenjägerin. Das sehr helle Braun ihres Gesichts, das erschreckend makellos aussieht, ihre Schönheit ist eine Form von Aggressivität. Sie wirkt jünger anstatt älter, sieht vitaler aus als in Lagos, als machte das Abwerfen ihrer Maske sie nicht demütig, sondern frei. Er hatte auf Scham gehofft.

«Selten», sagt er. «Du bist die Erste und Letzte.» Er hätte auch sagen können: nie bewusst, oder besser noch: nie, dass ich mir darüber im Klaren gewesen wäre – aber die erste Antwort findet er zu kryptisch und die zweite zu direkt, zu angriffslustig. «Möchtest du etwas trinken?»

«Wasser, wenn du hast.»

«Ich trinke Wein.»

«Wasser ist gut. Was für ein außergewöhnliches Haus, meine Güte.»

«Ja, gefällt es dir? Stimmt, es ist ein außergewöhnliches Haus.»

«Ich bin einmal in Memphis gewesen, zusammen mit einem

lover auf Pilgerfahrt. Da haben wir in genau so einem Haus geschlafen, wie nennt man die noch mal, diese Aufseher-*estates*…»

«*Plantation homes*», sagt er.

«Ja, heißen die so?»

«Ja.»

Sie schaut sich schweigend um.

«Man hat es seinerzeit für den CEO von Marathon Oil gebaut – Amerikaner, Texaner sogar, die waren *vor* Shell hier. Die ganze Anlage wurde von Cowboys errichtet. Aber das hast du ja bestimmt schon in deinem Dossier gelesen.» Das ist der Ton. Locker, nicht zu ängstlich.

«Seltsam», sagt sie, «ein solches General-Lee-Haus auf sowjetischem Boden. Schneestürme im Deep South, kommunistisches Baumwollpflücken. Ein merkwürdiger Ort, um auf die Sklaverei anzuspielen.»

Das Wort «Sklaverei» – und sie ist noch nicht einmal zwei Minuten da. Es elektrisiert ihn. Warum nimmt sie das Wort «Sklaverei» in den Mund? Sie trägt eine Art Hosenanzug, bemerkt er erst jetzt, spät für seine Verhältnisse; es ist ein frivoles Ding, ein Jumpsuit in der Farbe eines sehr süßen Thai-Currys. Ein Schmusesuit. Warum zieht sie ein hautfarbenes Schmusesuit an, wenn sie kommt, um mich zu interviewen?

«Meine Frau musste sich erst daran gewöhnen», sagt er, «aber wir wohnen gerne in diesem Haus. Es ist um einiges größer als das Penthouse in Lagos.» *Und wir müssen auf jeden Fall auch über Lagos reden.* Allmählich glaubt er wirklich, dass sie nicht auf die Entführung angespielt hat. Dass sie mit Lagos die Kette meinte. Sie hatte das Ding mit sich herumgeschleppt, weil er es wollte. Hatte damit geduscht, geschlafen. *Weil ich es wollte.*

«Es ist riesig», sagt sie. Er folgt dem trägen, ablehnenden Blick, mit dem sie den Raum abtastet, die Sessel, Fußbänkchen, Vasen oder Krüge, den kolonialen Krimskrams, zusammengetragen im Laufe eines Nomadenlebens. «Auch gesettelter», fügt sie hinzu.

«Ja.» So was kommt heraus, wenn Barbara sich um die Einrichtung kümmert, pflichtet er ihr schweigend bei, gediegene Gemütlichkeit, genau das Gegenteil von dem sachlichen Apartment, in dem du mich reingelegt, betrogen, belogen, ausspioniert hast. Doch stimmt diese Analyse? Er weiß es nicht mehr. «Die lange Couch von damals, du erinnerst dich bestimmt noch an die, sähe hier ein bisschen vulgär aus», sagt er. Seine Kehle ist trocken. Was er empfindet, ist hoffnungsvolle, erregende Verzweiflung.

«Den großen Schrank mit den Klassik-CDs», sagt sie und geht über den weißledernen Beweis ihrer damaligen Körperlichkeit hinweg, «den hattest du dort auch, wenn ich mich recht erinnere. Magst du Beethoven?»

«Lieber Mendelssohn oder Chopin», sagt er. «Beethoven hört man manchmal die Taubheit an.»

Das Lachen. In einen Käfer verwandelt und dennoch das vertraute Lachen – die Natur und ihre Wunder. «Ansonsten stammt alles, was du hier siehst, von diesem Marathon-Oil-Texaner. Er hat alles exakt so eingerichtet wie bei ihm zu Hause; der Marmor, die riesigen offenen Kamine, die aus Holz geschnitzten Stierschädel. Trotzdem hat er dann Heimweh bekommen. Vielleicht hat er die brennenden Kreuze im Garten vermisst.» Ein geschmackloser Witz, über den sie zu Recht nicht lacht, doch um das Wort noch einmal aussprechen zu können, fügt er hinzu: «Es ist und bleibt eine irrsinnige Vorstellung, dass im Original des Hauses Sklaven gehalten wurden. Ich werde dich gleich einmal rumführen. Durch die Zimmer, in denen sie sich aufgehalten haben. Von einem Grundriss des Originalhauses wissen wir, wo ihre Schlafplätze waren. Und wenn man das einmal weiß, muss man immer daran denken.»

Nicht das geringste Wimpernzucken.

Sie setzt sich anders hin, legt das Kissen auf ihren Schoß und sagt: «Gern. Wenn wir fertig sind, hätte ich gern eine Führung. Aber weswegen ich gekommen bin –»

Mit einem Ruck steht er auf – das hat sie erschreckt, bemerkt er. «Ich wollte uns was zu trinken holen. Und, hast du Hunger?»

«Ich hätte jetzt eigentlich doch gern Wein.»

Er gleitet um den Sessel herum, geschickt, geschmeidig, das Kaminfeuer flackert auf dem honiggelben Parkett. Eigentlich doch gern Wein. «Als du noch ein Modemädchen warst, hast du meistens ... Roten getrunken?»

75 Der Käfer trinkt Weißwein. Und möchte nichts essen. Er schon. In der Küche nimmt er eine eingeschweißte Broccoliquiche aus dem Tiefkühlschrank, die beiden Übel kurz abwägend: in ihrer Gegenwart essen oder die Gefahr schlechten Atems. Mit einer Gabel sticht er Löcher in die Verpackung und legt die Quiche in die Mikrowelle. Beim Einschenken des Weins zittern seine Hände, der Flaschenhals stößt an den Rand der Gläser. Die Küche ist ein Bunker aus rostfreiem Metall, dadrin lässt er die aufgebaute Spannung raus. Er sperrt den Mund so weit wie möglich auf und schließt ihn dann wieder, um den Unterkiefer zu lockern. Vielleicht kannst du sie sowieso haben. Und die alte E-Mail ist gar nicht nötig. Er kramt in einer übervollen Schublade und sucht dort vergeblich nach Pfefferminzbonbons oder Kaugummi. Er muss auf die Hausführung bestehen. Das Gedächtnis ihrer Körper auffrischen und währenddessen auf seine Chance lauern. Fürs Zuschütten der körperlichen Kluft, dazu braucht er keinen Chapatte. Das ist sein Fachgebiet. Alle Praktikantinnen, Stewardessen, Ehefrauen, die er jemals verführt hat, gibt er her für dieses eine Mal.

Gepiepe – er erschreckt über die Maßen. Während er mit pochendem Herzen die Quiche aus der Mikrowelle nimmt und das weiche Ding aus der dampfenden Plastikschale befreit, fällt ihm plötzlich ein Detail aus Lagos ein, der letzte Nachmittag, oder genauer: das Letzte, was sie in Lagos gesprochen hatten. Der allerletzte Moment. Ja, sie hatten sich bereits verabschiedet, Descartes stand unten, den Hintern auf der Motorhaube, und wartete. «Moment», sagte sie verschwörerisch, «du läufst aus mir raus», und verschwand im Badezimmer. Mit den Weingläsern und der Quiche auf einem Teller verlässt er die Küche. Als sie wiederkam, gab sie ihm einen Kuss auf den Mund, und weg war sie. Ich lief aus dir raus. *Da* waren du und ich stehengeblieben, Orthel.

Außer Atem hält er vor den Schiebetüren inne – eine Woge der Entrüstung, Geilheit und Euphorie durchflutet ihn, blinzelnd sucht er ein Wort, einen Begriff, es gibt einen Ausdruck dafür. Er starrt auf das Mattglas, in das der Marathon-Oil-Texaner zwei alte Bohrtürme hat eingravieren lassen.

Consensual rape.

Augenblicklich wendet er sich um, geht zurück in die Küche und stellt das Tablett auf die Spüle. Er dreht den Wasserhahn bis zum Anschlag auf und starrt auf den weißen Strahl. «Reiß dich am Riemen», murmelt er. «Gib ihr einfach die E-Mail.»

Als er eine halbe Minute später ins Zimmer kommt, sitzt sie nicht mehr auf dem Sofa, sondern hockt zwischen dem Chesterfield und dem Couchtisch. Sie hält *Kidnapped* in die Höhe. «Hast du es jetzt gelesen?»

Knackendes Holz im offenen Kamin, sie schauen beide kurz ins Feuer. Er geht um seinen Sessel herum, stellt wie ein missmutiger Kellner die Gläser und die Broccoliquiche auf den Tisch. «Was ist das?»

«Das Buch von Jill Biggerstaff.» Sie wedelt damit. «So wie's aussieht, wurde es gelesen.»

Er bleibt über der Sitzfläche in der Schwebe, zu Eis erstarrt zwischen Stehen und Sitzen. Geht es jetzt los? «Na ja, gelesen, gelesen – ich hab es durchgeblättert.» Mit einem Plumps lässt er sich fallen.

«Ach? Hat es dich nicht gepackt?»

«Kaum. Ich habe vor langer Zeit aufgehört, Ölbücher von Journalisten zu lesen. Für Laien gedacht, nehme ich an, es steht nichts darin, das neu für mich wäre. Jemand wie Biggerstaff, ich meine, wie sie argumentiert, ihre schematische Darstellung der Wirklichkeit – ich wusste das alles längst.»

Sie schaut ihn an. «Was in dem Buch steht, wusstest du alles längst?»

«Und zwar besser. Das kennst du doch bestimmt von Zeitungsartikeln über die Modewelt.» Greif an, Mistkäfer. «Du findest es doch nicht schlimm, wenn ich ein paar Happen esse?»

«Nur zu.»

Wieder dieses Schweigen. Sie redet wenig, und dann schweigt sie. In Lagos hat sie ihm die Ohren vollgequasselt, jetzt räuchert sie ihn nach jedem knapp bemessenen Satz aus. Er steckt sich ein mikrowellenerhitztes Quichestück in den Mund, blöd, noch kalt von innen. «Bist du dir sicher, dass du nichts möchtest?», sagt er mit vollem Mund. «Es ist genug da.»

Sie schüttelt den Kopf. So, wie sie dahockt, in dem Jumper, die Knie ein wenig auseinander, eine nackte Chinesin mit Pfoten aus Pelz. Eigentlich, im tiefsten Innern, kann er es einfach nicht begreifen – eine Woche lang eine kiloschwere Eisenkette mit sich herumschleppen, nur um irgendwann einen gemeinen Artikel schreiben zu können? Ist das möglich? Sein Gemüt ist ein Monster-Wunderball, von dem er schon seit Wochen Schicht für Schicht Emotionen ablutscht, und was am Ende übrig bleibt: pures Erstaunen. Er denkt, dass sie die E-Mail braucht, um zurückzukommen. Er hat sie auch gebraucht.

«In der Hinsicht», sagt er, «finde ich das, was du schreibst, interessanter. Deine Artikel über Äquatorialguinea waren hervorragend. Ich kann mir vorstellen, dass Biggerstaff die gern geschrieben hätte.» Haltlose Schmeichelei, er hat ihre Artikel nicht gelesen, er hat Biggerstaffs Buch nicht gelesen, doch er will ihren Panzer brechen. Oder besteht sie einzig und allein aus Panzerung? Eine Jakobsmuschel, in der nichts ist, wenn man sie öffnet?

«Nicht doch», sagt sie. «Jill Biggerstaff schreibt um einiges besser als ich. Und glaub mir, ich bin nicht besonders freigebig mit Komplimenten. Du solltest es wirklich lesen. Es ist meisterhaft. Kennst du *Kaltblütig*?» Sie erhebt sich mit einem ungeschickten Schwanken.

Kaltblütig, denkt er und wendet den Blick ab – wie mühelos sie die Intimität in Lagos sofort, an Ort und Stelle, durch den Kakao gezogen hat, noch während der Verschmelzung. Keiner der Frauen, mit denen er sich auf seinem langen, windungsreichen sexuellen Lebensweg verschmolzen hat – denn was ist Sex anderes als Verschmelzung, wenn wir Barbaras Definition einmal gelten lassen, Orthel –, könnte er etwas antun. Nicht einer. Selbst dir nicht.

«Selbstverständlich», erwidert er, «als Student habe ich all das gelesen. Auch wenn ich den Zusammenhang mit Biggerstaff so auf die Schnelle nicht erkennen kann. Und auch nicht mit deinem Kommen. Also, bevor wir aus dem Ganzen hier einen Lesezirkel machen …» Ihr Schwärmen über *Kidnapped* macht ihn ungeduldig. Er kommt darin nicht vor. Warum reden sie dann darüber?

«Biggerstaffs Buch ist mindestens so gut wie *Kaltblütig*.»

«Wirklich? Ich kann mich kaum noch an das Buch erinnern.» Er sitzt – sie ragt vor ihm auf. Er könnte sich einen kleinen Happen aus ihrem Schritt genehmigen.

«Wie bei Capote ist jeder Absatz wirklichkeitsgetreu und wahr. Eine exakte Rekonstruktion dessen, was während der Entführung passiert ist. Und dennoch, und das ist ziemlich gekonnt gemacht, hat man den Eindruck, einen Roman zu lesen.»

«Also eigentlich wie unsere Zeit in Lagos», sagt er scharf.

«Auch die kommt einem wie ausgedacht vor, im Nachhinein. Aber was für ein Kitsch.» Er fängt an, von seiner Strategie abzuweichen, Aggression schleicht sich ein, etwas, was er nur schlecht im Griff hat.

Anstatt einer Antwort: Taten. Als würde sie auf einem Seil tanzen, geht sie zwischen seinen Beinen und dem Rand des Couchtischs entlang, die Arme ausgebreitet. Reflexartig greift er nach der Hand, in der sie das Biggerstaff-Buch hat, er bekommt es genau in der Mitte zu fassen, seine Fingerspitzen drücken auf ihre.

«Gib mal her», sagt er. «Dann machen wir jetzt erst die Führung.»

«Wir unterhalten uns gerade.»

Seltsam warm drücken ihre Fingerspitzen gegeneinander, sekundenlang halten sie beide *Kidnapped* fest. Dann fangen sie an, gleichzeitig daran zu ziehen, wie zwei Kinder. Sie sagt: «*Kidnapped* handelt genau vom Gegenteil.» Sie ziehen beide noch kräftiger.

«Wie meinst du das?» Offenbar verdutzt, lässt er plötzlich los, wodurch sie das Gleichgewicht verliert.

«Es kommt ein weißer Sklave darin vor», sagt sie rasch, während sie auf den Couchtisch zuschwankt, doch anstatt zu fallen, macht sie zwei Schritte in Richtung Sofa und setzt sich mit einer geschmeidigen Drehung hin. «Und die Sklaventreiber sind alle pechschwarz», fährt sie ruhig fort, ihr Manöver, ihre Überleitung schwach belächelnd. «Die Weißen sitzen elf Tage und Nächte festgekettet in einer Hütte auf Pfählen, das ist das Sklavenzimmer – es gibt nur *eins* davon.»

Ich werde dich gleich mal durch *diese* Hütte führen. Hans hat sich nach hinten gelehnt, er steckt sich ein Stück Quiche in den Mund. «Das klingt wie ein Pamphlet», sagt er kauend. «Oder wie so was aus der Bibel, du weißt schon ... ein Gleichnis über Gut und Böse, leicht zu durchschauen, altertümlich. Ich dachte, dass es ein Buch über Erdöl ist.»

«Nein», sagt sie, über das Titelbild streichend, «es ist ein Buch über körperlichen Schmerz. In erster Linie geht es um brutale Gewalt, um physische und psychische Gewalt. Wie es ist, wenn man schwer misshandelt wird – das ist das Hauptthema.»

Sie sehen einander an. «An deiner Stelle würde ich das Buch noch einmal genau lesen», sagt er schmatzend, «wer weiß, vielleicht steht ja etwas über Frauen darin, die sich freiwillig schlagen lassen.»

«Eine Kugel geht mitten durch Jills Hand – gleich zu Beginn.»

«Warum nennst du sie Jill? Was willst du damit sagen?»

«Ich kenne Jill. Schon vor Lagos habe ich sie gekannt. Und eine Kalaschnikowkugel, die durch deine Handfläche geht», sie bohrt den Zeigefinger in ihre Hand, «sie beschreibt ganz genau, wie das ist. Den Moment, wenn das Fleisch und die Knochen binnen einer Hundertstelsekunde herausgepresst werden, und auch später, während der anderthalb Wochen, in denen die durchlöcherte Hand auf ihren Rücken gebunden war. Schon mal erlebt? In den kurzen Schlafphasen zwängte sie ihren Mittelfinger hinein, um das entzündete Loch zu füllen – so sehr hat es geschmerzt.»

Hans öffnet den Mund, er will etwas erwidern – schiebt sich aber stattdessen ein Stück Quiche hinein. «In Lagos», sagt er dann doch, «habe ich mit dir einen körperlichen Bund geschlossen, wir haben unsere Egos miteinander verschmolzen.»

Die Handfläche immer noch auf ihrer Fingerspitze, so starrt sie ihn an. Führen sie ein und dasselbe Gespräch? Der Anblick seines kauenden Gesichts setzt in ihrem Kopf etwas in Gang, für das sie eifrig ein Wort sucht: De-Erotisierung? Beim Hereinkommen fand sie ihn attraktiver, als sie gehofft hatte, doch dieses lässig gemeinte Schlemmen, dieser oberflächliche, rüpelhafte Spott – ihr widersteht das, mit einem Mal findet sie es unvorstellbar, dass sie Sex miteinander hatten.

Er nimmt etwas aus seiner Innentasche, ein Papier oder Dokument, das er auseinanderfaltet. «Das habe ich eine Woche nach deiner Abreise aus Lagos geschrieben», sagt er, «ich habe es neulich wiedergefunden und lese dir jetzt daraus vor.» Emsig sucht er eine Zeile und fängt an: «Manchmal denke ich darüber nach. Wenn du mich fragst, Isabelle, dann war es etwas anderes als Sex. Es war intimer, es hatte mit vollständiger Hingabe zu tun, in erster Linie von deiner Seite natürlich, aber glaube mir, für mich galt dasselbe. Ich würde sehr gerne wissen, stelle ich fest, wie du das Ganze empfunden hast.»

Er schaut sie an, gespannt. Sie denkt an Heloïse, mit der sie nach Spades Anruf in Moskau, nach den Spiegeleiern mit Kaffee, den ganzen Tag und einen großen Teil der Nacht über diesen Mann diskutiert hat, über das, was in seinem Penthouse passiert ist, und darüber, wie sie ihren Galgen errichten soll. So knallhart und gnadenlos wie ihre Freundin war sie nicht, doch gerade deshalb brauchte Isabelle sie. Heloïse hatte angefangen, in Zungen zu reden, als sie hörte, dass Hans' Penis erst steif geworden war, als er sein Modemädchen auspeitschte.

«Vielleicht sollten wir deine Frau fragen, wie sie das empfindet», sagt sie.

Hans schluckt den Bissen runter. «Du bist schrecklich.»

«Ich war gerade dabei, dir von Jill Biggerstaffs Hand zu erzählen. Die ist immer noch gelähmt. Sie hat das Buch mit nur einem Finger getippt.»

«Was für ein Drama. Das sollte man auch nicht machen, Vergnügungsfahrten auf dem Niger. Versprichst du mir, dass du so was nie machst?» Er fängt an, ihr eine Anekdote zu erzählen, an die sie sich noch erinnern kann. Ein junges amerikanisches Paar auf Hochzeitsreise in Nigeria, allen Ratschlägen zum Trotz.

Reich, aus Boston kommend, eigensinnig wie zwei Esel. Mit bewaffneter Eskorte machen sie sich von ganz im Norden auf den Weg hinunter bis nach Lagos. «Immerzu im Auto, mit zwei schwerbewaffneten Descartes' dabei», sagt er.

Und sie übernimmt. «Auf dem kurzen Fußweg zum Hotel werden sie von jungen Männern mit Macheten überfallen. Die einzigen dreihundert Meter ohne Bewachung. Man hat dem Bräutigam beide Arme abgeschlagen, den einen an der Schulter, den anderen genau über dem Ellbogen. Weil er nicht sofort seinen Koffer hergeben wollte. Was hat das mit Jill Biggerstaff zu tun?»

Hans vertreibt den Ausdruck von Bedrängnis um seinen Mund mit einem Lächeln. «Ungefähr ebenso viel wie deine Weiße-Sklaven-Hütte mit diesem Haus, schätze ich. Und noch weniger mit unserem Penthouse.»

«Du hast mich mitten in was anderem unterbrochen. Biggerstaffs Kameramann, ihr *soulmate*, musst du bedenken, der Mann, der erschossen wurde – weißt du, wen ich meine?»

«*Soulmate* ist ein fürchterliches Wort. Meine Tochter benutzt es auch.»

«Ihre große Liebe. Der Mann war infolge eines Eidechsenbisses schon einen Tag todkrank. Darum hat man ihn umgebracht; er fing an zu delirieren, und er hatte Spasmen. Also hat man ihn getötet.»

«Das habe ich dir doch irgendwann selbst erzählt, Isabelle.»

«Ich wusste es da bereits. Wie dem auch sei, die Geiselnehmer, so junge Typen, waren alle total stoned. Von Eidechsenkot, den sie in Hustensaft aufgelöst hatten.»

«Das mögen die Junkies in Nigeria, ja. Du und ich, wir mögen andere Dinge.»

«Und was haben die Entführer gemacht? Sie haben Luther auf die Suche nach diesem Eidechsenkot geschickt. Fünf Tage lang ist er mit Eisenketten zwischen Fußknöcheln und Handgelenken im Schilf herumgekrochen, auf der Suche nach Kot.»

«Luther war Biggerstaffs Freund, verstehe ich das richtig? Was für ein Elend. Typisch Nigeria. Aber tun wir nicht so, als würde in einer provozierten Entführung Dramatik stecken.» Er beugt sich vor, nimmt die Arme von den Sessellehnen, verschränkt die Hände. «Ich weiß nicht, worauf du hinauswillst, aber mir ist durchaus bewusst, dass Entführtwerden kein Zuckerschlecken ist. Dafür brauche ich deine Erläuterungen nicht.» Sein Gesicht scheint jetzt schmaler zu sein. Obwohl er versucht, entspannt, vielleicht sogar gleichgültig zu wirken, sieht er gequält aus. «Ich habe allmählich den Eindruck, dass du etwas Interessantes über das Buch erzählen willst. Sag's mir einfach. Und *cut the crap.*»

«Den Mord an Luther nennst du *crap*?»

«Ich kann deinen Erzählstil schlecht ertragen.»

«Ist das so?»

«Ja, das ist so. In Lagos hattest du etwas Schalkhaftes, etwas Relativierendes. Jetzt klingst du anmaßend und sentimental. Vor allem aber anmaßend. Und außerdem bist du offenbar um einiges naiver, als du damals vorgegeben hast zu sein.»

Seine Art zu beleidigen ist boshaft. Er erinnert sie an Star Busman.

«Du suggerierst mit deiner Geschichte, dass *ich* diese Leute entführt hätte», fährt er fort. «Und dass *ich* diesem Luther befohlen hätte, Eidechsenkacke zu suchen. Ist aber nicht so, Liebling. Und um deine linke Seifenblase zerplatzen zu lassen: Ich habe diesen Mann auch nicht erschossen. Was also willst du.»

Sie bläht die Wangen, lässt dann die Luft langsam entweichen. «Na gut, so kurz wie möglich. Du kommst in Jills Buch vor.»

Sofort: «Ich komme in dem Buch überhaupt nicht vor.»

«Und trotzdem handelt es von dir.»

Sie schweigen. Seine glänzenden Augen liegen tief in den Höhlen, tiefer als früher, zu tief, um erkennen zu können, ob er wütend ist oder ängstlich. Er legt das aufgefaltete Blatt auf den Tisch und nimmt sein Glas. «Inwiefern handelt es von mir.» Er trinkt den Wein in einem Zug.

«Das lässt sich kurz nicht so leicht sagen.»

«Mach, verdammt noch mal, aus dem Ganzen keinen Showauftritt. Such die Seite heraus. Nenn mir einfach die Passage, die von mir handelt, dann lese ich sie laut vor.» Knurrend wie ein Hund schiebt er sich das letzte Stück Quiche in den Mund. «Hungrig machst du mich.»

«Willst du etwa jetzt, hier, vierzig Seiten vorlesen? Das grässliche Elend, der ganze Mist, von dem wir sprechen, reicht ein Stück tiefer, als du denkst, Hans. Es wird ein hoher Shell-Mann erwähnt, der einen Hinweis auf die Entführung erhält. Das Treffen während des Empfangs wird in dem Buch detailliert beschrieben. Das Telefonat kommt darin vor – wortwörtlich. Beide Male also mit dir.»

«Das war ich nicht», erwidert er kauend.

Sie überhört das. «Im Buch trifft sich Jill später mit einem ihrer Entführer. Efe, heißt der junge Mann. Sein Zwillingsbruder, Sunny, ist der, der dich angerufen hat.»

«Kann mich nicht daran erinnern.»

Sie sagt, dass Sunny sich kurz nach dem Telefonat mit ihm verplappert habe. «Gegenüber zwei seiner Kumpel. Bandenmitgliedern.»

«Und dann?» Offensichtlich hat er vergessen, Desinteresse vorzuspielen.

«Dann wurde Sunny die Hand abgehackt. Von seinem Ebenbild – diesem Efe. Seine Leute haben ihn gezwungen, seinem Zwillingsbruder eine Hand abzuhacken; er sollte so seine Loyalität gegenüber der Gruppe beweisen.»

«Isabelle», sagt er. «Was habe ich damit zu tun?»

Sie lacht leise.

«Kennst du diesen Sunny?», fragt er.

«Ich hatte ihn schnell gefunden. War gar nicht schwer, in Lagos wohnen schließlich nur zwanzig Millionen Menschen, man muss sich nur hier und da nach dem einhändigen Sunny durchfragen. Ein ganz eigenartiger Typ ist das. Gestern erst hatte ich ihn auf meinem Anrufbeantworter.»

Hans reibt sich übers Gesicht, kneift sich mit Daumen und Zeigefinger die Nase zu. «Legt er dich auch an die Kette?» Seine Stimme klingt kraftlos, fast mitleiderregend.

«Zerbrich dir lieber den Kopf darüber, ob Sunny seinen Mund hält, würde ich sagen.»

«Ach ja?»

«Ja.»

Feinde. Seit einer Minute sind sie Feinde. Hans' Augen sind ausgetrocknet wie Gullys. Er wirkt wie tot. So also guckt Johan Tromp aus der Wäsche, wenn man ihn in die Enge treibt. Was wird jetzt passieren, fragt sie sich. Weiß jemand, dass sie hier ist? Ludwig Smit weiß es. Und Heloïse, die wie ein feister Schutzengel auf ihrer Schulter sitzt.

Er deutet auf den Brief auf dem Couchtisch. «Der ist für dich.»

Sie wirft einen Blick darauf, tut aber nichts. «Und vielleicht solltest du dir noch besser den Kopf über Jill zerbrechen», sagt sie in die Stille. «Sie weiß, was Sunny weiß.»

«Stopp.» Der Feind erhebt sich. «Genug gedroht, du kannst gehen, das Interview findet nicht statt. Ich will, dass du verschwindest.» Blitzschnell geht er um den Couchtisch herum und streckt seine gespreizte Hand aus – mit einem reflexhaften Augenzwinkern senkt sie ihr Kinn, er wird sie gleich an der Kehle packen. Doch das tut er nicht, sondern er reißt ihr *Kidnapped* aus der Hand und schleudert das Buch über die Schulter ins

Zimmer, wo es mit einem dumpfen Klatschen aufschlägt und ein Stück weiterrutscht. «Meins», sagt er.

Sie steht auf, geht einen Schritt zur Seite.

«Ich tu dir nichts. Ich schlage keine Frauen. Über deine Schmierenkomödie in Lagos – ach, ich will nicht einmal mehr darüber reden. Prostitution, Spionage, Verrat – all diese Ausdrücke sind noch zu schwach. Du hast mein Innerstes gestohlen und verschachert. Doch jetzt das, wie du dich aufführst. Und mich erpresst.»

Aha, jetzt also auf die Tour. Es erschreckt sie, natürlich erschreckt sie das – sosehr sie es auch einkalkuliert hat. «Wer sagt, dass ich dich erpr–»

«Maul halten. Ich rede mit dir. Und hör mir gut zu: Nur ein Wort von dir in der Öffentlichkeit, und ich prozessiere dich in eine andere Welt.»

Das bekannte *corporate* Gebrüll, vor dem Spade bereits gewarnt hat, die juristischen Muskelspielereien von Big Oil. Ob man ein Whistleblower ist oder ein Journalist oder in einem Schlauchboot sitzt – früher oder später bekommt man sie zu sehen.

«Erstens», sagt sie bedächtig, seine Unbeherrschtheit hat sie ruhig werden lassen und kühl. «An der Sache war wenig in Ordnung. Ehebruch, Betrug, Lügen, bestochenes Personal.»

«Wie naiv von dir zu denken, du könntest mich unter Druck setzen. Nach deinem erbärmlichen Auftritt in Lagos. Ein Buchstabe, und ich schicke dich sowieso in eine andere Welt.»

Der Küchentisch-de-Sade spricht. Der kleine Schlossherr, der über dem Gesetz zu leben versucht. Auf der Suche nach Schutz vor dem Sturm setzt sie sich wieder hin und rutscht zurück in die Sofaecke. Wie eine Katze winkelt sie die Beine an. Ein betontes Nichtaufstehen und Nichtgehen, das ihn verstummen lässt.

«Drohungen», sagt sie.

«Steh auf», flüstert er.

«Lass mich ausreden», sagt sie ruhig. «Ich glaube nämlich nicht, dass du die Sache vors Gericht bringen wirst.»

«Es gibt keine Sache.» Er streckt die Hand aus. «Es gibt nur eine juristische Nichtigkeit. Wir haben gefickt, und danach haben wir geplaudert, ficken und plaudern, für dich hatte es ohnehin keine Bedeutung.»

Sie schaut kopfschüttelnd auf seine ungeduldig winkende Hand. Das breite *band of gold* an seinem behaarten Ringfinger. «Der Sex war», hebt sie an – doch sie wird erneut unterbrochen, diesmal nicht von Hans. Aus dem hinteren Teil des Zimmers kommt ein rollendes, rumpelndes Geräusch. Sie drehen gleichzeitig die Köpfe um fünfundvierzig Grad und sehen die Schiebetüren zur Küche auseinandergleiten.

«Störe ich?»

DAS ERSTE, was Isabelle an der Frau auffällt, die auf sie zukommt, ist die Hautfarbe. Vielleicht weil sie sich in ihren schwächsten Momenten selber für hellhäutig hält, für einen weißen Spross am Star-Busman-Baum, aber auch weil sie sich in diesem aufgeladenen Haus vor einer Schwarzen fürchtet, ist sie sich sicher, dass diese Frau auch Hans unbekannt ist.

«Wir sind eh gerade fertig», sagt er und dreht sich sofort von Isabelle weg, lächelt der Neuhinzugekommenen zu. Die Frau ist extravagant gekleidet: Sie trägt eine perfekt anliegende Hose aus einem matt glänzenden dunkelvioletten Stoff, augenscheinlich eine Art Filz, und einen Rollkragenpullover in derselben Farbe. Goldene Sneakers, die das Gold des Schmucks, den sie trägt, wiederaufnehmen, Ringe, Armbänder, eine Brosche. Ein afrikanisches Haarband zwingt einen kurzen Afro ein wenig nach hinten, das kompakte Haar schwebt wie ein anthrazitfarbenes

Ufo über der spiegelglatten Stirn. Ihr hellbraunes, sommersprossiges Gesicht ist gestochen klar und zugleich fein proportioniert; sie erinnert Isabelle an jemanden, doch es fehlt die Zeit, um herauszufinden, an wen.

«Darf ich euch einander vorstellen?», sagt Hans höflich, vor den Kopf stoßend gewandt. «Isabelle, das ist Barbara, meine Frau. Barbara, Isabelle.» Er küsst die wundervoll proportionierte Frau kurz und sanft auf den goldgefärbten Mund.

Ach, denkt sie, du hast eine schwarze Ehefrau. Unser gemeinsamer Ed ist also schwarz. Bemerkenswert. Zum Aufstehen ist es zu spät, Barbara hat bereits ihre Hand ergriffen. Mit einem Kopfnicken stellt Isabelle sich vor.

«Isabelle ist Journalistin bei der *Financial Times*», hört sie Hans sagen. «Sie ist eine gute Interviewerin.» Er ist im Handumdrehen zu einem normalen Verhalten zurückgekehrt, eine der Fähigkeiten, die mit seiner Position einhergehen – aber mehr noch mit seinem Lebensstil. Der Großfürst von Sachalin geht unbesehen davon aus, dass eine Geliebte ihn nicht hängenlässt.

«Guten Tag, Isabelle», sagt die Frau, «schön, Sie kennenzulernen.»

«Übrigens, müsstest du nicht schon in Yuschnow sein?», wirft Hans ein. Er hat den Brief vom Tisch genommen. «Du wolltest doch mit den anderen essen gehen?»

«Wurde abgesagt», erwidert die Frau in bedauerndem Ton. «Probleme mit den Flügen, der Schneesturm, Aeroflot – ich erspare dir die Details. Das Ergebnis ist, dass Jandós Flügel rechtzeitig da war, Jandó selbst aber nicht.» Sie zwinkert Isabelle zu; sie hat Witz, und sie ist charismatisch. Sie ist *classy*. «Johan hat Ihnen hoffentlich nichts Unangenehmes über Sachalin erzählt.»

«Ausschließlich Unangenehmes», sagt Hans mit dem erforderlichen Wohlbehagen, das in den meisten Fällen passend wäre. Isabelle wird davon übel. Sie sieht ihn kurz an, er hat unbeobachtet ein Kostüm von sich selbst angezogen, eine Johan-Tromp-artige Vermummung. «Nein, nein», sagt sie, «es war mehr eine informelle Unterhaltung.»

«Sie kennen sich?»

«Aus Lagos», erwidert sie. «Dort haben wir uns ein paarmal intensiv unterhalten.» Sie wählt ihre Worte mit Bedacht.

«Wir haben uns auch dort im Auftrag ihrer Zeitung unterhalten», ergänzt Hans, gewandt, aber auch: hektisch. Er hat sich an die Seite seiner Frau gestellt und legt einen Arm um ihre Schulter; es ist frech. Oder fleht er sie an? Sieh doch nur, was für ein wunderbares Paar wir sind. Verschone uns.

«Es waren tiefgehende Gespräche», hört sie sich sagen, ihre Aufmerksamkeit auf höfliche Weise auf das Ehepaar verteilend. «CEOs wie Hans nennen es lieber Geplauder. Wir haben in Lagos nett geplaudert.»

«Geplauder», sagt Barbara und versetzt ihrem Erdölspitzenmann einen neckischen Schubs gegen den Hinterkopf. «Diese junge Dame schreibt für die beste Zeitung der Welt.»

«Keine Sorge», sagt Isabelle und schaut dabei zunächst Hans und dann Barbara an. «Ich habe jedes Wort, das gewechselt wurde, aufgenommen. Ihr Mann ist eine wichtige Persönlichkeit im Ölgeschäft. Den lässt man natürlich keinen Satz sagen, ohne das Mikrophon eingeschaltet zu haben.» Sie grinst – obwohl es nicht schön ist, vor allem nicht schön anzusehen. Nicht das etwas merkwürdige Lächeln auf Barbaras Gesicht und erst recht nicht Hans' verzerrte Fratze. Anders als er schöpft sie keine Befriedigung aus etwas, das sadistisch ist. «Es sind tolle Aufzeichnungen. Sie haben einen fesselnden Ehemann.» Sie nimmt ihr Glas vom Couchtisch, dreht es am Stiel.

«Das höre ich gern», sagt Barbara. «Lassen Sie sich nicht an der Nase herumführen.»

Nein, es setzt ihr im Gegenteil zu, ihm die Wahrheit zu sagen. Ihn so zu sehen. Sein Fleischkostüm rührt sich nicht, wird hart wie Gummi – nur tief in den Augenhöhlen huscht etwas auf und ab. Vermutlich sind es Gucklöcher, durch die der echte Hans nach draußen späht, panisch, ängstlich, als wäre die Apokalypse angebrochen. Sie zwinkert ihm zu. Himmel, er glotzt sie an, als wäre sie die Hure von Babylon. Als wäre sie ein Flittchen auf dem Rücken einer scharlachroten Bestie voller blasphemischer Namen, mit sechs Köpfen und elf Hörnern.

Ihr Absinthkelch ist randvoll mit Grausamkeiten und liederlichen Missetaten, auf ihre Stirn geschrieben ist ein geheimer Name. «Zum Wohl», sagt sie.

QUELLENNACHWEIS

Andrea Dworkin: Männer beherrschen Frauen. Aus dem Englischen von Erica Fischer, Frankfurt 1990, hier: S. 7.

Marquis de Sade: Justine oder Die Leiden der Tugend, gefolgt von Juliette oder die Wonnen des Lasters. Aus dem Französischen von Raoul Haller, hrsg. und mit einem Dossier versehen von Michael Farin und Hans-Ulrich Seifert, Nördlingen 1987, hier: S. 421–425 und 429.

Die Rowohlt Verlage haben sich zu einer nachhaltigen Buchproduktion verpflichtet. Gemeinsam mit unseren Partnern und Lieferanten setzen wir uns für eine klimaneutrale Buchproduktion ein, die den Erwerb von Klimazertifikaten zur Kompensation des CO_2-Ausstoßes einschließt.
www.klimaneutralerverlag.de